헬렌 맥도널드 Helen Macdonald

작가이자 시인, 일러스트레이터, 역사학자, 동물학자. 케임브리지 대학교 지저스 칼리지 연구교수를 거쳐, 동대학교 과학사-과학철학과 소속 연구학자를 지냈다. 전문적인 매 조련사로 유라시아 전역에서 펼쳐진 맹금류 연구와 보존 활동에 참여했다. 지은 책으로는 『메이블 이야기』, 『팰컨』 등이 있다. 특히 야생 참매 메이블을 길들이며 아버지를 잃은 슬픔을 견뎌 나가는 치유의 과정을 담은 『메이블 이야기』로 논픽션계의 아카데미상으로 불리는 새뮤얼 존슨상과 그해 최고의 책에 주어지는 영국의 대표적인 문학상인 코스타상까지 석권하며, 평단과 대중의 사랑을 받는 작가로 자리매김했다. 현재 헬렌 맥도널드는 문학, 역사, 철학을 기반으로 인간과 자연을 섬세한 문체로 그려 내는 최고의 저자로 꼽힌다.

『저녁의 비행』은 새를 비롯한 다양한 야생동물을 지켜보면서 우리가 자연과의 관계를 어떻게 맺고 있는지 섬세하게 묘사하는 41편의 에세이 모음집이다. 출간되자마자 《뉴욕타임스》, 《워싱턴 포스트》, 《타임》, 《가디언》 등 전 세계 언론으로부터 "올해 최고의 책"으로 꼽히며 상찬을 받았다. 저자는 엠파이어스테이트 빌딩 꼭대기에서 철새의 이동을 관찰하거나 헝가리에서 수만 마리의 두루미를 지켜보고, 포플러 숲에서 마지막 남은 유럽쬐꼬리를 찾아다니면서 개인적인 자연 경험으로부터 역사적이고 철학적인 다양한 사색을 이어 나간다. 인간과 자연의 의미 있는 만남을 담고 있는 『저녁의 비행』은 우리를 둘러싼 세상을 더 깊고 섬세하게 바라보게 해 줄 것이다.

Vesper Flights

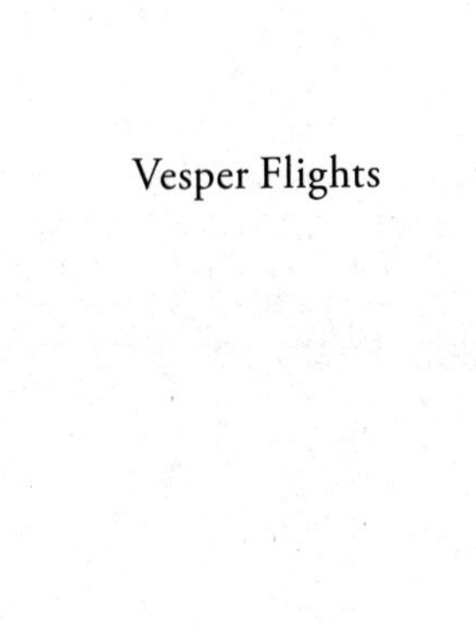

VESPER FLIGHTS

by Helen Macdonald

First published by Grove Press

Korean translation edition is published by arrangement with

The Clegg Agency, Inc., USA. through Duran Kim Agency.

저녁의 비행

헬렌 맥도널드
주민아 옮김

판미동

차례

들어가는 말

16세기로 거슬러 올라가면 한 가지 기이한 열풍이 대유행처럼 유럽의 대저택과 궁정과 여염집을 휩쓸기 시작했다. 그것은 화려하고 복잡하게 장식된 작은 나무상자 안에 사물을 보관하는 일종의 수집 열풍이었다. 그 대유행은 독일어로 호기심의 방이라는 뜻의 '분더카머(Wunderkammer)'였다. 독일어를 있는 그대로 풀이하면 '경이로움의 방'이 되는데 이 말이 분더카머 본래의 의미를 더 잘 드러낸다. 바로 진귀한 물건을 가득 담은 진열장이나 그 수집품을 보관한 방을 의미했다. 당시 사람들은 이런저런 사물을 골라 이리저리 만지작거리며 이들 상자 안에 옮겨 담았던 것 같다. 사물의 질감과 무게를 감지하고 그것만의 낯설고 신기한 성질을 느꼈을 것이다. 그렇다고 그 수집품을 현대식 박물관이나 미술관처럼 전시용 유리 위에 올려놓지는 않았다. 더구나 눈여겨볼 점은, 이들 수집품 중에서 오늘날 박물관학 분류법에 따라 정리된 것은 하나도 없었다. '분더카머'는 자연의 사물과 인공의 사물이 한데 어울려 그냥 진열되었다. 이를테면 그 안에는 산호 조각, 화석, 민속 공예품, 망토, 그림 소품, 악기, 거울, 조류와 어류 채집물, 벌레, 바위, 깃털 등이 들어 있었다. 성질이 전혀 다른 이들 수집품은 은연중에 경이로움과 진귀함을 불러일으켰다. 누가 봐도 그 수집품 하나하나는 형태상 비슷하면서도 다르고, 각자 자기만의 미적 가치를 지니고 있었다. 그렇다면 그 불가사의한 경이로움은 아무래도 이해할 수 없는 그런 애매모호한 성질마저 서로에게 툭툭 이야기를 건네며 시간을 견뎌 온 분더카머만의 미묘한 소통 방식에서 비롯되었던 것 같다. 그런 의미에서 이 책이 분더카머와 비슷한 역할을 하길 바란다. 여기에도 송골매, 칼새, 찌르레기, 토끼, 소, 돼지, 백조, 편두통, 브렉시트, 발전소 굴뚝 등 전혀 무관한 듯 보이는 이상한 것들로 가득 차 있지만 결국 그 하나하나가 서로서로 경이로움의 미덕을 전하고 있다.

누군가 그랬다. 모름지기 작가라면 작품 전반을 흐르는 주제가 있어야 하는 법이라고! 사랑이니, 죽음이니, 배신이니, 희망이니, 고향이니, 망명이니 하는 것들 말이다. 가만 생각해 보니 내 주제는 사랑이다. 우리를 둘러싼 모든 빛나는 존재에 대한 사랑이다.

나는 본격적으로 작가가 되기 전에 과학역사가였다. 누구나 듣는 순간 눈을 동그랗게 뜨고 놀라워하는 그런 직업이었다. 흔히 과학을 불순물 하나 없이 순수하고 객관적인 진리로 생각하곤 한다. 하지만 지금껏 과학이 세상에 던지는 질문들은 소리도 없고 눈에 보이지도 않지만 줄곧 역사와 문화와 사회의 영향을 받아 왔다. 그런 지점들을 발견하면서 우리 인간이 항상 무의식적으로나 불가피하게 자연 세계를 인간의 거울로 봐 왔다는 사실을 알게 되었다. 우리 자신의 세계관, 욕구, 생각, 희망 등을 자연 세계에 투사해 온 것이다. 이 책의 많은 부분은 바로 인간의 그런 태도와 가설에 의문을 제기하고 그 깊은 속내를 캐 보는 연습 같은 것이다.

서로간의 차이를 알아차리고 인정하면서 서로 보살피고 사랑하는 방법을 찾아내는 것, 지금 당신의 눈이 아닌 다른 시선으로 바라보려고 시도하는 것, 당신이 세상을 바라보는 방식이 유일한 방법이 아니라는 점을 이해하는 것, 당신과 다른 대상을 사랑한다는 게 무슨 의미인지 생각해 보는 것, 그리고 온 세상의 생명체와 사물의 복잡 미묘한 세상 속에서 즐겁게 살아가는 것은 오늘날 역사적 순간 속에서 나에게 가장 심대하게 다가오는 문제들이다. 무엇보다 이 책이 내가 생각하는 그런 심대한 문제들을 이야기하는 글이 되기를 바란다.

흔히 과학은 우주의 광활함이나 체내 미생물의 무수함과 연관

지어 우리 삶의 크기를 성찰하도록 권고한다. 그리고 아름답고도 끈덕지게 이 지구가 인간만의 공간이 아님을 밝혀 준다. 유럽과 아시아를 넘나드는 수천만 철새들의 이동이 내가 상상했었던 것보다 얼마나 더 신기하고 놀라웠는지 가르쳐 준 것도 바로 과학이었다. 철새는 깃털에서 분비하는 기름이 적어 바다 위에 떠 있는 경우도 별로 없고, 별빛을 보고 이동 경로를 정하고, 날아가는 무게를 줄이기 위해 뼛속이 비어 있다. 이런 일련의 작용으로 그려 낸 하늘의 지도를 따라 철새는 눈의 수용세포 안에서 일어나는 양자얽힘을 탐지하여 지구의 자기장을 시각화함으로써 길을 찾고 비행한다. 과학은 나에게 이런 것들을 가르쳐 주었다. 과학이 하는 이 역할을 문학이 조금 더 해 주었으면 좋겠다. 우리가 살고 있는 이곳이 비단 우리 인간만이 관련된 세상이 아님을, 인간이 그 세상에 소속된 유일한 구성원이 아님을 문학이 나서서 보여 주었으면 좋겠다. 지금까지는 충분히 그러지 못해 왔다.

지금은 환경의 측면에서 끔찍한 시대다. 우리는 과거 어느 때보다 자연 세계를 어떻게 바라보고 어떻게 상호작용해야 할지 더욱 열심히, 깊이, 오랫동안 생각해 봐야 한다. 지금 우리는 지구상 여섯 번째 거대한 멸종의 시대를 살아가고 있다. 이 멸종 사태는 바로 우리가 일으킨 것이다. 우리 주변의 풍경은 해마다 빈 곳이 늘어나고 고요함이 자리를 잡아 간다. 이런 사멸의 규모와 비율을 확인하고,

그 이유와 적절한 대책을 알아내기 위해 과학은 정말 필요하다. 하지만 그만큼 문학도 절실히 필요하다. 그 상실과 사멸이 무엇을 뜻하는지 서로 이야기하고 전달해야 하기 때문이다. 문득 영국의 숲에서 빠르게 사라져 가는 황록색의 작은 숲솔새가 떠오른다. 여기에서 우리는 두 가지 이야기를 할 수 있다. 하나는, 이 새의 개체 수가 줄어드는 상황에 관한 통계학적 사실을 밝히는 일이다. 이것은 과학의 역할에 속한다. 또 하나는, 사람들에게 전하는 일이다. 숲솔새가 어떤 새인지, 그 새를 잃는다는 건 어떤 의미인지, 무엇보다 훗날 그 새가 다 사라져 버린 어느 날 문득 숲으로 새어든 밝은 빛, 숲을 이루는 무성한 잎, 숲을 뒤덮는 새의 지저귐이 살아 있는 진짜 숲을 찾아가서 숲을 느끼려 할 때 숲솔새가 빠져나가면서 마법 같은 분위기가 없어져 버린 낯선 그곳, 아니 세상에 존재했던 뭔가가 쏙 빠져나가 버린 뒤에 마주한 그 공허한 경험이 무엇을 뜻하는지 전해 주는 것은 다름 아닌 문학의 역할이다. 문학은 우리가 미처 몰랐던 이 세상 특유의 질감과 감촉과 결을 알려 줄 수 있다. 그렇기 때문에 문학은 그 역할을 해야만 한다. 우리는 이 세상에 존재하는 모든 것들의 가치를 알리고 이야기해 주어야 한다. 그러면 더 많은 사람들이 그들을 구하기 위한 길에 나설 수 있을 것이다.

1
둥지

나는 어렸을 적에 이미 박물학자가 되고 싶다고 마음을 굳혔다. 그래서 천천히 자연 속에서 발견한 수집품을 차곡차곡 모아다가 방 안 문틀과 선반에 죽 늘어놓았다. 그것은 마치 그동안 한 페이지 한 페이지 읽었던 책에서 야금야금 모아 왔던 온갖 사소한 전문지식을 담은 시각 전시물 같았다. 그중에는 벌레혹, 깃털, 씨앗, 솔방울, 작은 거북등딱지의 헐렁한 한쪽 날개나 거미집에서 주워 온 공작나비가 있었다. 죽은 새의 절단된 날개를 펼쳐서 말리려고 마분지 위에 핀을 꽂아 두기도 했다. 작은 뼛조각도 있었는데, 대개 유럽올빼미와 원숭이올빼미와 황조롱이의 머리뼈로 추정되었다. 그리고 새들의 해묵은 둥지도 있었다. 그중에 오래된 되새 둥지는 부스러지지 않아서 손바닥에 넘어지지 않게 반듯이 올려놓을 수도 있었다. 말의 털과 이끼, 흐릿한 색깔의 이끼 껍질, 그리고 털갈이한 비둘기 깃털이 섞인 그런 둥지였다. 또 하나는 유럽지빠귀 둥지였는데 안쪽은 진흙으로 으깨어 형태를 유지하고 바깥으로 가면서 지푸라기와 가느다란 가지들로 엮어 만든 컵 모양이었다.

그런데 어쩐지 이들 둥지는 내가 사랑하는 나머지 수집품과 결코 잘 어울리지 않는 것처럼 느껴졌다. 그 둥지들이 시간의 흐름, 이미 날아가 버린 새의 흔적, 죽음 안에서의 삶을 떠올리게 해 주어서도 아니었다. 흔히 사물이나 현상을 접했을 때 따로 설명하지 않아도 곧바로 그것의 본래 모습을 느끼고 이해하는 감각을 직관이나 직감이라고 한다. 그런 면에서 둥지가 안겨 준 그런 느낌은 바로 직관에 가까웠다. 그런 직관은 삶의 후반기에 가서야 비로소 알고 싶은 그런 것이었다. 어느 정도는 그것이 내가 무어라 이름 붙일 수 없는 감정을 느끼게 해 주기 때문이기도 하지만, 대부분의 경우에는 나 스스로도 그런 느낌이나 생각을 품어서는 안 된다고 생각했기 때문이다. 둥지에게는 알이 세상 전부였다. 그리고 알은 절대 수집해서는 안 되는 그런 존재였다. 비둘기가 잔가지 하나 없이 집어 놓은 하얀 알껍데기 반쪽을 잔디 위에 떨어뜨린 것을 우연히 보았을 때도 어떤 윤리적 명령문이 내 손을 꽉 붙들어 맸다. 나는 그 알껍데기를 결코 집으로 가져갈 수 없었다.

19세기와 20세기 초반의 박물학자들은 정기적으로 새의 알을 수집하였고, 1940년대와 1950년대에 시골이나 반쯤 시골인 지역에서 성장한 아이들 대다수도 그렇게 하곤 했다. "우리는 둥지에서 알 하나만 가져오곤 했어." 이렇게 말해 놓고 무안했는지 어느 여자 친구는 덧붙였다. "그땐 다들 그랬거든." 나보다 20살 정도 나이가 많은 사람들이 지금 내가 갖지 못한 자연 지식을 갖고 있다는 것은 순전히 우연한 역사의 결과다. 어린 시절에 새 둥지를 털면서 놀았던 사람들 대부분은 아직도 가시금작화 수풀을 보고 홍방울새를 떠올리며, 지난해 설치했던 생울타리가 되새나 울새 둥지를 견딜 만큼 멀쩡한지 가늠하지 않고는 못 배긴다. 그들은 나와 전혀 다른 무언의 직관을 갖고 있다. 그 직관은 머리와 눈, 심장과 손 사이에 그 풍경을 붙들어 놓는 방식에 관한 것이다.

한편 내가 살던 시골, 나만의 역사에서 둥지는 사람들 눈에 발견되려고 만들어진 사물이 아니었다. 비유하자면 둥지는 친숙한 텍스트 안에서 아무도 못 보는 지점이나 삭제된 대사처럼 조심스럽고 세심하게 보존되었다. 그렇다 해도 내가 아주 어렸을 때 새 둥지는 나름의 특별한 속성을 품고 있었다. 아이들에게 숲과 벌판과 정원은 여타 사물과 뭔가 다른 마법적인 공간으로 꽉 차 있어 보인다. 숨어 있어도 안전하게 느낄 수 있는 터널과 소굴과 은신처가 있을 거라고 상상하기 때문이다. 꼬마였을 때, 나는 어떤 게 어떤 새 둥지인지 다 알고 있었다. 하지만 그것은 전부 비밀이었다.

나는 우리 집 정원에서 찌르레기와 박새와 개똥지빠귀와 동고비가 날아다니는 모습을 따라다녔다. 그러다 해마다 봄이 되면 그 둥지는 내가 집에 대하여 품고 있던 생각이나 감정을 바꾸어 버렸다. 이 새들의 존재감이 내가 품고 있던 애착의 최저점까지 떨어질 정도로, 그 둥지는 나를 화나게 만들었다. 새 둥지는 나도 모르는 사이에 연약함이라는 문제를 불쑥 제기했다. 포식자 앞에 새 둥지는 위험하기 짝이 없었다. 포식자 까마귀와 고양이만 생각하면 별 걱정이 다 들었다. 그렇게 되고 보니 마당과 정원은 안전한 곳이 아니라 위협적인 공간으로 변하고 말았다.

일부러 둥지를 찾아내려고 샅샅이 살피면서 다닌 적은 없었다. 하지만 언제 어디서든 새 둥지를 발견하곤 했다. 시리얼 한 그릇을 먹으면서 주방 창가에 앉아 있을 때면 바위종다리가 개나리 사이로 스쳐 가는 모습이 눈에 띄었다. 그저 생쥐만 한 새 한 마리가 쏜살같이 날아가다 티끌만 한 흔적을 남기며 나지막한 바스락 소리를 낼 뿐이었다. 눈길을 돌려야 한다는 사실을 잘 알았다. 그러나 쉽사리 외면하지 못하고 숨을 죽이며 지켜보았다. 새가 깡충거리면서 잔가지를 둥지까지 가져가는 그 짧은 순간에 일어난 미세한 나뭇잎의 움직임을 좇곤 했다. 거의 아무도 눈치 채지 못할 작은 일렁임이었다. 그다음엔 울타리 밖으로 미끄러지듯 빠져나가는 새의 흐릿한 날개 형체를 보았으나 이내 사라지고 없었다. 일단 둥지가 어디에 있는지 알았고 어미 새가 날아가 버린 모습을 보게 되자 나로선 반드시 알아내야 할 게 생겼다. 내가 발견한 둥지 대부분은 내 머리보다 더 높이 있었다. 그래서 하는 수 없이 손을 위로 들어 올려 손가락 끝이 둥지 안에 있는 따스하고 매끄럽고 부드러운 알 표면에 닿을 때까지, 또는 놀랄 만큼 연하고 말랑한 아기 새의 몸통으로 생각되는 부분에 닿을 때까지 손가락을 한껏 둥글게 말아야 했다.

분명히 나는 불법 침입자였다. 그럴 때 둥지는 마치 멍든 상처 같았다. 거기에 손을 대고 싶진 않은데도 건드리지 않고는 못 배기는 그런 것이었다. 둥지는, 내가 새한테 품어 온 온갖 의미와 가치에 도전을 해 왔다. 나는 새들이 자유로워 보였기에 그토록 사랑했다. 위험을, 함정을, 어떤 유형의 부담이라도 감지할라치면 새들은 금방 날아가 버릴 수 있었다. 그런 새들을 지켜보면서 나도 그들의 자유를 함께 나누고 있다는 생각이 들었다. 그런데 둥지와 알은 새들을 얽매이게 하고 취약한 존재로 만들어 버렸다.

어린 시절 책장에 꽂혀 있던 새에 관한 오래된 책에서는 둥지를 '새의 집'이라고 묘사했다. 이 말은 나를 혼란에 빠뜨렸다. 어떻게 둥지가 집이 될 수 있지? 그 당시만 해도 나는 집을 고정되고 영구불멸하고 믿을 만한 은신처로 생각했다. 한데 둥지는 그렇게 보이지 않았다. 기껏해야 철마다 생겨나는 비밀의 공간일 뿐이었다. 어떤 계절엔 쓰이다가도 그 시절이 지나면 버려지는 은밀한 공간에 불과했다. 그 시절, 새들은 너무도 많은 면에서 집에 대한 나의 이해력에 도전을 해 왔다. 어떤 새들은 한 해를 바다에서 보내거나 온전히 창공에서 지내다가 둥지를 만들고 알을 낳을 때만 잠시 땅이나 바위에 내려와 겨우 발끝에 흙을 느껴 본다. 이건 정말이지 중대한 수수께끼였다. 잘 모르겠지만 어쩌면 그것은 사는 게 다 그런 것이라는 이야기 같긴 했다. 하지만 내가 어렸을 때 어른이 되면 결혼을 하고, 집을 마련하고, 아이를 낳을 거라는, 삶의 유산처럼 물려받은 이야기와는 사뭇 달랐다. 그때는 새들이 대체 어디에서 이런 삶의 방식에 적응해 살아갔는지 알지 못했다. 그건 나 역시도 마찬가지였다. 나도 그 당시 철없는 아이였지만, 왠지 그 이야기 앞에서는 신중하고 진지하게 생각을 하게 되었다.

지금은 집을 다르게 생각한다. 집이란 단순히 고정된 장소가 아니라 내면에 품은 공간이다. 아마도 새들이 그 점을 가르쳐 주었던 것 같다. 아니, 그 너머에 있는 어딘가로 나를 데리고 간 것 같다. 어떤 새들의 둥지는 집이 된다. 그 둥지와 둥지를 만든 새가 서로 붙어 있어 떨어질 수 없을 듯 보이기 때문이다. 이를테면, 떼까마귀는 2월에 잔가지들을 한데 모아 둥지를 만드는데 그 자체가 까마귀 무리가 전부 모여든 떼까마귀숲이 된다. 깃털과 뼈로 된 새들과 잔가지로 이루어진 둥지가 불가분의 관계가 되는 것이다. 그리고 여름날 박공 아래 둥지 입구에서 뚫어져라 쳐다보고 있는 흰털발제비도 비슷하다. 날개와 부리와 눈이 달린 새이면서 동시에 한데 뭉친 진흙 건축물 둥지이기도 하다. 무엇이 새인지 어디가 둥지인지 구분할 수가 없다.

그런데 어떤 둥지는 그 자체로 둥둥 떠 있으면서 단단히 붙잡을 난간마저 없는 경우도 있다. 차마 둥지라고 부르는 것조차 민망할 정도다. 가령, 어떤 새는 오래된 바위 조각과 뼈 부스러기와 굳어진 바닷새 배설물로 둥지를 만든다. 따로 차양 역할을 할 부분도 없어 둥지에서 살짝 튀어나온 부분이 겨우 그늘 역할을 한다. 바로 송골매 둥지가 그렇다. 그리고 물의 흐름에 따라 떠올랐다가 가라앉는 수초 덤불에 둥지를 튼 경우도 있다. 논병아리 둥지가 그렇다. 마지막으로 지붕 기와 밑에 어두컴컴한 곳도 있다. 거기에 가려면 그 둥지의 주인마저도 생쥐처럼 기어가서 깃털 날개가 잿빛 탄소강 색깔이 되도록 어렵사리 끌고 올라가야 한다. 바로 칼새의 둥지가 그렇다.

둥지는 점점 나를 매료시킨다. 요즈음에는 둥지가 알을 담고 있을 때와 알에서 깬 새끼들을 담고 있을 때 어떻게 다른 정체성을 보이는지 궁금증이 생긴다. 둥지와 알을 개별 독립체, 동일한 개체 개념, 서로 다른 개체 개념, 연결된 연속체 개념 중에서 어떻게 생각해야 좋을까? 둥지의 형태는 특정 종의 새에게 유전자와 환경의 영향으로 형성된 생물 형질의 일부일까? 아니면 특정 지역의 조건이 특이한 방식을 만들어 내는 것일까? 새들이 인간이 쓰는 사물로 둥지를 만들 때, 우리 인간은 어떤 식으로 흥미를 갖게 될까? 가령, 멕시코양지니는 담배꽁초로 둥지 안을 채우고, 북미 서부 불럭스 찌르레기는 노끈으로 둥지를 만들고, 솔개는 빨랫줄에서 훔쳐 온 속옷으로 나무 둥지를 장식한다. 내 친구는 거의 철사 가닥으로만 만들어진 붉은매 둥지를 발견하기도 했다. 단순히 인간이 더 이상 쓰지 않게 된 물건이 새의 창조 작업으로 결합했다고 생각하면 일견 흐뭇하고 그럴 수 있다는 생각이 들긴 하지만, 그와 동시에 어쩐지 걱정스럽고 심란해진다. 우리 인간이 지금 모습의 세상을 만들어 왔던 그 부산물을 가지고 자기가 살 둥지를 만들면서 과연 새들은 무슨 생각을 했을까?

우리 세상은 새의 세상을 가로지르고, 우리의 거주지와 주거 활동은 이상하게 새와 공유되고 있다. 오랫동안 우리는 새들이 특이한 곳에 둥지를 트는 일에 반색하며 즐거워했다. 울새가 오래된 찻주전자 안에서 새끼들을 기르는 모습, 대륙검은지빠귀가 교통신호등에 밀어 넣은 둥지에 단단히 앉아 있는 모습을 보고 좋아한다. 왜 그럴까. 새들은 나름의 목적을 위해서 인간의 사물을 활용한다. 그런 때면 더 이상 쓸모없어지고 불필요해져 인간의 것이 아니게 된 기술제품들에게 새로운 의미가 찾아든다. 그런 면에서 이들 둥지는 희망을 손짓한다.

그런데 그것은 본래 둥지의 정체성이기도 하다. 둥지의 의미는 항상 새의 것과 인간의 것이 서로의 일부분을 차지하면서 만들어진다. 둥지의 동그란 형상 혹은 우물 형태가 점점 그 모습을 갖춰 가는 것을 보고 있으면, 불현듯 우리 인간의 삶에 대한 의문도 함께 제기된다. 혹시 새들도 우리처럼 계획을 짜는 것일까? 아니면 우리처럼 생각하는 것일까? 그도 아니면 정말로 매듭짓는 법이나 진흙을 채운 부리를 연속으로 툭 내려놓는 법을 아는 것일까? 아니면 그냥 본능일까? 혹시 새들도 둥지라는 구조물을 만들 때 인간이 건축물을 지을 때처럼 어떤 추상적 형상이나 정신적 이미지를 갖고 시작하는 것일까? 아니면 생각 같은 건 하지 않고 이미 형성된 머리속 이미지대로 차례차례 계획을 짜서 진행하는 것일까? **그게 그러니까 그렇게 되는 건가?** 이런 의문이 계속 우리를 파고든다.

우리는 계획에 따라 일을 진행해 나가지만, 동시에 어떻게 일이 진행되어야 하는지에 대한 감각도 갖고 있다. 가령, 벽난로 위에 물건을 죽 늘어놓을 때나 방 안에 가구를 배치할 때 우리가 어떻게 하는지 생각해 보면 된다. 예술가들은 콜라주를 만들 때나 조각할 때 그런 감각을 떠올리겠지. 또 그림을 그리면서 붓질이나 색을 문질러 생긴 어두운 얼룩을, 다른 쪽 색과 함께 살펴보니 일종의 균형감이 생긴다거나, 반대로 상충된다는 사실을 알아채고 나서 어울릴 만한 색을 가져올 때면 그런 감각을 느끼게 되겠지. 그럼, 우리 안에 있는 그런 감각은 대체 무엇일까?

우리는 숙련된 기교와 타고난 본능 사이에 존재하는 차이에 매료된다. 기술과 예술 간의 차이에 주목하는 것도 같은 이치다. 만약 바다오리 알껍데기에 색소를 바른다고 상상해 보자. 그것도 알을 빙글빙글 돌리면서 잭슨 폴록(1912-1956) 같은 추상표현주의 그림의 충일함과 능숙함을 닮은 방울방울 뿌리기-후두둑 떨어뜨리기 기법처럼 알껍데기에 색소를 바른다면, 과연 그런 패턴 안에서 우리가 얻는 즐거움은 무엇일까? 뭔가 우리에 대해서 말해 주고 있는 그 패턴에서 대체 어떤 기쁨을 얻는 것일까? 이럴 때면 가끔 빌럼 데 쿠닝(1904-1997)과 잭슨 폴록 작품을 사재기하는 억만장자들의 소장 욕구가 떠오른다. 그리고 때로는 정교하게 자국을 낸 붉은등때까치 알을 플라스틱 재질 마가린 통에 꽉 채워서 침대와 마룻바닥 밑에 숨겨 놓는 무역상들이 생각난다.

우리는 우리를 둘러싼 생명체들 안에서 집과 가족에 대한 우리만의 개념을 확인하곤 한다. 다시 말해, 잔가지와 진흙과 조개껍데기와 깃털로 이루어진 일종의 거울에 비추어 우리만의 가설의 진리성을 처리하고, 고려하고, 판단하고, 입증한다. 과학에서도 우리가 품은 의문들은 보통 이런 식으로 직조된다.

동물행동학 분야에서 니코 틴베르헌(1907-1988)의 명성을 떠올리면, 자연스럽게 갈매기 군락 안에서 의례적 몸짓이 어떻게 공격성을 완화하는지, 그리고 과밀화된 도시와 인간의 폭력성 간의 관련성에 있어서 그 몸짓들이 인간의 불안과 어떻게 연관되는지 주목했던 그의 끈질긴 집중력이 기억난다. 어느 봄날 내내 청춘의 온갖 성적 혼란으로 가득 차서 뿔논병아리가 짝짓기하는 모습을 지켜보고 상호 성적 선택과 의례적 행동에 대하여 추측했다는 젊은 생물학자 줄리언 헉슬리(1887-1975)도 생각난다. 조류학자 헨리 엘리엇 하워드(1873-1940)의 조류 행동 연구를 보면 결혼에 대해 마치 양차 대전 사이의 서구가 그랬던 것처럼 엄청난 불안감도 감지된다. 그의 연구를 살펴보면 영역, 둥지 틀기, 짝외 교미 등의 개념을 붙들고 씨름하면서 기존의 짝을 두고 다른 수컷을 유혹하는 특정 암컷의 성적 매력 뒤에 숨은 여러 원인을 이해하려고 몹시 애를 쓴 흔적을 찾을 수 있다.

이런 상황은 문학 곳곳에서도 보인다. 가령, T. H. 화이트(1906-1964)의 『과거와 미래의 왕(*The Once and future King*)』에 조류가 나오는 장면은 마치 영국 계급제도를 이식하는 것처럼 보인다. 그 소설에서 작가는 바다쇠오리와 세가락갈매기의 바닷새 둥지 절벽을 "전 세계에서 가장 큰 특별관람석 위에 놓인 거친 생선 장수 여편네 무리"로 묘사한다. 그리고 빈민가 위로 높이 날아가는 귀족적 풍모의 분홍빛 발이 달린 거위 이야기를 이어 간다. 그 거위가 북쪽으로 날아가자 스칸디나비아 거위를 주제로 하는 전설을 노래하면서 이런 대화를 나눈다. "나, 모자 똑바로 쓰고 있나?" "크리키, 이건 디너파티나 사교 행사가 아니라고!"

외진 시골에서 성장한 내 친구들은 대부분 근래에 대세가 된 자연을 아끼고 감상하는 주류의 규정과 그 규정을 강제하는 법률을 거의 상대하지 않는다. 그들 대부분은 롱독을 데리고 사냥을 나간다. 그중에는 밀렵꾼도 있고, 무단으로 알을 수집하는 이들도 있다. 정확히 소식을 전해 듣지는 못했지만, 아마 일부는 아직도 그렇게 하고 있을 것이다. 그곳 대부분의 사람들은 한정된 금융자본이나 사회적 자본을 갖고 있다. 그들이 사냥 등의 행위로 주변 자연을 차지할 때는 그저 시골에서 살아가며 얻은 지식을 통해 이루어진다. 이런 전통 안에서 새알을 수집하는 행위는 문자 그대로의 소유라기보다 어쩌면 경제적으로 박탈된 공동체의 사람들이 자연 세계에서 허용된 소유권이나 투자나 즐거움에 접근하는 방식일지도 모른다.

배리 하인즈(1939-2016)의 『케스 매와 소년』에 나오는 소년 빌리가 문득 생각난다. 빌리는 축구 놀이를 거부하고, 광산에 가서 일하기도 거부하는 등 선천적으로 부여된 남성성 모델을 전부 거부한다. 그렇다면 그 소년이 가진 부드러움은 어떤 가능성이나 기회가 있을까? 그 아이는 개똥지빠귀 둥지 안에서 새끼들의 등을 살며시 토닥여 준다. 그리고 애지중지하는 황조롱이를 잘 키운다. 우리는 어떤 유형의 아름다움을 소유할 수 있을까? 만약 당신이 땅 주인이라면 물결무늬 비단처럼 매끈하게 펼쳐진 드넓은 하늘과 생울타리와 가축들과 그 안에 사는 모든 것을 가지게 되는 것이다. 반면 공장 노동자라면? 바로 거기에 문제가 있다. 알 수집을 하려면 들판에서 익힌 기술과 대담함, 그리고 현장에서 어렵게 얻은 자연 세계에 대한 지식이 필요하다. 그것은 고요하게 멈춰진 아름다움에 사로잡힌 사람들에게는 일종의 강박관념이나 집착이 될 수 있다. 사실 알 수집은 시간을 중단시키는 행위다. 수집가들은 스스로에게 새로운 생명과 새로운 세대를 유보하는 위력을 부여한다. 이와 동시에 알 수집은 엘리트 계층에게, 그리고 자연과 관련하여 허용할 수 있는 방식과 허용할 수 없는 방식에 대하여 그들이 정해 놓은 온갖 규칙에 뼈아픈 패배를 안겨 준 행위였다.

특히 알 수집은 2차 대전 기간과 그 후의 자연사 문화 안에서 조롱을 받았다. 그 당시 영국 조류들은 새로운 의미를 잔뜩 얻고 있었다. 국가가 무엇으로 이루어졌는지, 우리는 무엇을 위해 싸우는지 등의 의미를 새들에게 갖다 붙였기 때문이다. 이런 사회적 환경에서 되부리장다리물떼새와 꼬마물떼새, 그리고 물수리처럼 영국 땅에 아슬아슬하게 발을 붙이고 있던 종은 당시 위태로워진 국가와 민족과 밀접한 관련을 맺으면서 그 희귀성이 강조되었다. 따라서 그런 새의 알을 도둑질하는 것은 국가와 민족에 대한 반역과 똑같은 행위로 받아들여졌다. 그리고 수집가들이 약탈하지 못하도록 새를 보호하는 일은 군대 복무와 유사하게 보였다. 계속 반복하겠지만, 이 시기의 책과 영화 속에서 전쟁에 나가 용감함을 증명하고 부상당한 군인들은 이제 고향으로 돌아와 가정을 꾸리기 위한 노력을 하면서 희귀한 조류를 보호하는 행위로 애국심을 보여 주게 된다. 가령, 1949년에 나온 J. K. 스탠퍼드(1892-1971)의 『되부리장다리물떼새(*The Awl Birds*)』에서는 되부리장다리물떼새의 둥지가 위협을 받고, 같은 해에 출간된 케네스 올섭(1920-1973)의 『별에 불 밝힌 모험(*Adventure Lit Their Star*)』에서는 꼬마물떼새가 위협을 받는다. 과학역사가 소피아 데이비스는 이 책의 악당들이 알 채집가로서 어떻게 판에 박힌 듯 '영국 사회의 기생충'이자 '중대한 위협'으로 묘사되고 있는지, 그리고 국가의 운명을 본인의 심장에 가까이 짊어진 영웅들이 어떻게 새 둥지를 지키는지 분석하기도 했다.

사실상 희귀 조류 둥지를 보호하는 새알 지킴이들은 2차 대전이 낳은 진정한 유산이었다. 독일 전쟁포로캠프에서 수년을 보낸 조류학자 조지 워터스턴(1911-1980)은 50년간 스코틀랜드 물수리 둥지 옆에서 권총의 망원 조준기를 통해 계속 관찰했다. 그리고 1950년대에 J. K. 스탠퍼드는 되부리장다리물떼새를 지키는 자신의 경험담을 글로 썼고 이렇게 추억했다. "대체로 비밀스러운 분위기에 긴장한 채, 우리는 땅거미가 지고 나면 오래도록 앉아서 무슨 일이든 만반의 준비를 했다. 심지어 새알 수집가들의 수륙양용작전도 염두에 두었다." 오늘날까지도 새알 수집가들은 엄청난 도덕적 열패감에 고통받으면서 무기력한 중독의 손아귀에 사로잡힌 사람들로 취급되는 경향이 있다. 전후 조류학 문화 내부에서는 이런 존재들이 국가와 국민이라는 정치적 통일체에 위협이 된다는 점을 단호하게 나타내기 위해 이와 같은 성격묘사를 마치 필수 규정처럼 사용하곤 했다.

이렇게 한동안 새알과의 전쟁이 휩쓸고 지나갔다. 그런 다음엔 새알을 놓고 소유와 희망과 가정이라는 맥락이 어지럽게 오갔다. 그러다 나의 자연사 수집품은 깊숙이 숨겨졌고 남몰래 그런 맥락을 품고 있던 내 어린 시절도 끝나 버렸다.

수년이 흐르고 1990년대에 나는 웨일스의 어느 매 사육 센터에서 일하게 되었다. 그 센터의 한쪽 방에는 비싼 부화기가 층층이 놓여 있었고, 부화기 안에는 당연히 매의 알이 들어 있었다. 부화기 겉유리를 통해 보면 알껍데기에는 호두나무나 찻물 얼룩이나 양파껍질 같은 얼룩덜룩한 갈색 반점이 있었다. 이보다 나중에는 더 새로운 부화기가 나왔다. 새로운 부화기는 더운 공기를 가득 채운 플라스틱 주머니를 통해 조류 특유의 포란반 압력을 모방한 장치였다. 말하자면 그것은 강제 공기 부화 장치였다. 우리는 날마다 그 장치의 무게를 쟀고, 배아가 부화하려고 움직이기 시작하면 알을 불빛에 비추어 보곤 했다. 그러니까 알을 전등 앞에 놓고 밝은 기포를 배경으로 생긴 그림자 외곽선을 부드러운 연필로 그렸다. 그러면 하루하루 시간이 지나면서 그 알껍데기는 둥근 고리처럼 반복된 선으로 둘러싸이게 되었다. 그 선은 마치 물결이나 거대한 나뭇결무늬를 닮았다.

하지만 나는 부화실에 있을 때면 딱히 설명할 수 없는 울렁거림, 어떻게 보면 애매하고 거북한 현기증을 느끼곤 했다. 항상 그랬다. 이름 붙일 수 없었지만 어쩐지 익숙한 그런 감정이었다. 그러다 마침내 어느 비 내리는 일요일 오후에 그 정체를 알아냈다. 부모님의 앨범을 휙휙 넘기다가 내가 태어나고 나서 며칠 후에 찍힌 사진 한 장을 발견했다. 금방이라도 부서질 것처럼 바싹 마른 존재, 한쪽 팔목에는 병원 팔찌를 둥글게 달고서 삭막한 전기불빛 밑에서 목욕하는 모습이었다. 그때 나는 엄청난 미숙아였기 때문에 인큐베이터 안에 있었다. 내 쌍둥이 남동생은 살아남지 못했다. 당시 나는 몇 주 동안 혼자 투명 아크릴 수지 박스 안에서 달랑 담요 하나 깔고 하얀 불빛 아래 내내 누워 있어야 했다. 그렇게 때 이르게 겪은 상실이 뭔가 나쁜 영향을 미쳤던 것 같다. 여기 강제 공기 상자 안에서 촉촉한 공기에 싸여 전선으로 움직이는 부화 장치로 꽉 찬 부화실이 은연중에 그때 그 경험을 상기시켰던 것이다. 그제야 내가 느꼈던 그 불편한 울렁거림에 이름을 붙일 수 있었다. 그것은 바로 외로움이었다.

그때 비로소 나는 인간의 상처와 해로움이라는 문제를 제기할 수 있는 새알의 특별한 힘을 깨달았다. 내 어릴 적 수집품 중에서 새 둥지가 그렇게 불편했던 것도 바로 그런 연유였다. 새 둥지는 인큐베이터 안에서 오로지 살아남기 위해 홀로 외떨어져 있어야만 했던 그 순간으로 나를 데려갔다. 그러다 어느 하루가 찾아왔다. 어느 날 너무나 놀랍게도, 내 입 가까이 매의 알을 갖다 대고서 나지막이 구구구 소리를 내면 이제 막 알을 깨고 나올 준비를 하는 새끼가 되받아 구구구 소리를 낸다는 사실을 알아냈다. 그때 나는 온도조절이 되는 방 안에 서 있었다. 나는 알껍데기에 대고 아직 불빛이나 공기 같은 건 알지 못하는 존재에게, 조금만 있으면 불 밝힌 전선과 서부 해안가 미풍의 돛을 넘고 시속 60마일로 미끄러지듯 편안하게 언덕 구름을 타고서 선명한 두 날개로 우뚝 솟아 저 멀리 반짝이는 대서양을 볼 수 있을 만큼 높이 날아오를 수 있을 거라고 말해 주었다. 새알을 사이에 두고 그런 말을 하면서 나도 모르게 눈물이 흘렀다.

2

돼지 같지 않아

왠지 당황스럽다. 지금 나는 남자친구와 함께 가시철조망에 살짝 기대어 서 있다. 그 철조망은 어여쁜 밤나무 잎에 가려져 슬쩍 그늘이 드리워진다. 가을 숲은 고요하다. 머리 위로 부는 엷은 바람은 키질하듯 쉿 소리를 내고, 울새는 호랑가시나무에서 날아가며 후드득 물방울 떨어지는 소리를 낸다.

실은 무슨 일이 일어날까 잘 모르겠다. 어떤 상황을 예상하기가 정말 어려운데, 내가 왜 여기에 있는지도 확실하지 않다. 남자친구는 지금까지 우리가 숲에서 한 번도 본 적 없는 무언가를 보여 주겠다고 했다. 그 말에 나는 눈썹을 치켜올렸다. 그런데 결국 지금 여기에 와 있다. 그는 휘파람을 불며 소리치다가 다시 휘파람을 분다. 한데 아무 일도 일어나지 않는다. 그러다 갑자기 어떤 상황이 벌어진다. 한순간에 뭔가 툭 넘어지는 소리인가 싶더니 여기서 빠른 걸음으로 60야드나 70야드쯤 떨어진 나무 사이에 야생돼지가 나타났다. 야생돼지라니, 야생돼지라니.

옛날에 영화관에서 「쥬라기 공원」을 보았을 때가 생각난다. 영화 속에서 맨 처음 공룡이 등장하자 내 마음속에 예기치 못한 일이 일어났었다. 갑자기 기대감에 넘치면서 흉부에 굉장한 압력이 느껴졌고 두 눈엔 눈물이 가득 차올랐다. 그 장면은 기적 같았다. 어렸을 때부터 생생하게 움직이는 모습을 꿈꾸곤 했던 바로 그 대상이 살아 있는 것처럼 묘사된 장면을 보게 되다니! 한데 지금 그 비슷한 상황이 일어나고 있는 것 같았다. 그만큼 충격적이면서 이상하게 슬픔 같은 게 밀려왔다.

나는 평생 야생돼지를 그림으로만 봐 왔다. 그리스 도자기와 16세기 목판화에 새겨진 등 가장자리가 뾰족한 짐승, 권총으로 그 짐승의 무릎을 꿇리는 21세기 전리품 사진들, 그리고 나한테 남아 있는 그리스 신화 책의 잉크 드로잉에서 보았던 에류만토스 돼지가 전부였다. 세상에는 순전히 상상의 동물이라는 이유로 신화의 반열에 오른 동물들이 존재한다. 바실리스크, 드래곤, 유니콘이 그렇다. 또 세상에는 과거엔 풍부한 신화의 혜택을 받았으나 지금에 와서는 너무 노출이 많이 된 나머지 애초의 의미가 새로운 의미로 덮여 버린 경우도 있다. 사자, 호랑이, 치타, 표범, 곰이 여기에 속한다. 이런 동물은 보다 현대적인 이야기로 편입되었다. 이런 상황에서 나한테 야생돼지는 여전히 더 오래된 이야기 속에 존재하면서, 아직도 뭔가 상징적이고, 계속해서 풍부하면서도 잠시 잠깐의 낯설음을 안긴다. 그런데 지금 여기에 바로 그런 존재가 현실 세상에 소환되었다.

이 생명체는 익숙함이랄까 친근함이랄까, 그런 틈이 살짝 있었지만 내가 예상했던 것과는 달랐다. 앞으로 툭 튀어나와 위협적인 어깨는 개코원숭이를 닮았고, 짐승 같은 힘과 까만 가죽은 곰을 닮았다. 하지만 아무리 잘 보더라도 야생돼지 같지는 않았고, 무엇보다 내가 놀랐던 점은 그렇다고 그냥 보통 돼지처럼 보이지도 않았다는 것이다. 그 짐승, 근육과 짧고 빳빳한 털과 무게감이라는 경이로운 대상이 우리 쪽으로 빠르게 걸어오자, 나는 남자친구한테 고개를 돌려 이렇게 말하면서 놀라워했다. "돼지 같지 않잖아." 그러자 그는 엄청나게 만족한 듯 히죽 웃으면서 대답했다. "그래, 아냐. 걔들이 진짜로 돼지는 아니거든."

수 세기 만에 사상 처음으로 자유롭게 돌아다니는 야생돼지가 영국의 숲에서 번창하고 있다. 그들은 육류고기 공급용으로 사육된 종의 후손이었다. 아마 애초에 감금 상태에서 탈출했거나 사육하던 사람들이 일부러 풀어 주었을 것으로 짐작된다. 본래 유라시아와 영국과 일본까지 서식 범위가 넓었을 만큼 어떤 환경이든 적응도 잘하고 회복력도 좋은 야생돼지는 현재 그곳과 멀리 떨어진 곳곳과 유럽대륙 전역에서 그 개체 수가 늘어나는 중이다.

미국은 1890년대 뉴햄프셔에 처음으로 야생돼지를 도입한 후로 이제 야생돼지와 비슷한 돼지들이 최소한 45개 주에서 서식한다고 보고되었다. 영국에서는 서섹스, 켄트, 글로체스터셔의 왕실 소유림 딘 숲이 주요 서식지다. 딘 숲은 2015년 영화 「스타워즈: 깨어난 포스」에서 외계인 행성으로 나왔다. 2004년 농장에서 기르던 돼지 60마리를 누군가가 불법적으로 몰래 그 숲에 내다 버렸다. 그로부터 11년 후, 야간 열화상 조사에 따르면 그곳의 전체 개체 수는 1,000마리 이상으로 늘어났다.

몇 년 전에 나는 그 숲 근처에 살면서 야생돼지를 찾아다니곤 했다. 당시 나의 의도는 다분히 자연사 전문가의 호기심 그 이상이었다. 어쩐지 그들의 존재 때문에 마치 고대 야생 숲 같은 곳에 들어서고 있다는 느낌이 들었다. 사실 한 번도 본 적은 없었지만, 숲길 위에 깊이 팬 바퀴 자국과 부서진 땅 표면과 풀이 무성한 길가에 먹이를 찾아 땅을 파헤친 흔적 등 여기저기서 녀석들이 거기에 존재한다는 흔적과 마주쳤다. 야생돼지는 그들이 사는 산림 생태계를 바꾸는 조경 기술자와 같다. 그 녀석들이 마구 뒹굴어 대는 구덩이는 빗물로 가득 차서 나중에는 잠자리 유충이 살기 좋은 연못이 된다. 또한 그 녀석들 가죽에 쓸려 간 씨앗과 밤송이 가시는 숲을 벗어나 널리 퍼져 간다. 이렇듯 그 녀석들이 숲에서 흙과 유기 퇴적물로 이루어진 땅을 파 헤집고 나면 산림 식물 공동체의 다양성이 높아지곤 한다.

내가 산책하던 숲속에 야생돼지가 살았다는 사실을 알게 되는 것은 한편으론 잉글랜드 시골에 별안간 새롭고도 낯선 가능성 하나가 드러난 것과 같다. 바로 위험이었다. 야생돼지 중에서 특히 새끼를 낳은 암퇘지들은 새끼들을 보호하기 위해 공격적으로 변할 수 있고, 침입자에게 달려들어 공격할 수도 있다. 여러 보고에 따르면 야생돼지가 딘 숲에 돌아온 이후에 산책하던 사람들을 추격하고 개들을 들이받는 일이 일어났고, 익숙한 길이었음에도 말들의 신경이 날카로워지는 경우도 있었다. 나도 산책할 때, 예전 어느 때보다 더 주변 환경에 주의력을 발휘했고, 아주 미세한 소리에도 우려 섞인 마음으로 귀 기울였으며, 덤불 밑에 어떤 움직임의 표시가 있는지 살피곤 했다. 야생돼지의 존재로 그 숲은 과거보다 더 야생 상태, 아니 어떤 면에서는 훨씬 더 정상적인 상태로 변했다.

사실 인간과 위험한 야생동물 사이의 갈등은 이 세상 여러 곳에서 끊임없이 발생한다. 인도와 아프리카에서 곡물을 짓밟는 코끼리부터 미국 플로리다에서 반려견을 잡아먹는 악어까지 그 양상도 다양하다. 영국에서는 오래전에 늑대, 곰, 스라소니, 야생돼지를 샅샅이 뒤져 사냥함으로써 멸종 직전까지 갔지만, 기실 이게 어떤 의미인지를 우리는 벌써 잊어버렸다.

내가 울타리 가까이에서 만났던 야생돼지는 위협의 대상은 아니었다. 그 돼지는 인근 사냥터 관리인이 키우던 몇 마리 중에 포획된 것으로 지금은 철장에서 안전하게 붙잡혀 사는 녀석이었다. 하지만 그 존재가 이상하게도 이 세상에 내가 사는 공간에 대하여 진지한 성찰을 하게 만들었다. 이 생명체는 대학 시절 읽었던 중세 문학 『거웨인 경과 녹색 기사(*Sir Gawain and the Green Knight*)』와 토머스 맬러리 경의 『아서 왕의 죽음』에서 사냥감으로 나온다. 그것은 거의 전설에 버금가는 짐승 중의 하나로 가공할 만한 흉포함과 위력으로 유명한 존재였다. 중세 로맨스 문학에서 야생돼지는 남성성에 대한 도전으로 읽혔기 때문에 그들을 사냥하는 행위는 인내와 용기의 시험대였다. 우리가 어떤 동물을 처음으로 만날 때면, 이런 식으로 여기저기서 들어 왔던 이야기에 그 동물의 이미지가 잘 맞아떨어졌으면 하고 기대하는 편이다. 하지만 거기엔 항상, 언제나, 늘 차이가 있다. 그럼에도 불구하고 야생돼지는 놀라움의 대상이었다. 원래 동물들은 언제나 놀라움의 대상이다.

우리에게는, 우리의 영역을 침범하는 야생동물에 맞서 영토를 지키려 했던 오랜 역사가 존재한다. 17세기 잉글랜드의 정원 작가 윌리엄 로손은 독자들에게 짐승의 습격이 없도록 영지를 지키는 데 필요한 도구들을 세심하게 알려 주었다. "먹을 것과 재빠른 그레이하운드, 석궁, 총, 그리고 꼭 필요하다면 사슴용으로 갈고리를 매단 사과 하나 정도는 좋겠다." 글로체스터셔 야생돼지의 위험성에 대한 걱정과 우려로 영국 산림위원회는 딘 숲의 야생돼지 개체 수를 줄이기 위한 노력을 하기에 이르렀다. 그 결과, 2014년과 2015년에 걸쳐 361마리가 사살되었다. 이 과정에서 사냥 반대 운동가들은 인위적 도태 작전을 막기 위해 사냥꾼들을 방해하기 위한 시도를 감행했다. 영국의 야생돼지 개체 수를 관리하는 방법을 두고 벌어진 그 논쟁은, 우리가 동물과 그 동물을 사회적으로 이용하는 여러 가지 모순된 방식을 시사한다. 가령, 늑대는 가축의 약탈자가 되기도 하고 원시적 야생성의 아이콘이 되기도 한다. 반점올빼미는 본질상 오래된 숲의 중요한 거주자가 될 수도 있고 벌목과 생계를 가로막는 미묘한 존재가 될 수도 있다. 이 생명체들이 사회경제적 자원을 두고 우리 인간이 벌이는 전투의 대리자로 전락한 것이다.

어떤 동물의 개체 수가 너무 적거나, 혹은 너무 희귀한 동물이라 인간에게 영향을 끼치는 정도가 아주 미미해지면 그 동물이 인간과의 관계에서 새로운 의미를 창출하는 영향력은 그만큼 줄어든다. 한데 그때가 바로 그 동물이 인간의 또 다른 개념을 상징하게 되는 순간이기도 하다. 내가 이 세상의 구성원으로 지구에서 살아가고 있는 동안에 결국 전 세계는 지구 전체 야생동물의 절반을 잃었다. 기후변화, 서식지 몰락, 오염, 살충제와 부당한 핍박으로 척추동물 종은 전 시대에 비해 100배 이상 사라지고 있고, 이는 곧 인간 없는 세상이 도래할지도 모를 만큼 빠른 흐름이다. 그래서인가. 저 나무 뒤에서 부스럭거리며 나타난 한 마리 야생돼지가 마치 희망의 징표처럼 느껴졌다. 혹시라도 우리가 자연 세계에 가하는 피해가 다시 되돌릴 수 없는 게 아니라면, 그러니까 완전히 불가역적인 게 아니라면, 어쩌면 현재 위험 상태에 이르렀거나 국지적으로 멸종된 생명체들이 언젠가 다시 나타날 수도 있지 않을까, 하는 생각이 문득 들었다.

이 뜻밖의 마주침에는 참으로 많은 것들이 영향을 끼쳤다. 우선 동물을 그저 인간이 의도하는 특정 의미를 담보한 일종의 아이콘으로 이름 붙이는 행위에서 벗어나 피와 살로 이루어진 생명체로 기술하는 것은 중요하다. 하지만 그렇게 노선을 변경하는 것만이 모든 문제를 해결하진 못한다. 그런 측면에서 오히려 이 세상 속에 야생돼지의 지력이나 감각력이라는 특정 형태의 지식과 정보가 있음을 먼저 깨달아야 한다. 그리고 인간에게 인간 자체의 한계를 재고하게 만드는 존재가 단지 인간만이 아니라는 사실을 머리로 인식하고 지성으로 숙고해야 한다. 야생돼지가 다가와 나를 올려다보았을 때, 그동안 야생돼지에 대해 내가 갖고 있던 지식이 얼마나 제한적이었는지 분명해졌다. 그도 그럴 것이 겨우 이제야 실제로 진짜 야생돼지를 만나 면전에서 그 친구의 주둥이를 보았고, 두 눈으로 그 친구의 두 눈도 보게 되었으니 '아, 야생돼지가 진짜로 이렇게 생겼구나!' 하고 놀라지 않을 수 없었다. 게다가 그 녀석은 어떤 기억을 불러일으켜 주었다. 지금 생각해 보니 나는 야생돼지를 중세 연구자의 기억 안에 끼워 맞추고 있었던 것이다. 반면 남자친구는 한때 복싱선수답게 야생돼지의 체격을 감탄하면서 바라보았다. 오, 어금니가 해적들이 들고 다니는 단검처럼 살짝 휘어서 면도날처럼 날카롭군! 야생돼지의 작은 다리와 뒷다리와 궁둥이는 거대한 근육질의 전반신을 움직이는 역할을 하는 것 같아. 오, 저 확실하고 무서운 힘은 깜짝 놀랄 정도야!

이렇게 남자친구가 상찬을 늘어놓을 때, 야생돼지는 울타리 가까이 와서 벽에 몸을 기대듯 밀착하더니 촉촉한 콧구멍으로 소란스럽게 킁킁대기 시작했다. 왜 그랬을까. 나는 별생각 없이 그 녀석 쪽으로 손을 가져갔다. 그러자 그 녀석은 납작한 얼굴로 한번 올려다보면서 붉은 야생돼지 특유의 눈빛으로 곰곰이 생각하더니, 다시 조금 전처럼 코를 킁킁대며 냄새를 맡았다. 나는 손을 얼른 거두어들였다. 그러다 조금 있다가 다시 슬쩍 손을 내려 보았다. 야생돼지는 가만히 멈춰 섰다. 아치형으로 굽은 그 녀석의 등과 궁둥이 쪽으로 손가락을 살짝 부드럽게 밀어붙여 보았다. 그 느낌은 마치 짧고 뻣뻣한 털로 꽉 찬 헤어브러시 같았고, 실제로 그 녀석의 등허리는 나무 막대기가 아니라 두꺼운 근육으로 단단히 받치고 있는 듯했다. 뻣뻣한 털 밑에는 보드라운 양모 같은 털이 나 있었다. 이 순간 남자친구는 한마디를 덧붙였다.

"저 녀석, 조만간 겨울용 털갈이를 하겠네. 털이 적어도 6인치 정도의 보호막은 될 거야."

나는 야생돼지의 등에 혹처럼 솟은 돌출 부분을 긁어 보았다. 그렇게 몇 초가 지났을까. 그 녀석의 심장 안에 뭔가 아주 작은 공격성의 실타래가 툭툭 퉁기는 느낌이 들었다. 여태껏 나는 이와 같은 직관을 불신하면 안 된다고 배웠다. 갑자기 우리 둘 다 이 정도면 충분하다는 판단이 섰다. 문득 내 심장은 빠르게 뛰었다. 남자친구는 끙끙대면서 아픈 척하는 건지 공격하는 시늉을 하는 건지 알 수 없었다.

남자친구는 함께 서 있던 지점에서 슬쩍 벗어나더니 무릎을 꿇고 코를 땅에 대고는, 마치 자주 느낄 수 없는 호사를 누리듯이, 앉아서 옆으로 데굴데굴 굴렀다. 울퉁불퉁한 땅 표면이 그의 피부를 타고 물결처럼 흘러내렸다. 나도 뭔가에 홀랑 빠진 듯한 기분이었다. 이게 다 이 생명체에 대한 나의 경솔하고 무모한 관심과 흥미 때문이었다. 이쯤 되자 그 야생돼지는 그만 나에게 흥미를 싹 잃고는 그냥 쓱 가 버렸다.

3

소년과 앵무새

내 안에는 내가 사는 영역을 지키고 싶어서 방어적 태도를 취하는 사람이 산다. 두 발을 멈칫하는 등 내가 방어적인 자세를 취하게 만드는 데 일등을 꼽으라면 단연코 집주인이 찾아오는 일이다. 그럴 때면 거의 매일 밤 집 청소를 끝내고 전염성 강한 분노를 여기저기 토로하곤 했다. 심지어 빌어먹을 이 집을 몽땅 불 질러 버릴까 생각한 적도 있다. 그게 어쩐지 '얼콜(Ercol)' 식탁 위에 나이테처럼 남은 고리 모양의 커피 자국에 대한 불만을 미리 막을 수 있는 꽤 타당한 방법인 듯했다.

11시쯤 되면 모든 상황이 조금 더 차분하고 고요해진다. 나는 위층에서 책상에 앉아 에세이를 살피는 중이다. 활짝 열린 창으로 연회색 빛이 스며들고 집 안의 공기는 은근히 마음을 달래는 것 같다. 밖에서 붉은색 포드 자동차 한 대가 멈추더니 한 남자와 여자가 내린다. 장차 이 집의 임차인이 될 수도 있는 부부에게는 여덟 살짜리 아들이 있다. 집주인은 그 아이가 자폐증이라고 미리 귀띔해 주었다. 아이의 부모는 어쩐지 거의 알아챌 수 없을 만큼 잘 통제된 태도로 움직이고 있다. 이런 매너와 예의범절을 타고난 사람처럼 몹시 조심하고 배려하는 눈치다. 평소 이 정도 태도를 갖고 있는 부모라면 아마 그 집 아들은 함께 집 구경은 고사하고 항상 차 뒷자리에 앉아 있어야 될 것만 같다. 앗, 그런데 말이야. 아이가 차에서 내린다. 순간, 내 가슴이 울렁거리며 쪼그라든다. 아이는 붉은색과 오렌지색 줄무늬 점퍼를 입었다. 줄무늬는 왠지 우연한 기회와 모험을 알리는 표식처럼 보일 때가 있다. 그렇다고 내 가슴이 그렇게 요동친 게 아이가 입은 그 줄무늬 점퍼 때문은 아니다. 실은 그 아이가 양손에 쥐고 있는 바다사자 모형 장난감 때문이었다.

어른들은 이야기를 나누고 있고, 그 아이는 제법 어두워진 현관 복도 안에서 깡충깡충 뛰고 있다. 지금 아이는 너무 지루하고 피곤하다. 나는 아이의 손을 내려다본다. 양손에 쥔 바다사자를 살피니 코 근처에 색칠이 벗겨진 흔적이 보인다. 바다사자 두 마리가 코 부분에서 서로 자주 부딪혔던지, 아니면 좀 단단한 물건에 부딪힌 흔적 같았다. 그나저나 나는 아이한테 내가 키우는 앵무새를 보고 싶은지 물었다. 아이는 눈썹을 이렇게 올리더니 얌전히 기다린다. 부모한테서 짤막한 무언의 허락을 받은 후에 우리는 계단을 올라간다. 아이는 계단을 하나씩 오를 때마다 큰 소리로 숫자를 센다. 이윽고 우리는 새장 앞에 멈춘다. 앵무새와 아이는 서로를 뚫어져라 쳐다본다.

둘은 서로 몹시 마음에 들어 하는 눈치다. 아이는 너무 기쁜 나머지 두 눈을 동그랗게 뜨면서 놀라워한다. 이런 아이의 모습은 어느 누가 봐도 사랑스럽다. 분명히 앵무새 눈에도 사랑스러워 보이는 것 같다. 아이 눈에도 앵무새가 그냥, 너무 좋아 보인다. 앵무새는 연애를 걸듯 이리저리 날아다니며 보송보송 털을 부풀려 머리를 까딱까딱하고, 아이는 그것을 그대로 따라 한다. 그러다 이내 소년과 앵무새는 둘이서 같이 옆으로, 뒤로, 앞으로 마구 몸을 흔들면서 서로를 향해 춤을 춘다. 그러는 동안 아이는 손바닥으로 양쪽 귀를 덮으려고 양손에 쥐고 있던 바다사자 장난감을 이 손 저 손으로 옮겨 잡는다. 너무 즐겁고 신난 앵무새가 폐활량이 허용하는 최대치까지 새된 소리를 지르고 있기 때문에 어쩔 수가 없는 모양이다.

"시끄러워요."

아이의 말에 나는 이렇게 답한다.

"앵무새가 즐거워서 그렇단다. 너랑 춤추는 게 좋은가 봐."

그러다 몇 분이 지나서, 나는 아이에게 네가 들고 있는 바다사자가 무척이나 마음에 든다고 말해 주었다.

소년은 얼굴을 찌푸린다. 그건 마치 내가 그런 말을 대놓고 해도 될 만한 사람인지, 내가 자기 기준에 뽑힐 만한 사람인지 확인해 봐야 할 책임을 떠맡은 사람 같은 표정이다.

"많은 사람들이 얘네를 보고, 흠……." 아이는 잠시 경멸적인 어조로 말을 멈추더니, 마지막 단어를 내뱉었다. "바다표범이라고 생각해요."

"아니지. 걔네들은 당연히 바다사자들이지!"

"맞아요!" 아이의 목소리가 또렷하다.

우리는 정확한 분류를 중요시하는 서로의 태도에 대단히 기뻐한다.

소년의 부모가 방 안으로 들어온다. 세 가족이 살기에는 집이 너무 좁다고 판단했던 것 같다. 일단 일주일 동안 나를 괴롭혔던 지옥 같은 청소 이야기는 이쯤 해서 그만해야겠다.

엄마는 초조한 듯 아이를 재촉한다. "앤텍, 어서 오렴. 이제 우리 갈 거야."

그때, 갑자기 지금까지 본 중에 가장 아름다운 인간과 동물의 교감이 내 눈 앞에 펼쳐진다. 앤텍은 앵무새에게 아주 진지하게 새가 하는 식으로 고개를 끄덕여 인사를 하고, 그 답례로 이번엔 앵무새가 사람이 하는 식으로 허리를 굽혀 깊고 정중한 인사를 건넨다.

1분 후, 현관문이 열리는 소리가 들리고 이윽고 그 가족이 문지방을 넘기 직전에 내 귀에 딸깍거리는 소리가 연이어 들린다. 어쩐지 그게 바다사자의 코가 서로 부딪히는 소리 같다. 그러고 나서 앤

텍의 목소리가 확실하게 들린다. "우리가 여기에 살게 되면 나는 앵무새가 있는 방에서 잘래요." 이 집 현관에서 좀처럼 듣기 힘든 말을, 어쩌면 저렇게 사랑스럽고도 확실하게 말하는 걸까!

4

야외 도감

호주 블루 마운틴 국립공원에는 세 줄로 쏟아 내리며 장관을 이루는 폭포가 있다. 그 근처의 높은 전망대에서 바라보니, 저기 멀리 산봉우리들이 향기로운 유칼립투스 테르펜을 머금은 연무를 타고 흩뿌려진 햇살을 받고 있다. 햇빛은 역으로 반사되어 산봉우리는 먼지 이는 색 바랜 푸른색으로 변해 버렸다. 내 발밑에 닿은 땅은 조금씩 내리막길이 이어지더니 곧 옅은 껍질의 기품 넘치는 나무들이 울창한 천연림으로 연결된다. 나무는 저 멀리까지 쭉 뻗어 있다. 비탈길을 조금 더 올라가자 관목 숲이 나오는데, 거기에 핀 꽃들이 마치 쨍한 색깔의 헤어 롤링 핀을 닮았다. 아마도 호주의 야생화인 뱅크시아라는 생각이 든다. 그 나뭇잎 밑에 작은 새 한 마리가 나타나는 순간, 나는 쌍안경을 새에게 맞춘다. 그 새는 작은 침엽이 끈처럼 달린 기다란 가지 위에서 아래로 굽은 부리를 닦는 중이다. 눈은 아주 작은 은화 동전을 닮았다. 전반적으로 하얗고 까만 몸통에 레몬 빛깔이 눈에 띈다. 실은 그 관목이 무슨 나무인지 잘 모르겠고, 그 새도 어떤 종류인지 확실하지 않다. 꿀빨이새인가 하는 생각이 들지만, 정확히 어떤 새인지는 모르겠다. 낯선 이곳에서는 솔직히 잘 모르겠다. 어쩐지 공기에서 아스라이 해묵은 종이의 냄새와 제트 연료나 그 비슷한 것에서 풍기는 냄새가 스친다.

어릴 때, 우리 집에는 자연도감이 가득했다. 영국 거미에 관한 책이 기억난다. 1951년 P. 로켓과 G. H. 밀리지 공저로 레이 소사이어티에서 출간한 두 권짜리 도감이었다. 나무, 버섯, 난초, 물고기, 달팽이 등 온갖 동식물 그림이 그려진 갖가지 도감이 집 안 곳곳에 있었다. 지금 생각해 보면 나는 동식물 도감 속에서 성장한 것이나 마찬가지였다. 거미 도감에는 그 특유의 털과 여러 개의 눈이 달린 형상을 선으로 그려 놓은 게 기억난다. 내 어린 시절에 이 도감들은 어느 누구도 의문을 제기할 수 없는 무조건적인 권위자였다. 곤충학자들이 나방에 붙여 준 이름 하나하나에 경탄하며, 그들이 묘사한 내용과 내가 쌀쌀한 여름 아침마다 현관 벽에서 발견했던 단조롭고 칙칙한 실제 곤충을 서로 연결하면서 비슷한 게 있나 맞춰 보곤 했다. 대개 어떤 사물이나 대상이 무엇인지 찬찬히 풀어 나가는 과정은 마치 까다로운 십자말풀이 퀴즈를 풀기 위한 노력과 흡사하다는 생각을 했다. 특히 **견갑부**와 **엽상체** 같은 용어를 배우는 일이 생길 때면 더욱 그런 느낌이 들었다. 점점 더 많은 동물과 식물을 배우고 알게 되면서 내 주변의 세상은 더욱 복잡해졌지만, 또 그만큼 더 친숙하게 변해 갔다.

한데 아무리 간단한 야외 도감이라 해도 자연에 관해서는 결코 투명한 창이 아니라는 사실을 이해하기까지 오랜 시간이 걸렸다. 당신은 가장 까다롭고 혼란스러운 자연 현실에 비추어 도감을 읽어 내는 법을 익혀야 한다. 도감에 나온 자연과 현실의 자연은 많이 다르기 때문이다. 실제 자연으로 나가 보면 새와 곤충은 아주 잠시, 멀리서, 흐릿한 빛이나 잎사귀에 반쯤 가려진 상태로 발견되는 경우가 수두룩하다. 도감 안에 도표로 잘 정리된 모습과는 사뭇 다를 수밖에 없다. 도감에서는 유사한 종을 같은 페이지에다가 깨끗한 배경에 한데 모아 놓아서 전부 같은 방향을 바라보게 배치하고, 그림자도 없이 환한 빛을 받기 때문에 손쉽게 구별되고 비교할 수 있다.

야외 도감을 성공적으로 활용하려면, 우선 눈앞에 살아 있는 그 유기체에 관한 올바른 질문을 던지는 법을 무조건 배워야 한다. 먼저 크기와 서식지를 가늠해 본다. 그러곤 꼬리 길이, 다리 길이, 겉날개나 비늘이나 인분(鱗粉)이나 껍질이나 깃털의 특정한 패턴 등 관련 세부사항을 따져 본다. 그러고 나서 비슷한 종의 이미지에 맞추어 하나씩 확인해 보고 딸려 나온 본문을 읽어 본다. 그런 다음, 최대한 눈을 가늘게 뜨고 그 동물이 보통 서식하는 지리적 영역을 보여 주는 작은 지도를 유심히 살핀다. 이제 다시 이미지로 돌아가 앞서 알아챈 내용을 이렇게 저렇게 계속 다듬어 본다. 그러다 결국 어느 정도 당신이 만족하는 수준까지 그것을 해결하게 된다.

이런 식으로 동물을 식별하는 과정은 매혹적인 역사를 품고 있다. 왜냐하면 야외 도감은 우리가 자연과 상호작용하는 방식 안에서 일어나는 여러 변화를 아주 가까이서 면밀하게 추적했기 때문이다. 가령, 21세기 초반까지만 하더라도 대부분의 도감이 두 가지 유형으로 나뉘었다. 한쪽은 윤리적이고 인류학적인 생물사였다. 대표적으로 1889년에 출간된 플로렌스 메리엄의 『오페라 안경을 통해 본 조류(*Birds Through an Opera-Glass*)』를 들 수 있다. 여기서 저자는 둘 다 개똥지빠귀과에 속하는 블루버드를 가리켜 "훌륭한 성격"이라고 했으며 반면 캣버드는 "게으르고 성질이 제멋대로"라고 묘사했다. 그리고 캣버드에 관해서는 이렇게 덧붙였다. "만약 캣버드가 남자라면 집에서 셔츠 차림으로 앉아 있다가 윗도리를 입지도 않은 채 그냥 외출하는 무례한 유형이라고 생각할 것이다."

다른 한쪽은 조류학적 수집가에게 어울릴 만한 기술적인 안내책자였다. 대개 새를 총으로 쏘아 죽이고 나서야만 식별할 수 있던 그 시절에 그와 같은 안내서들은 주로 깃털과 연질부의 미세한 세부사항에 초점을 두었다. 미국 조류학자 프랭크 채프먼이 쓴 『북아메리카 조류의 기본 색깔(*Color Key to North American Birds*)』의 1912년 판에서는 물떼새 속 흰죽지꼬마물떼새에 대해 "내부와 외부 발톱 기부

사이의 물갈퀴"가 있다고 나온다.

그러나 1차 대전 후 여가로 탐조하는 인구가 늘어나면서 그때부터 새를 죽이는 행위에 대한 도덕성 논란이 점차 불거지기 시작했다. 또한 때마침 비싸지 않은 쌍안경이 도입되어 자연 그대로의 조류를 인간의 시각 범위 안에 들여놓을 수 있게 되었다. 그 결과, 그런 책자에 나오는 세부내용은 참고용으로 제한적으로 활용되었다. 이제 저 새가 무엇인지 식별하기 위한 새로운 방법이 필요해졌다.

현대판 야외 도감의 시초는 1934년에 미국 조류학자이자 일러스트레이터였던 로저 토리 피터슨이 출간한 『조류 야외 도감(*Field Guide to the Birds*)』이었다. 이 책은 1903년에 인기를 끌었던 어니스트 시튼의 아동서 『투 리틀 새비지즈(*Two Little Savages*)』에서 일부 영감을 얻었다. 저자 시튼은 미국 보이스카우트 연맹의 초대 회장 출신이었다. 그 책에는 자연에 관심을 가진 한 소년이 나온다. 그 소년은 읽는 책마다 새를 관찰하려면 죽은 상태의 새를 손안에 꼭 쥐고 있어야 한다는 정보를 보고 절망에 빠진다. 이건 새를 관찰하기 위해선 새를 죽여야 한다는 뜻이잖아. 그래서 소년은 새를 죽이는 대신에 멀리 보이는 오리 모습을 '원거리 스케치'한 다음, 그것을 다 모아서 '오리 도표'를 만들겠다고 결심한다. 이 책에서 소년은 오리들이 "군인들의 제복처럼… 오리들 각자의 계급이라 할 수 있는 얼룩과 줄무늬"가 특징적이라고 말한다. 시튼의 도표와 마찬가지로 피터슨의 그림도 조류를 도식적으로 단순하게 묘사하며, 더 나아가 각 페이지에 가장 쉽게 눈으로 볼 수 있는 확실한 특징을 적고 거기에 강조의 의미로 까만색 줄을 덧붙였다. 가령, 머리깃카라카라의 꼬리 끝에 있는 까만 띠라든가 날고 있는 세가락갈매기의 날개는 "조금씩 잉크를 떨어뜨린 듯" 그러데이션 색깔을 볼 수 있다고 쓰여 있다.

1920년대에 청년 시절을 보낸 피터슨은 브롱스 카운티 버드 클럽 회원이었는데, 당시 그 클럽은 진보적인 성향을 지닌 젊은 자연주의자 그룹으로 입회 경쟁력이 높은 곳이었다. 휴대용 도감이 없던 그 시절에 야외용 식별 도구는 특이한 형태로 만들어지기도 했다. 당시 어느 버드 클럽의 창립자는 우연히 쓰레기통에서 1910년에 출간된 E. H. 이튼의 『뉴욕의 조류(*Birds of New York*)』를 발견하고는 거기에 나온 컬러 전면 삽화를 잘라 큰 봉투에 담아 그대로 들고 오기도 했다. 그 책은 두 권으로 구성되어 풍부한 자료를 자랑하지만 들고 다니기에는 너무 무겁고 거추장스러웠다. 당시 그 그룹의 멘토는 엄격하고 빈틈없는 성격의 교사, 러드로 그리스콤이었다. 훗날 그는 야외 현장에서, 심지어 날고 있을 때에도 조류를 식별하는 기술을 개발한 미국 현장 조류학의 선구자로 유명해졌다. "우리가 새에 관하여 알고 있는 수천 가지의 모든 파편들, 이를테면 지금 그 새가 존재하고 있는 장소, 계절, 서식지, 소리, 행동, 눈에 띄는 외견상 특징인 '필드 마크', 그리고 그곳에서 발견될 가능성 등이 휙 하고 뇌리를 스치는 가운데, 딱 하고 자기 자리를 찾아 꼭 맞아떨어지면서 번개처럼 그 새의 이름이 뇌리에 박힌다. 그제야 그 새의 이름이 내게

다가와 의미가 되는 것이다." 나중에 피터슨은 그리스콤의 방식에 대해서도 설명한 적이 있다.

이렇듯 어떤 종을 식별할 수 있는 능력, 더구나 책을 통해 습득한 지식과 오랜 현장 경험을 결합하여 구축한 이와 같은 **게슈탈트** 능력은 조류학적 전문 지식의 표준이자 목표가 되었으며, 당시 점점 늘어나는 경쟁력 있는 조류관찰 문화의 중심이자 핵심으로 떠올랐다. 그리고 그러한 탐조 문화는 오늘날까지 계속 이어지고 있다. 자연에서 새를 식별하며 경험하는 지적인 즐거움이 엄청나기 때문이었다. 더불어 새로운 동식물 종류를 알아내기 위해 스스로 공부하고 함께 배워 가면서 얻는 쾌락도 무시하지 못할 수준이었다. 그 과정을 통해 그저 배경처럼 이름 없는 회색과 녹색의 흐릿한 형체로만 존재하던 자연으로부터 실타래처럼 엉킨 다양성을 끌어내면서 비로소 자연 세계는 이전보다 더 복잡하고 놀라운 공간이 되었다.

오늘날, 디지털 야외 안내서가 점차 인기를 끌고 있으며 '리프스냅'과 '메를린 버드 아이디'와 같은 사진 인식 애플리케이션은 야외 도감을 활용할 기술이 없는 사람들도 새를 관찰하고 식별할 수 있도록 도움을 준다. 이런 안내 도구들은 가령, 동물의 소리와 노래를 들려주는 등 책자 형태의 도감이 할 수 없는 역할까지 해낸다. 하지만 그런 장점과 동시에 종 사이의 가족 유사성이나 분류학 계보상의 위치 등 야외 도감을 통해 무의식적으로 흡수하던 여러 가지 정보 습득이 어려워진다는 단점도 있다. 내가 어릴 때만 하더라도 얼마간은 이런 야외 도감의 물질성, 책이 갖는 무게와 심미성 때문에 매료되기도 했다. 어릴 적 나는 나비와 새가 컬러 삽화로 그려진 페이지를 펼쳐 놓고 머릿속으로 그려 보았던 개체와 도감에 나온 이미지를 비교하곤 했다. 그렇게 몇 시간이고 책에 나온 그림을 뚫어져라 쳐다보았다. 그 시간을 통해 하나씩 비교하고 구별하면서 나만의 정보를 채워 갔다. 내가 맨 처음 경사진 초원의 하얀 석회질 바위 위에서 햇볕을 쬐고 있는 옅은 황금색 얼룩무늬 팔랑나비를 보았을 때가 생각난다. 그 녀석을 보는 순간, 두 날개에 군데군데 불규칙한 하얀 점을 달고 있는 이 빛바랜 황금색 화살 형태의 나비 이름을 단박에 알아챘다. 이렇듯 야외 도감은, 내가 머리로는 이미 알고 있었지만 한 번도 본 적 없는 대상을 마주칠 때 알싸한 기쁨을 느끼게 해 주었다.

나는 호텔 방으로 돌아와 숲에서 보았던 그게 무엇인지 어서 찾아내고 싶은 마음에 여행 가방의 맨 밑에 두었던 호주 야외 도감 두 권을 꺼낸다. 언뜻 보고 꿀발이새라고 생각했던 녀석을 떠올리며 꿀발이새 페이지를 찾는다. 연한 녹색 배경에 아홉 마리 새가 나란히 나온다. 눈에 확 띄는 흰색과 까만색과 노란색의 그 무늬는 두 가지 종에서 발견되는데, 그 동그란 은색 눈은 독특하다. 그래서 이제는 표지 면으로 가서 분포도와 짧은 설명을 확인한다. 그때 내 눈에 띈 것은 바로 뉴 홀랜드 꿀빨이새였다. 이제 다시 식물도감을 펼친다. 거기엔 호주에서 발견된 3만 종의 다양한 식물 종 가운데 몇백 개

종류만 나온다. 그래도 잠정적인 해답을 발견할 수 있다는 생각으로 찬찬히 따져보기로 한다. 그 새가 앉아 있던 관목이 아마도 워라타였고, 그 길옆에서 본 뱅키아스가 "툭 튀어나와 철사처럼 뻣뻣한 고리 모양의" 헤어핀 뱅키아스였던 것 같다. 워라타와 뱅키아스는 여기 호주에서 워낙 잘 알려진 종이지만, 이방인인 나에게는 그것만으로도 작은 승리로 봐도 좋을 것 같다. 지금 이 순간 나는 무려 세 가지 정보를 새로 알게 되었다. 몇 시간 전만 해도 해질녘 석양이 비추는 골짜기를 바라보면서 아무것도 몰랐던 나였다.

5

테켈스 파크

이러면 안 되는데. 어쩌려고 이러는 걸까. 어차피 고속도로 운전을 하려면 두 눈을 도로에만 집중하고 있어야 하는데. 진짜 이러면 안 되는데. 사람의 심장을 저 밑까지 뒤흔드는 일은 조금씩 낫고 있는 상처를 꾹 누르는 것만큼이나 까다롭고 당혹스러운 충동인 걸 잘 알면서. 하지만 어쨌든 지금 나는 그러고 있다. 다행히 요즈음에는 좀 더 안전하게 할 수 있게 되었다. 길게 뻗은 이 구간이 스마트 고속도로로 변경되고 있는 중이어서 잉글랜드 남동부 캠벌리로 연결되는 M3의 경사길 곳곳에 속도 제한 카메라와 시속 50마일 표지판이 가득하다. 속도 제한이 있는 덕분에 다른 차선에서 달리고 있더라도 내 차를 바깥쪽 추월 차선으로 넣어서 본능적으로 내가 찾아 헤매는 울타리 구획 쪽으로 더 가까이, 더 천천히 운전해 갈 수 있다. 마치 오래된 빙하처럼 하얗고 투명한 하늘 아래, 나는 뭔가를 찾아 헤매면서 자꾸만 서쪽으로 저 멀리 달려가고 있다.

아마 수만 대의 자동차가 매일 이곳을 지나갈 것이다. 1970년대 중반으로 거슬러 가면 한밤중에 잠들지도 못한 내 귓가에 겨우 바이크 한 대가 서쪽인지 동쪽인지 속도를 내며 달려가는 소리가 들리곤 했다. 아, 어쩌면 그건 기억 속에 도플러 효과처럼 파고들어 꿈속에서 윙윙 재생되었던 길고도 지루한 소리였을지도 모른다. 하지만 하늘에서 내리는 눈이 그렇듯이 교통 소음도 시간이 흐르면서 점점 두터워진다. 내 나이 10살쯤에는 유럽에서 두 번째로 큰 폭포가 뿜어내는 으르릉 소리를 바로 옆에 서서, 심지어 귀 기울여 들으면서 **'뭐, 비 내리는 날 고속도로 같은 소리가 나네.'**라고 생각하며 거뜬히 들을 수 있었다.

어쩌자고 또 봐 버린 걸까. 항상 눈에 들어오는데 어쩔 도리가 없다. 내 눈은 고속도로 울타리 뒤에 붙잡혀 있다. 소나무들이 휙 지나가면서 삼나무의 짙은 봉우리와 칠레삼나무의 사방으로 뻗은 가지에 걸린 하늘 한 조각이 회전요지경처럼 나타난다. 그리고 내 머릿속은 그곳, 내가 잃어버린 공간에 대한 걱정과 불안이 피어오른다. 저 나무들을 둘러싼 땅을 확실히 아니까, 아니 적어도 30년 전에 그곳이 어땠는지 **정확히** 알고 있기 때문이다. 그 풍경은 이내 뒤로 밀려나고, 나는 계속 운전을 하면서 지난 300미터 동안 꾹 참고 있던 숨을 비로소 내쉬었다. 마치 내가 숨을 쉬지 않음으로써 모든 것을, 저 변화와 시간을, 삶의 부침 속에 이는 저 모든 먼지와 흔적을 잠재우고 정지시킬 수 있을 것 같았다.

어릴 적 기억이 하나 생각난다. 우스꽝스럽긴 하지만 진짜 있었던 일이다. 내가 초등학교 다니던 시절이었다. 학교 가는 길 도로가에 접해 군사 경고판이 죽 늘어서 있었는데, 나는 어쨌든 그 표지판 내용을 파악하려고 노력하며 속독법을 익혔다. '출입금지'는 간단히 이해했지만 '위험: 불발병기'를 확실히 이해하기까지는 몇 달이 걸렸다. 눈에 보이는 모든 단어를 단숨에 다 읽어야만 했다. 엄마가 운전하는 자동차는 계속 움직이고 있었고 경고판은 너무 가까이 있었다. 평일에 학교 가는 날이면 아침마다 자동차 창밖을 뚫어져라 쳐다보았다. 육군 부대에 점점 가까워져서 새로 배울 수 있는 단어가 나타나기를 기다린 것이다. 새로운 기회를 어서 만나야 하는데! 그랬다. 그때 내 옆을 너무나 빠르게 지나가고 있는 그것, 그 중요한 무엇인가를 이해하고 싶다는 마음이 난생 처음 생겼던 것 같다. 바로 그 마음 때문에 고속도로에 올 때마다 내가 자랐던 고속도로 울타리 뒤에 존재하는 그 공간을 찾아가고 싶어진다. 세월이 지나 지금 시점에서 그곳을 찾으려 할 때 내 가슴에 차오르는 감정이 바로 그것이다. 너무 빠르게 지나가는 내 소중한 옛 공간을 오늘도 찾아가고 싶다.

나는 5살 때 처음으로 테켈스 파크에서 여름을 맞이했다. 1976년이었다. 국화과의 데이지 사촌인 케이프 데이지가 화단 곳곳에서 피었다가 졌고, 여름날 끝없이 계속될 것 같은 쪽빛 오후 시간이면 집 뒤의 나무에 달린 솔방울이 탁탁 소리를 내면서 갈라졌다. 야외 급수탑, 오렌지 스쿼시, 메마른 잔디, 그리고 대화가 기억난다. 가뭄 문제를 두고 벌어진 어른들의 대화를 나한테도 이러저러하게 설명해 주었다. 그때 비로소 모든 해가 다 같지 않다는 사실을, 아마도 해마다 그런 일은 절대 없을 거라는 사실을 난생처음 깨달았다.

부모님은 서리 주, 캠벌리에 위치한 하얀 작은 집을 사 두었던 같다. 사방 50에이커 규모의 땅으로 원래 신지학 협회가 소유한 곳이었다. 두 분은 신지학에 대해선 일절 알지 못했으나 그 집이 마음에 들었고 그 땅도 흡족해했다. 과거에는 이곳에 성이 하나 있었다고도 하고, 19세기 초반에 대지주 테켈의 영지였다고도 하고, 고딕 스타일의 모조 총안(銃眼)과 화살 구멍이 있는 흉벽, 공작과 마차도 있었다고들 했다. 그 성이 불탄 후, 1929년 신지학자들이 2,600파운드에 그 땅을 매수하여 생활하고 일할 수 있는 공간으로 바꾸는 작업을 시작했다. 이곳 거주자들은 여기서 사는 건 특권이라는 이야기를 들었다고들 했다. 봉사할 특권을 받았다는 뜻이었다. 회원들은 각자 자기 살 집을 지었으며, 캠프장에 사용할 텐트와 육군 부대에서 썼던 중고품 조립형 반원형 막사를 사서 임시 거처를 마련했다. 성벽으로 둘러싸인 부엌 마당에서 먹거리를 키웠으며 채식주의자 전용 게스트하우스를 열었다. 1960년대에 들어와 임차인들이 해당

부동산의 자유토지보유권 구매 권리를 얻게 된 후에 우리 집 같은 외부인들이 조금씩 그곳의 주민으로 유입되기 시작했다.

우리 이웃 중에는 2차 대전 피난민들이 아주 많았다. 나치 독일이 신지학을 금지했기 때문이었다. 좋은 집안 출신의 말썽쟁이들도 있었다. 여성들도 있었는데 그들 대부분은 사회에서 부여한 역할을 과감히 거부한 사람들이었다. 말하자면 서리 히스에 사는 조용한 '롤리 윌로스'들이었다. (롤리 윌로스는 1926년 실비아 타운센드 워너가 쓴 소설 주인공이다. 작가는 가족과 친척들에게 둘러싸여 전통적 역할에 얽매인 여성의 상황을 능동적으로 탈피하고 자유를 얻으려 애쓰는 롤리 윌로스의 이야기를 판타지와 풍자가 섞인 장르물처럼 전개한다.) 한 여성은 투탕카멘을 발굴한 전설의 고고학자 하워드 카터에게서 받은 고대 이집트 장식품을 걸치고 있었다. 또 어떤 여성은 서랍 안에 바다쇠오리 알을 넣어 두었다. 그 외에도 스파이, 과학자, 콘서트 피아니스트, 밀교 회원, 원탁의 기사단, 자유주의 가톨릭교회, 프리메이슨 등 여러 사람이 살았다. 전에 살던 어떤 사람은 네팔에서 돌아와서는 집에 모닥불을 피워 자신이 쓰던 턱수염 집게를 불태웠다. 또 어떤 사람은 내가 케임브리지로 이주했다는 사실을 몇 년이 지나 알게 된 순간, 뜬금없이 당시에 내가 키우던 말은 대체 어느 마구간에 두었냐고 물어보기도 했다. 그가 아직 학생이었을 1930년대에는 사냥용 말에게 던져 줄 생간을 구하기가 무척이나 어려웠다면서 꺼낸 황당한 이야기였다. 모두들 그처럼 누가 봐도 강렬하고 선명한 괴짜로서 살아갔다. 그건 정말이지 이건 이러하고, 이건 이러하지 않다는 등 내 나름의 정상과 보통의 개념이 절대 회복될 수 없을 만큼 난타당하는 수준이었다. 그래도 나는 그 점에 감사하며, 특히 삶을 이어 가는 데 필요한 여러 모델을 제시해 주었던 그 여성들에게 감사하고 있다.

하지만 무엇보다 그곳에서 누렸던 여러 다른 자유를 고맙게 생각한다. 방과 후 집에 오면, 곧장 샌드위치를 만들고 나서 독일제 '칼 자이스 예나 8×30 예노템 쌍안경'을 움켜쥐고는 내가 제일 좋아하는 곳으로 씩씩하게 찾아가곤 했다. 그곳에 가면 온 벽에 담쟁이덩굴, 표본목, 워털루 전쟁의 영웅 웰링턴 경의 죽음을 기념하기 위해 심은 붉은 삼목, 그리고 목재 보존재를 바른 피서용 별장이 있었다. 그 별장의 유리창은 파리똥 얼룩이 번져 지저분했다. 그 별장 중에서 가장 작은 집을 지나갈 때 이런 소리를 들었다. "아서 코넌 도일이 여기에 자주 앉아 있었대. 그러는 걸 좋아했었나 봐." 그 집은 미국산 포플러나무 아래 드문드문 드리워진 그늘에 있었다. 그 포플러는 유명한 코팅리 요정들이 크림색으로 칠한 벽에 걸려 있는 바로 그 사진 원본에 나오는 나무였다. 천하의 아서 코넌 도일도 그 요정이 진짜라고 믿었다지. 이탈리아식 테라스에 둥글고 얕은 연못도 있었고, 띄엄띄엄 부서진 분수대도 보였다. 미끌미끌한 도롱뇽과 몸집 큰 물방개도 살았으며 밤이 되면 애기박쥐들이 그 분수에 내려와 물을 마시곤 했다. 그 한쪽에는 다 썩어 허물어져 가는 마구간이 딸린 9에이커 상당의 건초용 목초지가 있었고, 수만 평방미터에

달하는 스코틀랜드 적송이 늘어서 있었다. 축축한 오솔길엔 고사리와 철쭉과 마치 케이크 장식용 가느다란 글자 같은 꽃봉오리를 맺은 가는 잎 꽃갓석남도 피어 있었다. 그리고 곳곳에 어느 곳으로도 이어지지 않은 도로가 보였다. 1950년대에 신지학 협회로부터 강제 매입했던 땅 위에 고속도로를 지으면서 기존의 땅 자체를 두 개로 동강내 버렸기 때문이다.

나는 그 끊어진 도로들을 무척 좋아했다. 파삭파삭 갈라지는 아스팔트 위를 맨발로 걸어 다녔다. 그렇게 졸참나무가 죽 늘어선 길을 따라가다 보면 수북이 쌓인 참나무 이파리 덤불을 만났고, 새로운 열망을 담은 오솔길도 만났다. 그 오솔길 오른쪽으로 돌면 고속도로 울타리 경계 구역을 찾아갈 수 있었다. 테켈스 공원 뒤편의 막다른 차선에는 10피트 높이의 모래 둔덕이 있었다. 그곳 둔덕에는 잿빛 너도밤나무 한 그루가 있었고, 나는 가끔씩 모래 둔덕과 나무까지 기어 올라가곤 했다. 나무에는 사람들이 새긴 하트 모양과 기념일과 이니셜이 가득했다. 한데 나 말고 누군가 이 나무를 이미 발견했었다는 사실에 적잖이 놀랐다. 그도 그럴 것이 근처에서 사람의 흔적조차 본 적이 없었다. 사실 언젠가 어느 오후에 나는 그 나무 밑에서 부엽토를 밀쳐 내고 썩은 가죽 스트링 백을 파내고는 후두둑 떨어지는 3펜스 은화를 손에 넣은 적이 있었다. 예전에 고속도로가 생기기 전에는 여기에 반딧불 유충과 도요새와 작은 연못도 여러 개 있었다고 들었다. 여기 맞은편에는 이미 사람들이 모여 사는 집들이 즐비했다.

나는 마음껏 여기저기 돌아다녀도 괜찮았다. 여기 사람들이 내가 누군지 다들 알고 있으니 그렇게 해도 된다고 허락받은 셈이었다. 물론 사람들은 간혹 부모님한테 조용히 몇 마디씩 이야기를 옮기곤 했다. 당신네 딸이 무릎까지 올라오는 연못 한가운데서 도롱뇽을 찾고 있던데 괜찮을까. 아고, 당신 딸이 저기 풀뱀이 기어 다니는 게스트하우스 근처에서 풀색과 황금색이 섞인 커다란 풀뱀을 두 팔에 감고 있던데, 별일이야. 정원사 레그는 자기 견인트레일러에 나를 태워 주기도 했고, 그럴 때마다 우리는 레그가 가르쳐 준 극장 무대용 노래를 부르면서 부르릉 통통거리며 도로를 내려갔다.

> 세상은 어디든 다 똑같아
> 가난한 사람은 욕을 먹고
> 부유한 사람은 즐거움을 얻지
> 그거 진짜 지독하게 부끄러운 거 아냐?

그러고 나서 레그가 담배를 말고 있으면 그동안 나는 뒷마당 오지 숲에 있는 고사리와 작은 관목을 찾으러 가자고 꾀곤 했다. 그 숲에 가면 철쭉이 여기저기 뻗쳐 거의 나무 수준이 될 만큼 자라 있었다. 아주 오래된 가지치기 방식으로 모양을 잡아 놓았던 것 같았다. 어렸을 때, 그 관목을 타고 올라가는 놀이는 정말이지 **최고**였다. 직각형으로 얽힌 나무 뼈대와 예각형의 나무 곡선이 있어서 그 안쪽으로 내 몸을 쏙 넣었다가 일어설 수도 있었고, 죽은 나뭇잎이 캐노피처럼 덮개 모양으로 만들어져 그 안에 쏙 들어가 앉아 있기도 했다. 죽은 나뭇잎 덮개에서는 철쭉에 매달린 매미충이 타닥타닥 딸깍딸깍하는 소리를 냈는데, 그걸 조금 더 가까이서 살펴보면 중세동물우화집에 나오는 가장 선명하고 밝은 색깔의 용(龍)을 닮았었다. 뒷마당 숲에는 불개미 둥지도 있었다. 계속 빠르게 움직이면서 반짝거리는 그 미립자 무더기는 해마다 조금씩 이동하면서 포름산 냄새를 강하게 풍겼다. 파란색 꽃을 분홍색으로 바꿀 수 있는 방법이 있다면 믿을까? 개미들이 파란색 꽃을 다 휩쓸어 가기 전에 불개미 둥지 위에 그걸 던져 놓으면 된다. 그러다 잠시 내가 우연히 발견한 죽은 새의 뼈대를 모아 작은 새장 안에 조심스레 포개 놓고는 그걸 불개미 둥지 위에 올려 두기도 했다. 그대로 몇 주를 보내다가 불개미 둥지로 찾아가서 새장을 꺼내 보면 뼈대가 표백된 것처럼 하얗게 변해 버린 상태가 되곤 했다. 하지만 불개미 냄새가 나는 건 절대 없앨 수가 없었다.

정말이지 우연히도 이런 자유와 특권을 누릴 수 있는 어린 시절을 선물처럼 받았다. 그게 한편으론 기이하고 별난 곳에 살았기 때문이기도 했고, 또 한편으론 부모님이 이곳이 안전하다고 믿었기 때문이기도 했다. 물론 나도 어릴 적에 『비밀의 화원』부터 『마리아의 비밀 정원』까지 어린이가 있는 집에 웬만하면 다 있는 동화책 정도는 익숙한 배경처럼 갖추고 있었다. 비록 그 동화책 주인공처럼 상류층 스타일의 우아함에는 절반도 미치지 못했지만 있을 건 다 있었다. 말하자면 나는 다 허물어져 가는 어느 국가 지정 공식 대정원에서 무료로 운영하는 공립학교의 학생이었던 셈이다. 그 대정원은 점점 쇠락해 가는 제국, 야생동물, 사회적 범죄와 위반, 아니 내가 태어나기 훨씬 전에 살았던 여러 작가의 상상 속에서 구축된 수많은 탈출과 도피의 꿈들을 마치 은유처럼 구상하고 기획한 공간 같았다.

그때는 내가 누리는 자유가 그렇게 특별한 일인지 몰랐다. 하지만 그 자유가 나한테 주어졌다는 사실 만큼은 잘 알고 있었다. 바로 그 자유가 나를 자연주의자로 바꾸어 주었다. 게다가 나 같은 새내기 자연주의자에게 9에이커 규모의 목초지는 무엇보다도 최상의 공간이었다. 그 목초지의 상당 부분은 건초더미였는데, 정작 그 건초를 먹고 살아야 할 말들은 이미 오래전 죽고 없었다. 저지대 초원에서 이런저런 풀 씨앗도 많이 날아왔다. 체꽃, 수레국화, 클로버, 실잔대, 큰솔나무, 방울새풀, 살갈퀴, 그 외에 다양한 풀과 목초가 가득했다. 나비들도 19세기의 이 작은 땅에서 한가롭게 날아다녔다. 부전나비, 팔랑나비, 조흰뱀눈나비, 작은주홍부전나비, 그리고 여름내내 울다가 내 발밑에서 탱 하고 소리를 내던 메뚜기들이 있었다. 목초지의 맞은편 풍경은 이와 달랐다. 그곳은 흔히 산성 물질을 포함한 땅이 어떤 모습일지 예상했을 때, 바로 그 모습에 더 가까웠다.

애기수영이 얕은 바다를 이루고 황야갈퀴덩굴이 별처럼 무리 지어 빛났다. 나무수국, 작은처녀나비, 개미둑, 그리고 물결치는 좀새풀이 햇빛 아래 안개를 스치고 지나갔다. 나는 그 목초지를 속속들이 너무 잘 알았다. 그곳은 내 평생 살았던 다른 어느 환경보다 더 풍요로웠고, 더 흥미진진했으며, 더 많은 이야기를 품고 있었다. 나는 줄기와 뿌리가 서로 구분되지 않을 정도로 차이가 모호한, 드렁칡처럼 얽히고설킨 흙 속에서 소문자 i의 윗점만 한 크기로 미세하게 움직이는 벌레들을 지켜보려고 잔디 속에 얼굴을 잔뜩 파묻곤 했다. 또는 천천히 몸의 방향을 바꾸어 저 하늘의 두터운 뭉게구름 더미 속에 날아가는 새들이 없나 살피곤 했다.

우리가 자연에 관해서 하는 이야기의 많은 부분은 자연 그 자체가 아니다. 자연을 상대로 우리 자신을 시험하고, 자연을 배경으로 우리 자신을 설정하고, 자연과 비교하여 우리 자신을 규정하는 이야기가 대부분이다. 하지만 이런 이야기는 자연의 본모습과 전혀 맞지 않았다. 그것은 어린아이가 자연을 바라보는 방식이었다. 친밀함과 우정을 찾는 것에 불과했다. 말하자면 내가 야외 도감에서 보았던 이런 생명체들의 이름을 익히게 되었다면, 그건 신학기에 우리 반 친구들의 이름을 꼭 알아야 했던 것과 같은 이유로 그랬을 뿐이었다. 자연의 다양한 생명과 삶은 그저 집 근처 정도로만 생각했던 사고와 경험의 폭을 내가 사는 집의 사방 벽 너머로 넓혀 주었다. 수많은 생명체를 접하면서 내가 경험한 자연 세계는 복잡하고 아름다운 안전감이 깃든 공간처럼 보였다. 뭐랄까, 마치 한 가족 같은 느낌마저 들었다.

어릴 때 주변에서 항상 마주치는 대상을 보면서 그 모습 그대로 영원히 계속 존재할 수 있다고 은연중에 기대하기 마련이다. 더구나 어릴 때에는 시간에 대한 개념이 길지 않기 때문에 햇수가 아니라, 짧게는 하루나 기껏해야 한 주간을 단위로 삶의 길이를 가늠하곤 한다. 실은 그래서 그랬다. 8월 초반 어느 날 풀 베는 사람들이 왔다. 그 목초지가 생긴 이후로 해마다 늘 그랬던 것처럼 풀을 베러 왔을 뿐이었다. 그런데 그 사실을 모르고 있던 내 눈에는 목초지를 다 없애 버리는 것으로 보였다. 나는 끔찍한 분노로 불타올랐다. 내가 무슨 짓을 하는지 생각할 겨를이 없었다. 나는 마구 달렸다. 그러다 넘어지기도 했다. 제초기 앞에 주저앉아서 아무 말 없이 무표정하게 땅을 꼭 붙들고는 제발 풀을 베지 말라고 소리쳤다. 당혹스러워진 제초기 기사는 조용히 내려와서 꽤 분별 있는 태도로 도대체 왜 그러냐고 물었다. 하는 수 없이 나는 울면서 집으로 달려왔다. 도대체 목초지를 어떻게 하려는 건지 도무지 알 수가 없었다. 그때 내 눈에는 순전히 목초지를 파괴하는 것으로만 보였다. 그때 제초 작업이 각종 히스와 자작나무와 시간 때문에 벌어진 잠식에 맞서서 목초지를 본래 모습 그대로 유지될 수 있도록 그 땅을 버티게 해 주는 일임을 내가 어찌 알 수 있었을까?

해마다 풀을 베이고 나서도 목초지는 다시 잘 자라나 번창했고,

언제나처럼 풍성했으며, 무엇보다 1990년대 우리가 테켈스 파크를 떠날 때까지도 잘 유지되었다. 그로부터 10년 후, 어느 잿빛 여름 오후에 다시 그곳을 찾았다. 과연 거기서 무엇을 찾게 될지 초조한 마음마저 들었다. 테켈스 진입도로로 차를 몰고 올라갈 때 내 옆으로 스쳐 간 풍경에는 뭔가 당황스럽고, 산만하고, 불균형하고, 어쩐지 꿈에서 본 모습과 기이하게 닮은 듯 낯선 친숙함이 풍겨 왔다. 차가 곡선 주로에 이르러 벌판으로 내려가면서 내 눈에 들어온 광경에 깜짝 놀랐다. 한데 거기에 그 목초지는 그대로 있었다. 세상에! 있을 수 있는 일이야? 이건 기적이지! 여전히 그곳은 생명으로 가득 차 보였다.

그 무렵, 나는 막 40대에 접어들고 있어서 지금보다 겁도 없었다. 더구나 나 자신에 대해서, 내가 그곳에 갔을 때 발견하게 될 무언가에 대해서도 지금보다 더 확신에 차 있었다. 하지만 그런 내 생각은 보기 좋게 틀렸다. 그 목초지는 깔끔하게 정비된 축구장처럼 변해 있었다. 목초지가 축구장 같아야 한다고 생각했던 사람이 정말로 그곳을 그런 식으로 처리했던 것이다. 지난 수년 동안 계속 반복해서 전부 풀을 베어 내 버리는 바람에 그 활기 넘치게 움직이던 생명체들, 내가 익히 알고 있고 사랑했던 그 모든 것이 다 사라지고 없었다. 이제 그 목초지는 그야말로 그 인간이 생각한 그대로의 모습이 되어 있었다. 아무것도 없이 텅텅 비어 버린 그곳은 깔끔하고 평평해져서 걸어 다니기 수월했다. 나는 그 모습을 보고 그만 소리치며 울고 말았다. 내가 아는 그 여자는 잃어버린 어린 시절 때문이 아니라, 정말로 그런 게 아니라, 이 공간에서 흔적도 없이 지워진 모든 것들 때문에 눈물이 흘렀다.

그 목초지를 잃는다는 건, 내 어린 시절에서 사라져 간 다른 사물이나 대상을 잃어버린 것과 다르다. 휴일 간선도로의 노상 체인 카페에서 밥을 챙겨 먹던 시절에 자주 가던 생선가게 맥 피셔리, 데워 먹는 베스타 파에야, 통통볼, 학교 점심 급식, TV 만화 「마법의 회전목마」 장난감, 달고나 막대사탕쯤은 그 목초지에 비할 게 되지 않는다. 이 순간, 당신이 속한 세대를 위해 단시간에 이루어진 재빠른 자본주의의 피해자를 애도하고 슬퍼할 수도 있겠지. 하지만 이미 없어져 버린 그 자리엔 다른 프로그램과 다른 매체, 그리고 눈으로 보고 돈으로 살 수 있는 그 밖의 다른 것들이 대신 차지했다는 사실을 당신도 나도 이미 잘 알고 있다. 그것을 **무조건적으로** 옛것에 대한 향수로 환원시킬 수도 없다. 동식물의 서식지가 파괴될 때, 우리가 잃어버리는 것은 완벽하고 정교한 생태계의 복합구조와 그 구조를 본래 그대로의 모습으로 만들어 주는 모든 생명체다. 그 상실은 비단 우리만의 일도 아니다. 그 목초지가 사라지면서 내 안의 일부분도 함께 사라졌고, 아니 내 안의 일부분이 존재라는 양태에서 기억의 영역으로 옮겨 가 이제는 외려 내 가슴 속을 마구 후려치게 되었지만, 그렇다고 그게 우리만 관련된 일이겠는가. **여기 한 번 보세요! 이 아름다운 풍경을 보세요. 여기 모든 게 너무 아름다워요!** 이제 누구한테도 현재형 시제로 이런 말을 할 수가 없다. 그 아름답던 과거 모습을 그저 글로만 쓸 수 있을 뿐이다.

소설가 헨리 그린(1905-1973)은 1930년대 후반에 자서전을 쓰기 시작했다. 1905년생이었던 그린이 그렇게 이른 시기에 자서전을 쓰게 되었다고 밝힌 이유는 오늘의 나에게 귀중한 영감을 준다. 그는 곧 다가올 전쟁에서 죽음을 피할 수 없음을 예상하고 소설을 쓰고 있을 호사스러운 시간이 남아 있지 않다고 생각했다. "그 밖에 다른 글을 쓸 시간이 없는 사람이라면 마땅히 지금 할 수 있는 일을 해야 한다는 게 나의 변명이었다." 그리고 덧붙였다. "우리는 언제든 다음에 무슨 일을 할지 늘 하던 일을 잠시 멈추고 찬찬히 살펴보아야 한다."

그래서 나도 지금 그렇게 하고 있는 중이다. 이번 지구의 여섯 번째 멸종 사태가 발생하는 중에 다른 어떤 일을 할 만한 시간이 없다면 지금 우리가 할 수 있는 것을 마땅히 글로 써야 하며, 무슨 일을 할 수 있을지 잠시 멈추고 살펴야 한다. 그날 풀이 듬성한 길가에 앉아 눈물을 흘리면서 혼잣말로 몇 번이고 이 말을 주워 담았는지 모른다. 그 인간도 좋은 사람이었을 거라고, 아마 목초지를 그냥 그대로 유지해야 한다는 사실을 몰랐을 뿐이라고, 거기에 본래 뭐가 있었는지 알지 못했을 거라고.

그러다 문득 요전 날 친구와 나누었던 이야기가 생각났다. 세상에는 이 세상이 어떠어떠해야 한다고 생각하는 방식대로 뭐든 바꾸어 버리느라 바쁘게 살아가는 사람들로 꽉 차 있어. 그런 생각으로 어디든 중요한 부분을 잿더미로 만들고 그 과정에서 그들이 무슨 짓을 하고 있는지 알지도 못한 채, 뜻하지 않게 깡그리 모든 것을 파괴해 버리지. 그러니까 우리 중에 누군가는 그런 사실을 알지 못한 채 그런 행동을 하고 있다고, 우리 중에 누군가는 항상 그렇게 하고 있다고.

몇 년 전, 테켈스 파크는 어느 부동산 개발업체에 매각되었다. 오늘 운전하면서 고속도로 울타리를 스쳐 지나갈 때, 내 심장에 찾아온 은근한 뻐근함은 한편으론 그 나무들을 보면서 내 어린 시절을 속에 담고 우뚝 선 유령임을 알아 버린, 그 미련한 깨달음이 안겨 준 쓰라림이었다. 또 한편으론 겨자씨만 한 사랑과 기술, 보살핌과 관심을 준다면 그 목초지는 개발단지계획에 통합되어서 불과 몇 년 전의 모습과 매우 유사한 상태로 변할 수 있을 것이라는 확신이었다. 한데 이와 더불어 내 심장의 아릿한 통증은 이런 일이 가능하기는 하나 아마도 그리될 것 같지 않다는 사실을 이미 알고 있는 아픔이기도 했다. 수 세기 동안 동식물의 서식지는 사라지고 우리가 자연 세계에 대하여 알고 있는 일상의 생생한 지식은 점차 줄어들고 약해짐으로써 지금의 국면이 과연 역전될 수 있다는 믿음을 간직하기가 점점 더 어려워졌다.

우리는 너무 흔하게도 과거를 자연보호 지정 구역 비슷한 것으로 생각하곤 한다. 마치 완전히 다른 경계 구역 안에 별도의 공간이라도 되는 것처럼 기분 전환을 위해서라면 언제든 우리의 상상 속으로 찾아갈 수 있는 공간이라고 착각한다. 도대체 어떻게 하면 사람들에게 과거의 진짜 모습을 깨닫게 해 줄 수 있을까. 과거는 항상 우리에게 영향을 끼치고 있으며, 그 영향력과 더불어 우리와 함께 현재성으로 움직인다. 인간이든 자연이든 모든 형태의 과거에 깃든 다양성은 바로 존재의 진정한 강점이자 힘이다. 풍부한 종의 초목과 그에 수반되는 무척추동물이 함께 지저분할 정도로 널리 뻗쳐 나가는 풍경은 현대식 식재 구조와 들판이 주는 으스스하고 메마른 침묵보다 더 낫다. 아니 그냥 **더 좋다.** 그런 본능적 직관에 맞추어 우리의 미학적 조경과 윤리적 풍경을 일치시키는 법은 어떻게 배울 수 있을까? 정말 궁금하다.

머릿속에 그 목초지가 눈에 선하게 그려진다. 구름처럼 하늘을 뒤덮고 날아다니던 나비들은 사라지고 말았지만, 그 흙과 땅에는 훗날을 기다리는 씨앗들이 층층이 살아 있다. 그들은 언제가 되었든 아무리 오랜 시간이어도 기다릴 것이다. 그런 의미에서 이제는 알 것 같다. 요즈음 내가 시속 50마일로 고속도로 울타리를 지나가면서 응시하는 과거 내 삶의 공간에 그토록 마음이 이끌린 건 그곳이 전적으로 나의 과거나 현재에 존재하기 때문이 아니라, 과거와 현재 사이, 보이지 않는 기다림과 희망의 어느 지점에 붙잡혀 있는 공간이기 때문이다. 그 사이의 공간은 미래를 향해 손짓하며, 작은 상처들은 마침내 희망이 된다는 사실을 알기 때문에 그토록 내 심장이 아릿하게 저미는 것이다.

6

고층 건물

5월 초, 쌀쌀한 오늘 저녁 시간 미드타운 맨해튼 위로 어스름이 깔린다. 하루 종일 일기예보를 검색하고 있었는데, 지금 5번가로 걸어 내려가면서 다시 한 번 확인차 핸드폰을 꺼낸다. **북북동풍이 불고 쾌청하겠습니다.** 좋다.

엠파이어스테이트 빌딩에서 보니 그 건물 주변을 둘러싸고 스카이라인이 구불구불 뻗어 있다. 여기서 쌍안경을 목에 두르고 있는 사람이 나 혼자뿐이라 어쩐지 남들의 시선이 조금씩 느껴진다. 나는 앞으로 있을 한 시간을 위해 천천히 에스컬레이터를 타고 대리석 홀을 지나 부드러운 황금빛 벽지가 발린 벽을 따라간다. 그러다 복잡한 엘리베이터를 비집고 들어가 86층에 내린다. 이 뉴욕 하늘

1,000피트 위로는 강한 미풍이 불고 그 한참 아래로는 거대한 불빛의 바다가 쏟아져 나온다.

경계 펜스까지 바짝 밀릴 정도로 북새통을 이룬 관광객들 뒤로 한 남자가 벽에 등을 기대고 서 있다. 그 남자 머리 위로 성조기가 밤하늘에 힘없이 노곤노곤 펄럭인다. 어두워서 얼굴을 볼 수 없지만, 내 것보다 훨씬 더 좋아 보이는 쌍안경을 들고 있어 오늘 내가 만나러 온 사람임을 단박에 알았다. 그는 기대를 품은 채 잔뜩 긴장한 모습이다. 그래서인지 그가 서 있는 태도는 스키트 사격장에서 다음 목표물을 쏘기 위해 다음번 트랩을 기다리고 있는 사람을 연상시킨다.

그의 이름은 앤드류 팬스워스, 목소리가 상냥한 코넬대 조류학 실험실 연구원이다. 오늘 여기에 그와 함께하게 된 계기는 도시 상공에서는 거의 보이지 않지만 해마다 두 번 휩쓸고 지나가는 현상을 볼 수 있다는 희망 때문이다. 그건 바로 철새들의 계절성 밤 비행이다. 흔히 우리는 비둘기, 쥐, 생쥐, 제비처럼 익숙한 예외 사항은 빼더라도, 대부분의 야생동물이 도시의 주변부에서 멀리 떨어져 살고 있고, 자연은 이 도시와 정반대의 존재라고 생각하는 경향이 있다. 왜 그런지 그 이유를 알기란 어렵지 않다. 사실 이 정도 높이에서 눈에 보이는 자연이란 밤하늘 위로 희미하게 흩어진 별들과 떠들썩한 도시 불빛을 뚫고 흐르는 허드슨강의 검푸른 상처뿐이다. 그 밖에 자연은 우리 두 사람이 전부다. 그리고 점멸하는 비행기 불빛, 이런저런 각도로 사진 찍느라 밝게 열린 스마트폰, 불빛 조명을 받은 도시의 창과 거리가 만드는 격자무늬 망이 이 밤을 일렁인다.

고층 건물은 밤이 되면 가장 완벽한 모습으로 떠오른다. 그리고 완전히 무르익은 모더니티의 꿈을 뿜어낸다. 그것은 원래 존재했던 자연을 싹 지우고 그 자리에 절묘한 기술로 빚은 새로운 풍경이다. 기술은 강철과 유리와 조명을 아울러 도시 하늘에 한 편의 새로운 지도를 제작해 냈다. 흔히 사람들은 도시를 벗어나고 싶어서 야생의 공간으로 여행한다고들 한다. 한데 흥미롭게도 똑같은 이유를 들어 고층 건물에서 살아간다. 기실 고층 건물은 거리와 도로에서 벌어지는 엉망과 혼란 너머로 당신을 끌어올려 준다. 아래로 보이는 세상과 다른 곳으로 들어 올리는 것이다.

예전에 깊은 바다를 놓고 아무런 생명이 살지 않는 진공 상태라고 잘못 생각했던 것처럼 행여 창공도 텅 빈 공간으로 보인다고 할지 모른다. 하지만 바다가 그랬듯이 창공도 박쥐와 새, 날아다니는 곤충, 거미, 바람에 날려 온 씨앗, 미생물, 날아다니는 포자 등 여러 생명체로 가득 찬 광대한 서식지다. 먼지와 불빛이 감싸는, 한없이 이어진 창공 너머로 도시를 물끄러미 쳐다보면 볼수록 이 높이 솟은 건물들이 마치 심해 잠수정 같은 역할을 해 준다는 생각이 든다. 이런 마천루가 없다면 결코 탐색할 수 없는 접근 불가능한 미지의 영역으로 우리를 데려다주지 않는가. 고층 건물 안의 대기는 잔잔하고 맑고 온화하다. 그 바깥에는 미처 예상하지 못한 생물학적 다양성으로 가득 찬 떠들썩한 세상이 존재한다. 그리고 지금 우리는 바로 그 한가운데에 서 있다.

우리 머리 위로, 첨탑의 기단 주변을 에워싼 LED 전구가 어둠 속에서 옅은 불빛의 은은한 후광을 드리운다. 눈부시게 밝은 백색의 희미한 형체가 그 풍경을 스쳐 지나간다. 쌍안경을 통해 보면 그 형체는 첨탑을 향해 수직으로 올라가면서 날개를 펄럭거리는 밤나방과의 나방이다. 나방들이 이동하는 중에 예상치 못한 이런 환경에 어떻게 적응해 나가는지 아직 아무도 알지 못한다. 다만 그들이 지구의 자기장을 감지함으로써 방향을 읽고 이동하는 것으로 추측할 뿐이다. 지금 보고 있는 이 나방은 목적지로 이동할 때 필요한 정확한 기류를 찾아서 위쪽으로 날아가는 중이다.

풍매 이동은 이른바 절지동물의 주특기로서 진딧물, 말벌, 풀잠자리, 딱정벌레, 나방, 그리고 정전기가 일어난 거미줄 가닥 위로 올라선 작은 거미 등이 수십 마일에서 수백 마일 떨어진 곳까지 멀리 이동할 수 있도록 해 준다. 이렇게 바람에 날려 떠다니는 생명체들은 새로운 서식지를 찾아다니는 개척자이자 선구자다. 그래서 한 군데를 찾아내면 그곳이 어디든 본연의 서식지로 만들어 버린다. 매우 건조한 꼭대기 층 발코니 환경에 장미 덤불을 내놓아 보라. 그러면 곧 수액을 흡수하는 진딧물이 풍매로 장미 줄기에 모여들고, 진딧물에 기생하는 작은 말벌들이 잇따라 찾아올 것이다.

우리 머리 위로 이동하는 곤충은 그 수가 특별히 많다. 영국의 과학자 제이슨 채프먼은 높은 고도에서 이루어지는 곤충들의 움직임을 연구할 때 대기 내부를 겨냥한 레이더 시스템을 활용한다. 그 결과, 매월 750억 이상의 개체가 1제곱마일의 잉글랜드 농장 위로 지나갈 수 있는데 이는 약 5,500파운드의 바이오매스에 해당한다. 뉴욕시는 이 수치보다 훨씬 더 높을 것이다. 이곳은 차가운 바다로 둘러싸인 작은 섬이 아니라 대륙으로 나가는 관문이고, 일반적으로 여름에 더욱 뜨겁고 덥기 때문이다. 채프먼에 따르면, 일단 650피트 상공에 도달하면 도시와 시골 사이의 구분이 거의, 혹은 아무런 의미가 없는 영역이 된다고 한다.

칼새는 낮 동안 이렇게 이동하는 어마어마한 무리의 생명체를 포식하곤 한다. 밤에는 도시에 살던 생명체와 이동하는 박쥐, 그리고 하얀 깃발 날개가 특징인 쏙독새 등이 그 잔치의 주인공이 된다. 늦여름과 초가을, 북서풍이 불어오는 시절엔 도시 고층 건물 주변으로 강한 하강 기류와 회오리가 발생하고, 이것 때문에 곤충들이 한꺼번에 모여든다. 그 결과, 여러 새와 박쥐와 애벌박이 왕잠자리들이 곤충 먹이가 넘쳐나는 이 향연을 즐기게 된다. 이는 바닷속 물고기들이 해류를 따라 플랑크톤이 모이는 곳으로 떼 지어 다니는 것과 같은 이치다.

그렇다고 상공에 곤충들만 있는 것은 아니다. 엠파이어스테이트와 원월드트레이드 센터를 비롯해 새로 지어지는 초고층 건물들은 지난 1,000년 동안 새들이 이용해 온 영공을 비춰 준다. 뉴욕은 철새들의 대서양 경로에 위치한다. 이 대서양 경로를 통해 수억 만 마리의 철새들이 매년 봄마다 번식지를 향해 북쪽으로 날아가고, 가을이면 다시 날아오곤 한다. 대부분의 작은 명금류는 지상에서 고도 3,000피트와 4,000피트 사이에서 이동하는 경향을 보이지만, 그 고도는 그때그때 날씨에 따라 달라진다. 가령, 명금류보다 몸집이 큰 새들은 더 높이 나는 편이다. 그리고 강변이나 바닷가에 사는 일부 물떼새류는 1만 피트에서 1만 2,000피트 사이쯤에서 도시를 건너갈 것이다. 그러니 여기에서라면 우리를 지나쳐 이동하고 있는 그 상황의 일부라도 볼 수 있을 것이다. 물론 아무리 초고층 건물이라도 창공의 얕은 곳만을 살짝 들여다볼 뿐이다.

낮에도 맹금류 철새들이 도시 위 800피트가 훨씬 넘는 고도 지점으로 높이 솟아오르는 모습을 볼 수 있지만, 사실 대부분의 주행성 조류들도 해가 지고 나서야 이동한다. 그게 더 안전하기 때문이다. 기온이 내려가 더 서늘해지기 때문에 주변의 포식자들도 훨씬 줄어든다. 그렇다고 아예 없어지는 것은 아니고 그 수가 적어지는 것에 불과하다. 팬스워스는 내가 도착하기 직전에 그 건물 주변으로 송골매 한 마리가 불길하게 이동하는 모습을 보았다고 한다. 송골매는 밤이 되면 여기에서 자주 사냥에 나선다. 고층 건물의 높은 전망 지점에서 바라보니 송골매들이 새와 박쥐를 잡으려고 날개를 펼쳐 어둠 속을 파고들기 시작한다. 여기보다 더 자연에 가까운 서식지에서 매는 사냥한 새의 사체를 절벽 틈 사이에 은닉하곤 한다.

한데 여기 도시에서는 죽은 먹잇감을 엠파이어스테이트 등 고층 건물 위의 창에 붙은 선반 자리에 밀어 넣는다. 매에게 있어서 마천루는 그냥 절벽인 셈이다. 자연에서와 조망도 똑같고, 높은 바람도 똑같으며, 일종의 테이크아웃 끼니를 챙길 수 있는 기회마저 똑같다.

우리는 눈을 부릅뜨고 어둠 속을 노려보면서 살아 있는 녀석들이 어서 나타나 주기를 기다린다. 몇 분이 그냥 흘러간다. 갑자기 팬스워스가 "저기예요!"라고 소리치며 어딘가를 가리킨다. 우리 머리 위로 뭔가 움직이는 기미가 있다. 내 시선의 가장자리 끝, 바로 그곳에서 창공은 먼지투성이의 칙칙한 혼돈으로 흩어져 간다. 나는 쌍안경을 눈 위까지 획 돌린다. 후드득 날개를 치는 흐릿한 세 쌍의 조류가 촘촘한 대형을 이루며 북북서로 날아가고 있다. 해오라기였다. 여태껏 나뭇가지 위에서 구부리고 있거나 호수와 연못 옆에서 낮은 자세로 쭈그리고 앉아 있는 모습만을 보았었는데, 평소 그들의 익숙한 맥락에서 저렇게나 멀어진 모습을 보니 그저 놀라울 뿐이다. 어째서 저렇게 높이 날아가는 거지? 잠시 이런 궁금증에 빠져 있을 즈음 팬스워스의 목소리가 들린다. "저 해오라기 되게 크죠. 원래 불빛 있는 데서 올려다보면 뭐든지 더 크게 보이고, 더 가까운 것처럼 보이는 법입니다." 그러면서 저 해오라기는 실제로 우리 머리 위, 약 300피트 상공에 있으니 지상에서는 대략 1,500피트 즈음에 있다고 추측한다. 우리는 어둠 속으로 해오라기가 사라질 때까지 눈을 떼지 못한다.

어쩐지 여기에 있으니 내가 자연주의자가 아니라 밤중에 어둠 속에서 눈을 가늘게 뜬 채 목을 잔뜩 빼고 유성우를 기다리고 있는 아마추어 천문학자가 된 듯한 기분이다. 그래서 새로운 전략을 시도해 보기로 한다. 먼저 쌍안경 초점을 무한대에 맞추고 똑바로 위쪽을 향하게 한다. 렌즈를 통해서 맨눈에는 보이지 않던 새들이 곧 시야 속으로 헤엄쳐 들어왔고, 그들보다 더 높은 곳에, 더욱더 높은 곳에 있는 새들도 보인다. 아니, 우리가 이렇게나 많은 새를 보고 있단 말이야! 놀랍게도, 진짜 엄청나게 새들이 많다.

매번 조금 큰 새가 보이긴 하지만, 그때마다 30여 마리쯤 되는 명금류가 휙 하고 지나간다. 그들의 몸집은 정말 작다. 그런 명금류가 날아가는 하늘길을 지켜보는 일은 정말이지 참을 수 없을 만큼 너무 감동적이다. 어쩐지 밤하늘에 반짝이는 별 같기도 하고, 타다 남은 잉걸불 같기도 하고, 예광탄 같기도 하다. 하물며 쌍안경을 통해서 저렇게 높은 고도에서 날아가는 모습을 보는데도 이렇게 작다니, 한순간 빛이 유령처럼 휙 지나간 듯하다. 내가 알고 있기로 명금류는 느슨하게 쥔 발끝을 가슴 안으로 밀어 넣고는 밝은 눈과 얇은 뼈, 무엇보다 북쪽으로 날아가려는 의지를 총동원해 매일 밤 계속 앞으로 노를 젓듯이 이동한다. 그들 대부분은 밤중에 날아오르기에 앞서 어제는 뉴저지 중심부나 남쪽에서 시간을 보냈을 것이다. 한편 조금 더 큰 새들은 새벽 여명이 틀 때까지 계속 날아간다. 아메리카솔새는 땅으로 좀 더 일찍 내려오는 편이다. 그들은 다음 날

내내 휴식을 취하고 먹이를 찾기 위해서 더 멀리 북쪽의 서식지 구역으로 통통 작은 돌이 떨어지듯 공중에서 땅으로 내려앉는다. 노란엉덩이솔새 같은 일부 종류는 이미 남동부 주 지역으로 긴 이동을 시작했다. 붉은가슴밀화부리 같은 종류는 중미 지역에서부터 비행길을 시작했다.

순간, 내 가슴에 뭔가 훅 하고 다가오더니 그만 감정이 북받쳐 오른다. 아마 앞으로 다시는 지금 이 새들 중에 그 무엇도 볼 수 없을 것이다. 내가 이렇게 높이 와 있지 않았다면, 그리고 그 새들이 대공황을 거쳐 지상의 전력과 자본의 자신감을 스스로 축하하기 위해 높이 쌓아 올린 고층 건물이 던지는 조명이라도 받지 못했다면, 절대로 이 친구들을 볼 수 없었을 것이다.

팬스워스는 스마트폰을 꺼낸다. 여기에 있는 사람들은 죄다 사진을 찍으려고 스마트폰을 위로 들고 있는데, 그는 뉴저지 포트 딕에서 보내는 레이더 이미지를 들여다보고 있다. 그곳은 북미 전역의 영공에 대하여 거의 24시간 생방송 수준으로 알림을 제공하는 국립기상서비스 레이더 네트워크다. "오늘밤엔 이동하는 새들이 진짜 많습니다. 레이더상에 이런 유형의 패턴이 보이면, 특히, 여기 녹색 패턴이 보이시죠. 어쩌면 1세제곱 마일 당 대략 1,000에서 2,000마리의 새들이 움직인다는 뜻이에요. 그러니까 이보다 더 꽉 찰 순 없다, 이런 정도로 밀도가 높은 상태입니다. 와, 오늘 진짜 대단한 밤이네요." 최근 수일 동안 구름이 낮고 바람은 엉뚱한 방향으로 부는 등 북쪽으로 이동하려는 새들에게 불리한 날씨가 계속되더니 철새 이동의 병목 현상이 벌어지면서, 오늘 창공은 새들로 장사진을 이루고 있다. 나는 그 동영상 레이더 지도에서 픽셀 꽃이 피어나는 모습을, 동부 해안 전역에 마구 피어오르는 파란색과 녹색의 밀집된 꽃을 뚫어져라 쳐다본다. 팬스워스는 그 화면을 한 손가락으로 가리킨다. "이건 그야말로 대기 안에서 벌어지고 있는 생물학적 사건이군요. 생물학 자체이자 최고의 생물학입니다."

기상학자들은 이미 오래전부터 레이더로 동물의 생활을 탐지할 수 있다는 사실을 잘 알고 있었다. 2차 대전 직후, 영국 레이더 과학자들과 영국 공군 기술자들은 화면에 나타난 정체불명의 표시와 패턴을 놓고 머리를 쥐어짰다. 비행물체가 아니라는 것은 알았으나, 그게 이동하는 철새 무리라는 사실을 알아채진 못했다. 하물며 최종적으로 그런 결론을 내리기 전에는 화면상의 그 표시를 '천사들'이라고 이름 붙여 줄 정도였다. "그게 표본이나 조사 대상이 오염된 경우였을 거예요. 그렇죠?" 팬스워스가 레이더 기상학자들에 대하여 말을 꺼낸다. "그 사람들은 어쨌든 모든 요소를 다 걸러내고 싶었던 거예요. 지금의 생물학자들이라면 그 반대로 하고 싶어 할 거지만." 그는 최근 새롭게 등장한 여러 전문분야에 두각을 나타내는 과학계 선두주자 중의 한 명이다. 기상 레이더의 민감도가 높아져서 무려 30마일 이상 떨어진 호박벌 한 마리를 추적할 수 있게 된 시대에는 적임자라 할 수 있다. 현재 항공 생태학이라 부르는 이 과학은 생태학과 창공에서 벌어지는 관계성을 연구하기 위하여 레이더, 음향 기계, 추적 장치와 같은 정교한 원격 감지 기술을 활용한다. 팬스워스에 따르면 "서식지로서 대기권과 항공우주가 품은 온전한 개념은 최근에 와서야 인간의 머리에 실마리를 던져 주었다." 그리고 이 새로운 과학은 기후변화, 마천루, 풍력 발전용 터빈, 광(光)공해, 그리고 항공이 과연 우리 머리 위에 살면서 움직이는 생명체에게 어떤 식으로 영향을 끼치는지 잘 이해할 수 있도록 도와준다.

밤 10시, 하늘을 보니 마치 물에 기름을 부은 것처럼 권운이 머리 위로 미끄러져 간다. 10분 후, 하늘은 다시 맑아지고 새들은 여전히 날아가고 있다. 우리는 전망대 동쪽 편으로 이동한다. 문득 색소폰 연주가 들리기 시작한다. 공교롭게도 이 사운드트랙의 도움으로 우리는 조금 전보다 훨씬 더 가까이에서 친밀하게 새들을 지켜보기 시작한다. 특히 한 녀석에게 그랬다. 조명에 노출이 과하게 되긴 했지만 그 녀석 가슴에서 검은 얼룩을, 꼬리에서는 독특한 패턴을 발견한다. 노란엉덩이솔새다. 그 녀석은 아주 잠깐 빛처럼 깜빡이더니 금세 건물의 모서리 주변으로 사라진다. 잠시 후에는 또 한 마리가 그런 식으로 스쳐 간다. 그러고 나면 다시 한 마리가 나타난다. 그제야 같은 녀석이 계속 공중에서 빙글빙글 돌고 있다는 사실을 깨닫기 시작한다. 거기에 한 마리가 합류하고, 이제는 둘이서 하릴없이 밝은 조명 빛에 끌려 그 주변을 선회한다. 마치 눈에 보이지 않는 줄에 붙잡힌 것처럼 첨탑 주변을 빙글빙글 돌고 있다. 그 친구들을 한

없이 바라보고 있자니 활기 넘치던 우리 기분이 솜에 물을 먹인 듯 축 처진다. 오늘 밤 그 첨탑은 엠파이어스테이트 빌딩의 85주년 기념일을 맞이하여 박자에 맞춰 굽이쳐 흐르는 시냇물처럼 차곡차곡 올라가면서 색깔이 번져 가는 조명으로 불을 밝혀 놓았다. 이 불빛에 마음을 빼앗긴 새들은 이동 경로에서 벗어나 혼란스럽고 상당히 위험한 상황에 빠지게 되었다. 철새들이 내재한 독특한 이동 시스템이 사실상 조명 빛에 압도당한 셈이었다. 어떤 새들은 이런 식으로 최면에 빠지듯 넋이 나가고 나서도 자유 조절 기능을 발휘하며 이동을 계속하지만, 그렇지 못한 새들도 많다.

뉴욕은 전 세계에서 라스베이거스 다음으로 가장 밝은 도시로 손꼽히며, 보스턴에서 워싱턴까지 이어지는 인공조명 물줄기의 유일한 연결 교점이다. 우리는 밤이 되면 도시의 화려한 외관을 담은 저마다의 도시를 간직하게 되지만, 이동하는 명금류는 끔찍한 통행료를 지불하는 셈이다. 그도 그럴 것이 미국 전역 어디서든 작은 새들이 고층 건물에 부딪혀 죽어 있거나 지쳐 쓰러진 모습을 심심찮게 발견할 수 있다. 대개 명금류는 조명 빛과 유리창 반사 때문에 방향을 잃고 장애물로 그대로 돌진하여 창문으로 날아들어 부딪혀 죽거나 바닥으로 나선형을 그리며 쓰러진다.

뉴욕에서만 연간 1만 마리의 새들이 이렇게 죽어 간다. 뉴욕의 병충해 방제 기업 'M&M 인바이런멘탈'의 토머스 킹은 철새 이동 기간이 되면 여러 고층 건물의 거주자들로부터 자기들 창문에 충돌해 죽은 새들을 처리해 달라고 요청하는 전화를 받아 왔다. 그런 사람들에게 딱히 해결책이 없다고 말하곤 하지만, 사실 건물 관리업체에 밤에는 소등을 해 달라고 말할 수는 있을 것이다. 불을 끄면 효과가 있다. 뉴욕시 오듀본 협회의 '뉴욕을 끄자(Lights Out New York)'와 같은 프로그램도 여러 고층 건물주로 하여금 야간 조명을 끄게 만들었고, 이로써 에너지를 아끼고 새의 목숨까지 살릴 수 있었다.

해마다 맨해튼의 밤하늘에는 9/11 사태 당시 목숨을 잃은 희생자들을 위한 추모 의식으로 두 개의 파란색 빛줄기 '트리뷰트 인 라이트'를 쏜다. 그 빛은 하늘로 4마일까지 올라가며, 뉴욕에서 60마일 떨어진 곳에서도 볼 수 있다. 철새가 가장 많이 이동하는 시기의 밤중에는 명금류가 창공에서 날다가 그 빛줄기를 향해 나선형을 그리며 내려오면서 우짖는다. 한데 그 빛줄기를 선회하는 새들이 너무 많아서 언뜻 보면 바람을 타고 반짝거리며 빙그르르 도는 종이 먼지처럼 보일 정도다. 지난해 어느 날 밤에는 그 빛줄기에 얼마나 많은 새들이 붙잡혔는지 '트리뷰트' 현장을 나타내는 픽셀이 레이더 지도 위에서 미친 듯이 밝게 반짝거렸다. 당시 팬스워스는 현장에 오듀본 팀과 함께 있었다. 그들은 그 피해를 예방하려고 간헐적으로나마 조명을 끄도록 했다. 그 결과, 그날 밤 한 번에 20분씩 총 여덟 번 '트리뷰트' 빛줄기를 끄면서, 거기에 갇혀 있던 새들이 다시 이동 경로를 회복할 수 있도록 풀어 주었다. 하지만 조명을 다시 켤 때마다 새로운 무리의 새들이 한바탕 몰려와서 그 빛줄기에 끌려들곤 했다. 마치 빛의 유령처럼 쌍둥이 빛기둥을 향해 어둠 속에서 이따금 해방된 날개 달린 여행객들의 방문은 계속 이어졌다. 어찌 보면 그 새들은 그 빛 축제를 보기 위해 달려 들어오는 사람들보다 먼저 온 손님이었다. 팬스워스는 '버드캐스트' 분야의 선도적 과학자이다. 버드캐스트는 기상 정보, 항공 호출, 레이더, 지상의 관측자 등 다양한 방법을 결합하여 미국 대륙 전역에서 이동하는 철새의 움직임을 예측한다. 또 앞선 사례처럼 긴급 조명 소등 조치가 필요할지도 모를, 철새의 중요한 야간 이동을 예보하는 프로젝트다.

전망대 너머 철새의 흐름은 계속되고 있지만 이제 시간이 꽤 늦었다. 나는 작별 인사를 하고서 엘리베이터를 타고 건물 아래로 내려가, 내가 사는 아파트까지 허위허위 언덕을 올라간다. 이미 자정을 훌쩍 지난 시간이었지만 정신은 또렷하기만 하다. 한편으로 고층 건물 설계 목적 중 하나는 우리 인간이 눈으로 보는 방식을 변화시키는 것이다. 우리에게 세상을 바라보는 다른 시각을 제공하고, 미래의 전망과 현재의 영향력이 긴밀히 연결된 시각을 통해 보이지 않는 것을 보이게 만든다. 내가 보았던 새들은 미세한 망막 긁힘이나 어두운 땅 위에 흩뿌려진 발광 페인트처럼 대부분 무엇이 무엇인지 확인할 수 없는 일련의 빛줄기였다. 거리에서 위를 올려다보니 저 위의 텅 빈 밤하늘은 아주 다른 공간처럼 보인다. 어쩌면 세상의 모든 삶과 생명체와 함께 방향을 잡아 가는 넓고도 깊은 곳처럼 보인다.

그로부터 이틀 후, 나는 센트럴파크를 산책하기로 했다. 마침 공원에는 밤중에 도착해서 휴식을 취하고 먹이를 찾으려 머물고 있는 철새들이 곳곳에 보였다. 마천루가 아닌 땅에도 철새를 볼 수 있는 공간이 존재했다. 남서쪽 울창한 숲 '램블'에서 흑백휘파람새 한 마리가 비스듬하게 생긴 어느 나무 둥치 주변을 따라 마구 쪼아대고, 노란엉덩이솔새는 파리를 잡으려고 화사한 봄 하늘 속으로 냅뜨고, 검은턱푸른솔새는 정성스레 접은 포켓 행커치프를 한 듯 외모가 매우 단정하고 활기가 넘친다. 이들 휘파람새 혹은 솔새 같은 명금류는 인간에게 친근한 의미를 지닌 잘 알려진 생명체들이다. 저 작은 새들과 이틀 전 창공에서 실시간으로 보았던 먼 곳의 불빛이 서로 같은 존재라니 낯설고도 새롭다.

고층 건물에 산다면 자연과 교류하는 특정한 방식은 일종의 금지항목이 된다. 정원에서 울새와 쇠박새를 지켜보려고 건물에 공급된 급전선을 자를 수는 없는 일이다. 하지만 당신은 이미 그 새들이 서식하는 세상의 또 다른 공간에 들어와 있다. 바로 그 높은 건물에서 바라보는 밤하늘이다. 고층 건물에서 바라보는 어두운 창공에 도시의 조명으로 수놓은 철새들의 그림! 얼음결정과 구름과 바람과 어둠이 펼쳐진 야경을 그린 멋진 그림이 있다. 인간이 자연을 지배하고 장악한 상징과도 같은 마천루는 어쩌면 자연 세계를 더 완벽하게 이해할 수 있는 가교역할을 할 수 있다. 창공에서 지상까지, 자연에서 도시까지 한 땀 한 땀 이어 주고 봉합할 수 있는 중간다리 역할을 하는 것이다.

그날 이후 여러 날 동안, 내 꿈에는 숲과 뒷마당에서 자주 보았던 익숙한 명금류들이 한가득 찾아왔다. 그들은 이내 점점이 빛나던 움직이는 불빛, 어린 우주비행사, 밤하늘의 별을 비행표지로 활용하는 여행자들, 잠시 지상에 내려왔다가 스스로를 추슬러 다시 이동하는 존재들로 내 꿈을 한아름 채웠다.

7

철새 떼와 인간 무리

폭우가 내리면 호수는 어둠 속에서도 빛을 발하는 인광성 금속으로 변해 버린다. 피그미 가마우지는 죽은 나무 위에서 등을 잔뜩 구부리고 있다. 우리 12명은 호숫가에 우두커니 서 있다. 어떤 이들은 풀밭에 삼각대를 세우고 화각을 찾아내기 시작하고, 또 다른 이들은 쌍안경을 꺼내 든다. 우리는 침묵 속에서 헝가리의 황혼이 찾아오기를 기다리며 서 있다. 태양이 호수의 드넓은 물가 너머로 미끄러져 내려가자 공기는 점점 쌀쌀해진다. 우리는 온기를 보존하고자 희미한 소음이 들리는 정도까지 양쪽 귀를 꾹 누른다. 기실 으르렁거리는 사냥개나 불협화음의 나팔 소리도 갈대가 바람에 마구 엉켜 서로 부딪히는 소리 때문에 좀처럼 잘 들리지 않는다. 그 와중에 순간 미세한 소리를 따라가지 못하면 갈대 울음은 금세 기이한 외침으로 변해 버린다. "여기 온다!" 누군가가 속삭인다. 머리 위로 기다란 갈매기 형상의 V자 대열이 후드득 날개를 퍼덕이며 어둑해지는 하늘을 가로질러 서서히 주변을 그들만의 색깔로 물들인다. 그 뒤로도 다른 새들이 이어지고, 그들 뒤로 또 다른 무리가 계속 밀려온다. 밀물처럼 이어지는 새들의 파도가 하늘 높이 지나가면서 한동안 주변 대기는 소음과 아름다움이 충만한 곳으로 꽉 채워진다.

우리 머리 위로 지나가는 저 새들은 목이 길고 우아한 검은목두루미다. 매년 가을 1만 마리 이상이 러시아에서 북부 유럽까지 남쪽으로 이동하다가 중간에 여기에 잠시 머무르곤 한다. 이곳 북동부 헝가리 호르토바지 지역에서 몇 주를 보내면서 수확을 끝낸 벌판에 남은 옥수수를 먹고 지낸다. 밤이 되면 얕은 양어장 호수의 안전함에 묻혀 많은 수의 두루미들이 날아와 쉬곤 한다. 여기에 매료된 관광객들이 매일 저녁 그들이 펼치는 저녁 비행의 장관을 직접 보려고 이곳을 찾는다. 이와 비슷한 장면은 다른 곳에서도 찾아볼 수 있다. 네브라스카에서는 50만 마리가 넘는 캐나다두루미가 봄철 이동을 계속하기에 앞서 옥수수밭에 몰려가 살을 찌운다. 그리고 퀘백에서는 어마어마한 수의 흰기러기 떼가 생 프랑수아 강에서 날아올라 온 하늘을 하얗게 지워 버리는 장관에 야생조류 관찰자들은 넋을 잃곤 한다. 영국에서는 겨울을 나기 위해 구름처럼 몰려 이동하는 찌르레기가 가만히 홰를 틀고 앉아 있는 모습을 보려고 남녀노소 수많은 관중이 몰려든다.

엄청난 새들 무리에 가까이 서 있는 경험이 사람들에게 끼치는 영향은 사뭇 다르다. 개중에는 막 웃기도 하고, 소리를 지르기도 하고, 고개를 마구 흔들거나, 비속한 말을 쏟아내기도 한다. 날개를 퍼덕이는 엄청난 새들 앞에서 인간의 언어는 실패하고 만다. 하지만 애초에 우리의 뇌는 세상의 혼란 속에서도 친숙한 의미를 억지로 맞추도록 설계되어 있다. 그래서 황혼 무렵에 두루미를 지켜보면서 맨 처음엔 그들이 일련의 음악 표기처럼 보이다가, 다음에는 수학 패턴으로 변하는 모습을 보게 된다.

굽이굽이 이어진 두루미 떼는 동시에 움직인다. 한 마리가 날개를 조금 들어 올리면 그 뒤의 녀석이 따라서 날개를 올리면서, 떼지어 움직이는 무리가 차츰차츰 한 마리가 시간을 거치면서 계속 이어지는 듯한 슬라이드처럼 바뀌어 간다. 그건 정말이지 믿기 힘든 환상 같아서 나는 놀라움에 연신 눈을 깜빡인다.

한데 그럴 때 구름처럼 모인 새 무리의 매력은 정신이 혼미할 정도로 시각적 효과를 창출하는 그들 자체의 능력도 한몫을 차지한다. 어릴 때 서늘한 회색빛 하늘을 배경으로 수천 마리의 섭금류 무리가 날아가는 모습을 보고 대단히 놀라워했던 기억이 난다. 학이었는지 백로였는지 두루미였는지 모르는 그들이 그렇게 날아가다가 창공에서 햇빛에 노출된 몸체가 어두워지고 그늘진 부분은 밝아 보이면서 순식간에 사라졌다 다시 나타나던 그 장면이 두고두고 잊히지 않는다.

아마 그중에 가장 잘 알려진 종류는 유럽 찌르레기 무리일 것 같다. 그들은 창공에 다 모여 있다가 땅에 내려와 앉는다. 영어에서는 찌르레기 떼를 가리켜 작은 소리로 속삭이고 살랑인다는 뜻을 가진 단어에서 변화된 '머머레이션(murmuration)'으로 부른다. 그런데 덴마크에서는 찌르레기 떼를 '소트 솔(sort sol)'이라고 더 멋진 이름으로 부른다. 그 뜻을 풀어 보면 '검은 태양'이 된다. '검은 태양'이라! 찌르레기 떼가 뿜어내는 거의 천상계 수준의 기묘함을 이렇게 잘 포착한 단어가 또 있을까.

몇 년 전, 서퍽 지역에서 한참을 서 있을 때, 저 멀리 날아가 버린 흐릿한 형체의 유럽 찌르레기가 눈 깜짝할 사이에 습지 너머에 걸린 어둠의 행성처럼 불길한 둥근 형체로 변하는 모습을 지켜보았다. 내 주변에 있던 사람들마다 턱 하니 숨 막히는 소리가 들렸고, 이내 그 둥근 형체는 날개들의 소용돌이로 한순간에 폭발하였다.

번개처럼 빠른 새 무리의 역동성이야말로 그 아름다움의 큰 부분을 차지하는데도 아직도 뉴스사이트와 잡지에서는 유럽 찌르레기의 정물 사진을 내보내곤 한다. 상어나 버섯이나 공룡 등 다른 개체를 보는 시선과 별반 다르지 않은 것이다.

2015년, 뉴욕 창공에 한 무리의 새떼가 블라디미르 푸틴의 형상으로 잽싸게 변하는 사진 한 장이 입소문을 타고 전파되었다. 물론 가짜 이미지였을 것이다. 하지만 여전히 그와 같은 괴이한 현상이 제시될 때, 그것을 어떤 의미를 내포한 신호나 징후 혹은 불가사의한 일로 믿어 버리기 쉽다. 본래 찌르레기 떼가 짧은 순간에 변화하는 형상은 각각의 찌르레기가 굉장히 빠른 속도로 주변에 있는 예닐곱 마리의 행동을 그대로 따라 하는 습성에서 기인한다. 실제로 그들의 반응 속도는 0.1초도 되지 않는다. 구름같이 모인 새 무리 속에서 한 마리 한 마리가 연이어 방향을 바꾸는 속도가 거의 시속 90마일에 근접한다. 이런 속도로 빠르게 전파되니 멀리서 찌르레기 떼를 보게 되면 마치 심장이 요동치고 활기 넘치는 한 마리의 생명체처럼 보이는 것이다.

시인 새뮤얼 테일러 콜리지(1772-1834)는 1799년 수첩에 찌르레기 떼에 관하여 적어 놓았는데, 그 자체로 다양한 형태를 갖추었으며 "마치 자발적인 힘을 타고난 한 몸처럼" 움직인다고 했다. 이따금 찌르레기 떼는 외계인, 어줍게 움직이는 개체, 그리고 다른 개체와의 관계 속에서 공간적으로 배열되는 일련의 변화를 거쳐 움직이는, 일종의 살아 있는 모래나 연기처럼 기괴하게 보이는 듯하다. 한마디로 찌르레기 떼는 소름 끼칠 정도로 환상적이지만, 동시에 공포에 가까운 감정도 불러일으킬 수 있다.

그런데 공포라는 것은 새들이 무리를 지어 존재하는 이유의 큰 부분이기도 하다. 가령, 두루미는 얕은 물에 앉아서 휴식을 취하는데, 이는 땅 위에서 잠을 청하는 것보다 더 안전하기 때문이다. 찌르레기가 말 그대로 화려하고 풍성하게 날개를 퍼덕거리는 행위도 포식자가 찌르레기 떼 안에서 눈에 띄는 어느 한 개체에게 초점을 맞추기 힘들게 하기 위한 것이다. 무리의 가장자리에 있거나 지상에 가장 먼저 내려가고 싶은 찌르레기는 없다. 왕립생물학회와 글로체스터 대학교에서 국제 찌르레기 조사를 담당하는 앤 굿이너프가 들려 준 이야기가 기억난다. 찌르레기 떼는 그 자체로 일종의 이정표 역할을 하는 것 같다. 밖에서 볼 때, 찌르레기들은 전체 무리가 크게 보이게 만드는 방법을 구사한다. 일단 휴식을 취하고 먹이를 찾을 수 있는 보금자리 하나를 정해 놓고, 거기에 떼로 모여 있으면 주변의 다른 찌르레기들도 그곳으로 합류하라는 뜻이 되기 때문이다. 이는 곧 찌르레기가 공포를 극복하는 방법인 것이다. 하지만 창공에서 날아갈 때 찌르레기가 무리를 만들고, 서로 바짝 밀착하기도 하고, 거꾸로 대열을 일그러뜨리게 하는 요인도 바로 공포다. 가령, 찌르레기 떼가 한창 먹이를 찾는 중에 육식조 맹금류가 달려드는 경우가 있는데, 이럴 때 찌르레기 떼가 우르르 몰려가며 짙은 흑색의 오싹한 파도가 만들어진다.

이제 호르토바지 호수에는 어둠이 거의 다 내려앉았다. 그리고 내 귓가에는 두루미들이 울어 대는 불협화음이 쟁쟁거린다. 호수 위로는 사방팔방에서 물 위의 동료와 함께하려는 새떼들이 몰려드는 바람에 혼란스러운 상태가 점점 더 거세진다. 지금 보니 물 위의 그 풍경은 마치 점묘법으로 그린 안개 같다. 쇠기러기들도 다른 새들의 수많은 날개 띠를 뚫고 하늘에서 내려와 옆으로 미끄러지면서 한꺼번에 우르르 몰리고 있다. 갑자기 그 모든 상황이 참기 힘들 만큼 심하다 싶다. 불편할 정도로 눈앞이 캄캄해지는 기분이다. 어쩐지 방향감각도 없어지고 혼란스럽다. 이 모든 게 거대한 새떼들 때문이다. 야생조류를 관찰하는 사람들은 한밤중에 떼까마귀 무리가 너무 혼란스럽고 시끄러워서 멀미와 유사한 증상을 일으킬 정도였다고 설명하기도 한다.

나는 뭔가 흔들림이 없는 단단한 것을 찾아볼 심산이다. 그래서 호수 건너편에 초점을 맞춰 둔 삼각대에 연결된 작은 망원경을 유심히 쳐다본다. 뷰파인더의 원 안에서 그 혼란은 차츰 새 한 마리 한 마리의 모습으로 바뀐다. 한데 날이 너무 어두운 탓에 새들의 색깔은 뷰파인더 경계를 넘어서 시야 밖으로 나가 버린다. 나는 회색 톤의 두루미 무리가 우아한 자태로 땅에 내려와서 물을 마시고, 성긴 깃털을 흔들면서 서로 인사를 하고, 사이좋게 잠잘 곳을 찾는 모습을 조용히 지켜본다. 그 순간, 현미경 프레임 내부에서 일어난 인식의 전환은 엄청나다. 조금 전만 해도 창공에서 급하게 서둘러 세차게 움직이는 패턴을 보고 있었는데, 다음 순간 내가 보고 있는 그 패턴이 수만 개의 박동하는 심장과 눈, 연약한 깃털과 뼈 구조로 된 생명체라는 사실을 깨닫는다.

지금은 두루미가 발톱으로 부리를 긁고 있는 모습을 보다가, 문득 티끌만 한 곡물 알갱이처럼 갈대밭으로 물밀듯이 밀려온 저 찌르레기 떼가 어떻게 해서 갑자기 굽은 나무줄기 위에 앉아 있는 새들로, 그것도 밝은 눈빛과 반짝반짝 빛나는 작은 별처럼 하얀 점으로 장식된 깃털을 품은 어여쁜 새들로 바뀐 것인지 혼자 곰곰이 생각에 잠긴다. 앞서 내가 느꼈던 혼란이, 본래 그 혼란 속 개별 대상에 초점을 맞춤으로써 자연스럽게 해결될 수 있다니, 참으로 경이롭다. 새 무리가 펼치는 진짜 마법은 바로 기하학적 배열과 군집 사이의 이 단순한 인식의 전환이다.

거기에서 두루미를 관찰하려고 서 있을 때, 내 머릿속은 자연스럽게 인간의 문제로 넘어간다. 우리가 전날 밤에 묵었던 이곳 마을은 어쩐지 영국 특유의 습지에 위치한 우리 집과 너무도 비슷하다고 이미 느끼고 있었다. 습지, 수중 대기, 뒷마당을 돌아다니는 닭, 포플러나무, 땔감용 장작더미 등이 고향 집과 똑같았다. 여기 오기 전에 몇몇 영국인 친구들에게 헝가리에서 지낸 시간이 어땠느냐고 물어보았다. 그때 여러 명이 영국이랑 너무 비슷한 느낌이어서 기분이 이상했다고 대답해 주었다.

지금 이 순간 그 사실을 회상하자니 마음이 찢어진다. 여기에 올 때마다 항상 나를 괴롭히고 있는 사실이 하나 있었다. 헝가리 정부는 이곳에서 남쪽으로 100마일 이상 철조망을 세웠다. 세르비아에서 국경을 건너오는 시리아 난민을 막기 위한 방책이었다. 두루미는 남서쪽으로 날아가는데, 사람들 무리는 천천히 북동쪽으로 이동하고 있다는 생각이 뇌리를 스친다. 새 무리를 관찰하면서 이런 사실을 절실히 깨닫게 된다. 우리는 다른 데서 날아와 구름같이 모여드는 찌르레기나 쇠기러기 철새 떼에게 거리낌 없이 인사하고, 그 무리를 그저 낯설고 통제 불가능하고 무질서한 단일체로 바라본다. 그렇다면 대규모 난민에 대해서도 창공에서 국경을 넘나드는 철새들을 대하듯 그렇게 관대하게 대응하면 얼마나 좋을까. 하물며 국경을 넘어오는 저 무리는 우리와 같은 사람들이다. 정말로 우리와 다를 게 없는 사람들이다. 만약 우리 가족들이 함께 살던 곳이 전부 폐허로 변해 버린다면 그 상황이 과연 어떤 모습일지 상상조차 하기 싫다. 두려움 앞에서는 우리 모두가 안전을 추구하는 수백만의 영혼으로 이루어진 찌르레기들, 한 무리, 하나의 떼와 마찬가지다. 내가 그 무리를 사랑하는 것은 단순히 그 새들의 생물학적 충만함 때문이 아니라, 낯설음 사이에서도 비슷함을 찾을 수 있게 해 주는 그들만의 방식 때문이다. 돌이켜 깊이 생각해 보면, 그 혼란은 가장 단순한 것을 원하는 개별 존재와 작은 가족 집단으로 완전히 바뀌었다. 그들이 원한 것은 두려움에서 벗어날 자유와 먹이, 그리고 안전하게 잠을 청할 수 있는 장소였다.

8

어떤 학생의 이야기

창문 하나, 덜컹거리는 택시 소리, 탁자 위 까만 포도와 단 포도가 보인다. 포도처럼 까만색 택시 안에는 한 여성이 타고 있다. 그녀는 당신이 수용소에 억류되었을 당시 친해졌던 어느 자선단체 직원이다. 보아하니 요금을 내려고 택시 운전수 쪽으로 몸을 기울이고 있다. 나는 먼지 낀 창유리를 통해 당신이 그 열린 택시 문 옆의 인도에 서 있는 모습을 본다. 당신은 나를 등진 상태여서 내 눈에 들어오는 건 청재킷을 입고 선 구부정한 어깨뿐이다. 둘은 어떤 걱정거리를 그대로 말해 주는 듯한 모습인데, 그 걱정은 당신의 일이 아니라 지금 택시요금을 내고 있는 저 여성의 일이 분명하다. 나는 창문을 통해 손을 흔들고, 당신은 그제야 몸을 돌려 나를 보고는 미소로 인사를 한다.

여기 우리가 이야기를 나누기 위해 들어와 있는 곳은 빌린 집이다. 내 집이 아니다. 우리는 탁자에 앉았지만, 나는 어디서부터 시작해야 할지 모르겠다.

질문을 던진다는 건 참 어려운 일이다.

당신은 내가 질문해 주기를 바라겠지. 당신 자신의 이야기를 털어놓기보다 질문에 답하는 게 더 쉽다고 했으니까. 한데 나는 당신한테 물어보고 싶지가 않다. 내가 묻기 전에 이미 당신이 받았을 게 뻔한 그런 질문들만 생각이 나니까. 그럼에도 내가 질문해 주기를 당신이 원하니, 그렇다면 이렇게 시작하려 한다. 언제 여기에 오셨나요? 당신은 신중한 페르시아 숫자로 **2016, 12**라고 쓴다. 12월이군. 그리고 몇 가지 더 질문을 하고, 당신은 거기에 답하고, 영어 단어가 이해되지 않으면 당신은 휴대폰을 이용해 번역을 하고, 이렇게 시간이 조금씩 걸린다. 당신의 말뜻을 알고 싶어 기다리는 동안 이제 태양은 탁자와 포도 그릇과 찻주전자, 이 고요한 집 안 물건들 위로 황금빛 오후 햇살이 내려 앉는다. 우리가 이야기하는 동안 당신이 검색해 본 단어는 이랬다. **변절자, 편협한, 타락한, 은신처.**

당신은 보건 역학을 공부하는 학생이다. 역학자들은 질병의 전파 양상, 그러니까 질병이 사람과 사람을 거쳐 전체 인구에게 어떤 식으로 옮겨 가는지 연구한다. 옛날에 모국에 있을 땐 한밤중에 기독교에 대해 토론을 하고 성경을 읽을 수 있는 당신네 레스토랑에서 친구들을 만나곤 했다고 이야기한다. 당신네 레스토랑에는 기독교 표시가 있었다. 이런 것 때문에 체포될 수도 있음을 잘 알고 있었다고 말한다. 비밀은 아주 중요하지만, 신앙은 또한 신앙이니까.

변절자로 비난받고 고발당하면 이런 일이 벌어진다. 관계 당국은 당신을 두고, 마치 당신이 오래 공부해 왔던 질병 매개물 중의 하나인 것처럼 말한다. 어느 금요일 기도회에서 그들은 당신을 비난한다. 두 도시와 세 마을, 다섯 권역에서 이름을 명시한다. 그들 말에 따르면 당신이 다니는 대학에서 한 여성이 당신을 타락시켰다. 그 여성의 부추김으로 당신이 기독교도가 되었다는 뜻이었다. 게다가 이제 당신은 그 신앙을 다른 사람들에게 전파하려고 한다고 그들은 말했다.

그들은 당신의 믿음을 전염성 강한 질병으로 본다. 그 종교적 믿음을 따로 떼 내어 봉쇄하고 싶어 한다. 그리고 그들이 제시하는 치료책은 언제나 그렇듯이 완전한 퇴치, 절멸이다. 질병을 동원한 은유의 역사에서 특정 집단은 도덕성과 건강을 동일시한다. 그와 같은 사악한 은유 안에서 집단의 도덕을 무너뜨린 자는 건강하지 못한 자로 취급되어 사회 밖으로 내보내 사실상 죽임을 당한다. 당신의 조국에서 변절자에게, 종교를 바꿔 버린 사람들에게 어떤 일이 일어나는지 당신은 이미 잘 안다. 하물며 나도 아는데. 나는 그걸 생각만 해도 숨죽이게 된다. 긴장되어 숨을 제대로 쉴 수가 없다.

정보요원들이 당신을 찾으러 집에 왔을 때, 할머니는 당신을 불러내며 친구들이 찾아왔다고 말했다. 그들이 그 종교와 어울리지 않는 언어로 말하고, 누가 봐도 진짜로 그들이 누구였는지, 왜 거기에 왔는지 확실히 알 만한 옷을 차려입고 있었음에도 그랬다. 나이 많은 어르신에게 손자를 찾아온 사람들은 당연히 친구라고 예상할 수 있는 일이니 할머니를 비난할 수만은 없었다. 매끈하지 않지만 그을리고 시들고 타 버린 표면도 우정처럼, 친구처럼 보이는 법이다. 당신 숙부는 상황 판단이 빨랐다. 당신 보고 어서 도망치라고 말해 주었으니까. **네 목숨이 위험해!** 숙부의 말은 사실이었다. 그래서 당신은 도망쳤다. 전부 다 남겨 두고 떠나왔다.

당신은 다른 도시로 차를 몰았고, 좀 더 멀리 떨어진 어느 도시에서 숙부의 친구 두 사람을 만났다. 그들은 당신에게 다른 사람들과 함께 차를 태워 유럽으로 데려다줄 수 있다고 말했다. 그런데 그런 상황에 처하고 보니 유럽 어디로 가야 할지 생각이 나지 않았다. 숙부는 **영국이 좋겠다고** 하면서, 당신을 영국까지 데려다줄 밀수업자들에게 값을 치르겠다고 말했다. 이윽고 그 차는 당신을 포함한 사람들 전부를 방치된 유원지 같은 곳에 내려 주었고, 한밤이 될 때까지 거기에 숨어 있어야 했다. 밤중에 트럭 한 대가 도착했고 당신은 그걸 탔다.

북쪽으로 향하는 트럭 안, 어둠에 숨어 지낸 나날들. 냉동 트럭 한 대. 대체 그 안에는 당신을 비롯해 몇 명이나 타고 있었나요? 이 질문에 당신은 웃으며 답한다. **10명쯤? 잘 모르겠어요. 너무 어두웠**

거든요! 나도 따라 웃는다. 조금 멋쩍기도 하고, 어째서 이따위 세세한 걸로 당신을 압박하고 있는지 알다가도 모를 일이다. 이런 걸 알고 싶어 하는 사람이 누가 있다고. 저기 다른 편에는 밝은 빛이 있겠지, 라는 희망 하나에 기대어 공포와 어둠을 견디며 꼬박 5박 6일을 먹지도, 마시지도, 잠도 못 자는 상황이 어떤 기분일지 알고 싶어 하는 사람이 있을까? 눈앞에 칼을 들이대며 위협을 받는다는 게 어떤 느낌일지 어느 누가 알고 싶어 할까? 안전한 곳으로 데려가 준다고 돈을 주었는데 당신은 바로 그 사람들이 들이댄 칼끝을 내내 품고 견뎌야 했다.

당신은 말한다. **그때 기분은 정말이지 최악이었어요.**

그러다 다시 한 번 말한다. **진짜 최악이었죠.**

이런 말도 한다. **몇 번이고 제 죽음을 봤어요.**

그러다 다시 한 번 말한다. **제 죽음을 봤어요.**

문득 깨달았다. 당신은 가장 힘겨운 일을 말할 때 한결같이 두 번씩 말한다.

그리고 당신이 다시 한 번 말할 수 있을 때까지 기다리는 동안 흐르는 그 침묵 사이로 **죄송합니다**라고 말할 때, 나는 이런 생각을 하는 중이다. 과학자들은 인간의 두뇌가 기억을 만드는 방식을 어떻게 발견해 냈을까? 과거에는 우리가 단기기억을 기록하고, 그런 다음에 그것을 나중에 보관하고, 그것을 장기적으로 저장하기 위하여 두뇌의 다른 부분으로 옮긴다고 생각했다. 그러나 오늘날 과학자들의 발견에 의하면, 두뇌는 항상 한 번에 두 가지 경로로 기록한다. 두뇌는 언제라도 동시에 두 가지 이야기를 녹음하고 있는 것이다. 단기기억과 장기기억, 기억을 운용하는 두 가지 경로는 기억을 이중처리 했다. 항상 두 겹이 되도록 했다.

그런 연유로 우리에게 한 번이라도 벌어진 일은 전부 두 번 일어난 것과 같다.

그런 탓에 우리는 항상 두 개로 분리되는 자아로 존재한다.

당신은 역학 전공자이다. 동시에 망명자이기도 하다.

당신은 조국 전체를 통틀어 최고의 역학 전공자 중의 하나였다.

동시에 망명 신청자이기도 하다. 더구나 수용소 동료 수감자들이 면도칼로 자해를 하고, 악에 받쳐 채찍질 당하고, 스스로 합성대마 스파이스에 취해 무감각해지는 모습을 지켜본 장본인이다.

정부는 당신이 맨 처음 도착했던 유럽 국가로 당신을 되돌려 보내고 싶어 하지만, 거기엔 당신의 정체를 아는 사람들, 당신을 위협했던 사람들, 송환을 위해 당국과 연줄이 있는 사람들 때문에 위험할 게 뻔하다. 그래서 지금 당신은 어느 호스텔에 400명의 낯선 망명자들과 함께 있다. 대신 아침에 한 번, 밤에 또 한 번 서명해야 한다. 당신은 학생 신분이지만 가족에게는 형이며 아들이다. 그렇기 때문에 고향에 있는 가족들에게 텔레그램이나 왓츠앱을 통해서 겨우겨우 대화의 끈을 이어 간다. 또한 호스텔 안에서 폭력이 발생하거나 아픈 사람이 생기면 고객 담당자에게 도움을 요청하지만, 거의 언제나 그 담당자는 경멸적인 태도로 어깨를 으쓱거릴 뿐 아무런 도움도 주지 않는 모습을 지켜봐야 하는 사람이기도 하다.

망명자들 사이에서 당신이 보고, 나한테 말해 주는 모든 일은 **머리에, 마음에, 영혼에 해로운 것들** 투성이다. 가령, 호스텔에 대해서 당신은 가장 조용하면서 온화한 어조로 이렇게 말한다. **여긴 좋은 점이 하나도 없어요, 진짜로요. 좋은 점이 하나도 없어요. 정말 끔찍한 곳이에요.** 이번에도 당신은 같은 말을 두 번 들려준다. **심지어 어떤 사람들은 입을 옷가지 하나 없다고요.**

지난 12월, 당신은 대형 화물차 내부의 얼어붙은 어둠 속에서 경찰에 전화했었다. 경찰은 화물차 문을 연 후 당신을 유치장에 데리고 가서 심문했고, 72시간 동안 구금했다. 당신이 쉼터를 요청하자 그들은 이민 구금 센터로 이동시켰다. 그곳에서 당신은 80일을 지냈다. 나도 그곳 사정을 익히 들었는데, 정말 기분 나쁘고 더러운 곳이라고 알려져 있다. 과묵하고 조심스러운 당신 성격의 특징을 잘 보여 주듯, 그런 곳에 대해서도 당신은 겨우 이렇게 말할 뿐이다. **구금 센터 내 상황은 매우 나빴어요.**

당신은 무한정 사람들을 수용하는 구금 센터에서 벌어진 재능 경연에서 노래를 부르는 망명자다. 그리고 햇살 좋은 식탁에 앉아 우리 아버지는 글을 읽고 쓸 줄 모르는 문맹자(illiterate)라고 말하려고 했는데, 그만 우리 아버지는 문학(literature)이라고 말해 버렸다는 사실을 깨닫고 자신의 실수에 큰 소리로 웃어 대는 사람이기도 하다. 그렇게 당신은 터무니없이 잘못 번역된 웃기는 상황에 웃을 줄 아는 사람이며, 예정된 어떤 삶을, 아버지를, 남동생을, 병든 친척들을, 고향 모퉁이 정든 이곳저곳을 뒤로 한 채 영원히 떠나온 사람이기도 하다. 이렇듯 뼈아픈 상실은 당신에게서 마구 쏟아져 나오지만 그 웃음을 통과하면서 침묵으로 변한다. 마치 대기의 한랭기류가 바닥에 쑥 가라앉아 여기서 이야기되는 모든 가벼운 것들 아래로 방을 가득 채우는 것 같다.

당신은 사실을 전달하는 것을 제외하곤, 당신 자신에 대하여 말하고 싶어 하지 않는다. 대신 당신이 말하고 싶어 하는 것은, 당신 주변 사람들이 직면한 문젯거리들이다. 자선단체에서 일하는 당신 친구가 나한테 이런 이야기를 해 준다. 당신은 '워터에이드' 광고를 본 이후에 고통받는 아이들에게 기부할 수 있는 최소한의 금액이 얼마만큼인지 물었다. 그 시스템이 운영되는 방식 때문에 당신은 직접 기부를 할 수 없었다고 한다. 당신의 친구는 이런 이야기도 넌지시 들려준다. 실은 자기 이야기가 아니라서 입 밖에 꺼내기가 미안하지만, 당신이 호스텔에 있는 아이들에게 과일과 렌틸콩을 계속 사 주고 있었다고, 그곳 음식이 너무 별로여서 사람들을 병들게 하고, 아이들이 영양실조에 걸리는 모습을 지켜봐야 했기 때문에 그래 왔다고 전해 준다.

여기까지 흘러 온 여정과 그 과정에서 느꼈던 공포를 말할 때면 두 눈에 눈물이 그렁그렁 맺힌 채 빛나는, 당신은 그런 사람이다. 하지만 당신에게 친절을 베풀어 주었던 사람들을 떠올릴 때면 어떤가? 그럴 때면 당신은 그만 마음이 허물어져 소리 내어 울곤 한다. 이를테면 지금 우리와 함께 앉아 있는 당신의 친구, 자선단체에 다니는 그 여성을 향해서는 이렇게 말한다. **그녀가 없었다면, 저는 아마 스스로 목숨을 끊었을 거예요.** 지금 사는 도시의 사람들이 당신한테 잘해 주느냐고 물어보면, 당신은 그렇다고 대답한다. 왜 그렇게 생각하죠? 당신이 모르는 주소를 물어보면, 사람들이 어딘지 대답해 주기 때문이란다.

우리가 망명자들에 대하여 나눈 이야기 전부를 곰곰이 생각해 본다. 그리고 어떻게 그 사연들이 동시에 두 가지 이야기가 아니라, 어떻게 서로 별개의 이야기가 되는지 생각해 본다. 비극적 사연 아니면 위협적인 사연이다. 피해자 아니면 공격자다. 절대로 복잡하지 않으며 항상 간단하다. 더구나 항상 결백하지만 막다른 상황에 처한다. 순식간에 달아나야만 했던 사람들에게 설치된 손쉬운 비둘기집, 아니 칸막이 혹은 구멍. 대개 이런 순서다.

하지만 모든 구멍이 그나마 비바람을 막는 비둘기집이 되는 것은 아니다. 그곳은 두 개 사이의 공간이다. 그것은 바로 페르시아어 단어, 혹은 영어 단어 사이에 놓인 간극이다. 그곳은 과거와 미래 사이, 지난 삶과 새로운 삶 사이의 공간이다. 세월 사이의 공간이기도 하다. 3월에 새해가 찾아왔을 때, 당신은 호스텔이 위치한 도시의 공원에 갔다. 그리고 그 호숫가에서 새해를 환영하는 노래를 불렀다. 아직 젊은 당신이 할 수 있는 일이라곤 그저 기다림뿐일 때, 새해는 도대체 어떤 의미일까? 어떤 의미가 될 수 있을까?

당신은 말한다. **저는 쓸모 있는 사람이 되고 싶어요. 내 시간을 호텔에서 기다리는 것으로만 쓰고 싶지 않아요.** 그러더니 당신은 손으로 두 눈을 문지르곤 이렇게 덧붙인다. **제발 저를 위해서 기도해 주세요. 이 문제는 제 머리와 정신을 너무 산만하게 만들어요. 저는 한시라도 빨리 사회에 참여하고 싶어요. 이 문화의 일원이 되고 싶어요. 망명 신청자인 저는 지금 어떤 자격증도, 면허증도 없어요. 사람들을 도와주지도 못해요. 가진 돈도 없고, 그 사람들을 도와주는 데 필요한 방법도 없죠. 저는 제 삶이 아주 귀하다고 생각해요. 귀하다고요?** 당신은 그 단어를 말하면서 물음표를 붙인다. 마치 그 단어 자체가 뭔가 잘못된 것처럼.

당신은 말한다. **저는 때가 될 때까지 그저, 기다리면서 시간을 보내고 싶지 않아요. 저는 젊으니까요.**

당신은 젊다. 당신은 학생이고, 역학 전공자이고, 기독교도이고, 망명자다. 당신은 사람들을 도와주고 싶다고 하는데 그 말에 내 가슴이 저며 온다. 그날 오후, 한참 대화를 나눈 후에 나는 당신을 병원까지 데리고 간다. 임상 의대 밖에서 당신이 서 있는 사진을 찍을 수 있도록, 직접 운전해서 데려다주었다. 당신의 미래가 밝고 환할 것이라는 기분에 푹 빠져서, 언젠가 소망대로 당신이 이곳 의대에서 공부하며 남을 도와줄 수 있으리라는 느낌에 푹 빠져서 그렇게 했다. 그러다 의대 건물이 재건축 때문에 문을 닫았고, 창문도 죄다 판자로 막혔고, 말뚝 울타리에는 건물에 들어갈 수 없다는 팻말이 붙어 있음을 뒤늦게 발견했을 때, 머리를 한껏 뒤로 젖히고 웃을 줄 아는, 당신은 그런 사람이다. 여하튼 우리는 사진을 찍는다. 그 장벽 앞에 우리는 섰다. 당신 독사진도 찍고, 자선단체 친구와도 같이 찍고, 나와도 함께 찍는다. 어쩌면 우리는 모두, 우리 전부는 세상이 다시 지어지는 동안 기다리고 있는 사람들인 것만 같다.

9
개미

언뜻 처음 보면 슈퍼마켓에서 장을 보고 돌아오는 길에는 눈에 띌 만한 게 하나도 없다. 길거리 모퉁이에서 우르르 몰려다니는 학생들을 지나치고, 어느 로터리에서 번쩍거리는 SUV 한 대가 곡예 운전을 하는 모습을 보고, 라디오에서는 어떤 이가 누구누구에 대해, 혹은 무엇인가에 대해 불평하는 소리를 듣는다. 그러다 나보다 높은 곳에 있는, 내 오른편에 있는 뭔가에 관심을 붙들린다. 양손으로 운전대를 꽉 잡고 노변 공간으로 조금 더 밀고 들어가 차를 댄다. 그 순간, 나는 차 문을 잠그고 잔걸음을 친다. 한 손에는 자동차 열쇠를 헐겁게 쥐고, 두 눈은 이미 하늘 쪽으로 향한다.

어떤 자연 현상은 계절의 변화를 좇아 가고, 우리는 그런 장면을 보물처럼 소중히 여긴다. 봄이면 제비와 칼새를, 여름이면 나비를 목 빠지게 기다린다. 가을이면 여우와 사슴이 짝을 부르는 소리를 듣는다. 하지만 이제 영국에서 계절의 달력조차 예측할 수 없는 대규모의 극적인 연례 현상 같은 건 많지 않다. 아직 캘리포니아 해변에서는 봄철 만조가 있은 후에 며칠 밤 동안 별도랑벤자리 수십만 마리가 알을 낳곤 한다. 하지만 이제 영국에서 그런 장관은 볼 수가 없다. 그럼에도 이곳 사람들이 한 가지 사실은 잘 알고 있다. 비록 그런 극적인 일이 세상 어디든 똑같은 날에 어디서든 일어나지 않을지라도, 그래도 우리가 살고 있는 어딘가에는 그런 현상을 불러오는 고요하면서도 습윤하고 산뜻한 날이 분명 있을 것임을 말이다. 그리고 그런 일이 바로 오늘 여기에서 일어나고 있다.

내 머리 위로 날개미의 우뚝 솟은 기둥이 있다. 태어날 때부터 회색과 검은색이 섞인 야윈 날개를 가진 재갈매기 100마리가 한데 모여 있는 기둥이 존재하니까, 날아다니는 개미들이 한데 뭉친 기둥도 있다는 사실쯤이야 그냥 알게 된 것 같다. 창공을 날아오르는 개미 떼는 재갈매기 무리의 좋은 먹이다. 어떤 재갈매기는 옥상 높이 정도에서 천천히 돌아다니고, 또 다른 녀석들은 수백 피트 상공에서 빙빙 돈다. 그들은 평소처럼 군더더기 없는 모습으로 느릿하게 날개를 퍼덕이며 이곳에서 저곳까지 미끄러지듯 날아가고 있지 않다. 창공에서 개미를 잡아먹는 중이라는 뜻이다. 그들의 입속으로 들어가는 개미를 볼 수는 없다. 하지만 개미 한 마리 한 마리가 어디에 있는지는 정확히 알 수밖에 없다. 매초마다 재갈매기가 한쪽으로 몸을 씰룩거리며 공중에서 날개를 한 번, 두 번 푸드덕거리다가 재빨리 딸깍 하고 낚아채기 때문이다. 그렇게 또 하나 더, 또 하나 더, 연달아 계속된다. 지금 내 머리 위에는 열대 바닷속에서 작은 물고기들이 포식자에게 잡아먹히지 않으려고 만든 공 모양의 군집처럼 먹잇감을 노리고 떼 지어 몰려든 각축장이 있다. 다만 그 주인공이 멸치와 상어에서 개미와 재갈매기로 바뀐 것뿐이다.

사실 지금 내가 보고 있는 것은 고동털개미 종의 혼인 비행이다. 고동털개미는 도시의 거리와 교외의 마당에서 흔히 볼 수 있는 검은 개미다. 지난 24시간 동안 도시와 시골 전역의 고동털개미 일개미들은 지하 왕국으로 들어가는 굴 입구를 넓히는 작업을 해 왔다. 이는 날개가 돋은 처녀 여왕개미가 모습을 드러낼 수 있게 입구를 크게 만드는 일이다. 역시 날개가 돋은 수개미들은 이미 땅 위에 집결한 상태다. 여왕개미가 날개를 펴고 비상하면 페로몬이 공기 중에 치런치런 나부끼고, 수개미들은 그것을 따라 하늘 높이 날아간다. 여왕개미는 그렇게 따라오는 수개미들을 점점 더 높은 곳으로 유인하면서 거기까지 도달할 수 있을 만큼 강한 수개미를 기다린다. 여왕개미가 서로 다른 거주지에서 몇몇 다른 수개미와 짝을 지을 때도 있다. 이 일은 덧없이 짧게 동시에 발생한다. 하지만 곧 새로운 소왕국의 탄생을 알리는 일이 된다. 수개미는 다시 땅 위에 돌아오는 순간 곧바로 죽음을 맞이한다. 반면 여왕개미는 날개를 벗어

던지고 새로운 둥지를 만들 장소를 물색한다. 이들 여왕개미는 이후 30년간 더 살게 되지만 절대로 새로운 짝을 맞이하지 않는다. 대신 그 세월 동안 여왕개미가 산출한 난자는 자기 몸속에 저장된 정자를 계속 이용하게 된다. 어느 여름날 오후, 생애 단 한 번의 비상으로 얻은 생명의 씨앗은 그렇게 이어진다.

개미에게 평생의 과업 같은 이 상황이 포식자 재갈매기에게는 먹이의 향연과 같다. 그래서 사방팔방 각지에서 이곳으로 날아온다. 시간이 흐르면서 더운 공기의 열기가 상승하고, 개미들은 그 열기 속에 붙잡혀 하늘로 올라가기가 힘들어진다. 이 순간 재갈매기들은 차례로 들어와 더운 대기의 바깥 가장자리에 모이는데, 상승 기류 때문에 한쪽 날개 끝이 질질 끌려가는 형국이 된다. 그러다 결국 그들은 상승 기류 안에서 두 날개를 똑바로 펴고 빙빙 돌면서 시부저기 높이 올라간다. 이렇게 창공에서 만들어진 재갈매기 탑은 수 마일 떨어진 곳에서도 눈에 확 띄는 장관이다. 이따금 작은 시골 마을의 길가 교회 위로 잠시 스쳐 가는 명장면으로 각인되기도 한다. 이들 포식자 무리가 버티고 있기 때문에 개미들은 전 구역에서 한꺼번에 동시에 등장하는 방식을 택할 수밖에 없다. 어떻게 하더라도 재갈매기에게 잡혀 먹이가 될 게 뻔한 상황에서, 그나마 하늘 위에 날아가는 개미가 많으면 많을수록 그들이 저지르는 살육에 단 몇 마리라도 더 살아남을 가능성이 커지기 때문이다. 엎친 데 덮친 격으로 붉은 솔개마저 재갈매기 무리에 동참한다. 창공에는 종이 오림처럼 여리여리한 날개를 지닌 검은 수개미가 그득하다. 붉은 솔개는 그 위에서 구름처럼 부유하다 한쪽으로 몸을 기울이며 먹잇감을 낚아챈다.

흔히 우리는 과학이 세상의 불가사의와 아름다움을 어떻게든 줄이고 없애는 일을 한다고 생각한다. 하지만 그렇지 않다. 지금 내가 창공에서 보고 있는, 이렇게나 참을 수 없는 감동적인 현상과 그 현상을 만들어 내는 원리를 배운 것은 바로 과학책과 연구논문에서였다. 창공의 아치 안에서 재갈매기가 이루는 편승 곡선은 수천 개의 비행경로와 서로 교차한다. 그 비행길은 포식자 재갈매기의 의도와 하늘로 날아오르는 수개미 한 마리 한 마리의 작은 희망이 엇갈리며 팽팽한 긴장감과 애틋한 절박함으로 열기가 오른 공간이 된다.

나는 무엇 때문에 망부석처럼 그 자리에 멈춰 서서 얼어붙은 것일까? 그저 공중을 회전하는 재갈매기 무리 때문일까? 아니면 특별할 것 없는 하늘 위에 개미들이 그들만의 삶의 조각을 새기는 마법 때문일까? 그저 그것 때문만은 아니다. 기실 이 장엄한 장관 뒤에 숨겨진, 그것을 일으키는 동력이 인간의 눈에는 전혀 보이지 않는다는 사실 때문이다. 포식자 재갈매기와 그에 맞서 너무 작아 눈에 보이지도 않는 개미들이 펼치는 이 장대한 창공은 서로 다른 계층 구조 속의 존재들이 서로 관련을 맺고 있다는 섭리이며, 그 섭리가 세상 속에서 작동하고 있다는 증거다. 그 섭리는 짜릿하면서도 사람을 겸허하게 만든다. 겸허하게 한다는 건 무슨 뜻일까. 이 장면을 지켜보면서 그 섭리에 내재한 구조와 의도를 사색하는 것만으로 나 자신 또한 이 세상의 더 넓은 계층 구조 안에서 한 마리 개미에 지나지 않는다는, 다시 말해 이 세상 어떤 피조물보다 더 중요하지도, 덜 중요하지도 않은 한낱 미미한 존재일 뿐임을 떠올릴 수밖에 없기 때문이다.

나는 최면에 걸린 듯 넋이 빠진 채, 이번에는 그 먹이의 향연에 칼새들이 찾아와 하늘 위에서 차례차례 회전하고 날갯짓을 하면서 분홍빛 목을 한껏 벌려 창공을 날아가는 개미를 재빨리 들어 올리는 한 판의 축제를 지켜본다. 내 목을 길게 빼고서 칼새 무리가 나와 태양 사이에서 선회하여 좌우로 움직일 때까지, 그리하여 강렬한 태양빛이 내 시야에서 그들을 지울 때까지 계속 따라간다. 눈물이 그렁그렁 맺힌 채, 그제야 잠시 잊어버리고 있던 땅을 내려다본다. 그리고 생애 처음이자 마지막 비행을 위해 기꺼이 만반의 준비를 했었던 수개미와 여왕개미의 빛나는 날개로 뒤덮인 아스팔트를 물끄러미 바라본다.

10

편두통 징후

편두통: 내리는 비나 총알과 비슷하다. 격렬해질 거라는 위협이 있고 며칠 후 어느 아침, 불현듯 밀려들어 온다. 게다가 그것은 납처럼 무거운 총알이다. 느릿하게 발사되기에 앞서 우산처럼 솟은 비구름과 함께 척추를 파고들어 자리 잡는다. 상승 대기를 탄 그 폭풍우 구름은 진짜로 점점 커져, 물결구름의 가장자리가 쫙 퍼지면서 위로 올라가 두개골에 닿을 때까지 내내 어지럼증을 일으킨다. 그러면 나는 양손 엄지로 비강을 꾹 누르고 턱을 위아래로 움직이게 된다. 그러다 무심결에 컵을 들거나 펜을 집을 때도 여름날 번개 치듯 낯선 고통의 편린이 빠르게 휙 스친다. 통증이 찾아올 때까지는 아예 존재하지도 않는 것처럼 당신의 양어깨 속에, 그리고 곳곳

에 깊이 파묻혀 있다가 그렇게 난데없이 무시로 나타나곤 한다. 게다가 그 통증은 머리 한쪽에만 집중되는데, 때로는 두개골 왼편, 또 때로는 오른편으로 찾아온다. 한데 통증 자체가 어느 한쪽으로만 계속 유지된다고 말할 수 없을 만큼 극심하다. 통증은 마치 강풍에 찢겨 나가는 깃발처럼 잔물결을 일으키거나 심장박동처럼 퉁퉁 울리는 깊은 소리를 내며 퍼져간다. 그러다 이따금 통증이 엄습한 한쪽 눈에 눈물이 고인다. 이를 가리켜 의사들은 후비루 증상이라고 부르며, 이 증상이 나타나면 온 세상이 뜨거운 금속과 소금물 맛으로 변해 버린다. 직접 편두통을 겪으면서 몇 번씩이나 불현듯 내가 코발트로 만들어진 존재일지도 모른다는 강렬한 직감이 스쳐 갔다. 어느 정도는 내 입안에서 그런 맛이 났고, 또 어느 정도는 내 몸과 마음이 너무나도 무겁게 느껴졌기 때문이다. 하지만 무엇보다 대체로 내 뇌 속의 간섭 현상이 이따금 고대 중국 도자기에 새겨진 코발트 빛 푸른색 꽃무늬 장식의 정교한 흘림 선을 따라 유유히 흘러가기 때문이다. 난파선, 뼈, 진주. 그래, 그렇게 편두통은 나를 은유의 정신 속에 갖다 놓는데, 그러다 점점 더 많은 은유가 내 안에 쌓인다. 왜냐하면 그 은유들은 더 이상 그것을 참아 낼 수 없는 방식으로, 하물며 온갖 여과 장치조차 다 사라진 방식으로 항상 **지나치다 싶게** 존재하기 때문이다.

편두통 환자의 30퍼센트는 두통과 더불어 시각장애를 겪는다. 나도 딱 한 번 겪었다. 어느 문학축제 때였는데 폭풍우가 치는 밤이었다. 그때 몹시 분주하게 책에 서명을 하고 있었다. 갑자기 빗발처럼 불꽃이 일어나고, 꼬마전구 연결 장치처럼 찌릿하고 까칠한 검푸른 섬광이 내 눈의 오른쪽 위부터 죽 아래로 퍼져 갔다. 그 순간을 지나서야 겨우 눈앞을 볼 수 있었다. 교과서에서는 그 현상을 섬광안점이라고 부른다. 내 눈에 불꽃이 번득인 것이다. 나는 깜짝 놀랐다. 계속 서명을 하면서 미소를 유지했지만, 내 신발 안쪽의 발가락 열 개는 모두 전기치료를 받는 것처럼 서로 꽉 붙들고 있었다. 급기야 편두통이 찾아오는 순간 내가 죽는 게 아닐까 걱정스러웠다.

이렇듯 편두통은 통증을 유발한다. 내 주변의 밝은 빛을 잔혹한 침입자처럼 느끼게 만든다. 그래서 하는 수 없이 나를 해치지 않을 만큼 허락된 분량의 진통제를 몽땅 털어 넣고 억지로 침대 속으로 기어들어 간다. 비록 그러긴 하지만 어쩐지 나의 편두통은 쓸모가 있어 보인다. 편두통의 쓸모는 그 통증이 한창 진행되는 중에는 존재하지 않는다. 통증은 끔찍하다. 내 삶에서 그 통증이 앗아 가는 시간이 싫고, 그것을 마주할 때 밀려드는 무기력함이 싫고, 웅크려 돌아누울 때마다 베개를 적시는 눈물이 싫다. 하지만 편두통은 나에게 이 사실 하나를 일깨운다. 기실 우리 인간은 많은 이들이 무사태평하게 생각하듯 그렇게 견고하고 탄탄하게 지어진 존재가 아니다.

1948년 세계보건기구(WHO)가 규정한 건강의 의미는 다음과 같다. 건강이란 **단순히 질병이나 병약함이 없는 상태가 아니라 신체적, 정신적, 사회적으로 완전한 안녕의 상태**다. 그런데 잘 읽어 보면 이

정의는 세상 어느 누구도 해당하지 않는다. 그래서 이상주의자의 개념에 가까우냐 하면 그것도 아니다. 오히려 신체적, 정신적, 사회적으로 건강하지 않은 장애인에 대한 차별주의에 더 가까운 표현 방식이다. 그와 같은 완벽함은 인간의 본질이 될 수 없다. 인간은 여러 화학물질과 망조직, 그리고 인과관계가 분명한 분자 경로와 방향을 바꾸기 일쑤인 격한 감정으로 만들어진 존재다. 그러니 우리 중에 완벽하게 건강한 사람은 있을 리가 없다.

알고 보면 편두통은 전 세계 10억 명 이상이 시달릴 만큼 엄청나게 흔한 질병이다. 하지만 정작 그 기전은 매우 불가사의한 신경학적 질환이다. 뇌가 뇌 자체의 투입에 대한 통제력을 상실하는 현상으로 일부 유전될 가능성도 있는 감각처리 장애 성향 정도로만 알려져 있을 뿐, 아직도 정확히 어떤 질병인지 알지 못한다. 두통이 발생하는 동안 뇌를 둘러싼 뇌막 혈관이 팽창한다. 그리고 편두통은 3차 신경절 내부 활동과 관련이 있다. 3차 신경절은 저작 활동에 사용되는 안면과 근육을 지배하는 신경망의 근간이다. 또한 전조를 동반한 편두통은 **피질 확산성 억제**라고 불리는 뇌 전체의 전기파 활동과 연관된다. 편두통이 한창 진행될 때는 멍하니 머리로 인식하지 못한다. 통증 때문에 당신이 소유한 지식은 깨끗하게 지워지고, 이해력도 완전히 쓸모없어진다. 인식하거나 이해할 수 있는 게 하나도 없다. 주체도 대상도 주어도 목적어도 사라지고, 깡그리 고장 나 작동이 되지 않는다. 당신은 그저 그 상태 그대로 존재할 뿐이며, 오히려 통증이 당신 정체성의 전부가 된다.

어떤 사람들은 월경 기간 즈음에 편두통을 더 자주 겪는다.(일반적으로 편두통에 시달리는 여성이 남성보다 3배쯤 많다. 이렇게 보면 성호르몬도 일정 부분 역할을 하는 것 같다.) 이 상관관계는 나한테 딱 들어맞는다. 내가 바로 그런 여성 중의 하나일 뿐만 아니라, 내 삶에서 편두통과 가장 가까운 사촌이 바로 월경이기 때문이다. 이 둘이 나타나는 상황은 한 치의 오차가 없다. 나는 월경이 시작되면 고통에 몸을 웅크리고 눈물을 흘리곤 한다. 둘은 서로에게 불길한 전조가 되는 한 쌍의 징후들이다.

내가 월경 전 패턴의 그 강고함을 이해하는 데 거의 30년이나 걸렸다. 한데 요즈음에는 월경이 시작되는 주에 항상 나타나는 판타지가 있고, 딱 그런 날이 있다. 그날이 되면 낯선 이들, 더 구체적으로 말하자면 느림보 운전자를 살해하는 판타지가 생기고, 또 다른 판타지 속에서는 모든 일이 나에게로 수렴되어 결국 감상적인 눈물을 흘리고 끝을 맺곤 한다. 그 무렵엔 말도 안 되게 모든 대상이 감상적으로 변한다. 슈퍼마켓 광고도, 햇빛을 받아 반짝이는 오크 탁자의 윤기 나는 모서리도, 바람 속 산사나무 가지에서 날아오르는 비둘기도 다 그렇게 보인다. 대체로 그 주간에는 내면의 비평가 목소리가 중동의 디저트 바클라바처럼 유혹적이고 달콤하다. 그 목소리는, 내가 끔찍한 인간이며 세상에서 가장 무능한 작가라 말하고, 나는 그게 사실이라고 믿는다. 하지만 근 30년 동안 당황스럽고 곤혹스러운 세월을 지나고 보니 이제는 이런 상태가 뭐랄까, 오랜 친구 같아서 꽤 능글맞게 인사하며 맞이하곤 한다.

내가 편두통을 느낄 때 찾아오는 전조 징후들은 상당히 구체적인 모습을 띤다. 보통 두통이 시작되기 이삼일 전에 우선 냉장고에 바나나 우유병을 꽉 채운다. 하품이 연신 나고 뭐라 설명할 수 없을 정도로 갈증이 심해진다. 관절도 아파 온다. 잊어버리지 않고 다크 초콜릿과 단맛이 나는 비트 피클을 사 둔다. 무엇보다 오랜 세월을 묵은 먼지와 재로 범벅된 듯한 피로가 몰려오고, 우울한 기분은 끝없이 계속되면서 급기야 세상에서 가장 사랑스러운 새들의 지저귐조차 신경에 거슬린다. 이제는 그런 사항을 죽 열거할 수 있지만, 정작 두통이 시작되면 언제나 놀라움은 가실 줄 모른다. 그도 그럴 것이 두통이 다가오는 모습을 절대 눈으로 볼 수 없으니까 늘 깜짝 놀라게 된다. 이런 징후는 편두통의 가장 초기 단계에 나타나는 양상이다. 편두통의 시작을 나타내는 전구증상이다. 그 증상 중의 일부는 편두통보다 먼저 발생하기 때문이다. 편두통의 시작을 알리는 증상이지만 사실상 편두통보다 먼저 발생하는 병적 상태라고 할 수 있다. 흔히 편두통을 유발하는 가장 악명 높은 요인이라고 거론된 것들 중의 일부는 실제로 전혀 아니라는 점이 밝혀졌다. 가령, 초콜릿이 당기는 욕구도 전면 두통이 일어날 때와 편두통이 발생할 때, 둘 다 비슷한 정도를 보인다.

그 통증이 가라앉고 나면 편두통의 후구 증상이 시작된다. 이렇게 말하면 믿기 어렵겠지만 그 사후 증상은 나만의 특이한 뮤즈라고 할 수 있다. 편두통 때문에 취약해지고, 곤혹스러워지고, 느려지고, 멍청해지긴 해도 그 증상 안에 있을 때 글쓰기가 가장 수월해진다. 내 머릿속에 뭐가 들어 있건, 무슨 일이 일어나든 어휘와 문장으로 술술 흘러나오고, 세상은 더욱더 선명해진다. 말하자면 그 뮤즈는 완전히 새로 주조된 듯한 나날, 뜻밖의 아름다움에 경도된 듯한 나날을 슬며시 선사한다.

지금 나는 후구 증상을 한창 겪는 중에 주방 탁자에 앉아서 글을 쓰는 중이다. 편두통이 발생한 지 이틀이 지났다. 뭉친 근육을 풀기 위해 목과 어깨 주변으로 뜨거운 찜질팩을 둘렀다. 오늘 아침 해가 뜬 직후에 우리 집 마당 뒤편 울타리 너머를 바라보았다. 귀리밭을 가로질러 집 주변을 둘러싼 골짜기와 언덕이 보였다. 진주 빛깔의 하늘과 낮게 깔린 지상은 엷게 빛나는 안개에 가려져 희미했다. 밝은 햇빛을 두려워하는 편두통 환자에게, 이전 계절보다 더 부드러운 가을의 나날들 속으로 시간이 여울져 가고, 이윽고 더 이르게 찾아오는 밤은 참으로 큰 위안이 된다.

하지만 뭔가가 어긋났다. 머리를 좌우로 흔들어 보았다. 그러곤 한 번 더 흔들었는데 어쩐지 생각했던 것보다 더 아픈 게 아닐까, 라는 생각이 들었다. 귓가에 시끄러운 드론 소리, 머리 바로 위로 여객기가 지나가듯 저주파수의 으르릉 거리는 소음이 들렸다. 한데 여객기는 어쨌든 비행 중에는 움직임이 없다. 따라서 그 소리에는 도플러 효과도, 변화도 아예 없었다. 그 음조는 엷은 안개처럼 요동이 없었다. 그 소리가 어디서 비롯되었는지 알아챌 만한 근거가 전혀 없었다. 땅에서 흘러나오고 있는 건지, 아니면 공중에서 나오는 것인지 분별할 수 없었다. 실은 처음부터 생각했지만, 어쩌면 **내 안에서** 시작되었을 것 같은 예감이 든다. 예전 나의 편두통에 딸려오던 부록 목록에는 없던 현상이었다. 새롭게 나타난 청각적 환각이었다.

불안이 덤불 숲 불길처럼 번지더니 급기야 피부를 따라 현란하고 날카로운 잔물결이 일면서 가시처럼 콕콕 찔러 댔다. 머리 위 나무에서 산비둘기 한 마리가 울기 시작할 때까지 그 쓰라림은 계속 이어졌다. 구구구 우는 소리는 주변의 소음과 똑같은 주파수로 허공 속에 흩어졌다. 순간, 놀라움의 편린이 목덜미를 쭉 타고 내려오면서 두 팔에 소름이 돋기 시작했다. 그제야 그 으르렁거림이 비둘기 소리였음을, 수백 마리의 비둘기가 수확을 마치고 땅에 떨어진 낟알을 주우려고 여기에 다 모여서 우는 소리였음을 알아챘다. 수 마일 주변의 나무에서, 울타리에서, 담장 버팀기둥에서 한꺼번에 구구구 소리를 내고 있었다. 비둘기 한 마리 한 마리 우는 소리가 하나의 소리로 뭉쳐 들릴 만큼 많은 수였다. 산비둘기 무리라니, 상상조차 하지 못했다. 이건 편두통 증상이 아니었다. 실제로 저기에 존재하는 소리였다.

수백 가지 다른 마음들이 마구 울부짖는 와중에, 그래도 기쁨이 나를 압도했다. 그리고 이런 생각이 들었다. 나이를 먹을 만큼 먹었어도 이렇게 새로운 것을 만나게 되는구나! 모르긴 해도 그간 지루하고 시시했던 나의 신경계가 이번 경험으로 참 많은 것을 읽어내고 알아차렸을 것이다. 하지만 계속 생각해 봤는데, 이따금 스스로를 호되게 나무랄 때 꼭 그럴 필요가 없는데도 그렇게 하는 경우도 있을 것 같다. 가끔 보면 꾸지람을 들어야 할 사람은 당신이 아니다. 때때로 비난의 화살은 세상을 향해 쏘아야 한다.

언젠가 어느 친구한테 편두통 후구 증상을 겪는 동안에 지속적으로 인식 능력이 없어진다는 이야기를 했다. 그러곤 이렇게 덧붙였다. "다른 사람들은 편두통이 발생할 때, 그 증상이 어떤 의미인지 다 이해한대. 대부분의 사람들이 그렇다는데, 그런데 난 아니야. 되게 이상하지. 내가 일부러 그 상황을 거부하거나 부인하는 걸까? 편두통에 걸리는 게 싫어서?" 친구는 잠시 침묵에 빠졌다. 그러다 조심스럽게 대답했다. "그럴 수도 있겠지. 근데 다른 가능성도 있어. 네가 편두통을 겪는 동안에 네 편두통 증상을 알아채지 못하는 것 자체가 너만의 증상일지도 모른다고 생각해 본 적 있니? 세상에는 이렇게 구조화되는 일도 있거든. 무슨 말이냐 하면, 뭔가를 확인하지 못하고, 이해하지 못하는 현상이 본래 그 자체를 경험하는 한 부분이 되기도 하니까."

나 같은 편두통 환자들은 심리적 거부의 달인이다. 사실 우리는 편두통이 어떤 느낌인지 잘 알고 있다. 양쪽 눈과 심장 뒤로 은근히 손끝으로 누르는 압박감이 분명히 나타나고 있음을 알면서도, 동시에 그런 건 존재하지 않는다고 믿어 버린다. 그렇게 마음으로 거부하는 데 능하기 때문에, 나는 뉴스를 들을 때마다 내심 그 뉴스 내용을 외면하려고 일부러 계속해서 편두통을 떠올린다. 사실 나란 사람이 골치 아픈 편두통의 과학적 원리는 잘 알지 못해도, 뉴스에 등장하는 기후변화의 과학은 훨씬 더 명백하고 확실하게 이해하는 데 말이다. 그럼에도 은연중에 뉴스를 안 들은 척 그 순간 괜히 편두통을 생각한다. 지금 이 글을 쓰는 순간에도 시베리아 산림 화재가 가뜩이나 느리게 자라는 소나무 수백만 에이커를 파괴하는 중이다. 아마존은 불타고 있다. 해수면보다 낮은 마을은 바다 밑으로 가라앉고 있다. 차차 녹아 없어지고 있는 영구동토층 전역에는 메탄 분화구가 연신 피어오른다. 얼음이 녹아 흐른 물 위로 개들이 썰매를 끌게 생겼다. 지구 사상 가장 뜨거운 여름이 찾아온다. 또다시 가장 뜨거운 여름이 온다. 매년 가장 뜨거운 여름은 갱신된다. 대서양 연안을 따라 허리케인이 줄지어 기다린다.

여기에 하나, 저기에 또 하나, 거기에 또 하나 더. 굶어 죽어 가는 북극곰 사진 한 장에 슬퍼하고, 과학자들이 예언처럼 쏟아 내는 발표에 기겁하고, 허리케인이나 홍수로 인간이 치러야 할 엄청난 대가에 최대한의 슬픔과 공포를 느끼는 것, 어쩌면 쉬운 일이다. 반면 구조적 붕괴에 대한 지식을 거부하는 태도는 그보다 훨씬 더 쉽다. 우리는 백지 위에 찍힌 점 하나하나를 보긴 해도 그 점을 모두 연결할 수는 없다. 지금 우리가 기후 위기라는 큰 곤경에 처한 사실은 분명하다. 그래서 불안하고 두렵다. 그런데 그 불안감을 대체하기 위해서 그 곤경보다 더 구체적으로 선명하게 상상할 수 있는 가시적인 공포를 떠올리는 쪽으로 마음의 방향을 바꾸어 버린다. 이를테면, 쓰레기로 오염된 바다에 둥둥 떠다니는 음료용 빨대와 해파리, 그리고 빗해파리와 흡사한 비닐 주머니의 존재를 보는 순간 괴로운 심정으로 애를 태운다. 어떤 사람들은 지금 집이 불타거나, 아니면 함께 물속에 가라앉는 상황에 있으면서도 자신을 상상 속에 세운 집이라는 개념에 묶어 놓고 거기에 마음을 걸어 두기도 한다. 또 어떤 사람들은 우리의 보금자리와 익숙한 방식을 위협하는 적이 있다고 상정한다. 우리는 온라인에 떠도는 온갖 서사에 들러붙는다. 이런 서사 때문에 우리가 느끼는 공포는 제 갈 길에서 벗어나 출처가 의심스러운 작당 모의, 이런저런 유용한 대체물, 그리고 가짜 음모설로 대표되는 애매한 방향으로 발을 들이곤 한다. 아무리 잘 보더라도 그런 대체된 공포는 천년왕국 신봉자들이 오래전에 손으로 써서 뿌리고 다니던 전단을 요즘 시대에 맞게 디지털 잉크로 변환해 온라인에 퍼 나르는 것과 다르지 않다. 하지만 여기서 핵심은, 우리가 어려움에 빠진 상태임을 우리 스스로 너무 잘 안다는 점이다.

위에서 열거했듯이 우리가 상황을 제대로 이해하지 못하는 문제에 대한 설명은 지금까지 너무 자주 여러 번 보아 왔다. 그래서인가 그런 해명은 이미 태생적으로 절망에서 비롯되어 반복되었던 것만 같다. 우리는 기후 위기라는 사실을 하나의 개념으로 정립할 수 없다. 그냥 논쟁만 계속 흘러 다닐 뿐이다. 왜 그럴까. 의외로 그 이유는 단순하다. 우리 뇌가 그런 방식으로 진화해 왔기 때문이다. 우리가 당면한 현상에 제대로 대응할 수 없게 만드는 가장 결정적인 요인은 인간의 역사 동안 뿌리 깊이 내재된 진화의 산물이자 방식, 그 과거의 총합이다. 그 진화적 과거에 의하면 우리는 태생부터 너무 거창하고 버거운 것, 전부를 망라하는 포괄적인 것을 이해할 수 없도록 설계되었다. 앞에서 말했듯 그게 우리 잘못이 아니라고 한다면 일단 마음이 놓이겠지만, 그렇다고 진짜 안심할 만한 일도 아니지 않은가.

내가 기후 위기에 관한 글이나 뉴스를 읽을 때마다 은연중에 편두통을 떠올리는 것도 어쩌면 똑같은 기제일 것이다. 나는 그동안 편두통이 생겨도 아무런 조치를 취하지 않는 태도를 보였다. 그와 유사하게 기후 위기라는 커다란 이슈에 대해서도 제대로 뭔가를 하지 않으면서, 오히려 위기에 대응하여 아무런 행동을 취하지 않는 태도를 스스로 합리화하고 있다는 의심이 든다. 하지만 만약에 우리가 현상을 제대로 볼 수 없는 이유가 본래 우리 뇌의 설계상 특성, 다시 말해 인간의 진화적 과거가 아니라면 어쩌나? 만약에 고대 인간의 삶에서 살펴보건대 그것이 유전적 선택 압력과 전혀 무관하다면 어떡하나? 혹시라도 만약에 전조와 징후로써 특정 증상을 이해할 수 없게 만드는 요인이 어떤 구조적 문제를 겪고 있는 바로 우리 자신이라면 어떻게 되는 건가? 기실 나의 편두통 징후는, 서로 무관한 것들이 연쇄된 현상이다. 심지어 그 증상은 편두통이 발생한 다음에 따라 일어나는 통증과도 전혀 관계가 없다. 비트 피클, 바나나 우유, 하품, 소리 공포, 피로! 이들 사이에 무슨 연관이 있고, 이게 두통과는 또 무슨 관계란 말인가. 이 요소들이 어떻게 관련되는지, 아니 어떻게 하나의 완전체로 들어맞을 수 있는지 상상조차 힘들다. 게다가 이런 식으로 알게 된 요소들이 서로 관련이 없고, 그저 수많은 세상의 활동과 우연히 연결된 것처럼 보이는 이 엄연한 사실도 딱 그만큼 이해하기 어렵다.

세상의 활동이나 작용이라고 말하면 매우 어렵게 들리는가? 자주 회자되는 예를 굳이 꼽자면 농업 생산물, 식량 배분, 국제 무역 협정, 글로벌 기업 문화라는 말, 들어 보았을 것이다. 그 외에 무수히 많은 것들이 세상을 움직이는 활동이자 작용이다. 말하자면 이런 일련의 전 세계 활동이 기후 위기를 원인으로 발생한 증상이 될 수도 있는데, 막상 우리는 그 점을 이해하고 받아들이기가 너무 어렵다. 우리 시대는 어떤 유형의 문제와 해법을 처리하지 않도록 우리를 길들여 왔기 때문이다. 이전 시대까지 배우고 익혔던 사회관은 그런 문제와 해법과는 맞지 않는다. 그리하여 우리는 저 위대한 슈퍼마켓에서 세상을 바꾸는 결정을 내릴 수 있다고 믿기에 이르렀다. 다시 말해, 각자 개별 상황에서 내리는 결정만이 중요해졌다. 큰 규모의 변화를 일으키려면, 가장 작은 행동부터 관여해야 하고 역시나 그런 게 중요하다. 이를테면 개개인이 일상에서 전구를 교체하고 디젤 자동차와 플라스틱 빨대를 멀리하는 행동이 필요해졌다. 하지만 때때로 비난의 화살은 개개인이 아니라 세상으로 향하게 마련이다. 유효한 저항과 변화는 개별 행동이 아니라 집단의 힘이다. 대규모 집단이 협력하는 문화적 행동이야말로 지금 우리에게 필요하다. 그리고 한시라도 빨리 그런 행동을 조직적으로 만들어야 한다.

지난 수년 동안, 조만간 닥칠 편두통의 날카로운 첫 통증을 느낄 때면 거대한 운명론이 나를 집어삼키곤 했다. 그 아픔이 느껴질 때면 내가 무슨 짓을 해도 이미 너무 늦었음을 잘 알았다. 혹시 일부러 어둡게 해 둔 방으로 도망가거나, 소다수를 마시고 또 마셔도, 고래 노랫소리가 담긴 테이프를 듣고 또 들어도 아무런 효과가 없었다. 그나마 내가 할 수 있는 거라곤 잔뜩 웅크리고 앉아 고통이 다 가오길 기다리는 것뿐이었다. 그 고통 속으로 세상은 저 멀리 사라져 버릴 수도 있었다. 그러다가 아주 최근에 들어와 편두통약을 복용해 보았다. 그 약은 편두통을 자극하는 두개골 혈관을 선택적으로 수축시키는, 천연 화학물질 세로토닌과 흡사한 작용을 한다. 하지만 폐경기 여성과 심장 질환이 있는 사람들에겐 위험할 수도 있다. 그런 연유로 영국에서는 약국에서 처방전 없이 바로 구매할 수 있지만, 구매 승인을 받기 전에 반드시 종합 설문지를 작성하고 약사와 충분히 건강에 대해 논의를 해야 한다.

지난 수년 동안 내가 취할 수 있는 유일한 선택지는 편두통을 견뎌 내는 것이라 생각했다. 온몸으로 폭풍우를 맞으며 돛 꼭대기로 나를 몰아세우고 이 재앙이 지나가기를 기다리는 게 당연하다고 생각했다. 물론 이 태도는 여전히 유효한 선택사항이긴 하다. 어떤 편두통은 정말 끔찍하지만, 그럼에도 불구하고 세상은 끝나지 않는다. 그러니 그 고통을 그대로 치러 낼 작정이다. 편두통 약을 자주 먹다 보면 결국에 효과가 점점 떨어지게 된다는 사실을 잘 알기 때문이다. 그러나 만약에 그 고통이 최대 한계점까지 계속 오른다면, 사실 그 지점이 언제인지, 언제 일어나는지 너무도 확실하게 알고 있으므로 결국 나는 약을 털어 넣을 것이고, 그러고 한 시간 정도 지나면 아픔은 사라질 것이다. 순간 하늘의 빛은 다시 부드러워지고, 눈물은 멈출 것이며, 몸부림치던 죽음의 고통은 기후 전선이 지나간 후 구름처럼 흩어질 것이다. 또 그러면 나는 며칠간 안개 낀 새벽처럼 막막하고 낯선 기분으로 살아가겠지. 하지만 그래도 고통은 사라졌으니까, 그만하면 되겠지. 이 일련의 과정에서 가장 놀라운 점은, 실은 정해진 양만큼 약을 먹을 때마다 내 속으로는 이래 봤자 효과가 없을 거라고 생각한다는 사실이다. 통증을 줄여 준다니, 그건 절대적으로 불가능한 일인 것처럼 보인다. 그런데 신기하게도 먹을 때마다 정말 효과가 있다. 편두통 약의 효과는 지금까지 내 삶에서 겪어 왔던 다른 모든 경우처럼 사실상 기적에 가깝다.

물론 지구에서 벌어지고 있는 일과 편두통 환자의 뇌에서 벌어지는 일이 같을 수는 없다. 그건 당신 몸이니까, 몸에 악영향을 끼치는 상황을 처리하는 방법쯤이야 당신 스스로 결정한다고 해도 합리화된다. 하지만 늘 되풀이되는 양상은 존재하기 마련이다. 나만의 편두통 만트라는 항상 **'본래 다 그런 거지.'**였다. 물론 본래 그럴 필요가 없다는 사실을 깨닫기 전까지는 그 만트라를 계속 외우고 다녔다. 우리는 이미 전 지구적 생태계 파괴의 초기 단계에 진입했다. 재앙, 파국, 대참사가 시작될 수도 있는 국면에 있는 셈이다. 흔히 우리 사회에 만연한 종말론의 전통에서는 무시무시한 최후의 마지막 하루가 서서히 밝아 오면서, 하루 만에 아주 빠른 속도로 멸망까지 전개되는 것처럼 상상한다. 하지만 인간 세상보다 더 넓은 세상의 질서와 체계는 덧없이 왔다 가는 인간 삶의 필멸성에 따라 운영되지 않는다. 기실 인간은 이미 처음부터 종말과 재앙의 세상 안에 존재한다. 산림 화재와 5등급 허리케인 등은 구덩이에 숨어 있던 짐승이 몸을 일으켜 세우는 양상과 비슷한 표징이다.

묵시적 사고는 행동에 저항하는 강력한 적대자다. 그런 사고는 보이지 않는 더 큰 힘이나 섭리 등을 포기하게 만들고, 우리가 할 수 있는 일이라곤 고통 받으며 끝을 기다리는 것뿐이라고 믿게 만든다. 정말이지 이제부터는 절대 그렇게 생각해서는 안 된다. 종말이라고 해서 언제나 가공할 만한 결말도 아니고, 재앙이 되는 것도 아니다. 고대 개념에서 그 단어는 계시, 드러냄, 통찰, 과거에 알려지지 않은 것을 펼쳐 보인다는 뜻이었다. 그러므로 나는 기도한다. 현재 우리 시대의 종말이 가져올 수 있는 계시는, 바로 우리에게 충분히 중재할 만한 힘이 있다는 사실을 아는 것, 그 인식이 되기를 기도 한다. 물론 그런 변화가 실제로 눈앞에서 일어날 때까지 그 사실을 믿지 않겠지만, 편두통에 시달린 뇌 구조가 변할 수 있듯이 화석연료와 끝없는 경제 성장에 불가피하게 의존하는 개념에 사로잡힌 전 세계 구조도 어쩌면 변할지 모른다.

지금 우리가 취할 수 있는 행동과 조치가 언뜻 불가능하고 무의미해 보이지만, 행동은 전적으로, 정확히, 절대적으로 꼭 필요한 일이다. 다른 이들과 나란히 서서 전 세계를 위해 압력을 행사할 수 있으며, 큰 목소리를 낼 수 있으며, 행진할 수 있으며, 소리 내어 울 수 있으며, 애도하고 슬퍼할 수 있으며, 노래하고 희망을 품을 수 있으며, 싸워 나갈 수도 있다. 비록 변화가 불가능한 것처럼 보이더라도 정녕 그렇게 할 수 있다. 설령 우리가 기적을 믿지 않는다 해도, 기적은 항상 거기에 있으며, 그 기적은 언제나 우리가 발견해 주기를 기다리고 있기 때문이다.

11

섹스, 죽음, 버섯

비가 세차게 많이 내리고 있다. 숲 공기는 미생물 작용으로 분해된 달큰한 와인 향이 난다. 나는 오랜 친구인 닉과 함께 산책 중이다. 그는 과학역사학부 명예교수이면서 아마추어 균류학자다. 지난 15년 동안 가을이면 버섯을 채집하려고 항상 그를 따라다녔다. 오늘 우리는 서픽의 세퍼드 숲으로 왔다. 우리의 전리품을 담으려고 버드나무와 밤나무로 만든 전통 영국식 나무 바구니인 트러그를 들고 가는 중이다. 아마도 그 바구니에 담길 전리품은 솜털 줄기가 달린 아주 작은 균류, 썩어 가는 나무 둥지에서 부서져 나온 울퉁불퉁한 돌기, 내다 버린 둥근 베개나 땅에서 나오는 붉은 불가사리의 쫙 펼친 앞다리를 닮은 덩어리가 될 것 같다.

버섯 채집은 놀랍게도 동물 사냥 같은 기분이 드는데, 특히 식용 버섯을 구할 예정이라면 더욱 그럴 수 있다. 가령, 살구버섯을 찾을 때면 마치 살구버섯이 내가 다가오는 소리를 듣기라도 하는 것처럼, 나도 모르게 이끼 낀 그루터기를 건너가면서 무의식중에 까치발로 걸어가곤 한다. 사실 그냥 주변을 걷다가 곧바로 살구버섯을 찾으려고 한다면 대개는 성공하지 못한다. 그 버섯은 탐색하는 인간의 눈을 피해 숨을 줄 아는, 뭔가 괴기하게 신비로운 능력이 있다. 따라서 곧장 발걸음을 옮기지 말고, 걸어가고 있는 주변 땅을 새로운 방식으로 유심히 들여다보아야 한다. 온갖 나뭇잎이 부엽토처럼 변해 버린 낯선 현상에 기꺼이 몰입하고, 토양의 어지러운 표면과 유기 퇴적물 층의 갖가지 색깔과 모양과 각도에 골고루 주의를 기울여야 한다. 일단 이런 식으로 긴장을 풀고 여유로우면서도 살짝 머뭇거리는 포식자의 눈길을 장착하게 되면, 밝은 노란빛의 살구버섯이 나뭇잎과 잔가지와 이끼 뒤에서 종종 튀어나온다. 대개 가짜 살구버섯은 진짜 뒤에 숨어서 자란다. 진짜 살구버섯을 발견하게 되면 그제야 알게 된다. 잘 살펴보면 진짜 살구버섯과 가짜는 완전히 딴판이다. 닉은 이렇게 말한다. 충분히 경험을 쌓으면 "최소한 이보다 더 흔한 종에 대해서는 엄청나게 변종이 많더라도 이게 바로 그것이라고 확실하게 구분하고 말할 수 있게 되지. 그때쯤이면 옆에서 누가 어떻게 그렇게 바로 알 수 있냐고 물어보면 딱히 설명할 길이 없을 거야."라고. 그는 10대 시절부터 열정적인 균류학자로 지내면서 적어도 수백 가지 종의 이름을 기억했다.

균류는 미세한 균사가 빽빽하게 모여 덩이를 이루고 살아가는 고등 영양체다. 버섯은 그 균류의 자실체에 해당한다. 버섯 중에는 숙주에 기생하는 것도 있고, 썩어 가는 물질을 먹고 살아가는 것도 있다. 하지만 대부분의 버섯은 균류와 고등 식물의 뿌리가 서로 도우며 함께 살아가는 균근(菌根) 유형에 속한다. 쉽게 말하면, 대다수의 버섯은 식물의 뿌리 안이나 주변부에서 자라면서 숙주가 되는 식물과 영양분을 나눈다. 그러므로 버섯을 딴다고 균류를 죽이는 것은 아니다. 어떤 의미에서 버섯을 따는 행위는 은밀히 숨겨지고 뒤엉킨 균사체에서 단순히 꽃 한 송이를 꺾은 것이나 매한가지다. 물론 그 뒤엉킨 균사체는 예상보다 훨씬 더 광대한 생명체이거나 특별히 태곳적부터 오래도록 살아남아 존재하던 것일지도 모른다. 그 좋은 예로, 미국 오리건 주에 있는 담자균류의 식용 버섯에 해당하는 일명 꿀버섯은 그 생태 면적이 거의 37제곱미터에 이르며 약 2,500년산으로 추정된다.

얼마 지나지 않아, 닉과 나는 전혀 사람의 손길이 닿지 않은 황량한 반원 모양으로 자리 잡은 수십 개의 버섯을 우연히 만났다. 그득하게 모인 그 버섯의 맨 위 넓은 갓 부분을 본 순간, 문득 이런 생각이 스쳤다. 어쩐지 이 버섯 색깔이나 모양은 참 이해할 수 없지만, 생뚱맞게 카페라테 여러 잔을 죽은 나뭇잎들 사이에 갖다 놓고 식히고 있는 듯한 모습 같다고 상상해 버렸다. 언뜻 보면 딱 그런 모습이다. 그 버섯은 이곳에서 흔히 발견되는 독버섯인 삿갓외대버섯이다. 우리는 그 버섯을 뒤로 하고 계속 걸어간다. 잠시 후, 닉은 기다란 풀 속에서 노란빛의 어슴푸레한 빛을 발견한다. 이번 버섯은 조금 전의 독버섯보다 조금 더 흥미롭다. 닉은 그 버섯 옆에 웅크리고 앉아 얼굴을 찡그리면서 엄지와 약지를 그 녀석의 아래쪽으로 쓱 밀더니 이끼와 풀 하나 묻히지 않고 싹 뽑아 올린다. "**유황송이**네." 그는 흡족한 듯 말한다. "**트리콜로마 술푸레움**이라고 하지." 대개 균류학자들은 균류를 기술하기 위해 학명을 사용한다. 해당 균류를 부르는 일반적인 이름이 너무도 다양하기 때문이다. 그가 쥐고 있는 송이버섯만 해도 송이목의 유황 색깔을 띤 버섯으로 유황 기사나 유황 주름버섯으로 불리기도 한다. 닉은 그 버섯을 나한테 건네면서 냄새를 한번 맡아 보라는 몸짓을 했다. 아니라 다를까 불쾌하게 톡 쏘는 유황 냄새가 금세 코를 찡그리게 만든다. 그는 바구니에 유황버섯을 집어넣는다.

나는 균류를 식별하는 재능은 거의 없지만 예전에 비한다면 훨씬 나아졌다. 지난 십여 년 동안 닉을 따라 채집하고 배우면서 몇 가지 종류는 눈으로 보거나, 코로 냄새를 맡거나, 절단면의 색깔이 변하는 모습을 보고서 어떤 버섯인지 알아차릴 수 있게 되었다. 그뿐 아니라, 그렇게 알게 되면서 버섯이 우리의 상상 속에서 차지하는, 신기하고 호기심을 끄는 독특한 위상에 점점 더 흥미를 느끼게 되었다.

지난 1,000년 동안 인간은 버섯을 채집하고 음식물로 섭취해 왔다. 그런데 흥미롭게도 버섯은 섹스와 죽음이라는 인간의 가장 깊은 미스터리를 상기시키는 대상으로 각인되어 때로는 인간의 심리를 어지럽히고 교란하는 힘도 갖고 있다. 19세기 사람들은 전 세계에 흔히 분포하는 말뚝버섯에 특히 놀라움을 표출했다. 그것은 고약한 냄새를 풍기며 파리와 곤충을 유인하는 종으로, 처음에는 메추리알 크기 정도의 알 형태로 돋아나 곧바로 알껍데기 막을 뚫고 자실체가 드러나는 버섯이다. 이때 그 자실체가 해당 버섯의 학명인 **팔루스 임푸디쿠스**, 즉 남근 형상과 매우 흡사하다. 찰스 다윈의 딸 헨리에타는 말년에 말뚝버섯을 채집하려고 숲으로 들어갔다. 그걸 몽땅 다 가져와서 "문을 잠근 상태로 거실 벽난로라는 가장 깊은 내밀함 속에서 다 불태워 버리려는" 의도였다. "왜냐하면 집 안에 미혼 아가씨들이 있었기 때문에" 그야말로 명백하고 신속한 목적을 달성하기 위함이었다. 이 이야기는 헨리에타의 조카딸이 쓴 회고록에 나온다.

인간이 섹스에 대해 줄곧 갖고 있는 경건하고 삼가는 태도는 일부 현대판 야외 도감에서도 나타난다. 가령, 땀버섯처럼 희한하고 독특한 냄새를 표현할 때면 좀 더 정확하게 "정액 냄새를 풍긴다."고 기술하지 않고 "입에 담기 어려운" "말하기 곤란한" "구역질 나는" 냄새 등으로 우회하곤 한다.

겨울로 접어드는 숲에서 썩어 가는 나무나 오물, 혹은 낙엽에서 아름다운 외계 형상이 예상치 못하게 꽃을 피우는 것은 죽음과 삶을 오가는 강렬하고 낯선 마력이자 주술이다. 발트 신화에서 버섯은 가난한 이들을 먹여 살리기 위해 땅에서 돋아 나오는 사신(死神)의 손가락으로 간주되었다. 실제로 버섯은 죽을 운명이나 죽음과 좀 더 직접적으로 관련된다. 물론 버섯 중에는 그 자체가 치명적으로 위험한 종이 많다. 독버섯인 광대버섯이나 알광대버섯을 잘못 먹고 가까스로 죽음을 모면한 사람들이 있다곤 해도, 그 와중에 목숨을 건지려면 아마 간 이식을 해야 할 정도로 심각한 상황이었을 것이다. 게다가 특정 균류의 맹독성은 그 균류가 취하는 형태만큼이나 불가사의하다. 이를테면, 그 독성은 조리를 했는가, 했다면 조리 방식은 어땠는가, 술과 동시에 섭취했는가, 그리고 섭취하기 전에 버섯이 발효된 것이었는가 등의 요인에 따라 달라질 수 있다. 이렇듯 위험한 버섯에 대해서 균류학자들은 외람되게 쉽게 말하는 것 같다. 마치 파충류학자들이 '맹렬하고 위험한' 뱀을 아무렇지 않은 듯 이야기하듯이 맹독성 균류에 대해 이야기한다. 뭐랄까, 그들에게는 뭔가 경계를 넘나드는 논조의 불온한 재미와 취향, 그 이상을 내재하는 성향이 있는 것 같기도 하다.

만약 식용 버섯을 채집하려고 할 경우, 균류를 식별하는 전문지식만이 당신을 죽음이나 심각한 질병에서 구할 수 있다. 버섯 채집 활동을 하다 보면 기꺼이 위험을 감수하려는 기분이 들기도 한다. 그렇게 앞뒤를 헤아리지 않는 무모한 일면이 있고, 소름 끼칠 정도로 무서운 죽음의 가능성을 알면서도 몇 번이고 목숨을 내놓을 각오로 위험을 감수하겠다는 감정이 생기는 것이다. 오늘날 야생 먹거리에 대한 열풍은 한편으론 스스로 채집에 나선 유명한 셰프들 때문에 자극을 받아 불어 닥친 것이기도 하고, 또 한편으론 자연과 다시 연결되고 싶은 향수 어린 욕망의 산물이기도 하다. 이 열풍의 결과로 대중에게 인기가 높은 안내서도 나왔다. 그리고 거기에서 사람이 먹을 수 있는 버섯과 독버섯을 선별하는 내용까지 다루어졌다. 사실 닉은 이런 안내서 대다수가 무책임하며, 더 심하게는 위험하다고 생각하는 편이다. 그는 이렇게 경고한다. "그런 안내서에서는 혹시라도 우연히 만날지도 모를 모든 범위의 대상을 설명해주지 않아." 독버섯 중에는 먹을 수 있는 버섯과 매우 비슷하게 생긴 종이 많다. 따라서 하나하나 별도로 차별화시키는 작업이 필요하며 여기엔 신중한 조사, 다소 끈덕진 결정, 그리고 종종 현미경 슬라이드 아래서 포자염색과 측정을 거치는 엄격한 검사가 꼭 필요하다.

사실 까다로운 버섯 종류를 겨우겨우 풀어내는 과정은 그 자체로 큰 만족감을 안겨 준다. 그 좋은 경우가 바로 균류 탐사를 마친 저녁에 볼 수 있는 닉의 모습이다. 그는 그런 날이면 탁자 위에 균류를 쫙 펼쳐 놓는다. 그중에 몇몇은 균류학적 신분증명서상으로 놀랄 정도로 값비싼 종류이기도 하다. 그것을 가득 올려놓을 만큼 채집 결과가 좋으니 현미경과 확대경까지 갖추어 놓은 아마추어 균류학자에게 그보다 더 기쁜 일이 어디 있을까. 아마도 그는 의기양양

함에 넘쳐 열렬한 집중력을 발휘하고 있을 것이다. "일부 종에게 해당 색깔은 정말이지 너무 다양해." 그는 한 분류군인 무당버섯에 대하여 열변을 토한다. "그런데 빗물에 다 씻겨 나가 버려. 그런 다음에 포자 위에는 사마귀점이 정확하게 분포하는데 이는 버섯 입장에서는 새로운 선택 대안이지. 사마귀점이란 버섯이 점차 성숙할 때, 어린 자실체의 갓 끝부분에서 버섯대로 연결된 조직이 그 갓에 사마귀나 거스러미 모양으로 남겨진 것을 말하는 거야. 그러니 너도 다른 일반 사람이랑 똑같은 입장이야. 색깔로는 구분 안 될 거야. 그 정도로 성능이 높은 현미경이 없으니까." 버섯류 때문에 어쩔 수 없이 우리 인간이 발휘하는 이해력의 한계를 고려하는 수준까지 왔다. 이리하여 결국 다시금 알게 된다. 세상은 우리가 다 안다고 말하기에는 너무나도 복잡한 곳이다.

두어 시간쯤 지나자 비가 잠잠해지기 시작한다. 우리는 비에 흠뻑 젖었지만 큰소리로 뽐내고 싶을 만큼 만족스럽다. 닉의 바구니에는 작지만 까다로운 독성 버섯 종이 가득 찼다. 반대로 내 바구니에는 예닐곱 개의 포도무당버섯을 포함해 먹을 수 있는 버섯이 꽉 차 있다. 포도무당버섯의 윤기 나는 갓머리는 마치 붉은 사과에 설탕물을 입혀 코팅한 캔디애플 색깔을 닮았다. 우리는 짙은 소나무 숲을 지나 자동차까지 돌아간다. 이곳 숲의 공기는 습하고 어두침침하다. 무당거미의 팽팽한 거미줄이 실날같은 자기 몸통 사이에 매달려 있다. 거미든 거미줄이든 내 가슴을 가로질러 덥석 달려들 것 같은 기분이 든다. 살진 미국호랑거미는 내 코트 위로 떨어지더니 발아래 무성한 솔잎 양탄자까지 툭 떨어진다. 나는 그때 막 가던 길에서 살짝 한걸음 뒷걸음칠 찰나였다. 마침 몇 야드 떨어진 어느 나무 아래서 내 눈을 사로잡는 뭔가가 보인다. 보자마자 순간 그게 무엇인지 금방 알아챘다. 사실 책에서만 본 게 전부였는데, 와, 딱 알겠더라. "꽃송이버섯이다!" 나는 소리를 지르며 버섯을 향해 달려간다. 흰색은 아니지만 옅은 백색의 불투명한 다육질 돌기들이 모여 전체로 보면 축구공 크기만 했다. 그것은 빗방울이 이슬처럼 맺힌 그늘진 곳에서도 특유의 존재감으로 빛이 나는 듯했다. 복잡다단하게 접힌 꽃송이버섯의 주름은 마치 물에 넣고 끓인 내장과 해면동물 사이에서 몇 겹이고 엇갈린 모양새다. 영어로는 콜리플라워 버섯이라고도 하니 그 주름진 모양이 이름에서 잘 드러난다. 순간, 그 모양새를 보면서 꽃송이버섯의 라틴어 학명이 기억났다. **스파라시스 크리스파**, 이 녀석은 침엽수류에 기생한다. 스파라시스는 그리스어에서 유래한 라틴어로 찢는다는 뜻이며, 크리스파는 라틴어로 곱슬곱슬 주름진 모양을 뜻한다. 식용 버섯으로 육수에 찢어 넣고 천천히 끓이면 풍미와 맛이 좋다. 내가 이 버섯을 보고 물에 넣어 끓인 내장이 떠오른 것이 전혀 이상할 게 없다. 나는 그 버섯을 좀 더 가까이 보려고 비에 젖은 땅 위에 그대로 앉았다.

인간은 시각적 동물이다. 우리에게 숲은 나무와 나뭇잎과 흙으로 이루어진 공간이다. 하지만 버섯을 알기 시작하면서 숲의 의미가 달라졌다. 이제 나를 둘러싼 모든 것은 눈에 보이지 않지만 어디서든 존재하는 균류 생명체의 연결망이며, 나무들 사이에서 자라고 뻗어 가는 수백만 개의 미세한 거미줄이며, 토끼 똥 무더기가 이만큼 쌓인 군락이며, 덤불과 오솔길, 죽은 낙엽과 살아 있는 뿌리가 한데 모인 곳이다. 대개 버섯의 자실체가 이러저러한 숲의 조건에 맞아서 어느 날 세상 밖으로 자신을 쑥 밀어 올리고, 그걸 우리 눈으로 보기 전에는 사실 그런 생명이 거기에 존재하고 있는지 잘 모르고 지나치게 된다. 한데 균류가 쉬지 않고 끊임없이 수분과 영양분과 미네랄을 순환하지 않는다면, 숲은 원래 모습이나 방식대로 잘 돌아가지 못할 것이다. 이렇듯 숲의 필수이자 근원이지만 이 숲속 세상에서는 아무도 그들을 돌보지 않는다. 그렇다면 이런 곳에서 어떻게 사람들의 눈에 띌 수 있게 스스로 표출해낼 수 있었을까? 이 점이 어쩌면 나한테 있어서 버섯이 품은 가장 큰 불가사의일 것 같다. 나는 앞으로 다가가서 금방이라도 부서질 것 같은, 겹겹이 접힌 꽃송이버섯을 반으로 잘라서 바구니 안에 넣는다. 우리 인간의 삶에서 철저하게 숨겨진 생명의 신비로 가득 찬 공간에서 선물받은, 이 기념품의 향미를 어서 맛보고 싶다.

12

겨울 숲

나는 매년 새해 첫날마다 저녁 해가 지기 전에 두어 시간 숲속을 산책한다. 햇살이 희미한 날에도, 눈이 펑펑 쏟아지는 날에도, 대기 중에 공기보다 수분이 더 많은 듯 피부에 들러붙는 습하고 안개 낀 날에도 산책을 했다. 아직 단정한 기운이 없는 청년 소나무 숲도, 오래된 습지 숲도, 너도밤나무 숲도, 농장에 딸린 작은 잡목 숲도 걸었다. 오리나무와 자작나무가 죽 늘어선 진흙 오솔길을 따라 내려가기도 했다. 이따금 가족이나 친구들과 함께 걷기도 한다. 하지만 대부분은 나 혼자서 가는 편이다. 이런 나의 새해 저녁 산책이 정확히 언제부터 시작되었는지 생각이 잘 나지 않지만, 지난 수년 동안 그 산책은 칠면조 고기를 너무 굽는다거나 크리스마스트리에

돈을 너무 많이 들이는 것처럼 하나의 익숙한 겨울 전통이 되었다.

겨울에 숲을 산책하다 보면 특별한 현상이 보인다. 바람 한 점 없는 날이면 내 발 아래 밟힌 나뭇가지가 부러지면서 깊고도 부드러운 소리를 낸다. 그건 마치 총알이 날아가는 소리를 닮았다. 여느 해, 여느 숲이 그러하듯 여기저기 새들이 지저귀는 소리에 묻히게 될지도 모를 낯선 고요함이 있다. 그 고요함 덕분에 새해 가장 이른 날에 울리는 작은 소리에 곧바로 민감하게 반응하게 된다. 내 발밑에 죽은 고사리 틈에서 들쥐가 와삭거리는 소리도 들리고, 대륙검은지빠귀가 거미를 찾아 낙엽을 들추면서 메마르게 긁는 소리도 들린다.

이즈음 나무들은 잎을 다 떨어뜨리고 없어서 야생동물들이 평소보다 더 잘 눈에 띄는데, 그건 내 입장도 마찬가지다. 어치, 동고비, 울새, 동부회색다람쥐가 서로 경고를 보내는 소리를 종종 만난다. 마치 내가 이 숲에 와 있다는 사실을, 그들도 안다고 나한테 알려 주려고 내는 까칠한 소음 같다. 숲의 생명체들에게 뭔가 한마디 소리를 듣는 일은 불편하기도 하지만 동시에 위로가 되기도 한다. 현대에 들어와 자연을 감상하는 문화는 자연 세계를 단순히 눈으로 지켜보고 관찰하는 것으로만 생각하는 편이다. 그것도 가까이 세세하게 바라보는 것이 아니라 바깥 자연과 철저하게 거리를 둔 채 두꺼운 판유리를 통해서 관찰하는 일이 당연하게 받아들여진다. 그러다 지금처럼 자연 속으로 들어와 새들이 전하는 경고음을 듣노라면 그저 눈으로 지켜보는 존재로만 생각했던 동물들도 그들만의 욕구, 욕망, 감정, 삶을 이루고 있는 창조물이라는 점을 새삼 깨닫게 된다.

겨울 숲은 그 풍경의 뼈를 다 드러낸다. 경사진 지형과 길의 윤곽, 패이고 들어간 고랑과 구덩이 등 그 풍경이 여태껏 성장해 온 뼈대를 노출한다. 그 풍경 속에서 나무는 패턴 인식용 연습문제처럼 변한다. 각각의 종마다 서로 다른 나무껍질의 결이 있고, 큰 가지와 작은 가지가 늘어진 각도와 배열도 다르다. 나뭇잎이 다 떨어지고 나면, 겨울은 그간 가려져 있던 빛과 날씨를 숲 안으로 들인다. 그리고 겨울이 나날이 봄을 향해 가면서 해가 조금씩 길어질 때마다 새로이 햇빛에 드러난 나무 둥치는 이끼가 끼어 푸르게 변한다.

겨울 숲에서 생명은 확실히 눈에 드러나지 않는다. 물론 이끼라는 밝은 별이나 겨울 서리를 견뎌 낸 버섯 등등 살아 있는 생명체가 분명히 거기에 존재하지만, 눈으로 보려면 주의와 관심을 잔뜩 기울여야 한다. 어느 해인가, 숲길 한가운데 희미한 한 조각 햇빛 속에 모인 겨울 파리 떼에 넋이 나간 적이 있다. 그날따라 유독 덧없이 한 순간 잠시 이 세상에 발을 디뎠다가 사라지는 그들의 연약함이 강렬하게 다가왔다. 그리고 겨울이라는 계절에 사람의 눈에 띄는 생명이 없다는 사실은 인간의 지각이 얼마나 제한적인지, 그 한계를 새삼 깨닫게 만든다. 실제로 이곳 겨울 숲에 사는 대부분의 생명은 내 눈으로 보기에는 너무 작거나 아니면 눈에 보이지 않는 땅 밑에 존재한다. 가령, 내 발밑에는 복잡하게 얽힌 균근성 균사 조직, 그러니까 균류와 식물이 공생하는 균근이 있다. 균근은 초목의 뿌리를 서로 연결하고 그 뿌리를 흙과 이어 준다. 이렇듯 균류는 나무들이 중요한 영양성분에 접근할 수 있게 해 주고 나무들끼리 소통할 수 있는 수단을 제공한다.

우리는 나무들이 절대 불변하고 장엄한 존재라고 쉽게 생각한다. 그런 생각에 기대어 우리 삶의 길이, 우리 인간의 사소한 역사를 측정하곤 한다. 그러나 나무들은 성장하고, 나뭇잎들은 떨어지고, 무수한 겨울들은 땅을 지배한다. 그 숲은 시나브로 이어지는 과정과 끊임없는 변화의 공간이다. 내가 그 변화를 이해하기까지는 참 오랜 시간이 걸렸다. 어릴 때, 나는 우리 집 근처 숲은 영원히 그대로 유지된다고 생각했다. 내가 예전에 산책하던 수많은 오솔길은 이제 자작나무 덤불에 가로막혀 버렸다. 야속하게도 그 길에 대한 나의 기억과 추억 만큼은 아직도 눈에 선하고 여전히 살아 숨 쉬고 있다.

여름 숲은 이미 지나간 시간이나 이제 다가올 시간에 대한 감각을 전해 주지 않는다. 그저 여기저기 수많은 생명체가 살아 움직이면서 윙윙거리고, 반짝이고, 곳곳에서 분주하다. 여름 숲에서는 모든 것들이 분명히 드러나 보이는 것 같다. 너무 확실하니까 잠재성이나 가능성의 느낌이나 기운은 전혀 들지 않는다. 한데 겨울 숲은 정반대다. 겨울 숲은 시간의 흐름을 떠올리게 해 준다. 겨울의 나날들은 항상 어둠을 향해 빠르게 움직인다. 행여 바람이라도 쓰라리게 부는 날이면 고향이나 내 집의 온기 속으로 돌아간다면 어떨까,

그런 생각을 여지없이 하게 된다. 내 머리 위에, 그리고 내 주변엔 지난해 새들이 만든 둥지가 있다. 그 둥지에서 품은 새끼들은 이제 혼자 훨훨 날 수 있는 어른 새가 되었다. 겨울 숲에는 생명의 표징들이 겨울 숲에 드물게 들어오는 빛의 그림자처럼 점점이 찍혀 있다. 그것은 어디에 눈길을 돌려도 곳곳에 생명이 넘쳐나는 울창하게 성장한 여름의 초목으로선 보통 이해하기 어려운 표징들이다. 딱따구리가 콕콕 만든 나무 구멍, 사슴들이 조금씩 뜯어 먹은 어린나무들, 여우 땅굴, 낮은 가시나무에 걸린 오소리 털 뭉치! 겨울 숲에서 만날 수 있는 이런 소소한 생명의 표징들을 사람들은 얼마나 알아챌 수 있을까. 그리고 내 발이 지난해 나뭇잎을 밟고 있는 동안, 내 머리 위로는 벌써 다가올 봄의 나뭇잎들이 잔가지 끝의 봉오리 안에 고이 접혀 있다.

흰 눈이 살며시 땅 위를 덮고 나면 숲속 포유류와 새들의 발자국은 시간을 앞으로 되감는 흔적으로 읽힐 수 있다. 꿩이 지나간 길의 발자국은 날개 자국으로 끝나고, 발자국 하나하나에는 난생 처음 났던 깃털이 겨울 서리를 입고서 찍혔다. 그 새가 전날 저녁 홰로 날아가기 위해 땅에서 떠오르는 순간을 기록한 셈이다. 잉글랜드 남부 윌트셔 숲, 언뜻 보면 동물 생명체가 하나도 없어 보이는 그곳에서 언젠가 나는 눈길을 가로질러 어두운 웅덩이까지 갈색 토끼 발자국을 따라갔다. 평소에 토끼가 물을 마시는 곳을 보았는데, 그 말랑한 발바닥 자국이 띄엄띄엄 간격을 두고 생긴 장면에서 토끼가 그 길을 따라 얼마나 빠르게, 또는 느릿하게 이동했는지 알 수 있었다.

요즘 우리는 참으로 자주 마음 챙김, 순전히 지금 이 순간에 존재하는 것을 영적 목표라고 생각하곤 한다. 하지만 겨울 숲은 나에게 뭔가 다른 것을 가르쳐 준다. 지나가 버린 시간과 역사에 관해 사색하는 것이 얼마나 중요한지! 겨울 숲은 당신에게 지나간 5시간, 이미 지나간 5년, 그리고 훨씬 더 앞에 지나간 500년을 한번에 다 보여 줄 수 있다. 겨울 숲은 나무이자 땅이며, 썩은 나뭇잎이자 수정처럼 빛나는 서리솜털이며, 밤새 내리는 눈이 녹은 모습이지만, 동시에 중간 중간 삽입된 서로 다른 시간이 내려앉는 공간이기도 하다. 겨울 숲에서는 잠재성, 그리고 가능성이 겨울 공기 안에서 불꽃처럼 타탁타탁, 치치치칙 소리를 낸다.

13

일식

오래전 처음으로 개기일식을 보고 싶다고 결심했을 때는 뭔가 낭만적인 고독을 느끼며 관찰할 계획을 세웠었다. 그때 나는 20대 초반이었고 스스로 우주의 중심이라고 생각하곤 했다. 더구나 개기일식은 태양과 달과 내가 뭔가 심오한, 영구불멸의 계시를 일으키기 위해 한데 모이게 되는 하나의 사건이라고 상상했다. 그러면서 혼자 이런 생각까지 했더랬다. 나 아닌 모든 타인들은 개기일식의 의미를 떨어뜨리거나 손상할 것이므로, 이 위대한 자연을 경험하는 최상의 방법은 그 세계와 나만의 고독한 교감을 추구하는 것이라고! 지금에 와서 그때 품었던 신념을 회상하자니 적잖이 당황스럽다. 실은 그날 난생처음 개기일식을 보자마자 곧바로 깨달았기 때문이다. 아,

개기일식이 일어날 때는 절대 혼자 있으면 안 되는구나!

개기일식을 목격하는 일은 인간의 자의식과 이성적 자아에 대혼란을 일으킨다. 일식 관측 탐사에 나선 19세기 과학자들은 그 탐사 자체를 자아 통제의 시험대라고 생각했다. 그들은 개기일식이 일으킬지도 모를, 압도적인 감정에 직면해서 객관성을 유지하지 못하면 어쩌나, 하는 불안에 시달렸다. 역사가 알렉스 수정 김 방이 묘사했듯이, 그 상황 속에서 과학자들은 너무나도 손이 떨려서 데이터 기록을 거의 할 수 없을 정도였으며, 어느 관측자는 1871년 인도에서 일식을 보고 너무 흥분한 나머지 방에서 나와 정신없이 강물에 머리를 집어넣어야 했다. 영국 왕립 에든버러 천문학자 찰스 피아지 스미스는 1851년 일식이 진행되는 동안 놀라움에 빠져 이렇게 기록했다. 일식은 그저 "순간의 충동에 휩쓸려 휘발하는 프랑스 사람"일 뿐만 아니라, "차분한 영국 사람"이면서 "둔감한 독일 사람"이기도 했다. 국가별 정형화된 인물평은 일단 제쳐 두더라도, 그의 관심 사안은 일식의 독특한 모순점을 그대로 지적하고 있다. 일식의 경로와 시간대는 경탄할 만한 수학적 정확도를 통해 예측될 수 있지만, 일식의 실제 활동은 항상 경험주의적 묘사나 객관적 과학과 정반대의 심리를 방울방울 주입한다. 한마디로 일식 앞에서는 인간 본연의 원초적인 경외심이 밀물처럼 밀려온다.

나는 난생처음 일식 구경을 앞두고 여느 때와 마찬가지로 군중 틈에서 신경이 곤두서고 초조해졌다. 내가 단지 내향적인 사람이라 그런 건 아니었다. 1970년대와 1980년대 영국에서 텔레비전을 시청하며 성장한 경험은, 나 같은 내향적인 사람들이 위험스런 상황에 처했을 때 참고할 수 있는 일종의 초보 입문서와 같았다. 내가 정치 시위나 록페스티벌이나 폭동을 내재적으로 두려워한다면, 그건 19세기 과학자들이 일식을 두려워했던 이유와 다를 바가 없다. 군중이 등장하는 대규모 상황은 자신도 알지 못하는 사이에 자아를 망각하게 만들기 때문이다. 군중은 이렇듯 비이성적이고 전염성 강한 폭력적 실체로 규정되었다. 군중 속에서 모든 개인의 합리성과 자제력은 점차 소멸되고, 개개인은 통제 불가능한 본능과 감정을 따라가게 마련이다. 이런 군중 개념은 19세기 말 프랑스의 정치적 혼란기에 처음 등장했다. 구체적으로 귀스타브 르 봉(1841-1931) 같은 유럽 이론가들의 유산이었다. 그들에게 군중이란 파괴를 부르는 잔혹하고 미개하고 야만스러운 행위자였다. 군중과 공포를 연결하는 이 모든 유럽 사회사의 장면은 내가 사람들 무리 속에 있으면서 느끼는 불안한 심리 상태를 부채질했다. 나는 보통 혼자 숲과 벌판에서 많은 시간을 보내곤 했다. 대개는 야생동물을 보고 싶었기 때문이었다. 야생동물은 군중의 일원으로는 쉽사리 다가갈 수 없는 존재들이다. 하지만 내가 혼자 있고 싶어 했던 욕망의 뒤편에는 여러 가지로 이보다 더 안쓰러운 이유가 존재했다. 혼자서 세상을 바라보면 기운이 나고, 용기가 생기고, 마음이 놓인다. 무엇보다 혼자 있으면 나무와 구름과 언덕과 계곡으로 이루어진 자연 풍경에게 온전히 관심과 경탄을 쏟으면서 고요히 눈에 담을 수 있다. 그렇게 혼자서 자연 속의 나무와 구름과 언덕과 계곡을 볼 때면 타인이 끼어드는 잡음 없이 오롯이 당신의 상상 속에서 자연에게 건네는 목소리만 존재한다. 어느 누구도 지금 그대로의 당신에게 감히 이의를 제기하거나 의심하거나 도전할 수 없다. 그런 까닭에 그저 고독한 사색만이 자연과 관계를 맺는 올바른 방법이라고 생각하게 된다. 하지만 기실 그것조차도 하나의 정치적 행위다. 나와 다른 생각, 다른 해석, 나만의 의식과 경쟁하는 타자의 의식이 부과하는 압박에서 벗어나 자유를 얻고자 하기 때문이다.

물론 사회적 갈등을 피할 수 있는 또 다른 방법이 있다. 당신 자신을 당신과 같은 방식으로 세상을 바라보고, 당신과 똑같은 대상에 가치를 부여하는 군중의 일원으로 만드는 것이다. 흔히 미국을 냉혹하고 무뚝뚝한 개인주의자들의 땅이라고 생각하지만, 사실 미국에도 어떤 숭고한 대상이나 사람을 찾아 나서는 경우엔 서로 우정과 동료 의식을 유지하는 오랜 전통이 있다. 역사가 데이비드 나이(1958-)가 주장하듯이, 그랜드 캐니언 같은 자연 유적지나 우주발사 프로그램처럼 경외심이 절로 일어나는 행사를 지켜보러 이동하는 다수의 여행객은 특유의 미국식 성지순례에 참여하는 것과 같다. 이런 숭고한 대상에 대한 경험은 미국 예외주의라는 개념을 떠받쳐 주었다. 경탄에 빠진 군중들은 자신들의 모국이 홀로 위대하고 대단히 중요하다는 사실을 새롭게 확신하게 된다.

하지만 2017년 개기일식에 몰려든 수백만 명의 관광객들은 그랜드 캐니언처럼 미국의 바위와 땅으로 이루어졌거나 우주발사처럼 미국적 독창성으로 빚은 시간의 흔적 같은 것을 전혀 목격하지 못했다. 그들 눈에 들어온 것은 하늘의 천체들이 지나가는 경로에서 문득 한순간에 미국 전역에 어두운 그림자를 드리운 모습이었다. 그렇다 하더라도 이 개기일식은 '위대한 미국 일식'이라고 새롭게 이름이 붙었으며, 과연 그 이름에 잘 들어맞는 일종의 역사적 사건이었다. 미국에서는 1918년 이래 거의 100년 만에 일어난 일이었으며, 역사상 가장 많이 관측된 환상의 우주쇼로 태양계의 슈퍼볼이라는 별명이 붙기도 했다.

하지만 2017년 개기일식이 역사적 사건이라고 불릴 만한 중요한 의미를 갖게 된 배경은 따로 있다. 무엇보다 이 사건은 당대 미국의 문제점과 그 위급한 상황을 만천하에 알려 주었기 때문이다. 바로 이성과 반이성, 개인주의와 군중의식, 소속과 차이에서 벌어지는 싸움이었다. 개기일식에 모인 군중 가운데서 가장 문제가 되는 부류는 나와 동질한 사람들끼리만 유대감을 느끼는 집단이었다. 문제는 그들끼리의 유대감이 타자와 그 타자의 다름에 대한 공포에서 출발하고, 그 다름을 분노의 원인으로 규정한다는 데에 있었다. 쉽게 말하자면 저들은 나와 다른 이러이러한 사람들이다. 나는 저들에게 반대하고 저항하려 한다. 그럼으로써, 그것 때문에, 나는 나 자신이 되는 것이다. 이런 식으로 그들은 스스로를 규정했다. 하지만 개기일식이 벌어지는 시간과 공간 속에서 사람들의 무리, 군중은 절대 이런 도식으로 작동할 수 없다. 왜냐하면 우주와 신의 영역에 속한 절대적 대상을 마주하게 되면 사람들 사이의 모든 차이는 실제적 가치가 거의 없어지고 무의미해지기 때문이다. 당신이 서서 태양의 죽음을 지켜보고, 다시 태양이 태어나는 모습을 지켜볼 때, 거기엔 그들이라는 3인칭 복수형이 있을 수가 없다. 그저 1인칭 복수형 '우리'만 존재할 수 있다.

1999년 아버지와 나는 70여 년 만에 영국을 관통하는 최초의 개기일식을 보기 위해 콘월의 해변으로 갔다. 해변엔 이미 사람들로 꽉 차 있었다. 주변을 둘러보니 무작정 떼를 지어 서성거리는 관광 가이드, 매번 일식만 쫓아다니는 사람들, 어린 학생들, 촬영진, 야광 막대를 흔드는 청소년들, 화려한 드레스를 입은 뉴에이지 풍 여행객들과 일반인들이 장사진을 이루고 있었다. 우리는 그들 사이에 껴 있는 셈이었다. 나로선 난생처음 만나는 일식이었다. 그런데 주변 사람들 때문에 신경이 곤두섰다. 거기에 사람들이 하나도 없어야 어떤 계시가 나올 텐데. 나는 제대로 알지도 못하면서 괜스레 건방진 직감 따위에 집착했다. 절망스럽게도 하늘에는 구름이 잔뜩 끼어 있었다. 시간이 흐름에 따라 한 가지 사실만이 분명해졌다. 이 상황이라면 개기일식이 진행될 때 우리 모두가 보게 될 것은 그냥 어둠뿐이었다. 그런데 이렇게 빛이 어둑해지고 분위기가 고조되었을 때, 갑자기 지금 함께 모인 사람들이 굉장히 중요한 대상으로 변하면서 내 마음속에서 뚜렷한 존재가 되어 갔다. 세상이 둥그렇게 굽이치고 달도 동그랗게 말려 들어가면서 때 아닌 밤이 쿵 하고 들이닥치자, 순간 내 주변 모든 사람들의 안전을 걱정하는 다급한 마음이 살짝 스쳤다. 그 순간은 내 얼굴 바로 앞에 놓인 손조차 제대로 볼 수 없었다. 하지만 바다 건너 저 멀리에는 1950년대 빛바랜 핵무기 실험 사진에 나오는 섬뜩한 일몰 빛깔의 구름이 덮여 있었다. 그리고 그 구름 너머에는 맑고 푸른빛이 드리워졌다.

그러고 나서 태양이 드러났다. 내가 기대하던 계시는 아니었다. 오히려 내게 찾아온 계시는 하늘의 현상이 아니라 여기 하늘 아래 우리에게 집중한 것이었다. 대서양 해변을 따라 줄을 섰던 관중은 개기일식을 기념하기 위해 카메라를 들었다. 그들이 플래시를 터뜨리자 빛의 미립자가 어두운 해변을 따라 쨍그랑 부딪혀 해변 맞은편으로 밀려갔다. 순간 해변 전체가 반짝이는 별들의 장이 되었다. 금세 사라지는 그 빛의 접점은 다름 아닌 내 주변에 서 있는 한 사람 한 사람이었다. 그때 나는 큰 소리로 웃었다. 본래 고독한 일식과 계시를 바랐는데, 어쩌다 그것과 결이 다른 중요한 깨달음을 얻게 되었다. 그 순간 나는 굉장한 공동체 의식, 그리고 그 의식을 이루는 동료라는 요소들에 대하여 새롭게 경탄하는 순간을 맞이했다. 닥쳐온 어둠에 대항하여 찰나처럼 빛나는 각기 다른 수많은 빛의 무리! 그것은 바로 우리였다.

흐린 하늘에서 일식을 본 경험은 맑은 하늘에서 보는 것과는 차원이 다르다. 콘월 일식 이후 7년 만에 바로 맑은 하늘에서의 일식을 보았다. 그때의 일식은 관련되는 모든 것이 현재 시제로 내 안의 일부처럼 아직도 살아 숨 쉬는 큰 사건이다. 마치 바로 지금도 일식이 일어나고 있는 것만 같고, 절대로 멈추지 않을 것 같은 그런 느낌이다.

2006년 친구들과 함께 터키 해안가의 '시데'라는 고대 폐허 유적 도시로 일식을 보러 여행을 간다. 일식이 이루어지는 당일, 우리는 바람에 날려 쌓인 모래 더미와 향기로운 꽃 덤불 사이에 서서 볼 수 있는 자리를 찾는다. 그 덤불 가지에서는 수십 마리의 휘파람새가 휙 스치면서 나뭇잎과 끈적끈적한 꽃에 앉은 긴 다리에 날개 달린 곤충을 낚아채고 있다. 직박구리들이 노래를 한다. 눈이 가는 곳마다 생명이 넘친다. 그리고 천천히 한 시간 동안 달은 태양 앞으로 이동하여 끝내 태양의 표면을 완전히 가린다.

우리는 네 사람이다. 수학과 코딩 전문가 세 남자는 스니커즈와 티셔츠 차림이고, 간단한 계산을 할 때도 매번 초보적인 실수투성이의 한 여자는 밀짚모자를 쓰고 쌍안경을 들고 있다. 그 사람이 바로 나! 우리는 이곳 고대 폐허 도시의 돌과 관목이 품고 있는 소소한 야생성에 대하여 이야기를 나눈다. 그리고 왼편으로 눈을 돌려 여기 멸망한 고대 도시로 모래 언덕이 내침하여 벽 높이까지 쌓인 흔적을 바라본다. 그 뒤로는 매끈한 도마뱀과 뿔종다리가 움직이고 있다. 사막 모래 위로는 비단거북이 수없이 왔다 갔다 했던 자국이 어지럽게 흩어져 있다. 우리 네 사람이 모래 언덕 위에 서서 기다리는 순간에 나는 그 새들을 쳐다본다. 우리와 비슷한 사람들이 도처에 널려 있다. 어떤 사람들은 백지를 놓고 망원경의 초점을 맞춘다. 일식 과정 중에 태양의 가장자리 원과 달의 가장자리 원이 처음으로 접하는 순간을 포착하기 위해서였다. 소위 퍼스트 컨택트는 가장 작은 양의 어둠이 태양의 한쪽 면을 먹고 들어가는 순간이다. 퍼스트 컨택트와 세컨드 컨택트 사이에는 꽤 시간이 걸린다. 세컨드 컨택트는 태양이 달에게 완전히 가려질 때를 뜻한다. 말하자면 세상에 도달하는 빛의 양이 오래도록 천천히 줄어드는 것이다. 한참 동안 나의 뇌가 나를 교묘하게 속인다. 본래부터 뇌는 이런저런 말로 안심시키는데 선수다. **괜찮아. 잘못된 건 하나도 없어.** 그리고 반응성 선글라스를 꼭 쓰고 있으라고 당부한다. 뇌가 당부한 이 말 덕분에 온 세상이 착색유리를 통해 변하고 있는 모습을 보고 있다. 그 때문인지 내 발밑 모래 언덕 잡초와 나뭇잎도, 부서진 벽도, 해안가 나무도, 저 앞의 바다도, 저 뒤의 산도 모든 게 여전히 어둡고 우울하지만 그럭저럭 괜찮아 보인다.

한데 그 순간 내가 실제로 선글라스를 끼고 있지 않다는 사실을 기억해 낸다. 나는 선글라스를 쓰지 않은 상태였다. 이 사실을 깨닫게 되자, 마치 꿈속에서 한쪽 팔이 피아노 건반 너머로 세차게 툭 늘어지는 악몽의 불길한 위력에 한 대 맞은 것 같다. 가까스로 남은 이성으로 판단하자면, 내가 선글라스를 쓴 것처럼 주변 풍경을 바라본 착각은 일종의 심리적 등가물이다. 내 무의식 안에서 뭔가 불협화음이 벌어지고 있음을 암시하는 것이다. 뇌는 나를 속이려 하고, 나는 뇌를 상대로 사소하지만 난처한 줄다리기를 하고 있다. 그래서 나타난 현상이다. 그러다 이내 몸이 으슬으슬 떨려온다. 분명히 한 시간 전만 해도 지독하게 더웠는데 말이지. 갑자기 개구리가 죽을 때까지 물을 끓여 댔다는 케케묵은 옛날이야기 하나가 떠오른다. 냄비 안에 찬물을 붓고 개구리를 넣은 다음 그 냄비를 난로에 올린다. 그 태평한 양서류는 죽을 때까지 온도가 점점 상승한다는 사실을 인지하지 못할 것이다. 이 이야기 속에서 개구리만 모른 채 서서히 진행되는 두려움, 그 비슷한 게 지금 내가 서 있는 이곳에서 벌어지고 있다. 나는 사람들에게, 어서 냄비 밖으로 뛰쳐 나오라고 경고하고 싶은 강한 욕구가 솟구친다. 모든 게 변하고 있는데 우리 뇌는 이 정도 규모의 상황을 알아차리는 데 준비를 하지 못한다. 나는 초조한 마음으로 이 풍경 속에서 익숙한 모습을 찾아 나선다. 내 두 눈은 자동인형처럼 흔들리면서 반사적으로 움직인다. 사실 주변에 있는 많은 것들이 친숙하다. 삼삼오오 모인 사람들. 덤불 숲. 바다. 벽. 그들의 형태를 보니 안심이 되지만 그 내용은 그렇지 못하다. 모든 사물이 본래 색깔을 잃어버린 채 잘못된 빛깔에 잘못된 색조를 띠고 있기 때문이다.

옛날 서부영화를 찍을 때 주로 활용했던 데이포나이트 필터를 기억하는가? 카메라에 부착하는 필터를 조작하거나 의도적으로 노출 부족 상태로 만들어 대낮에 심야 장면처럼 촬영하는 일이 빈번했다. 어릴 때 TV에서 영화를 보면서, 미국의 밤 시간은 영국의 밤 시간과 다르다고 지레짐작했다. 세월이 한참 지난 후에야 영화 속 그 때는 항상 낮이었고, 렌즈의 조리개를 조른 후 파란색 필터를 통해 촬영했다는 사실을 알게 되었다. 그러니까 테크니컬러 서부영화에서 밤 장면을 보고 있다고 상상하면 된다. 아마도 게리 쿠퍼는 권총을 손에 들고 험한 바위 뒤에 숨어 있다. 그런 밤은 어쩐지 이상하게 보이지 않을까?

이제 개기일식이 벌어지는 이곳으로 돌아오자. 주변에 보이는 모든 장면이 위에 나온 게리 쿠퍼 영화처럼 파란 색조가 아니라 오렌지 색조로 펼쳐진다고 상상해 보자. 내 주변의 모든 것이 심하게 세광(洗鑛) 되어 축축하고 낯선 외계 사물처럼 보인다. 모래는 해가 질 무렵처럼 진한 오렌지색이다. 하지만 지금 태양은 하늘 높이 떠 있다. 우리는 모두, 우리 앞의 바다에서 굴절된 점광원의 반짝임에 취해 매혹된다. 나는 물리적 현상이나 물리학에 대하여 제대로 파악하지 못하지만, 어쩐지 어두운 지중해 위에서 살랑거리는 백색의 광채는 너무 예리하다는 느낌이 든다. 그리고 땅 위에서는, 우리 발 바로 밑에서는 그보다 더 이상한 일들이 벌어지고 있다. 나는 태양빛에 얼룩진 그림자가 나뭇가지를 통과하여 모래 위에 드리우는 모습을 예상한다. 개기일식이 벌어지는 이곳이 아닌 일정불변하고 일부러 의식을 깨워야 할 필요가 없는 세상의 모든 곳에서 그러하듯 빛과 그림자가 생기는 상식에 근거한 모습을 예상한다. 그런데 아니다. 나는 너무 어리둥절하고 당황스럽다. 세상에! 그 그림자 한가운데에 하나같이 모래를 향해 움직이고 있는 수백 개의 작은 초승달, 완벽한 눈썹달 무리가 있다. 마침 그 순간 갑자기 불어온 한 줄기 바람이 나뭇가지를 슬쩍 밀어 움직인다.

폐허 위로 선회하면서 사냥 비행 자취를 남기고 있는 제비들의 등 뒤가 이제 더 이상 태양 속에서 달무리 파란빛이 아니라 짙은 쪽빛을 띤다. 그들은 놀라서 경계하는 울음소리를 내고 있다. 새매는 하늘 위 높이 날아가더니 하늘 아래로 쭉 미끄러져 내려와 고도를 낮추는데, 그러면서 다시 솟구쳐 오를 상승 온난기류를 찾느라 애를 먹는 눈치다. 그들은 빠르게 냉각되는 대기 중에서 모두 사라져 간다. 그러는 동안 새매는 아래로 떨어지다가 어깨를 으쓱이며 북서쪽으로 길을 잡는다. 나는 일식 안경을 통해 다시 태양을 확인한다. 이제 남은 것은 표면이 가려지고 손톱만큼 남은 빛의 곡선뿐이다. 그 풍경은 참 끈질기게도 생경하다. 일식에 흠뻑 빠진 강렬한 세상 속에서 짧은 한낮의 그림자라니! 육지는 주홍빛이다. 바다는 자줏빛이다. 금성이 하늘 오른편에 아주 높이 나타났다. 그런 다음, 일제히 커지는 환호와 휘파람과 박수 소리와 더불어 태양이 슬며시 떠나가는, 그리고 한낮도 그렇게 가 버리는 순간의 하늘을 응시한다. 아, 그리고 이게 가능하다고, 이게 정말 가능하다고? 우리 머리 위에는 검은, 부드러운 검은색의 하늘이 길게 뻗어 있고, 그 한가운데 둥그런 구멍이 하나 나 있다. 내가 여태 보아 왔던 것 중에 가장 어두운, 그 둥근 구멍은 백색의 불이 번진 강렬하게 부드러운 고리와 함께 가장자리를 술처럼 두르고 있다. 모래 언덕 전역에서 박수갈채가 물결을 이루며 퍼진다.

내 목은 턱 막힌다. 내 눈엔 눈물이 흘러넘친다. 머리로만 맴돌던 걱정과 불안은 이제 안녕! 완전히, 전혀 다른 무언가가 찾아왔다, 반가워! 개기일식은 평상시 정신 구조로는 도저히 이해할 수 없기 때문에 몸의 반응이 너무나도 확실히 나타난다. 당신의 지성으로는 이에 대해 아무것도 파악할 수가 없다. 어둠도, 수평선마다 펼쳐진 일몰 구름도, 하늘의 별도, 심지어 그 위에서 벌어진, 그래서 내 눈을 잡아끌던 새들에게 닥친 부당한 상황조차 제대로 이해되지 않는다. 그 들뜨고 흥분된 감정 안에는 두려움과 공포는 거의 들어 있지 않다. 갑자기, 그리고 일시에 나는 대단히 작은 존재이기도 하고 대단히 큰 존재가 되기도 한다. 내가 지금까지 느껴 본 중에 가장 고독하고 쓸쓸한 사람이 되었다가, 이 세상에서 최대로 가능한 수준까지 군중의 일원으로 서로 어울려 융합되기도 한다. 그것은 함께 나눈 경험이기도 하고 지극히 개인적인 경험이기도 하다. 하지만 이 모든 것을 표현하기에 합당한 인간의 어휘가 없다. 대립 쌍은 어떠냐고? 좋다! 커다란 이분 대립 쌍과 웅장한 서사를 떠올려 보자. 동시에 모든 것을 부수고 다시 고쳐 보자. 태양과 달, 어둠과 빛,

바다와 육지, 숨쉬기와 숨 멈춤, 삶과 죽음. 개기일식은 역사를 가소로운 존재로 만들어 버리고, 당신을 귀한 사람이자 한 번 왔다 가는 덧없는 존재로 느끼게 하고, 이 세상의 동시대 경향성을 이해할 수 없는 것으로 만들어 버린다. 마치 터무니없는 연예인 잡지 가격을 논하는 자리에 무심코 무의미한 돌멩이 이야기를 끄집어내면서 물 타기 하려는 사람처럼 만든다.

나는 어지럽고 아찔하다. 내 피부는 오싹하니 소름이 돋는다. 모든 게 다 무너진다. 저 하늘, 태양이 있어야 할 곳에 구멍이 나 있다. 나는 땅에 털썩 주저앉아 하늘의 그 구멍을 올려다본다. 고대 폐허의 유적과 부서진 기둥까지 더해져 지금 내 주변의 죽어 버린 세상은 어린 시절 상상 속 지하 세계의 완벽한 광경을 선사한다. 마치 로저 랜슬린 그린(1918-1987)의 『그리스 영웅 이야기(*Tales of the Greek Heroes*)』에서 바로 빠져나온 듯한 모습이다.

그러고 나서 또 다른 일이 벌어진다. 지금 그 일을 기억하는 것만으로도 가슴은 벅차오르고 두 눈은 눈물이 고여 흐릿해진다. 세월이 지나 돌이켜 보니 그 일은 태양이 구멍 속으로 사라지는 모습을 지켜보는 것보다 나에게 훨씬 더 많은 영향을 끼쳤다. 그것은 바로 사라졌던 태양이 다시 그 구멍 밖으로 나와 상승하는 모습을 지켜본 경험이다! 그때로 돌아가자면 이렇게 말할 수 있을 것 같다. 태양이 사라져 버린 순간, 나는 고대 폐허 안에서 죽음의 신이 관장하는 지하 세계의 해변에 앉아 있다. 내 주변에는 개기일식의 장관에 넋을 내놓은 채, 가만히 서서 죽어 간 사람들 천지다. 날은 점점 추워지고 어둠 속으로 푸석한 바람이 불어온다. 하지만 바로 그때 죽어 버린 태양의 텅 빈 검은색 원의 낮은 가장자리에서부터 휘황한 광채의 완벽한 접점이 폭발한다. 그것은 높이 솟구쳐 불타오른다. (아, 정말 말하기 부끄럽지만, 그래도 여기서는 숨기지 않고 말을 해야겠다.) 뭐라고 할까. 그건 정말이지 상상하지 못할 만큼 강렬하고, 참을 수 없을 만큼 눈부신 그런 것이다. 태양은 다시 돌아왔다. 이렇게 하여 다시 세상이 시작된다. 사라진 태양을 지켜보며 죽어간 사람들은 부활한 셈이다. 태양이 돌아오자 이 세상은 찰나의 지체도 없이 곧바로 시작된다. 기쁨, 안도, 감사! 이런 감정이 눈사태처럼 마구 밀려든다. 이제 다 올바른 상태가 된 거지? 모두 다 새로 만들어진 거지? 조금 전, 다시 돌아온 태양빛으로 다시 탄생한 월계수 나무 위에서 직박구리 한 마리가 새로운 새벽에게 지저귀며 인사를 한다.

14

그녀의 궤도

나탈리 캐브롤은 5살 때, TV에서 인류 최초의 달 착륙 장면을 지켜보았다. 그녀는 희뿌연 방송 화면과 달 먼지 속에 떠 있는 닐 암스트롱을 가리키며, 옆에 있던 엄마에게 이렇게 말했다. **이게, 이게 내가 하고 싶은 거예요.** 실은 그전부터도 파리 교외의 집에서 밤하늘의 별을 올려다보며 아무래도 저 하늘 위 수많은 의문들이 자신을 기다리고 있음을 확신하기도 했다.

캐브롤은 탐험가이자 천문생물학자이며 화성을 전공한 행성 지리학자다. 또한 캘리포니아 마운틴뷰에 위치한 비영리 단체 'SETI 연구소 칼 세이건 센터' 소장이다. SETI 연구소는 우주 생명의 기원을 탐색하고 이해하고 설명하려고 노력하는 기관이다. 그런 연구소의 작업은 겉으로 보면 과학 소설의 화려함을 장착하고 있지만 실제로는 매우 엄격한 연구를 수행해야 한다. 그리고 무엇보다 캐브롤의 이야기처럼 "스스로 지독한 경제적 궁핍 상태에 내몰 만큼의 열정이 있어야 한다." 그녀의 삶이 바로 그 증거다. 그녀는 화성의 환경과 유사한 조건에 사는 유기체를 찾아 전 세계에서 가장 위험하고 극단적인 환경을 찾아다녔다. 가령, 2002년에는 아타카마 사막에서 실험용 탐사선을 시험 운행하는 팀의 선임과학자였으며, 2004년에서 2010년까지는 화성을 탐사했던 탐사선 '스피릿'의 착륙 지점을 선택하는 데 중요한 역할을 했다. 그리고 화산 내부에 존재하는 생명체 연구를 위해 높은 고도에서 화산 호수로 직접 뛰어든 적도 있었다. 안데스 산맥의 호수 위에 띄울 자동 부유 로봇을 설계하고 설치하는 일을 책임지기도 했다. 안데스의 호수는 화성의 위성, 타이탄에 있는 호수와 가장 유사한 곳으로 선정된 장소였다.

나는 어느 10월 아침, 안토파가스타에서 캐브롤을 만났다. 안토파가스타는 태평양의 어두운 바다와 메마른 언덕 사이에 불규칙하게 뻗어 있는 칠레의 항구 도시였다. 그곳에는 붉은 갈색의 산화물 빛깔을 닮은 고층건물과 구리로 만든 조각물이 눈에 많이 띄었다. 당시 나는 그녀가 이끄는 높은 고도의 사막 탐사 팀에 합류하기 위해 칠레로 갔다. 그 팀은 화성 생명체 탐지 방법을 테스트하기 위해 그곳에 모였다. 나는 런던에서 마드리드로, 다시 상파울루를 거쳐 안토파가스타에 도착했다. 침낭과 고산병 약을 챙겨 가긴 했지만,

정작 내 안에는 우리가 앞으로 마주할 여러 상황에 대한 엄청난 불안이 도사리고 있었다.

당시 54살의 캐브롤은 몸집이 작고 야위고, 짧게 자른 은발에, 굉장히 매력적이고 멋진 조각 미남 같은 분위기를 갖고 있었다. 언뜻 보면 데이비드 보위가 스쳐 지나간 듯했고, 또 언뜻 보면 이사벨라 로셀리니도 닮아 보였다. 두 눈은 회색과 초록빛으로 윤을 낸 화강암처럼 빛이 났는데, 심지어 사막 한복판에 있을 때도 항상 아이라이너로 눈매를 강조하곤 했다. 카리스마가 넘치면서도 따뜻했고, 심지어 굉장히 재미있는 사람이지만 뭐라 규정하거나 예측할 수 없는 무모한 야생성을 풍겼다. 가끔 그녀와 말을 하다 보면, 도망가야 할지 아니면 방어해야 할지 갈피를 잡지 못한 채 야생동물과 조우한 듯 당황스러운 기분이 들곤 했다. 안토파가스타에서 맞이한 바로 그 맑은 아침에, 그녀가 카메라를 향해 SETI 연구소 깃발을 들고 연기처럼 매캐한 웃음을 터뜨리는 모습을 지켜보면서, 내가 그녀를 참 많이 좋아하고 있음을 깨달았다.

지난 수십 년 동안 지구 밖 생명에 대한 탐색은 새로운 국면에 들어섰다. 어떤 가설들은 은하계 내부 1억 개 이상의 행성에서 복잡한 다분자 생명체가 존재할 가능성이 있다고 말한다. 그리고 생명체를 품기 위한 가능성을 점칠 때에 그 행성들이 반드시 지구와 유사한 조건이 아니어도 된다는 사실도 새롭게 알아냈다. 가령, 지구와 전혀 닮지 않은 토성의 위성, 엔켈라두스와 타이탄처럼 머나먼 위성의 지표 바다들도 미생물 유기체를 유지할 수 있다. 캐브롤이 말해 주었듯이, 아마도 우주는 그와 같은 단순 생명체로 가득 차 있을 것이며, 이번 탐사의 목적은 그 생명체를 발견하거나, 생체 신호를 탐지하는 방법을 개선하는 일이 될 것이다. 생명, 혹은 한때 살았던 생명체에게는 어떤 표시가 있다. 유기체, 혹은 유기체가 만들어 낸 조직, 혹은 유기체가 생산한 화학적 혼합물 등이 존재하기 때문이다.

지난 몇 주 동안 우리는 고도를 달리하면서 현장 다섯 군데를 다녀왔다. 더 높이 올라가면 갈수록, 지구로, 아니 화성으로 복귀하는 시간이 그만큼 추가되곤 했다. 높은 고도의 현장은 공기는 희박하고 자외선 복사는 높은 수준이지만 수분은 풍부한 편이다. 그런 환경은 화성이 35억 년 전에 거쳐 간 과도기의 초기 상태와 유사하다. 바로 그 시기에 태양풍이 화성의 공기를 제거하기 시작해 우주 광선이 화성의 표면에 닿을 수 있게 되었다. 그리고 한때 화성에서 흐르던 물은 우주 속으로 사라지거나 지하나 화성의 극 속에 막혀 버렸다. 그 결과, 이 시기에 화성 표면의 생명체는 절멸했거나, 아니면 이곳 아타카마처럼 살기 힘든 지역에서 여전히 존재하는 생명체의 방식과 동일하게 그들만의 특정 공간으로 대피했을 것으로 추정된다.

화성 표면은 해로운 방사선에 노출되어 있다. 이는 오늘날 어떤 생명체도 여기에 생존할 수 없다는 뜻이다. 하지만 캐브롤이 말했듯이 어쩌면 어떤 생명체가 지하에 아직도 숨어 있을 수도 있다. 우리가 맨 처음 찾아갔던 매우 건조하고 소금기 가득한 현장은 오늘날 화성의 지표면과 유사했다.

캐브롤에게는 "과연 우주에는 우리뿐인가?"라는 오래된 질문에 답하는 일보다 오히려 화성에서 생명을 탐색하는 일이 훨씬 더 많은 의미가 있다. 수십 억 년 전에 지구와 소행성의 충돌로 지구의 암석이 튕겨 나와 화성에 도달했고, 그 반대로 화성으로부터도 엄청난 암석이 지구로 쏟아졌다. 또한 생명체가 혜성이나 운석 부스러기 등에 실려 지구와 화성을 오가는 여행을 했을 수도 있다. 모르긴 해도 그중의 일부는 초기 생명체를 실어 날랐을 것이다. 그러니 지구 생명체가 화성에서 왔을 수도 있고, 어쩌면 지구에서 날아간 생명체가 화성에 살아 있을지도 모른다. 생명 발생 이전의 화학적 성질부터 이곳 지구의 생명체까지 그 이행의 증거를 찾는 일은 불가능하다. 그와 같은 기록은 오래전에 침식과 판구조의 변동 등 지구의 재빠른 지리적 활동으로 파괴되었기 때문이다. 냉각된 화성의 지각은 지금도 화성 표면에 존재한다. 만약 우리가 화성과 우리의 조상을 공유한다면, 우리 생명의 흔적을 거기에서 발견할지도 모른다. 캐브롤은 말한다. "화성은 우리를 위한 비밀을 품고 있을 겁니다. 그래서 화성이 우리에게 그렇게 특별한 거죠."

2016년 10월, 캐브롤은 생체 신호 탐지 탐사를 위해 칠레로 향하는 SETI 연구소 팀의 리더로 두 번째 임기를 시작한다. 나는 그들과 함께 첫 번째 현장으로 가기 위해 힘겹게 미니버스에 올라탄다. 그때 거센 태평양 바람이 도로를 가로질러 이미 말라죽은 미모사 꽃잎들을 날린다. 첫 번째 현장에서 탐사 팀은 사흘간 표본추출 작업과 가장 적절하게 생체 신호를 발견하는 방법을 찾아보기로 예정되어 있었다. 파란 색조의 유리창을 통해 보니 부드러운 노란색과 담황색 산화물 빛깔의 풍화된 바위와 모래가 먼지투성이의 검붉은 색깔로 변한다. 행성탐사용 로봇개발 전문업체 '하니비 로보틱스'의 기계공학자인 프레드릭 렌마크가 즐거워하며 쉬익 소리를 낸다. "만약 사람들이 화성에 도로를 놓는다면, 바로 이런 모습이겠죠!" 그는 감탄사를 내뱉으며 이렇게 말한다.

우리는 북쪽으로 이동한다. 가는 길에 산비탈에 이름과 이니셜 패턴이 새겨진 말뚝 바위가 죽 늘어선 모습을 지나간다. 이 사막에서는 움직이는 것이 거의 없다. 여기는 지난 500만 년 동안 아무런 변화가 없는 곳이다. 바위에 새겨진 저 이름들은 그곳에 바위를 갖다 놓은 사람들뿐 아니라, 우리 모두, 아니 우리가 아는 모든 사람들보다 더 오래 살아남을 일종의 생체 신호다.

내륙으로 접어들자 모래 도로 가장자리를 따라 소금이 펼쳐지기 시작한다. 시간이 붕 떠 간다. 창밖의 모든 것이 아무런 특징이 없어서 마치 극장 무대 배경처럼 보인다. 그 현장에 도착하여 우리는 살라레 그란데 해안에 텐트를 쳤다. 살라레 그란데는 수백만 년 전에 호수였던 곳으로 지금은 9마일 길이의 염분 평지다.

소금기가 섞인 공기 때문에 내 얼굴은 씰룩거리고 화끈거린다. 계속 눈을 깜박거리게 된다. 아타카마 사막의 과건조 중심부는 동쪽 끝에 있다. 여기서는 태평양에서 안개가 유입되어 우리 주변을 둘러싼 풍경을 형성했다. 가까이 가서 보니 염분 평지는 넓은 다각형 판으로 이루어져 있다. 그 다각형 판의 가장자리에는 뭔가 아무렇게나 쌓아 놓은 더미가 많다. 그 더미는 마치 반쯤 녹은 레몬 소르베나 아니면 겨울 도로가를 따라 쌓아 놓았던 먼지투성이 눈이 녹았다가 다시 얼어 버린 모습과 비슷해 보인다. 다른 소금결정체는 메마르고 더러운 뼈 같은 더미를 쌓아올린 모습이고, 우리 텐트 뒤편의 땅에는 부츠, 정어리 깡통, 신문지 조각, 부식된 금속 덩어리 등 오래도록 방치된 소금 광산 운영업체 쓰레기가 어지럽게 흐트러져 있다.

아침 하늘에 드릴 소리가 울려 퍼진다. 하니비 로보틱스의 엔지니어들이 미래 탐사선용 시제품 도구를 시험하기 위해 소금 사막을 굴착하고 있다. 테네시 대학의 어느 팀은 그 지역의 지도를 만들기 위해 드론을 투입한다. 드론은 어둡게 빛나는 작은 별 같은 모양으로 멀리 떨어져 있는 말벌 둥지 같은 소리를 낸다. SETI 연구소의 과학자 파블로 소브론은 레이저분광계로 소금 샘플을 분석하고 있다. 레이저 분광계는 미래 탐사선에 탑재될 것이다. 그리고 안토파가스타의 노스 가톨릭 대학 학생들은 SETI 연구소와 NASA 과학자인 킴 워렌 로즈와 알폰소 다빌라와 함께 미생물실험 분석을 위한 소금 결정체를 수집하고 있다.

캐브롤은 소금 덩어리 하나를 집어 들더니 그것을 빛에 대고는 "이거 한번 봐요."라고 말을 시작한다. 그 결정체 안에는 두 가지 색깔의 밝은 띠가 존재한다. 위에는 분홍색, 아래는 녹색이다. 이는 소금을 사랑하는 호염성 미생물 군락으로, 이들은 반투명 결정체 안에 살아 냄으로써 이곳의 극단적인 환경에서 살아남을 수 있다. 녹색 박테리아는 위에 있는 분홍색 군락을 통해 여과되는 빛으로 광합성 작용을 한다. 분홍색 색소는 일광 차단 역할을 하면서 자외선 복사로부터 양쪽 군락을 보호한다. 그렇지 않았으면 그들의 DNA는 손상되었을 것이다.

나는 겸허해진다. 하루 종일 이 소금 결정체 위를 걸어 다녔는데, 발밑에서 생명을 못 보았기 때문이다. 캐브롤은 말한다. "생명체가 살 수 있는 가능성은 그리 확실하지 않아요. 대신 여기저기에 숨어 있을 수 있죠." 나는 그녀의 야윈 몸을 바라본다. 장갑을 낀 손가락 끝에는 소금 먼지가 그득 묻어 있고, 그녀의 얼굴에는 살짝 장난꾸러기 같은 미소가 번진다. 그러고 나서 나는 우리를 둘러싼 풍경의 광대함을 뚫어지게 응시한다. 수백만 마일의 우주, 수십 억 년의 행성 진화, 우주의 광활함, 화성의 협곡과 골짜기, 이곳 넓게 퍼진 소금 사막, 그 위에 서 있는 우리의 작은 형상, 그리고 검지와 엄지 사이에 놓인 절묘하게도 강인하고, 미세하고, 거의 눈에 보이지 않는 이들 생명의 표시!

캐브롤은 외동딸이어서 부모님이 일하러 나간 동안 작은 아파트에서 혼자 시간을 보내곤 했다. 그리고 그 고독 속에서 자기만 들어가 살 수 있는 밀봉된 상상의 세계를 창조했다. 그 시간과 세상 속에서 그녀는 자신의 어휘와 상징과 숫자로 시간을 채워 나갔고, 이야기를 쓰고 지도 위에 선을 그려 나갔다. 그녀가 말해 주기를, 어렸을 때 자기는 서로서로에게 확실하지 않은 대상을 연결해 주는 재능이 있었다고 한다. 지금도 이것이 과학자로서 자신이 가진 가장 큰 장점 중의 하나라고 생각한다. 하지만 우주의 광대함을 이해하는 일을 시작했을지라도, 그녀의 사회생활은 여전히 제한된 상태로 남아 있다. "오랫동안 다른 사람들과 교류하지 않은 채 살 수도 있다고 생각했어요. 친구도 많지 않고, 친구를 찾는 편도 아니었으니까요. 그만하면 충분했어요. 내 머릿속에서 참 많이 분주하고 바빴거든요." 부모님은 딸에게 천문학 책과 잡지를 사 주려고 돈을 모았다. 그녀의 어머니는 딸의 열정을 이해했지만 아버지는 그보다 확신이 없었다. "아버지한테는, 아시죠? 그게 어린애가 항상 거쳐 가는 단계라고 생각하신 거죠." 그녀는 쓴웃음을 지으며 말했다. "실은 그게 평생 오랫동안 가게 될 단계였는데 말이죠!"

캐브롤의 10대 시절은 말썽도 많고 문제도 많았다. 집에서는 모든 일이 힘겨웠다. 부모님은 자주 싸웠다. 더구나 학교생활은 잘 맞지 않았고 친구들에게는 따돌림을 받았다. 학교 선생님들 중에는 그녀가 환상의 세계에 살고 있다고 생각하는 사람들도 있었다. 그녀는 행성 과학을 공부하고 싶어 했지만 인문학을 전공했다. 왜냐하면 나중에 과학자가 되어 늦게 독학하기 전까지는 수학에 강점이 없었기 때문이다.

캐브롤은 파리 난테레 대학에서 졸업년도에 지구과학을 수강했다. 당시 그녀의 랩 책임자가 파리 남쪽에 위치한 역사적인 뫼동 천문대를 찾아가 행성 지질학의 선구자인 앙드레 카리에스(1907-1986) 교수를 만나 보는 게 어떠냐고 제안했다. 카리에스 교수는 그녀에게 화성 지도를 보여 주고 자신의 동료들이 화성에 있는 물의 역사에 관해 연구를 하고 있다고 설명해 주었다. 과연 그녀는 그 연구진에 합류하는 데 관심이 있었을까? 그녀가 말했다. "이 모든 세월동안 생각했어요. 나는, 내가 가야만 하는 곳으로부터 180도 다른 곳으로 가고 있다고요. 하지만 그 길은 정확히 내가 있어야 할 곳으로 나를 데려다주었어요." 뫼동 천문대와의 첫 만남을 하고 나오는 길에 천문대 돔을 이리저리 쳐다보면서 그게 이상하게 친근하다는 느낌을 받았다. "어렸을 때 이런 돔을 줄기차게 그렸어요. 항상 똑같은 풍경을 반복해서요. 완전히 사막 같은 행성을 배경으로 해서, 그 뒤로는 토성이 있고요. 항상 어두운 하늘과 돔이 있었죠." 마침내 그녀는 뫼동에서 화성으로 조금 더 가까이 가는 길을 찾았다.

캐브롤은 낮에는 화성에 있는 물이 깎아 낸 골짜기의 진화를 주제로 석사논문 작업을 했다. 하지만 밤에는 뫼동 천문대의 유명한 19세기 현미경 그란데 루네테를 통해 하늘을 바라보면서 보냈고,

관측하는 사이사이 휴식을 위해 침낭을 끌고 다녔다. 그 현미경의 접안렌즈를 통해 보니 진짜 화성이 있었다. 처음에는 작아서 잘 볼 수가 없었지만 더 자주 들여다보면서 장차 일생일대 커리어의 초점이 될 화성의 어스름하고 변화무쌍한 얼굴을 보게 되었다. 화성의 도랑과 말라 버린 호수는 자신의 손등만큼이나 친숙해졌다. 그리고 그녀가 평생 지워지지 않을 흔적을 남긴 시간을 맞이한 것도 바로 뫼동에서였다. 토성의 위성인 야누스를 발견했던 저명한 천문학자 앙두인 돌푸스(1924-2010) 교수가 그녀에게 달 먼지를 보고 싶은지 물었다. "세상에! 제가 달 먼지를 보고 싶어 하느냐고요? 두말하면 잔소리죠!"

돌푸스 교수는 금고에서 작은 상자를 꺼내 보여 주었다. 처음에 캐브롤은 그걸 보고 실망했다. "그때 제가 어떤 기분이었느냐면, 딱 이랬어요. **에개개, 저거라고요?**" 당시엔 점잖고 우아하게 열광을 표현했지만 내심 감동을 받지 못한 상태로 집으로 가기 위해 뫼동을 나섰다. 그런데 하늘을 올려다보고 파리 전역에 밝게 걸려 있는 달을 보면서 순간 경외심에 얼어붙고 말았다. "갑자기 아무것도 아닌 것처럼 보였던 달 먼지가 세상 무엇보다 가장 소중한 것처럼 보이는 거예요. 그 먼지 자체가 아니라, 그 먼지가 여기까지 시간을 들여서 오게 된 그 여정 말이에요." 그것은 하나의 계시였다. "물론 내가 현미경 접안렌즈를 통해 보았던 모든 것이 나한테 똑같은 말을 해 주었다곤 생각하지 않아요. 하지만 그때 그 달을 보며 비로소 생각했어요. 그것이 여기 지구까지 오게 된 여정, 탐험 정신, 탐험의 위험, 그럼으로써 받아들여야 하는 것들, 희생이 있어요. 그 희생은 자신의 목숨이 될 수도 있었죠."

탐험은 그녀의 상상력에 환하게 불을 켜 준다. "내 인생의 매일 매일을 그 탐험으로 숨을 쉬고, 상상하죠. 밤에는 그걸로 꿈을 꾸어요." 이 문장은 그녀가 최근에 지극히 사적인 글 속에 쓴 말이었다. 그리고 그 말은 어린 시절 추억 하나를 새삼 들려 주었다. 어릴 때, 캐브롤의 아버지는 딸에게 꺼끌꺼끌하지만 단맛이 나는 밤 껍질을 조심스럽게 열면서 그 안에 들어 있는 윤기 나는 대리석 같은 밤을 찾아보라고 했다. 그녀는 그 상황에 빠져들었다. 이런 어릴 적 순간이 모여서 그녀 안에 무엇이든 발견하고픈 욕망을 심어 주었다. 그 욕망은 바로 숨겨진 것을 드러내어 볼 수 있는 그런 경이로움을 다시 찾고 싶은 충동이었다.

캐브롤은 소르본에서 박사과정으로 화성에서 흐르는 물이 호수를 형성한 방법에 대한 연구를 진행했다. 그 기간 중에 저명한 수리지질학자 에드몽 그린을 만났다. 그는 은퇴 후 천문물리학 박사학위를 위해 다시 학교로 돌아온 상태였다. "이건 그 사람의 본질이에요. 그는 아무 할 일이 없을 때, 아인슈타인 방정식을 갖고 놀아요." 당시 둘이 처음 만났을 때, 캐브롤은 23살이었고 그린은 66살이었다. 수업이 시작되기 전에 어느 교수를 만나러 간 자리에서였다. "어떤 이유였는지 어느 방향으로든 쳐다볼 수가 없는 거예요. 그냥 딱 얼어붙었어요. 그 사람을 보고 있는데 그 순간 내 머릿속에서 마구 이러는 거예요. '나 이 사람 알아. 나 이 남자 아는데. 어디에서 이 사람을 알았을까?'" 수업 시간 강의실에서 그가 캐브롤 가까이 앉았고, 둘은 서로를 쳐다보았다. 그리고 "그게 다였어요. 그 순간이 다였다고요. 무슨 말인지 알죠? 뭐라 설명을 할 수 없었지만 그가 내 눈 앞에 나타나기를 기다리고 있었던 거예요."

이후 오랜 세월 그린은 캐브롤이 일과 연구 방법론에 초점을 맞추도록 도와주었으며, 더 깊은 면에서 그녀에게 변화를 일으킨 존재였다. "그 사람은 나한테 마법 같은 역할을 해 주었어요. 나는 그저 내향적인 대학원생일 뿐이었는데 그런 암호와 상징과 소설과 연구 논문을 쓰는 사람이 된 거예요. 그건 마치 그 사람이 장갑을 끼고 안팎을 뒤집어 놓은 거나 같았어요. 갑자기 내 안에 있던 모든 게 다 밖으로 나와 버렸죠."

1994년 캐브롤은 실리콘 밸리에 있는 NASA의 '에임즈 연구 센터'로 이동했다. 화성의 생명체 탐색 임무에 필요한 착륙지점 연구 작업을 하기 위해서였다. 여기에 그린도 동행했다. 이때 두 사람이 미국에 가져간 것은 여행가방 하나였고, 그 안에는 100마일 너비의 화성 구세프 분화구 지도가 들어 있었다. 그 지도는 1970년대 화성에 착륙하여 조사를 수행한 무인 우주선 바이킹이 활동한 녹화 화면을 복사하여 만든 것이었다. "우리 두 사람은 매우 커다란 신념의 도약을 감행해야 했어요." 둘은 처음 만난 이후로 30년 이상을 함께

하면서 여전히 헤어지지 않았으며 현재는 결혼한 상태다. 2010년 두 사람은 화성 호수에 관한 최초의 학문분과 저서 『화성의 호수(*Lakes on Mars*)』를 편집했다. 캐브롤은 그린을 가리켜 마법사 이름을 따서 메를린이라고 부른다. 이제 그는 노쇠해졌다. 캐브롤은 이번에 처음으로 그 사람 없이 아타카마에 왔다. 그가 함께 오지 못하고 남아야 했다는 사실이 그녀로서는 가장 깊은 슬픔의 근원이다. 나는 이 사실을 이번 탐사가 마무리될 즈음에야 깨닫게 된다. 그녀는 산 페드로 드 아타카마 근처 전망대에서 동료들과 잠시 떨어진다. 그리고 경사면을 걸어 내려가 리칸카부르의 외떨어진 피라미드형 경사를 응시한다. 리칸카부르는 예전에 두 사람이 함께 올라갔던 성층화산이다. 그녀는 고개를 한쪽으로 젖히더니 한참 동안 움직이지 않는다. 어쩐지 이 순간 그녀가 작아 보이고, 너무 외로워 보인다.

우리는 남쪽으로 이동하여 지구에서 두 번째로 큰 고원인 알티플라노로 향한다. 그곳의 주변 풍경은 입이 딱 벌어질 정도로 광채가 나는 훌륭함 그 자체다. 마치 고운 도자기로 표면을 바른 것처럼 빛이 난다. 물론 여기는 다른 곳보다 습한 편이다. 산비탈에는 황금빛 잔디가 보인다. 캐브롤이 처음 이곳의 정상에서 눈으로 덮인 안데스 산맥을 보았을 때, 한마디로 충격이었다. 마치 자신이 과거에 속했던 어딘가로 되돌아온 느낌이었다고 했다. 그녀는 거기에서 뭔가 연결된 느낌을 받았다. 흥미롭게도 그녀가 실험용 탐사선 안에서 라이브 피드를 통해 맨 처음 아타카마 사막을 보았을 때도 그랬고, 어느 과학실 스크린에 투사된 아타카마의 무미건조한 풍경을 보았을 때도 그랬다고 한다. 심지어 그렇게 먼 거리에, 중간 매개체로 로봇장치를 이용했으면서도 그런 느낌이 들었다니 그녀의 말이 예사롭게 들리지 않는다. 한마디로 "러브스토리가 시작된 거죠. 이곳으로 나를 끌어당기고 있는 무언가가 분명 존재했어요. 난 그렇게 느꼈어요."

캐브롤은 이렇게 연결된 느낌, 혹은 친밀함을 구세프 분화구에게도 똑같이 느낀다. 어쩌면 그 옛날에 어마어마한 화성 최대의 수로인 마딤 밸리스(Ma'adim Vallis)에서 이곳 분화구로 물이 흘러왔었는지도 모른다. 그런 상상 속에서 그녀와 그린은 구세프 분화구를 연구했고 마침내 스피릿 탐사선의 착륙 지점으로 그곳을 택했다. "맨 처음 지표면에서 구세프 분화구를 봤을 때도 똑같은 느낌을 받았어요. 사실 내가, 화성의 새로운 풍경을 보기 위해 도착한 최초의 사람이었는데 말이죠. 아마 사람들은 이걸 이해하지 못할 거예요. 당신도 마찬가지고요. 난 죽을 때도 이곳 이미지를 품고 갈 거예요. 그것은 내 안에 영원히 존재하는 거예요."

우리의 기나긴 탐사길을 이동하는 중에 캐브롤은 창밖을 응시한다. 그녀의 어깨는, 우리가 정상에 올라 어둑한 화산 정상을 처음 보았을 때에만 일어나는 행복한 기대감으로 팽팽하게 긴장돼 있다.

내 느낌은 그랬다. 그녀는 불타는 미소를 지으며 우리를 향해 돌아보면서 이렇게 선언한다. "드디어 내가 집에 왔어요."

처음에 살라르 드 파죠날레를 멀리서 보면 어두운 화산의 경사길 사이에 놓인 머나먼 흰색 점에 불과하다. 하지만 그것을 눈앞에서 만나고 드넓게 펼쳐진 석고 모래를 통과하며 지나갈 때, 햇빛은 수천 개의 크리스털 조각으로 부서지면서 찰나처럼 맹렬한 백광이 스쳐간다. 이곳 소금은 살라르 그란데의 소금과 화학적으로 완전히 다르다. 캐브롤은 5년 전에 그 현장을 잠시 다녀왔었는데, 이번에 다시 이 땅이 품고 있는 것을 발견하러 돌아오게 되어 무척 들떠 있다. 발밑에서 땅 표면이 온통 오도독 오도독, 쨍그렁 쨍그렁 소리가 난다. 마치 깨진 유리가 뒤섞인 설탕 위를 걷고 있는 느낌이다. 거대한 석고 돌기가 우리 주변에 점점이 흩어져 있는데 마치 잘게 부서진 산호초 모양의 밀크초콜릿 색깔을 닮은 둥근 구조물이다. 나는 이 풍경에 완전히 매료된 채, 치과의사가 발치하듯 내 손으로 직접 표면에 가장 가까이 붙은, 태양에 부식된 그 구조물의 날개깃을 뽑았다.

여기서 생명체를 찾아내는 일은 쉽지 않다. SETI 연구소 최고책임자인 빌 다이아몬드가 바위를 툭 칠 때에야, 우리는 비로소 분홍과 녹색 음영 안의 그 친숙한 미생물이 대량 서식하는 부서진 덩어리를 발견하곤 한다. 미러 선글라스와 스카프로 얼굴을 반쯤 가린 캐브롤은 부드럽게 화석화된 고대 박테리아 서식지 자국을 들추어 본다. 흔히 이를 가리켜 녹조류 활동으로 생긴 박편 모양의 석회암,

스트로마톨라이트라고 부른다. 그것은 얇은 자국이 나 있는 부서지기 쉬운 컵이나 백악질의 지문 흔적처럼 보인다. 샘플은 사진을 찍고, 메모를 하고, 봉지에 넣어 랩으로 봉해진다. 머리 위에는 드론이 이 지역의 지도를 그리는데 바람 때문에 애를 먹고 있다.

그날 오후, 나는 노스 가톨릭 대학에서 온 생물학자와 생화학자와 함께 트럭에 탔다. 그들은 인근 호수에서 박테리아 샘플을 채취하고 싶어 한다. 그 호수의 청록빛 물가엔 여러 개의 부엌칼이 뒤엉킨 모습을 한 창백한 석고 날이 울타리처럼 빙 둘러싸고 있다. 정말이지 너무나 초현실적인 풍경이다. 나는 분명 볼 수 있는데, 어째서 눈이 멀어 버린 느낌인 건가. 기이한 마음으로 다시 트럭으로 돌아온다. 마치 백광이 내 눈 뒤에서 비추고 있는 것 같다. 순간, 콧물이 흐른다. 부비강에 통증이 온다. 내 노트에 기록하는 모든 일이 점점 기괴하고 이상해진다. 노트 한 면에 **드러내지 못한 마음을 반영한 이런저런 질문**을 아무렇게나 낙서한다. 말하자면 그것은 내가 결코 기억하지 못하는 것을 담아낸 친숙하면서도 낯선 비망록이다. 우리가 다시 연구 현장 본부로 돌아오자, 멀리서 캐브롤이 보인다. 그녀의 모습은 태양빛에 그을린 석고의 창백한 불길을 가로질러 느릿하게 움직이는 작은 그림자 같다. 신기루처럼 뭔가 이상하게 낯설어 보인다.

그날 밤 우리는 폐 광산 캠프에서 숙박한다. 이른 시간, 텐트를 대신해 사용하는 합판과 파형철판 건물 안에 눕는다. 그 합판은 쥐똥 먼지가 그득하다. 나는 가만히 누웠다가 서서히 짜증이 나기 시작한다. 아, 나가기 싫은데. 그러다 결국 침낭을 열고 볼일을 보러 나간다. 지금 바깥은 영하 0.4도다. 내 머리 위에 빛나는 남반구의 별들은 온통 먼지와 공포이며 머나먼 거리와 느릿한 밤의 불꽃이다. 나는 추위에 한번 얼어붙고, 그리고 그 경이로움에 또 한 번 얼어붙은 채 하늘 위를 올려다본다.

그런 다음, 우리는 훨씬 더 높은 곳으로 올라간다. 화성에서 발견된 지층구조를 닮은 화산 현장으로 올라간다. 너무 높은 곳이라 우리를 태운 미니버스의 엔진을 가동하는 데 필요한 산소가 충분하지 않다. 미니버스는 목적지 중간 즈음에서 시동이 꺼진다. 우리는 유턴을 해서 안토파가스타로 되돌아가 새로운 미니버스를 빌린다. 한데 그것도 시동이 꺼지고 멈춘다. 그러다 마침내 엘 타티오 간헐 온천 현장에 도착한다. 한데 인기척이 없다. 엘 타티오는 약 1만 4,000피트 높이로 전 세계에서 가장 높은 곳에 위치한 활성 지혈 온천 중 하나다. 관광객들은 새벽 무렵 이곳으로 몰려온다. 새벽이면 얼어붙을 정도의 공기가 이 온천을 만나 끓어오르는 수증기 기둥으로 변한다. 어떤 간헐 온천은 지표면에서 낮은 곳에 있어 좀처럼 눈에 들어오지 않고, 그 위로 따뜻한 공기가 희미하게 어른거릴 뿐이다. 또 다른 간헐천은 두꺼운 증기 덩어리를 마구 내뿜는, 키 큰 진흙 둔덕처럼 보인다. 이런 유형의 화산 분기공 환경은 화성에서는 40억 년 전에 존재했었을 것이다. 이 오래된 열수 환경은 생명을 유지할 가능성이 가장 높은 곳 중의 하나다. 또는 지구상에 훨씬 과거에 살았던 생명의 흔적이 남아 있을 가능성이 가장 높은 곳이기도 하다.

캐브롤은 붉은색과 검은색의 배낭을 들쳐 메고, 검은색 플리스 모자와 미러 선글라스를 쓰고 지질 망치를 들고서 비활성 간헐천 땅을 파기 시작한다. 그 표면은 생명체가 없어 보이지만, 이윽고 그녀는 간헐천 더미 아래 밑바닥에서 무럭무럭 자라고 있는 밝은 에메랄드빛 카스몰리스 군락을 발견하고 즐거워한다. 카스몰리스는 길게 갈라진 틈 안에 사는 미생물이다. 이곳 온천은 조류매트와 유기체로 가득 차 있다. 이 유기체는 거의 끓어오르는 온천 물속에서도 살 수 있도록 진화했다. 그들은 태양빛을 받으면 자줏빛과 어두운 분홍빛으로 반짝이는데, 이 색깔은 자외선 방어 역할을 한다.

캐브롤은 항상 화산과 호수, 불과 물에 동시에 끌렸다. 그것은 완전히 서로 반대의 존재다. 그녀는 이렇게 설명한다. "하지만 그들이 함께 공동 작용을 하면 증기를 만들어 내고, 그 증기는 에너지의 원천이 되죠. 그렇게 되면 인간은 전력을 생산할 수 있고, 그 전력으로 모든 걸 만들어 내고요. 하지만 만약 불에 물을 끼얹으면 파괴됩니다. 그래서 나의 온 삶은 그저 창조와 파괴 사이의 균형을 찾기 위해 노력하는 것입니다. 내가 창조하는 것과 내 안에서 나를 잡아먹고 있는 것을 위해서요. 그게 매우 괜찮은 균형이거든요." 그녀가 넌지시 이야기하듯, 자신의 삶에는 일정한 패턴이 있다고 한다. 삶 속에서 가장 높은 최고의 상태 뒤에는 항상 빠르게 가장 낮은 최저 상태가 따라온다. 그러면서 멘토와 친구들과 가족들의 죽음, 자신이 죽음 가까이 갔던 때, 자기 내면의 어둠과 씨름하던 때를 말해준다. "사람들이 내 안에서 보는 것은 성공한 여성이자 리더이지만, 기실 이 모든 것은 땀과 노력과 마음의 본바탕 위에 지어진 거죠. 아시잖아요? 결국 그건 상실이고 비극이고 죽음이고 눈물이에요. 만약 당신이 한 번도 상처입지 않고 거기에서 살아남는 법을 배우지 않았더라면, 지금처럼 강할 수 없었을 거라고 생각해요." 이 말을 할 때, 그녀는 이미 지칠 대로 지친 모습이었다. 그때가 우리 탐사대의 세 번째 주간이고, 그녀 말대로라면 그녀는 밤에 겨우 두어 시간 눈을 붙인다. 그리고 지금 먹고 있는 고산병 약 때문에 몸도 마음도 다 아프다.

극단적 조건에서 생명체를 찾는 캐브롤의 노력은 아타카마에서 시작되었지만, 2000년도 프랑스 TV다큐멘터리를 통해 볼리비아 알티플라노에 있는 리칸카부르 꼭대기에 분화구 호수를 보면서 전환을 맞이했다. 고도가 높은 호수라는 극히 힘든 조건에서 적응한 극한성미생물을 수색할 만한 완벽한 장소가 눈에 들어왔기 때문이다. 그녀는 연구제안서를 작성했고, 3년 후에 무거운 벨트가 달린 검은색 잠수복을 걸치고 거의 2만 피트 고도에 위치한 그 호수 속으로 직접 뛰어들었다. 과학사에 새로운 동물 플랑크톤 종을 발견한 순간이었다.

캐브롤은 이렇게 말한다. "물은 제 것이죠. 편안해져요. 평화로운 감정을 느끼게 돼요." 그녀는 두 살 때 가족 휴가 여행 차 떠난 이탈리아의 가르다 호수 표면에 부낭을 메고 둥둥 떠 있었다. 그러다 물가로 기어 올라가서 날개를 벗고 물속으로 다시 들어갔다. "혼자 생각했어요. 내가 물속으로 들어가더라도 가라앉을 순 없다고요." 이렇게 말하며 그녀가 웃는다. 당시 그녀는 물속에 잠긴 채, 빛나는 조약돌과 생생한 빛깔의 신세계 안에서 본능적으로 헤엄을 쳤다. 10대 시절에는 프랑스 남부 캠다그드에서 프리다이빙을 배웠다. "프리다이빙은 항상 아름답고 평화로웠어요. 스트레스가 없었죠. 나 자신에 대한 책임감도 있었고, 동시에 아름다운 것을 보고 탐사하고, 발견할 책임도 있었어요." 우리는 그녀의 텐트 안에서 이야기를 나누고 있다. 그녀의 말 사이사이에 빚어 나온 침묵이 텐트 나일론 자루의 갈라진 틈과 주름에 가득 찬다. 바람 속에서 텐트의 사방이 숨을 내쉬고 들이쉬고, 그에 따라 땅속에 박아 둔 말뚝 주변으로 텐트 바닥이 부풀어 오른다.

그녀는 계속 이야기를 이어 갔다. "그 호수에 들어갔을 때 내가 지금 과거로 들어가고 있구나, 생각했어요. 사실 40억 년 전에 화성이 어떤 모습인지 알려 주는 타임머신을 탄 것이나 같았죠. 거긴 정말로 시간과 공간이 휘어지고 일그러지는 곳이에요." 그녀의 말에 따르면 이렇게 높은 호수에서 잠수를 하면 굉장히 아름답고도 영적인 상태가 된다. 2006년, 그 화산 호수 한복판에서 갑자기 정지되어 땅과 하늘 사이의 중간지대에 붙잡혔을 때, 그녀 주변으로 회절되는 태양광과 차갑게 푸른 물을 보고 자신이 마치 다이아몬드로 둘러싸였다는 느낌을 받았다. "그 외에도 수생동물 요각류, 작은 동물플랑크톤, 작은 새우 등이 있었어요. 되게 짙은 붉은색이었고요. 마치 색깔의 향연 같았죠. 그때 나는 그런 식으로 정지되었고, 시간도 고요하게 멈추었어요. 그리고 1초라는 시간의 파편마다 모든 게 완벽한 거예요. 뭔가를 설명할 필요가 없어요. 바로 그 순간 당신은 모든 것을 이해하게 돼요. 그리고 동시에 이해할 게 하나도 없어요." 그러고 나서야 자신이 활동을 완전히 중단하지 않은 화산 위에 있다는 사실을 기억해 냈다. "갑자기 생각했죠. 아, 나에겐 잠수복과 45분간 쓸 수 있는 산소가 있구나." 이렇게 말하며 고개를 좌우로 흔든다. "아뇨. 저의 마지막 생각은 참으로 맑고 참으로 평화로웠을 거예요."

우리가 마지막 현장까지 수송대와 함께 트럭을 타고 갈 때, 나는 아타카마를 되돌아보면서 아폴로 우주비행사를 떠올린다. 우리 한참 뒤로, 그리고 한참 아래로 실안개로 부드러워진 드넓은 파란 지역이 구름과 함께 기다란 흔적을 남긴다. 그래서인가. 이번 등정은 마치 지구에서 멀리 떠나온 여정처럼 느껴진다.

지금 우리는 화산 가운데, 그 고원의 광활한 수포 가운데에 있다. 캐브롤은 심바를 가리킨다. 탐사 그룹은 그 분화구 호수 내 박테리아의 표본조사를 위해 심바에 오를 계획이다. 캐브롤은 이미 심바와의 역사가 있다. 2007년, 그녀는 팀을 이끌고 심바에 올라가고 있었다. 하필이면 그때 칠레 북부 항구도시 토코피야에 지진이 닥쳤다. 그들은 사태를 피했으나 심바와 경사면을 공유하는 화산인 라스카르가 독성 가스를 배출하기 시작했다. 그때 캐브롤은 다른 것은 다 제쳐두고 논리와 실용성과 생존이라는 것만 걱정하게 되었다. 이런 태도를 가리켜 그녀 스스로는 "외과수술을 할 때처럼 냉정한" 마음가짐이라고 불렀다. 그들이 심바에서 내려오는 동안, 굴러떨어지는 커다란 바위가 가까스로 그녀를 피해 갔다. "이런 때가 바로 제가 미쳐 버리는 거죠." 그녀는 깊은 도랑의 한가운데에 서서 화산을 향해 냅다 고함을 지르기 시작했다. "'오늘 하루 이게 다예요? 아직 당신이 할 수 있는 게 있어요?' 이렇게 소리쳤어요! 머리끝까지 화가 났거든요." 그녀는 모든 사람을 안전하게 하산시키고, 베이스캠프로 돌아가는 트럭 안에서 의식을 잃었다. 한편으론 아드레날린 충돌이기도 했고, 또 한편으론 어쩌면 모두가 죽었을지도 모른다는 생각 때문이기도 했다.

우리는 폐허가 된 어느 군대 막사 안에, 활동을 멈춘 화산 아래에 캠프를 차린다. 캐브롤의 팀은 이곳을 캘리포니아라고 부른다. 그 장방형의 콘크리트 블록에 지붕은 없지만, 다행히 둘러싼 벽이 있어서 우리 텐트가 바람에 날리지 않도록 보호해 준다. 캐브롤은 우리 모두를 집합시키더니 함부로 밖에 나다니지 말라고 경고한다. 1970년대에 이 지역은 이웃 볼리비아와 분쟁이 있었고, 아직도 여기에는 지뢰가 남아 있다. 걱정이다. 캐브롤과 크리스티앙 탬블리가 나누는 이야기를 우연히 듣고 나서 나는 훨씬 더 불안해진다. 탬블리는 탐사대의 물류 수송을 처리하는 책임자로서 이 지역 안에 자외선 모니터링 시스템을 설치하는 일을 논의하는 중이다. 강한 자외선 복사는 DNA를 손상시키기 때문에 세계보건기구는 자외선 지수가 11을 넘어가면 야외에 나가지 말라고 경고한다. 2003년과 2004년에 캐브롤은 여기에서 아무래도 설명되지 않은, 그렇지만 특별히 강도가 높은 자외선 폭풍을 관측했다. 물론 그 상황은 두어 시간 지속되었을 뿐이다. 그녀는 리칸카부르에서 자외선이 45 이상 치솟는 상황을 감지했다. 그날 밤 나는 우주복을 입는 꿈을 꿨다.

다음 날 아침, 차를 타고 한 시간쯤 운행하여 라구나 레지아까지 이동한다. 라구나 레지아는 강한 태양빛 아래 잘게 부서지고 있는 구릿빛 호수다. 우리가 도착하자마자, 캐브롤을 보니 눈에 띄게 충격을 받아 동요하는 모습이다. 그녀의 말은 이랬다. "2009년에 내가 마지막으로 보았을 때와 비교하자면 크기가 상당히 줄어들었어요." 그리고 나중에 나한테 이런 말을 덧붙인다. "우리 지구가 바로 눈앞에서 사실상 변화를 하고 있는 것이죠. 그것도 굉장히 무서운 속도로 말입니다." 우리는 과거에 아르헨티나에서 칠레로 소 떼가 이동하던 경로를 따라 이동 방향을 잡고 있는데, 나는 이곳에 여러 가지 뼈가 점점이 흩어져 있는 모습에서 눈을 뗄 수가 없다. 이렇게 뒤에 남겨진 두개골은 너무 오래되어 이미 소뿔의 케라틴층이 떨어져 나가 벗겨졌다. 그 뿔은 조금만 힘을 줘도 부서질 것 같은 솔방울이나 태양 아래 방치되어 금방이라도 삭아 내릴 것 같은 오래된 책장처럼 보인다.

캐브롤은 오랜 세월 로봇 엔지니어들과 긴밀히 작업을 해 왔다. 2011년 그녀가 주도한 '행성 호수 착륙선 프로젝트'는 안데스 산맥의 라구나 네그라에 자동 부유 로봇을 설치했다. 그 이후로도 캐브롤은 두 가지 작업을 연계하여 밀어붙이는 미션을 진행했다. 이를테면, 화성의 기후변화와 지구의 기후변화를 동시에 알아보는 것이다. 행성 호수 착륙선 프로젝트는 지구 차원을 넘어선 호수와 바다를 상대로 해야 할 미래적 임무를 준비하는 작업도 아니었고, 그렇다고 단순히 화성에서 일어난 기후변화를 유추하기 위한 준비 작업도 아니었다. 오히려 그것은 바로 지금 여기 지구에서 벌어지는 기후변화를 조사하는 하나의 방식이었다. 라구나 네그라 인근 지역은 급속한 퇴빙으로 신음하고 있으며, 그 변화를 직접 눈으로 볼 수 있다. 우리는 계곡과 얼어붙은 풀로 둘러싸인 또 다른 호수로 이동한다. 바람은 무자비하게 불고 하늘은 잔뜩 검푸르다. 캐브롤은 7년 전 담수 원천을 발견했던 자리에 웅크리고 앉는다. 그 흔적에 완전히 매료되면서도 쓸쓸한 어조로 이렇게 말한다. "여기는 30억 년 전의 화성과 같아요. 지표수는 감소하지만 지하에는 물이 남아 있지요." 이곳의 기후변화가 너무 빠르게 진행되는 상황에 충격을 받은 것이다. "7년 전에 여기는 아름다운 샘이었어요. 동물플랑크톤이 사는 연못이었죠. 그런데 지금은 여기와 사막의 나머지 지역 사이에 차이를 구분할 수가 없을 지경이에요." 그녀는 들고 있던 지질 탐사용 망치 끝으로 얼어붙은 진흙 위를 긁어 본다. 나중에 그녀는 다음과 같이 언급하기도 한다. "어떤 식으로든 지구 자체는 위험에 빠진 상태가 아니에요. 우리가 지구에 무엇을 던지든, 무슨 짓을 하든지 어쨌든 지구는 살아남을 거예요. 지금 우리는 우리가 앉아 있는 나뭇가지를 너무 많이 잘라 내고 있어요. 그러니까 우리는 그게 그렇게 빠르게 이루어진다는 사실을 이해하지도 못하고, 동시에 삶이 앞으로 계속될 거라는 사실도 이해 못 하죠. 더구나 그 삶은 지금까지와 다른 모습이라는 것도요." 그녀는 그 삶이 천천히 사라지는 성질은 아니라고 예상한다. "아마 갑자기 소름끼치는 방식으로 일어날 거예요."

나는 한밤중에 침낭 안에서 술을 진탕 마신 채 삶과 죽음의 의미, 지구의 운명, 세상의 끝에 대하여 생각하고 또 생각한다. 그리고 탐사대 의사 중의 한 명인 마리오에게 혹시 데자뷔가 높은 고도에 올라오면 생기는 전형적 증상으로 알려진 것이냐고 묻는다. "물론이죠." 나는 마음이 좀 누그러진다. 실은 계속 그런 현상이 일어난다. 지금도 그 증상이 나를 두렵게 만들기 시작한다. 요 전날에는 지층 노두 뒤에서 바람을 피하던 라마 한 마리가 바위의 활석 조각판을 가로질러 여유롭게, 정연한 동작이 깃든 우아함으로 내 눈앞까지 내려왔다. 예전에도 그걸 봤다는 걸 딱 알겠더라. 확실히, 두 번 이상은 봤다. 아마 대여섯 번은 될 것 같다. 물론 잘 알았다. 내가 진짜로 봤던 게 아니라는 걸. 하지만 이 신기루 환각의 기억은 곧바로 압축되어 영구적으로 주름이 잡혀 버린다. 그건 마치 마술사가 엄지손가락으로 똑같은 카드 세트에서 나온 카드 한 벌을 계속 튕겨 내는 것이나 마찬가지다.

여기서는 현실이 곧 믿을 수가 없다는 게 맞는 말이다. 만약 내가 충분히 주의를 기울이지 않고 있다면, 아니면 반대로 너무 많이 기울이고 있다면, 공기 중에 한쪽 손을 내밀면 그 손이 또 다른 우주로 미끄러져 갈 수도 있다. 마치 그런 것이다. 그리고 다루기 힘든 비닐봉지를 열어 보려고 애쓰는 것처럼 대기의 모서리를 함께 문지르면 램프 속 지니가 나타나듯 또 다른 현실을 풀어내 주는 것과 같다. 우리를 태운 차가 지나가자 바람이 마구 불어온다. 그러자 회오리바람이 저 멀리서 빙빙 돈다. 그 모습을 보기만 해도 바깥에 있는 게 뭐든 숨쉬기에 해로울 것 같다.

캐브롤이 말하기를 이곳 고원 지대는 잉카인들에게 신성한 곳이었다. 그들은 신에게 공물을 바치는 의식을 치르기 위해 산에 올랐다. 그녀는 날카로운 산바람을 피해 우리를 막아 주는 바위 뒤에 웅크려 앉아 있다. 그리고 어떻게 바로 이곳까지 지구 너머의 생명을 찾는 과학적 탐색과 삶의 의미를 찾는 영적 탐색이 나란히 평행을 이루면서 이어지고 동시에 서로 연결되는지 설명해 준다. "잉카인들은 신에게 질문을 하기 위해 산을 올라 여기까지 왔어요. 그리고, 그러니까, 어떤 면에선 우리도 마찬가지죠. 바로 똑같은 질문입니다. 우리는 누구이며, 어디에서 왔으며, 세상 밖에는 무엇이 있나? 우리는 우리 자신의 기원과 연결하려고 노력하고 있는 겁니다. 우리는 이 일을 과학적으로 진행하고 있는 것이고요. 잉카인들은 보다 직관적인 방식으로 수행했던 것이죠."

캐브롤은 자신이 작업하고 있는 풍경의 문화적 역사에 깊은 존경을 품고 있다. 그녀를 도와주는 케추아족 가이드 마카리오는 캐브롤의 팀과 화산에 오르기 전에 잉카의 여신 파카마마에게 공물을 바쳤다. 그리고 캐브롤도 산 위에서 높은 분화구 호수로 뛰어들 때마다 항상 공물을 바친다. 대개는 크리스털 공을 준비한다. 원래 그녀는 탐사 끝 무렵에 심바의 분화구 호수까지 올라갈 계획을 세웠었지만, 이번에는 붉은 핏빛을 닮은 그 호수에 바칠 공물을 가져오지 않았다. 그녀는 조금 망설이면서 나한테 혹시 공물을 대신할 만한 게 없는지 묻는다. 나는 아타카마의 산 페드로에서 샀던 달걀 모양의 푸른 라피스 라줄리 조각을 건넨다. 그 교환은 상당히 합리적인 행위인 듯 보인다. 과학과 영성, 캐브롤의 양쪽 절반은 그녀가 하는 일, 그러니까 가장 심오한 질문에 끈질기고 조심스럽게 다가가는 그녀의 작업과 완벽하게 결합한다. 그 질문은 바로 이것이다. 우리는 왜 여기에 존재하는가?

캐브롤은 작업을 중단했다. 그리고 인근 수평선 위의 화산에서 솟아오르는 수증기 기둥을 뚫어지게 쳐다보는 중이다. 그 수증기

기둥의 맨 아랫부분은 밝은 흰색을 띠면서 점점 높이 올라가는 엷은 안개 속으로 금방 부드럽게 흡수된다. 그러다가 하늘을 향해선 그 단단한 응집력과 해상도를 잃고 만다. 증기는 이 사나운 바람 속에서도 수직으로 곧장 올라가고 있다. 그 바람 뒤의 힘이 만만치가 않다. 그 화산은 라스카르이며, 심바와 함께 경사면을 공유하는 화산 중의 하나다. 그리고 드디어 이제 팀에서 심바에 올라갈 사람들이 모인다. 현지 가이드들이 우리의 등정을 준비하고 있다.

캐브롤은 모두를 불러들인다. 우리는 그녀 앞에 줄을 서서 명령을 기다린다. 그녀는 미러 선글라스를 모자 위로 끌어올리고는 간결하고 권위 있게 말을 전한다. 가이드들이 심바에서 내려오는 즉시 우리는 캠프로 돌아갈 것이다. 그녀는 위성 전화를 꺼내더니 지금은 SETI 연구소로 돌아가 있는 빌 다이아몬드에게 미국 지질조사단체와 칠레 대학교에 전화를 걸어 이곳 상황에 대하여 더 많은 정보를 알아보라고 한다. 그런 다음, 우리는 팀 전체가 이미 계획된 심바 등정을 취소해야 할지, 그리고 우리 중에 누구라도 캠프에 계속 머물러야 할지, 둘 다 결정해야 할 것이다.

전화기 너머로는 곧바로 나쁜 소식을 들려주지 않는다. 그래도 우리는 머무르기로 한다. 캐브롤은 라스카르의 활동을 주시하면서 조금이라도 상황이 나빠지면 우리에게 알려 줄 것이다. 우리에게 필요하면 밤중이라도 당장 떠날 수 있도록 옷을 입고서 잠을 청하고, 손에는 여권을 들고 있으라고 지시한다. 일련의 모든 일이 나에겐 낯선 유형의 두려움을 안겨 준다. 그건 어쩐지 게으르게 느릿하면서 아편에 취한 느낌이 난다. 나는 꽤 오래전부터 어떤 상황을 판단하기 위해 필요한 아무런 도구를 갖고 있지 않게 되었다. 우리는, 아주 최근에 여기서 불과 1시간 30분 거리에 있는 칼라마에서 5.5도의 지진이 발생했다는 사실을 알게 된다. 그건 최상의, 최적의 상태가 아님을 뜻한다. 만약 물이 화산 아래 마그마 층 안으로 침투한다면 그 화산은 폭발할지도 모른다. 이건 위로가 되지 않는군. 나는 나만의 작은 오렌지색 텐트로 돌아와서 작은 침대에 걸터앉아 휴대폰 안에 든 우리 집과 고향 사진을 쓱쓱 넘겨 본다. 밖에서는 오래된 화산 위로 빛이 사그라지고 있다. 사람들이 짐을 싸는 소리가 들리고, 콘크리트 벽 뒤에서 발전기가 웅웅거리는 소리도 들린다. 탬블리는 노트북으로 기상관측소를 죄다 모아 보고, 세상에서 가장 슬픈 노래인 핑크 플로이드의 「샤인 온 유 크레이지 다이아몬드」를 틀어 놓았다. 그 노래 사이로 캐리어 지퍼 잠그는 소리, 이런저런 속삭이는 목소리, 큰 웃음 소리, 거친 땅바닥 위로 끌려가는 펠리컨 케이스 소리가 파고든다.

나는 양손을 뚫어지게 바라본다. 마치 고대 악어가죽 같다. 희미한 먼지 속에서 양손에 패인 주름의 윤곽이 드러난다. 내 옷은 죄다 하얀색이다. 내 머리는 기름칠한 털 같은 기분이 든다. 텐트 안에 나방이 한 마리 들어왔지만 지금 나는 너무 무감각해져서 그것을 쫓아낼 엄두가 나지 않는다. 멍하니 멀뚱멀뚱 이런 삶의 파편이 오렌지색 벽에 부딪히는 모습을 지켜본다. 텐트 입구 덮개는 열려 있다. 지금 저 나방이 해야만 하는 일은 주변을 돌아보고 반대 방향으로 날아가는 것이다. 그런데 그 나방은 그러지 않는다. 나는 한참 몇 분 동안은 없는 셈 치고 생각하지 않다가, 그러다 그것을 덥석 붙잡는다. 나방은 내 손 위에서 길을 찾으려 윙윙거리며 갈팡질팡하다가 거기서 몸통을 떨면서 가만히 쉬고 있다. 나는 그것을 바깥에다 갖다 놓는다. 다음 날 우리는 그곳을 떠난다.

15
산토끼

겨울눈을 뒤로 하고, 나는 뜨겁게 이글대는 파란 하늘과 야자수와 부겐빌레아와 흉내지빠귀가 반겨 주는 캘리포니아로 연구 출장을 떠났다. 흉내지빠귀는 그곳에서의 첫날밤, 밤새 불면으로 뒤척이는 나에게 어디선가 훔쳐 온 이국의 레퍼토리로 세레나데를 불러 주었다. 고향에서는 추위로 잔뜩 얼어붙어 있었는데, 산타바바라의 타는 듯한 열기는 시차로 인한 피로, 그 이상의 혼란을 안겨 주었다. 말 그대로 내가 살고 있는 계절 감각을 모조리 잃어버렸다.

그로부터 일주일 후 히스로 공항에서 다시 집으로 가는 길에 보니 눈은 다 녹고 없었다. 한데 나의 계절 감각 상실은 어느 때보다 더 심해져, 차 안에 멍하니 누워 불안에 떨었다. 그러다 로이스턴과

뉴마켓 사이의 어디쯤 A505 고속도로 옆 겨울 밀밭을 지나갈 때, 잃어버린 계절 감각과 멍한 상태를 다시 제자리로 돌려주는 뭔가를 언뜻 보았다. 그 장면은 내가 익히 알고 있던 봄의 전령에게 나를 툭 하고 내동댕이치듯 밀어 넣었다. 산토끼 다섯 마리가 빙빙 원을 그리고, 뛰고, 달리고, 깡충거리더니 서로 권투 시합을 하듯 뒷다리를 세우기 시작한다. 그러더니 드넓고 습한 은빛 하늘 아래에서 서로 진흙을 걷어차면서 놀고 있다.

나는 10대 시절에 윈체스터 인근의 안개 낀 들판에서 처음으로 권투 하는 산토끼를 보았다. 그때는 암컷을 두고 서로 경쟁하고 있는 수컷 산토끼라고 확신했다. 이런 식으로 그들의 행동을 우리 인간의 사회적인 관습과 일치시켜 읽어 내는 일은 너무도 완벽하게 이루어졌다. 그 정도로 그 장면은 절대적 진리의 위력이 있었다. 내 생각에 그 싸움 주변을 둥글게 배회하는 산토끼는 암컷이었다. 나는 암컷 산토끼가 신중하게 권투 싸움하는 수컷들의 용기를 평가한다고, 그리고 역시 이긴 쪽이 전부 다 가져간다고 짐작했다.

하지만 내 생각은 틀렸다. 권투를 하는 산토끼 대부분은 암컷이었으며, 그들에게 성적으로 접근하는 수컷과 짝이 되길 꺼리는 상태였다. 암컷 산토끼는 저항의 의미로 다리를 세우고 일어서서 유혹하는 수컷을 싸워 물리친다. 이는 우리 사회의 특성을 그대로 닮은 폭력의 한 형태를 동물이 보여 주는 상황이다. 우리 사회에서 원하지 않는 상대가 접근하고 괴롭히는 이런 경우에 대하여 공개적으로 대놓고 언급하기 시작한 것은 불과 최근에 들어와서다.

사람들에게 산토끼 이야기를 꺼내면 연신 '신기하다' '신비롭다' '이상하다' 같은 말을 몇 번이고 반복해서 듣게 될 것이다. 산토끼를 다룬 책은 민간 설화와 전설에도 많이 나온다. 이케니 부족의 여왕 부디카가 전투를 앞두고 망토 밑에 있는 토끼를 풀어 그 토끼가 뛰는 방향에 따라 전투의 결과를 예측했다는 이야기도 있다. 자기 모습을 바꾸는 산토끼 이야기도 있다. 달을 좋아하고 그 달과 친밀한 관계를 맺은 산토끼도 있다. 부활절, 부활, 재생, 봄의 상징인 산토끼도 있다. 이렇듯 설화와 전설에서 산토끼를 신기하고 신비로운 존재로 다루기 때문에 산토끼가 그런 속성의 존재라고 생각한다. 한데 이런 옛이야기들은 실제 토끼의 행동에 근거한 것이며, 실제 토끼는 그처럼 확실히 알쏭달쏭 불가사의한 동물이다.

물론 근대 작가들의 근거 없는 짐작처럼 토끼가 자기 뜻대로 성별을 바꿀 수는 없겠지만, 적어도 암컷 산토끼는 새끼를 낳기도 전에 다시 임신을 할 수 있다. 흥미롭게도 새끼 토끼는 두 눈을 크게 뜨고 완전히 털이 자란 상태, 말하자면 금방이라도 독립할 수 있는 모습으로 세상에 태어난다. 산토끼는 자기가 배설한 똥을 먹는다. 그리고 시속 40마일의 속도로 달릴 수 있다. 육지 동물 중에 가장 빠른 개체다. 그리고 주로 해가 질 무렵과 해가 뜰 무렵에 먹이를 먹는다. 어둑한 시간에 어렴풋한 존재감을 드러내는 스타일이다. 무리를 지어 살지는 않지만, 먹잇감이 풍부하면 먹이를 먹으러 우르르 함께 몰려온다. 나는 2년 전, 저녁 해가 질 무렵 노퍽 지방의 어느 비트 밭에 서 있었다. 그때, 세워 놓은 트랙터 아래로 한 무리의 산토끼가, 놀랄 정도로 느릿하고도 괴상하게 성큼성큼 달려가고 있었다. 산토끼들의 쫑긋 귀는 스러져 가는 저녁 노을빛에 물들어 붉게 타오르고, 몸통 털은 노을 그림자에 싸여 흑담비처럼 윤이 났다.

인류는 유럽 본토의 산토끼를 데려다가 로마 시대, 아니 어쩌면 그보다 더 이전에 우리 영국의 자연에 풀어 주었다. 이후 유럽 본토 이외의 다른 나라 태생 토끼들도 인간의 눈에 띄지 않는 특유의 재능을 자랑하며 빠른 속도로 토종 동물이 되어 갔다. 산토끼는 굴을 파지 않는다. 그들은 옛날부터 지금까지 하늘 아래면 어디든 살아가면서, 서식 영역 주변을 빙 둘러 오목하게 움푹 팬 구멍을 여기저기에 만들어 놓는다. 이 구멍은 몸통 모양의 거푸집 같은 공간으로, 토끼들은 이곳에 들어가 땅바닥에 몸을 붙이고 잔뜩 웅크리고는 길쭉한 감자를 닮은 얕은 곡선 모양으로 누워 있다. 누군가 몸통 뒤로 뾰족하게 튀어나온 까만 귀 끝을 눈치 채지 못한다면 영락없이 겨울 보리 밑에 박혀 있는 바위로 보일 만도 했다. 그 구멍의 형태는 산토끼가 주변 모든 것을 볼 수 있지만, 정작 자기 모습은 보이지 않게 만든 공간이다. 자칫 너무 구멍 가까이 발을 디디다가는 산토끼가 당신 발밑에서 불쑥 튀어 올라 하얀 꼬리를 휙 내밀면서 뒷발로 풀을 뜯는 모습을 보게 될 것이다. 그 모습에 당신 심장은 놀라서 콩닥거리고, 그 사이 토끼는 벌써 저만치 뛰어가고 있을 테지만!

그야말로 산토끼는 눈빛과 속도와 두려움을 한데 뭉친 존재다. 그들은 여우나 개나 독수리처럼 자기를 쫓아다니는 포식자들보다 더 빨리 달리고, 더 높이 뛰고, 번개같이 움직인다. 그러니 영국에서 산토끼 개체수가 점점 줄어들고 있는 양상은 포식자 때문이 아니다. 오히려 농업이 가속화되면서 산토끼는 큰 타격을 입게 되었다. 표현하기 거북하지만, 겨울에 새끼 토끼들은 농가에서 가축들에게 먹이려고 남겨 놓은 저장 목초 사이에 웅크리고 있다가 수확용 농기구에 베여 나가는 경우가 허다하다. 그리고 어른 토끼들의 경우에는 요즈음 대부분 농촌에서 단일경작이 이루어지기 때문에 겨울이 되면 토끼가 먹을 게 절대 부족한 상태다.

요즈음 나는 예전만큼 산토끼를 자주 보지 못한다. 대부분은 사진과 그림에서 볼 뿐이다. 그리고 어쩌다 진열장에 놓인 산토끼 조각상을 마주치곤 한다. 그런 곳에서는 대개 우리 문화에서 토끼라고 할 때 누구나 떠올리는 양식화된 모습을 만나게 된다. 두 귀를 쫑긋 세우고 우아한 대결이라도 할 것처럼 권투하는 품새로 서 있는 전형적인 토끼의 모습이다. 그렇다고 산토끼가 뜻하는 바를 알기 위해서 반드시 실제 토끼를 만나 볼 필요는 없다. 산토끼는 누가 뭐래도 곧 봄이 찾아올 것을 마법처럼 알려 주는 전령이자 서곡이니까.

나에게 요사이 봄은 희미하게 열어져 버렸다. 요즘의 봄은 마트에서 목을 쑥 내민 수선화 다발과 부활절 판촉행사로 시작될 뿐이다. 여기저기 새로이 돋아나는 푸른 목초 향기, 아름찬 오크나무 몸통에 점점 푸릇해지는 녹조, 리듬에 맞춰 숲속 메아리처럼 울리는 딱따구리 소리, 점점 높아지는 하늘, 긴 겨울을 움푹 파내는 그 형언할 수 없는 빛의 귀환, 이 풍부하고 특별한 감촉으로 다가오는 봄의 변화는 이제 어디에도 없다.

이 모두 내가 지난 몇 년간 주로 실내에서 일을 하느라 그만 놓쳐 버린 것이었다. 그토록 풍요롭고 복잡 미묘한 의미를 품었던 토끼, 살아 숨 쉬는 생명체로서의 산토끼가 이제 더 이상 우리 눈에 띄지 않는다. 그에 따라 우리가 토끼에게 부여했던 이런저런 의미들도 이제는 어느 곳에도 존재하지 않는다. 서글프지만, 우리가 봄이라는 계절에 대해 늘 품어 왔던 생각들을 이제는 놓아 주어야 할 것 같다. 기실 예전의 그 봄은 더 이상 우리 곁에 없다. 기후변화는 예기치 못하게 계절에까지 소리 없는 영향을 끼쳤다. 이제 버들강아지가 겨울에 올라오고 뻐꾸기 소리는 온데간데없으니, 바야흐로 봄은 느릿하게 찾아오는 게 아니라 여름이 오기 전에 불현듯 잠시 비추는 온기 정도로 여겨진다.

어쩌면 이제 더 이상 봄에게 계절이라는 이름을 붙이지 못할 것만 같다. 앞서 권투 품새의 산토끼들이 겉으로는 우아한 모습이었지만, 사실 그 모습 뒤에는 그들만이 느끼는 불안의 그림자가 깜빡거렸다. 더구나 우리가 봄이라는 계절의 의미를 투사한 토끼와 그때 그 시절의 봄은 이제 더 이상 보이지 않는다. 때로 영원불멸할 것이라고 오래도록 생각해 왔던 대상은 갑작스럽게 세찬 변화를 맞으며 그만 사라져 버렸는데, 그런데 우리가 그들에게 부여했던 이런저런 의미들은 얼마나 끈질기게 버티고 있는지, 오늘 그 서글픈 순간을, 나는 보고야 말았다.

16

길을 잃었지만 따라잡았지

운명의 여신은 내가 네 발 달린 동물인 말이나 개, 혹은 여우에 알레르기 반응이 있는 게 어울린다고 생각했던 것일까. 개 알레르기는 어릴 때 일찍 발견했다. 한데 어찌 된 일인지 우리 집에서는 개를 키웠다. 말 알레르기는 승마 수업을 하면서 알았고, 여우 알레르기는 로드 킬 당한 여우를 러그로 만들려고 가죽을 벗기는 과정에서 우연히 발견했다.

알레르기는 언제든 난데없이 삶을 새롭게 만들어 준다. 불과 며칠 전에도 순록 알레르기가 있다는 사실을 새롭게 발견했다. 이런 식이라면 내가 앞으로 살아가면서 대부분의 네 발 동물이 알레르기를 유발한다는 사실을 깨닫게 될 게 뻔하다. 말을 탈 수는 있지만 오래 탈 수는 없다. 말에 타서 20분만 지나면 눈은 감기고 두 손은 쐐기풀 두드러기로 얼룩덜룩 반점이 생긴다. 그렇기 때문에 힘겹게 숨 쉬는 것 말고는 다른 그 무엇에도 집중할 수가 없다.

이런 상황이다 보니 내가 사냥개를 몰아 본 적이 없다는 사실은 그리 놀랍지 않다. 내가 여우 사냥에 대해 도덕적으로 양심의 가책을 느끼는 것과는 무관한 일이다. 여하튼 진짜로 여우 사냥 자체가 이해되지 않기도 하지만, 그걸 이해해 보려고 시도해 본 적도 없다. 하물며 그 사냥에 나서는 무리의 일원이 되어 본 적도 없다. 그런 탓에 사냥대회가 부모님 집 근처, 언덕 맨 꼭대기의 곡물건조기 옆에서 자주 열리긴 했어도 정말 그 난리법석이 무슨 일인지 결코 이해하지 못했다. 그저 내 눈에는 여우사냥꾼의 분홍색 상의, 말과 사냥개가 모여 있는 모습, 그리고 울타리 수리업자와 경찰, 게다가 사냥에 반대한다는 취지로 방해하러 온 사람들만 보았을 뿐이다. 사실 그런 장면은 내 흥미를 별로 끌지 못했다. 그리고 무엇보다 여우한테 매우 미안한 마음도 들었다.

그날은 토요일이었고 나는 엄마네 집에 있었다. 강풍을 동반한 폭우가 내리는 날이었다. 나는 피곤하고 슬퍼서 도저히 마음의 갈피를 잡지 못했다. 그 주간은 아버지가 돌아가신 지 1주기 되는 날이었기 때문이었다. 그동안 여러 번 엄마나 오빠와 이야기를 하면서 아픔을 나누기도 했지만, 때로는 내 속에 있는 말을 다 뱉지는 못했다. 그럴 때마다 쓸쓸함과 외로움이 나를 막아 세웠다. 달리 어떤 말을 할 수 없었다. 내면에 너무 많은 압박감이 쌓이고 있었다. 하는 수 없이 그날 오후쯤에는 엄마를 피해 숨어야겠다고 생각했다. 그래서 담배 한 대를 피우려고 집 밖으로 나왔다. 차도 옆 어둑한 불빛 아래 섰다. 그때 어디선가 사냥개 소리가 들렸다.

내가 사냥에 대해서는 무지한 수준이었지만, 그때 그 소리는 사냥꾼들이 함(Ham) 농장의 여우 은신처를 몰아 대고 있었던 게 거의 확실해 보였다. 바로 도로 건너편에는 개암나무, 유럽밤나무, 야생 히아신스 등의 울창한 잡목 숲이 있었다. 나는 코트 깃을 올리고 거의 진눈깨비로 변한 날씨를 헤치고 걸어갔다. 과연 예상대로 진흙에 빠진 낡고 오래된 사륜 구동 차량이 차도의 가장자리, 내가 서 있던 지점을 지나갔다. 차창은 내부의 입김으로 흐려 있었다. 그들 모두는 와젯 숲으로 가고 있었다.

그들이 모두 가 버린 후에 긴 침묵이 흘렀다. 저 멀리서 사냥개 소리만이 들려왔다. 머리는 어지럽고, 온몸은 비에 젖었고, 내가 지르는 고함소리는 빗속에 메아리가 되어 울려 퍼졌다. 머리는 이미 빗물에 다 젖어 버렸고, 담배는 물에 축축해져 꺼진 지 오래였다. 내 발밑의 아스팔트는 빗물과 함께 흐르고 있었고, 도로 건너 침수된 작은 방목지에는 천천히 얕은 개울이 생겨나고 있었다.

그런데 내 귓가에 잔걸음으로 타다닥 뛰어가는 소리가 점점 크게 들려왔다. 물을 건너느라 첨벙대는 소리와 포장도로까지 빠르게 뛰어가는 발톱과 발바닥 소리였다. 사냥개였다. 그 사냥개는 내가 있는 쪽으로 도로를 따라 내려와 여우의 은신처로 가는 길이었다. 고개를 높이 들고서 몸통은 온통 가슴 깊이만큼 진흙을 잔뜩 묻힌 바람에, 몸통 아랫부분은 구리황토색으로 착색이 될 정도였다. 여우 사냥개였다. 창백한 사냥개였다. 혼자였지만 그렇다고 잘못된 상황은 아니었다. 오히려 혼자라는 사실이 지금까지 존재했던 모든 사냥개가 바로 그 종류였다고 말해 주는 셈이었다. 그 사냥개는 마치 온종일 달려온 것처럼 달리고 있었다. 혀를 밖으로 내밀고 두 눈은 고정된 채로 결코 멈추지 않을 것처럼 달리고 있었다. 그 녀석은 나머지 사냥개들과 함께하려고 그렇게 달리고 있었던 것이다. 먼저 달려간 사냥개들의 소리 때문에 이 녀석은 비 내리는 도로를 따라 사냥감을 쫓아가고 있었다. 마치 물속에 잠겨 있다가 잠시 숨을 쉬려고 빛이 보이는 곳으로 헤엄쳐 올라오는 모습 같았다. 그 순간, 나는 두려움과 놀라움으로 얼어붙었다. 이제껏 사냥을 하고 있는 여우 사냥개를 실제로 본 적이 없었다. 그 녀석은 응당 자신이 해야 할 일을 하고 있었고, 피곤했지만 즐거웠다. 다른 녀석들에 비해 늦었지만 지금 거기에 가고 있는 중이다. 길을 잃고 뒤처졌지만 곧 따라잡을 것이다.

17

템스 강 백조 조사

브렉시트 투표를 하고 나서 며칠 동안, 나는 유화 「쿡햄의 백조 조사」에 푹 빠져 버렸다. 이 그림은 아주 오랜 세월 이어 온 다채로운 영국 전통의 한 장면을 묘사한다. 바로 백조 조사였다. 백조 조사는 템스 강 상류 지역의 백조를 찾아내 그 주인을 확인하고 표식을 남기는 일이었다. 영국 연례 여름 행사로 소형 목조선 군단이 템스 강 연안의 선버리 마을에서 출발하여 닷새간 이동하며 작업한다. 승조원들은 어린 백조의 부모를 확인하여 나중에 소유권을 확인할 수 있도록 표식을 남긴다. 여왕이 주인인 백조도 있고, 런던을 기반으로 오래된 두 곳의 무역 길드인 '와인 협회'와 '염색 협회'가 주인인 백조도 있다. 그 그림에서는 백조 조사단의 항해가 잠시 머무는 전통적인 풍경을 묘사한다. 왼쪽에 강이 흐르고 오른편에는 '페리 인(Ferry Inn)'이 보이고, 전경 가운데에는 나무거룻배가 있고, 위쪽 하늘에는 음울한 구름이 떠 가고, 여자들은 쿠션을 나르고 있고, 상단에는 기러기발 무늬가 새겨진 교각이 보이고, 배 안에는 밧줄과 캔버스 천에 돌돌 묶인 백조가 보이고, 그 옆의 남자 어깨 쪽으로도 밧줄에 묶인 백조 한 마리가 하얀 목을 길게 빼고 앉아 있다.

이 그림은 잉글랜드의 신비한 괴짜 화가 스탠리 스펜서(1891-1959)가 그렸다. 1915년 그가 전쟁터로 나가게 되자, 반쯤 그린 상태로 남은 이 그림은 그대로 침실에 놓인 신세가 되었다. 이런 상황은 이후 3년 동안 전쟁터에 있던 그의 머리에서 한시도 떠나지 않았다. 스펜서는 선임들에게 자신은 집으로 돌아가 완성해야 할 그림이 있으니 공격에 나설 수 없다고 매번 간청하곤 했다. 마침내 그는 전쟁에서 돌아와 그림 앞에 섰다. 그리고 이 순간의 감상을 이렇게 일기에 남겼다. "흠, 거기서 우리는 서로를 바라보고 있었다. 믿을 수 없는 듯 보였지만 그것은 엄연한 사실이었다. 그러다 생각했다. 과연 내가 전쟁에서 돌아온 걸까. 현실일까. 그 순간, 고성능 폭약 리다이트의 노란빛, 아니면 불가리아인들이 포탄에 사용했던 것과 비스름한 노란 물질이 아직도 내 손가락과 손톱에 남아 있는 흔적이 슬며시 눈에 들어왔다."

마침내 그는 그림을 완성했다. 한데 전쟁의 흔적이 그림에 그대로 남았다. 애초에 그림 속에 '페리 인'이 없을 때에는 교각 아래 강물 위로 태양빛을 받은 윤슬이 반짝였다. 그러나 전쟁을 겪고 돌아온 다음에 그린 후반부 그림은 생기가 없고 우중충하고 어둡다. 거룻배는 괴이한 색깔로 칠해져 이상한 모양을 하게 되었고, 친근했던 어린 시절 풍경은 새롭고 불길한 낯설음으로 빠르게 흘러가고 있었다. 국민투표가 끝나고 며칠이 흘렀다. 우리 집 근처 전봇대에 '통제력을 되찾자.'고 적힌 브렉시트 찬성파 포스터는 태양 아래서 점차 자줏빛으로 퇴색되었고, 투표 결과가 나온 이후 혐오 범죄가 42퍼센트 급증했다는 기사를 읽었을 때, 나는 두 가지 사실을 깨달았다. 첫째, 스펜서의 그림은 영국 역사상 어떤 분열의 양상을 무의식적으로 기록했다. 둘째, 브렉시트 당시 나는 더 이상 조국 영국을 인정할 수 없었고, 나를 둘러싼 모든 것이 불길하고 우중충하고 어두워졌다고 느꼈기 때문에 그 그림이 자꾸만 생각났던 것이다.

과거는 브렉시트 추종자들이 말하는 미래의 꿈에 항상 소환되었다. 대서양 건너 도널드 트럼프의 정치 유세 연설에서 그랬던 것과 같았다. 영국독립당(UKIP) 당수 나이잘 파라지는 브렉시트 캠페인에 "우리는 영국을 되돌리길 원한다."는 슬로건을 사용했다. 이 슬로건의 승리 요인은 두 가지인데, 먼저 슬로건 자체의 애매모호함에 있다. 그 애매모호함은 정치에 불만을 품고 냉담해진 모든 유형의 유권자들 마음에 호소하게 된다. 두 번째 승리 요인은 그 슬로건의 이중 의미에 있다. 이민자들, 얼굴 없는 유럽연합 행정가들, 세계화, 영국 내 정치 기득권인 '웨스터민스터 엘리트 계층'에게 '되돌린다'

는 문구는 국가를 위협한다고 인지된 대상으로부터 국가를 구한다는 의미로 보였다. 그리고 예전의 전성기나 황금시대를 지나온 세대에게는 막연히 시간을 되돌린다는 의미로 받아들여졌다. 유구히 이어진 영국의 유산과 전통을 보존하는 것은 '유럽연합 탈퇴' 캠페인의 명백한 일부분이었다. 오랫동안 나는 유럽연합이 모두에게 많은 사랑을 받았던 영국의 전통을 파괴하고 있다는 타블로이드 기사를 읽어 왔다. 정부 관료들이 아래로는 트럭 운전수의 평범한 영국식 아침부터 위로는 여왕이 사랑하는 강아지 종, 그리고 심지어 영국 법정 전통인 변호사의 가발까지 전부 금지할 예정이라는 등, 근거 없는 주장이나 이야기가 대부분이었다. 이런 말도 안 되는 주장을 불러온 진부한 문구와 표어의 그 유별난 뉘앙스도 결코 우연이 아니었다. 브렉시트라는 일종의 수사는 결국엔 밀어닥치는 이민의 물결과 유럽의 간섭으로 공격받고 있는 영국의 가치와 영국식 생활방식을 사수하자는 일종의 전투였다. 그리하여 그 정치적 수사는 역사와 전통을 일종의 무기로 둔갑시켰다.

스펜서 그림은 고대의 유물, 화려한 행사, 그리고 영국의 깊은 역사까지 불러내고 있었다. 더구나 주인공 백조는 이런 주제를 전형적으로 보여 주었다. 그래서 나는 이런 생각을 했다. 백조 조사 작업을 직접 본다면 현재 내가 살아가는 영국을 조금이라도 더 이해하는 데 도움이 될 수 있지 않을까.

몇 주 후에 백조 조사원들이 항해 준비를 마쳤다. 나도 그 여정의 일부를 함께하기로 결심했다. 사실, 나는 마음만 먹으면, 이를테면 모리스 댄스에서 마을 크리켓 경기까지 수많은 영국의 전통 중에 무엇이라도 보러 갈 수 있었지만, 백조 조사는 확실히 내 마음을 끌어당겼다. 일정 부분 스펜서의 그림 때문이기도 했고, 또 그만큼 자연사와 국가사 간의 관계에 매료되었기 때문이다. 상징적으로 볼 때, 백조는 오랫동안 영국이라는 국가와 국민, 그 정체성과 얽혀 있었다. 정치와 정치학도 백조와 떼려야 뗄 수 없는 관계였다.

템스 강에 사는 백조는 영국의 역사를 말없이 품은 자생종 혹백조다. 과거 수세기 동안 백조는 대부분 연회에 나갈 구이 요리로 쓰였다. 그런 시절에 날지 못하는 소수의 야생백조만이 이곳 템스에서 살았다. 하물며 나만 하더라도 백조는 조류라기보다 여전히 깃털 달린 가축에 더 가깝다고 생각하는 편이다. 백조는 완전히 야생도 아니고 그렇다고 온전하게 길들여지지도 않은 채, 인근 공원과 강 위에 서식하는 동물로, 어쩐지 알쏭달쏭 위협적인 존재였다. 왕실 소유의 백조는 최소한 12세기까지 거슬러 올라간다. 그중에 특정 무리의 백조, 전통적으로 말하자면 '백조를 소유하고 취미로 즐길 수 있는 권리'는 왕실 칙허에 의거하여 왕실이 총애하는 수백 명의 고관대작과 기관에게 허용되었다. 그리고 매해 여름 한 번씩 영국 내 모든 새끼 백조를 잡아 한쪽 날개의 마지막 관절을 꺾어서 날지 못하게 만든 다음, 부리나 물갈퀴에 문양을 새겨 소유주를 특정할 수 있도록 했다. 이 표식 문양을 망라한 정교한 먹물 글씨의 필사본이 아직 남아 있다. 그 필사본은 도식화한 백조 부리에 이런저런 직선과 십자 기호를 새겨 넣은 원고다. 이후 지역 편차가 크긴 했지만 점차 거위와 칠면조도 백조만큼 대중이 소비하는 먹거리가 되었다. 그 덕분에 템스 강 등 몇몇 지역을 제외하고 영국 전역에서 백조 무리의 소유권을 왕실로 돌리는 일은 훨씬 더 수월해졌다.

지금도 영국에서는 혹시 백조를 죽이는 사건이 발생하게 되면 무조건 사람들의 분노를 유발하고야 만다. 그 행위는 정치적 통일체인 국가에 상해를 입히는 일이므로 사실상 반역에 가까운 것이다. 백조의 상징은 영국 내에서 아주 흔하게 쓰는 평범한 맥락이기 때문에 언제 어디서든 누구나 바로 이해한다. 백조는 군주의 표상이자 국가의 연장으로서 오랫동안 영국의 정체성과 정체성이 아닌 것을 나누는 게임에서 중요한 패로 쓰였다. 백조에게 가해질 수 있다고 인식된 여러 가지 위협은 거꾸로 영국 사회가 상상한 적들을 빈틈없이 쫓아간다. 가령, 역사상 모든 이야기가 항상 그렇게 흘러가듯 시민혁명 중에 템스 강은 크롬웰의 군사들에게 죽임을 당했다가 이후 왕정복고가 되어서야 다시 예전의 강물로 채워졌다. 그리고 올드 버킹엄 궁 시절, 어느 날 왕좌에서 살았던 백조 '올드 잭'의 부고가 날아들었고 여기에 빅토리아 인들이 심심한 애도를 보냈다. 그들은 수십 년 동안 연못을 잘 지켜 왔던 영국의 백조가 어느 날 호전적인 폴란드 백조 패거리에게 때아니게 이른 죽임을 당했다며 이야기를 풀어냈다. 19세기 잡지 기사에서는 왕실 공원의 백조가 유럽 깃털 상인들에게 죽임을 당하였으며, 가죽이 벗겨진 채 나무에 묶였다고 주장했다.

국가를 은유한 이런 우화를, 다른 시대의 관점과 호기심에서 바라보고 별난 이야기라고 생각하면서 읽어 내는 일은 어렵지 않다. 하지만 실제 이야기는 결코 그렇지 않다. 2000년대 초반, 타블로이드 잡지《더선》은 일군의 망명 신청자들이 여왕의 새를 바비큐용으로 훔치려고 했다고 비난했다. 나중에 알고 보니 그 이야기는 누군가가 쇼핑 카트에 백조를 태워 밀고 다니는 모습을 보았다고, 백조 보호구역에 전화를 걸었던 일에서 발단이 되었다.

백조 전문가이자 은퇴한 옥스퍼드 조류학 교수인 크리스 페린스는 나에게 이렇게 말했다. "믿기지 않지만 사람들은 진짜로 백조를 잡아먹어요." 페린스는 매년 여왕의 백조장(白鳥長)과 함께 템스 백조 조사 행사에 참여한다. 그는 백조를 잡아먹는 범인은 타블로이드에서 떠드는 것처럼 이민자일 가능성도 있지만 그렇게 의심하는 것만큼 영국 사람일 가능성도 있다고 생각한다. 많은 백조들이 공기총, 벽돌, 유리병 등을 소지한 젊은이들에게 죽임을 당하지만, 이런 범죄는 뉴스 매체에서 거의 주목을 받지 못한다.

7월 19일, 브렉시트 투표가 끝나고 거의 한 달 뒤에 나는 기대를 안고 스펜서가 그림으로 담았던 바로 그 풍경 안에 서 있었다. 그해 찾아온 가장 더운 날이었다. 공기는 무겁고 햇빛은 짱짱했다. 플라타너스 그늘 아래 잔잔한 녹색 물가에는 작은 배들이 삼삼오오 모여 백조와 왕관으로 장식한 깃발을 휘날리며 정박했다. 나는 백조 조사원들이 '페리 인'에서 나오길 기다리며 탁자 위에 혼자 앉아 있던 할머니와 수다를 떨었다. 할머니 이름은 시앤 라이더였다. 할머니는 데이지 꽃으로 장식한 밀짚모자를 쓰고, 유럽연합 깃발로 직접 바느질해서 만든 황금별이 박힌 파란색 겉옷을 입었다. 그녀는 브렉시트를 설계하고 정치적 수완을 부린 자들을 혐오하면서, 그 투표 이후로 주변에서 인종차별주의자의 면모를 드러낸 사람들이 너무 많아서 몹시 놀라고 실망했다고 말했다. 오늘 할머니가 백조 조사원들을 따라가고 있는 건, 한편으론 강을 따라 걷는 일이 좋은 운동이기 때문이기도 했고, 또 한편으론 그런 걷기 운동이 이번에 벌어진 정치적 혼란에 맞서서 다시 기운을 차릴 만한 일종의 연속성이나 일관성을 제공했기 때문이었다. "우리의 오랜 관습을 잃는다는 건 참 부끄러운 일이에요. 특히나 지난해 전 세계에서 벌어진 일을 볼라치면 다들 그냥 자포자기하는 것 같아요, 그런 뭔가를 가지면 그냥 좋은데, 그걸 뭐라고 하더라. 그걸 뭐라고 하더라? 지속한다고 하죠." 라이더 할머니는 최근 역사의 흐름에 고개를 절레절레 흔들더니 문득 민트 한 조각을 건넸다.

"그건 단지 영국식 전통과 겉치레의 한 조각일 뿐이에요." 키지 플레밍이 나에게 해 준 말이다. 플레밍은 은발의 단정하고 유쾌한 사람으로 현재 카타르의 모 지속가능성 관리자로 일하고 있다. 그의 친구 중에 여왕의 백조 조사원이 있었다. 그래서 마침 언론 관계자들이 타는 배에서 볼 수 있는 기회를 얻어, 어린 아들 라일리를 데리고 왔다. 나도 그 배에 한 자리를 차지했다. 그는 백조 조사가 본질적으로, 그리고 전형적으로 영국 전체가 아니라 다분히 잉글랜드의 현상이라고 조심스럽게 강조했다. 그는 생각에 잠긴 듯 이렇게 말하기도 했다. "제 생각에 잉글랜드인은 본래 천성이 전통주의자입니다. 보수적이죠. 그래서 우리는 과거에 닻을 걸어 놓길 좋아합니다. 그리고 이런 유형의 이벤트가 바로 그런 느낌을 주죠. 문화예요. 계통을 잇는다고 할까요. 그런 문화가 없다면, 그리고 과거의 전통을 기념하거나 계속 되살리지 못한다면, 하나의 국가나 하나의 인종으로서 당신을 무엇으로 규정하겠어요?" 또한 그는 영국 전체 사람들은 이런 종류의 이벤트에 걸핏하면 냉소를 보내곤 하지만, 이제는 그들도 과거 전통이 깃든 행사를 기념해야 한다고 깨닫기 시작한다고 말해 주었다. "10년 전에는 영국인임을 자랑스럽게 생각하면 곧잘 인색한 인종차별주의자로 간주되기 일쑤였고, 알다시피 부정적인 뉘앙스가 들어 있었어요. 하지만 제 생각에 이제는 달라졌어요. 브렉시트가 거기에 한몫을 했다고 봐요." 전통의 개념은 시간에 따라 변할 수 있고, 전통의 사회적 기능도 마찬가지다. 백조 조사 데이터는 현재 템스 강에 서식하는 백조 개체군의 건강을 모니터하는 데 활용된다. 그리고 백조 조사원들은 매일 아침 출발하기 전에 인근 학교의 학생들을 만나서 백조와 강물 보호에 대하여 가르친다.

여왕의 백조 표식 담당자로 이번 조사 작업을 감독하는 데이비드 바버가 '페리 인'에서 나왔다. 그는 금몰로 세부장식을 더한 화려한 붉은 재킷을 입고 백조 깃털을 꽂아 넣은 지휘관 모자를 썼다. 그의 뒤로 페린스 교수와 여왕의 배, 양조업자 길드의 배, 염색업자 길드의 배 승무원들이 따라 나왔다. 템스 남쪽 저지대 갑문 수문에서 온 노련한 승조원들은 하얀 면 모자와 유색 셔츠를 입었다. 그리고 '스완 서포트'의 웬디 허먼도 함께 왔다. 스완 서포트는 병에 걸리고 부상을 입은 야생 백조 재활을 담당하는 자선단체다. 나는 언론관계자 배에 간신히 올라탔다. 그 배는 흔히 론치라고 불리는 대형보트로 우아한 목조선이다. 드디어 우리는 백조를 찾아서 템스 상류로 출발했다.

그리 오래 걸리진 않았다. 깃털이 난 암수 백조 두 마리와 홀로 어린 백조 한 마리가 본 엔드(Bourne End)의 강변 저택을 지나 유유히 물에 떠다녔다. **"모두 위로 올려!"** 승무원들이 소리를 질렀다. 그들은 좁아지는 강물 구역으로 백조를 몰아넣기 위하여 작은 배를 조종했다. 혼란스러웠다. 강물을 젓던 노도 올라가고, 승무원들의 어깨도 올라가고, 고함 소리도 커져 갔다. 수컷 백조는 전령관처럼 방어하는 몸짓으로 날개를 펼쳐 올렸지만 곧 목을 붙잡혔다. "잡았습니다." 그러다가 일이 엉망이 되어 갔다. 암컷 백조와 어린 백조가 이동식 판자 밑에서 물속으로 머리를 쑥 넣더니 강 하류로 도망쳤다. 여러 배가 두 마리의 앞을 막아 진로를 방해하면서 뒤쫓기를 반복했다. 데이비드 바버는 강 건너편으로 소리를 쳤다. "그것 잘 되었구먼. 아무렴, 그래야지." 이윽고 암컷 백조와 어린 백조가 작은 배의 바닥에 왔다. 승조원들은 부드럽게 땋은 면실로 백조의 검은색 물갈퀴 발을 꼬리 위로 묶고, 그들이 입은 하얀색 면바지 벨트로 고리를 만들어서 백조의 날개까지 묶었다.

언론 관계자 선박에서는 백조를 확실히 볼 수 없었다. 그저 멀리서 우아한 도자기 커피포트의 주둥이를 닮아 살짝 안으로 휜 하얀 백조의 목만 보였다. 우리를 태운 배가 가까이 다가갔을 때, 백조 조사원들의 이상하리만치 정중한 행동이 눈에 띄었다. 아까 백조를 잡아 묶을 때엔 단호하게 위력을 썼는데, 이제 배 위에 백조가 있으니 달라진 것 같았다. 어느 승조원이 양치기가 쓰는 손잡이가 굽은 지팡이 같은 긴 막대기를 들고서 슬픈 목소리로 말했다. "백조를 잡는 갈고리가 부러졌어요." 그는 그 막대기가 100년이나 150년은 되었을 거라고 생각하는 눈치였다. "요즈음에는 이렇게 괜찮은 백조 갈고리를 구할 수가 없거든요." 그는 얼굴을 찌푸렸다.

사람들은 작은 배에서 백조들을 데려와서 경건한 태도로 어느 강변 주택의 잔디 위에 내려놓았다. 가까이 가서 보니 어른 백조는 꾸불꾸불한 목과 반짝이는 검은 눈과 옅은 주홍빛 부리를 가졌다. 그 부리를 열면서 콧소리를 냈는데, 마치 기름칠하지 않아 잘 열리지 않는 대문처럼 끙끙거리는 소리였다. 백조는 참 낯설게도 견고함과 특유의 느낌이 동시에 존재하는 조류였다. 두터운 솜털 위로 매끈한 윤곽의 깃털이 무성하고, 숱 많은 하얀 깃털 위로 물방울이 진주처럼 반짝이면서 흘러내리고, 마치 잘 오려 낸 종이조각처럼 우아한 곡선의 형상을 하고 있었다. 이제 태어난 지 18주된 어린 백조는 몸집이 크고 깡마른 보풀천 인형을 닮았다. 허먼은 어린 백조 옆에 무릎을 꿇고서 백조의 다리에 묶인 고리 상자를 열었다. 백조 조사원들은 지난 수십 년 동안 백조의 날개를 자르지 않았다. 칼 대신 요즈음에는 스테인리스 스틸로 만든 다리 고리로 표식을 한다.

그 어린 백조의 엄마 백조가 어느 쪽 소유인지 확인되었다. 바로 여왕의 백조였다. 그러자 조사원은 그 소유권에 맞는 고리를 선택하여 어린 백조에게 맞추어 주었다. 데이비드 바버는 어린 라일리에게 그들이 무슨 일을 하고 있는지 설명해 주었다. 바버의 얼굴은 어두운 빛으로 탔고, 지휘관 모자에 달린 깃털은 강철 같은 차가운 빛으로 빛이 났다. "모든 일을 제대로 하려면 백조들을 잘 확인해야 한단다." 그는 어린 백조를 살며시 들어 올리면서 이렇게 말했다. "여기 백조를 한번 보렴." 라일리는 심호흡을 하고서 두 손을 뻗어 어린 백조 앞으로 다가갔다. 라일리가 쫙 펼친 손바닥 위에 어린 백조를 올리자, 아이의 어깨는 백조의 무게를 떠받치느라 살짝 굽어졌다.

나중에 라일리에게 이 순간이 어땠느냐고 물어보았다. "제 손 위에 비단을 감고 있는 느낌이었어요." 그때 라일리가 보여 준 미소에는 수줍음과 놀라움이 가득 차 있었다. "어쩌면 그렇게 느낄 수가 있었니?" 나는 오히려 그 아이에게 물었다. 아이는 그날의 느낌이 앞으로 남은 인생 동안 자기 마음에 영원히 새겨질 것이라고 말해 주었다. "부디 그 백조가 다시 나에게 와서 영감을 주었으면 좋겠어요. 내가 훌륭한 사람이 될 수 있도록 용기를 주었으면 좋겠어요. 그러기를 바라요."

태양이 서쪽으로 내려가고, 우리는 한 번 더 상류로 출발했다. 템스의 이 구역에는 전동 예인선이 있었다. 덕분에 승조원들은 작은 배 안에서 휴대전화를 확인하며 느긋하게 긴장을 풀었다. 우리는 잉글랜드에서 가장 비싼 부동산 몇몇을 지나가고 있었다. 잃어버린 황금시대, 그 열렬한 꿈이 곳곳에 영감을 불어넣었던 건축이었다. 거대한 유사 튜더 양식의 저택, 총안이 있는 콘크리트 흉벽이었다. 버드나무, 여름주택, 강하게 내리쬐는 햇빛 아래 티 하나 없이 깔끔하게 단장된 잔디, 그리고 소들이 강한 햇살의 열기에 멍해져서 무릎 깊이까지 강물에 담그고 서 있는 강가 목초지가 보였다. 몇 명의 10대들이 일회용 바비큐 그릴 옆에서 담배를 피우고 있었다. 어느 주차장 옆 나무 벤치에는 한 여자가 옆에 쇼핑 가방을 두고 앉아, 슈퍼마켓에서 사 온 샌드위치 부스러기를 강물 위 오리들에게 던져 주었다. 그녀는 우리에게 손을 흔들었다. 10대들도 그랬다. 강변의 모든 사람들이 손을 흔들어 주었다. 그들은 손을 흔들며 미소를 지었고, 나도 따라 손을 흔들고 미소를 보냈다.

기실 나는 이번 항해에 대하여 다소 냉소적인 입장이 될 거라고 예상했었다. 하지만 강 상류로 올라가면서, 뭔가 느긋하고 풍성하고 기분 좋게 술에 취한 기쁨을 느끼기 시작했다. 배 밑에서는 작은 치어 떼가 햇빛을 받은 물풀을 헤치며 빠르게 움직였다. 강은 우리를 따라오는 배들로 가득 찼다. 우리 뒤로 맥주와 카드게임을 제공하는 바가 딸린 대형 여객 보트가 관광객들을 잔뜩 태우고 왔다. 그리고 거의 아무것도 걸치지 않은 한 남자가 작은 고무보트를 타고 강물로 들어왔다. 한데 그가 고무보트에 거의 파묻혀 있는 형국이라, 강 한복판을 따라 노를 저으면서 활짝 웃을 때마다 고무보트가 거의 어깨까지 밀려들어 가는 것 같았다.

상류로 가는 동안 우리가 탄 배는 노를 젓는 작은 보트, 선체를 두 개 연결한 쌍동선, 1920년대 다임러 벤츠를 닮은 매끈한 유람선 등을 지나쳤다. 흔히 만나는 제비갈매기도 머리 위로 스쳐 가면서 이런저런 배들로 가득 찬 강물 위에서 반투명하고 유연한 날개를 퍼덕거린다. 그때 제비갈매기가 날아가는 모습을 보면서, 그렇다면 그 새는 구름 밑에서 날고 있는 중이라고 생각했다. 그런데 그날은 구름 한 점 없이 맑은 날이었다. 어디에서도 구름을 볼 수 없었고 종일 계속 그랬다. 그날 하늘은 묽은 아마씨유를 넓게 펼쳐 윤이 나게 광택제를 바른 듯 완벽한 모습이었다.

나는 환각에 빠질 듯 꿈같은 잉글랜드의 정경 안에서 길을 잃고 말았다. 물론 그 사실은 너무 당연해서 크게 놀랍지도 않다. 어릴 때 내가 읽었던 수많은 책들이 이곳 풍경을 써 내려갔다. 케네스 그레이엄(1859-1932)의 『버드나무에 부는 바람』이 그랬고, 제롬 K. 제롬(1859-1927)의 『보트 위의 세 남자』도 그랬다. 그리고 이곳은 노엘 카워드(1899-1973)가 쓰는 우아한 시사풍자희극의 배경이었고, 동화작가 에니드 블라이튼(1897-1968)과 스릴러작가이자 종군기자 에드가 윌리스(1875-1932)가 살았던 곳이다. 그랬다. 이곳은 잉글랜드의 모습이 이러하다는 전형을 나에게 가르쳐 준 수많은 이야기가 탄생한 장소였다. 그래서였나. 언론 조정관 폴 윌모트가 상냥한 말투로 강물 위를 보면서 2차 대전 당시 덩케르크에서 영국과 프랑스 군인을 대대적으로 구조했던 '작은 배들' 중의 하나를 가리킬 때 몹시 궁금하고 들뜬 마음이 일었다. 그리고 자연스레 그 이야기에 귀를 기울였다. 일명 덩케르크 철수 작전에 투입된 '작은 배들'은 당시에 매우 긴급하게 징발되어 모인 화물선, 어선, 유람선, 구명정 등 민간 선박 군단이었다. 그러다 또 다른 이야기를 듣고는 큰 소리로 웃게 되었다. 어느 전투기 조종사가 여자친구에게 잘 보이려고 말로우(Marlow) 다리 아래로 비행했다. 하지만 불운하게도 그 조종사의 상관인 공군 준장이 그 장면을 직접 목격하는 바람에 그는 엄한 질책을 받고 말았다. 사실 이런 이야기는 대개 안심할 수 있는 수준으로 국가적 자부심을 다시 보증하고, 그런 의식을 만들어 보려고 설계된 것이었다. 그럼으로써 전쟁은 그것만의 공포와 복잡한 정치적 속성이 슬며시 제거되고, 농담 같은 무용담은 용기 있는 영국인의 대담한 행동을 담은 애국적 이야기로 바뀌어 버린다.

보수적인, 혹은 전통적인 의미에서 백조 조사는 일종의 진전이다. 그것은 강 상류로 올라가는 여행으로서 백조 소유권은 물론 그 백조의 의미, 템스의 의미, 더 나아가 영국다움이란 의미를 소유할 권리를 주장하는 여정이다. 이곳까지 오는 동안 무심코 지나쳤던 풍경을 떠올려 보라. 그 풍경 안에는 수많은 타자들이 당신에게 전달하고 싶은 내러티브로 가득 차 있다. 당신이 그 풍경을 지나면서 강둑에서 보고 들었던 모든 것이 실은 당신이 속한 국가와 당신이라는 사람이 생각하고 있는, 아니 믿고 있는 정체성의 일부다. 어쩌면 당신은 덩케르크의 작은 배와 신출귀몰할 비행 솜씨로 하늘을 가르던 그 흔적만을 볼지도 모른다. 또 어쩌면 소떼가 강물에 네 발을 담그고 서 있는, 18세기식 목가적 풍경만을 볼지도 모른다. 아니면 이제는 잊혀버린 농부의 유령을 보거나, 벤치에 앉아 비닐 쇼핑봉투에서 샌드위치를 꺼내 먹는 여자에게 공감하거나, 바비큐 파티에서 담배를 피우며 웃고 떠드는 10대들에게 유대감을 느낄지도 모른다. 순간, 나는 새로운 백조 가족을 찾아 서둘러 상류로 항해하고 있는 배 안에 누워서, 세상은 이래야 한다 혹은 이렇다고 남들이 쉽게 말하는 방식대로 전달되는 것만을 보고 싶어 하는, 그렇게 대상을 인식하고 있는 나를 보았다. 그랬다. 목가적 풍경 안에서 숨겨진 아픈 현실은 못 보고, 아무런 생각 없이 내 옆에서 우아하게 들려주는 이야기와 장면에 혹하고 있던 나를 비로소 깨달았다. 그리고 나니 불쑥 사소하게 창피하고 부끄러운 마음이 들면서 조금 전까지 들떠 있던 꿈이 와장창 깨졌다.

그날 일정을 마칠 무렵, 말로우에 정박한 배에서 내릴 때 조금 비틀거리면서 휘청거렸다. 그 순간, 백조를 손바닥에 올려놓고 환하게 기뻐하던 라일리의 얼굴, 백조 조사원들의 온화하고 유쾌한 모습, 방울방울 햇빛 그림자가 드리웠던 쿡햄의 조선대(造船臺), 그리고 스탠리 스펜서의 그림을 다시 떠올렸다. 이번에는 그 그림 자체가 아니라 스펜서가 1954년 문화사절단의 일원으로 베이징에 갔던 여행 이야기였다.

사절단 일정의 마지막 즈음에 당시 중국의 저우언라이 총리가 중국인들이 얼마나 중국을 사랑하는지 장황한 연설을 하고 나서 청중의 반응을 물었다. 사실 정치적으로 대단히 위험한 순간이었다. 어느 누구도 뭐라고 답해야 할지 알지 못했다. "침묵이 흘렀어요." 훗날 이 주제로 『베이징으로 가는 여권(*Passport to Peking*)』을 발간한 문화사학자 패트릭 라이트는 이렇게 회고했다. "그런데 그때 모두가 절대적인 공포를 엄청나게 느끼는 가운데 스펜서가 일어나더니 말했어요. '중국인들은 조국을 사랑하는 국민들이군요. 아, 영국인들도 마찬가지입니다. 혹시 쿡햄에 대해 들어 보셨습니까? 쿡햄에 가 보신 적 있습니까?'"

그것은 뜻밖에 너무나 성공적인 묘수이자 책략이 되면서 총리와 활기 띤 대화를 촉발시켰다. 스펜서는 총리에게 쿡햄 사람들은 전 세계 모든 사람들과 똑같다고 말해 주었다. 그저 하루하루 다정한 삶을 이어 가고 이웃과도 잘 지내길 바라는 소박한 사람들이라는 뜻이었다. 라이트가 지적하듯이 그 말에는 공격의 의미도 없었고 상황을 크게 망치지도 않았다. 스펜서는 이렇게 말했다. "저는 중국이 고향처럼 느껴집니다. 쿡햄이 여기 어딘가 가까이 있다는 느낌이 들기 때문입니다." 사람들은 종종 스펜서가 내보였던 소도시 중심의 편협한 지역주의와 작은 것에 주의를 기울이는 태도를 조롱하곤 한다. 하지만 라이트가 주장하듯이, 스펜서의 비전은 궁극적으로 "작은 것을 통해, 현지에 자리 잡은 사람들을 통해, 보다 보편적인 인간 경험의 영역으로 들어가는 것이다."

백조 조사와 같은 전통은 국가주의자들에게 필요한 선명한 가치를 품고 있다. 그들은 솔기 하나 끊긴 데 없는 역사적 연속성 의식을 장려한다. 그 역사적 연속성은 과거와 현재 간의 차이를 지우고, 변하지 않는 영국다움의 환영을 번쩍이게 만드는 역할을 한다. 하지만 나는 중국에서 일어난 스펜서의 일화를 기억해 내면서 이런 일말의 기대를 품었다. 백조 조사도 상상의 과거 속에 깊이 뿌리박힌 신성불가침의 영국다움이 깃든 배타주의자들의 꿈에서 벗어나, 다른 중요한 점을 전해 줄 수 있지 않을까. 그날 내가 지켜본 것 중에는 겉치레 구경거리 외에도 동물을 다루는 전문가가 발휘하는 아름다운 능력과 강에 대한 여러 지식도 있었다. 노 젓는 방법, 복잡다단한 강을 항해하는 방법, 백조를 잡는 방법, 백조를 물 울타리에 몰아넣는 방법, 유연한 목과 금방이라도 부러질 듯한 갈비뼈 날개를 가진 다 자란 개 크기만한 새를 다루는 방법, 그 모든 것을 잘 아는 사람들이 운항하는 작은 배 행렬은 일종의 향연과 같았다.

사실 이런 것은 단지 책을 통해서는 알 수 없다. 오랜 도제 학습으로 갈고 닦은 장인의 지식이다. 물론 그들만의 특수성이라는 본질에 있어서는 세계를 아우를 만큼 보편적이다. 중국에서 스펜서가 앞세운 쿡햄 사람들처럼 백조 조사원들도 가장 영국적이기 때문에 가장 세계적인 것이 된다. 그러므로 그것을 손쉽게 인종과 국가성이라는 단순한 이야기에 끼워 맞출 수는 없다. 우리에게든 그들에게든 마찬가지다.

그날 저녁 늦게, 라임 꽃향기로 그윽한 하늘에 둥실 떠오른 보름달을 보면서 모든 맥락에는 항상 반대 담론이, 숨겨진 목소리가, 잃어버린 삶이, 다른 존재 방식이 있음을 생각했다. 동시에 전통의 가장 난해하고 심원한 속성 안에서 다양하고 좀 더 폭넓은 영국을 볼 수 있는 일이 어떻게 가능한가를 떠올렸다. 그래서 나는 이런 생각을 품게 되었다. 장엄한 역사적 서사와 거대한 정치적 서사는 우리가 아닌 것들과 절묘하고 노련하게 교류하게 되는 순간 그저 아주 조금 흔들릴 수도 있다. 그럴지도 모른다. 그러니까 우리가 아닌 것들과 마주한다면 말이다. 작은 것들. 백조, 강물, 배, 조류, 정교하게 짠 면실로 매듭을 지은 고리.

18

둥지 상자

인터넷에서 둥지 상자를 주문했다. 둥지 상자는 갈색 종이로 싸서 판지 상자 안에 잘 포장되어 도착했다. 표면이 고르지 못한 4개의 갈색 통인데, 직각의 베니어합판에 딱 들어맞도록 뒤쪽과 맨 꼭대기를 잘라서 면을 처리했다. 콘크리트와 나무섬유를 섞어 만들었으며, 전면은 아이스크림 숟갈 모양처럼 동그랗게 파냈다. 그 통이 새로 이사 온 우리 집 처마 아래에 딱 들어맞을 때, 그 동그라미가 머지않아 흰털발제비 쌍이 들어올 입구가 될 거라고 희망을 품었다. 흰털발제비는 여리여리한 범고래 색깔의 철새로, 그 새가 보이면 동물 구분계 지리학적으로 유라시아 대륙과 사하라 이북에 봄이 찾아왔다는 중요한 사건 중의 하나가 된다. 물론 흰털발제비는 자기만의 둥지를 지을 수 있다. 근처 물웅덩이와 연못가에서 한 부리에 담을 만한 진흙을 천 번쯤 가져와서 하나씩 하나씩 진흙이 다 마를 때까지 조심스럽게 밀어 넣는다. 지난해에는 가뭄이 심해 둥지 만들기가 어려웠다. 게다가 날아다니는 곤충 먹잇감이 거의 재앙 수준으로 감소하는 바람에 흰털발제비의 개체 수는 해를 거듭할수록 곤두박질치고 있다.

몇 년 전, 인도에서 어느 호텔 방에 묵고 있었는데 그 방에 웃는 비둘기 한 쌍이 둥지를 틀고 있었다. 호텔은 그 상황을 아무렇지도 않게 받아들였다. 객실 관리인은 비둘기가 만들어 놓은 지저분한 상태를 정리하려고 매일 아침 바닥에 깨끗한 신문을 깔아 주었다. 비둘기들은 에어컨 위의 빈 공간을 통과하여 객실 안으로 비집고 들어와 후드득 날갯짓을 하며 둥지까지 날아가곤 했다. 그리고 나는 한밤이 되면 비둘기가 졸린 눈을 깜빡거리며 잠이 드는 모습을 지켜보았다. 내가 만약 새를 무서워했거나 새 알레르기가 있었더라면 그 일이 그렇게나 즐겁지 않았을 테지만, 오히려 그렇게 아무 말 없이 공간을 함께 나누다니 왠지 모르게 가슴을 뿌듯하게 만드는 은총과 너그러움이 그곳에 깃들어 있는 것 같았다. 호텔 방 안에 새들이 존재한다는 이상한 사실과는 비교도 안 되는 감정의 울림이었다.

그래서인가. 문득 이런 생각이 들었다. 지금 영국에서는 세상 모든 것에서 그동안 함께했던 인간적인 공간을 몽땅 없애 버리는 중이다. 한데 그 공간 속에서 살아가는 존재가 어디 인간뿐일까. 물론 우리 중에 쥐와 바퀴벌레를 원하는 사람은 없겠지만, 그것 때문에 칼새가 살아갈 곳이 없다면 어떨까. 칼새는 처마 안과 지붕 기와 밑에 둥지를 틀 수 있는 틈이 필요한데, 우리는 계속해서 그 틈을 막아 버리고 있다. 제비는 담쟁이가 뒤덮은 벽과 잡목 덤불숲을 좋아하지만, 그런 것들은 너무 지저분해서 이제 더 이상 정원과 마당 가꾸기에 애용되지 않는다. 유행이 지나 버렸다. 그리고 현재 주인이 없는 빈 둥지를 제외하고 새 둥지를 파괴하는 것은 엄연히 불법임에도 개발업자들은 새들이 둥지를 틀지 못하도록 나무와 울타리에 그물을 치기 시작했다. 최근 이런 식으로 나무에 그물을 치는 현상을 두고 한바탕 격분하는 소동이 벌어졌다. 그래도 사람들이 그런 일에 분노의 목소리를 낸다는 건 좋은 신호다. 이런 사례는 최소한 아직은 인간이 통제하는 정원 바깥으로도 통제할 범위를 늘려 가는 상황이 벌어졌을 때, 우리가 멈칫하고 주저하면서 인간에게 속하지 않은 대상과 존재에 대해 뭔가를 생각한다는 증거다.

인터넷에 들어가면 흰털발제비는 물론 나무발바리, 부엉이, 칼새, 물까마귀, 노랑할미새, 오리 등 전문가용 둥지 상자를 여럿 찾을 수 있다. 한편 정원관리센터나 장비 전문점 아무 곳에서나 살 수 있는 둥지는 형태가 훨씬 더 단순하다. 박새와 푸른 박새용으로는 문 앞에 동그란 구멍을 낸 상자가 있고, 울새용으로는 입구가 반쯤 열린 상자가 있을 것이다. 우리가 어린 시절 마당이나 정원에 걸어 두었던 상자도 대개 그런 종류였다. 어릴 때는 어떤 마음으로 그랬을까. 그저 자주 눈에 띄는 친근한 새들이 우리가 걸어 놓은 둥지에서 가족을 꾸리고 살아가는 모습을 지켜보는 소소한 즐거움 때문이었을 것이다. 옛날 우리 집에도 둥지 상자가 걸려 있었다. 언젠가 어둠 속에서 장차 그 둥지의 주인이 될 박새가 살며시 찾아오는 모습을 지켜본 순간, 얼마나 신기하고 흥분했는지 모른다. 아직도 그 장면이 생생하게 기억난다. 한데 그 즐거움 안에는 둥지 하나 걸어 두었다고 그 새를 소유한 거나 다름없다고 느끼던 일종의 위험한 자부심이 들어 있기도 했다.

어느 봄날, 아버지는 뒷면이 없는 둥지 상자를 만들어 우리 집 마당 헛간의 유일한 유리 창문에 올려놓았다. 상자 안에는 차광막을 넣어 둥지를 어둡게 해 놓았다. 나는 학교를 마치고 집에 오면 오빠와 함께 조심스레 둥지가 있는 헛간으로 다가가서, 문을 닫고, 둥지의 차광막을 걷고 우리 코를 유리창에 바짝 대어 보곤 했다. 그때 우리가 본 것은 전부 비밀이었다. 3인치 정도의 이끼와 깃털이 그 안에 깊이 눌러져 있었고, 알을 품고 있는 푸른 박새의 뒷모습이 보였다. 우리가 얼마나 가까이 붙어 있었는지 푸른 박새가 숨을 쉴 때마다 그 작은 심장이 오르락내리락하는 모습과 푸른 박새의 부리 주변 작은 깃털들이 둥지 구멍으로 들어온 빛을 받아 반짝이는 모습까지 다 보일 정도였다.

그 둥지의 역할은 대성공이었다. 박새의 알이 부화하고 어린 새가 태어났다. 그해 봄, 우리는 잔디 위에 앉아 푸른 박새가 새끼들을 교육하는 소리를 들었다. 그럴 때면 자연스레 이런 생각을 했다. **저 푸른 박새는 우리 거야.** 요즈음 정원에 달린 둥지 상자를 보면 과거 지주의 영지에서 일꾼들에게 임시 거처로 작은 집을 빌려주던 일이 희미하게 떠오른다. 사실 둥지 상자의 선구자는 19세기 괴짜 자연주의자 찰스 워터턴(1782-1865)이었다. 워터턴은 자신의 요크셔 영지인 월튼 홀(Walton Hall)에 갈색제비 둥지 통과 그 외에 여러 조류의 둥지를 설치했다. 지금 월튼 홀은 영국 최초의 자연 보호구역으로 명성이 높다.

영국의 계급 체계는 다른 모든 방면과 마찬가지로 둥지 상자에도 영향을 끼친다. 어디를 가든 펍이나 교회의 축적모형을 닮은 상자를 구입할 수 있다. 대부분 전면에 시를 써 놓았거나 꽃무늬 색칠을 해 놓았다. 아니면 작은 문과 말뚝 울타리를 접착제로 붙여 놓았다. 이런 걸 보고 영국의 대단하신 자연 비평가들, 소위 특정협회라고 이름 붙은 집단은 눈살을 찌푸리곤 한다. 그들은 아무 채색이나 장식이 없는 수수한 나무 모형을 권장한다. 가령, 왕립조류보호협회는 장식을 곁들인 상자를 사용하는 것에 반대한다고 명시적으로 경고한다. 아직 제대로 된 증거가 없지만 혹시라도 둥지 상자의 밝은 색깔이 포식자를 유인할 수도 있기 때문이라고 한다. 금속 상자는 어린 새끼들을 과열시킬 수 있으므로 당연히 적합하지 않다. 한데 그들은 손 글씨로 '홈 스위트 홈'이라고 써 놓은 문구는 크게 문제 삼지 않는 것 같다. 그래. 다소 이율배반적이긴 하지만 울새들이 제대로 된 둥지 대신에 인간이 내다 버린 찻주전자 안에서 지금처럼 행복하게 둥지를 틀 수 있고 앞으로도 그렇게 한다면야 그깟 글자 장식이야 그리 큰 문제가 되진 않을 듯하다.

사실 장식이 들어간 둥지 상자는 영국의 일반 중산층이 정원을 꾸밀 때 기대하는 설계 미학과 어쩐지 어울리지 않는 눈치다. 과거 한때 정원 곳곳에 멀리서 보면 사람처럼 보이는 장식용 난쟁이 인형을 두기도 했는데, 그것도 중산층의 취향에는 맞지 않았다. 이렇듯 둥지 상자를 사람이 사는 모습과 비슷하게 사랑스럽게 만들거나 친화적으로 만드는 일에는 으레 사물이나 동물의 인격화라는 해묵은 유령이 소환되곤 한다. 그런 유령은 새 둥지와 정원 가꾸기라는 문화적 자본을 놓고 한바탕 격전을 벌였던 초창기 조류보호단체나 조직에게는 오늘날까지도 일종의 저주로 통한다. 실제로 그들은 세간에서 유행한 그와 같은 감상주의를 대놓고 비난하지도 못하면서 엄격한 조류학을 고수해 왔다. 그러니 그런 관점에서 둥지 상자는 본래 새들을 위한 것이어야 한다. 인간의 취향이나 미학과는 무관한 일이어야 한다. 흔히 평범한 둥지 상자는 실용적이지만 미학적으로 볼품이 없다 하고, 반면 장식이 붙은 상자는 인간에게나 소용되는 즐거움을 나타낼 뿐이라고들 한다. 하지만 결국 그런 말은 다들 말하고 싶은 대로 말하기 나름이다.

그도 그럴 것이 새들은 둥지가 뭐든 신경 쓰지 않기 때문이다. 진짜 상관하지 않는다. 우리 집에 설치한 흰털발제비 둥지가 형형색

색 색깔이 들어간 건 아니지만, 나는 그런 둥지 상자가 안겨 줄 인간적인 즐거움에 전적으로 찬성한다. 내심 우리 집에 그렇게 다채로운 새들이 오기를 바라면서 둥지 상자를 구입했기 때문이다. 늦은 봄날 저녁이 길어지는 시절, 그런 다종다양한 새들이 짹짹거리며 지저귀는 소리가 열린 창문을 타고 흘러들어 왔으면 좋겠다. 그리고 그런 새들이 지는 해의 마지막 빛을 받아 반짝이는 하늘에서 마치 매사냥 비행처럼 파리를 훅 낚아채 올리는 모습을 지켜보았으면 좋겠다. 그러다가 내가 현관문 쪽으로 걸어갈 때, 새똥이 떨어져도 괜찮고, 깃털이 마구 나부껴도 괜찮고, 어린 새끼들의 조막만한 얼굴이 나를 이렇게 뚫어져라 쳐다봐도 좋겠다.

19

헤드라이트에 비친 사슴

사슴은 숨을 쉬듯 숲을 들락날락거린다. 그리고 뜻밖에 예민하고 냉담한 듯 보인다. 마치 사슴에게서 땅 위로 쌀쌀한 공기가 쏟아져 안개로 뭉친 것 같다. 안개 때문에 사슴의 네 다리와 굴곡진 옆구리는 반쯤 가려져 흐릿하다. 사슴은 유순하지 않다. 내가 100야드도 채 가까이 갈 수 없었는데, 그들은 어둠 속으로 사라지고 만다. 이 특이한 동물은 바로 메닐 변종의 다마사슴이라고 들었다. 메닐 변종이란 유전적 특징 때문에 일반 다마사슴의 어두운 피부 색깔이 부드러운 갑오징어와 상아의 옅은 색깔로 스며 나온다는 뜻이다. 보통 다마사슴은 색깔에 따라 일반, 블랙, 메닐, 화이트로 나뉜다. 메닐은 일반 종보다 색깔이 훨씬 더 연하고 1년 내내 옅은 색깔과 옅은 반점을 갖고 있다. 원래 16세기에 왕실 사냥터 안의 사냥감으로 잡아서 조리할 목적으로 이곳에 들여온 다마사슴들이 있었다. 지금 내가 보고 있는 녀석들은 바로 그 무리의 후손이다.

그 영지의 외관은 16세기 이후로도 많이 변하지 않았다. 아직도 목초지와 숲이 폭넓게 이어져 있다. 다만 지금은 M25 도로가 그곳을 통과해 지나간다. 6차선 고속도로로 자동차들이 빠른 속도로 움직인다. 이 고속도로와 영지 사이로 굵은 철사를 다이아몬드 모양으로 엮은 철망 울타리가 있다. 그 울타리는 어린나무들을 쌩쌩 누비듯이 지나간다. 그 구역만 제외하면 여전히 16세기 그때 그대로의 모습이다. 안개는 짙어지고, 빛은 줄어들고, 그 사슴은 나타났다 사라진다. 내가 고속도로에 걸린 교각 위로 걸어갈 때 도로의 깊은 굉음이 가슴속에서 뜨겁게 타오른다. 긴 교각은 풀로 덮여 있다. 새벽과 저녁이면 사슴이 영지의 이편에서 저편으로 이동하는 통로로 이용한다고 한다. 내가 있으면 그들이 여기를 건너가지 못할 테니 그리 오래 머물고 싶지는 않다. 하지만 내 밑으로 용암처럼 쏟아지는 빛을 지켜보려고 아주 조금 더 꾸물거린다. 잠시 고속도로는 현실이 아닌 것만 같다. 그러다가 다시 현실처럼, 거의 폭력적일 만큼 격렬하게 현실로 다가온다. 그런데 그 순간, 그 교각과 내 뒤의 숲은 여전히 현실이 아닌 것 같다. 현실과 비현실, 시간과 공간이 동일한 하나의 세상 속에서 이렇게 현실과 현실이 아닌 두 가지를 다 붙들고 있을 수는 없다. (그래서, 잠시 현실이 아닌 듯 내 주변의 모든 대상이 느린 속도로 잡히는 접사 사진이나 반대로 빠른 속도로 흘러가는 타임랩스 이미지처럼 다가온다.) 사슴과 숲, 안개, 속도, 바람에 날려 쌓인 젖은 나뭇잎, 백색 소음, 고철 트럭, 바퀴 18개가 달린 트레일러, 내 부츠 위에 떨어진 물방울, 차가운 금속 레일 위에서 마치 화상 입은 듯한 나의 두 손.

나는 나름대로 어릴 때부터 지금까지 나만의 동물 신전을 구축했다고 생각한다. 그런데 그 공간 속에서 사슴은 독특한 위치를 차지한다. 모든 동물에 대해 많은 정보를 알고 있는 것도 아니다. 그중에는 겨자씨만 한 지식만 있는 동물들도 있다. 그런데 그런 동물들과 사슴 사이에 차이가 있는데, 나 자신이 굳이 사슴에 대하여 더 많이 알고 싶고, 더 많이 알아내고 싶은 욕망을 결코 품어 본 적이 없다는 점이다. 뭐랄까, 뻔히 거기에 있는 줄 알면서도 결코 찾아가고 싶지 않은 머나먼 나라 같은 존재라고 할까. 사실 다양한 사슴종의 이름을 알고 있고, 가장 흔한 사슴들은 언뜻 보기만 해도 이름을 알 수 있다. 딱 거기까지다. 더 이상 새로운 뭔가를 알아내기 위해서 작은 노력도 해 본 적이 없다. 하물며 언제 태어나고 어떻게 출산하는지, 어떻게 자라고 뿔은 언제 떨어지는지, 무엇을 먹는지, 어디에서 어떻게 사는지 등 이런 사소한 정보를 알아내려는 시시한 노력조차 하지 않았던 것이다. 지금 교각 위에 서서 문득 이 생각이 떠오른다. 대체 왜 그랬을까?

아마도 사슴에 대한 나의 감정은 어느 정도는 영국 문화의 영향을 받은 것일 수도 있다. 약 4년 전, 사슴 이미지가 실내장식용 가구와 가정용품에 등장하기 시작했다. 사슴 양초, 사슴 물컵, 수사슴 머리 벽지, 커튼과 쿠션의 가지 뿔, 타탄 무늬로 바느질한 가짜 사슴 머리 트로피 등 그 종류도 많았다. 크리스마스 기간에 쓰이는 순록 디자인에는 익숙했지만, 이런 사슴 디자인이 갑자기 늘어나는 상황은 전에 없던 일이었다. 당시 어느 디자인 홍보담당자는 영국 대중이 겨울이면 아늑한 시골 호텔과 통장작을 사랑하는 마음 때문에 사슴 디자인이 유행하게 되었다고 분석하기도 했다.

하지만 나는 생각이 다르다. 그 현상 뒤에는 겨울 호텔 분위기에 대한 동경이나 열망이 아니라, 다른 뭔가가 있었다고 의심하고 있다. 사실 2008년 경제 붕괴 이후에 한 가지 특징이 나타났다. 영국다움의 신화를 예찬하는 흔적이 영국 내 곳곳에서 점점 더 많이 드러났다. 이를 테면, 영국 시골과 그곳 전원생활을 다룬 책이 앞 다투어 출간된 것부터 시작해 2차 대전 돌입 당시 영국 정부가 국민에게 보급한 슬로건 '침착하게 전진하라.'는 문구를 담은 포스터, 그리고 꽃무늬가 날염된 광택 나는 면 앞치마까지 유행했다. 어떤 면에서는 이 모두가 정치적 포퓰리즘을 향해 강력하게 이동하는 모습이었다. 기실 한 국가가 오랫동안 동경해 왔던 과거의 황금시절 안에서 자꾸만 자기 정체성을 붙잡으려고 할 때는, 기껏 수사슴 머리 모티브 같은 소소한 디자인조차 그들 입맛에 맞도록 교묘하게 활용된 이런저런 의미를 한꺼번에 감아올리는 덮개 단추 같은 역할을 하게 된다.

사슴은 보수적인 세계관을 의미하는 경향이 강하다. 내가 20대 때 한창 사냥꾼들과 많은 시간을 보냈던 시기에 눈여겨본 일이 있었다. 그 사냥꾼들은 대부분 남자였다. 그들은 유순한 암사슴을 차지하려고 서로 싸우는 강한 수사슴들의 터무니없는 행태를 은근히 숭배하곤 했다. 그즈음에 우연히 런던의 어느 갤러리에서 열린 에드윈 랜시어(1802-1873)의 전시장을 찾았다. 그곳에서 비 오는 오후를 방황하며 시간을 보냈다. 벽에는 슬픈 개, 윤기가 흐르고 빛나는 말, 식용으로 이용되는 다양한 영국의 야생동물이 조각조각 난 모습, 그리고 빅토리아 시대 엘리트 남성의 전형인 듯한 붉은 수사슴 초상 여러 점이 걸려 있었다. 그림 속 수사슴은 당당하고 능수능란하게 포즈를 취했다. 그러면서도 어찌할 바를 모르는 표정도 분명했다. 그중 랜시어의 대표작 「협곡의 왕」에 등장한 붉은 수사슴은 마치 신진 세력에게 끊임없이 위협당하는 허약한 지배자, 하지만 산악의 햇빛으로 언제나 완벽하게 빛을 받는 왕의 모습, 그리하여 왕년의 정체성 덕분에 흔들림 없는 방책으로 오롯이 뭉쳐진 강인함의 귀감이자 모범을 표현하고 있었다.

가던 길로 되돌아가려고 교각을 떠나 출발할 때가 되자, 조금 전까지 너울 파도 같던 차량 소음이 서서히 가라앉는다. 이제 사슴을 보기에는 너무 날이 어두워졌다. 하지만 동물 발굽이 잔디밭 위를 빠르게 걸어가며 움푹 패는 소리는 들을 수 있다. 그때 고속도로

가 가장 희미하고도 가장 흐릿한 불빛을 그 나무들 뒤편으로 은은하게 비춘다. 순간 이런 생각이 든다. 이곳에 스며든 어떤 것이 여태껏 내가 사슴에게 품어 온 미심쩍은 태도의 수수께끼를 풀어 주겠구나. 그래서 이 수수께끼가 비단 사슴이라는 포유류 종류 하나에만 국한된 것이 아님을 차츰 이해하기 시작한다. 나의 그 알쏭달쏭한 입장은 범위를 더 넓혀 동물 전체에 관한 것이었다. 아마도 동물에 관하여 더 많이 알고 싶지 않다는 뜻일 것 같다. 왠지 더욱 열성적으로 왜 그런지 알고 싶지 않은, 그런 마음인 것 같다.

나는 터덜터덜 걸으며 차로 돌아간다. 문득 이런 생각이 스친다. 이곳을 지나가는 자동차 운전자들은 이따금 하늘을 배경으로 펼쳐지는 사슴뿔의 행렬을 힐끗 보거나 눈에 담기는 할까? 고대로부터 이어진 아주 오래된 동물들이 이런 현대적 구조물을 거쳐 걸어가는 느릿한 행진을 보기는 할까? 그 생각은 이내 꼬리를 물고 시간을 거슬러 훨씬 더 옛날 고대인들의 마음속에 있던 사슴에 대한 개념으로 이어졌다. 가령, 켈트족은 하얀 수사슴을 지하세계에서 온 사자라고 여겼으며, 중세 로맨스에서는 사슴 형상의 생명체가 나타나면 거대한 모험이나 원정이 시작될 전조라고 간주했다. 이들 전통에서 사슴은 매우 심오한 영적 의미를 품은, 종잡을 수 없고 무시무시한 존재이므로 그들이 사람들에게 찾아오는 경우라면 말 그대로 놀라운 사건이 된다.

거의 20년 전쯤이다. 어느 조용하고 추운 오후가 생각난다. 그때 나는 부모님 집 근처의 작은 숲을 거쳐 침울한 마음으로 내 삶이 형편없다고 여기며 정처 없이 걷고 있었다. 어느 죽은 나무 위로 자라고 있는 들장미 가시넝쿨로 다가갔을 때, 그 넝쿨 뒤로 작고 느릿한 소용돌이 모양의 연기가 피어올랐다. 그 연기가 올라오는 쪽은 겨울 햇살을 받아 어스레하게 붉게 물들고 있었다. 그건 정말이지 마음을 불안하게 만드는 그런 장면이었다. 나는 좀 더 가까이 다가가서 도무지 이해할 수 없는 그 상황을 좀 더 지켜보기로 했다. 그 나뭇잎 뒤로 해골 같은, 아니 융기된 뼈처럼 안쪽으로 휘어진 아치 형상이 보였다. 살펴보니 혼자 휴식을 취하고 있는 수컷 다마사슴이었다. 내가 쭉 지켜보고 있는 동안 오르락내리락 숨을 쉬고 있던 다마사슴은 갑자기 뛰어오르더니 요란스럽게 숲속으로 들어가 버렸다. 내 심장은 마구 요동치면서 질주했다. 그 후로도 한참 동안 사슴이 사라진 숲은 완전히 새로운 곳으로 보이더니 급기야 진귀한 가능성이 넘치는 애타는 공간이 되었다. 그리고 그 후로 오랫동안 내 삶도 그렇게 새롭고 풍요로운 곳으로 변했다.

사슴과의 만남은 여타 동물과의 만남과 달랐다. 사실 사슴에 대하여 그리 많이 알지 못한 상태였기 때문이었다. 그래서인지 사슴을 마주치게 되면 어쩐지 뜻밖에 우연한 상황이나 상징이 다가오는 느낌, 혹은 그런 예상 밖의 감정이 내 눈앞에 실제로 살아 움직이는 현실이 되어 극적으로 등장한 것 같은 느낌에 더욱 가까웠다. 그동안 사슴을 잘 모르고 있던 나의 무지함은 나름대로 다 이유와 목적이 있었던 것 같다. 실은 나는 늘 이렇게 말하고 다녔었다. **이 세상에 마법 같은 일이 더 많아지면 얼마나 좋을까!** 그러자 거기에 응답이라도 하듯 사슴이 나타나 이렇게 말했던 것이다. **자, 여기 있어!** 사슴이 나를 위해 마법을 부린 것이라고 할 밖에! 그들은 내 기대치에 허를 찌르고 궤도를 이탈하게 만드는 자연 세상의 강렬한 가능성과 힘을 상징한다. 그래서 나는 사슴이 다른 무엇보다 그런 상징으로 계속 남아 주기를 바랐던 것이다.

어둠 속에서 차를 운전해 집에 돌아오는 길에 비로소 이런 깨달음에 도달했다. 내가 방금 다녀온 그 공간의 지리학 때문에 예전에 미처 헤아리지 못한 사실을 이해하게 된 것이다. 아스팔트와 트럭과 사슴이 서로 교차하는 곳이라니, 어느 누가 상상이라도 할까. 사람을 놀라게 하고 일상을 급습하는 사슴의 능력은 그저 전설로만 남아 있는 일이 아니며, 영묘한 특성이라 여길 일도 아니다. 오히려 그것은 세상 사람들이 둔감하게 여기는 하나의 사실이며, 자주 죽음으로 이어지는 유혈이 낭자한 상황이다. 하물며 그런 상황이 너무 자주 일어나기 때문에 사슴과 차량 충돌 사고를 뜻하는 DVC(Deer-Vehicle Collision)라는 단어도 존재한다. 감사하게도, 지금까지 나에게는 사고로 이어질 뻔한 상황만 있었을 뿐, 실제 사고는 일어나지 않았다.

몇 년 전, 밤중에 비탈진 곡선 주로를 운전하고 있을 때, 앞 도로에서 사슴 한 마리를 보았다. 그 순간, 곧바로 충격을 받으면서 을씨

년스러운 긴장감이 나를 휘감았다. 그러고 곧바로 사슴은 공중으로 높이 떠올랐다. 그 사슴은 마치 18세기 사냥 장면이 그려진 인쇄물에서 네 다리를 쭉 뻗은 채 창백해진 말처럼 환하게 투명했다. 하지만 아무런 움직임이 없었다. 순간, 내 살갗 아래로 화상을 입은 듯 지독한 열기가 퍼져 갔고, 자동차는 마치 물 위를 미끄러지고 있는 듯 가볍게 느껴졌다. 그러다 브레이크를 밟았다. 끝없이 이어질 것 같던 그 순간, 도저히 이해할 수 없는 그 뜨거움을 제외하면 가장 기억나는 것은 사슴 뒷무릎과 발목의 앙상함, 아니 그 앙상함이 주는 묘한 단정함이었다. 사슴은 울타리에 세게 부딪혀 떨어졌다. 우연인지 가로세로로 어지럽게 늘어선 그 힘겨운 가시 숲길로 스스로 쑥 밀고 들어간 셈이 되었다. 그러다 내 눈앞에서 사라졌다. 그 후 남은 여정 동안 내 눈엔 도로를 건너가는 사슴만 보였다. 실제로는 사슴의 흔적조차 없었는데도.

사슴은 위험한 동물이다. 미국에서는 해마다 사슴과 충돌하는 차량 사고로 약 200명의 사망 사건이 발생한다. 공식 집계에서는 차량 사슴 충돌 사고의 수치를 약 50만 건으로 말하지만 실제로 많은 사고가 기록되지 않으므로 다 합치면 훨씬 더 높아질 것이다. 도로에서 사슴을 마주치는 운전자들에게 주는 정확한 조언은 단 하나, 갑자기 방향을 틀지 말라는 것이다. 대부분의 사망 사고는 운전자가 운전대를 획 비틀어 나무와 바위와 울타리와 다른 차량에 부딪히면서 발생하기 때문이다. 자, 이렇게 상상해 보자. 도로 한가운데 운전을 하고 있는 당신 앞에 반사된 빛의 주변 후광 때문에 순간 눈앞이 캄캄해진 상태에서 무려 100파운드, 아니 150파운드나 되는 동물이 갑자기 뛰어들어 온다. 그런 공포 속에서 당신의 심장은 정상 심박동을 벗어나 주먹 크기만큼의 압박감과 속도로 요동친다. 게다가 사슴은 시속 60마일의 속도로 당신을 향해 다가오고 있다. 그 순간, 당신은 무엇을 할 수 있을까?

이런 유형의 사고가 일어나기 쉬운 곳에 살고 있다면 사슴 경고등을 구입하는 게 좋다. 그것은 차량 바깥에 다는 소형 호각인데 그 소리는 사슴에게 차량이 곧 있으면 도착한다는 경고를 해 준다. 어떤 운전자들은 이런 호각을 욕하기도 하지만, 실제로 그 정도 준비를 하고 경계를 하고 있다는 점을 스스로 알고 있는 것만으로도 운전자의 태도와 운전 양상이 달라진다. 아마 조금 더 천천히, 조금 더 방어적으로, 그리고 당신이 가는 길에 사슴이 나올지도 모르니 미리 마음의 준비를 하게 된다. 물론 이 방법이 유효하다는 통계상의 증거는 없다. 더구나 사슴은 그 소리를 전혀 들을 수 없다는 사실을 어디선가 읽은 적도 있다. 예로부터 호각은 액운을 방지하는 나자르 부적 같은 역할을 하는 일종의 기술적 해법이다. 악마의 눈이 가져올 저주에 맞서서 파란색과 하얀색 유리 부적을 달랑달랑 매다는 것과 같은 맥락이다.

그런 사고가 내 친구 이사벨라에게 실제로 일어났다. 이사벨라는 탁월하고 멋진 예술가다. 우리가 처음 만났을 때 그녀는 생과일

조각에 금박을 입히고 있었다. 그 과일이 앞으로 몇 달 동안 천천히 골이 패이고 주름이 잡힌 황금빛 덩어리가 되기까지 천천히 부서져 가는 모습을 작품으로 만들려는 의도였다. 어느 날, 나는 뜬금없이 물었다. "너 사슴을 쳤다면서. 어땠어?" 그녀는 눈썹을 미세하게 슬쩍 올리면서 답했다. "음, 신성한 존재와 갑자기 부딪히는 것 같았어. 너 에우리피데스의 작품들 읽었지, 그치?" 당연히 그랬다. "어, 읽었어." 내 대답을 듣더니 그녀는 다시 말을 이어갔다. "흠. 맞아. 신성한 존재, 갑자기 쿵 하고 신과 충돌하는 것 같았어." 사건은 한밤중에 일어났다. 예상하듯이 속도가 빠른 도로 위, 반대편 차량에서 나오는 빛이 이사벨라의 눈을 비추었다. 마치 영화처럼 머리가 몽롱해지는 순간이었다. 사실 그 차량은 붉은 사슴을 이미 치고 난 뒤였고, 헤드라이드 불빛 때문에 이사벨라는 그 상황을 볼 수가 없었던 것이다. 그 충돌사고로 사슴은 차도 위에 떨어져 있었다. "내가 그 위로 운전을 했더라고." 그녀는 몸을 부르르 떨면서 말했다. 자신이 운전하는 차가 이미 충돌해 쓰러져 있는 사슴을 또다시 가로질러 지나갈 때, 차체가 그 부피로 잠시 올라갔다가 다시 가라앉았을 때의 느낌이 생각났다. 물컹한 사슴의 몸통, 그 몸통에 붙은 갈비뼈에 금이 가고 갈라지는 그 순간의 섬뜩함이 다시 떠올랐다. 오싹한 느낌에 몸이 떨리는 게 당연했다. 물론 먼저 일어난 충돌로 사슴은 이미 숨이 끊어졌거나 그게 아니라면 기절한 상태였을 것이다. 한데 이사벨라의 차량 무게에 한 번 더 깔리면서 충격을 받은 몸통이 전부 찢어발겨져 가뜩이나 축축한 도로에 한바탕 유혈이 낭자하게 흘렀다. 무심한 자동차 헤드라이트는 핏물 위를 비추고 있었다. "그렇게 피가 많이 흐를 줄 몰랐어." 이렇게 말하면서 이사벨라는 내 눈을 똑바로 바라보며 몸을 앞으로 기울였다. "너무 많이 났어, 피가." 당시 조수석에는 이사벨라의 딸이 앉아 있었다. 얼마나 무섭고 기가 막힌 상황이었을까. 이사벨라는 딸아이에게 닥친 공포의 냄새까지 맡을 수 있을 정도였다.

그날 밤, 차를 둘러싼 공기는 황색의 나트륨 등 아래로 자욱한 안개처럼 뿌옇고 흐릿했다. 그런데 그 가로등 아래에, 거기에 멈춰 선 자동차 앞으로 이 얇은 핏물이 이 세상 끝까지 영원히 계속 될 것처럼 흐르고 있었다.

"영화 「샤이닝」처럼 그랬어?" 나는 이런 질문을 던졌다.

그녀는 나를 냉정하고 노골적으로 바라보았다. 지금까지 자기가 했던 이야기를 다 듣기 했었느냐는 표정 같았다.

"그건 아무것도 아니었어. 말로 다 어떻게 해. 훨씬 더 심했지."

도로는 우리 인간에게 속한 것이다. 우리는, 인간이 아닌 다른 존재가 도로와 관련이 된다는 사실과 그들이 자신의 영역에서 인간의 영역으로 건너오는 상황을 예상하지 못하며, 더구나 그처럼 혹독한 물리적 현실감을 접하게 될 거라고는 예상하지 못한다. 만에 하나 털끝 하나 스치지 않은 채 무사히 피한다 해도 사슴 충돌 사고의 영향은 한 인간의 삶을 송두리째 바꿀 수도 있다. 무시로 그 때 그 상황이 마치 영화에 나오는 장면처럼 눈앞에 나타난다. 으레 영화에서 그런 사고 장면이 처리되는 양상을 떠올려 보라. 갑자기 각본상 서사적 충격이 벌어지면서 공포 영화로 급하게 변하고, 차량이 완파되면서 원래 예정했던 서사에서 탈선하는 '데우스 엑스 마키나'가 난데없이 등장한다. 각본에 따라 다르지만 이따금 사슴이 차량 앞 유리를 깨면서 넘어지기도 한다. 낭자하게 피가 흐를 테고, 사슴뿔은 나뭇가지 모양의 촛대처럼 자동차를 가득 채우고, 죽어 가는 수사슴은 해당 인물에게 시선을 떼지 않는다. 그 인물에게 이 사건은 의미심장하게 작용한다. 때로는 영화 속에서 차량과 충돌하고 쓰러진 사슴은 도로 위에 기다랗게 쓰러져 있다. 만약 사슴이 그런 식으로 도로 위에 뻗어 있고 아직 숨이 끊긴 상태가 아니라면, 그 장면을 처리하는 할리우드만의 방식이 있다. 사실 할리우도 영화에서 사슴이 등장한다면 대부분은 숨이 곧바로 끊어지지 않는 경우에 해당한다. 실제라면 죽어 가는 사슴은 충돌하는 순간 시끄러운 소리를 내지 않는다. 그런데 영화에서는 마치 사슴이 그렇게 하는 듯 번번이 효과음을 집어넣곤 한다. 대개 그것은 '애니매트로닉(Animatronic)' 사슴일 것이다. 죽은 사슴을 데려다가 가죽을 벗기고, 지방을 제거하고, 경화시켜 기계장치를 내장한 형태로 덮어씌워 만드는 관련 업체들이 있다. 일단 가죽으로 덮인 그 기계장치는 살아 있는 사슴이 천천히 숨을 들이쉬고 내뱉는 양상을 그대로 따라

한다. 스크린에 나오는 사슴과 차량의 충돌은 그런 사고를 겪을 정도로 불운한 인물의 내면 깊숙한 곳에 격렬한 상흔의 빛을 드리운다. 그런데 그런 일이 현실에서도 종종 그대로 일어나곤 한다.

우리 모두는 내심 잘 알고 있다. 자동차를 운전하는 행위는 매번 도전해야 하는 까다롭고 힘겨운 운명 같은 것이다. 그냥 그렇지 않은 척 겉으로 아무런 내색을 하지 않을 뿐이다. 도로에 나타난 사슴은, 말하자면 다들 운전할 때 정말이지 잊어버리려고 무진 애를 쓰는 위험천만한 일말의 가능성이다. 어쨌든 우리는 일상을 살아내야 하기 때문이다. 사슴 충돌 사고를 겪고 살아남은 사람들은 대개 그 사고 후에 모든 게 바뀌었다고 말한다. 사고 이전보다 삶이 더욱더 소중하지만 동시에 더욱더 불안정한 상태로 재정리된 것 같다고 한다. 다들 처음엔 잘 모르다가 시간이 지나면서 차츰 가장 깊은 사고의 파급효과나 영향이 나타난다. 그것은 나는 누구인가, 라는 자아의식과 긴밀하게 연결된다. 그들은 그 충돌 사고에서 상대방인 사슴을 언급하는 게 금기라도 되는 것처럼 그 동물을 삭제한 채 말하곤 한다. "차가 완전히 망가졌어." "차 앞 유리가 완전히 다 깨졌지." 그리곤 한 마디, 딱 한 마디를 거듭 반복해서 덧붙인다. "그게 어디선지 모르게 갑자기 불쑥 나타난 거야." 운명의 여신은 빌어먹을 유니콘처럼 번쩍이는 헤드라이트 속에서 갑자기 불쑥 나타나곤 한다. 그리고 사고를 겪은 운전자들이 그 사건에서 어떤 사후적 의미를 취하든, 그들에게 그 아찔한 만남은 중세풍 알레고리처럼 불가피한 일로 자리한다. 어디로 가든 피할 수 없는 운명! 사슴과 차량 충돌 사고는 매일의 평범한 일상을 절단내 버리고 황급히 떠나면서 인간에게 이런 말을 전한다. **네 자신을 봐. 네 자신을 봐. 이게 바로 진짜 너야.** 고대 극작가들은 그 순간을 가리켜 자신을 깨닫는 '아나그노리시스(anagnorisis)'라고 불렀다. 그 깨달음은 곧 파국을 가져온다.

대부분의 사슴 충돌 사고는 해질녘과 한밤중 사이, 그리고 동트기 전 짧은 시간 동안 발생한다. 그때가 바로 사슴이 움직이는 시간대이자 우리 정신이 가장 몽롱한 상태에 빠지기 쉬운 시간이기도 하다. 어스름이 깔리는 시간, 그리고 어두워진 시간에 운전해 본 사람은 아마 지금 내가 말하려는 느낌이 무엇인지 알 것이다. 그럴 때 운전은 마치 이 세상에 오롯이 나만이 존재하는 듯, 완벽한 유아독존의 꿈과도 같다. 헤드라이트는 실타래처럼 풀려 주변의 오르막과 굽이길, 계속 이어지는 울타리, 빠르게 스쳐가는 집들을 비춘다. 운전하고 있는 사람에게는 이 모든 풍경이 한순간 슥 지나가는 찰나의 존재로 소환될 뿐이다. 풍경 속의 개별 대상은 서로 구분되지 않은 채 하나로 뭉친 덩어리처럼 변하고, 실타래 빛줄기가 그 덩어리를 스치듯 지나간다. 그리하여 시야에 들어온 모든 것은 끊임없이 앞으로 밀려와 아래로 가 버린다. 나는 가만히 있는데 세상이 자꾸 내 쪽으로 밀려들어 온다는 착각에 사로잡히기 쉽다. 운전 중에는 나의 신체상 구조와 자꾸만 흔들리는 귀로 느낄 뿐이다. 내가 달리고 있는 땅의 형세가 부리는 소소한 물리력, 유령처럼 흐릿하게 잡음을 내는 도로 표면, 모퉁이와 언덕의 사소한 힘 등이 느껴진다. 이 말은, 만약 이런 상황에서 내 앞에 사슴이 나타난다면 그건 놀라움, 그 이상으로 느껴질 수 있다는 뜻이다. 그래서 마치 내 안의 일부가 실체가 있는 존재로 소환된 것처럼, 마치 나의 잠재의식으로 빚어 만든 대상인 것처럼 보일 수 있다.

사슴 숲에 다녀온 이후 내 잠재의식은 사슴과의 충돌 사고로 꽉 찼다. 시골 지역 숲을 운전하는 날이면 불안한 예감에 핸들을 잡은 손에 잔뜩 힘을 주고 꽉 쥐곤 했다. 한밤중에는 도로, 실안개, 기름칠한 발굽자국으로 번들거리는 기름띠, 충돌로 잘게 깨진 앞 유리, 게다가 달려오는 사슴 떼가 난무하는 꿈을 꾸었다. 나는 어느 친구에게 내가 이런 이상하고 새로운 생각과 걱정에 사로잡혀 있다는 사실을 이메일로 알린다. 그러면 이렇게 답장이 온다. "괜찮아? 뭐, 안 좋은 일이라도 있는 거니?" 나는 또 이렇게 다시 답장을 한다. "괜찮아. 사슴 충돌에 대해 글을 쓰고 싶다고 생각하는 거야. 그게 다야." 그제야 그들은 이런 제안을 한다. "혹시 유튜브도 확인해 봤어? 거기 가면 네가 말하는 내용을 담은 짧은 영상을 짜깁기한 수퍼컷이 많아." 알고 있다. 물론 거기에 가면 그런 게 많다. 하지만 그런 영상을 애써 찾아보고 싶지는 않다. 정신적 충격을 안기는 여러 가지 다른 사건을 담고 있는 영상도 안 보고 싶은데, 굳이 인터넷에서 클릭 장사를 노리는 그런 걸 찾아볼 이유가 없다. 그건 차량 오른쪽 윙과 사슴이 돌발적으로 마주치는 것보다 훨씬 더 나쁜 일이다. 그런데 웬걸 나는 이내 의자에 자리를 잡고선 그런 영상 중의 하나를 발견하고 플레이 버튼을 누른다.

그 영상은 여러 자동차의 블랙박스 영상을 바탕으로 사슴과 차량의 충돌 사고만을 편집해서 만든 제법 긴 몽타주다. 이 수퍼컷을 보고 제일 먼저 이런 장면이 떠올랐다. 목표한 금속판을 쏠 때까지 계속 혼자서 총 쏘기 비디오 게임을 하는 사람! 내가 그 게임을 하는 사람이 된 셈이다. 그런데 그 게임 스크린 위로 갑자기 사슴이 난입하는 통에 스크린에 비치는 사슴이 오히려 유령 같은 인공 물체 같아 보인다. 나는 고독한 비디오 게임을 한 판 끝내고, 또 한 판을 시작한다. 이번 영상의 배경은 해질녘, 주유소 조명, 청취자와 전화 연결한 라디오의 잡음이 나온다. 해당 차량은 노루와 충돌했다. 부딪힌 노루는 공중에서 두 바퀴를 돌아 그대로 풀밭 가장자리에 떨어진다. 그 차량은 천천히 움직이다가 곧 정지한다. 여자가 차 밖으로 나온다. 가장자리에 술 장식이 붙은 파란색 짧은 탑과 어깨를 감싼 양모 볼레로 니트를 입었다. 그녀는 노루가 누워 있는 곳으로 걸어가 내려다보곤 운전석에 앉은 사람을 돌아보고서 난감하고 속수무책이라는 뜻으로 양손을 들어 올려 손바닥을 보인다. 그러자 운전자가 나와서 어깨를 곧추 세우더니 노루는 본체만체 무시하고, 몸을 낮게 기울여 차량 앞부분에 이상이 없나 살펴본다. 그다음 영상에도 자동차가 나오고, 그들만의 대화가 들리고, 다시 충돌사고가 일어나고, 대시보드에서 제거한 차량용 블랙박스가 또 나온다. 타격받은 얼굴을 향해 있던 대시보드 카메라였다.

나는 잠시 영상을 멈추고 자리에서 일어나 주방으로 천천히 걸어간다. 그러다 다시 자리로 돌아와서 영상 몇 개를 더 보고 다시 멈춘다. 계속 보고 있으려니 갈수록 더 힘들어진다. 이따금 사슴은 자동차 후드 위로 높이 솟아올라 어쩌면 닥쳐왔을 온갖 피해를 간신히 피해간다. 하지만 대부분은 그렇지 못하고, 자동차 보닛 위로 길게 떨어져서 미끄러져 내리거나, 차량 앞 유리를 강타하거나, 아니면 가지진 뿔과 살집과 뼈로 이루어진 포물선을 그리며 발레 동작처럼 재빠르게 지나간다. 나는 자동차의 오른쪽 윙이 사슴과 접촉하는 순간, 한줄기 사슴 털이 부풀어 오르는 것을 본다. 그리고 사슴발굽이 자동차에 부착된 금속을 치면서 내는 찰깍 소리를 듣는다. 끔찍하게 반복된 이 살육의 영상을 보면서 가장 놀랐던 점은, 사슴이 그렇게나 높이 공중으로 튀어 올라 땅으로 떨어진다는 사실이다. 무려 10피트, 12피트, 20피트까지 올라가 축 처진 상태로 애처롭게 빙글빙글 공중회전을 한다. 영상이 끝나갈 무렵 그 밑에 나온 댓글을 읽기 시작한다. 아마 형편없는 반응들이 나와 있겠지. 예상은 적중했다. 어떤 이는 비디오게임의 시체물리엔진을 언급하며 이런 댓글을 달았다. "죽는 모습이 뻔하지 않은 래그돌 피직스(ragdoll physics) 멋지네!" 사슴은 원래 지능이 매우 낮다고 말하는 이도 있다. 사슴이 스스로 죽음을 택한 것이라 생각한다고 적은 사람도 있다. “저 사슴이 자동차에서 붕 떠오르는 순간 되게 재미있다고 생각한 사람이 나 하나뿐인가?” 다음 댓글을 보니 그렇지 않은 듯했다. “아이고, 길게 편집된 영상을 보고 이렇게 심하게 웃어 본 적이 없었어. 진짜 대단해.”

나는 웃지 못한다. 아주 조용히 그대로 앉아 있다. 내가 얼마나 화나고 마음이 상했는지 알아차리는 데 한참이나 걸렸다. 나의 반려 앵무새는 내 기분을 나보다 더 빨리 이해하는 눈치다. 의자 뒤편 횃대에서 훌쩍 내려 탁자 윗면을 따라 쪼르르 걸어오더니 내 이마에 바싹 달라붙는다. 그리곤 부드러운 깃털이 달린 목을 늘여 내 손 뒷면을 살며시 콕콕 물어뜯는다.

나는 대단히 폭력적인 죽음 시리즈를 목격했다. 사슴의 사체는 생각보다 너무 커서 그걸 보고 우리 인간의 것을 떠올리지 않을 수 없었다. 하지만 그런 이유로 그렇게 화가 나고 마음이 상한 건 아닌 것 같다. 거기에 달린 댓글의 어조가 하나같이 당황스럽기 그지없었다. 한데 인터넷에서는 그게 지극히 평균이라고 한다. 게다가 그걸 보고 상황에 맞지 않게 부적절한 웃음을 터뜨리면서 감정적으로 곤란한 입장에 대응하는 모습도 그리 특이한 반응이 아니라고 한다. 그게 그들에겐 평범한 일상의 반응이라니. 아니다, 아니다. 사실 내 마음이 그렇게 뒤집혀지고 너무 속상하고 화가 나는 건, 그런 댓글을 쓴 사람들이 사슴을 살아 있는 생명이 아니라, 비디오게임에 나오는 이름 모를 악역처럼 극적 진행의 장애물로 본다는 사실 때문이다. 그들에게 사슴은 어떤 상황의 결과로 존재하지만, 결국 그 자체로는 아무런 의미가 없는 존재다. 그리고 그때 그 순간, 곧바로 내 분노와 당황스러움의 대부분이 나 자신에게 향하고 있음을 깨닫는다.

사슴은 나를 놀라게 만들고 동시에 즐겁게 해 주는 특유한 능력이 있다. 나는 그 점에 사슴의 가치를 두었다. 그리고 그런 이유로 사슴에 대하여 더 많이 공부하는 것을 거부해 왔다. 본래 뭔가에 대하여 더 많이 알게 되면, 그만큼 그것 때문에 놀라고 감탄하는 일은 줄어들게 마련이다. 하지만 그렇게 외면하기로 선택한 현실의 대상에게 공감하기는 쉽지 않다. 그러므로 그간 사슴에 대한 나의 태도는 죽어 가는 사슴을 보고 게임애니메이션의 물리엔진을 평가하는 댓글을 쓰거나, 사슴 충돌 사고 영상을 보고 너무 재미있어서 정말 대단하다고 말하는 사람과 별반 다르지 않다. 사슴과 차량의 충돌 사고는 나를 단단히 사로잡았다. 낭자한 피, 갈가리 찢겨진 털, 산산이 깨진 유리. 지금껏 내가 그런 태도로 사슴을 대해 왔고, 그것은 엄연히 부인할 수 없는 사실이기 때문에 그랬을 것이다. 그런 태도를 유지하는 한, 사슴에 대한 모든 것은 불시에 급습하여 사람을 놀라게 하는 존재, 혹은 우리가 이 세상에 대해 이미 갖고 있는 예상을 벗어나게 만드는 존재로만 구성된다.

나는 탁자에 앉아 사슴을 떠올린다. 죽은 사슴이 생각난다. 그들은 인간이 만든 도로에 어떤 위험이 도사리고 있는지 모르기 때문에 죽어 간다. 결국 그들은 사슴다운 삶, 사슴만의 길, 사슴만의 생각과 욕구로 살아가는 생명체이기 때문에 죽어 간 것이다. 그런 사슴이 자동차에 치여 죽어 가는 모습을 보고 차마 웃을 수는 없는 일이다. 하지만 그런 면에서 나도 그리 결백하지 못하다. 이제 사슴에 대하여 공부해야 할 순간이 찾아왔다. 나는 유튜브 창을 닫고 자연사 중고 도서를 파는 웹사이트로 간다. 그리고 『사슴에 대한 이해(*Understanding Deer*)』라는 제목의 책 한 권을 구입한다.

20

더블린 풀백과 송골매

나는 지금 아일랜드의 동쪽 끝, 경비가 삼엄한 어느 울타리 담벼락 옆의 깨진 아스팔트 위에 서 있다. 차가운 은회색 백랍 빛깔의 하늘 위로 소금기를 머금은 바람이 매섭다. 기실 이곳에 야생동물을 보려고 왔건만, 정작 내가 유일하게 볼 수 있는 새들을 외면해 버렸다. 내 뒤로 길게 이어진 모랫길은 아일랜드 해(海)에 말끔히 씻겨 완벽한 여백의 상태로 변하면서 갈매기와 섭금류 떼로 진주빛 물결을 이루었다. 아름다웠다. 하지만 함께 온 친구 힐러리와 에먼은 그 풍경이 아니라 더블린 풀백 발전소를 보라고 말해 주었다. 빛나는 모래를 정면으로 마주하고 있는 사나운 터빈 홀은 마치 거인의 놀이 세트처럼 보인다. 하수 처리 시설, 버려진 붉은 벽돌 건물, 부둣가,

크레인과 선적 컨테이너 한가운데에 위치한 곳으로 찾아오다니, 어쩐지 기이하고 유별난 야생동물 순례길이다. 용도 폐기된 발전소 냉각 굴뚝 탑 두 개가 우리 머리 위로 솟아 있다. 탑 표면에는 수직으로 흘러내린 녹물 자국과 수평으로 붉은색과 흰색의 녹슨 자국이 남아 있었다. 수평선으로부터 우뚝 솟은 굴뚝 탑은 동쪽에서 배를 타고 더블린에 도착할 때면 가장 먼저 만나는 풍경이자 떠날 때면 가장 마지막에 보이는 풍경이다. 더블린 시내 전역에서 다 보이기 때문에 세대를 막론하고 더블린 사람들에게 그 굴뚝은 고향과 모국을 뜻하게 되었다. 그리고 오랜 세월동안 그 굴뚝에 둥지를 틀고 살아온 송골매에게도 같은 의미가 되었다.

이곳에 와서 얼마 동안은 아무런 일이 일어나지 않는다. 우리는 그림자 하나 없는 겨울 햇빛 속에서 비둘기 떼가 지붕 선을 따라 달그락거리며 걸어가는 모습을 지켜본다. 내 얼굴은 추위로 점점 감각이 무뎌진다. 그때, 굴뚝 아래로 비둘기 한 마리가 마치 하늘로 던져진 한 줌의 불꽃처럼 부서진 창문을 통과하여 그 너머 어둠 속으로 재주넘기를 한다. 그렇게 툭 떨어져 내리는 모습에 소름끼치는 뭔가가 있다. 총을 맞은 걸까? 발작 비슷한 것을 일으킨 걸까? 조금 시간이 지나서야 그 비둘기가 최대한 빠르게 창문 안으로 들어가려고 애를 쓰다가 생긴 일임을 깨달았다. 그런 다음에 저 끝에서 송골매가 다가오고 있다는 사실을 알았다. 아, 그래서 그랬구나.

폭이 좁은 까만색 돛이 나타나더니 마치 보이지 않는 짚와이어를 타는 듯 재빠르게 서쪽 굴뚝을 향해 낙하한다. 살아 있는 대상이 그렇게 빠른 속도로 땅에 내려오는 모습을 보고 있으려니 내 목에 매듭이 턱 걸린 느낌이다. 희미하게 울려 퍼지는 새 울음소리가 우리를 향해 밀려온다. 에-칩, 에-칩. 경첩으로 회전하지만 기름칠 되지 않은 문에서 나는 그런 소리처럼 들린다. 송골매는 일단 정지하려고 갑자기 방향을 바꾸더니 날개를 활짝 펴고는 둥지 상자 옆의 가로대 띳장 위에 내려앉는다. 그 둥지 상자는 100피트 상공에 양쪽 굴뚝 탑을 연결하는 금속 통로에 붙박아 둔 것이다. 송골매는 깃털을 가다듬으려 몸을 좌우로 흔들고는 자리에 앉아 강어귀를 바라본다. 그 까만색 생명체는 뒤집힌 총알 모양으로 머리를 납작하게 낮춘 채 하늘을 배경으로 앉아 있다.

"보고 싶어?" 에먼은 자기 망원경을 가리키며 물어본다. 망원경을 통해 보니 그 송골매는 유별나게 2차원이다. 마치 물을 사이에 두고 바라보는 것처럼 밝은 원 안에서 잔물결이 번진다. 선명하게 보려고 작은 점에 초점을 맞추다 보니 눈이 시려 온다. 송골매 가슴의 가로줄 깃털, 까만색 볏, 먼지와 무지개가 스친 듯 녀석에게 달라붙은 희미한 유채색의 앞머리가 보인다. 송골매는 정교하고 아름답다. 피어오르는 연기 빛깔, 종이 빛깔, 비에 젖은 잿빛이 감돈다. 깃털을 자랑하기 시작하면서 배를 부풀리고, 눈을 반쯤 감고, 머리를 후방으로 향한다. 그러면 단정한 곡선의 부리를 지나 한쪽 견갑골이 천천히 움직인다. 한데 굴뚝 표면 위로 올라오는 세찬 돌풍이 깃털을 잘못된 방향으로 흩날리게 한다. 녀석의 발톱은 녹슬고 있는 강철 주변을 둥그렇게 감고 있다. 바람이 차가운 얼음을 머금고 있는 것만 같다. 그 송골매는 완전히 편안해 보인다.

지금 그 녀석이 앉아 있는 저 높은 곳은 수 마일 거리로 이어진 사냥 구역에서 유리한 위치를 제공한다. 그 구역은 강어귀, 부두, 도시의 거리, 공원, 골프장 등 곳곳으로 이어진다. 사냥 구역 사이의 구분은 송골매에게 거의 중요하지 않다. 하지만 관찰하는 우리에게는 중요하다. 인간의 흔하디흔한 개념에서는 자연이란 우리가 사는 공간과 다른 곳에서만 존재한다. 이렇게 생각하면서 인간은 언제든 쉽게 자연에 등을 돌린다. 다시 말해, 그런 추측에 기초하여 자연을 지금 사라져 가고 있거나 아니면 이미 잃어버린 것으로 간주하여 지레 포기하게 된다. 그런 면에서 지금 우리가 보고 있는 저 송골매는 그 흔한 관념을 심하게 질책하는, 깃털 달린 작은 자연이다.

송골매는 20세기 대부분 기간 동안 위협받는 자연과 야생성을 담보한 낭만의 아이콘으로 찬사를 받았다. 송골매가 둥지를 트는 산악지대와 폭포 협곡은 인간이 자연을 사색하고 존재의 덧없음을 관조할 수 있는 숭고한 장소였다. 그런데 오늘 와서 보니 오래된 산업시설의 잔재에도 그런 낭만주의가 살아 있었다. 풀백 발전소의 녹슬어 가는 거대한 굴뚝과 깨진 창문은 그것만의 힘겨운 아름다움이 있었다. 그리고 그 아름다움은 발전소 굴뚝이라는 사물의 이용가치보다 훨씬 더 오래 살아남았다. 영원할 수 없는 인공의 사물,

필멸성과 유한성을 웅변하는 발전소 풍경 위로 매들이 연신 찾아온다. 자연과 인공, 불멸과 필멸, 무한성과 유한성이 보이지 않게 교차한다. 저 자연 속의 산은 불멸의 미덕으로 살아 있는 것들의 필멸을 알린다. 반대로 이 산업화의 잔재는 필멸의 미덕으로 결국 시간이 지나면 이것도 사라질 것이니, 인간은 지금 이 세상에 존재하는 것을 마땅히 보호해야 한다고 전해 준다.

어쩌면 송골매는 이런 풍경들에 등장하는 상상의 진수가 되어 가고 있는 것 같다. 어렸을 적 에먼은 아버지와 함께 위클로우 산속으로 송골매를 찾아갔다. 여러 책에서 송골매는 아찔한 절벽과 험한 바위 위에 둥지를 튼다고 나와 있었다. 하지만 막상 산속에 들어가서는 송골매의 그림자도 보지 못했다. 결국 에먼은 더블린의 어느 가스탱크 위에 앉아 있는 야생송골매를 보았고, 그게 송골매와의 인생 첫 만남이었다.

매는 수세기 동안 높은 건물 위에 둥지를 틀면서 지내왔지만, 도시 송골매의 증가는 비교적 최근에 일어난 현상이다. 살충제 DDT는 1950년대와 1960년대에 유럽과 북미 전역의 송골매 개체수를 급격히 떨어뜨렸다. 점차 DDT 사용이 금지되어 개체수가 회복되자 송골매는 도시로 이동했다. 마침 도시에 서식하는 야생 비둘기 떼가 좋은 미끼가 되었다. 미국 동부에는 야생 매가 하나도 남아 있지 않았다. 그래서 코넬 대학의 '송골매 펀드'는 굴뚝과 높은 건물 위의 인공 둥지에서 인공적으로 번식한 송골매를 풀어서 이전처럼 개체를 늘리고자 했다. 절벽에 있는 본래의 자연 둥지는 너무 위험하다고 판단했기 때문이었다. 그런 환경에서는 어린 새끼를 보호할 부모새도 없고, 미숙한 어린 새들은 수리부엉이의 먹이가 될 게 뻔했다. 이렇게 도시의 인공 둥지에서 태어난 송골매는 자연스럽게 도시의 건물과 교각에 이끌렸고, 당연히 자신이 태어난 도시의 둥지를 닮은 새로운 둥지 장소를 도시 안에서 탐색하게 되었다.

오늘날 송골매는 도시에서 흔히 보는 친숙한 광경이 되었다. 뉴욕에는 약 20쌍이 있고, 런던에도 25쌍 정도 지내고 있다. 그들은 높은 건물 위에 둥지를 틀고 도로 위를 가로질러 비둘기를 따라 빠르게 날아다니며 주변 환경에 맞추어 새로운 행동패턴을 계발했다. 어떤 녀석들은 한밤중에 사냥하는 법을 배워 가로등 아래 불빛에 비친 작은 새를 잡으러 어둠 속을 파고든다. 도시 환경에 위험요소가 없는 건 아니다. 고층건물을 둘러싼 가파른 수직 경사면, 반사되는 유리창, 예상치 못한 돌풍 등은 어린 새가 첫 비행을 할 때 불시착하거나 충돌해 추락하는 결과로 이어질 수 있다. 그래서 쌍안경이나 망원경이나 웹캠을 통해 특정 암수 한 쌍의 생활을 계속 관찰하는 헌신적인 현지인들이 있는데, 이따금 그 상황에 개입하여 수많은 차량 사이 땅에 떨어진 새를 구조하기도 한다. 그런 식으로 송골매 개체 수는 여러 도시에서 늘어나고 있는 중이다.

도시에 사는 매가 으리으리한 기업의 본사 건물 높은 곳에 앉아 위로는 하늘을, 아래로는 도로를 살피는 장면을 본 적 있을 것이다.

그럴 때면 완벽하게 시야를 확보하여 경계에 성공하는 송골매의 강한 힘이 느껴진다. 결국 그런 송골매의 모습은 비전과 회복력과 강한 힘에 매료되는 우리 인간의 모습을 그대로 반영한다. 한편 당연하게도 송골매는 인간의 불안감을 나타내는 손쉬운 상징으로는 쓰이지 않는다. 한데 이쯤에서 송골매가 가진 가장 대단한 마법이 무엇인지 밝히는 게 좋겠다. 사실 그들은 인간도 아니거니와, 더더욱 인간적인 속성이 전혀 없다는 점이다. 우리가 아무리 송골매를 두고 이런저런 상징을 갖다 붙여 봐도 소용없는 일이다.

에먼은 거의 매일 더블린 이곳을 찾는다. 지난 수년 간 줄곧 그래왔다. 실은 가까운 사람과 사별의 슬픔을 겪고 난 이후로 풀백의 송골매를 지켜보기 시작했다. "그냥 그건… **저 멀리 있으니까.**" 왜냐고 묻는 침묵의 질문에 그는 이렇게 답했다. 나는 그 말이 무슨 뜻인지 이해했다. 힘겨운 시기를 겪을 때 이따금 새를 바라보는 행위는 우리를 다른 세상으로 인도한다. 그 세상에서는 아무런 말이 필요치 않다. 더구나 도시의 매를 지켜보고 있노라면, 머나먼 세상이 아니라 바로 나를 둘러싼 세상에서 한순간 잠시 머물 수 있는 은혜로운 피난처가 생긴다. 요즈음 에먼은 더블린에서 일하는 중에도 가끔 한쪽 눈을 들어 하늘을 응시하면서 교회와 도시의 높은 탑을 훑어보곤 한다. 그러면 우연인지 필연인지 그 첨탑에서 송골매가 하늘 아래 도로 위를 굽어보고 있다. '불멸의 파편!' 그는 그 순간을 이렇게 부른다. 때로는 머리 위로 빠르게 날아가서 템플 바나 올림피아 극장 위로 까만 실루엣을 남기는 매를 볼 때도 있다. 그 순간, 도시는 변모한다. 높은 건물은 산 속의 절벽이 되고 분주한 거리는 협곡으로 변한다.

시간은 흐른다. 수매는 가 버리고 없다. 이제 암매가 둥지 상자의 가장자리에 나타난다. 수매보다 몸집이 더 크고 색깔이 옅다. 뭔가 결심이 서지 않은 듯 잠시 여기저기 주변을 돌아본다. 그런 다음, 날개를 펼쳐 다른 굴뚝 쪽으로 선회하면서 미끄러지듯 날아간다. 나는 쌍안경을 들어 올리지만, 잔뜩 얼어붙은 손으로 초점을 맞추기가 어려워 그만 움찔하고 놀란다. 암매는 날개를 풀고서 첫째 날개깃을 솟구쳐 활공한다. 하늘 한복판에서 천천히 선회한다. 암매의 비행 본질에는 어떤 변화가 있다. 그게 무언지 잘 모르겠다. 그러는 순간, 심장이 가볍게 뛰는 가운데 무모한 비둘기 한 마리가 암매를 향해 낮게 날아가면서 여유로운 태도로 날개를 퍼덕이는 모습이 눈에 들어온다. 비둘기는 암매를 볼 수 없었던 게 분명하다. 하지만 암매는 이미 비둘기를 보았다. 온 세상이 그 두 마리 새 사이의 공간으로 수렴된다. 마치 교각에서 툭 떨어지는 바위의 마지막 순간처럼 암매는 옆으로 미끄러지면서 묵직하고 빠르게 비둘기를 향해 낙하한다. 그 순간, 함께 있던 친구들이 한꺼번에 숨을 몰아쉬는 소리가 들린다. 금세 타격을 입은 비둘기는 재빨리 몸을 비켜 날개를 접고서 아래쪽 건물 안, 최후의 안전 장소로 훌쩍 뛰어내린다. 그러자 암매는 하늘 위를 빙글빙글 돌더니 위로 올라가서는 내륙으로 사라진다.

우리는 눈에서 쌍안경을 떼고 서로를 바라본다. 다들 같은 생각을 떠올렸다. 송골매 한 마리가 창공에서 사냥하기 위해 움직이는 단 3초간의 시간으로, 이 한낮이 서로 전혀 다른 세계로 나뉘어졌다. 비둘기는 얼마나 겁이 나고 초조했을까. 암매는 얼마나 머쓱하고 아쉬웠을까. 그뿐 아니다. 그 짧은 3초 사이에 송골매가 날아가는 궤적의 곡선을 바라보고 있던 우리는 완전히 침묵 속에 빠졌다. 그리고 그 비행 곡선이 그리는 찰나의 기억 속에 푹 빠진 채, 모든 생각과 행동이 정지되었다. 과연 송골매는 그럴 수 있는 존재였다. 내가 만약 좀 더 신비롭고 불가해한 신앙을 가진 사람이라면, 이렇게 단언할 것이다. 창공에서 사냥하는 송골매는 스스로 날아오르는 대기의 속성을 바꾸어 버리고, 찰나의 분위기를 맹렬하고 심원하게 만드는 존재다. 그건 마치 우레와 같다. 마치 느리게 재생되는 영화 같다. 작은 입자 하나하나와 그 미세한 결까지 다 비쳐 보인다.

이미 용도 폐기된 풀백 발전소는 생명이 움트고 자라는 자연의 생태계와 가장 거리가 멀고, 관련이 없는 곳이다. 한데 그 발전소 아래, 부서지고 상처 입은 땅에서 하늘 위 송골매가 사냥감을 쫓아다니는 광경을 지켜보는 행위는 어쩌면 인간의 절망과 체념을 거부하는 고요한 저항처럼 느껴진다. 한 조각 겨울 하늘을 가로지르는 새 날개의 떨림 속에서, 삶과 죽음이라는 문제, 그리고 이 세상 속 우리가 서 있는 공간에 대한 의식은 씨실과 날실처럼 이내 단단히 묶여 하나가 된다.

21

저녁의 비행

언젠가 템스 강변 어느 다리 아래에서 죽은 칼새 한 마리를 발견했다. 그 순간, 다리의 아치에는 강물 위 햇빛을 받은 잔물결의 그림자가 아지랑이처럼 일렁이고 있었다. 나는 가녀린 그 새를 주워 손바닥 위에 올려놓았다. 깃털 속에 먼지가, 무딘 칼날처럼 서로 교차한 날개가 보였다. 두 눈은 꼭 감겨 있었다. 정작 무엇을 어떻게 해야 할지 앞이 캄캄하기만 했다. 이건 놀라운 일이긴 했다. 나로 말할 것 같으면 여태껏 여러 책에 감화를 받아서 죽은 생명체의 흥미로운 파편을 보존하는 괴기한 고딕 취향의 아마추어였다. 이를 테면 여우의 두개골을 깨끗이 씻어 윤이 나도록 닦아 내기도 했다. 로드 킬된 새의 날개를 분해하고 말려서 보관하기도 했다. 그런데 죽은 칼새를 바라보면서 그 비슷한 어떤 일도 할 수 없다는 사실을 알았다. 그 새에게는 성스러움과 너무나 흡사한 일종의 근엄한 기운이 스며 있었다. 어쩐지 바깥에 그대로 내버려 두고 싶지 않았다. 집으로 데리고 와서 수건으로 감싸곤 냉장고 안에 집어넣었다. 그러다 다음 해 5월이 되어 맨 먼저 돌아온 칼새가 구름 밑에서 날아오는 모습을 지켜보고는 그제야 무엇을 해야 할지 감이 왔다. 얼른 냉장고 안의 그 새를 꺼내 정원으로 가서 이제 막 햇볕을 받아 따뜻해진 땅을 손 한 뼘 깊이만큼 파내고는 살며시 묻어 주었다.

칼새는 인간의 이해를 다소 넘어서 존재하는 만물의 양식에서 볼 때 마법의 속성을 지닌다. 옛날에는 칼새를 '악마의 새'라고 불렀다. 아마도 날카로운 쇳소리로 지저귀면서 교회 주변을 가로질러 날아다니는 까만 무리가 빛이 아니라 어둠을 이끄는 것처럼 보였기 때문일 것이다. 하지만 나에게 칼새는 저 하늘 위의 생명체이자 심오한 본성을 지닌 생명체이다. 그런 면에서 오히려 칼새는 천사를 더 닮았다. 여느 새들과 달리 칼새는 절대로 땅으로 내려오지 않는다. 그런 까닭에 어릴 때부터 새에 사로잡혀 있던 나는 칼새를 더 잘 알 수 있는 길이 없다는 사실에 좌절하곤 했다. 더구나 너무 빠르게 날아다니는 새라 쌍안경을 들이대도 얼굴 표정에 눈을 맞출 수 없었고, 깃털을 잔뜩 세우고 우쭐해하면서 몸치장을 하는 모습을 지켜볼 수도 없었다. 그들은 시간당 20마일, 30마일, 40마일 정도로 날아가 빠르게 깜빡거리는 실루엣에 지나지 않았다. 그러니까 밝은 구름을 향하여 마구 몰려오는 한 무리의 새떼, 어느 하나 튀지 않고 똑같은 모습을 한 까만 짚단 같았다. 어쩌다 칼새가 지붕꼭대기 주변으로 낮게 날아가고 있을 때, 한 마리가 입을 벌린 모습을 보기도 했다. 정말이지 괴기한 모습이었다. 그렇게 입을 빼끔히 벌린 모양이 지나치게 커서 그 순간 칼새는 거북하게시리 마치 둘목상어 모형처럼 변해 버렸다. 그럼에도 맨눈으로 그런 칼새의 모습을 지켜보는 일은 그만한 보람이 있었다. 그 전에 그저 단조롭고 텅 빈 여백 같던 칼새의 역동과 활력이 드러나는 광경을 지켜봤기 때문이다. 칼새의 몸무게는 약 40그램인데, 그 몸으로 접근하는 공기의 압력에 맞서 이리저리 움직이고 맞바람을 안고 가는 장면은 마치 대기의 이동과 변화를 보는 듯하다.

아직도 나한테 칼새는 지구상 어디엔가 살고 있을 외계생명과 가장 비슷한 존재인 것 같다. 물론 지금이야 바로 가까이서 칼새를 보기도 했고, 살아 움직이는 칼새가 잠시 땅으로 내려왔을 때, 내 손에 올려놓았다가 하늘로 풀어 준 적도 있었다. 암흑의 깊은 물속에서 그물에 걸려 온 심해 물고기를 본 적 있을 것이다. 그들을 보고 있노라면 누가 봐도 우리 인간이 사는 이곳에 존재해선 안 될 것 같은 생각이 들지 않던가. 역으로 생각하면 어른 칼새도 바로 그런 존재였다. 그 뼈대는 튼튼하고 마른 편이었고, 깃털은 태양빛에 본래 색깔이 흐려져 바랬다. 두 눈은 나한테 초점을 맞출 수 없는 것 같았다. 어떤 느낌이냐면 마치 엇갈린 세상에서 찾아온 개체인 것처럼, 그래서 그 새의 감각은 인간의 경이로운 세상과 아무리 해도 연관될 수 없는 그런 존재처럼 보였다. 이 생명체의 시간은 우리와 다른 차원에서 다르게 흘렀다. 만약 칼새가 내는 높은 음조의 끈질기고 날카로운 소리를 녹음해서 인간 음성의 속도로 느리게 조정해 보면, 그들이 서로에게 이야기를 건네고 대화를 할 때 어떤 소리를 내는지 들을 수 있다. 격렬하고, 신나고, 부글부글거리고, 울음소리가 올라갔다 내려갔다, 마치 물고기를 잡아먹고 사람 웃음소리를 내는 북미 아비새의 노래와 흡사하다.

어릴 적 스트레스를 받을 때, 이를 테면 학교를 옮기거나, 왕따를 당하거나, 부모님이 말다툼이라도 하는 날이면 잠들기 전에 침대에 누워 머릿속으로 나와 지구 중심 사이에 놓인 여러 층을 세어 보곤 했다. 지각, 상부 맨틀, 하부 맨틀, 외핵, 내핵. 그러고 나면 얇아진 대기의 고리를 늘리면서 자꾸만 위를 향해 생각했다. 대류권, 성층권, 중간권, 열권, 내 몸 불과 몇 마일 아래에는 용융 암석이 있었고, 몇 마일 위로는 무한한 먼지와 진공이 있었다. 그러면 위로는 중간권이라는 따스한 담요와 붉은 면 이불보를 함께 덮고 누워 있으면서 위층에서는 오늘밤 저녁 음식 냄새가 감돌고, 아래층에서는 엄마가 손 바쁘게 치는 타자기 소리가 웅얼거리곤 했다.

이 저녁 의식은 내가 한 번에 얼마나 많은 생각을 계속 유지하는지, 혹은 내 상상력이 얼마나 멀리까지 뻗어갈 수 있는지를 가늠하는 시험이 아니었다. 그 의식에는 주문의 힘 같은 게 있었는데, 딱히 강박적 충동처럼 보이진 않았고 기도 같은 것도 아니었다.

그날 하루 나쁜 일들이 나를 아무리 꼼짝 못하게 붙들고 있더라도, 그 저녁 의식을 하는 동안에 내 위로, 내 아래로 너무나 많은 것들이 존재했고, 닿을 수도 없고 인간사에는 전혀 관심 없는 수많은 공간과 지대가 있었다. 아무도 모르지만 너무도 친숙한 벽 사이에 상상의 안식처를 세우고 그 안에서 하나씩 하나씩 목록을 만들어 읊는 일이라니! 그 행위는 다른 여러 면에서도 도움을 주었다.

잠을 자는 것은 시간을 잃는 것과 같다. 어떤 면에서는 살아 있지 않는 상태와도 비슷하여, 한밤중에 잠 속에서 부유하다 보면 이따금 내가 어디를 가든 다시 돌아갈 길을 찾지 못할지도 모른다는 공포를 안기곤 했다. 나만의 은밀한 저녁 의식은 가파른 층계 위로 올라가는 계단을 세는 것과 조금 비슷했다. 나는 내가 어디에 서 있는지, 어디에 존재하는지 알아야만 했다. 나만의 저녁 의식은 나를 집으로 데리고 오는 방법이었다.

칼새는 어슴푸레하고 어둡고 비좁은 공간에 둥지를 튼다. 보통 지붕 기와 밑이나 환기통로 흡입구 뒤나 교회 탑 안의 움푹 꺼진 곳을 고른다. 그곳에 다다르기 위해 그들은 입구 굴까지 곧장 날아가서 완전히 몸을 기울여 들어간다. 둥지는 하늘에서 잡아채 올 수 있는 것들로 만들어진다. 상승온난기류를 타고 뽑아 온 마른 풀 가닥,

털갈이를 끝낸 비둘기 가슴 털, 꽃잎, 나뭇잎, 종잇조각, 심지어 나비도 있다. 전쟁 중에 덴마크와 이탈리아의 칼새는 곡식의 겉껍질과 항공기에서 떨어진 반사용 은박지 조각도 물어 왔다. 은박지는 번쩍번쩍 빙글빙글 돌면서 떨어지기 때문에 적의 레이더를 교란하기 위해 사용하곤 했다.

칼새는 하늘을 날아서 짝짓기를 한다. 흰털발제비와 제비 새끼는 첫 비행을 마치고 둥지로 돌아오지만, 어린 칼새는 돌아오지 않는다. 그들은 스스로 둥지를 비우고 떠나자마자 곧바로 비행을 시작하여 이후 2년이나 3년 동안 비행을 멈추지 않는다. 비가 오면 비를 맞고, 하늘에 떠 있는 곤충을 잡아먹으면서, 호수와 강에서 부리 가득 물을 담아 오려고 빠르고 낮게 날개를 퍼덕인다. 유럽 칼새는 단 몇 개월만 번식지에서 보내고, 몇 달은 콩고의 숲과 벌판에서 겨울을 나고, 그 나머지 시간 동안은 내내 이동하면서 인간이 그어 놓은 국경을 코웃음거리로 만들어 버린다. 칼새는 심하게 비를 맞으면 하늘에서 먹잇감을 구할 수 없다. 그래서 영국의 지붕에 둥지를 튼 칼새는 폭우를 피하기 위해 저기압일 때 시계방향으로 날아 유럽 전역을 다니다가 다시 돌아오곤 한다. 그들은 저기압이 지나간 후, 심란하고 불안정한 하늘에서 즐겨 모인다. 그런 날이면 하늘에 곤충이 엄청나게 불어나서 포식을 할 수 있기 때문이다.

칼새는 조용히 우리 곁을 떠난다. 8월 둘째 주, 우리 집 주변의 하늘이 갑자기 텅 비어 버린다. 그러고 나면 이따금 대오에서 뒤처진 칼새를 보게 되고, 그럴 때면 나는 이런 생각을 하곤 한다. **저 녀석이구나. 쟤가 마지막이야.** 그러면서 그 새가 난기류를 맞아 요동치는 여름 하늘을 뚫고 높이 올라 활공하는 모습을 눈이 시릴 만큼 열심히 쳐다본다.

뜨뜻한 여름날 저녁, 알을 품거나 새끼를 돌보는 무리가 아니라면 칼새는 빠르고 낮게 날아다니며 지붕꼭대기와 첨탑 주변을 떼지어 빠르게 움직이면서 쇳소리를 내며 짖곤 한다. 그러다 하늘 더 높은 곳에 모여드는데, 그때쯤엔 칼새가 서로를 부르는 날카로운 울음소리는 대기 중에 흩어지고 점점 멀어진다. 그러면 우리 귀에는 더 이상 소리가 들리지 않는 무언가로 희석되어 마치 먼지나 유리처럼 변해 버린 것만 같다. 그러다가 문득 한순간에 어떤 부름이나 종소리에 소환을 받은 듯한 움직임으로 그들은 더 높이 올라 이내 시야에서 완전히 사라진다. 칼새가 이렇게 하늘 높이 올라가는 것을 두고 베스퍼(스) 플라이츠(vesper(s) fligts), 저녁 비행이라고 부른다. **베스퍼**는 라틴어로 땅거미 지는 저녁을 뜻한다. 거기에서 유래한 베스퍼스는 경건한 저녁기도이기도 하다. 하루를 마감하면서 마지막에 드리는 가장 장엄한 기도! 그래서 나는 항상 '저녁 비행'이 세상에서 가장 아름다운 말이라고 생각한다. 끊임없이 빠져들어 그만 마음을 무너지게 하는 매직 아워, 그 찰나의 푸른빛이라고 생각한다. 나는 수년 동안 칼새의 저녁 비행을 보려고 애써 왔다. 하지만 여지없이 어둠은 성큼 다가와 너무 깊어졌고, 그게 아니라면 새들은 하늘 여기저기로 너무 드넓게 멀리 미끄러지듯 빨리 날아갔기에 나로서는 따라잡을 수가 없었다.

지난 수년 동안 우리는 저녁 비행을 단순히 칼새가 바람을 타고서 수면하기 위해 더 높이 비행하는 것이라고 생각했다. 칼새도 다른 새들처럼, 비행용으로 한쪽 눈을 뜨고 뇌의 절반은 깨어 있는 상태로 둔 채, 다른 한눈을 감고 뇌의 나머지 절반은 수면 상태로 돌릴 수 있다. 하지만 여러 정황에 따르면 칼새는 하늘 위에서도 제대로 수면을 취하는 것 같다. 물론 아주 한정된 짧은 기간이지만 두 눈을 다 감은 채 자동으로 날아가는 렘수면 상태로 하늘에 떠 있다는 뜻이다. 1차 대전 중, 특별 야간 운행을 하던 어느 프랑스 조종사가 1만 피트 높이에서 엔진을 끄고 조용히 미끄러져 내려가면서 적의 경계선 위로 근접 선회를 했다. 살랑 바람이 그의 뺨을 어루만지고 머리 위로는 보름달이 휘영청 떠 있었다. 그는 당시 경험을 이렇게 술회했다. "갑자기 우리가 낯선 새들 사이에 있다는 걸 깨달았다. 그 새떼는 아무런 움직임이 없었고, 아니 적어도 눈에 띌 만한 반응을 보이지 않았다. 비행기 밑으로 불과 몇 야드 떨어지지 않은 곳에 그 많은 새들이 드넓게 쫙 흩어져 있었다. 마치 그 밑에 하얀 구름바다를 뚫고 갑자기 나타난 것 같았다."

조종사는 깊은 잠에 빠진 몇 안 되는 작은 칼새 무리 속으로 날아가 보았다. 가까이 가서 보니 그들은 마치 보름달에 반사된 빛이 비추는 앙증맞은 까만 별무리 같았다. 그는 칼새 두 마리를 겨우 낚아챘다. 물론 나는 칼새를 낚아채는 일이 실제로 가능하지 않다는 걸 잘 알고 있다. 아마 당시 조종사나 동료 항해사가 단순히 하늘로 손을 뻗어 칼새를 살짝 들어 올린 정도가 아니었을까 상상하고 싶다. 그런데 안타깝게도 비행기가 지상에 착륙한 후에 보니 칼새 한 마리가 엔진에 끌려 죽은 상태였다. 그 머나먼 하늘, 차가운 공기, 고요함, 흰 구름 너머 높이 날던 새들은 잠을 자면서 그대로 하늘에 떠 있었던 것이다. 그 장면은 내 꿈속에서, 그리고 꿈 밖에서 늘 떠다니는 하나의 이미지였다.

나는 이제 더 이상 잠들 무렵 지구의 내부구조를 주문처럼 외우지 않는다. 그 대신 핸드폰으로 오디오북을 켜서 침대 사이드 테이블에 올려 둔다. 점점 잠 속으로 떠내려갈 때, 낭독하는 목소리의 낮은 속삭임과 감정에 겨운 잠깐의 쉼마저 백색소음으로 변하게 두곤 한다. 똑같은 목소리가 전하는 똑같은 말을 계속 반복해서 듣는 일은 아버지가 돌아가신 후에 생긴 습관이다. 그 무렵, 혹시라도 깜빡 선잠이 들어 잔뜩 긴장하고 있던 내 주의력이 여기저기 흩어지기라도 하면, 여지없이 내가 가고 싶지 않은 곳으로 들어가곤 했다. 왜일까, 어디일까, 어떻게 할까, 만약 그랬다면 어땠을까 등의 부질없는 문제들로 빠져들었던 것이다.

미스터리 소설 듣기는 완벽하게 주의를 딴 데로 돌리는 방법이었다. 무엇보다 그 플롯에 사로잡혔다. 그런데 2주나 3주 간 반복해서 듣고 나서 내가 소설 듣기에서 가장 좋아하는 점이 무엇인지 알아채게 되었다. 실은 소설의 플롯에 매료된 게 아니었다. 그게 아니라 다음에 나올 문장이나 대사를 은근히 미리 헤아려 짐작할 수 있다는 사실, 그러니까 이제 곧 무슨 말이 나올지 이미 알고 있다는 편안함이었다. 10여 년 전에 이 한밤중 의식을 시작했는데, 그 습관을 깨기는 참 힘들 것 같다고 생각하는 중이다.

1979년 여름, 비행사이자 생태학자로서 항공기 조류 충돌 분야 전문가인 루이트 부르마는 비행 보안 목적으로 네덜란드에서 레이더 관측을 시작했다. 그의 계획은 넓은 에이셀 호수 위로 날아가는 광대한 조류 군단을 증명하는 일이었다. 결국 그 새들은 암스테르담과 주변 지역에서 유입되는 칼새로 밝혀졌다. 6월과 7월 매일 저녁마다 칼새 무리는 호수를 향해 날아왔고, 해가 지는 밤 9시와 10시 사이가 되면 민물 각다귀떼 먹이를 좇아 낮은 쇳소리를 내며 물 위로 몰려들었다. 10시를 막 지나면 높이 오르기 시작해 15분 뒤엔 600피트 높이까지 미끄러지듯 올라가 오밀조밀 함께 모였다. 그런 다음, 그 저녁 비행이 시작되었다. 5분이 지나자 전부 시야에서 사라졌고, 마침내 칼새의 저녁 비행은 최대 8,000피트 상공까지 도달했다. 부르마는 프리슬란트 북부에 위치한 대규모 군사용 항공방어 레이더에 연결된 특수 데이터 프로세서를 이용하여 한 가지 사실을 발견했다. 칼새는 그곳에서 늦게까지 잠에 들지 않고 계속 깨어 있었다. 자정을 넘기고 몇 시간이 지나고 나서 그들은 다시 한 번 먹이를 찾아 물 위로 날아왔다. 알고 보니, 눈부시게 밝은 여름날 도시 거리의 사랑받는 수호신이었던 칼새가 실은 여름날 짙은 어둠을 사랑하는 야행성 생명체이기도 했다.

한편 그는 칼새가 해가 지는 저녁에만 저녁 비행을 하는 게 아니라는 또 하나의 사실도 발견했다. 그들은 동트기 전 새벽에 다시 비행을 했다. 하루에 두 번, 빛의 세기가 서로를 거울처럼 비추는 황혼과 여명의 시점, 태양의 고도가 지평선 아래 6도에서 12도가 될 때까지 아련하게 밝거나 어두운 박명(薄明)의 시간, 칼새의 비행은 정점에 다다른다.

부르마의 관찰 이후에 다른 과학자들도 이 상승 비행을 연구하면서 그 목적에 대해 깊이 생각해 보았다. 물리학을 전공한 생태학자 아드리앤 독터는 이 현상에 대해 더 많은 사실을 발견하고자 도플러 기상 레이더를 활용했다. 독터 관측 팀에 따르면, 칼새는 대기를 통과해 높이 올라가면서 대기의 자료를 수집하는 것 같다고 했다. 대기 온도, 바람의 속도와 방향에 대한 정보를 모으는 것이다. 칼새는 저녁 비행으로 **대류경계층**(CBL)의 꼭대기까지 올라간다. 대류경계층은 대기 중의 습윤하고 연무가 낀 구역으로, 태양열로 가열된 지표가 상승 대류와 하강 대류를 생성할 때, 상승 온난기류를 발달시키는 지점이다. 말하자면 칼새가 일상을 영위하기에 마침 좋은 뭉게구름이 떠 있는 맑은 날씨 구역이라는 뜻이다. 일단 이 층의 꼭대기까지 진입하면 아래 풍경에 전혀 영향을 받지 않으면서 대규모 일기계(日氣系)의 움직임을 알 수 있는 바람의 흐름에 노출된다. 이런 높이까지 날아오르면, 칼새는 땅거미 지는 수평선 위로 장차 다가올 전선계의 먼 구름만 못 볼 뿐, 바람 자체를 이용하여 앞으로 다가올 이 일기계의 경로를 가늠할 수 있다. 그들은 바로 일기예보, 날씨를 예측하고 있는 것이다.

그리고 칼새는 더불어 더 많은 것을 하고 있다. 독터가 기록하듯이, 철새는 반응형 나침반 작용을 하는 복합체를 통해 스스로 방향을 잡는다. 저녁 비행 하는 동안, 칼새는 그 메커니즘에 접근한다. 모든 게 한눈에 보이는 높이에서 그들은 머리 위 별들이 흩어져 있는 패턴까지 볼 수 있으며, 동시에 자신들의 지구자기장 나침반을 측정할 수 있다. 그리하여 어슴푸레한 박명의 하늘에서 가장 강하고 선명한 빛의 편광 패턴에 따라 방향을 잡는다. 별, 바람, 편광, 지구 자기장 신호, 100마일 이상 멀리 떨어져 있는 구름 파편, 맑고 차가운 하늘, 그리고 그들 아래 밤잠을 청하려고 여울지거나 새벽을 향해 깨어나는 세상의 침묵이 존재한다. 칼새는 지금 자신들이 정확히 어디에 위치하는지 알아낼 수 있도록, 장차 그다음에는 무엇을 해야 할지 인지할 수 있도록 그렇게 높이 비행하고 있는 것이다. 그들은 조용히, 완벽하게 스스로 방향을 잡아 가고 있다.

코넬대 조류학 실험실의 세실리아 닐슨 팀은 칼새의 저녁과 새벽 비행은 홀로 이루어지지 않는다는 사실을 발견했다. 칼새는 매일 저녁 혼자서 강을 내려가기에 앞서 무리를 지어 상승하며, 반면 새벽에는 홀로 상승한 후에 다함께 땅으로 돌아온다. 스스로 올바로 방향을 잡고 올바른 결정을 내리기 위하여, 그들은 주변 세계의 여러 신호는 물론 서로에게도 주의를 기울여야 한다. 닐슨에 따르면, 칼새의 비행은 소위 '**집단응집력 원칙**'에 따라 이루어진다. 그들은 최선의 비행 결정을 내리기 위하여 모든 개체의 판단을 수렴하여 평균을 내고 있는 것이다. 무리에 속해 있을 때 주변 개체들과 정보를 교환하면 다음에 무엇을 해야 할지에 관한 결정력과 판단력이 향상되곤 한다. 우리 인간은 서로에게 말을 건넨다. 칼새는 인간처럼 서로 목소리로 소통하진 않지만, 대신 동료들이 무엇을 하고 있는지 주의를 기울일 수 있다. 그렇다면 결론은 이보다 더 간단명료할 순 없다. 바로 서로가 서로를 따라가는 것이다.

내 삶의 영역은 날마다의 일상이다. 그 일상 속에서 잠을 자고 밥을 먹고 일을 하고 생각을 한다. 그 시간과 공간 속에서 희망이 솟고, 절망에 빠지고, 소소한 대가를 치르고, 은혜를 입고, 앞날을 고민하고, 마음을 빼앗기기도 한다. 세찬 바람과 폭우가 항로와 흐름을 바꾸는 것처럼 그 일상은 나를 부수기도 하고 방향을 돌리게 만들 수도 있다. 때로는 거기에 그대로 존재하는 것조차 힘겨운 곳이지만 그곳이 바로 나의 집, 내가 있어야 할 곳이다.

칼새에 대하여 사색을 하면서 내가 어려움에 대처하는 방식을 좀 더 주의 깊게 생각하게 되었다. 어렸을 때에는 상승기류의 대기를 생각하면서 스스로를 위로했다. 어른이 되고 나서는 녹음된 오디오북 화자의 속삭임 사이로 스스로 숨어들었다. 우리는 저마다의 방어기제를 갖고 있다. 그중에는 자기를 파괴하는 것도 있지만 대부분은 기쁨과 즐거움을 위한 것이다. 이런저런 취미에 빠져 보고, 시를 써 보고, 바이크로 속도를 즐기고, 오랫동안 공들여 레코드판이나 해변의 조가비를 모으기도 한다. T. H. 화이트 멀린은 이렇게 말했다. "슬플 때 최선의 방도는 무언가를 배우는 것이다."

우리 모두는 우리가 쌓아 올린 방어구조물 안에서 삶의 대부분 시간을 보내야 한다. 우리 중에 너무 가혹한 현실을 감당할 수 있는 사람은 아무도 없다. 우리만의 책, 우리만의 수공예, 우리만의 강아지, 우리만의 손뜨개, 우리만의 영화, 우리만의 정원과 소소한 일이 필요하다. 그것이 바로 우리라는 사람, 바로 우리의 모습이다. 우리의 생활, 우리의 관심사, 그리고 우리가 선택한 모든 위안거리들 덕분에 우리는 온전히 유지된다. 하지만 **그런 것만** 품고 살아갈 수만은 없다. 그럴 경우, 우리가 장차 어디로 가야할지 생각해 내고 필요한 해법을 찾을 수 없기 때문이다.

칼새가 항상 아찔할 정도의 높이, 대기 경계선 꼭대기까지 날아오르는 것은 아니다. 대부분의 시간 동안에는 그 아래, 탁하고 복잡한 공기 속에서 살아간다. 그곳에서 먹이를 찾고, 짝을 짓고, 헤엄을 치고, 물을 마시고, **존재한다.** 그러나 자신들의 삶에 영향을 끼칠 중요한 사실을 알아내기 위한 목적으로, 그들은 더 넓은 풍경을 조망하기 위해서, 그리고 그곳에서 자신들의 영역에 영향을 끼치는 더 큰 힘에 관하여 서로서로 소통하기 위해서 더 높이 올라가야만 한다. 가지 않으면 안 된다.

그러므로 이제부터 나는 칼새를 다르게 생각해 보려 한다. 그 시작점으로 칼새를 천사나 외계생물이 아니라 완벽하게 나를 깨우치고 교훈을 주는 생명체로 보려고 한다. 칼새 중에서도 알을 품거나 새끼를 돌보아야 하는 무리는 저녁 비행을 피하곤 한다. 그와 같이 우리 모두가 다 그렇게 높이 오를 필요는 없다. 하지만 하나의 공동체로서 그 안의 생명을 보존하고 삶을 성장시키고 확장하려면 당연히 우리 중에 누군가는 일상에 너무 쉽게 가려지는 이런저런 상황을 분명히 바라보아야 한다. 지금 우리 삶의 항로를 앞으로 그대로 이어 갈까, 아니면 반대로 등을 돌려야 할까? 다음에 무엇을 해야 할지 알아차려야 한다면 그 생각도 곰곰이 해 봐야 하겠지? 그런 면에서 칼새는 공동체라는 나만의 우화로서, 앞으로 닥쳐올 악천후에 맞서서, 우리만의 수평선 위에 어두운 돌무더기처럼 걸려 있는 먹구름에도 불구하고 올바른 결정을 내리는 방법에 대하여 귀한 교훈을 전해 준다.

22

반딧불이

내가 해마다 빠지지 않고 쫓아다니는 여름날 마법의 생명이 있다. 작고 강렬하며, 무던히도 아름다운 것이다. 그것을 가장 잘 볼 수 있는 최상의 기회는 바로 6월과 7월의 뜨거운 여름밤이다. 오늘 밤 내가 지내고 있는 대학촌의 교외에 위치한 버려진 백악(白堊) 채석장 안에서 그것을 찾아보고 있는 중이다. 달빛이 우뚝 솟은 하얀 절벽을 감싸고, 만년 설원을 닮은 작은 맨땅에는 온갖 뼈가 흩뿌려져 괜스레 으스스한 분위기를 자아낸다.

여기는 온갖 생명으로 가득 찬 자연보호구역으로 영국에서 털기름나물이 자라는 단 세 곳 중의 하나다. 얼룩진 황금 벨벳 빛깔의 그린롱혼나방은 옅은 색깔의 스카비오사 꽃 주변을 장식한다. 토끼는 바람에 날리는 삼엽 토끼풀과 키드니베치와 백리향 향기 속에서 풀을 뜯는다. 저녁 하늘에는 양쪽 끝이 위로 올라간 더듬이와 갈고리 모양의 발로 여기저기 마구 날아다니는, 나무 색깔의 커다란 딱정벌레로 가득하다. 자세히 보니 왕풍뎅이다. 이 왕풍뎅이들이 내 머리에 엉키기 시작하자 나는 무언가 슬며시 잡아당기는 느낌을 받으면서, 짜증이 나고 성가셔 손가락으로 머리를 자꾸 쓸어 넘기게 된다. 나는 너희들 풍뎅이 보러 온 게 아니라고! 다른 녀석을 기다리고 있단 말이야. 이제 거의 올 때가 되었다. 밤 10시, 마지막 눈발 같던 빛이 절벽에서 사라지고 가느다란 별빛과 나방 천지의 어둠이 찾아왔다. 그런 다음, 마법이 시작된다.

20피트 떨어진 곳에 강렬한 빛 한 점이 존재의 눈짓을 보낸다. 저기 저쪽에 또 하나의 빛이 드러난다. 마치 차가운 불꽃의 미세한 티끌이 모여 지상에서 드문드문 별빛 지도를 밤하늘 배경처럼 그려내는 것 같다. 나는 그 한 점에 가까이 걸어가 무릎을 꿇고 드디어 저세상의 광채를 응시한다. 그 빛은 날개도 없고 자그마하고 가늘고 긴 딱정벌레의 꼬리 끝에서 나온다. 그 작은 딱정벌레는 풀 나무 줄기를 꽉 쥐고서 조그만 배를 공중에서 흔들고 있다. 그것과 나를 둘러싼 그 빛의 향연은 반짝이는 벌레, **땅반딧불이**다. 숭고하면서도 우스꽝스러운 벌레, 반딧불이. 그 존재의 절반 속에는 머나먼 별의 거리가 말없이 숨어 있고, 나머지 절반 속에는 꼬리를 마구 흔들며 방랑하는 한량의 기운이 스며 있다.

암수 반딧불이 중에 이렇게 반짝이는 쪽은 바로 암컷이다. 반딧불이 암컷은 날개가 발달되지 않아 제대로 날 수 없고, 그런 까닭에 먹이를 찾아 먹거나 물을 마실 수도 없어서 주로 풀숲에 산다. 낮에는 줄기 속과 표적물 아래 깊이 굴을 파면서 보내다가 해가 지고 나면 나타난다. 해질녘에 자연의 빛은 약 0.1룩스까지 떨어진다. 그즈음 식물줄기를 기어 올라가 자기보다 몸집이 더 작고 날개 달린 수컷을 유혹하기 위해 반짝인다. 일단 짝을 맺으면 암컷의 빛은 영원히 소멸되며, 둥글고 작으면서 희미한 발광성의 알을 낳고 세상을 떠난다. 그들이 성체로 보내는 생은 짧지만 빛으로 이루어진다. 반면 유충으로 보내는 두 해는 온통 소름 끼치는 어둠의 자식들과 같다. 주둥이를 이용해 마비시키고 융해시키는 신경 독을 달팽이에게 주입하고 수프처럼 흡입해 버리기도 한다.

나는 이 반딧불이 옆에 무릎을 꿇고서 그 빛에 사로잡혀 꼼짝하지 못한 채 자리를 지킨다. 어쩌면 여름밤 이 만남은 화학작용이라기보다 마법의 효과인 것처럼 느껴진다. 그 빛이 효소 발광체가 산소와 아데노신삼인산과 마그네슘이 있을 때 루시페린이라는 발광소 합성물에 작용한 반응의 결과임을 이미 잘 알면서도 볼수록 신기하고 마법 같다. 그 차가운 발광의 정확한 기제는 오랫동안 수수께끼처럼 자연 철학자들을 어리둥절하게 만들었다. 17세기 로버트 보일은 반딧불이를 진공 상태로 두면 그 빛이 사라진다는 사실을 발견했다. 그리고 유리 뒤편에 갇혀 있는 실험용 반딧불이의 빛이 '감옥에 갇혀서도' 자유롭게 빛나는 '확실한 진리'에 가깝다는 사실에 대하여 깊이 생각하기도 했다. 19세기 존 머레이는 잉글랜드 중서부 웨일스 접경 슈롭의 땅반딧불이를 대상으로 힘겨운 실험을 했다. 반딧불이의 발광 부위를 다양한 온도의 물에 넣어 열을 가하기도 하고, 산이나 나프타, 오일이나 주정에 넣어 보기도 했다. 이런 소심하게 섬뜩한 실험에 관한 그의 설명은 그 실험의 대상만큼이나 거의 마법에 가깝다. 어떤 표본은 올리브 오일 속에 떠 있을 때 한 여드레쯤은 반짝였다. 그는 "대략 10피트쯤 떨어진 곳에서 보니 그것은 항성처럼 반짝였다."고 회상하면서 "꾸준히 조용하게 그 아름다운 현상을 관찰했다."고 말했다.

정말이지 별과 등불의 은유에 기대지 않고서는 반딧불이에 대하여 단 한 줄도 쓰기가 어렵다. 반딧불이가 내는 빛은 수많은 문학 작품을 낳았다. 16세기 셰익스피어의 『햄릿』 1막 5장에서 유령은 희미해지는 반딧불이의 "헛된 빛"을 보고 아침이 가까이 왔음을 대신 말하고, 17세기 형이상학파 시인 앤드류 마블의 「반딧불이 풀 베는 사람」에 나온 "살아 있는 등불"은 방랑자들을 집까지 안전하게 안내해 주는 예의 바른 동물로 탄생한다.

반딧불이는 백악질과 석회석 토양질의 서식지를 선호한다. 그래서 오래된 철로와 강둑에서, 묘지에서, 산울타리와 정원에서 발견할 수 있다. 하지만 대체 몇 마리나 영국에 서식 중인지 아무도 알지 못한다. 실제로 그들이 내는 빛은 자동차 헤드라이트와 손전등에 쉽게 가려지기 때문이다. 확실히 서식지 오염이나 붕괴, 도시 개발은 반딧불이에게 위협이 된다. 특히 숫반딧불이는 가로등과 밝게 비치는 창문에 쉽게 끌려가는 편이다. 하지만 주변 동네와 마을에서 연신 빛나는 반딧불이의 나트륨 빛이 채석장 벽에 가로막히기 때문에 그나마 이 특이한 개체군은 살아남는다. 반면 암반딧불이는 날 수가 없으므로 대개 나이가 들면서 쇠락해져 어느새 사라지고 만다. 암반딧불이는 형태상 날개가 발달되지 않았고 거의 애벌레처럼 생겼기 때문에 어디론가 움직이고 이동하기가 힘들다. 하지만 익히 알려진 대로 암반딧불이 개체는 보통 열정적으로 보호받는 존재며, 반딧불이 투어와 산책은 전 세계 많은 나라에서 여름밤에 가장 사랑받는 전통이 되었다. 해당 지역 전문가들은 음료와 스낵까지 준비해 반딧불이와 함께하는 자연 루미나리에를 찾아온 방문객들을 안내한다.

우리는 고개만 돌리면 사방에 정신을 어지럽힐 정도로 끝없이 반짝이는 스크린 세상 속에 살아간다. 그런데 이 작은 자연의 빛은 사람을 밖으로 몰고 가 우두커니 서서 경이로움을 한껏 느끼게 만드는 매력을 갖고 있다. 생태계가 파괴되는 요즈음, 사람들은 살아 있는 실제 자연 세상이 아니라 TV와 영상으로 자연을 더 흔하게 접한다. 이런 시절에 사람과 자연을 다시 연결하는 방법을 찾는 일은 쉽지 않다. 그런 면에서 이 빛나는 자연의 등불이 사람들을 밖으로 유인하여 그 빛을 지켜보며 경이로운 시간을 선사해 주는 것은 화면으로 만나는 세상에서는 결코 유의미하게 포착할 수 없는 경험이다. 반딧불이는 숨겨진 우리 시골의 한 부분이다. 17세기 시인의 살아 있는 등불이 그랬듯이, 지금 21세기에도 여전히 반딧불이는 마음이 산란해진 방랑자들을 정중하게 인도할 수 있는 존재다.

23
태양새

나는 딱 한 번 그들을 보았을 뿐이다. 다시는 못 보게 될 것이라고 꿈에도 생각하지 못했다. 팬암 여객기나 구소련, 그리고 내가 세상에 태어났을 때 존재했던 수많은 것들처럼 그들도 영원하리라 예상했다. 그날 아침 일찍 밖으로 나갔다. 태양은 층운 사이로 희미하게 빛을 내고 있었다. 북서쪽으로 차를 몰고 가는데 저 멀리 수평선 위로 어떤 형태가 천천히 흘러내리는 시럽의 속도로 부풀어 올라왔다. 언뜻 보면 건물 같기도 하고, 항공기 격납고나 창고 같기도 하다. 하지만 그것은 1950년대에 성냥회사 브라이언트앤메이가 심은 포플러 숲이었다. 이후 일회용 플라스틱 라이터와 값싼 나무수입품이 유입되면서 그 숲은 결국 일종의 경제사적 유산으로 변하고 말

왔다.

하지만 이 조림지는 야생조류관찰자들에게 사랑받는 곳이었다. 영국에서 번식하는 유럽꾀꼬리를 볼 수 있는 유일한 공간이었기 때문이다. 유럽꾀꼬리는 전설의 새였다. 나는 지난 수년 동안 책에서 숱하게 그 새에 관한 글을 읽었다. 그 새는 정말이지 눈부실 정도로 예쁘다. 수컷은 윤기 나는 까만 날개에 귀여운 미나리아재비를 연상시키는 노란색 몸통과 딸기색 붉은 부리를 뽐낸다. 암컷은 몸통에 연한 올리브그린 빛깔이 감돈다. 하지만 뭐니 뭐니 해도 그들의 진짜 매력은 보기 드물다는 점에 있다. 만약 영국 말고 다른 나라에 살고 있다면 언제 어디서든 꾀꼬리를 볼 수 있었을지도 모른다. 미국만 해도 많이 있고 지리학적으로 유라시아 대륙과 사하라 이북 전역의 여러 나라 정원에서 흔히 볼 수 있다. 하지만 영국에서는 오직 이 벽지의 소도시에서만 찾아볼 수 있다.

이 조림지의 정문 옆에서 오늘 나를 안내해 줄 사람을 만나기로 약속했다. 예전에 만나본 적 없는 사람이었다. 하지만 저기서 모직 모자를 쓰고 쌍안경을 들고서 나를 향해 손을 흔들고 있는 모습을 보니 저 사람이 바로 오늘의 가이드가 분명하다. 그의 이름은 피터. 피터는 내 친구의 친구인데 유럽꾀꼬리 전문가였다. 나중에 알았지만, 그는 이곳에 미리 와서 차 안에서 잠을 자면서까지 밤새 새벽이 오기를 기다렸다. 새벽에 갈대밭에서 큰소리로 우짖는 덤불해오라기를 보기 위해서였다. 그 멋진 광경을 내가 아쉽게 놓쳤다고 은근히 자랑을 했다. 그의 말에 따르면 덤불해오라기 소리는 정말로 낯설고 이상했다. 마치 누군가가 꽤 깊고 목이 넓은 병을 불고 있는 것 같다고 했다. 피터가 덤불해오라기 이야기를 하는 순간에도 유럽꾀꼬리는 계속 노래하고 있었다.

이윽고 우리는 이슬에 젖은 길을 따라 숲으로 걸어가는데 유럽꾀꼬리가 풍부한 멜로디를 피리처럼 노래하는 소리가 들렸다. 그 노랫소리는 온 숲에 울려 퍼졌다. 그리고 나뭇잎들이 달그락거리는 소리와 유럽개개비가 노래하며 시끄럽게 재잘거리는 소리도 들렸다. 마치 그들 모두가 저기 저 멀리 외딴 곳에서 떠돌다 한꺼번에 이리로 들어온 것만 같았다.

순간, 깨달았다. 아, 이곳은 과거겠구나. 저 새는 역사를 노래하고 있는 거야. 14세기 제프리 초서는 『장미의 이야기(*The Romaunt of the Rose*)』를 옮기며 중세영어로 **'Wodewale'**라는 이름의 새에 대하여 썼다. 오늘날 전문가들 사이에서 그 새가 딱따구리일 것이다, 숲종다리일 것이다, 꾀꼬리일 것이라는 등 의견이 분분하다. 나는 꾀꼬리라고 확신하는 쪽이다. 왜냐하면 'Wodewale'이라는 단어 자체가 꾀꼬리가 노래하는 아름다운 소리와 매우 흡사하기 때문이다. **워-더-월-어, 워-더-월-어,** 이 악구는 마치 옛날 직접 손으로 금물과 은물을 칠해 만든 채식 필사본 페이지, 그 페이지를 감아올리는 금박 깃발의 모서리 끝, 그 깎아 다듬은 끝 가장자리가 살짝 말려 올라간 모양을 닮았다.

꾀꼬리가 지저귀는 소리를 듣기는 의외로 쉽다. 한데 눈으로 직접 보는 것은 전혀 다른 문제다. 포플러 숲은 어떤 면에선 조금씩 올라가면서 전체 모습을 드러내는 마분지 극장 상자 세트를 닮았다. 마분지로 만든 그 상자를 들여다보노라면 온갖 형태의 원근법 속임수와 함정 속으로 끌려들어가게 된다. 포플러 숲에선 죽 늘어선 똑같은 크기의 회색빛 원주형 나무 몸통들이 흐릿하게 먼 곳의 소실점까지 자꾸만 뒤로 뒤로 걸어간다. 더구나 포플러 나뭇가지는 꽤 높은 곳에서 자라기 시작하기 때문에 죽 늘어선 포플러 사이에서 나뭇잎들이 만나면 아치 형상이 만들어진다. 이 아치형은 어찌 보면 고대 극장의 앞 무대 같기도 하고, 또 어찌 보면 대성당의 부벽 같기도 하다. 역시나 나뭇잎이 서로 만나 달그락거리고 재잘거리는 소리가 거의 끊이지 않기 때문에 되게 **소란스러웠다.** 하트 모양의 포플러 잎은 기다랗고 유연한 잎자루 안에 여러 개가 걸려 있다. 잎자루가 길고 유연한 탓에 바람이 조금만 불어도 포플러 나무는 깃발처럼 펄럭이면서 감기기도 한다. 포플러 숲 전체는 마치 갈기갈기 찢어진 종이로 만든 것처럼 보였다.

그 나뭇잎 사이 어디엔가 꾀꼬리가 있었다. 꾀꼬리는 큰 소리로 지저귀면서 움직였다. 노래하더니 금방 다시 지저귀고, 그러다 멀리 있는 나무로 훌쩍 가버려 보이지 않다가, 다시 큰 소리로 울더니, 이번에는 날카로운 고양이 울음 같은 소리를 내다가, 다시 움직이고, 울고, 지저귀고, 노래하고, 그러다 다시 한 번 움직였다. 그들은 나무

닫집의 맨 꼭대기에 앉아 내려올 줄 몰랐다. 그리고 한참 후에 나는 그들이 소리를 크게 내지를 수 있는지 궁금해지기 시작했다. 우리는 거기에 꽤 오랫동안 서 있었다. 쌍안경을 들고서 얼마나 있었는지 목에 경련이 일어날 정도였는데, 아직 꾀꼬리의 그림자조차 만나지 못했다.

집으로 돌아오는 길, 마치 손바닥 안의 조약돌처럼 나는 꾀꼬리가 우짖는 노랫소리의 기억을 쥐고 있었다. 직접 꾀꼬리를 보진 못했지만 그렇다고 그날 포플러 숲에서 맞이한 나의 아침에 실망하지는 않았다. 그렇더라도 다시 찾아가서 꾀꼬리를 만나려는 시도를 해야 한다고 생각했다. 내심 조만간 다시 올 거라고 다짐하고 있었다.

이때가 지금으로부터 13년 전, 2006년의 일이었다. 우리의 작고 소중한 포플러 숲이 조금씩 스러지기 시작할 무렵이었다. 그 시점에 그 숲의 역사는 40년에 불과했다. 그 숲에 처음으로 등장한 꾀꼬리 개체군은 1960년대에 네덜란드에서 온 종이었다. 그들은 본래 이곳 포플러 숲과 유사한 네덜란드 간척지 안의 숲에서 보금자리를 꾸리고 살았다. 그들이 북해를 건너와 이곳에 도착했을 때, 미리 작정하지는 않았지만 와 보니 고향의 모습을 참 많이 닮았다고 생각했을 것이다. 꾀꼬리들은 조용히 번성해 나갔다. 1980년대쯤에는 약 30쌍으로 늘어났지만, 그때부터 이미 그들의 보금자리인 숲에 대하여 걱정하는 이야기들이 들려왔다. 그도 그럴 것이 그 구역 내에서 가장

비싼 나무들을 베어 내버리기로 예정돼 있었던 것이다. 사람들은 새를 공부하고 조사하고 보호하는 데 도움을 줄 단체를 만들려고 조금씩 기금을 모았다. 그리고 새로 태어날 꾀꼬리들에 대한 희망으로 새로운 포플러 지대를 꾸몄다.

하지만 그럼에도 불구하고 그 숲의 가장 큰 나무가 잘려 나갔고, 이후 꾀꼬리 개체 수는 급격히 감소했다. 공교롭게도 이 무렵에 네덜란드, 덴마크, 핀란드 북부 지역 전역에서도 꾀꼬리 개체 수가 더욱 광범위하게 감소하기 시작했다. 어쩌면 콩고 내 환경 변화의 영향 때문이었는지도 모른다. 콩고는 꾀꼬리가 겨울을 나는 곳이다. 또 어쩌면 점점 일찍 찾아오는 유럽의 봄 때문에 꾀꼬리가 잡아먹는 곤충이 부족했거나, 새끼를 먹이는 데 가장 필요한 때가 서로 맞지 않아서 그랬을지도 모른다. 영국에서는 그 끝이 더욱 빠르게 왔다. 내가 찾아가고 불과 3년 후에 둥지 하나만 달랑 남았고, 그 후로 영국에서 자란 꾀꼬리는 더 이상 존재하지 않았다. 그때 지저귀는 소리로만 만났던 꾀꼬리는 이주한 개체였던 것이다. 그들은 경제사의 유물로 남은 이 작은 토막 땅에 살면서, 종잇장처럼 얇고 메마른 가지 위에 아름답게 정착했던 것이다. 그나마 그들이 지저귀는 노래가 있어서 이곳 저지대는 찬란하게 존재할 수 있었다. 당시에 우리는 그 새들이 영국에서 나고 자란 새라고 착각했다. 다른 나라에서 이주한 개체일 거라고는 꿈에도 생각하지 못했다. 이 포플러 숲은 잃어버린 식민지가 아니었으니까, 그렇게 생각하는 것도 무리가 아니었다. 우리는 그저 그들이 고향 영국으로 돌아온 토착 꾀꼬리라고 생각했고, 이 포플러 숲이 그들의 터전이기 때문에 소중히 생각하고 사랑했던 것이다.

피터와 처음 만나 꾀꼬리를 못 본 채 돌아오고 일주일 후, 태양이 뜨기 직전의 뜨겁고 불길한 어둠 속으로 또 한 번 찾아갔다. 그곳은 이미 몇 해 전에 조류 보호구역으로 변해 있었고, 포플러 조림지 주변의 당근밭은 침수되어 갈대를 심어 놓은 상태였다. 피터를 만나러 걸어가는 길은 이 갈대밭을 통과해 이어졌다. 불투명한 연못도 보였다. 그것은 표면에 뿌연 꽃가루 먼지를 뒤집어쓴 윤기 하나 없는 습지대 웅덩이였다. 내 발등으로는 작은 개구리들이 앞다투어 기어오르고, 다급해진 수십 마리의 작은 양서류가 풀 위를 굴러가고 있었다. 아름다웠지만 어쩐지 심란하고 불안한 곳이었다. 그곳은 사막과 바다와 다르게 인간의 삶을 지탱하는 데 해로움을 끼치지는 않는다. 물론 문자 그대로의 의미에서 생각할 수 있는 해로움을 제외하면 그렇다는 뜻이다. 그래도 사막은 걸어서 횡단할 수 있다. 하지만 물 위를 걸어갈 수는 없다. 그렇다면 갈대밭은 어떠한가? 아무도 모를 이야기이긴 하다. 갈대 줄기는 뾰족하기도 하고 부드럽기도 하다. 갈대밭도 마찬가지다. 어떤 곳에서는 다뉴브 삼각주처럼 섬이 되기도 한다. 그 갈대밭 섬 안에서 부패와 생명이 뒤엉킨 방주가 미끄러지듯 나아간다. 한마디로 갈대밭은 발밑의 땅이 결코 땅인지 아닌지 알지 못하는, 미묘하고 색다르면서 어렴풋이 위험한 곳이다. 이렇게 내가 내딛는 발밑의 땅이 결코 땅인지 아닌지 알지 못하는 상태에 빠진 인간의 심리에 다가오는 낯선 효과를 절대 과소평가해선 안 된다. 만약 그 지역에 대한 특별한 지식과 정보가 없다면 갈대밭은 산악지대만큼이나 험하고 치명적인 공간이 될 수도 있다.

내가 갈대밭을 굽어보고 있을 때, 어디선가 핑 하는 소리가 들렸다. 그런 다음, 긴 꼬리를 가진 네댓 마리의 작은 새들이 잇단 연주를 하듯 물 위를 날아와, 내 바로 앞 갈대밭에 작고 둥근 밤송이처럼 앉았다. 잠깐 쉬려고 하는 게 분명했다. 수염오목눈이였다. 이곳 갈대밭처럼 갈대 줄기에 전적으로 의존하는 새였다. 다 자란 수염오목눈이는 1년에 두어 가족을 꾸리는데, 보아하니 이들은 한 배의 새끼들이 갈대밭 위에 풀려 나온 것 같다. 성체 수컷 수염오목눈이는 회색빛 드레이프와 까만색의 긴 수염이 있어서 아주 매혹적인 새로 알려져 있다. 하지만 지금 이 새끼들은 외관상 아직 다 자란 상태가 아니었다. 그래도 마치 값비싼 캐시미어로 만든 듯, 광택이 흐르는 황갈색 빛의 겉모습을 자랑했다. 그리고 어쨌든 까만색의 기다란 벨벳 이브닝 장갑을 착용한 정도로는 보였다. 작고 창백한 부리가 혼자 뾰족하게 튀어나온 모습은 마치 어떤 날씨에도 견디는 전천후 성냥의 머리 모양을 닮았다. 낯선 기색의 창백한 눈은 거무스름한 가루를 엄지로 문지른 듯한 모습이었다. 그들이 갈대밭 사이를 기어갈 때면 유독 그 눈에 빛이 내려앉아 반짝였다. 그 움직이는 모습은 마법에 걸린 듯 넋이 빠질 정도였다. 분명 수염오목눈이는 수직의 세상을 위해 태어난 새 같다. 긴 다리는 흑요석처럼 까만 윤기가 흐르며, 발은 만화에 나오는 거대한 새의 발 그대로였다.

나는 꾀꼬리는 까마득히 잊은 채 이 작은 캐시미어 공이 갈대밭에서 튀어 올랐다가 내려갔다가 하는 모습을 가만히 서서 지켜보았다. 그 새가 이쪽 갈대 줄기에서 저쪽 갈대 줄기로 옮겨 다니며 폴짝폴짝 뛰는 모습을 보고 있으려니 너무 즐거웠다. 녀석들은 한쪽 발로 줄기 하나를 꽉 쥐고서 즐겁게 갈대 줄기에 내려앉곤 했다. 그러곤 거기서 가장 가까이 걸려 있는 엽상체에서 갈대 씨를 집어 들고 즐거운 표정으로 둘로 갈라 쪼개고 있었다.

이번에 피터는 기술 장치를 가지고 왔다. 강둑에 망원경을 설치하고 둥지 쪽으로 방향을 잡아 두었다. 그 둥지는 종잇장처럼 얇은 알락나방고치가 풀줄기에 붙어 있듯이 그 나무에 꼭 달라붙어 있었다. 그 모양이 어떻게 보면 반으로 가른 코코넛 같았다. 공중에서 60피트 높이에 달린 조금 탄탄한 나뭇가지 사이에 얇은 풀과 밧줄로 조심스레 짜 엮은 코코넛 모양이었다. 완전히 동그란 형태가 아니라 딱 절반으로 자른 모양과 비슷했다. 나도 이런 둥지는 처음 보았다. 물론 한동안 새 둥지를 전혀 볼 수 없긴 했지만 예전에도 본 적 없는 그런 둥지였다. 망원경을 통해 보니 주변의 빛이 충분하지 않아, 초점을 맞춘 영역으로부터 전후로 둥지가 선명하게 보이는 범위가 아주 작아서 입체감이 떨어졌다. 하지만 태양이 조금 더 높이 떠오르자, 방금 희미하게 보았던 것이 마치 매직 아이 그림 속을 들여다보는 것처럼 눈에 쏙 들어왔다. 말하자면 여기에 둥그런 원이 있고, 그 원 안에 1,000개의 줄기와 나뭇잎의 각도, 그 피사체 음영의 단편들이 조금씩 거리를 두고 본래 자기 모습대로 선명하게 존재하고 있었다. 바람이 불 때마다 곧은 줄기나 나뭇가지 하나하나가 살짝 가려지기도 하고 불쑥 얼굴을 내밀기도 했다. 나는 이 혼란스러운 장면을 지켜보면서 배 멀미 비슷한 걸 느끼기 시작했다. 하지만 그다음 순간, 신기하게도 입체사진을 들여다보고 있으면 3차원 공룡 비슷한 형상이 갑자기 슥 드러나는 것처럼, 중심에서 떨어져 있던 진흙 웅덩이가 둥지로 스윽 변해 버렸다. 그러다 망원경 초점이 벗어나면서 둥지가 사라지고 진흙 웅덩이가 시야 중심에 들어오기도 했다.

일이 그렇게 되자, 나는 다시 그 장면을 놓치지 않겠다고 힘을 쓰느라 정신이 바짝 들었다. 망원경의 초점은 근시가 있는 내 눈에서 볼 때는 조금 벗어났다. 그래서 내가 방금 본 것이 또다시 말도 안 되게 비현실적인 모습이 되지 않도록 물리적인 노력이 필요했다. 성체 수염오목눈이가 둥지에서 뛰어오르는 모습을 정말이지 실감나게 보고 싶었다. 둥지 안에서 새끼들이 쏙 얼굴을 내밀고 먹이를 달라고 입을 크게 버린 모습도 보고 싶었고, 그 귀여운 새끼들이 이제 막 자란 깃털을 팔랑거리는 모습도 보고 싶었다.

만약 그 둥지 안에 새가 있다면, 한 해의 이맘때쯤이면 깃털이다 나고 보금자리를 떠날 준비를 할 때일 것 같다. 그런데 어째서 둥지 안에서 뭐라도 움직이는 모습을 볼 수 없는 거지? 분명히 이 시간쯤이면 가만히 있지 못하고 이리저리 들썩거려야 하는데? 이런 불안과 걱정이 시작되자 나는 망원경을 피터에게 내주고, 코트를 벗어 풀밭에 펼치고 털썩 앉아 버렸다. 처음엔 혹시 이 둥지 안에 아무것도 없는 게 아닐까, 슬며시 의심을 품었다가 결국 진짜 그렇다는 걸 깨닫기에 이르렀다. 그러자 우리 두 사람은 침울해졌다. 사실 여기 오기 전날에 유달리 바람이 많이 불었다. 그래서 새끼들이 둥지에서 떨어지지 않았을까 걱정하기도 했다. 생각이 여기에까지 미치자 이제 남은 건 무조건 그 나무로 가서 나무 밑에 떨어져 있을지도 모를 새끼들을 찾아야겠다는 마음뿐이었다.

나는 코트를 주섬주섬 다시 입었다. 그 나무는 족히 5피트 깊이나 되는 쐐기풀에 싸여 있었다. 나도 예전에 쐐기풀 천지에서 새도 많이 관찰하러 다니고, 걸어 다니고, 매도 부리곤 했었다. 그러니 당연히 커다란 쐐기풀 층을 처리하는 정확한 방법이란 꽤 두꺼운 옷을 입고서 쐐기풀 따위 전혀 개의치 않는 것뿐임을 잘 알고 있었다. 겨우겨우 간신히 쐐기풀을 헤치고 지나갔다. 제기랄, 빌어먹을, 젠장! 그건 마치 홍해가 갈라지던 기적 같았다. 믿음이 있다면 당신 앞에 그 무엇도 당신을 해치지 못하리! 하지만 아뿔싸, 나는 늪에서 나온 쐐기풀을 다루는 데엔 익숙하지 않았다. 우리는 축축한 까만 진흙 속에서 제대로 햇빛을 받지 못해 누렇게 뜬 채 자라고 있는 골

풀을 헤치고 걸었다. 그리고 땅이 물속에 너무 푹 잠긴 나머지 이탄 이끼와 비슷해 보이는 걸 제외하면 아무런 식물도 자라지 않는 이런저런 곳을 건너 걸음을 재촉했다. 하지만 대부분은 쐐기풀 속을 걸었다. 쐐기풀 줄기는 너무 촘촘하게 모여 있었다. 그 속을 거의 전투하듯 헤치며 지나가고 있기도 했지만, 얼마나 빽빽하고 촘촘한지 그 쐐기풀 밑에 뭐가 있는지 전혀 감이 잡히지 않을 정도였다. 이곳 포플러 나뭇가지는 낮게 걸려 있어서 마구 찔러대는 쐐기풀 꼭대기와 잔가지와 나뭇잎 관목 지붕 사이에 우리가 겨우 지나갈 틈을 작은 터널처럼 만들어 주었다. 그건 마치 강 탐험을 하는 듯한 기분이었다. 턱을 옆으로 기울이거나 뒤로 젖혀서 위쪽으로 향하다가 다시 맨 아래쪽으로, 그러다 물과 바위 사이 반쯤 허공에 뜬 상태가 되곤 했다. 그곳은 폐쇄공포증을 유발할 정도였고, 몹시 격한 느낌이 들었다. 여기저기 녹색 풀은 무성했으나 거무스름한 빛깔을 띠고 캄캄했다. 어쩌면 잉글랜드에서 한참이나 멀리 떨어진 외딴 곳처럼 느껴졌다. 언뜻 보기에는 저기 대서양 건너 루이지애나쯤 될 것 같은 그런 심정이었다. 모기가 마구 달려들었는데, 커다란 옅은 줄무늬와 기다란 코가 특징인 학질모기 떼가 일부러 우리 얼굴 앞으로 몰려왔다. 마침내 도착했다. 우리는 둥지 나무에 딱 멈춰 서서 조심스럽게 발로 차보았다. 나무 밑에는 쐐기풀 말고는 아무 것도 없었다. 나는 모기 한 마리, 또 한 마리를 차례로 손바닥으로 찰싹 때렸다. 펼쳐 보니 손바닥 안에 피가 묻어 있었다.

그런데 그때 꾀꼬리 소리가 들렸다. 본래 아름다운 천상의 소리가 아니라, 연이어 짧게 긁어 대는 소리였다. 그러고 나서 그 소리에 화답하듯, 종잇장처럼 얇고 흐릿한 녹색 풀에서 너무나도 부드럽고 조용하게, 보드라운 훗, 훗, 훗 소리가 들려왔다. 어린 꾀꼬리가 나, 여기 있다고 말해 주는 울음이었다. 그러자 이번에는 아름답게 소용돌이치는 플루트 소리가 났다. 아빠 꾀꼬리가 먹이를 주러 어디선지 모르게 불쑥 휙 들어와서 내는 소리였다.

그리고 바로 그 순간, 나는 그 꾀꼬리를 보았다. 드디어 내가, 나의 꾀꼬리를, 내 눈에 담았다. 선명하고 밝은 황금빛 노란색의 수컷이었다. 뭐랄까, 이것저것 한데 섞인 복잡한 기쁨이 찾아들었다. 왜냐하면 지금껏 우편 소인이 찍힌 우표와 작은 직소퍼즐에서만 보았을 뿐이지, 이렇게 움직이는 꾀꼬리를, 그것도 활기찬 모습으로 자연 풍경 안에서 직접 본 건 생전 처음이었기 때문이다. 펄럭이는 날개가 보인다. 꼬리도 살짝 보인다. 이번엔 가려진 나뭇잎 사이로 얼굴만 언뜻 보인다. 나는 완전히 넋이 나간 듯, 그 자리에서 옴쭉달싹 하지 못했다. 꾀꼬리가 새끼에게 먹이를 넣어 주는 그 사이사이에 공중으로 떠오르는, 이 행복하고 각별한 모습을 보게 되리라곤 꿈에도 생각하지 못했었다. 엄청나게 결정적인 순간의 움직임을 보게 되다니 상상도 못한 일이었다. 넓게 펼친 꼬리 가장자리를 따라 작은 점이 작은 별처럼 풍성하게 박혀 있었다. 내 쌍안경을 통해 펼쳐진 이 모든 광경 속에서 저 꾀꼬리가 겨우 팔을 뻗으면 닿을 곳에 있는, 겨우 손톱만 한 크기의 존재였다는 게 정말 믿어지지 않았다. 아니, 그때 그 순간 팔을 뻗으면 닿을 그 거리에 있던 손톱은, 분명 내가 눈으로 담을 수 있는 태양 크기만 했다.

24

전망대

나는 단 한 번도 백조를 좋아하거나, 백조에 대해 크게 신경을 써 본 적이 없었다. 적어도 어느 날 백조 한 마리가 내 생각이 틀렸다고 말해 주기 전까지는 그랬었다. 어느 흐린 겨울날 아침이었다. 그즈음 나는 사랑하는 사람과 헤어지고 이별의 아픔으로 힘들어하던 중이었다. 캠 강의 지저스 록, 어느 콘크리트 계단에 앉아 강물을 우두커니 응시하면서 세상은 참 차갑고 음울한 회색빛이라고 느끼고 있었다. 그때 소리도 없이 암컷 백조 한 마리가 물에서 홀로 높이 오르더니 안쪽으로 굽은 낭창낭창한 가죽 질감의 물갈퀴가 달린 까만색 튼튼한 두 다리로 쿵쿵쿵 나를 향해 걸어왔다. **백조는 날개를 한 번 파닥거리기만 해도 사람 팔 하나 정도는 거뜬히 부러뜨릴**

수 있어. 문득 어릴 때 들었던 여러 가지 훈계 중에서 하나가 기억났다. 대개 그런 훈계는 어린 시절부터 은연중에 단련되어 어른이 되면 소위 '투쟁-도피 반응' 심리 상태로 나타나는 것들이었다. 그러니 당연히 그런 백조의 행동을 보면서 내 안의 한 부분은 당장 일어나서 멀리 가 버리고 싶으면서도 기실 내 안의 많은 부분은 그냥 너무 지치고 피곤해서 일어날 힘조차 없었다.

나는 그 백조를 지켜보았다. 굽은 목, 까만 눈, 무표정한 오만함. 나한테 다가오는 걸 그만 멈추리라고 기대했지만 어쩐 일인지 계속 다가왔다. 내가 앉아 있는 계단 바로 앞까지 걸어와서는 내 머리를 향해 고개를 높이 쑤욱 내밀었다. 그런 다음, 강을 마주하는 쪽으로 방향을 바꾸고 왼쪽으로 움직이더니 풀썩 그 자리에 앉았다. 백조랑 내 몸이 서로 평행을 이루며 나란히 앉은 모양새였다. 둘이 얼마나 가까웠는지 백조의 날개 깃털이 내 허벅지를 꾹 누르고 있을 정도였다. 백조가 공기처럼 사뿐사뿐 가볍고 실체가 없는 상상의 동물이라고 말한 사람이 대체 누군가. 앞으로 절대 그런 말 하지 말라. 내 옆에는 몸집이 큰 개 한 마리만 한 녀석이 앉아 있었다. 아니, 이쯤 되니 너무 깜짝 놀란 나머지 긴장도 되지 않았다. 어쩌지. 어찌해야 할 바를 모르겠더라. 나는 백조와 사람, 아니 백조와 나 사이의 적절한 사회적 예법을 생각하느라 머리가 복잡하고 당황스러웠다. 한데 정작 백조는 무심하게 나를 쳐다보더니 머리를 옆으로, 뒤로 번갈아 가며 한껏 들어 올린 덮깃 안으로 쏙 숨겨서 넣었다가, 목을 굽혔다 하더니 이내 곧 잠이 들었다.

우리는 한 10분 동안 함께 거기에 앉아 있었다. 한 가족이 지나가다 그중에 아장아장 걷는 아기가 백조에게 곧바로 다가왔다. 그 바람에 백조는 다시 물속으로 미끄러져 들어가고 강물 위로 유유히 올라갔다. 백조가 떠가는 모습을 보자, 내 안에 무언가가 꿈틀거리면서 어떤 감정이 북받쳐 올라 흐느끼기 시작했다. 그건 감사의 마음이었다. 바로 그날, 백조는 나에게 진짜 살아 있는 생명체로 탈바꿈했다. 그리고 그 이후로 다른 백조들을 찾아내도록 나를 이끄는 원동력이 되었다.

내가 겨울에 백조를 보러 자주 찾아가고 가장 좋아하는 곳은 '웰니 야생조류 및 습지 보호구역'(WWT)이다. 그곳은 람사르 습지 보존지대인 우스 워시즈(Ouse Washes)에 있다. 우스 워시즈는 '이스트 앵글리안 펜스'의 잘 설계된 습지 풍경의 일부다. 이곳에는 중세까지 흔히 펜스(Fens)라고 불리는 거대한 늪지가 있었는데, 1600년대 중반에 배수로를 파고 제방을 쌓았다. 이렇게 하여 두 강 사이에 길이 30킬로미터 정도의 습지가 생겼고 이것이 바로 우스 워시즈다. 그중 길이 9킬로미터, 약 100만평은 웰니 야생조류 및 습지 트러스트가 관리하면서 습지센터를 열었다. 이곳 전망대는 흔히 볼 수 있는 금방이라도 무너질 것 같은 그런 류의 은신처가 아니다. 여기서 은신처라 함은 인간이 새에게 들키지 않고 새를 관찰할 수 있는 장소를 말한다. 여기 안에는 난방도 되고 카펫도 깔려 있고, 심지어 박제된 백조가 유리관 안에 전시되어 있다. 세월이 흐르면서 그 박제가 누르스름하게 변하긴 했지만, 그래서 더욱 살아 있는 백조를 닮아 있긴 하다. 마치 훈제 청어가 살아 있는 청어를 많이 닮은 양상과 비슷하다.

나는 여느 때와 마찬가지로 많은 사람들과 전망대에 같이 있다. 개중에 몇몇은 욕심이 많아 보인다. 그들은 자연보호구역에 흔히 등장하는 동물의 종에 걸맞은 거대한 망원경을 들고 있다. 또한 눈에 확 띄게 머리를 높이 부풀린 특정 연령대의 여성들도 있다. 그들은 오페라 안경과 흡사한 매우 오래된 쌍안경으로 보고 있다. 휠체어를 타고 울퉁불퉁한 경사로를 지나 출입문까지 가는 내내 즐겁게 노래를 하는 여성도 있다. 10대 고스 음악 족, 이제 걸음마를 배운 아기들, 20대와 60대와 80대 커플, 분홍색 양말과 반짝이 윗옷을 입은 어린 아기도 보인다. 아기에게 눈을 뗄 줄 모르는 10대 아이들을 제외하고, 우리 모두는 1마일 거리의 강물 건너편 파노라마 유리 창밖을 바라보고 있다. 물속에 빠진 잡초 줄기와 잠자고 있는 까만꼬리도요새 무리는 멀리서 언뜻 점을 찍은 듯한 선처럼 보인다. 강물은 그 사이에 고립된 아주 작은 섬들과 점선들로 군데군데 끊어져 보이기도 한다. 저 너머 어느 곳에서든 그림자 한 점이 없다. 수 마일에 걸쳐 얕은 물을 쫓아가는 잔물결, 그 사이에 움직이는 선이 도드라진 그림자를 길게 드리운다. 빛이 잦아들자 나무와 탑문과 풍차 등 먼 곳의 구조물이 닻을 올리고 수평선 위로 살며시 표류한다. 더 가까이에 버드나무는 마치 유리 위 얼음처럼 얼어붙어 있다. 호수는 수은의 회색빛으로 빛나고, 내 눈이 볼 수 있는 한 저 멀리 수천 마리의 새들이 그들만의 무늬를 짜 내린다. 청둥오리와 홍머리오리와 흰죽지로 이루어진 살아 움직이는 점들, 그리고 아주 작은 백조 조형물도 보인다.

매년 겨울마다 스코틀랜드 로몬드 호수만 한 크기의 호수가 나타났다가 봄이 되면 배수되어 습지 목초지로 변한다. 물새 사냥과 겨울 스케이트로 유명한 이곳은 전통적으로 수천 마리의 백조가 겨울을 나는 곳이다. 백조는 이곳에서 수확 후에 땅 위에 남은 감자와 사탕무와 겨울밀로 포식을 하곤 한다. 이들은 흔히 시내 공원과 호수에서 친숙하게 만나는 말없는 백조가 아니다. 나한테 다가와서 존재감을 심어 준 그 종도 아니다. 보통 백조류는 큰고니, 고니, 혹고니 등으로 나눈다. 이곳에서 겨울을 나는 종은 소란한 울음소리를 내는 구대륙 큰고니와 고니들이다. 이들은 북극 아이슬란드와 시베리아에 번식하는 새들이다. 큰고니와 고니는 완전히 다른 동물이다. 큰고니는 북대서양을 쉬지 않고 건너 이곳에 도착한다. 얼음처럼 차갑고 산소도 부족한 하늘을 따라 약 2만 피트 높이에서 12시간을 비행한다. 그들은 몸집이 크고 대단히 멋진 동물이다.

하지만 웰니 야생조류 및 습지 트러스트 관리인 샤운이 가장 사랑하는 종은 큰고니보다 몸집이 다소 작은 고니들로 툰드라 고니라고 부르기도 한다. 그는 저녁먹이를 주기 전에 전망대로 와서 우리와 이야기를 나누었다. 어떻게 보면 샤운은 현대판 목동과 비슷하다. 여름에는 워시즈의 풀밭에서 가축을 돌보고, 겨울에 워시즈에 강물이 불어나면 백조를 돌본다. 그는 고니에 대해 경건하고 겸손한 어조로 말한다. "고니 부리의 노란색은 계속 올라가서 눈 주변까지 가요. 마치 노란색 눈 화장을 한 것 같죠. 그렇게 예쁘고 사랑스러운 새입니다."

이 전망대 안의 박제된 백조 유리관 근처에는 웰니 야생조류 및 습지 트러스트 창립자인 피터 스콧 경의 청동 흉상이 있다. 그도 백조를 무척 사랑했다. 50년 전, 그는 부리에 난 노란색과 까만색 문양이 백조마다 다르다는 사실을 알아차렸다. 그 점에 매료되어 그들에게 하나씩 이름을 붙이고 참고용으로 백조마다 하나씩 작은 얼굴 사진을 그리기 시작했다. 이 그림이 결국 개별 백조의 모습을 담은 카탈로그인 백조 '페이스북'으로 발전되었고, 이는 오늘날까지 계속되고 있다. 심지어 지금도 웰니 야생조류 및 습지 트러스트 연구원들은 그냥 쳐다보기만 해도 새들을 기억한다. 그리고 스콧 경이 맨 처음 추적했던 백조와 그 백조의 가계도는 전 세계에서 가장 오랫동안 진행되고 있는 야생조류 연구 중의 하나가 되었다. 그 연구에서 생산하는 데이터는 방사선 추적과 호출 연구와 더불어 백조 보존에 결정적인 역할을 한다. 큰고니 개체 수는 건강한 편이지만, 고니는 그렇지 못하다. 고니의 개체 수가 급격히 줄어드는 데에는 기후와 서식지 변화가 잠재적 요인으로 보인다.

내가 어렸을 때에는 고니가 낯설고 매혹적이었다. 왜냐하면 아주 태연자약하게 철의 장막을 건너 구소련에서 여기까지 이동했기 때문이다. 나는 종종 피터 스콧 경이 무엇 때문에 그렇게 고니에게 매료되었었는지 그 이면의 이야기가 궁금했다. 물론 해군장교 출신으로 탐험가의 아들이자 글라이더 조종사 챔피언에게 큰고니의 북해 비행은 확실히 흥미롭고 관심을 끌 만했을 것이다. 하지만 그가 고니를 하나의 개체로 인정하고 개별 정체성을 부여하는 과정에 어쩌면 영국 보수주의의 어떤 특정 가닥이 어느 정도 영향을 끼쳤다고 상상한다면 매우 솔깃하지 않은가. 기실 그는 해마다 봄에 고니가 다시 구소련으로 돌아가기 전에 단순히 야생조류로서의 고니 떼가 아닌 한 마리 한 마리를 마치 가족처럼 변모시켜 그 가계도를 추적했다. 그리곤 고니들에게 사람처럼 카지노, 크루피어, 랜슬럿, 제인에어, 빅토리아와 같은 이름을 붙여 주었다. 구소련으로 가는 건 어쩔 수 없지만, 이들에게 영국식 이름을 붙여 주고 애정을 쏟는 일련의 행동 이면에 과연 영국 보수주의의 특정 갈래가 영향을 주지 않았을까 상상해 보는 일, 제법 솔깃한 면이 있다. 이렇듯 과학 안에서도 정치적 흔적이 아주 손쉽게 발견된다. 그 시절 민주 진영과 공산 진영 사이의 냉전은 백조의 격하고 활발한 날갯짓에도 알게 모르게 은근히 정치적 주름을 잡아 놓기도 했다. 그거야 다우닝가도, 크레믈린도, 백악관도 모를 일이다.

이제 투광조명등이 켜지고, 강물은 그 빛을 받아 잔잔한 물결이 일렁인다. 샤운이 전망대를 나가 물가를 따라 외바퀴수레를 밀면서 호수 안으로 옥수수를 한가득 퍼서 던져 줄 때, 뭔가 기대하는 눈치의 침묵이 잠시 흐른다. 우리는 창가로 우르르 모여든다. 겨울 야생 조류 부대가 우리 밑에서 분주하게 먹이를 먹고 있다. 도토리 열매 같은 갈색 머리를 가진 흰죽지, 청둥오리, 그리고 뿌연 칼깃과 눈처럼 새하얀 목을 가진 수십 마리의 큰고니와 고니가 보인다. 큰고니와 고니는 원래 완전한 야생동물인데, 정작 이곳에서는 농장의 오리처럼 길들여져 마치 웨스트엔드 어느 극장처럼 불을 밝힌 촉촉한 수변 무대에서 열심히 먹이를 먹고 있다. 이렇게 백조를 보는 일은 즐거운 경험이지만, 한편으론 야생동물은 무엇인가, 야생성이란 대체 무엇인가라는 개념에 혼란이 일어나 엉망이 된 듯 다소 복잡한 심경이 든다.

뭔가 빠진 게 있다. 나는 앞서 캠 강에서 만났던 케임브리지 백조가 나한테 전해 주었던 바로 그런 느낌 같은 걸 찾고 있는 중이다. 하지만 여기에는 그런 느낌이 없다. 한데 어디에서 그 느낌을 찾아야 할지 넌지시 알려 주긴 하는 것 같다. 나는 전망대를 떠나 바로 옆에 있는 옛날 목조 은신처로 향한다. 거기로 가서 좁은 창문을 올리고, 드디어 바깥의 소리가 안으로 들어와 퍼지도록 한다.

수천 마리 북극 백조의 소리가 어떻게 들릴까? 거대한 아마추어 브라스밴드가 비행기 격납고 안에서 튜닝을 하고 있다. 내 심장이 새처럼 높이 솟아오른다. 몇 초 간격으로 새로운 소리를 담은 명종

곡(鳴鐘)이 흘러나온다. 여러 백조의 종소리로 자연의 음악이 연주된다. 백조는 작은 가족 무리 안에서 잠들려고 집으로 찾아오는 중이다. 그들의 실루엣은 전망대 위로 떠올랐다가 이제 어두워진 수면으로 미끄러지듯 내려앉는다. 그들은 이 밤에 울음소리를 내어 서로를 불러들이고 있다. 이 아름다운 철새들을 보니 어떤 얼굴은 노랗게 물들고, 어떤 얼굴은 흙감자 진흙을 묻힌 듯 까맣다. 그들의 널찍한 물갈퀴 발은 창공에서 내려올 때에 속도를 줄이려고 쫙 벌리고 있다. 마침내 그들은 수면에 내려앉아 울음소리를 내고, 날개를 퍼덕이고, 옥신각신하면서 물밑으로 머리를 담그고, 잔뜩 몸치장을 하면서 몹시 갈증이 난 듯 물을 마신다. 그래, 내가 이걸 보러 왔지. 이런 게 진짜 보는 거지. 이것 때문에 여기에 온 거야.

우리가 어느 순간, 어느 공간에서 자연에 매혹되었던 무언가가 있다. 그것을 보아야만 비로소 자연 세상에 주의를 기울이고 애정을 담아 응시할 수 있다. 그 겨울날 강가에서의 순간을 회상해 보면, 고독과 쓸쓸함만이 내가 느낄 수 있는 전부라고 생각했던 때에 한 백조가 다가와서 낯선 우정을 안겨 주었다. 그리고 지금 겨울을 나기 위해 북극에서 날아온 백조들이 자기 집처럼 편안하게 지내고 있는 모습을 보니 마음이 한결 편안해지고 위로가 된다. 정치적으로 이민 배타주의가 점점 더 심해지고 있는 우리 시대에 이들 백조와 그들을 아낌없이 대하는 습지 사람들의 모습은 어쩌면 디아스포라와 환대의 이상적인 관계를 보여 주는 모습이 아닐까.

25

위큰 습지

아주 오래전 어느 안개 낀 날 아침, 나는 오빠와 함께 조카딸을 데리고 영국에서 가장 오래된 자연보호구역 중의 한 곳으로 산책을 나갔다. 펜(Fen)은 잉글랜드 동부의 특유한 자연 습지를 일컫는다. 그 가운데 '위큰 펜'은 과거 한때 동부 잉글랜드에서 2,500평방마일을 차지했던 곳으로, 이제는 그중 작은 구획만 남은 습지 생태계다. 우리 일행은 두어 시간 풀밭과 사초가 어우러진 곳에서 시간을 보내며 관목 그늘과 물이 있어 촉촉한 인공 수로를 산책했다. 봄이라 여기저기에서 생명이 움트고 있었다. 나이팅게일은 노래하고, 도요새는 곡식에서 쭉정이를 가려내려고 까부르면서 더 높은 공중으로 울음소리를 내고, 뻐꾸기는 버드나무 끝에서 고개를 까딱거리고, 흰눈썹뜸부기는 갈대숲에서 꽥꽥 소리를 내면서 붕붕거리고 있었다. 오래된 수로 중의 한 곳을 건널 때, 가면올빼미 한 마리가 우리를 지나쳐 하늘로 유유히 떠 갔다. 나방무늬 같은 날개가 안개 속에서 빛나고 있었다. 마침 우리 발밑에는 갈대나방 애벌레가 마치 조심스레 살살 움직이는 콧수염처럼 작은 길을 부드럽게 아주 조금씩 기어가고 있었다. 우리는 애벌레가 앞으로 기어가는 모습을 지켜보려고 무릎을 꿇었다. 그러자 조카딸이 나를 향해 돌아보더니 호기심이 생긴 듯 이렇게 물었다.

"헬렌 이모, 사람들은 언제 이곳을 만들었어요? 그리고 사람들은 어디에서 이 동물들을 다 데리고 왔어요?"

처음에는 무슨 말인지 이해하지 못했다.

"그게 무슨 말이니?"

"여기에 이렇게 동물들이 많잖아요. 사람들이 동물원에서 데리고 온 거예요?"

그때 비로소 나는 조카딸의 직관이 완벽할 정도로 합리적이라는 사실을 깨달았다. 왜냐하면 그 아이가 알고 있는 시골은 대부분 동물은 하나도 보이지 않고 나무와 풀만 남은 초록의 사막이었기 때문이다. 나는 나지막하게 대답을 해 주었다. "아, 동물 친구들은 항상 여기에 살았었어. 옛날에 영국의 시골은 다 이런 모습이었단다. 근데 여기랑 같은 모습으로 남아 있는 곳이 이젠 거의 없어." 그 말을 듣고 얼굴을 찡그린 조카딸의 표정에 내 마음은 부서졌다.

나는 지난 수년 동안 계속 위큰을 찾았다. 예나 지금이나 위큰의 낯설음과 아름다움에 변함없이 매료된다. 오늘도 다시 이곳에 와서 옅은 구름이 떠다니는 하늘 아래 이 작은 길을 걷고 있다. 그런데 오늘은 이곳에 사는 생명체가 옛날엔 어디서든 비슷하게 살았었다는 사실을 이해할 길 없는 조카딸의 날카로운 질문을 받았다. 그 아이의 이유 있는 의심이 줄곧 뇌리에서 떠나지 않는다. 하지만 결국, 어찌 보면 그런 연유로, 그렇기 때문에 우리가 여기에 왔던 것이다. 자연보호구역은 과거를 경험할 수 있는 장소다. 영국 환경주의자 맥스 니콜슨은 언젠가 자연보호구역을 살아 있는 야외 박물관이라고 설명했다. 잉글랜드 동부 특유의 습지인 펜의 자연 풍경은 불안정하다. 이곳에서 물과 땅이라는 친숙한 범주는 당황스러울 정도로 혼재되어 있다. 게다가 서로 다른 층위의 시대가 켜켜이 쌓여 있어서 시간적 개념에서도 불안정한 느낌을 받기도 한다. 그런 면에서 이 자연 풍경 속을 산책하는 일은 일종의 가상 시간여행을 하는 것과 같다.

나는 11세기 펜이 얼마나 자연적으로 풍요로웠을지 떠올려 본다. 그 시절 그곳에서는 물고기와 야생조류가 엄청나게 풍부해서 그 지방 채무는 흔히 유럽뱀장어로 알려진 장어 지불금으로 청산되었고, 색슨족 군지도자들은 노르만족 침략자를 피해 늪지대 안에 숨어 있을 정도였다. 17세기 이곳에 보금자리를 꾸미고 살았던 시골 마을 사람들도 떠올려 본다. 그들은 지붕을 이으려고 풀과 갈대를 베어 냈고, 집 안 땔감으로 쓰려고 이탄(泥炭)을 캤다. 19세기에는 자연주의자들이 온갖 벌레를 찾아 위큰으로 몰려왔다. 너무 많은 사람들이 밤중에 나방을 꾀려고 등불을 들고 오는 바람에 마치 위큰펜이 가로등으로 불을 밝힌 도시의 거리처럼 보이기도 했다. 케임브리지 크라이스트 칼리지 시절, 찰스 다윈은 육촌형 폭스와 함께 딱정벌레에 빠지게 되었다. 그는 위큰에서 잘라 온 갈대에서 희귀한 딱정벌레를 수집했다. 의학에 이어 신학 공부마저 적성에 맞지 않았던 그에게 딱정벌레는 대학의 신성한 불길을 밝혀 준 존재와 같았다. 그리고 아마추어 곤충학자들은 땅에 설탕물을 입힌 막대기를 고정시켜 특별히 그 단물에 나방들이 끌려 나오게 했는데, 그때 그 막대기들이 뿌리를 내려 오늘날 거대한 버드나무로 자랐다.

이렇게 자란 나무들 중 하나를 오늘 산책길의 모퉁이에서 지나친다. 그 나무는 최근에 넘어져서 둥치가 갈라졌는데, 그 안에서 오래된 꿀벌집이 쏟아져 나왔다. 아마 그 나무는 그 옛날 위큰 펜을 찾았던 누군가가 심었던 것이다. 그때 그 사람이 자연과 맺는 상호관계는 우리 조카딸이 자연과 맺는 관계와 매우 달랐다. 그에게 자연은 채집하고, 수집하고, 고정시키고, 분류하는 대상이었다. 반면 조카딸에게 자연은 우리와 분리된 것, 숭배해야 할 것, 거리를 두고 관찰하는 것이다.

이런 장소에서 과거와 교류할 수 있다고 상상하다니, 그 자체만으로도 즐겁기 그지없다. 하지만 그런 종류의 기쁨을 만끽하는 데엔 반드시 그만한 결과가 따라오게 마련이다. 만약 생태적으로 풍부한 서식지를 우리와 잠시 분리된 대상으로 보기 시작한다면, 오늘날 자연 속에 야생동물이 없는 상황은 눈에 크게 띄지 않고 오히려 평범한 풍경처럼 보인다. 게다가 몇 마일 떨어진 곳에 가면 자연보호구역이 존재하는데, 무엇 때문에 농장에 살충제 사용을 줄이라고 귀찮게 하고, 혹은 도시 외곽에 주택개발을 금지하라고 성가시게 굴겠는가? 굳이 그럴 필요가 없지 않겠느냐는 일각의 본심이 드러나는 것도 막을 수 없을 것이다.

살아 있는 박물관은 찾아가서 보면 위로를 받긴 하겠지만, 문제는 이런 보호구역이 현재 시점에서 진짜로 보호받을 수 없다는 점에 있다. 이를테면, 미국 캘리포니아 맥클라우드 강 보존구역 외곽에 댐이 건설되면서 그 강에 살던 토종 바다 송어가 멸종되었다. 호주 뉴사우스웨일스의 차콜 자연보호구역에 살던 수많은 종은 서식지 파괴와 여우와 고양이 포식자 때문에 사라졌다. 일단 이런 식으로 동물이 사라지고 나면, 해당 개체를 다시 이식할 수 있는 가능성은 거의 없다고 봐야 한다. 왜냐하면 현재 작은 보호구역은 피폐해진 바다에서 외롭게 단절된 섬과 같은 처지가 되었기 때문이다.

여기 위큰 펜의 야생동물과 식물은 얼어붙은 상태로 남아 있던 다른 시대의 유물이 아니라, 그들만의 역사를 품고서 이곳 환경과 조건에 따라 끊임없이 변화하는 것들이다. 그래서 그들이 다 떠나 버렸다고 생각할 정도로, 우리 눈앞에서 완전히 사라져 버릴 수도 있다. 인간은 지난 수 세기동안 위큰 펜을 구현해 오면서 생태적 연속성이라는 자연의 진행과정을 중단시켰으며, 그러면서 이 공간의 민감하고 복잡한 생명을 유지해 왔다. 지난 20여 년 동안, 위큰 펜의 관리자들은 야심찬 100년 생태복원 프로젝트를 맡아 왔다. 1만 3,000에이커 상당의 이 보호구역을 천천히 과거 습지 상태로 되돌림으로써 보호구역 자체를 확장시키는 일이었다. 그 프로젝트는 벌써 시간의 흐름을 거꾸로 되돌리고 있는 중이다. 지난 몇 년간 내가 이곳을 찾아오는 동안 논밭이었던 곳이 습지와 목초지로 변한 모습을 보았다. 그런데 이와 동시에 그 프로젝트는 시간의 흐름을 앞으로도 돌리고 있는 중이다. 지금 위큰 펜에는 고원지대 가축 떼와 폴란드 코닉 조랑말이 살고 있고, 그들이 풀을 뜯어먹고 살아야 하므로 그 동물에 필요한 식물들도 같이 키우고 있다. 이는 오랜 시간에 걸쳐 그 땅을 개발하기 위하여 그전부터 계획한 관리 체계의 한 부분이다. 이 생태복원 과정이 앞으로 어떻게 운영될지 자세히 예측할 수는 없지만, 본질적으로 인간이라는 존재가 그 계획에서 완전히 분리된다는 점은 확실해 보인다. 과거에 위큰 펜은 자연 세계만 홀로 존재하지 않았다. 앞서 잠시 언급했듯 어떤 식으로든 사람과의 접촉과 교류가 있었다. 하지만 이 미래 프로젝트에 그런 식으로 사람이 관련되는 일은 이제 다시 없을 것 같다. 그렇다면 이렇게 복원된 자연은 과연 무엇인가. 결국 오늘날 동물원이나 식물원처럼 우리가 일부러 찾아가서 구경꾼처럼 쳐다보는 외딴 곳일 뿐이다.

과거처럼 인간과 습지 동식물이 함께 살아가면서 일할 수 있는 공간은 결코 되지 않을 것이다.

위큰 펜 자연보호구역의 북서쪽에 위치한 오래된 세지 펜에 오면 높은 갈대숲 벽 사이로 난 산책길이 확연히 좁아진다. 갈대숲 표면은 홍차 빛깔의 물에 깊이 잠겨 있다. 그 수면은 아래로는 내 발부터 위로는 하늘의 단편을 비추어 준다. 그리고 발걸음을 옮길 때마다 땅은 조용히 흔들린다. 한쪽 부츠가 까만 진흙 속에 종아리 깊이만큼 쑥 빠지자, 나는 부랴부랴 몸을 돌릴 수밖에 없다. 이런 장소는 모든 게 다 눈에 잘 보이고 편하게 접근할 수 있다는 현대적 가설을 전면으로 거스른다. 수년 전, 내가 처음 여기에 왔을 때는 그 사실이 절망스럽고 이따금 따분하고 지루할 정도였다. 당시 갈대밭은 사람이 관통할 수 없는 초목으로 꽉 찬 광활한 공간이었다. 갈대밭이 아니라 마치 바다인 듯 바람이 불면 갈대의 물결이 크게 출렁거렸다. 흡사 바다처럼 그 속을 들여다볼 수가 없었으며, 당연히 그 속을 걸어 다닐 수도 없었다. 게다가 바다처럼 사람 눈에 보이지 않는 생물들로 가득 차 있었다. 휘파람새, 알락해오라기, 얼룩쇠뜸부기, 수달, 물쥐, 그리고 갈대표범나방과 같은 습지 벌레들이 풍요롭게 살았다.

그곳에 처음 갔을 때, 나는 동물들이 나타나기를 기다리면서 수로와 가축몰이 길을 지켜보곤 했다. 그 길은 마치 빼곡히 솟은 도시 마천루 사이에 난 도로처럼 갈대밭을 가로질러 가야 겨우 들어설 수 있었다. 그러다 내가 어떤 실수를 저지르고 있는지 알아챘다. 이렇게 바라보는 것을 그만두어야 한다는 사실을 깨달았다. 그 대신, 이곳의 소리를 듣고, 그 소리에 귀를 기울이고, 그 소리가 내 눈을 이끌어 주는 대로 따라가야 한다는 걸 알게 되었다. 그 후로 나는 아주 희미하게 빽빽거리는 소리, 첨벙거리는 소리, 서로 우짖는 소리를 들으면서 꼼짝 하지 않고 그곳에 자리를 잡곤 했다.

아마 수십 분이나 앉아 있었어도 아무것도 못 보았을 것이다. 하지만 이따금 동물들이 나타나곤 했다. 대부분 아주 짧은 순간에 언뜻 보거나 설핏 듣게 되는 찰나의 장면이었다. 저 갈대 줄기 안에서 갈색으로 잠깐 스친 건 아마도 유럽개개비거나 풀쇠개개비거나 세티퀴꼬리였을 것이다. 저기 작게 꿀짝거리는 소리는 아마 갈대에 숨겨진 웅덩이에서 쇠오리가 먹이를 먹고 있는 소리일 것이다. 저 갈대밭을 지나 느릿하게 움직이면서 거의 눈에 보이지 않는 것은 아마도 수달이거나 알락해오라기거나 뱀일 것이다.

위큰 펜은 나에게 두 가지 깨달음을 주었다. 여기에 분명히 살고 있다고 이미 아는 동물들도 항상 볼 수 없다는 사실, 그리고 때로는 어떤 동물이 지금 어디에 있는지 안다고 해서 그 동물의 진짜 정체성을 다 아는 게 아니라는 사실이다. 말하자면 동물을 직접 보는 것보다 그게 무엇인지 모른다는 것 자체가 더 좋을 수 있다는 사실을 깨닫게 해 주었다. 나는 덤불 사이로 언뜻언뜻 색깔과 모양의 단편을 보고 조각난 상태의 저 새가 누구인지 알아맞히는 법을 배웠다.

눈썹에 난 줄무늬, 날개의 횡골, 위로 휘어진 꼬리만 보고 그 새를 알아차리는 법을 깨우쳤다. 그저 잠시 잠깐의 부분적인 만남을 연거푸 반복함으로써 이곳에 서식하는 동물을 알아 갔다. 그런 찰나의 마주침이 계속되면 시간이 흐름에 따라 해당 동물은 점점 더 또렷해지기 시작한다. 이렇게 만나는 동물들은 야외 도감의 평면 사진에 나온 모습과 닮은 구석이 하나도 없다. 완전히 다른 존재다.

위큰 펜은 정말로 내가 과거를 찾아가도록 해 준다. 하지만 그것은 색슨족 군벌이나 빅토리아 시대 자연주의자, 혹은 상상 속에나 존재하는 순수한 야생의 과거가 아니다. 그 과거는 오늘날 일반적으로 쌍안경을 통해, 은신처나 가림터 뒤에서, 혹은 TV 스크린 클로즈업 장면 등으로 동물을 바라보는 방식과 전혀 다르게 동물을 관찰하는 더 오래된 방식이다. 생생한 박물관이나 동물원을 찾아가는 것과도 전혀 다르다. 이렇게 야생동물을 바라보는 방식은 힘겨움과 불가사의로 가득 차 있다. 그리고 그렇게 바라본 자연 풍경은 그 자연이 품은 생명체에 이미 내재된 본질처럼 보이게 만든다. 자, 그리하여 이제 현재 시점 속의 저 야생과 자연은 언제나 우리를 매혹시키는 복잡다단하고 영원토록 새로운 존재가 된다.

26
폭풍

어느 여름날 저녁, M25 고속도로를 타고 운전하던 중에 정신을 가다듬어 보니 내가 히스로 공항 위로 폭풍이 불 밝힌 넓은 무지개 기둥을 향해 가고 있었다. 하늘은 혼잡한 상태로 충혈되어 멍이 들었고, 심지어 시속 70마일 속도에도 폭풍우를 동반한 바람의 세력은 내 차량을 거세게 잡아당겨 고가 고속도로 구획으로 급하게 밀어붙였다. 구름이 크게 발달하여 최고 정점, 수천 피트까지 끌고 올라가자 그 거센 바람은 그 사이 공중에 남겨진 텅 빈 공백을 메우려고 내 자동차를 급습했던 것이다.

나는 그 백색 구름의 꼭대기가 바람을 따라 움직이는 모습을 볼 수가 없었다. 하지만 작은 교차점을 볼 수 있었다. 그 교차점은 폭풍의 바깥 둘레를 따라 경로를 조종하고 있는 대서양 횡단 제트기였다. 그 제트기가 염려되었다. 공중에서 대기가 벌이는 이 대학살의 와중에 번갯불이 빠르게 일격을 가했다. 맑은 하늘에 작은 청록빛 울혈이 번쩍였다. 이 번갯불을 가로질러 잉꼬 앵무새 무리가 곧바로 빠르게 날아가고 있는 모습을 보았다. 그들 뒤로 질주하듯 퍼덕거리는 날갯짓과 쉴 새 없이 움직이는 꼬리가 보였다. 그것은 새들이 움직이는 단 몇 초의 역사에서 잘라 낸 한순간이었다. 그 순간은 앞으로도 영원히 내 머릿속에 눈부시게 드리워져 있을 것이다.

대부분의 여름 날씨는 그저 절반쯤은 잊어버리고 절반쯤만 기억되는 장면들의 배경에 지나지 않았다. 햇볕에 탄 잔디, 안개 낀 바닷가 아침, 비 내리는 도시의 거리 등 거의 모든 여름이 그랬다. 그중에 가장 선명하게 남아 있는 여름날 기억은 폭풍에 관한 것이다. 이를 테면 1980년대 초, 그 여름날 오후 나는 케닛 에이번 운하 위 불꽃이 일던 잿빛 하늘에서 처음으로 나이팅게일이 노래하는 소리를 들었다. 그 순간, 멀리서 울리던 천둥은 더욱 가까이 진동했고, 그건 마치 나이팅게일에게 화답하는 목소리 같았다. 또 하나, 1990년대 글로체스터셔에서 만났던 폭풍우도 생각난다. 여름의 한가운데 더위가 정점에 이르던 그 주에는 저녁마다 천둥과 번개를 동반한 비가 내렸고, 저녁 6시만 되면 하늘은 세피아 빛깔로 변했다. 그래서 나는 폭우의 첫 빗방울이 채광창에서 꽃가루 먼지를 씻어 내리기 전에 먼저 창문을 열고서 천둥이 치기를 기다렸다. 그러는 동안 두터운 공기를 따라 작은 부엉이들이 울음소리를 냈다. 그러다 아침이 면 폭풍이 날려 준 꽃의 작고 하얀 점들이 비에 젖은 프랑스식 레이스가 깔린 온 집 안을 뒤덮었다. 이렇듯 나는 내 모든 여름날을 그 여름이 안겨 준 폭풍으로써 헤아리고 음미했다.

미국에는 뇌운을 뒤쫓아 가기 위해 차를 타고 대평원을 가로지르는 사람들이 있다. 하지만 영국의 여름 폭풍이 전율을 일으키는 이유는 사람이 폭풍을 쫓아가는 게 아니라 상황이나 조건이 맞으면 폭풍이 사람에게 다가온다는 점이다. 그럴 때 마침 라디오에서 흘러나오는 목소리 사이로 번개가 탁탁거리는 전파방해 소리를 듣거나, 혹은 새로운 비를 잔뜩 머금은 땅에서 점점 거세지는 바람에 실려 특유의 비 냄새를 맡을 때면 본능적으로 마음속에 온갖 불안이 번져 간다. 한데 그 불안한 마음에도 불구하고 앞으로 뇌우가 어떤 식으로 발달해서 사라질 것 같다고 예보하는 소리를 들으면 이상하게 마음이 놓인다.

한참 멀리 떨어져 가만히 서 있어 보라. 그러면 여름날의 적운, 햇살에 데워진 공기와 물로 태어난 뭉게구름이 저기 저 산 크기만 한 존재로 변해 우박과 번쩍이는 노여움을 마음껏 방출하고, 그러다 갑자기 사라지는 모습을 지켜볼 수 있다. 뇌운은 자기 생명을 다하는 데 한 시간 정도 걸린다. 처음엔 옆으로 한껏 펼치다가 그 꼭대기가 대류권에 도착할 때까지 계속 위로 밀고 올라간다. 그러다 그 정점이 옆으로 밀려나면서 얼음을 스치고 지나간다. 작은 물방울이 구름 속으로 끌려 올라가면, 금방 얼어 버리고 결국은 너무 무거워서 더 이상 올라갈 수가 없다. 그러면 당연히 아래로 떨어지게 되고, 그 와중에 상승하고 있던 더 작은 조각들과 부딪힌다. 그렇게 각자 충돌하면서 전자가 전달된다. 그리하여 그 구름의 하층부는 음전하를 모으고, 상층부는 양전하를 모은다. 마침내 그 구름의 꼭대기와 기층과 땅 사이에서 이들 차이를 가로질러 단박에 번개가 만들어진다. 그리곤 과열된 대기에서는 소리의 속도를 넘어서는 충격파가 발생하는데 그것이 곧 천둥소리를 만들어 낸다. 폭풍의 파괴력 앞에서 인간은, 인간의 취약성, 온갖 한계, 그리고 일상 세계의 안전과 확실성을 어쩔 수 없이 다시 떠올리게 된다. **TV와 전화의 전원을 끄기 바랍니다. 욕실에는 들어가지도 말고 안에 있다면 나오기 바랍니다. 샤워도 안 됩니다. 되도록 창문에서 멀리 떨어지십시오.**

하지만 흥미롭게도 폭풍은 지금까지 말한 물질, 그 이상으로 구성된다. 폭풍은 은유와 기억을 담고 있다. 폭풍은 우리 할머니를 괴롭혔다. 할머니에게 천둥은 1940년 런던 대공습의 공포를 상기시켰다. 하지만 나에게 천둥은 여전히 눈부신 순간을 안겨 주는 선물과도 같다. 그 순간순간, 아버지는 아직 어린 나한테 폭풍이 어떻게 햇빛과 뜨거운 지표에서 생겨나는지, 어떻게 공기와 수분을 움직이는지, 그리고 번개가 번쩍인 다음에 천둥이 치기까지 몇 초가 걸리는지, 그걸로 폭풍이 얼마나 멀리 떨어져 있는지 어떻게 가늠하는지 등을 설명해 주었다. 아버지와 함께 번개와 천둥 사이를 세던 기억이 아직도 선하다. **미시시피 하나, 미시시피 둘!** 5초가 걸리면 1마일 떨어져 있다는 뜻이다. 이렇게 하다 보면 폭풍이 당신을 향해 전진해 오는 양상을 계산할 수 있다. 하물며 지금까지도 나는 아버지와 함께했던 방식으로 짧은 간격을 세면서 느릿한 경이로움을 느끼곤 한다. 마치 비를 한껏 머금은 땅과 구름의 관계처럼 지나간 세월이 모두 다 저 폭풍으로 연결되어 있다는 알싸한 놀라움이 한 박자 살짝 늦게 더딘 걸음으로 찾아온다.

여름 폭풍은 물리적으로 거리와 시간을 떠올리게 한다. 또한 우리가 통제할 수 없음에도 우리를 향해 다가오는 모든 것을 은연중에 상기시킨다. 그와 같은 폭풍은 문학에서 자기만의 자리를 차지한다. 종종 폭풍이 진행될 때 억수같이 내리는 비와 억눌린 감정 상태는 불가피한 대참사나 불행을 상징한다. 가령, 애거사 크리스티의 첫 소설 『스타일스 저택의 괴사건』에 나오는 살인이나 "과거는 낯선 나라였다."라는 첫 문장으로 유명한 레슬리 하틀리의 소설 『중재자(*The Go-Between*)』에서 레오가 진실을 드러내는 장면 등을 보면 잘 나타난다. 굵은 빗방울이 맨 처음 떨어지기 직전에 종종 찾아오는 으스스한 정적, 그리고 폭풍 번개가 온 지붕과 벌판을 환하게 밝히고 지평선 위로 나무의 검은 실루엣을 무겁게 얹어 놓을 때, 이보다 더 완벽하게 예감과 전조, 기대와 기다림을 불러일으키는 날씨는 없다.

어쩌면 그 소설의 주인공은 미래의 예감과 전망을 이미 알고 있는 폭풍이다. 이미 던져진 해결책, 혹은 지옥을 해방시킨 듯한 대혼란, 혹은 저절로 찾아 들어간 지옥. 그래서인가. 이번 여름 주간이 곧 다가오니, 이 폭풍이야말로 우리 모두를 이루는 유전자 같은 날씨라는 생각이 든다. 기실 우리 모두는 온갖 형상의 폭풍을 기다리고 있다. 폭풍이 다가온다는 뉴스를 기다리고 있다. 브렉시트가 우리를 와락 덮쳐 주기를 기다리고 있다. 트럼프 행정부에 대한 또 다른 폭로가 나오길 기다리고 있다. 그리고 무엇보다 역사의 폭풍 앞에서 우리의 심장을 고요하게 가라앉히는 그 이상한 빛 속에서 오도 가도 못한 채 고립된 상황에서도 여전히 한 줌의 희망을 기다리고 있다.

27
찌르레기 혹은 중얼거림

사라 우드의 2015년 영화 「찌르레기 X」에 덧붙이는 말

여권을 잃어버렸다. 완전히 공황 상태에 빠졌다. 한시라도 빨리 여권이 필요했다. 그래서 어느 날 아침 A14 도로를 타고 북쪽으로 차를 몰았다. 가는 동안 안개에 반쯤 파묻힌 섹스숍과 주유소, **머스크 한진 해운**이라고 적힌 컨테이너 트럭 행렬을 지나쳤다. 내 옆에는 봉투가 하나 있다. 그 안에는 대문자로 나에 관한 정보를 쓰고 회계사가 서명한 오렌지색 서류 3장과 여권용 사진 2장이 들어 있었다. 아침 9시 15분, 위즈비치 근처 어딘가에서 물떼새 무리가 차량 앞 유리 쪽으로 낮게 날아와서 툭 걸렸다가 갑자기 어디론가 사라졌다. 그야말로 티 하나 없이 완벽하게 짙은 안개였다. 땅도 하늘도 아무것도 보이지 않았다. 그 순간 나는 1930년대에 판매되던 항공 지구본을 떠올렸다. 그 지구본에는 공항 이름만 쓰여 있었을 뿐, 지형과 지리가 하나도 그려져 있지 않았다. 지금 저 안개처럼 완전히 뿌연 백지였다. 당시에는 하늘만 바라보았기 때문이다. 인간이 하늘을 날 수 있게 되었고, 그리하여 지상의 국경은 차츰 의미가 희미해졌다. 희망이란 바로 날개와 깃털 달린 존재였다. 에밀리 디킨슨이 노래한 것처럼!

여권국에서는 입을 꽉 다문 30명의 사람들이 한 사람씩 엑스레이를 통과하면서 서류를 제출한다. 우리는 소지한 전화기와 컴퓨터 전원을 끈다. 그들은 우리 가방에 날카로운 물건과 압축가스 산탄이 있는지 샅샅이 뒤진다. 그런 다음, 우리는 서류가 처리되기를 기다리면서 회색빛 카펫에 두 발을 모으고 자리에 앉는다. 나지막한 중얼거림. 그리고 스크린화면. 쓸데없는 자막과 짧은 영상을 내보내는 BBC뉴스를 쳐다본다. 폭동과 먼 나라의 전쟁, 그리고 어느 해안가에서 열린 모 정당의 연례전당대회 소식이 흘러간다.

그 연례전당대회는 브라이튼에서 열렸다. 나는 언젠가 거기서 겨울을 지낸 적이 있다. 저녁 해가 질 무렵 그곳 부두에 서서 찌르레기가 보금자리를 찾아 쉬려고 날아오는 모습을 지켜보았다. 그건 마치 저 바다 위 기름방울이 한데 뭉쳐 수면 위로 떠올라 마침내 육지의 목재 마루 밑에 놓인 철제품 속으로 쏙 빨려 들어가는 것처럼 매끄럽고 유연했다. 이윽고 아케이드 불빛 아래 어둠 속에 자리를 잡는 순간, 찌르레기는 노래하기 시작했고, 그 노래는 그 너머 소규모 서커스 공연에서 나오는 축제 마당 음악을 흉내 내고 있었다. 똑같은 음조가 새로운 조류 군단에서 흘러나오면서, 서커스 공연단과 찌르레기가 부르는 노래는 마치 더블 악기로 연주되어 이어붙인 듯 휘파람 소리가 났다. 동쪽 바깥의 서커스 구역 사이에서, 그들이 날아온 발트해 건너편으로 1,000개의 단파 라디오가 음을 맞추고 있었다. 그리고 나는 마루 밑에서 새가 인간의 음악을 흉내 내는 소리를 듣느라 우두커니 서 있었다. 아래쪽 바다 표면은 매끈하고 작은 불빛으로 점점이 빛이 났다. 그리고 셰익스피어의 『헨리 4세』에서 찌르레기가 등장하는 1막 3장의 대사가 설핏 들려오는 것 같다.

> 아니,
> 그보다 찌르레기 한 마리에게 말을 가르쳐
> '모티머(Mortimer)' 한마디만 하게 만든 다음, 그에게 주리라.
> 그의 화를 계속 돋울 수 있도록.

나는 여권국의 보안 요원을 쳐다본다. 그러자 그들도 나를 쳐다본다. 그때 갑자기 2차 대전 당시 붙잡혀 독일 포로수용소에서 지내던 영국 장교 피터 콘더(1919-1993)가 생각난다. 그는 그곳에서 새를 관찰하는 일과로 겨우 자신을 지탱하며 살아남았다. 오색방울새와 개미핥기. 얼어붙은 들판에 뿌려진 쓰레기를 뒤져 먹이를 집어내는 철새 까마귀. 그렇게 수많은 시간이 흐르고, 나날이 흐르고, 몇 년이 흘러갔다. 그리고 끝이 왔다. 그는 고향에 돌아왔지만 말을 하지 않았다. 누나 나탈리와 함께 지내면서 늘 창밖으로 런던의 찌르레기들이 포틀랜드 석(石) 위에 길게 줄 서서 앉아 쉬는 모습을 뚫어져라 보았다. 전쟁의 트라우마를 겪은 시선으로, 그는 찌르레기들이 서로 동일한 간격을 두고 앉아 있다는 사실을 인지했다. 찌르레기들은 바로 옆에 앉은 새에게 닿지 않을 만큼 간격을 띄우고 떨어져 앉아 있었다. 그 정도 간격이라면 언제든 한 대 치거나 따끔한 경고를 해도 될 만큼의 거리 두기처럼 보였다. 그가 수용소에서 보냈던 시간과 그곳에서 이루어진 작업은 전후 영국 조류학 안에서 다시 실패를 감듯 그대로 풀려나왔다. 그는 그 결과물을 **조류 사이 거리의 법칙**이라고 이름 붙였다. 그리고 1963년 왕립조류보호협회장이 되었다.

한데 그전에 1차 세계대전이 끝나고 플랑드르 지방의 들판과 숲에 대한 지도가 하나 만들어졌다. 그것은 일반적인 지도와 달리 뭔가를 비꼬는 듯한 신랄한 내용을 담았다. 그 안에는 소유가 불명확한 땅, 광산 산지와 철망, 사람과 더러운 물이 들어찬 참호 등도 포함되었다. 그걸 보고 헨리 엘리엇 하워드(1873-1940)는 그렇다면 새에게도 영역을 주어야 한다고 판단했다. 그는 초창기 새의 영역 행동을 관찰하고 연구결과를 출간하기도 했던 아마추어 조류학자였다. 사후 1948년에 재출간된 첫 책은 진화생물학자 줄리언 헉슬리(1887-1975)가 서문을 쓰기도 했다. 하워드에 따르면, 새들이 노래하는 것은 암수끼리의 사랑 때문이 아니었다. 오히려 수컷이 다른 수컷에게 노래를 했고 음계마다 경고가 숨어 있었다. 그 마디마디 맺히는 소용돌이는 새들도 이곳 영국의 땅에 소박한 권리가 있다고 주장하고 있었다. 그리고 조류의 밝은 몸통 색깔도 짝을 유인하려는 의도가 아니었다. 그들이 걸친 깃털은 바로 위협의 휘장이었다. 출전 제복이었던 셈이다.

이렇게 되니 1942년 줄리언 헉슬리가 라디오에 나와서 했던 말도 떠오른다. "만약 내가 살고 있는 나라의 새를 잘 알지 못한다면, 내 나라를 완전히 이해할 수 없습니다." 그는 노랑턱멧새의 노래가 7월에 더운 시골길의 정수라고 말했다. 잉글랜드의 한여름 오후 멧비둘기의 흥얼거림이 바로 그 핵심이라는 말이었다. 새는 "우리가 지키기 위해 싸우고 있는 유산"이었다. 2차 전쟁이 터지자 해군에서는 피터 스콧(1909-1989)을 바다로 내보냈다. 그는 해군 신분이 되어 북대서양 구축함 갑판에서 되돌아보며 깨달았다. 자신이 이 전쟁에 나와 싸우고 있는 목적은 바로 데븐 해안 슬랩턴 리 호수의 갈대밭 서식지에서 새끼오리를 키우며 살아가는 영국의 청둥오리와 쇠오리를 보호하기 위해서였다. 어쨌든 그 새들도 영국이었다. 훗날 그는 웰니 습지 보호구역을 창설했다.

나는 내 번호가 찍힌 표를 꽉 움켜쥐고서 서류가 처리되길 기다린다. 그러는 동안 새로운 자연에 관한 글쓰기를 떠올린다. BBC 자연다큐멘터리 「스프링와치」도 생각나고, 철새 지킴이나 이주자 감시도 생각나고, 우리 집 문간에 들어왔던 이런저런 전단지도 떠오른다. 그러고 보니 예전에도 그랬었다. 역사적으로 저 위에서부터 보자면 혁명으로 모든 게 무너질 때, 이런저런 방안들이 실패할 때, 경제가 곤두박질칠 때, 그리고 최근 브렉시트와 이민 문제 등으로 외세의 침략과 정체성의 상실에 대한 두려움으로 신문의 논조가 그 방향으로 분명해질 때에도 똑같은 반응이 일어났다. 우리는 우리 영토를 고려하면서, 우리의 지도 위에 우리 자신을 표시한다. 아, 여기서부터 여기까지가 영국이고, 나는 영국에서 남쪽 여기 해안가에 살고 있는 누구누구이니까 여기에 내 정체성의 점을 찍을 수 있겠구나! 우리는 스스로를 단속한다. 내향적으로 변한다. 시골 전원이라는 거울 안에서 우리 자신을 찾으려 한다. 자연을 망명지나 은신처나 쉼터로 본다. 자연을 우리의 것으로, 우리에게 속한, 우리에게 필요한 것이라고 생각한다. 1934년 겨울, 노퍽 농부들은 늘 자신의 들판으로 생각했던 그곳을 날아다니는 종달새가 유럽대륙에서 건너온 철새라는 사실을 알게 되었다. 그 종달새가 기껏 키워 놓은 봄밀을 불시에 들이닥쳐 훔친다는 이유로 총을 쏘아 날려 버렸다. 해당 사건을 접한 지역 신문에서는 이런 헤드라인을 걸었다. "종달새 보호는 없다. 나치에 노래하는 종달새는 이곳에서 아무런 자비를 얻지 못할 것이다."

내 옆, 의자 세 개를 비워 놓고 파란색 코트를 입은 여자가 앉아 있다. 두 눈을 감고 신청서 양식 봉투를 얼마나 꽉 쥐고 있는지 손목 관절이 하얗게 질려 있다. 졸고 있는 건가? 졸면서 물건을 저렇게 꽉 쥘 수 있는 건가? 나도 눈을 감는다. 완벽하게 작성된 양식, 잃어버리지 않게 그대로 잡고 있어야겠지. 어쩐지 애잔한 느낌을 지울 수 없다.

내가 어렸을 때, 『정원 조류 연구(*Garden Bird Study*)』라는 제목이 달린 책이 있었다. 그 책에서는 나한테 우리 집 주변의 땅 지도를 그려 보라고 했다. 그러곤 그 위에다가 그곳에 살고 있는 새들이 노래하는 위치를 표시하라고 했다. 만약 아주 조심스럽게 관찰한다면 어디에서 하나의 영역이 끝나고 또 다른 새의 영역이 시작되는지 찾아낼 수 있기 때문이다. 나는 진짜로 책에서 시키는 대로 해 보았다. 지도 위에 선을 그렸다. 둥지도 표시했다. 새 이름, 사는 곳, 여름나기, 겨울나기, 상공을 날아가는 상황까지 목록을 적었다. 그 와중에 연필 얼룩 자국이 하나씩 생길 때마다 나 자신이 새들과 정원에 더욱 가깝게 연결되었다. 하지만 그 일은 나를 자유롭게 풀어 주기도 했다. 그렇게 연필로 나만의 새 지도를 그리면서 나와 다른 존재의 눈, 다른 삶, 세상을 바라보는 다른 시각의 여러 층위를 새롭게 열어 주었다.

수년이 흘러 우리가 그 집을 떠나올 때, 어린 시절 전부가 남아 있는 내 방, 그곳에서 함께한 모든 기억과 헤어진다는 사실이 너무 슬펐다. 그 지도 위에 그린 선, 그 목록, 그리고 비둘기 둥지와 검은 새 둥지와 문밖의 울새를 그려 넣던 작은 십자 표시를 전부 여기에 두고 떠나야 하다니! 그 모든 것은 이미 나와 내가 살던 집을 둘러싼 자연의 일부가 되어 있었던 것이다.

1933년에 영국조류학협회가 창설되었다. 이 신규 단체는 새를 보호하는 역할을 하지 않았다. 그 협회는 새를 연구하고, 대규모 조사에 참여할 시민들을 모집했다. 새는 더 이상 사람이 지켜야 할 대상이 아니었다. 이제 새들은 예리한 눈길의 시민 과학자들로 구성된 자원봉사 단체에게 **관찰을 당하는** 존재가 되었다. 훈련된 조류 관찰자들은 자전거를 타고 칼새의 움직임을 쫓아다녔다. 그들은 카드와 보고서와 설문지를 작성했다. 그들만의 지시도 받았다. 새의 분포를 표시할 수 있도록 전체 구역이 담긴 1인치 실측도, 현장 주변의 6인치 지도, 인접한 이웃 지역의 25인치 지도를 구입할 것! 그리고 "이 지도를 활용하고 거기에 표시하는 것을 두려워하지 말 것!"이라는 명령도 들어 있었다. 당시 수천 명의 새로운 관찰자들이 눈으로 보고, 발로 걷고, 숫자를 세고, 그 숫자를 합해 기록하고, 현장의 소리와 장면을 기계에 담았다. 이 행위는 결국 국가라는 개념에 서로 연관되었다. 사실상 그때 그들이 하고 있던 일은 한마디로 전시 노동,

바로 군역이었다.

아마 전조였을 것이다. 아무도 몰랐다. 침략을 며칠 앞두고 이상한 현상이 일어났다. 새들이 집 안으로 들어왔다. 제비가 벽지를 벗겨 냈다. 작은 박새들이 마분지 뚜껑이 달린 우유병에서 크림을 훔쳤다. 대프네 듀 모리에(1907-1989)의 소설 『새(*The Birds*)』를 읽어 본 적 있는가? 알프레드 히치콕이 연출한 동명의 영화도 있는데, 영화가 아닌 소설을 말하는 것이다. 소설은 새가 인간의 적으로 돌변하는 커다란 변화를 담은 우화로, 소설 속에서 새들은 벌판과 바다에 떼지어 모였다가 내륙으로 날아가서 인간을 공격한다. **"그는 그게 파도의 하얀 마루일 거라고 생각했다. 그런데 실은 갈매기였다. 수백, 수천, 수만 마리. 그들은 몸을 솟구치더니 바다 파도의 골 사이로 떨어진다. 그리고 닻을 내린 장대한 함선처럼 고개를 들어 바람을 향한 채 때맞춘 물결을 기다리고 있었다. 누군가는 이 일을 알아야 한다. 누군가는 이 일을 들어야 한다."**

하지만 영국의 20세기 중반 새 감시자들에게는 어떠한 표징도 경이로움도 없었다. 비합리주의와 미신은 과거의 것이었다. 감상은 과학으로 대체되었다. 시적 모호함은 의식의 통제, 그리고 건설적이고 비판적인 사고로 대체되었다. 그럼에도 불구하고 과학보다 중요한 어떤 것이 작은 잉글랜드와 그곳에 있는 모든 연약한 절벽에서 그 모습을 드러냈다. 바로 백악(白堊)이었다.

해안 초기 경보 레이더 기지는 '체인 홈'으로 불렸다. 모든 사람이 관측하고 있었다. 모든 것을 지켜보았다. 왕립관측군단(ROC)은 항공기 움직임에 대한 보고서를 타전했고, 나머지 관찰자들은 새에 관한 보고서를 보냈다. 제임스 피셔(1912-1970)는 풀머갈매기에 점점 더 심하게 빠져들었다. 이 세상 같지 않은, 칠흑같이 까만 눈을 가진 바닷새 풀머갈매기는 영국 해안을 따라 서식 영역을 확장하고 있었다. 1952년 저서 『풀머(*The Fulmar*)』에는 이렇게 적혀 있다. **"남서부 브리스톨 해협 런디 섬에서 콘월반도 란즈 엔드와 틴타젤까지, 란즈 엔드에서 실리 제도와 리저드 반도까지, 리저드 반도에서 스타트 포인트까지, 스타트 포인트에서 스완지까지, 스완지에서 세븐 시스터즈까지, 세븐 시스터즈에서 헤이스팅스까지 (…) 최근에는 켄트 주 동쪽 브로드 스테어즈와 마게이트의 절벽 옆에서도 날아다니는 모습을 보았다."** 그는 적의 항공기는 물론 풀머갈매기를 감시하기 위해 해안 지휘소를 선발했다. 풀머갈매기의 번식지 사진을 찍기 위해 영국 공군 정찰비행을 준비했다. 날개와 눈을 구분할 수 없는 혼란스러운 상황이 벌어졌다. 온 세계가 전쟁을 치르고 있었다.

영국 해안 전역의 주요 철새 이주 지점에는 조류 관측소가 있다. 웨일즈의 바드시 섬. 맨섬 남서부의 카프 오브 맨. 켄트 해안의 던지니스. 잉글랜드 해안, 요크셔의 플램보로. 링컨셔 해안의 지브랄타르 포인트. 포틀랜드 섬 남서부의 포틀랜드 빌. 스코틀랜드 본섬 남서쪽 메이 섬. 이들 관측소의 위대한 전성기는 전쟁 이후에 찾아왔다. 상상해 보라. 당신은 전쟁 중 독일 포로수용소에 수감된다. 영국군 군번과 전쟁포로 번호를 둘 다 갖고 있다. 마침내 자유의 몸이 되어 고국으로 돌아온다. 하지만 완전히 자유로워진 것은 아니다. 포로수용소에서 했던 그 일을 고국에 와서도 다시, 또다시, 계속해서 다시 해야만 하기 때문이다. 당신 안의 일부는 여전히 군대 이동, 지도, 국경, 탈출, 희망, 고국이라는 과거의 경로에 고착되어 있다.

만약 당신이 조지 워터스턴(1911-1980)이라고 한다면, 맨 먼저 조류 관측을 시작했을 것이다. 워터스턴은 스코틀랜드의 조류학자이자 자연보존주의자였다. 영국 본토에서 아주 멀리 떨어진 끝, 스코틀랜드 북부 셰틀랜드의 외딴 섬 페어 아일에서 과거 군사용 건물로 쓰던 곳에 조류 관측소를 설치한다. 그리고 거기에서 당신과 동료들은 길을 잃은 새와 이동하는 철새를 그물과 새장에 잡아 놓고, 새에게 각자 숫자가 적힌 고리를 끼워주고 다시 풀어 준다. 그리고 누군가가 그 새들을 발견하기를 희망한다. 그러면 당신은 세계 전역을 이동하는 새들의 보이지 않는 움직임을 증명할 지도를 그릴 수 있다. 물론 그 새들을 훨훨 날아가도록 풀어 주었지만, 동시에 당신의 일부도 그들과 함께 길을 나선다. 당신이 고리를 걸어 준 새들은 깃털 달린 대리자가 되어 인간이 정해 놓은 국경을 초월하여 넘나든다. 당신은 그 새들이 부럽기만 하다.

부스에 있던 여권 발급 공무원이 내 사진을 스크린 위로 들어 올리더니 실눈을 뜨고 바라본다. 부스 안에는 그림자가 전혀 보이지 않는다. 오히려 온통 햇빛이 가득 비추고 있다. **네, 고객님, 당신이군요.** 마침 그가 말한다. 나는 마음이 놓인다. 그는 책상 위에 놓인 내 서류에 시선을 돌리고는 그 위에다가 연이어 숫자를 휘갈겨 쓴다. 밝고 투명한 평온이 흐르는 가운데 나는 생각한다. **저게 다 무슨 뜻일까?** 의심이 슬금슬금 선회하더니 우르르 몰려온다. 실체가 없는 공허한 사실들.

데이비드 랙(1910-1973)이라는 사람이 있었다. 조류학자이자 진화생물학자였던 그는 2차 대전 중에 스코틀랜드 북동쪽 오크니 섬, 해안 경비 레이더 기지의 조기경보망에서 일했다. 전송된 레이더 파장의 거리가 10센티미터까지 짧아지면 조치를 취해야 했다. 문제의 그들은 선박도 아니고 항공기도 아니었다. 유령이었다. 그들은 30노트로 이동했다. 공습경보가 울렸다. 비행기가 긴급 발진했다. 하지만 거기에는 아무것도 없었다. 랙과 동료들은 그 유령은 바닷새가 레이더에 반사된 것이라고 밝혔다. 하지만 다른 사실이 더 드러났다. 고출력 레이더가 발명되자 더 많은 유령이 나타났다. 레이더 교환원들은 그들을 일명 '천사'라고 불렀다. 특히 봄과 가을에 가장 자주 나타났다. 바람을 타고 떠다니지는 않았다. 그 유령은 자신을 본 사람들을 방해하고 불안하게 만들었다.

무선통신의 아버지 굴리엘모 마르코니(1874-1937)의 연구실험실 과학자들은 해안을 따라 움직이는 그 '천사들'의 이동선을 기록했다. "**섬광처럼 번쩍이는 이곳저곳의 흥미로운 천사들이 성수기 동안 그 이동선에서 벗어났다. 그리고 지속적으로 반복되는 천사 반사파 중에 명백한 흐름은 템스 어귀에서 위로 움직이는 모습을 볼 수 있었다.**" 그 천사들은 보금자리에서 하늘로 날아오르는 찌르레기였고, 전선을 따라 북쪽으로 이동하다가 폭설에 밀려 올라간 댕기물떼새였다. 온 하늘이 항공기와 이동하는 조류의 반사작용으로 시퍼렇게 아로새겨졌다. 이것은 새로운 발견이었다. 과학이 낭만주의로 바뀌었다. 우리 인간의 소유가 될 수 없는, 하물며 상상조차 하지 못한 생명체 무리의 미립자성 아름다움이 공중 전역에 시시각각 발자국을 남겼다. 그리고 마침내 유령과 천사로 부르던 그동안의 불가사의에서 풀려나올 수 있었다. 이것은 역설적으로 전쟁 때문에 알게 된 음악이지만, 그 새들이 부르는 노래는 느리게 이동하는 빛의 찬가였다.

나는 여권 발급을 약속 받고 그곳 건물을 나온다. 파란색 코트를 입은 여자도, 쇼핑백을 들고 있는 남자도, 손자를 만나러 난생 처음 호주로 가려는 노부부도, 친구들과 이비자로 여행 가려는 10대 남자아이도 모두 함께 걸음을 재촉한다. 나는 차를 세워 둔 지점까지 걸어가면서, 새 다리에 식별용 고리를 달던 사람이 이런 질문을 했던 기억을 떠올린다. "만약 당신이 그물망에 잡힌 오목눈이라면 어떤 일이 일어날까요?" 오목눈이는 가족 단위로 먹이를 찾아다닌다. 그렇기 때문에 생쥐만 한 크기의 오목눈이는 한꺼번에 그물망에 잡히고 만다. 그렇게 잡힌 오목눈이를 그물망에서 한 마리씩 꺼내고 나면 다음은 고리를 채우는 작업장의 갈고리 달린 개별 봉투에 걸어 둔다. 그렇게 몸무게와 길이를 재고 나면 그다음에 고리를 채운다. 그 끔찍한 고독의 시간 속에서도 오목눈이는 끊임없이 필사적으로 울부짖으며 서로가 서로를 부르면서, 여전히 함께 있다는 한 가지 사실로 서로를 안심시킨다. 그리고 일단 다리에 고리를 채우는 일이 끝나면, 모두 함께 풀려나서 다시 삶을 시작한다. 이내 작은 숫자를 다리에 달고서 저 하늘로 훨훨 날아간다.

28

뻐꾸기

뻐꾸기는 날개 끝이 뾰족하고 단추 같은 황색 눈과 아래로 굽은 부리를 가진 회색빛 새인데, 늘 깜짝 놀란 표정을 하고 있다. 뻐꾸기 울음소리는 영국에서 가장 유명하고 가장 사랑받는 노래 중의 하나다. 하지만 영국에 사는 대부분의 사람들은 뻐꾸기를 본 적이 없으며, 이제 뻐꾸기를 보는 일이 점점 더 어려워지고 있다. 지난 25년 동안 영국에서는 지역 내 뻐꾸기 가운데 60퍼센트 이상이 없어졌지만 아무도 정확히 뻐꾸기가 사라진 이유를 알지 못한다. 서식지 파괴와 기후 변화의 영향, 혹은 뻐꾸기가 철새 이동 중에 만나는 무수한 위험요소가 가장 유력한 범인이지만, 그중에서도 이동 중에 만나는 위험성은 연구하기가 가장 어려운 요소다.

우리는 영국 뻐꾸기가 어디에서 겨울을 나는지에 대하여 아주 애매모호한 견해를 가지고 있을 뿐, 그들이 그곳에 갔다가 돌아오는 정확한 경로를 알지 못한다. 지금은 조금씩 그것에 대해 알아가기 시작하는 단계에 있다. 2011년 이후, 영국조류협회(BTO)는 영국에서 잡은 뻐꾸기에게 위성 꼬리표를 달아 줌으로써 아프리카까지 갔다가 돌아오는 경로를 추적했다. 언론에서는 그 프로젝트를 가리켜 '깃털 달린 형제들에게 꼬리표 달아 주기'라고 이름을 붙였고, 이를 계기로 엄청난 관심을 끌었다. 그렇게 하여 오늘날 모든 방면의 조류학적 비밀이 조금씩 밝혀지고 있다.

영국조류협회의 이 프로젝트는 중요한 사건이다. 그런데 그것은 비단 과학의 영역에서만이 아니라, 그 이상의 의미까지 덧붙여지고 있다. BTO 뻐꾸기가 '실종되었다'는 뉴스를 읽을 때면 이상하게 해외에서 벌어지는 전쟁이 떠오른다. 해당 프로젝트에서 제공하는 뻐꾸기 이동 경로 지도를 보면서 이런 의문이 생기기도 한다. 지금 전 세계는 원격감시를 갈망하고 네트워크 전쟁이라는 디지털 꿈을 그리고 있는데, 이런 세상에 과연 위성 꼬리표를 단 '보초병 동물'이 얼마만큼 적합한지 궁금해진다. 그와 동시에 지난 몇 년 동안 전 세계적으로 위성 꼬리표와 식별 고리를 매단 새들이 스파이로, 말하자면 깃털 달린 살아 있는 드론으로 오인되었던 사건이 여러 번 벌어졌던 것도 기억난다. 그렇다면 우리가 뻐꾸기에 대하여 생각하는 방식과 국가와 국방, 그리고 정보와 감시라는 개념이 대체 어떤 식으로 서로 개입하고, 어떤 식으로 보조를 맞추고 있는지 새삼스럽게 궁금해지기 시작한다.

어렸을 때, 맥스웰 나이트(1900~1968)가 쓴 책 한 권을 읽었다. 그가 어떻게 뻐꾸기 새끼를 키우게 되었는지를 들려주는 이야기였다. 그때 당시에 나는 『뻐꾸기 구(*A Cuckoo in the House*)』가 그저 1950년대에 출간된 동물 이야기 중의 하나이며, 맥스웰 나이트도 그냥 평범하게 새를 사랑하는 사람이라고만 생각했다. 하지만 BTO 프로젝트로 말미암아 그 책을 다시 읽으면서 이번에는 나이트에 대하여 더 많은 사실을 알게 되었다. 무엇보다 어렸을 때 읽었던 것과 전혀 다른 다른 책이라는 점이었다. 이것은 단순히 새를 사랑하는 사람의 이야기가 아니었다. 인간이 동물에게 부여하는 의미가 과연 어떤 맥락인지 재고하게 만드는 일종의 문제적 우화였다. 그리고 자연사와 전후 영국사 사이에 존재하는 온갖 유형의 이상한 충돌과 결탁을 부지불식간에 드러내는 책이기도 했다.

이 책은 '엠(M)'이라고 불리는 맥스웰 나이트와 '구(Goo)'라고 불린 뻐꾸기에 대한 이야기다. 나이트는 장신의 영국 정보부 간부 요원으로서 국내를 기반으로 대전복 활동을 벌이는 영국 국내정보부 MI5 책임자였다. 눈치 챘겠지만 그 '엠(M)'이 바로 007 영화 속 제임스 본드를 통제하는 캐릭터의 영감이 되었다. 나이트는 1930년대부터 2차 대전이 끝날 때까지 영국 파시스트당과 대영 공산당 같은 기구에 스파이를 심었다. 한마디로 그는 특이한 인물이었다. 은밀하게는 정체를 숨긴 동성애자였으며, 간담을 서늘케 하는 스릴러 작가였으며, 열정적인 재즈 트럼펫 연주자였으며, 알레스터 크로울리 흑마법의 사도였다. 게다가 평생 자기 집 안에 동물을 기르던 인물이기도 했다. 그가 거처하던 안전가옥은 영국 우파 지지층 대표 지역이라고 할 수 있는 잉글랜드 남동부 홈 카운티스에 있었다. 그는 한창 활동할 당시에도 그 안전가옥에서 까마귀, 앵무새, 여우, 되새 등을 키웠다. 그곳은 그가 양성하는 스파이들도 함께 공유하는 집이기도 했다.

2차 대전이 끝나자 나이트는 BBC 라디오 자연주의자로 두 번째 커리어를 시작했다. 이렇게 새롭게 등장하여 많은 사랑을 받았던 나이트는 친척 아저씨처럼 친근하고 트위드 옷을 잘 차려입는 전문가로 「컨트리 퀘스천스」「더 내추럴리스트」「네이처 팔러먼트」 같은 프로그램에 고정출연했다. 그는 방송에서 영국 야생동물의 습성을 설명해 주고, 젊은 자연주의자들에게 올챙이를 키우는 법과 '킴의 게임'을 함으로써 관찰 기술을 단련하는 방법을 알려주기도 했다. '킴의 게임'은 러드야드 키플링의 소설 『킴(*Kim*)』에서 스파이 훈련을 받는 주인공 소년의 이름에서 따온 것이었다. 맥스웰 나이트는 비밀 공작을 수행하는 사람에서 수백만 시청자가 지켜보는 방송인으로, 그리고 스파이를 양성하는 정보요원에서 가족 친화형 자연주의자로 그야말로 극적인 신분상의 변신을 해냈다. 하지만 그가 소개했던 킴의 게임은 은연중에 진실을 드러내는 것이었다. 무심결에 자신의 숨겨진 어떤 실상을 강렬히 보여 주는 기표였다. 어쩌면 자연주의자와 스파이의 세계는 흔히 사람들이 생각하는 것보다 더 밀접했는지 모른다.

자연주의자의 관찰 행위와 스파이 사이에는 유사점이 많다. 조류관찰자라는 뜻의 단어 '버드와처(Birdwatcher)'는 오래전부터 영국 정보부에서 스파이를 가리키는 은어였다. 그리고 보이스카우트의 창설자 로버트 베이든 포웰(1857-1941)의 『소년을 위한 정찰법(*Scouting for Boys*)』을 읽어 보면 자연사 야외생활이 얼마나 오랫동안 전쟁 준비용 게임으로 인식되었는지 알게 될 것이다. 나이트는 언젠가 MI5 통신 전언에서, 스파이는 "언제, 어디서, 어떻게 메모를 하는지 그 방법과 기억훈련과 정확한 설명묘사를 하는 방법"도 배워야 한다고 권고했다. 그리고 이후 라디오 방송에서도 젊은 자연주의자들에게 똑같은 조언을 해 주었다.

하지만 무엇보다 이 이야기에 가장 관련이 깊은 것은 나이트가 키운 동물, 그리고 그 동물이 그의 은밀한 사생활과 맺는 관계성이다. 그는 런던 아파트에서 새끼 곰, 개코원숭이, 독사, 도마뱀, 원숭이, 이국의 새와 쥐를 키웠다. 그 동물들은 집 안에 갇혀 있었다. 나이트의 MI5 동료이자 존 르 카레의 소설 속 캐릭터 조지 스마일리의 원형으로 유명한 존 빙엄(1908-1988)은 이렇게 회고했다. "나이트는 항상 주머니 안에 살아 있는 뭔가를 갖고 다녔습니다." 나이트에 관하여 글을 쓴 사람들은 그가 동물을 키운 사실에 매료되면서도 정작 동물들은 항상 하찮은 존재로 취급하는 경향을 보인다. 어떻게 보면 그가 어떤 동기로 그렇게 줄기차게 동물을 키우면서 살았는지 아무런 실마리를 얻지 못하기 때문이다. 그저 정보요원의 비밀 유지를 위해 일종의 위장이나 속임수 정도로 동물을 곁에 둔 게 아닐까 짐작하는 정도에 그칠 뿐이다. 문학평론가 패트리샤 크래이그는 비평을 통해 그 동물의 의미를 이렇게 설명한다. "MI5는 모든 상황을 비밀스럽게 유지하는 능력, 동료들에게 확실하게 각인되는 능력, 예상 밖의 놀라움을 불쑥 안겨 주는 능력에 크게 좌우되는 기관이다. 그런 곳에서 그 동물들은 나이트에게 기이하고 별난 인물이라는 평판을 얻게 해 주고, 확실히 기만적인 MI5 세계에서 일종의 자산이 되어 주었을 것이다." 하지만 나이트의 동물은 그렇게 단순한 위장만은 아니었다.

나이트는 이국의 희귀 동물을 키우면서도, 표면적으로는 영국 야생동물의 강력한 옹호자였다. 1959년 그가 발간한 『동물 길들이기와 관리하기(*Taming and Handling Animals*)』에서 영국 야생동물은 "머나먼 나라의 생명체보다 무한히 유익하고 교육적인 존재"라고 기술된다. 이 정서는 그 시대의 감수성과 상당히 일치한다. 사실 2차 대전 중에 영국의 야생동물은 국가적 정체성의 신화 속에 공고히 새겨졌기 때문이다. 당시 외세 침략에 대한 불안과 스파이 열병이 영국 전역을 휩쓸 때, 곳곳에서 국가에 대한 충성과 애국의 정체성에 대한 관심이 들불처럼 번졌다. 그렇게 확산된 관심과 애정은 영국에 서식하는 야생동물에게까지 이어졌고, 일반 대중이 생각하는 양상과 과학계의 이해 양쪽 모두에 소리 소문 없이 급속도로 파고들었다. 말하자면 국가사와 자연사의 경계가 모호해졌다. 일련의 전시 라디오 토크에서 진화 생물학자이자 올더스 헉슬리의 형인 줄리언 헉슬리는 조류란 우리 자신을 조국으로 향하게 하는 수단이기 때문에 특별히 중요한 의미가 있다고 설명하기도 했다.

맥스웰 나이트의 라디오 페르소나는 그와 같은 애국적 이해에 근거하여 구축되었다. 그가 1955년에 발간한 『어린 자연주의자에게 보내는 편지(*Letters to a Young Naturalist*)』는 자연에 흥미를 가진 소년과 그 소년의 자연주의자 삼촌 사이에 주고받는 허구의 편지로 이루어졌다. 이 책은 다음과 같이 시작한다. "사랑하는 나의 피터에게. 그래, 네가 자연주의자가 되고 싶다고! 네가 택하기엔 그보다 더 좋은 취미는 없을 것이고, 너를 도와줄 수 있도록 나를 설득하는 데 있어서도 그보다 더 좋은 방법은 없을 것이야. 네가 장차 영국의 크리켓 선수가 되는 걸 제외한다면, 네가 자연주의자가 되는 것만큼 내가 바라는 게 또 있을까 싶구나."

평범한 반려동물은 나이트에게 거의 관심을 받지 못했다. 그는 말 그대로 야생동물에게 관심을 두었다. 말하자면 데리고 와서 길들여야 하는 동물이었다. 그는 여러 저서에서 야생동물이라는 용어를 신중하게 규정한다. 그의 설명에 따르면, 첫째, 동물은 길들여질 때 합격이다. 그렇지 않으면 통과되지 않지만, 혹시 나중에 변할 수는 있다. 그리고 가축은 길들여진 것처럼 보이지만, 언제라도 지독하게 까다로운 대상으로 변할지도 모른다. 굶주린 동물도 겉으론 길들여진 것처럼 보이지만 실상은 그렇지 않다. 다만 배고픔이 그 동물의 두려움을 죽였을 뿐이다. 이런 동물들은 믿을 만하지 못하다. 『동물 길들이기와 관리하기』에서 그가 말한 대로라면, 동물을 신뢰하기 위해서는 반드시 길들여서 '온순하고 다루기 쉽게' 만들어야 한다.

> 여기서 강조점은 '만들어야 한다는' 단어에 있다. 왜냐하면 야생동물을 길들이는 것은, 우리가 그 동물의 신뢰를 얻어야 하고, 그 동물의 본래적 두려움을 제거해야 하고, 그리고 많은 경우에는 심지어 애정을 불어넣어야 한다는 뜻이기 때문이다. 그리되면 그 동물은 수월하고 규칙적으로 먹이를 제공받을 것이다. 겉모습도 더 좋아질 것이며, 물고 뜯거나 다른 형태의 공격 행위도 하지 않을 것이다. 또한 자신을 호의적으로 대하는 존재로, 혹은 어쩌면 그 자신과 같은 유형으로 우리를 받아들이게 될 것이다.

그 동물과 같은 유형의 하나로 받아들인다니! 바로 거기에 대전복 활동의 세계가 있다. 전복활동을 막기 위해 특정 조직에 침투하여 조종과 기만으로 무력화하는 활동이 바로 그것 아닌가. 자신의 은밀한 삶을 교묘하고 흐릿하게 이중상으로 드러내면서 위상 정립을 하는 지점이다. 나이트는 여러 책에서 스파이를 양성하는 사람과 스파이 사이의 정확한 관계를 기술하는 데 즐겨 사용했던 바로 그와 똑같은 용어와 관점으로 동물과 그 동물을 길들이는 사람 사이의 관계를 기록했다. 스파이를 양성하는 정보요원은 반드시 "무슨 수를 써서라도 그 스파이와 친구가 되어야 하며 스파이는 반드시 요원을 믿어야 한다."고 되어 있다. 무엇보다 가장 중요한 점은, 동물 길들이기와 스파이 양성하기 양쪽 측면에서 "확고한 신뢰의 기초가 반드시 구축되어야 한다."는 점이다.

일반적으로 오늘날 동물 조련 모델은 조련사와 야생동물 사이의 공감적 이해에 기초한다. 하지만 나이트는 그렇지 않다. 그에게 동물과 인간 사이의 경계선은 선명하게 그어져 있었다. 그의 동물은, 자신을 기르는 주인의 전문지식을 반영하는 한에서만 거울과 같았다. 그리고 동물을 길들이고 신뢰를 얻는 행위는 그 주인의 성격과 능력의 증거로서만 가치를 평가받았다. 이와 관련하여 나이트는 이렇게 말했다. "어리석은 인간은 결코 똑똑한 반려동물을 소유하지 못할 것이다. 신경이 날카로운 인간은 그 어떤 야생동물의 신뢰를 얻는 데 결코 성공하지 못할 것이다." 이처럼 특정 관계에서 신뢰를 얻는 데 얼마나 능수능란한 사람인지 증명하는 용도로 동물이 사용되었던 것이다. 한데 동물은 이외에 다른 쓰임새도 있었다. 사실 인간에게 동물이란 한 번 풀어보고 싶은 인식론적 수수께끼였다. 그런 면에서 동물과의 관계는 "서로 다른 종 사이의 상대적인

지적능력 같은 문제나 감금된 상황에서 스스로 적응하는 의지나 태도를 관찰"하는 좋은 기회가 되었다.

나이트와 동물 사이의 경계선은 그와 스파이 사이의 경계선과 마찬가지로 빈틈없이 감시받았다. 동물이든 스파이든 그 목적은 단 하나, 확실히 거리두기를 유지한 정보를 기반으로 친숙한 전문가가 되는 것이었다. 나이트가 양성한 스파이 중의 하나이자 오랜 동반자였던 조앤 밀러는 이런 사실을 신랄하게 언급했다. "엠(M)은 항상 동물들에게 호기심을 갖고 있었지만 좋아하진 않았어요. 물론 우리 두 사람 사이에서도 성실하게 사랑한 쪽은 항상 저였거든요."

나이트가 동물을 기를 때 차용했던 거리두기 모델은 뻐꾸기를 기르기로 결심하면서 마침내 문제에 봉착했다. 뻐꾸기는 나이트가 특별한 관심과 애정을 쏟은 동물이었다. 그 이유가 무엇인지 확인하기란 어렵지 않다. 뻐꾸기는 영국다움의 상징이다. 매년 《더 타임스》 편집자 섹션에 봄이 오면 그들이 찾아오는 소식이 언급될 만큼 깊고도 불변하는 상징이다. 또한 흥미롭게도 뻐꾸기는 의심과 미스터리와 속임수의 상징이기도 하다. 알다시피 뻐꾸기는 다른 새의 둥지에 있는 알을 버리고, 그 둥지에 자기 알을 낳는다. 그리고 그 속임수를 미처 알지 못하는 둥지의 본래 주인은 자기 알을 잃어버린 채, 숙주이자 임시보호자가 되어 뻐꾸기 새끼를 품고 키운다.

이렇듯 이해하기 힘든 기생 방식을 보이는 뻐꾸기의 애매모호한 도덕적 상태는 전통적으로 간통, 표리부동, 성적 혼란이라는 개념으로 전개되었으며, 종 경계 자체를 상징하는 개념으로까지 확대되었다. 가령, 창조과학운동의 원로 버나드 액워스는 여러 책과 《스펙테이터》의 열띤 투고에서 뻐꾸기는 수컷 뻐꾸기와 숙주 종의 암컷 새 사이에 태어난 혼종이라고 여러 차례 주장하기도 했다.

또한 뻐꾸기는 그 시대 대중 과학의 주인공 역할을 했다. 에릭 호스킹과 스튜어트 스미스는 1955년 플래시를 터뜨리는 새로운 촬영 기술을 활용하여 『새들의 싸움(*Birds Fighting*)』이라는 128페이지 분량의 책을 출간했다. 그들은 이 작업을 통해 그간의 관례에서 벗어나 뻐꾸기의 자리를 국가주의와 공격과 방어라는 맥락의 우화 속에 집어넣었다. 스미스는 로마의 대 플리니우스가 뻐꾸기를 기술한 말을 인용하면서 시작한다. "뻐꾸기는 속임수를 부리기" 때문에 "모든 새들에게 공동의 적대 대상이었다." 그 책은 일종의 조류학적 데스 매치이자 일련의 연출된 싸움이다. 그간 잉여 의미로 차곡차곡 채워졌던 뻐꾸기를 방어적 공격과 "극도의 분노"를 드러내는 광기의 프레임에 집어넣고서 행동 하나하나, 표정 하나하나를 낱낱이 헤집는 사진을 찍었다. 한마디로 오랫동안 영국이 사랑한 유명한 명금을 하나부터 열까지 적나라하고 상세하게 찍은 작업물이다. 어떻게 보면 이 작업은 생태계 왕국에서 벌어진 전면전이었다. 본래 조류는 외부의 적이 침범하면 거기에 대항하여 가족을 방어하는 동물이기 때문이다. 따라서 국가주의와 공격과 방어라는 맥락에 들어온 뻐꾸기의 의미는 훨씬 더 명확해진다. 정치적 통일체가 가상의 침략을 받는 상황에서, 뻐꾸기는 그 통일체인 국가를 대신해 내부의 적에게 침투하여 과도한 폭력성을 자극했다. 바로 그런 폭력성을 내재한 명금이 그동안 영국 시골 지방의 영국다움이라는 특성을 상징하는 아이콘이었던 것이다.

호스킹과 스미스는 이처럼 격렬한 반응을 자극하는 요인이 무엇인지 알아내고 싶었다. 새는 뻐꾸기라는 적을 어떻게 알아보는 것일까? 성난 나이팅게일에게 '뻐꾸기'는 과연 어떤 의미일까? 그들은 조립식 뻐꾸기 모형을 만들었다. 오려낸 마분지에 색을 칠하고 부러진 나뭇가지에 박제된 뻐꾸기 머리를 붙였다. 그런 다음, 일련의 실험을 실시했다. 그 실험은 사실상 문화적 불안에서 비롯되었다. 그 문화적 불안은 전후 국가주의 맥락에 포섭된 조류의 시대상에 그대로 반영되었던 것이다. 그 실험을 통해 다음과 같은 사실을 발견했다. 영국의 새는 위장과 가장을 알아채는 데 상당히 능숙했다. 심지어 나이팅게일은 박제된 뻐꾸기가 얼룩덜룩한 손수건으로 덮여 있었음에도 금방 알아채고서 공격하기도 했다.

위장과 가장, 이것이 바로 전후의 뻐꾸기였다. 속임수와 침묵의 살인을 수행하는 비밀스러운 새, 내부의 적. 그렇기에 자연주의자이자 대전복활동 전문가였던 맥스웰 나이트는 당연히 필사적으로 그런 뻐꾸기를 소유하고자 했다.

『뻐꾸기 구』에서 나이트는 어떻게 이런 일이 일어나게 되었는지 그 이야기를 들려준다. 과거에 비밀 감시자와 스파이로 구성된 그의 네트워크는 라디오를 통해 모집된 광범위한 자연사 정보원들로 대체되었다. 누군가 자신의 뒷마당에 있는 뻐꾸기 새끼에 대해 사연을 쓰자, 나이트는 고양이로부터 '그것을 구조하자고' 덥석 기회를 물었다. 그는 수년 동안 뻐꾸기 한 마리를 직접 키우고 싶어 했다. 왜 그랬을까? 그의 설명대로라면 뻐꾸기는 흥미롭고 친숙하지만 정작 어떤 새인지 잘 알려져 있지 않았기 때문이었다. 말하자면 세상 모든 사람이 뻐꾸기의 울음소리를 듣고서 그 존재를 알아채긴 했지만, 정작 뻐꾸기 자체가 어떤 새인지 "속속들이 알지 못했기" 때문에 정보를 캐내는 확실한 즐거움을 안겨 주는 "불가사의한" 새였다.

그리고 확실히 뻐꾸기의 삶은 나이트 본인의 관심사를 거울처럼 정확히 비추어 주었다. 첫째, 뻐꾸기의 성적 생활은 불가해하고 은밀했다. 나이트의 경우도 마찬가지였다. 조앤 밀러에 따르면, 수년 동안 그는 지역 극장에서 난폭한 동성연애상대를 선택하곤 했으며, 바이크 수리가 아닌 다른 여러 이유로 바이크 수리공들을 고용하기도 했다. 그러면서 겉으로는 원기 왕성한 이성애주의자의 허울을 유지했다. 둘째, 뻐꾸기는 침투 스파이를 관리 통제하는 정보 요원을 나타내는 단어였다. 뻐꾸기는 곧 정보 요원과 같은 말이었다. 뻐꾸기는 "사기당한 새"의 둥지 안에 자신의 "카멜레온과 같은 알"을 "밀어 넣는다." 보통 뻐꾸기 한 마리가 많으면 12개까지 알을 낳을 수도 있는데, 나이트의 설명에 따르면 "편리한 감시탑에 앉아서 예리하고 특별한 눈으로 땅에 대한 정보를 캐낸 후에" 적당한 둥지를 찾아낸다. 또한 뻐꾸기는 "유능하고 무례한" 존재로 그들의 은밀한 정체성은 결코 타협되지 않았다.

앞서 스미스와 호스킹은 모든 조류는 "'뻐꾸기'를 알아보는 선천적인 개념"을 갖고 있다고 결론 내렸다. 하지만 정작 나이트는 그 새롭고도 중요한 정보를 이야기하지 않았다. 사람들에게 공유하며 이야기하기는커녕 오히려 모든 조류는 문제의 새가 뻐꾸기라는 사실을 절대 알지 못한다고 주장했다. 뻐꾸기는 위장을 한 채 완벽한 대리자로 산다고 생각했다. 나이트의 주장에 따르면, 다른 새들이 뻐꾸기를 공격한 것은 다만 그것이 포식자인 매와 비슷하게 닮았거나 매처럼 "행세했기" 때문이었다.

맥스웰 나이트는 뻐꾸기 '구'를 기르기 시작하면서, 그간 자신이 철저히 그어 놓았던 동물 세계와 인간 세계, 동물 대상과 조련사 사이의 신중한 경계선이 허물어지기 시작했다. 그는 어린 새가 처음에는 공격성을 보이다가 점차 완전히 길들여져 주인에게 신뢰를 주는 개체로 변하는 모습을 지켜보면서 즐거워했다. 게다가 뻐꾸기 구는 사람을 구별하는 "매우 뛰어난" 능력을 갖고 있어서 집에 오는 사람들 중에 "신참과 고정손님을 분간할" 수도 있었다. 맥스웰 나이트가 뻐구기 구의 행동을 묘사하는 데 사용한 단어에는 온갖 흥분과 감동이 넘쳐났다. 가령, 친구니 신참이니 조련사니 하는 이 모든 단어들이 실상 정보요원으로서나 허울 좋은 연애를 즐기는 자신의 은밀한 생활에서 통용되는 것이었다. 그런 측면에서 뻐꾸기에 대한 나이트의 "친근한 접근"은 "완전히 상호보완적이었다." 나이트는 이렇게 표현했다. "구는 기뻐했고 만족스러워했다. 그 녀석의 깃털과 목소리, 그리고 살짝 다가와서 부리를 가볍게 쪼는 행동은 그 사실을 분명히 보여 주었다. 그리고 가볍게 툭툭 치는 동작과 부드럽게 웅얼대는 소리도 나한테 몹시 고마워한다는 뜻이었다."

나이트가 쓴 책을 읽어 보면, 이 불가사의한 뻐꾸기가 변화했다는 사실에 그가 얼마나 기뻐하는지 알아챌 수 있다. 또한 그 뻐꾸기가 자신을 그대로 투영한 깃털 달린 기묘한 대리자로 변했다는 사실에 다소 당황스러워하는 모습도 확인할 수 있다. 그동안 인간과 동물 사이에 확실한 경계선을 긋고 거리 두기에 철저했던 그의 지식에 크게 금이 가는 순간이었다. 결국 곤란한 입장에 처하게 되면서 난생 처음으로 그 생각이 절대적인 진리가 아님을 스스로 인정한다. "인간과 다른 동물 사이에 존재하는 큰 차이는 (…) 사실 일각의 사람들이 생각하는 것만큼 그렇게 크다고" 생각하지 않는다.

물론 『뻐꾸기 구』는 나이트에게 즐거움을 주었던 대리자의 변절로 끝이 난다. 어린 뻐꾸기는 아프리카로 겨울을 나러 이동하게 된다. 나이트의 정원에서 자유롭게 날아다니던 그 새가 조련사 나이트에게 돌아오는 횟수는 점점 줄어들기 시작했다. 나이트는 구가 혹시라도 이듬해 봄에 돌아오면 알아볼 수 있도록 다리에 숫자가 적힌 고리를 매달았다. 그리고 구가 남쪽으로 날아가자 상실의 슬픔에 빠졌다. 그는 그 뻐꾸기를 자신이 지금까지 소유했던 동물 중에서 "나를 가장 매료시킨 반려 새"라고 말했다. 당연히 그랬을 것이다. 그는 뻐꾸기와 동일시를 하면서 거의 자기 자신처럼 생각했기 때문이다.

뻐꾸기와 스파이 양성 정보요원의 이야기는, 우리가 동물을 이해하는 개념과 정도가 다름 아닌 우리가 살고 있는 문화에 깊은 영향을 받는다는 사실을 알려 준다. 하지만 동시에 우리는 동물을 우리의 대리자로 이용하고, 또 이용할 수 있음을 보여 준다. 우리는 우리 대신 말하도록 동물을 이용한다. 감히 그런 식이 아니라면 입 밖에 꺼낼 수도 없는 이야기를 하기 위해 동물을 이용한다. 그리고 이를 통해 보자면 우리가 동물에게 부여하는 의미는 어느 순간에라도 기묘하게 난폭하고 거칠어질 수도 있다.

나이트의 뻐꾸기가 결코 그저 새 한 마리가 아니었듯이, 최근 영국조류협회가 프로젝트의 일환으로 뻐꾸기를 잡아서 꼬리표를 붙이는 일도 마찬가지다. 단순히 지도에 올릴 정보 조항이 하나 더 늘어나는 수준이 아니라는 뜻이다. 우리가 아무리 새들의 긴 이동경로를 정확히 추적한다 하더라도, 그들은 여전히 불가사의한 새들이다. 여러 겹의 작은 뼈와 근육과 회색빛 깃털, 그 이상으로 더 위대하고 귀한 존재다. 그들은 우리도 미처 깨닫지 못하는 우리에 대한 이야기, 그리고 우리가 세상을 바라보는 방식을 들려준다. 새들은 온 세상의 국경을 넘나드는 여정을 거치면서 낯설고 기묘한 인간의 역사까지 함께 실어 나르는 것이다.

29
화살 황새

독일 로스토크, 어느 대학교 박물관의 유리 전시관에는 섬뜩하기로 유명한 전시품이 하나 전시되어 있다. 박제된 황새인데, 곡선이 선명한 황새의 목은 강철로 끝을 마감한 중앙아프리카 나무창으로 찔린 모습이다. 이 불운한 새는 그 공격에도 살아남아 독일로 돌아왔지만 1822년 봄에 사냥꾼이 쏜 총에 맞아 세상을 떠났다. 신문 보도를 통해 맨 처음 그 황새를 찌른 창이 머나먼 중앙아프리카의 것임이 밝혀졌고, 이를 계기로 **화살 황새**라는 새로운 이름을 얻었다. 이후 화살 황새는 독일 황새가 어디에서 겨울을 나는지, 그 수수께끼를 풀어 준 비운의 주인공으로 기리게 되었다.

18세기까지도 많은 전문가들은 조류가 추운 계절에 동면을 한다는 아리스토텔레스의 견해를 고수했다. 심지어 겨울 연못의 얼음 아래에서 살아 있는 제비 떼를 꺼내 올릴 수 있다는 어부들의 주장을 믿을 정도였다. 19세기에 들어와서야 유럽의 자연주의자들은 비로소 철새 이동에 관하여 지속적인 연구를 시작했다. 새의 다리에 숫자를 적은 금속 띠를 붙이고 그들이 나중에 돌아오는 위치를 표시하게 되었다. 화살 황새는 야생동물 이동에 관한 과학이 조직화된 초창기에 거둔 섬뜩하지만 소중한 사례다. 이렇듯 동물 이동 추적 연구의 역사는 화살 황새의 경우처럼 무심코 찌른 창부터 현대에 위성항법장치(GPS)와 위성 꼬리표에 이르기까지 인간의 다양한 기술을 거친 동물의 수가 늘어나는 현상과 함께 갈 수 밖에 없다.

오늘날에는 수천 마리의 동물과 새들이 꼬리표를 달고 다닌다. 바다거북의 등에도 해양 에폭시 접착제로 붙인 꼬리표가 있고 심지어 고래의 지방층에서도 발견된다. 멀리 떨어진 배에서 고래가 지나가기를 지켜보다가 꼬리표를 쏠 수도 있기 때문이다. 백조와 곰은 목에 꼬리표를 붙이고, 작은 조류는 등 위쪽에 태양열 전송기를 탑재한 벨트를 달게 된다. 각각의 꼬리표는 해당 동물의 위치를 확인할 수 있도록 위성 네트워크와 교신한다.

과학자는 동물이 이동하는 경로를 발견함으로써 서식지 상실이나 사냥꾼 활동 등 그들이 직면한 위험요소를 파악할 수 있다. 하지만 이제 더 이상 과학자들만 꼬리표를 붙인 생명체의 움직임을 쫓는 시대가 아니다. 모든 사람들이 동물의 이동 여정을 시각적으로 볼 수 있는 능력과 기술이 늘어나면서, 이제는 전 세계가 더욱더 복잡하고 경이로운 장소가 되었다. 예를 들어, 나도 컴퓨터 앞에 앉아 이런저런 사이트와 정보를 통해 꼬리표가 달린 백상아리가 캘리포니아 해안에서 1,000마일 이상 이동하여 태평양의 외딴 바다에서 겨울을 나는 멋진 상황을 지켜볼 수 있다. 그들이 도착한 태평양의 그곳은 현재 '백상아리 카페'로 알려져 있다. 그리고 비둘기조롱이가 잠자리 떼를 따라 똑같은 경로를 이동하고, 그렇게 날아가는 중에 먹이 걱정 없이 잠자리 떼를 포식할 수 있기 때문에 인도와 아프리카 사이의 기나긴 대양을 건너가는 여정에서 너끈히 살아남을 수 있다는 이야기도 읽을 수 있다.

최근에 일반 대중이 꼬리표를 매단 동물에 이름을 붙이고 후원을 하고 계속 소식을 접할 수 있는 웹사이트가 매우 많아졌다. 나는 영국조류협회가 운영하는 웹사이트에 자주 방문하는 편이다. 해당 협회는 영국과 아프리카 사이를 건너가는 개별 뻐꾸기의 연간 여정을 추적한다. 그것은 영국에서 뻐꾸기 종의 개체 수가 급격하게 줄어든 양상을 조사하기 위한 대규모 프로젝트의 일환이다. 사실 1980년대 이후 뻐꾸기 개체의 절반 이상이 사라졌지만 아직까지 그 이유는 제대로 밝혀지지 않았다.

오늘 그 사이트에 가 보니 데이비드라는 이름의 뻐꾸기가 웨일스의 고향에 도착했다는 소식이 올라와 있다. 물론 뻐꾸기에게 고향이 어떤 의미인지 알기는 어렵다. 그 프로젝트에 따르면 뻐꾸기 생애 중에 불과 15퍼센트의 시간 동안만 실제 태어난 나라에서 지내기 때문이다. 나는 데이비드의 사진을 클릭해 보고, 그런 다음 꼬리를 매단 다른 뻐꾸기 열여섯 마리의 사진도 클릭한다. 사진 속에서 과학자들이 붙들고 있는 그 뻐꾸기들은 전부 신경이 곤두선 황금색 눈빛에 깃털은 회색빛이다. 내가 기억하는 뻐꾸기는 봄이면 우리 집 근처 나무 사이에서 깜빡이듯 스쳐 지나곤 했다. 그렇게 예리한 날개 끝을 자랑하며 재빠르게 날아가던 실루엣으로 남아 있다. 그래서인지 사진 속의 뻐꾸기는 내 기억과 사뭇 다르다.

개별 뻐꾸기의 현재 위치는 구글 어스 맵 위에 활성화된 아이콘을 클릭하면 나타난다. 개체별로 서로 다른 색깔 선을 이용해 영국에서 유럽과 북아프리카, 사하라를 넘어 겨울을 나는 다습한 산림구역까지 이동하는 경로를 추적한다. 해당 웹사이트에서 기본값으로 잡아 놓은 위성 뷰에는 도시나 국가의 표시가 없다. 그렇게 해놓으니 뻐꾸기가 세상을 바라보는 방식처럼 나도 전 세계를 바라보게 된다. 정치나 국경이 없는 곳, 인간조차 없는 곳, 그저 기후상 서늘한 북부 산악지대에서 앙골라와 콩고의 두터운 열대우림까지 이어진 일련의 서식지만 있는 지도는 바로 새의 눈으로 본 지구의 모습이다.

이러한 프로젝트는 우리에게 야생동물의 삶에 대하여 다양한 상상을 하게 한다. 하지만 실제 동물들의 복잡하고, 자주 끊어지곤

하는 경로를 정확히 포착할 수는 없다. 그렇지만, 그래도 영원히 꺼지지 않는 태양빛의 배경을 가로질러 이동하는 동물들을 지켜볼 수 있다. 물론 그곳은 변화무쌍한 날씨를 보이는 창공이 아니고, 그 세상에 찍힌 점도 이동하는 실제 동물은 아니다. 대신에 우발적 요소가 제거된 정적 풍경 위에 여러 층위로 나뉜 위성과 공중의 이미지들이 제각기 필요한 정보를 제공한다. 여기서는 높은 산을 지나가는 얼음장 같이 차가운 바람도 없고, 쏟아지는 비도 없고, 마구 솟아오르는 매도 없고, 탐스럽게 익어 가는 곡식도 없고, 최근에 문제가 된 가뭄도 없다. 이런 단순화된 양상에도 불구하고, 지도에서 꼬리표를 매단 동물을 따라가며 지켜보는 일은 중독성이 다분한 취미가 된다. 그 동물의 운명에 시간과 관심을 투자하지 않는 것이 오히려 힘들 지경이다. 그 새는 어쩌면 죽을지도 모르고, 그 꼬리표는 작동이 되지 않을지도 모른다. 다음에 어디로 이동할지 확실치도 않다. 그 새는 자신의 이동을 지켜보는 눈을 알 턱이 없다. 그러니 멀리서 감시하는 당신의 능력에 일종의 권력감을 느끼다가 어느 순간, 아, 자신이 아무런 영향을 주지 못하는 일개 힘없는 인터넷 유저라는 깨달음으로 방향을 바꾸게 마련이다.

더 오래, 더 많이 지켜볼수록 당신도 어쨌든 그 뻐꾸기의 여행을 함께하고 있고, 전 지구의 탐험에도 참여하고 있음을 더 확실히 느끼게 된다. 당초 국경 없는 세상을 꿈꾸던 판타지는 이제 영웅적 탐험이라는 비전으로 바뀐다. 당신은 여러 나라를 거치면서 지도상에

미지의 공간을 정복하는 어느 외로운 여행자를 한껏 곁들어 주고 있는 존재가 되었다.

위성 추적에는 비용이 많이 든다. 따라서 이름을 붙여 준 몇 마리 동물의 진행 상황만을 따라갈 수 있다. 그 동물들이 놀라운 여정을 계속 이어 가면서 지켜보는 사람들도 그들에게 점점 더 애착을 느끼게 된다. 어린 뻐꾸기가 부모 새의 도움 없이 아프리카로 가는 길을 찾아내는 모습을 지켜보고, 붉은바다거북이 멕시코의 고향에서 7,500마일이나 떨어진 일본의 해안까지 헤엄쳐 가는 모습을 지켜본다. 인도기러기가 히말라야를 넘어 이동하고, 그 와중에 어쩌면 사람은 아예 불가능하거나 죽음에 이를지도 모를 갑작스러운 극단의 고도 변화를 꿋꿋이 견디는 모습도 새로이 알게 된다. 큰뒷부리도요가 아흐레 동안 1만 1,000킬로미터를 멈추지 않고 알래스카에서 태평양을 건너 뉴질랜드까지 날아가는 모습에 경탄을 하게 된다. 우리에게 이런 모습은 물리적 위협을 강인하게 견뎌 낸 눈부신 위업으로 보인다. 그러니 동물들의 이런 모습을 지켜보면서 우리 자신의 능력에 대비하여 그 능력을 평가하게 되는 것은 너무 자연스러운 일이다.

우리 자신을 동물의 삶에 비추어 보려는 무의식적 욕망은 이런 프로젝트에 참여한 과학자들도 마찬가지다. 그들은 종종 꼬리표를 매단 동물을 본인의 동료이자 협력자라고 생각한다. 생물학자이자 환경주의 컨설턴트인 톰 매치틀(1958-2016)은 메릴랜드 대학교에서 맹금류 이동을 연구했다. 언젠가 그는 위성 추적이 어떤 식으로 "해당 동물을 연구자와 함께하는 파트너로 변하게 만드는지"에 대하여 들려주었다. 자신도 어느새 꼬리표를 매단 송골매를 "다른 새들을 발견하고 표본채취를 하러 파견된" 동료 생물학자로 생각할 수 있다고 넌지시 암시했다.

이렇듯 동물들은 점차 과학 연구자에게 필요한 대리자일 뿐 아니라 감지기나 조사 기능을 하는 과학 연구 장비 자체로 간주되기도 한다. 서남극대륙에서 기후변화를 연구하는 어느 프로젝트를 예를 들면, 이마에 꼬리표를 붙인 코끼리바다물범이 사람을 대신해 날씨예보와 기후 연구에 사용되는 대양 전도도(傳導度)를 비롯해 온도와 깊이에 대한 데이터를 수집하고 전송한다. 이 코끼리바다물범 같은 경우가 살아 움직이는 자발적 생물학 표본채취 장치에 해당한다. 사실 이렇게 되면 인간의 기술과 그 기술 장비를 걸친 생물 유기체 사이의 구별이 애매해진다. 과연 코끼리바다물범을 생명체로 볼 것인가, 단순 장비 개념으로 볼 것인가. 이런 과정에서 그 동물이 중간매개로서 인간을 대신해 일하고 있다는 명백한 사실 자체가 조용히 삭제되기도 한다.

꼬리표를 매단 동물은 인간의 기술, 그 이상의 의미를 지닌다. 그들은 우리 인간이 지금 우리가 사는 세상을 어떻게 그리고 있는지, 그 방식을 뜻하기 때문이다. 기술 장비를 걸친 혼종 동물, 어쩌면 그들은 우리가 오늘날 지구를 바라보는 현대적 개념에 정확히 들어맞는다. 현재 우리는 지구를 끊임없이 지켜보아야 하는 일종의 환경이라고 여긴다. 그런 개념 하에서 창공의 수많은 눈이 이 나라에서 저 나라로 이동하는 동물을 추적하고, 그 내용을 지도 위에 표시한다. 선박과 항공기 이동경로를 표시하는 것과 동일한 원리다. 말하자면, 미국 국방부 연구원이 매와 곤충의 비행을 모방하는 자율비행로봇을 연구하고 있는 세상이다. 과학자들이 꽃무지에 전자배낭을 탑재하고서 리모컨으로 날아가게 해 주고 방향을 조정해 주는 그런 세상이다.

동물 원격 추적 부문의 초창기 선구자들은 그 노력에 필요한 비용을 군대 자금으로 구하려 하면서, 조류 이동 연구가 항공 운항과 미사일 유도시스템 개선에 활용될 수 있을 것이라고 암시했다. 그리고 동물 감시에 적합한 기술 개발은 일찍부터 군대와 강력한 연결고리가 있는 초소형전자공학 산업에서 시작되었다. 오늘날 드론 전쟁 시대에 이 동물들을 어떻게 볼 수 있을까. 지도상 추적되고 있는 각각의 동물은 결국 기술적 지배와 전 지구적 감시라는 위력을 상징적으로 확장한 것이다.

만약 독일 박물관에 전시된 박제된 **화살 황새**가 초창기 동물 이동 과학을 상징한다면, 오늘날 그것에 대응하는 등가물은 또 다른 황새, 메네스일 것 같다. 어린 황새 메네스는 2013년 헝가리에서 위성꼬리표를 달았다. 그 작업은 당시 유럽 국경횡단 협력 프로그램에서 후원한 조류 이동 추적 프로젝트의 일환으로 진행되었다. 메네스는 둥지를 떠난 후에 루마니아, 불가리아, 그리스, 터키, 시리아, 요르단, 이스라엘을 거쳐 남쪽으로 이동하여 이집트 나일 계곡에 착륙했다. 그리고 거기에서 어느 어부에게 붙잡혀 경찰서 구류 상태가 되고 말았다. "의심스러운 전자 장치"를 매달고 있는 황새가 스파이 혐의로 의심받았던 것이다.

나는 철창 뒤에서 반쯤은 그림자에 가려진 채, 부리는 축 늘어떨어뜨리고 발가락은 콘크리트 위에 펼친 채 서 있는 메네스의 사진을 한참이나 바라보았다. 한마디로 그 황새는 애꿎은 피해자였다. 먼 길을 날아와 도착한 곳이 하필이면 극심한 정치적 혼란으로 강력한 통제를 가하던 나라일 거라고 어떻게 상상할 수 있었을까. 당시 이집트는 무바라크의 장기집권이 민주화 시위 속에 막을 내리고, 이후 집권한 무슬림형제단의 모르시 정권도 1년 만에 무너진 시기였다. 후에 군부가 위임통치를 하면서 서방에 대한 불신까지 겹쳐 엄청난 혼란을 겪고 있었다. 보안전문가들은 메네스의 간첩 혐의를 벗기고 철창에서 내보냈다. 메네스는 그렇게 풀려났지만 불과 하루 뒤에 아스완 인근의 어느 섬에서 죽은 채 발견되었다. 죽어서까지 끌려 다닌 흔적으로 오염된 황새의 사체였다. 이렇게 메네스는 인간의 두려움과 갈등에 희생된 통절한 화신이 되어 버렸다. 언론에서는 이 메네스의 비극을 거의 희극에 가까운 편집증이자 피해망상을 드러내는 사건이라고 타전했다. 그 황새는 아무런 죄가 없었다. 그저 자신도 모르는 사이에 감시와 정보라는 지정학적 게임에 나서

게 되었을 뿐이었다. 하지만 황새로 만든 혼종 장비라고 한다면, 확실히 무고하다고 말하기 힘들 것 같다. 그 새에게 부여된 무고함이라는 리트머스가 어떻게 반응할지 장담하기 어렵다.

30
물푸레나무

1970년대 중반, 어느 눅눅한 1월의 낮. 나는 잉글랜드의 어느 산비탈에 엄마랑 함께 서서 아저씨들이 전기톱으로 다 쓰러져 부서진 나무를 잘라서 불길 위로 던지는 모습을 우두커니 지켜보았다. 그때 내 나이 5살이었다. 톱니 칼날이 으르릉 대는 소리와 마구 떠도는 연기에 깜짝 놀라기도 했고 내심 불안하기도 했다.

"사람들이 왜 저걸 태우고 있는 거예요?"

"네덜란드 느릅나무병이라 그래." 엄마는 손수건 매듭을 잡아당기면서 대답했다. "지금 느릅나무들이 죄다 그것 때문에 죽어 가고 있거든."

나는 엄마의 말을 듣고 혼란스러웠다. 실은 그때까지만 해도 시골은 영원히 변하지 않는 곳이라고 생각했다. 당시 네덜란드 느릅나무병이 유럽 대륙 전역에 퍼지는 가운데, 이미 미국에서는 그 마름병으로 밤나무 40억 그루가 파괴되었다. 그리고 거의 재앙에 가까운 새로운 나무 충해가 계속 뒤따랐다.

지난 주, 어릴 적 바로 그 차가운 산비탈이 문득 생각났다. 서펙 시골을 거쳐 여름날 구름의 희뿌연 실안개 아래로 페인트칠한 농가와 경사진 경작지를 운전하며 지나가는 중이었다. 그곳 도로에 죽 늘어선 물푸레나무들은 확실히 죽어 가고 있었다. 과거 한때 울창하던 나무 꼭대기는 으스스한 투명함을 느낄 만큼 엷어지고 바짝 말라 버렸다. 날개 모양의 나뭇잎이 얼마나 풍성했는지 자연스레 움직이는 덮개 지붕을 만들던 때도 있었는데, 이제 그것은 온데간데없고 앙상한 잔가지만이 하늘을 향해 삭막하고 황량한 모습을 드러냈다.

그것은 내가 난생처음으로 목격한 물푸레나무 잎마름병이었다. 잎마름병은 치명적인 곰팡이 감염병으로 유럽 전역에서 서쪽 방향으로 확산되었으며, 어쩌면 영국에 있는 거의 모든 물푸레나무를 망쳐 버릴지도 모른다. 미국에서 비단벌레가 급속히 퍼진 후에 그 결과는 거의 초토화에 가까웠다. 범인은 바로 세계화였다. 역사상 나무 충해는 항상 발생해 왔었지만, 1970년대 이후로 나타난 수목 질병은 그 이전까지 기록된 충해의 역사와 거의 맞먹는다. 국제 교류의 규모와 속도가 급속히 증가하면서 수많은 병원균과 해충은 해당 병원균과 해충에 자연 저항력을 전혀 갖지 못한 종에 무수한 피해를 유발해 왔다. 더 안타까운 점은, 나무에게 해를 끼치고 죽음에 이르게 만드는 주된 요인이 다른 어디도 아닌 목초액, 나무 포장 물질, 그리고 나무 선적 컨테이너, 묘종, 절화, 수입 묘목 뿌리 안에 숨은 채 은밀하게 찾아온다는 사실이었다.

늘 그렇듯 그날 밤늦게까지 강박적으로 인터넷에서 느릅나무 이미지를 검색했다. 이를 테면, 마을 벌판을 찍은 스냅사진이나 1960년대 영화 속 배우들 뒤편에 반쯤 가려진 장면에서 공중에 붕 떠 있는 듯 텁수룩하게 관리되지 못한 느릅나무의 실루엣을 찾아보았다. 그러다 잉글랜드 공립학교에서 크리켓 경기를 하는 모습 너머로 얼어붙은 적란운처럼 우뚝 솟아 있는 느릅나무를 확인했다. 매사추세츠와 해안 지역의 느릅나무 거리 엽서와 사진에서는 높다란 가지들이 여름날 도로와 교외에 세워 둔 올즈모빌 자동차에 그림자를 드리우고 있었다. 이 나무들은 반쯤 잊힌, 아니 반쯤 기억되는 풍경의 유령들이었다. 그 모습을 보고 있자니 어쩌면 살아 있는 나무들도 자꾸만 뇌리에서 떠나지 않은 채, 내내 우리 마음을 괴롭힐 수도 있겠다는 생각이 들었다. 그날 서펵을 지나가면서 본 풍경은 내가 생각하는 물푸레나무의 의미를 싹 바꿔 놓았다. 이제부터 내 눈에 들어오는 물푸레나무는 아무리 건강한 모습을 보인다 하더라도 나에겐 곧 죽음을 의미할 것 같다.

하지만 그럴 리는 없겠지만 혹시라도 그곳 물푸레나무들이 치명적인 질병에 걸린다 해도, 실제로 나무들은 같은 처지에 놓인 우리보다 더 잘 대응하는 편이다. 많은 나무들이 살아 돌아올 수 있다. 하얀 꽃으로 꼭대기를 채우던 광활한 애팔래치아 밤나무 숲은 거의 다 사라졌지만, 다 쓰러져 버린 나무들은 아직도 뿌리에서부터 새로운 줄기를 싹 틔운다. 그러다 그 나무들이 특정 높이에 도달하면, 다시 마름병에 걸려 죽게 된다. 이렇게 영원토록 젊은 상태로 살아가는 밤나무와 느릅나무는 성숙한 나무들에 비해 결실이 적다. 그리고 그런 나무들 모습은 인간의 마음을 불편하게 한다. 본래 나무는 이래야 한다고, 그랬으면 좋겠다고 인간이 규정해 놓은 모습이 아니기 때문이다.

인간은 흔히 나무를 차용하여 자기 삶을 가늠하곤 한다. 우리가 시간에 대하여 갖고 있는 개념과 깊이가 나무에 결부되어 있다는 뜻이다. 우리 대부분에게 나무는 항상성과 지속성을 나타낸다. 나무는 수많은 인류 세대를 거치면서도 꿋꿋이 이어지는 살아 있는 거인들이다. 그런 까닭에 우리는 나무가 성공적으로 잘 성장하여 아름드리 큰 나무가 되기를 바란다. 우리 머리 위에 끝이 안 보일 정도로 큰 탑처럼 항상 우뚝 솟아 있기를 바라는 것이다.

인터넷에 나온 유령 같은 느릅나무는 나그네비둘기나 도도새의 멸종과 전혀 다른 유형의 멸종을 보여 주는 이미지였다. 그것은 다름 아닌 풍경의 멸종이었다. 그 후로 여러 날 동안 나는 집 근처 언덕의 텅 빈 꼭대기를 멍하니 바라보며 지냈다. 그리곤 거기에서 느릅나무가 무성하게 부풀어 오르는 형상을 상상했다. 문득 정신을 차려보면 내가 그렇게 언덕을 무던히 보면서 상상의 나래를 펴고 있었다. 또 하나, 만약 물푸레나무가 전부 다 사라지고 나면 과연 여기는 어떤 모습일까, 이렇게 저렇게 곰곰이 생각하고 있었다. 아, 이미 그렇게 될 줄 예상하면서 겪는 이런 우울감 속으로 스스로를 밀어 넣을 수밖에 없는 현실이 너무 괴로웠다.

잃어버린, 아니 두고 온 고향에 대한 그리움을 뜻하는 '노스탤지어'라는 말이 있다. 맥락은 다르지만, 호주의 환경심리학자 글렌 알베르히크는 솔라스탤지어(Solastalgia)라는 용어를 창안했다. 라틴어로 위로와 위안을 뜻하는 솔라키움(Solacium)과 그리스 어근으로 아픔을 뜻하는 앨지어(-algia)를 조합한 신조어다. 가까운 주변의 풍경이 너무 변하거나 훼손되어 몰라볼 정도로 바뀌었을 때 겪게 되는 정서적 고통과 괴로움과 우울감을 뜻한다. 원래 그는 뉴사우스웨일스에서 발생한 가뭄과 노천 채굴의 영향을 말하기 위해 그 용어를 만들었다. 하지만 솔라스탤지어는 녹아내리고 있는 툰드라와 들불 화재로 타격을 입은 호주 남서부 주 등 여러 다양한 풍경에서 발생할 수 있다. 최근에는 전 지구적 기후변화가 인간의 심신 건강과 안녕에 미치는 실존적 개념으로 회자되곤 한다.

가뭄과 마찬가지로 나무 충해도 경제에 손실을 입히고 생태계에 피폐한 빈곤을 유발할 수 있다. 그와 동시에 우리가 살아가는 곳곳이 품은 친숙한 의미를 빼앗아갈 수도 있다. 작가 제이슨 반 드리

셰는 공저 『제자리를 벗어난 자연(*Nature Out of Place*)』에서 수백 년간의 나무 충해로 미국 산림이 서서히 죽어 가는 상황을 기록하면서 자기 자신조차 거의 말을 잃어 가는 처지로 변해 가는 상황을 알아차렸다. "여기가 우리 집입니다. 우리 집이 이렇게 다 죽어 가는 상황을 어떻게 말로 표현할 수 있겠어요?"

하지만 위로와 위안을 줄 수 있는 나무들도 있다. 인터넷에서 바로 그런 사진들도 찾았다. 그중에 마지막 남은 대형 미국밤나무가 있었는데, 그중에 몇 그루에게는 별도로 이름도 붙여졌다. 이를테면 1999년 켄터키에서 발견된 밤나무는 어데어 카운티 밤나무로 불린다. 원래 오래된 애팔래치아 나무는 거대한 나선형의 대성당 기둥 모양을 닮았다. 반면 어데어 카운티 밤나무의 형체는 단순한 원형이라 원조 나무와 조금 다르다. 그럼에도 전형적으로 태양을 향해 아름답게 펼쳐진 짙은 가지들과 긴 톱니모양의 나뭇잎들은 여전히 돋보인다. 대략 500그루 정도 남았다고 한다. 그중 메인 주 헤브론에는 메인 주부터 미시시피 주에 걸친 권역에서 가장 키가 큰 미국 밤나무가 있고, 오하이오 주에도 이름이 밝혀지지 않은 거대한 미국 밤나무가 있다. 사람들은 죽음에서 용케 벗어난 이런 특별한 밤나무들을 찾아낸다. 심지어 어떤 사람들은 기념품으로 그 밤나무에서 나뭇잎과 나무껍질 조각을 몰래 뜯어 가기도 한다. 이들 나무의 정확한 위치는 종종 비밀에 부쳐진다. 흔히들 말하기로 그런 나무 한 그루를 마주치는 것은 마치 전설 속 빅풋을 발견하는 것과 비슷한 경험이다.

헌신적인 과학자들, 자원봉사자들, 그리고 묘목업자들은 우리가 이미 잃어버린 풍경을 다시 살려 낼 목적으로 미국밤나무를 회복하는 작업에 수십 년을 바쳤다. 미국밤나무협회와 같은 몇몇 기관은 미국밤나무를 닮은 묘목을 생산하기 위해서 미국 나무와 저항력이 있는 중국산 변종을 역교배하고 있지만, 마름병의 영향에 살아남을 수 있는 중국산 우량 수목이 충분하지 않다. 뉴욕 주립대 환경산림과학대와 같은 또 다른 기관에서는 밤나무의 유전자를 변경하여 충해의 공격에 보다 회복력이 높은 개체로 만들고자 밀과 다른 식물의 유전자를 밤나무 배아세포에 주입한다. 이런 여러 프로젝트가 차츰 성공하고 있지만, 일부 비평가들은 그런 활동을 일종의 국면 전환용 우회로 정도로 생각한다. 그러면서 이미 오래된 나무를 치료하려고 시도하는 대신에 오히려 새로운 충해 예방에 자원을 투입하는 게 더 낫지 않겠느냐고 주장한다. 물론 이런 입장도 이해가 간다. 만약 그 나무를 재생시키고자 하는 이유가 생태계 측면만이라고 생각한다면 그 말도 일리가 있다. 하지만 우리가 그저 생태학적 이유로만 밤나무를 다시 살리려고 애쓰겠는가! 기실 그 밤나무는 우리 삶의 풍경을 이루고, 동시에 우리의 정체성과 밀접한 관련이 있는 사안이다.

최근 주변 환경이 조금씩 사라져 가는 현상이 일상처럼 되고 있는 것 같다. 그에 따라 점차 우리 주변의 환경을 알아 가는 일, 그러니까 우리를 둘러싼 동물과 식물이 어떤 종인지 알게 되는 일이 도리어 끊임없는 슬픔에 우리 자신을 오롯이 내놓는 상황을 의미하게 되었다. 앞에서 언급한 용어로 말하자면 우리의 일상이 솔라스탤지어가 되어 가는 것이다. 지독한 나무 충해가 연일 신문 헤드라인을 강타하지만, 그보다 더 소소하면서 눈에 띄지도 않는 사라짐은 우리 곁에서 항상 일어나고 있다. 10년 전, 내 이웃집에 둥지를 틀었던 딱새류도 사라져 버렸다. 온갖 종류의 생명들로 가득 찼던 내 고향의 목초지도 오직 인간만이 살아남은 주택개발구역이 되어 버렸다. 특정 연령대의 사람들은 이미 지나 버린 일을 서글프게 회상하곤 한다. 어렸을 때 자주 가던 상점은 문을 닫은 지 오래되었고, 그 공간은 그저 하나의 추억으로 남았다. 하지만 그와 같은 개인의 소소한 사라짐이 아무리 가슴 아프다 한들, 생물다양성을 잃어버리는 것과 똑같을 수는 없다. 도시 스카이라인의 변화와 비단벌레가 망쳐 놓은 수백만 그루의 나무가 어찌 똑같겠는가. 전자가 우리 자신에 관한 이런저런 사연에 갇혀 있는 것이라면, 나무는 그저 우리만의 이야기가 아니지 않은가. 나무숲은 삶과 생명의 복잡하고 상호의존적인 공동체를 지탱한다. 그리고 숲이 서서히 그 다양성을 잃어 가면, 우리 세상은 단순히 나무가 아니라 그 이상의 것을 잃게 된다. 이를 테면, 최근 북미와 유럽 여러 지역에서 진드기가 옮기는 감염증인 라임병이 늘어나고 있는 가운데 그 증가의 원인이 더욱 두렵게 들린다. 북미와 유럽의 숲은 예전보다 다양성을 잃어버렸는데, 그런 환경이 라임병을 옮기는 진드기가 살기에는 더 유리해졌다는 것이다.

나는 느릅나무와 느릅나무가 만들어 내는 풍경을 기억하고 있는 세대다. 나보다 겨우 몇 년 아래 사람들조차도 그런 풍경을 알지 못한다. 그들에게 느릅나무가 없는 벌판은 별다른 마음이 쓰이지 않는 보통의 풍경이다. 그렇다면 지금 우리는 새로운 자연의 내러티브에 익숙해지고 있는 중인가? 그 가속화된 시간의 척도 안에서 벌어지는 생태계 수준의 변화는 그냥 일상생활의 배경 중 한 부분이란 말인가? 융빙과 해빙이 사라져 가고, 마을이 가라앉고, 툰드라 들불이 걷잡을 수 없이 몰아치고, 한때 늘 보던 나무가 사라지는 모습을 지켜보며 성장하고 있는 우리 아이들 세대는 끊임없는 소멸을 이 세상의 평범한 존재 방식이라고 생각하도록 배우게 되는 것일까? 부디 그러지 않기를 바란다. 하지만 어쩌면 물푸레나무가 다 사라지고 그 풍경이 점점 더 무난하고 단순하고 사소한 일상으로 변한다면, 아직 이 세상에 태어나지 않은 미래 세대는 스크린을 톡 건드려서 이미지를 불러 놓고 이제는 사라져 버린 이 강렬하게 아름답고 풍성한 나무의 옛 영광을 보고 경탄하게 될 것이다. 어쩌면 이것이 자명한 이치가 될지도 모른다.

31

한 줌의 옥수수

내 어릴 적 살던 집에서 몇 집 건너 나무 단층집에는 레슬리 스미스 여사가 홀로 살고 있었다. 백발에 차분한 용모와 어쩐지 귀족적인 부티가 나던 그 할머니 집에는 책도 많고, 윤기 나는 실내 화초도 많았다. 30년도 훨씬 전, 어느 따스한 가을날에 할머니는 당신의 야간 의례를 보여 주려고 엄마와 나를 초대했다.

할머니는 정원으로 통하는 유리문 앞에 미리 마련해 둔 의자로 우리를 안내하고는, 비스킷 통을 열었다. 그리곤 밖으로 나가서 다 부수어진 한 움큼의 비스킷 가루를 여러 번 정원 판돌 위에 뿌렸다. 그러자 그 판돌은 불빛 아래에서 비스킷 먼지투성이가 되어 반짝였다. 우리는 어둑해진 방 안 뒤편에서 가만히 앉아 기다렸다. 그리고 아무 말도 하지 않았다. 그 이벤트 안에는 으레 극장에서 벌어지는 침묵과 의식이 다 들어 있었다.

그때 조명을 받아 반짝이는 잔디의 가장자리에서 까맣고 하얀 줄무늬의 얼굴이 슬쩍 나왔다가 금방 어둠 속으로 물러났다. 이윽고 오소리 두 마리가 밤중에 풀을 헤치고 터덜터덜 걸어와서 그 쿠키를 오독오독 씹어 먹었다. 우리랑 얼마나 가까웠던지 쿠키 먹는 오소리의 상앗빛 이빨 곡선과 코의 무늬까지 볼 수 있을 정도였다. 사람 손에 길들여지지 않은 오소리였다. 만약 우리가 조명을 켰다면, 금세 놀라서 갑자기 달아났을 것이다. 그런데 그들이 너무 가까이 있었기 때문에 나는 유리문에 두 손을 꾹 갖다 대고 내가 거기에 있다는 사실을 알려 주었으면 하는 충동이 일었다. 그 순간 집 안에 있는 우리와 정원 안에 있는 야생동물 사이에는 티 없이 순수하고 진정한 마법이 흘러넘쳤다.

우리 집에서는 어릴 적 우리가 뛰어놀던 정원을 찾아오던 오소리에게 먹이를 준 적이 없었다. 레슬리 할머니는 참 대단했다. 대신 우리는 새들의 먹이를 챙기곤 했다. 새들의 먹이를 챙기는 것은 호주와 유럽과 미국 내 모든 가정의 5분의 1에서 3분의 1이 다 같이 공감하는 일이다. 가령, 미국인은 해마다 조류에게 주는 먹이로 30억 달러 이상을 소비하는데, 이는 땅콩부터 특별한 씨앗 혼합류, 쇠기름케이크, 벌새용 과즙, 동결건조 유충에 이르기까지 그 종류도 다양하다.

한데 우리는 아직도 이런 식의 보충용 먹이 주기가 새들에게 어떤 식으로 영향을 끼치는지 확실히 알지 못한다. 하지만 지난 세기 동안 조류 개체가 엄청나게 증가하면서 일부 종의 행동과 영역을 바꾸었다는 증거는 있다. 가령, 연한 회색빛의 철새 개개비인 검은머리명금은 옛날부터 지중해가 있는 남서쪽으로 이동했지만, 지금은 점차 먹이가 풍부하고 기후도 온화한 영국의 정원에서 겨울을 보내기 위해 북서쪽으로 날아간다. 그리고 북미홍관조와 황금방울새가 북쪽으로 퍼지는 데에도 영향을 끼쳤을 것 같다.

사실 뒷마당에 새들이 먹을 수 있는 모이를 갖다 놓으면 포식자를 유인할 수도 있고, 트리코모나스와 조류수두 같은 독성 질환이 오염된 먹이통을 통해 확산될 수 있다. 하지만 비록 그로 인한 영향이 야생동물에게 항상 긍정적이지 않다 해도, 우리에게는 항상 긍정적이다. 우리는 야생동물을 돕겠다는 욕망에서 그들에게 먹이를 준다. 대륙검은지빠귀를 위해 눈 덮인 잔디 위에 사과 조각을 펼쳐 놓고, 되새류를 위해서 먹이통을 걸어 둔다. 작가 마크 코커는 "소박하지만, 새들에게 먹이를 주는 프란치스코식 행위는 삶의 행복을 느끼게 하고, 뭔가 근본적인 면에서 우리를 구원해 준다."고 주장한다. 구원받는 느낌은 새에게 먹이를 주는 역사와 밀접하게 관련이 있다. 그 실천행위는 19세기 인도주의 운동에서 싹트기 시작했다. 당시에는 곤경에 처하거나 도움이 필요한 대상을 향한 연민을 계몽된 개인의 상징으로 보았다.

1895년 대중의 인기가 높았던 스코틀랜드 자연주의자이자 작가인 엘리자 브라이트웬(1830-1906)은 야생붉은다람쥐를 "자유의지가 있는 가정용 반려동물"로 만들 수 있도록 먹이를 주고 길들이는 방법을 설명해 주었다. 영국에서는 19세기 말엽 아동단체 '디키 조류 협회'가 결성되면서부터 정원 사육이 대중화되었다. 그 협회 회원은 입회할 때 모든 살아 있는 것을 잘 대해 주고 겨울에는 새들에게 먹이를 주겠다는 맹세를 했다. 당시 그 단체는 영향력이 매우 컸는데, 구빈원 아이들한테서도 그곳 바깥에 사는 새들에게 주려고 자기들 끼니에서 부스러기를 떼어 모아 놓았다는 편지를 받을 정도였다.

미국에서 그 새로운 운동의 가장 중요한 인물 중 한 사람은 프러시아 귀족 출신의 조류학자 한스 폰 베를렙쉬(1850-1915)였다. 그가 고안한 독창적인 새 먹이 주기를 상세히 설명하는 저서 『야생 조류를 유인하고 보호하는 방법(*How to Attract and Protect Wild Birds*)』은 겨울철 먹이용으로 씨앗, 개미알, 말린 고기와 빵을 침엽수 가지와 섞어서 그 위에 녹인 기름을 끼얹어 만드는 방법을 자세히 설명해 놓았다. "마음 착한 사람들은 항상 우리의 깃털 달린 겨울 손님에게 연민을 느꼈다." 1차 대전 동안 미국의 새들에게 먹이를 주는 일은 일종의 애국적 의무가 되기도 했다. 그렇게 먹이를 챙겨 주어야 새들이 겨울을 무사히 보내고, 결국 이듬해 농업 생산을 위협하는 벌레와 곤충을 계속 잡아먹기 때문이었다. 조류학자 프랭크 채프먼에 따르면, 1919년까지 미국의 정원 새는 "우리에게 환영받는 손님이자 우리 개개인의 다사로운 친구"로 간주되었다.

한편 오늘날에는 상황이 완전히 반대로 변했다. 동물과의 가깝고도 친밀한 접촉은 점점 드문 일이 되었다. 우리가 반려동물로서 인정하고 집 안으로 들이는 경우는 몇몇 동물에 한정된다. 사실상 일부 종에게만 허락을 하고 있는 셈이다. 더구나 야생동물과의 상호작용은 점점 생물학자나 공원 순찰대 같은 전문가에게 한정되었다. 하지만 정원과 뒷마당은 자연과 문화, 가정과 공공 공간 사이에 상상의 경계선을 한 뼘 넓히는 특별한 교류 구역이 된다. 그곳은 공유하는 영역이다. 말하자면 정원은 인간과 야생동물 양쪽이 함께 자기 집으로 생각하는 장소가 될 수 있다. 그렇긴 하지만 우리가 동물에게 먹이를 줄 때, 그 일이 동물 쪽이 아니라 우리 쪽 경계에서 발생하는 일이 되기를 바란다. 다시 말해, 우리는 은연중에 무언의 세상 질서 속에서 동물들이 인간과 구별되는 그들의 자리를 지키고 선을 넘지 않기를 기대한다. 빈틈없이 경계하는 다람쥐나 새가 당신 손안에 든 먹이를 가져갈 만큼 충분히 당신을 신뢰할 때, 그것은 참으로 흐뭇하고 특별한 일이다. 우리와 그들, 야생과 길들임의 경계를 넘어서 감동의 지점으로 다가가는 것과 같다. 하지만 만약 당신이 청하거나 부르지 않았는데도 다람쥐가 먹이를 요구하면서 당신의 팔을 타고 달려든다면, 혹은 바다갈매기가 갑자기 당신 손에 든 샌드위치를 낚아챈다면, 대개는 무례하다는 느낌이나 분노에 가까운 감정을 유발하기 마련이다.

초창기로 거슬러 올라가면 애당초 새에게 먹이를 주자고 제안한 사람들은 동물을 인위적으로 사육하면 "결딴이 나서 더 이상 자연이라는 집에서 자기 역할을 하지 못할" 것이라는 신념에 맞서 싸워야만 했다. 심지어 오늘날까지도 야생동물에게 먹이를 주거나 사육하는 일에 충고하는 기사를 읽어 보면 인간의 그런 행위로 동물이 완전히 다른 개체가 될지도 모른다고 의심하는 이야기가 어김없이 등장한다. 그런 맥락을 뺀 기사를 찾기가 거의 하늘의 별따기처럼 어렵다. 이를테면, 인간에 대한 의존을 유발하지 않으려면 여우라는 동물에게는 드문드문 먹이를 주어야 한다는 충고가 나온다. 그리고 동물에게 먹이를 주면 그들이 우리 인간에 대한 "당연한 존중"을 잃어버리게 만들 수 있다는 경고도 듣게 된다.

이런 일련의 과정을 통해 동물 중에서도 허용할 수 있는 개체와 그렇지 않은 부류가 나뉘었다. 그럴 만한 가치가 있는 동물과 그렇지 못한 불쌍한 집단으로 구별해 왔기 때문이다. 사람들은 그 구분선을 누구나 예상할 법한 방식으로 그어 두었다. 주로 두려움에, 침범의 위협에, 외래성 혹은 이질성에, 폭력과 질병에 호소하는 식이었다. 이렇듯 동물은 우리 인간이 이 세상의 자연 구조에 대하여 품고 있는 생각을 우리에게 다시 비추어 준다. 어느 블로거는 이렇게 고백했다. "여우를 사육하는 일은 강아지를 키우는 것과 달라요. 어디 가서 이런저런 이야기를 하지 못하는 그런 것 중의 한 가지예요." 그녀는 이웃 사람들이 그 비밀을 알게 될까 봐 걱정하는 눈치였다.

제비나 비둘기, 라쿤이나 여우 등 그런 기준에 적절하지 않은 동물을 일부러 숨긴 채 사육하거나 먹이를 주는 일은 일종의 사회적 위반 행위에 해당한다. 대부분의 사람들이 그것 때문에 주변이 난장판이 될까, 건강에 해로울까, 소음이 생길까 걱정하거나, 아니면 그냥 분개해서 급발진한 사람들이 걸핏하면 관계 당국에 신고를 하게 만드는 그런 유형의 범죄인 셈이다. 물론 사회적 자본이 충분한 경우라면 당신이 좋아하는 무슨 일을 하든 무사히 빠져나갈 수 있다. 영화배우 조애너 럼리는 런던 자택 정원에서 길들인 야생여우를 사육할 뿐 아니라 심지어 집 안에까지 들인다. 흥미롭게도 신문에서는 아무런 비판 없이 오히려 럼리의 거실 소파 쿠션 위에서 곤히 잠든 여우의 사진을 게재하기도 했다.

동물에게 먹이를 주거나 직접 기르는 일은 여러 사회적 이유나 개인적 환경 때문에 남들과의 접촉과 교류가 불가능한 사람들에게 깊은 위로가 될 수 있다. 도시의 비둘기에게 먹이를 주는 이들은 대개 나이 많은 어르신들, 외로운 사람들, 집 없는 사람들 등 고립되고 사회 주변으로 밀려난 경우가 많다. 사회학자 콜린 제럴맥은 비둘기와의 그러한 만남을 가리켜 사람들의 고독을 일시적으로 해결해 주는 순간이라고 기술했다. 인상적인 설명이었다. 그리고 언론 매체에서 야생동물 기사를 다룰 때 등장하는 가장 슬픈 내용은 자기들 마당에 날아온 새들에게 계속 먹이를 주었다는 죄목으로 벌금을 받거나 감옥에 들어간 사람들에 관한 기사들이다. 2008년 65살의 세실 피츠는 퀸즈의 오존 파크에 있는 자기 집에서 비둘기 떼에게 반복해서 먹이를 준 혐의로 500달러 벌금을 구형받았다. "그 비둘기들은 내 삶의 전부입니다. 가족과 친척들은 다 세상을 떠났거든요." 그는 이웃들에게 사랑받지 못하고 외면당한 비둘기, 다시 말해 사회에서 간과되거나 멸시받는 생명체와 자신을 동일시하게 된 일반적인 사례에 속한다. 어쩌면 그들은 현대 도시라는 가시적 물질 세상의 뒤편에서 살아가고 있다는 공통점을 갖고 있다.

나는 어릴 적 창문 밖에 야생조류 먹이통을 자연스럽게 놓아두는 시간과 공간 속에서 성장했다. 그 환경은 동물의 행동에 대하여 참 많은 것을 가르쳐 주었다. 가령, 다람쥐가 꼬리를 공격적으로 깜빡깜빡 터는 행동에도 그만 한 의미가 있었고, 구애 중인 울새의 꼼꼼한 자세에도 나름의 의미가 있었다. 하지만 그와 동시에 이런 사실도 배울 수 있었다. 우리가 야생동물에게서 보는 것은 친숙함과 낯선 타자성이 혼재된 호기심에 가까웠다. 동물은 인간이 아니지만, 우리 인간에게 낯설고도 강한 연대감을 느끼게 해 줄 정도로 우리와 비슷하다.

앞서 말했던 레슬리 할머니와 오소리 이야기는 그 좋은 증거가 된다. 레슬리 스미스 할머니가 당신 집에 온 손님들에게 최대한 가까운 곳에서 이렇게 희귀한 야생동물을 보여 주고 싶다는 마음이 든 것도, 그리고 그런 할머니를 위해 그곳 정원에서 자기들 시간을 보내기로 선택한 동물 손님들도 다 같은 마음이었다. 오늘 아침, 우리 집 정원에 있는 먹이통에 먹이를 채워 놓자 작은 참새 떼가 울타리 주변에서 폴짝폴짝 뛰었다. 울타리 처마 위에는 뭔가 기대에 찬 듯 갈가마귀 세 마리가 자리를 잡았다. 한 마리가 나를 내려다보곤 거무스름한 깃털을 흔들더니 하품을 했다. 그러자 나도 하품을 하고 있다는 사실을 알아챘다. 하품은 옆에 있는 사람들에게 전염된다더니, 뭔가 하품 하나로 우정이 전파된 듯한 순간이었다. 다른 곳이 아니라 바로 우리 집 정원에 오기로 선택한 새들 덕분에 우리 집은 그만큼 외로움과 쓸쓸함이 줄어든 곳이 된다. 그래. 바로 그런 이유로 나를 포함한 많은 사람들이 동물에게 먹이를 준다. 우리가 동물을 도와준다고 생각하면 보람되고 만족스럽지만, 단지 그 때문만은 아니다. 오히려 내가 먹이통을 내놓고 채우는 작은 일로 매일 아침이면 우리를 잘 알고, 우리와 유대관계를 맺을 수 있고, 더 나아가 우리를 그들 세상의 일부로 생각해 주는 생명체들이 늘 우리 주변에 모여들기 때문이다.

32

초겨울 열매

12월 첫날, 나는 다락에서 오래된 플라스틱 크리스마스트리를 꺼내 전원을 꽂았다. 금세 불 켜진 트리는 반짝반짝 빛이 났다. 그리곤 크리스마스 시즌마다 사 모아 두었던 시시한 물건도 죄다 꺼내 보았다. 목에 스카프를 두른 트위드 재질의 닥스훈트 인형, 황금빛 스테고사우루스, 크리스털 수사슴, 작은 도자기 로봇, 그리고 반짝이 먼지가 묻은 유리구슬 한 움큼이 나왔다. 전부 다 꺼내고 장식하는 데 5분도 채 걸리지 않았다. 한데 그렇게 하고 나니 불현듯 크리스마스를 맞이하는 내 노력이 너무 안이한 것 같아 애매하게 배신당한 기분이 들었다.

그래서 그날 오후, 햇빛이 잦아들고 바깥 공기가 나무 땐 연기로 매캐해질 때쯤 가지치기용 가위 한 자루를 들고 나갔다. 정문 현관 입구 근처에 서 있는 커다란 호랑가시나무에서 초록 나뭇잎이라도 모아 볼까 하는 마음이었다. 그 키 큰 호랑가시나무는 온통 담쟁이덩굴에 둘러싸여 있었고, 올해는 유난히 붉은 열매가 그득하게 열렸다. 나는 잘라 낸 가지마다 좌우로 흔들어 거기에서 겨울을 나는 곤충을 제거하고, 가지 안에 붙어 있는 곤충들도 다 꺼낸 다음에 깔끔하게 정리된 가지를 들고 와서 문틀과 벽난로 선반 위에 놓기 시작했다. 초록잎 위로 반짝이는 전등 불빛과 붉은 보석 같은 호랑가시나무 열매가 놓이자 집 안은 굉장히 축제 분위기가 났다. 하지만 밖에 잘 살고 있던 식물을 집 안으로 들여온 점에 갑자기 죄책감이 솟았다. 호랑가시나무 열매는 하늘을 나는 새들을 위한 것이지 결코 나를 위한 것이 아니었기 때문이다.

본래 열매는 자라서 누군가에게 양식이 되는 것이지 집 안 장식용으로 사용되자고 애써 자란 게 아니다. 대부분의 열매는 중심부 씨앗 주변에 지방과 당질이 꽉 차 있으며, 특히 조류의 식물성 먹잇감으로 진화해 왔다. 심지어 일부 열매 안에는 포유류에게 유독한 알칼로이드 화합물이 포함돼 있기도 하다. 그 씨앗은 조류의 소화계를 통과하면서 저 멀리까지 광범위하게 실려 날아간다. 그렇게 방울방울 특정한 곳에 떨어지면 식물은 거기에 뿌리를 내리고 점점 번성해 갔다. 흔히 볼 수 있는 것으로는 꼬마 조명처럼 생긴 산사나무 열매, 야생자두나무의 뾰족한 침 사이에 뽀얗게 먼지 앉은 둥근 자두, 아주 작은 등불을 닮은 들장미 열매, 마가목에 한 움큼 열린 작은 사과 같은 붉은 열매가 있다. 그다음으로 겨우내 투명에 가까운 옅은 색으로 영롱한 자태를 유지하는 겨우살이 열매나 참빗살나무 열매가 있다. 참빗살나무 열매는 10월이면 열매가 열리는데, 잘 보면 하트 형태이고 언뜻 보면 탱글탱글하게 잘 튀겨 나온 팝콘 모양이다. 게다가 열매 색깔은 처음엔 분홍색이었다가 다 익으면 우주선이 열리듯 능선이 갈라지면서 붉은 씨가 드러난다. 이 모습은 마치 화려한 색깔과 기하학 패턴의 왕이라는 이탈리아 패션브랜드 에밀리오 푸치가 핑크색과 오렌지색 밀랍으로 조그맣고 앙증맞은 팝콘 장식품을 한 번 만들어 보겠다고 결심하고 이룬 결과처럼 보인다. 검은머리솔새와 포동포동 귀여운 작은 휘파람새는 겨우살이 열매를 무척 좋아한다. 그들은 부리에 과즙이 잔뜩 묻어 뒤범벅이 될 때까지 찐득한 과육을 끝까지 다 파내서 먹은 후에는 나뭇가지에 대고 부리를 깨끗하게 닦아 내곤 한다. 새들이 이런 식으로 열매를 먹으면 곧바로 그 나뭇가지에 씨앗이 고착되어 자라난다. 이렇게 본다면 최근 몇 년 동안 영국 내 새로운 지역으로 겨우살이를 퍼뜨린 직접적인 주인공은 아마도 요즈음에 전통의 아프리카가 아닌 이곳에서 겨울을 나기 시작한 독일 검은머리솔새일 것이다.

초겨울이 되면 겨우살이개똥지빠귀는 마치 영화 「호빗」에 나오는 배부른 드래곤 스마우그처럼 변한다. 그들은 특별히 보기 좋고 맛도 좋은 열매로 그득한 주목, 호랑가시나무, 겨우살이 덤불이나 관목이 모두 자기들 것인 양 전체 나무를 점령한다. 그리곤 혹시라도 그 나무에 다른 새들이 찾아오면 분노에 찬 지저귐으로 쫓아 버리면서 자신과 열매 나무를 적극 방어한다. 그 울음소리가 얼마나 귀에 거슬리는지 영국인들이 축구장에서 응원도구로 사용하는 딸랑이는 저리 가라고 할 정도다. 기실 겨우살이개똥지빠귀가 열매 비축을 잘 해낼수록, 이듬해 봄에 그들의 번식이 더욱 빨라지고 성공할 가능성도 더욱 높아진다. 하지만 모든 새가 그렇게 영역 다툼을 하는 것은 아니다. 해마다 이맘때쯤이면 우리 집 인근의 대륙검은지빠귀는 스칸디나비아 반도와 다른 북유럽 지역에서 찾아온 작은 무리에 합류하여 함께 열매 잔치를 벌인다. 이렇듯 자연이 새들에게 주는 겨울 열매라는 천연의 혜택과 새 무리의 넓은 마음이 함께 한다면, 서로 다른 무리를 내 식구처럼 환영하지는 않겠지만 그래도 그들은 서로의 존재를 용인하고 겨울 열매를 함께 나눈다.

찔레꽃과 검은딸기나무 같은 예외가 있지만 대부분의 관목과 나무는 그해에 새로 자란 가지에 꽃을 피우고 열매를 맺는다. 그래서 전통적으로 그래 왔듯이 해마다 가을에 생울타리를 다듬어 버리면 새들에게서 귀중한 겨울 식량 군락을 빼앗아 버리게 될 것이다. 과거에는 생울타리가 가축을 지키는 장벽 기능으로 더 큰 역할을 했다. 하지만 이제는 점차 야생동물에게 더 귀한 존재가 되었기 때문에, 격년이나 3년마다 돌아가면서 울타리 정리를 하고 있다. 그렇게 함으로써 겨울에 아주 추운 기간 동안 야생동물이 버틸 열매를 공급하게 된다. 열매마다 맛도 다르고 동물의 구미에 맞는 양상도 다르다. 가을의 블랙베리는 금세 동이 난다. 그래서 겨울이 되면 찬 서리를 맞고 그대로 말라 버린 줄기옹이를 제외하면 블랙베리 열매는 눈을 씻고 찾아봐도 없다. 산사나무와 블랙손나무 혹은 가지자두도 마찬가지다. 늦겨울이 되면 열매가 거의 남아나지 않는다. 산비둘기는 담쟁이덩굴의 까만 열매를 포식하다가 아주 어설픈 걸음으로 가지 위로 기어오르기도 하고, 나중에는 둥지 아래로 밝은 보라색 똥을 쌓곤 한다. 겨울이 점차 자기만의 시간을 진행하면서 어떤 열매는 발효되어 알코올 성분을 띄게 된다. 그래서 새들이 열매 잔치를 벌인 관목 아래에서 얼핏 방향을 잃고 방황하는 모습을 보는 일이 그리 흔한 건 아니지만 그렇다고 영 없는 것도 아니다.

흔히 장식용 관목과 나무에 난 열매는 겨울에 새들이 가장 마지막으로 손대는 열매에 속한다. 대부분 그런 열매는 비교적 맛이 없거나, 혹은 열매 색깔이 낯설고 이상해서 토종 새들 중에는 그 열매를 먹을 수 있는 것으로 인지하지 못하는 경우도 많기 때문이다. 그런데 나한테 다른 무엇보다 겨울의 경이로움 자체를 의미하는 어떤 새가 뜻밖에 나타나 먹잇감으로 점찍은 게 바로 이 맛없는 열매였다. 항상 언제 나타날지 예측할 수 없는 새인데, 어쩌면 이 열매를 먹이로 택하다니 놀라웠다.

그 새를 마지막으로 본 건 5년 전, 햄프셔의 앨톤에 있는 작은 보행자 구역에서였다. 아주 매서운 2월 겨울날이었다. 사람들은 모두 두건과 모자를 쓴 채 마치 중세 금욕주의자처럼 머리를 푹 숙이고 냉담하게 상점 사이를 터덜터덜 걸어 다녔다. 나는 엄마한테 각자 볼일이 끝나면 어디에서 만나 커피를 마시면 좋을지 물어보던 참이었다. 그 순간, 천상의 지저귐 소리가 들렸다. 은종을 한 줄로 매달아 놓고 치는 종소리 연주 같았다. 마치 중력을 압도하는 회오리바람처럼 한 무리의 통통한 새들이 텅 빈 하늘에서 바로 내 머리 위 12피트 높이의 가느다란 마가목까지 빙빙 돌면서 날고 있었다.

그 주인공은 바로 여새였다. 극북 지역에서 이따금 날아오는 손님이었다. 여새는 분홍색도 회색도 갈색도 아니었다. 설령 색깔이 있다 해도 무채색의 텅 빈 겨울 하늘을 닮은 그런 느낌 사이에서 언뜻 스치는 빛깔이었다. 그들은 나무를 꽉 붙잡고서 마가목의 하얀 열매를 목 안에 채워 넣기 시작했다. 이따금 한 무리로 하늘로 날아올랐다가 가지 위에 다시 자리를 잡고 앉았다. 머리에는 우아한 관모를 쓰고, 얼굴은 마치 산적들이 쓰는 까만 가면을 쓴 듯한 형상이다. 전체적으로는 머리와 얼굴 부분은 황갈색이 살짝 스쳐 지나간 것처럼 보인다. 검은색 꼬리와 날개는 수선화를 닮은 노란색 문양이 들어가 있다. 날개 깃털 위에 한 줄의 기묘한 장식처럼 노란색 문양이 있는데, 여새의 영어 이름 왁스윙(waxwing)이 바로 여기에서 유래했다. 정제되지 않은 밀랍의 색이 쨍한 노란색이기 때문이다. 그리고 날개 깃털에 밝은 붉은색 밀랍 방울을 살짝 떨어뜨린 듯, 옅은 붉은색으로 도드라진 부분도 자그마하게 보인다. 그 문양은 아주

고급스럽고 세련되면서도 동시에 아주 기가 막히게 쓸모없어 보이기도 한다.

이 세상 어떤 크리스마스 장식품도 그들의 터무니없이 황당하면서도 생기 넘치는 아름다움에 감히 근접할 수 없을 것이다. 여새는 보통 몇 년은 나타났다가 종종 한동안 보이지 않는 종이다. 그런 연유로 여새가 부리는 마법은 분명 뜻밖에 찾아왔다가 불현듯 가 버리는 예측 불가한 놀라움이라고들 한다. 하지만 여새의 진짜 마법은 오히려 그들이 자주 목격되는 장소에 있다. 흥미롭게도 여새는 도시계획자들이 애용하는 나무 품종의 열매에 특히나 관심을 준다. 그래서 매년 겨울이면 인터넷에 이런 제목을 달고서 여새 떼를 다룬 기사가 자주 등장한다. **"알디 슈퍼마켓 주차장에 등장한 20마리의 새"** 혹은 **"PC 창고 뒤에 나타난 작은 새 무리."**

엄마와 나는 여새의 모습에 혹하여 달뜬 상태로 서 있었다. 가장 가까운 새가 우리 얼굴 앞에서 겨우 2피트 정도 떨어져 있었는데도 우리 말고는 아무도 쳐다보는 사람이 없었다. 물론 여새는 사람한테 아무런 관심을 두지 않는 편이다. 아마 아주 배고픈 상태라면 심지어 사람들 손에 쥔 사과에 다가가 먹기도 할 만큼 사람을 신경 쓰지 않는다. 마법에 걸린 된 황홀한 마음으로 보고 있는데 순간 몇 초가 지나자, 내가 사랑하는 그 겨울의 화신은 다시 나뭇잎처럼 팔랑팔랑 하늘 위로 빙글빙글 올라가더니, 쇼핑센터 지붕 위로 앙상한 나무와 희미한 지저귐만 남긴 채 훌쩍 떠나 버렸다.

33

버찌 씨

2017년 가을에 영국은 유럽 본토로부터 전례 없이 몰려든 어떤 현상을 다 같이 목격했다. 그 상황은 영국 전역의 언론에 대서특필되었고 인터넷 게시판을 뜨겁게 달구었다. 사람들은 특별히 철새들을 찾아 집을 나섰고, 일부 사람들은 한밤중에 철새의 지저귐을 탐지하려고 마이크를 설치하기도 했다. 10월 말과 11월 중순 사이에 50마리가 런던의 그리니치 공원을 지나갔고 150여 마리가 이스트서섹스의 한 지점에서 목격되었다. 그 철새들은 원래 살던 나라에서 먹을 것이 없어 영국으로 길을 잡았던 것이다. 그래서 그 철새를 찾으러 다니는 사람들 사이에서는 전반적으로 이런 희망을 공유하곤 했다. '아마 여기 영국에서 그 새들이 필요한 것을 찾으면 정착도 하

고 계속 머무를 수도 있지 않을까?'

그 철새는 바로 콩새다. 그들은 깜짝 놀랄 크기의 되새류로 연어빛깔 분홍색, 검은색, 흰색, 황갈색, 회색조로 아주 멋지게 차려입었다. 콩새의 부리는 크고 두꺼워서 버찌 씨를 깰 수 있을 만큼 강하다. 잘 보면 철사도 끊을 수 있을 듯한 펜치를 닮았는데, 까딱하면 사람 손가락도 자를 수 있을 정도로 힘이 세다. 검은 먹색 턱받이와 구릿빛 눈이 있어서 콩새의 외모를 볼 때마다 전반적으로 우아하게 잘 차려입은 권투선수를 연상시킨다. 한데 매우 보기 드문 새로, 영국에서는 약 800쌍이 번식 중이다. 게다가 점점 그 개체 수가 줄어들고 있다.

내가 난생 처음으로 콩새를 본 날은 1990년대 후반 어느 겨울 저녁, 어둑해질 무렵 폭풍우 속에서 딘 숲을 통과하며 운전하던 중이었다. 그때 마침 모퉁이를 도는데 새 한 마리가 가장자리에서 훌쩍 날아올랐다. 자동차 헤드라이트에 잡힌 콩새의 얼룩무늬 날개가 떨어지는 빗방울 속에서 섬광처럼 빛나더니 금세 어둠 속으로 다시 사라졌다. 그 만남은 과연 영국 내 수많은 야생조류 관찰자 사이에서 이미 소문난 콩새의 명성대로 마치 유령처럼 낯설고 기이하게 짧은 찰나였다.

사실 콩새는 불가사의하고 비밀스럽고 한 번 보기도 힘든 종으로 전설이 될 만큼 유명하다. 영국에 서식하는 콩새들은 몇 년 동안 완전히 사라졌다가 뾰족한 이유 없이 다시 옛 근거지로 다시 나타나기를 반복하곤 한다. 그들은 종종 지저귀는 소리로만 탐지되기도 한다. 짤막한 금속성의 단호한 "**찍**" 소리! 나뭇잎들이 다 떨어지고 나면 콩새를 찾기가 더 쉽지만, 워낙 겁이 많고 잘 놀라는 종이라 내 눈에 들어온 장면은 대부분 저 멀리 겨울나무 맨 꼭대기에 걸린 작은 실루엣일 뿐이었다.

하지만 유럽 본토에서는 사정이 매우 다르다. 몇 년 전, 베를린에 사는 친구와 추운 봄에 프리드리히샤인 도시 공원을 따라 산책할 때, 나는 정말 깜짝 놀라서 걸음을 멈추었다. 내 머리 몇 피트 위에 있는 라임나무 가지 위에서 수컷 콩새가 노래를 하고 있었다. **어머나, 콩새다!** 나는 작은 소리로 속삭였다. "어, 여기에 많아. 곳곳에 있을걸." 친구는 아무렇지 않은 듯 이렇게 말하며 어깨를 으쓱했다. 나는 콩새가 계속 지저귀자 절망에 차서 손사래를 쳤다. 야생 비둘기처럼 도시의 보금자리에서 말도 안 되게 길들여진 이 생명체를 마주하고 있자니 원래 이 새가 얼마나 신비하고 비밀스러운 존재인지 설명할 길이 없었다.

최근에 콩새가 영국으로 유입되는 현상은 동유럽 전역에 서어나무 작황이 실패하면서 가속화되었다. 물론 일각에서는 이상 기후에 비난의 화살을 돌리기도 한다. 영국조류협회 대변인에 따르면, 올해 가장 큰 폭풍우 중의 하나인 오필리어가 북서쪽으로 따뜻한 공기를 밀어 올리면서 콩새들이 영국으로 오게 된 것이라고 넌지시 언급하기도 했다. 그 원인이 무엇이든 이번 조류 난민들의 사상 전례 없는 쇄도는 두 가지 면에서 나를 매료시키기에 충분했다. 먼저 그 현상 자체가 브렉시트나 이주 난민 등 최근의 여러 이슈를 아주 확실하게 대변해 주었다. 물론 조류는 정치적 국경선을 알지 못한다. 이것은 자명한 이치이지만, 나는 이번 콩새의 유입을 보고 정치적 현실을 비추어볼 수 있었다. 그리고 그 현상을 보는 내 모습에서 알 수 있듯이 현재 인간이 갖고 있는 관심사란 우리가 자연을 이해하는 양상과 참으로 밀접하게 이어져 있음을 새삼 알게 되었다.

오늘날 영국에 서식하는 콩새는 대부분 오래된 삼림이나 숲 속에 몇몇 모여 살거나 대저택의 울창한 정원에서 작은 개체군으로 살아간다. 이런 식으로 콩새는 철저히 보존 관리되고 있다. 이 사실을 두고 언젠가 어느 야생조류 관찰자는 콩새를 '내셔널 트러스트 핀치스(영국 되새류 협회)'라고 약간 비꼬는 듯 부르기도 했다. 그것은 영국 내 거대 역사 지구 대부분을 관리하는 문화유산 보존단체 '내셔널 트러스트'를 본 따 부른 것이다. 영국에서 콩새가 얼마나 철저하게 관리되고 있는지 잘 보여 주는 이야기다. 실은 지난 수년 동안 나조차 착각하기도 했다. 콩새가 원래 고대부터 영국에서 살았던 토종 새들 중에 최후에 살아남은 후손인가? 그러니까 이렇게 영국의 상징이랄 수 있는 자연 풍경과 아주 밀접하게 결부되어 있는 것이겠지? 이미 많이 사라져 버린 고대 조류의 희귀성은 현대성과의 상관관계에서 결정되는 것이니까 말이야.

한데 19세기 중반까지 영국에서 번식하는 콩새가 전혀 없었다는 사실을 알게 되었을 때, 내 머리와 마음은 크게 한 방 맞은 듯했다. 19세기 중반, 유럽 본토에서 수많은 암수 콩새가 날아와 에섹스의 에핑 숲에 둥지를 튼 개체군으로 자리 잡기 시작했다. 거기서부터 시작해 마침내 50년 후에는 거의 모든 영국 시골에 콩새가 확산되었다. 시골에 간 콩새들은 사과 과수원, 그리고 자기들이 가장 좋아하는 먹잇감의 원천인 서어나무, 너도밤나무, 단풍나무, 느릅나무, 주목나무, 산사나무, 벚나무 등으로 그득한 울창한 낙엽성 삼림지를 잘 이용했다. 영국 콩새의 개체 수는 1950년대에 정점에 도달했다가 이후 가파르게 하락세를 이어갔다.

영국 콩새의 역사를 통해서 새삼스럽게 이런 깨달음을 얻게 된다. 우리는 자연사와 영국사를 완전히 혼동하고 있다. 사실에 입각한 정보도 없으면서 익숙한 대상의 유래를 너무 쉽게 짐작한다. 그리고 우리도 본래 영국이 아닌 다른 어딘가에서 기원한 인류의 후손임을 너무 쉽게 잊고 살아간다.

적합한 서식지가 사라진다는 것은 영국의 콩새 수가 줄어드는 중요한 요인이지만, 또 하나 중요한 요인으로는 회색큰다람쥐가 벌이는 둥지 약탈 현상을 들 수 있다. 흔히 회색큰사다람쥐를 불청객 외래종으로 간주하지만, 사실 회색큰다람쥐도 콩새와 같은 시기에 영국의 자연에 등장했다. 그런데 지금까지 콩새와 회색큰다람쥐에 대한 대접은 하늘과 땅 차이였으니, 말 그대로 아이러니다.

어쩌면 이번에 영국으로 이동한 콩새는 이곳에 머물면서 새끼를 키울 것이다. 그것이야말로 많은 사람들이 희망하고 있는 모습이기도 하다. 나 역시 확실히 그렇게 바라고 있다. 하지만 무엇보다 평생에 한 번 있을까 말까 한 이번 철새의 유입을 보면서 내가 가장 기뻐한 사실은 따로 있다. 앞에서 언급했듯이 영국 콩새는 사람의 발길이 닿기 어려운 장소인 오래된 숲과 시골 영지에 애착을 보이기로 유명했다. 그런데 이번에 보니 이제는 콩새가 사람들이 일상적으로 살아가는 장소에 예고 없이 나타나고 있다. 지금 그들은 인근 교회 마당에 선 주목나무 가지에 기어오르고, 교외 공원 여기저기에 흩어진 나뭇잎 속에서 먹이를 찾아다니고 있는 중이다. 지난 11월에는 런던의 밀 힐 스포츠센터에서 발견되었다. 수 바네컷 스미스는 이번에 콩새가 몰려온 일에 대해 어느 신문 사설에 기고한 논평에서 이렇게 썼다. "드디어! 지난 주 런던 퍼트니 브리지 인근, 내가 가꾸는 시민농장에서 우리 아들이 발견한 새 한 마리의 정체를 알아내느라 고생했는데 도저히 알 수 없었다. 우리는 이제 알아냈다." 이번에 화려한 장관을 만들어 낸 조류 난민들은 대저택의 장엄하고 고색창연한 우듬지를 멀리했다. 그 대신 제비들과 함께 어울려 야외정원 새 먹이통에 흩뿌려진 해바라기 씨와 땅콩 위에서 즐겁게 먹이를 찾아 먹으면서 지내고 있다.

34

새장 속의 새

영국 최고의 탐조 행사 '영국 조류 박람회'에서 가장 이상한 점은 거기에 새가 한 마리도 없다는 사실이다. "아, 저기 있어요!" 입장하는 줄에서 우리 뒤에 서 있던 남자가 쉬익 소리를 질렀다. 나는 옆에 있던 엄마한테만 들리도록 말하고 있었는데 내 말을 들었던 건지 모르겠다. "물수리가 있어요." 영국 조류 박람회가 열리는 러틀랜드 호수에 야생물수리가 살고 있는 건 사실이지만 영국 조류 박람회에는 새 그림자조차 보이지 않는다. 대신 거기에는 수천 명의 사람들, 짓밟힌 여름 잔디의 알싸한 풀냄새, 내부에 그늘막을 친 대형 천막, 그 천막 안에는 세계 각지에서 조류 투어를 하러 온 사람들을 위해 마련한 탁자와 암표상들이 있다. 쌍안경과 삼각대에 연결된 작은 망원경과 책도 있다. 가벼운 다과를 파는 천막과 전시 천막이 있다. 다양한 강연용 천막도 있다. 나는 영국 조류 박람회에 갈 때마다 지인들과 사랑하는 사람들을 만난다. 하지만 새들은 어디에도 없다.

몇 년 전, 새를 키우던 남자친구와 함께 조금 다른 유형의 조류 박람회, 일종의 조류 전시회를 보러 웨스트미들랜즈로 갔다. 우리는 격납고처럼 생긴 두 개의 홀 옆, 스테포드셔 필드에 주차를 했다. 우리를 지나쳐 걸어가는 남자들은 영국 조류 박람회에 오는 이들과 완전히 달라 보였다. 그 박람회에 오는 사람들은 창백하고 다급한 낯빛에, 주로 등산화와 기능성 바지 차림이다. 이곳의 사람들은 이런저런 상자와 새장과 가대 탁자 덮개를 끌고 나르면서 계속 웃고 있었다. 그리고 럭비 셔츠와 럼버 재킷, 후드 달린 트랙슈트, 낚시용 조끼를 입고 있었다. 여기저기 타투와 야구모자도 많이 보였다. 박람회에서 흔히 보이던 쌍안경은 그 어디에도 없었다.

하지만 새들은 아주 많았다. 홀 안에는 전시용 새장이 가득했다. 여기 새들이 원래 살던 집에서 쓰는 새장과 새집보다는 훨씬 크기가 작았지만 그 안에 든 생명체의 아름다움을 전시할 수 있도록 고안된 것이었다. 빅토리아 시대 탁상용 새집과 비슷하게 버팀 살대를 두른 것도 있었다. 그 안에서 커다란 카나리아가 폴짝폴짝 뛰는 모습이 보였다. 가장 작은 치수의 철사로 앞면을 처리한 나무 상자가 수직으로 쌓여 있기도 했다. 그 상자에는 극히 작은 녹자작과 밀랍부리가 있었다. 비둘기와 병아리와 메추라기용으로 보이는 조금 더 큰 상자도 있었다. 커다란 머리와 완벽한 깃털에, 목에 반점이 있는 사랑앵무를 위해서 차려 놓은 탁자도 몇 개 보였다. 사랑앵무는 얼마나 독특한지 살아 있는 새처럼 보이지 않았다. 어쩌면 새장 안의 플라스틱 먹이 상자보다 훨씬 더 인위적으로 보일 정도였다. 그때 누군가가 갓 태어난 아기만 한 크기에, 깃털을 착 붙인 흰비둘기를 안고 내 옆을 지나갔다. 나는 깜짝 놀란 표정으로 그를 쳐다보았다. 남자는 그 새가 헝가리산 거대 집비둘기라고 말해 주었다. 그 순간, 그런 비둘기 하나 없는 우리 집이 그보다 더 가난하고 불쌍해 보일 수가 없었다.

구석에는 산업용 프로판가스 히터가 큰 소리를 내며 움직였고, 홀 안은 스피커를 통해 참가자들에게 물그릇과 먹이통을 채우라고 독려하는 안내방송이 울려 퍼졌다. 그 덕분에 그곳의 새들은 너무 덥거나 너무 춥지 않았으며, 지치고 피곤한 기색도 보이지 않았다. 나는 여기 저기 탁자마다 어슬렁 옮겨 다니면서, 사진기자로서 오랫동안 커리어를 쌓았던 우리 아버지가 가르쳐 주었던 온갖 전략적 속임수를 이용해 휴대폰으로 몰래몰래 사진을 담았다. 휴대폰을 내 엉덩이쯤 아래로 내린 상태를 유지한 채, 상대와 계속 눈 마주침을 하고 때로는 노점상들과 미소를 교환하면서 엄지손가락 하나로 흐릿하고 기울어진 사진을 계속해서 여러 장 찍었다. 내가 이렇게 사진 찍고 있다는 사실을 그들이 알아채지 않았으면 하고 바랐다. 거기엔 그만 한 이유가 있었다. 만약 야생조류를 관찰하는 문화가 와인을 마시는 것만큼 사회적으로 수용되는 문화라면, 새를 기르는 일은 합법화된 마리화나를 이용하는 정도의 느낌이 들기도 할 텐데, 실제로 세간의 반응은 그렇지 않기 때문이다. 야생조류 탐조와 조류 사육은 둘 다 새에 대한 깊은 사랑과 자연사에 기초한 전문가적 안목을 보여 준다. 하지만 많은 사람들이 아직도 조류 사육을 도덕적으로 의심스러운 일이라 간주하고, 그와 관련된 것은 불법이라고 생각하는 경향을 보인다.

감사하게도 여기 전시회에 온 새들은 모두 다 집에서 사람 손에 자란 개체였다. 1980년대 영국 법률은 야생으로 붙잡힌 조류 사육을 불법으로 간주했고, 2005년에 유럽연합이 야생조류 수입을 금지한 이후 야생조류의 국제 거래는 90퍼센트까지 하락했다. 그것은 직접 눈으로 보고 나면 참으로 가슴 찢어지는 그런 형태의 거래였다. 언젠가 어렸을 때, 웨스트런던 크롬웰 로드에 위치한 어느 창고 창문을 쳐다보던 그 순간을 나는 절대 잊지 못할 것이다. 거기에는 최근에 어디선가 도착한 수십 마리의 앵무새가 지치고 혼란한 표정으로 황망한 듯 날개를 파닥거리고 있었다. 그 모습은 정말이지 두고두고 잊히지 않을 것이다.

이곳 조류 전시회의 한 구획은 야생조류 관찰자들이 소위 **영국산**이라고 부르는 조류가 모여 있었다. 영국에서 자생하는 종으로 우리 숲과 정원과 산림과 들판에서 노래하는 바로 그 새들과 똑같은 종류였다. 검은대륙지빠귀와 개똥지빠귀처럼 벌레잡이와 과일을 먹는 새들은 안쪽에 흰색 페인트를 칠한 새장에 전시되었다. 새장 안에는 종종 흰머리딱새용 바위나 딱새용 나무껍질 등 그 새들의 자연 서식지를 암시하는 장식물도 함께 놓였다. 영국산 방울새의 전시 새장은 윤이 나는 까만 외관에 안쪽에는 브로락 브랜드의 조지안 그린 색으로 칠해져 있었다. 그 색깔은 18세기 인테리어 디자이너들이 특히 선호했던 푸른 이끼빛깔의 녹색이었다. 그 새장 안에서 오색방울새, 붉은가슴방울새, 홍방울새, 검은머리방울새, 멋쟁이새, 콩새를 보았다.

이들 새장 중의 하나가 상당히 많은 관심을 끌었다. 그 주인공은 바로 얼룩황금방울새였다. 그 새의 깃털은 유별난 흰색 얼룩으로 분할되어 있었다. 이렇듯 보기 드문 색깔 돌연변이는 영국 조류 애호가들 사이에서 높이 평가된다. 턱 밑에 하얀 점을 가진 오색방울새는 특별히 하얀목방울새라고 부른다. 얼굴 아래 턱 밑으로 목 주변이 완전히 흰색이다. 어느 아일랜드 유랑민 단체는 이 새장 주변에 모여서 이 새의 장점에 대하여 활기 찬 토론을 벌였다. 그러는 동안 누군가가 그 탁자 위에 수북이 쌓인 20파운드짜리 지폐를 세고 있었다. 그들은 황금방울새를 **칠색 홍방울새**라고 부른다. 그것은 매우 오래된 옛 이름으로 야생조류 관찰자들은 좀처럼 사용하지 않는다. 이 새는 본래 잡종의 새끼, 일명 '노새'를 낳을 가능성이 높으며, 대개 집시와 여행자 야생조류 관찰자들에게 사랑받는 종이다. 보통 수컷황금방울새나 홍방울새 등 야생 방울새의 새끼는 가정에서 키운 카나리아와 짝을 맺는다. 그렇게 나온 새끼는 말과 당나귀의 새끼처럼 불임이 되기 때문에 노새라고 부르게 되었다. 그들은 굉장히 아름다운 소리로 노래를 불렀고, 그 때문에 사람들에게 아주 귀함을 받았다. 그 노래는 멀리까지 다 들리는 모계 카나리아의 사랑스러운 지저귐과 부계 야생 방울새의 다양하고 예리한 금속성 음률을 결합한 소리다.

몇 년 전, 누군가와 대화할 기회가 있었는데 그는 뜬금없이 이런 고백을 했다. 어렸을 때 불법인 줄 알면서도 야생 황금방울새를 잡아 가두곤 했다는 말이었다. "그 새들을 키운 건 아니었어요. 그냥 호르몬이 충만한 수컷 방울새가 번식할 수 있게 잡았던 겁니다. 그리곤 새장 안에 암컷 카나리아와 함께 잠시 넣어두었습니다. 짝짓기할 수 있을 만큼의 시간이었어요. 그리곤 바로 놓아 주었습니다. 방울새가 올가미 안에, 내 손 안에, 그리고 새장 안에 있었던 시간은 불과 몇 분밖에 되지 않아요. 거기에 무슨 해로운 일이 있었을까요? 문제는, **그네들이** 영국산 토종 새 기르는 걸 전혀 좋아하지 않는다는 거죠." 그는 은근히 위협하듯 마지막 문장을 내뱉었다.

그가 그네들이라는 용어를 사용했는데, 이 점이 앞서 '영국 조류 박람회'와 이곳 '조류 전시회' 사이의 차이점, 그 양상을 이해하는 데 도움이 된다. 애초에 역사와 계급과 권력이 자연을 향한 태도를 형성한다는 사실이다. 여기 두 개의 행사는 인간이 자연 세상과 관계를 맺는 방식에 내재한 해묵은 분열을 그대로 반영한다. 그 하나는 자연이란 원시적 영역 그대로의 것으로, 다만 인간에게 관찰되거나 기록될 뿐인 대상이라는 시각이다. 다른 하나는 자연이란 인간 내부의 공간으로 들여올 수도 있고 밀접하게 상호작용도 할 수 있는 대상으로 보는 관점이다. 그것은 현장 과학자와 실험실 과학자들 사이에, 혹은 사냥꾼과 농부들 사이에 존재하는 분열과 똑같은 경계선을 따라 평행선을 달린다. 자고로 그러한 분열은 이런저런 사회적 의미가 켜켜이 붙게 된다. 자연을 둘러싼 수많은 싸움과 마찬가지로 그 문제의 핵심은 단 한가지다. 바로 누가 자연 세상의 생명체가 무엇인지 규정할 수 있는 권리를 가지고 있으며, 누가 어떤 식으로 그 생명체와 교류할 수 있는 권리를 갖고 있는지에 관한 헤게모니 쟁탈전이다.

관찰형 자연 감상, 그리고 그것과 유사한 여러 방식처럼 오늘날 탐조 활동도 거의 전 세계에서 이루어지는 보편적 문화로 수용되었다. 이를 테면, '영국 조류 박람회'에 대해서도 언론은 상당한 취재를 하고 기사를 내보낸다. 반면 자기 집에서 작은 토종 새를 기르는 일은 그렇지 못하다. 그것은 오래전부터 노동계급과 광부, 이민자, 런던 이스트엔드 거주자, 루마니아와 아일랜드 유랑민 등 소수 공동체와 연관된 취미였다. 내가 새를 기르는 일에 대하여 마지막으로 길게 나누었던 대화가 떠오른다. 어느 일요일 아침, 공항으로 가는 길에 만났던 루마니아 택시 기사와의 만남에서였다. 어둠 속 그 택

시기사의 아이폰 스크린에서 검은색 관모, 호전적인 부리, 햇포도주 붉은색의 가슴을 가진 새 사진이 반짝였다. 내가 그 사진 속의 새가 아름다운 멋쟁이새인 것 같다고 말하자, 그는 기뻐서 어쩔 줄 몰라 했다. **세상에, 그 새를 알고 계시군요. 이 녀석이 바로 제가 기르는 새입니다!** 그러고 나서 우리는 공항까지 가는 길 내내 그의 멋쟁이새를 주제로 이야기를 나누었다. 그는 최근에야 새에게 흥미를 갖고 열중하게 되었지, 젊었을 때는 새가 얼마나 완벽한 생명인지 아무런 생각이 없었다고 했다. 진귀한 보석 같으면서도 살아 움직이니 이 얼마나 완벽한 존재인가! 게다가 지저귀는 노래까지! 그는 새들이 자기 삶이라고 했다. 더 나아가, 몹시 사랑한다는 점에서, 그리고 새들이 오기 전에는 자신이 어떤 사람인지 기억할 수 없다는 점에서 자식들만큼 소중하다고 이야기했다.

내가 아직 아이였을 무렵, 새를 조롱 안에 넣어 기르는 일에 반대한 캠페인은 한편으론 당시 왕립 조류보호협회 회장이었던 피터 콘더 같은 조류 애호가를 옹호하는 운동이었다. 그는 2차 대전 중에 독일 포로수용소 철장 뒤에서 새를 관찰하며 힘겨운 5년을 버텨 냈던 사람이었다. 하지만 다만 그런 이유로 우리가 작은 새장에 든 새를 보기 싫어하는 것은 아니다. 그런 새장은 본래 새가 누릴 삶의 가능성을 매우 축소시킨다. 나는 새장에 갇힌 새들을 볼 때마다 몹시 마음이 아프다. 물론 새장 속에 갇힌 것만 제외하면, 그 새들도 건강하고 행복하게 잘 적응하는 듯 보인다. 그럼에도 불구하고 매번 뭔가에 찔린 듯 마음이 아픈 건 어쩔 수가 없다. 어쨌든 우리는 많은 방면에서 갇혀 있는 동물들의 삶을 제한한다. 그리고 그 동물들에게 닥친 충격과 영향을 동물의 관점에서 판단하지 못한다. 가령, 빈틈 하나 없는 온실 계사에 병아리를 몰아넣고 자물쇠로 잠근 헛간 안에 놓아 두는 일, 그리고 불과 몇 주 만에 누가 봐도 걷기 힘들 정도로 너무 빠르게 살을 찌우게 만드는 일 등은 좀처럼 사람들 눈에 띄지 않는다. 더구나 바로 그런 이유로 그런 문제들은 쉽게 간과되곤 한다. 게다가 우리는 동물을 찾아가더라도 매번 앞에서 언급한 것 외의 나머지 다른 잔인한 행위들은 제대로 볼 수조차 없다. 왜냐하면 동물의 세상에 무엇이 있어야 하고, 없어야 하는지 고려하지 않기 때문이다. 비좁고 갑갑한 마당의 우리 안에 갇힌 홀몸 토끼들의 삶은, 그 동물이 얼마나 사랑받고 있는지와 무관하게 항상 내 마음을 찢어지게 한다.

거의 해마다 불법으로 잡은 영국산 황금방울새를 길러 왔다는 혐의로 노동자 계층의 남성들이 체포되었다는 뉴스가 나온다. 사실 그들이 새를 '약탈'한 행위는 서식지 손실이라는 유린 행위와 조류 개체군에 농업용 화학물질을 써서 황폐화시킨 행위와 비교하자면 그냥 무시해도 괜찮을 만큼 미미한 수준이다. 하지만 여기서 핵심은 그게 아니다. 그들이 한 짓은 단순히 불법적인 게 아니라, 매우 부도덕한 행위로 간주된다. 말하자면 노동자 계급이 단지 자신의 즐거움을 위해 영국 시골의 생생한 본령으로 인식되는 조류의 자유를 박탈하고 새장에 가두어 놓았다는 것이 바로 세상 사람들의 시선이다. 하지만 정작 그 노동자 계급에게 이 새들은 전혀 다른 의미를 갖고 있다. 흔히 노동자 계층 남성성에 수반되는 익숙한 이미지들이 있기 마련이다. 그런데 앞서 루마니아 택시기사의 이야기처럼 새 기르기에는 그 이미지들과 정반대로 다정한 가정생활의 모습이 따라붙곤 한다. 세간의 정형화된 신화를 완전히 벗어나는 경우인 셈이다. 그들은 새장을 깨끗이 청소하고, 새끼를 잘 돌보고, 새똥을 잘 치우고, 정량에 맞게 모이를 잘 준비하고, 조용히 손 안에 새를 안고서 조심조심 사랑스러운 눈길로 살펴본다. 이는 흔히 여성에게 좀 더 익숙하게 부여된 가정생활의 청소와 집안 관리, 요리와 자녀 돌보기 역할을 그대로 닮은 활동들이다. 가령, 황금방울새를 기르는 사람들은 해당 조류의 취미, 동일 종 내의 변이, 번식 행동과 울음소리에 대해 대다수 야생조류 관찰자들보다 훨씬 더 상세한 지식을 갖고 있다. 보통 야생조류 관찰자들은 황금방울새를 단지 교외 지역 정원에 놓인 먹이통에 매달리고 있는 새, 혹은 종자엉겅퀴 숲에서 날아오르는 무리 정도로만 생각한다.

나는 새를 기르지 않았지만 대신 지켜보면서 성장했다. 나에게 홍방울새는 항상 섬세하지만 머나먼 존재였다. 그저 오리나무 맨 꼭대기 주변에서 훨훨 날아가고 있는 작은 점이었다. 만약 내가 새집과 새장에 살고 있는 두 가지 종류의 새를 아주 가까이 볼 수 있는 경험을 하지 못했었다면, 홍방울새가 황금방울새보다 1,000배는 더

카리스마가 넘치고 개성으로 똘똘 뭉친 개체라는 사실을 결코 알지 못했을 것이다.

본질적으로 문제가 되는 것은 새 기르기, 그 자체가 아니다. 어떤 형태의 새 사육은 거의 완전히 검열을 비켜나기도 했다. 그 사육의 형태가 전통적으로 사회적 지위가 높은 사람들의 영역이었기 때문이다. 말하자면, 세상은 당신에게 이렇게 요구하고 있는 셈이다. '그렇습니다. 당신은 아주 작은 이동주택 안에서 노래하는 황금방울새를 기를 수는 있습니다. 단, 그 조건은 백조와 자맥질하는 오리가 떠다니는 호수를 소유할 만한 돈과 땅이 있어야 합니다.' 물새 권위자들 중에는 릴포드 남작(1833-1896), 예술가이자 자연보호론자 피터 스콧 경(1909-1989), 영국 백화점의 시조, 존 루이스 백화점 창립자 존 루이스(1836-1928) 등이 포함된다. 가령, 존 루이스는 평생 햄프셔 자택에 엄청난 수의 오리와 거위를 길렀다. 하지만 세상 누구도 도덕이니 법이니 하는 맥락으로 그 일을 입에 올리지 않았다. 아직도 영국에서 수의사에게 오리나 거위나 백조 새끼의 칼깃을 잘라 달라고 요청하는 일은 합법이다. 한쪽 날개의 마지막 관절을 잘라 버려서, 걷고 헤엄칠 수는 있지만 영원히 날 수 없게 만드는 그런 일이 여전히 합법의 테두리 안에 있다. 분명 이동성 조류로 태어났고 그들의 야생 사촌들은 매년 가을과 봄마다 툰드라와 대양을 넘어 수천 마일씩 날아다니는데, 그렇게 본다면 그 행위는 말 그대로 그 조류의 타고난 본성을 절단 내는 것과 같다. 나는 항상 이런 의문을 품곤 했다. 어쩌면 대저택의 호수 위에 떠 있는 칼깃 잘린 거위가 새장에 갇힌 황금방울새와 똑같은 수준의 고통을 겪고 있지는 않을까?

집 안의 방울새와 달리, 그런 무리 속의 물새는 그 집안에서 친밀한 일원으로 인정받지 않는다. 오히려 더 넓은 영지의 한 부분, 사유지 부동산의 조경 규모에 추가된 대상으로 취급되기 일쑤다. 비록 평생 도망가지 못하도록 한쪽 날개 끝이 잘린 채 살아가지만, 그렇게 자유를 박탈당하고 붙잡힌 오리들이 호수 위에서 헤엄치는 모습은 기분 좋게 야생의 분위기를 풍기는 듯 보인다. 권력 집단이 자연과 유사한 환경을 조성하는 데에는 어마어마한 노동력이 동반된다. 18세기 경관 정원 전통에서처럼 그런 인공의 자연은 실제로는 인간이 다 설계하고 만들어 낸 것이었다. 그러면서도 전혀 손대지 않은 척, 원래 그대로 영원불멸인 것처럼, 전혀 인간의 솜씨가 들어가지 않고 자연스러운 것처럼 과시되곤 한다.

그와 반대로, 19세기 중반 저널리스트 헨리 메이휴(1812-1887)가 말했듯이 "노래하는 새, 명금을 사는 사람들은 단연 노동 계급의 사람들이다." 그는 다양한 계급의 무역상인과 장인들이 기르기 좋아하는 종에 대하여 계속 설명을 이어갔다. 가령, 검은대륙지빠귀와 개똥지빠귀는 말 사육 조련사와 마부들이 선호했다. 결론은 이랬다. "영국 전체 장인 집단이 특정 조류나 동물이나 꽃을 좋아하는 양상은 주목할 만하다." 이 내용은 1840년대 《모닝 크로니컬》에 '런던 노동자와 런던 빈곤자'라는 제하에 연재한 기사에서 나왔다.

이 기사는 훗날 20세기에 들어와 네 권의 책으로 묶여 출간되었다. 여기서 스스로 어떤 정보를 들려주는 핵심은 바로 **장인**이라는 단어이며, 그것은 바로 계급 체계의 중심에 위치한 어떤 이슈를 웅변한다. 바로 취향이다. 작은 새를 기르는 사람들은 각자 지금 선택한 개별 색깔과 노래를 품은 존재로서의 새도 사랑하지만, 앞으로 함께 만들어 나갈 미래의 가능성과 잠재력을 담보한 개체로서의 새도 사랑하는 것이다. 다시 말해, 그들은 오랜 세월에 걸쳐 본인의 전문 분야에 장인의 솜씨를 발휘하듯이, 새를 기르는 일에 있어서도 조합과 선별이라는 복합적인 전략을 계획한다. 그들은 황금방울새 새끼가 고개를 들고 목을 불룩하게 부풀려서 노래를 쏟아내는 현재 순간을 사랑한다. 그래서 그 새를 선택한 것이다. 그와 동시에 앞으로 그 새가 성장하여 함께 살아갈 미래를 꿈꾸며 선택한 것이기도 하다. 따라서 장인 계급에게 새 기르기는 현재와 미래를 동시에 겨냥한 마음의 표현이다. 그것은 사소하고 평범하지 않다는 면에서 상당히 깊은 창의적 예술이기도 하다. 그 예술의 핵심은 바로 오랜 세월 무르익어 온 장인의 솜씨와 기술이다. 시골 사유지에서 기르는 물새가 드러낸 그 '명백한' 자연스러움은 자연을 모방해 주의 깊게 구성된 것이지만, 노동 계급의 새 기르기는 그것과 달리 사람의 손으로 만들어진다는 면에서 진짜 즐거움이라고 할 수 있다. 더구나 그들은 새 기르기를 통해 세상에 없던 방울새와 개똥지빠귀 혼종 등을 만들어 낸다. 그리고 그 혼종의 아름다움은 소위 상류계급이

나 세간이 기대하는 자연스러움이라는 인위적 가치에서 매우 풍부하고 정교한 방식으로 벗어나 있기 때문에 높이 평가할 만하다.

새를 이야기할 때 저마다 '내 것'이라고 말하지만 각자가 숨은 뜻은 다르다. 직접 새를 기르는 사람은, 그런 황금방울새를 키우는 사람은 이렇게 말한다. "내가 기르는 새입니다." 새 사냥꾼은 이렇게 말한다. "내가 잡은 새죠." 칼깃을 잘라 버린 유럽 거위 떼를 소유한, 대저택의 주인은 이렇게 말한다. "내 호수 위에 떠다니는 새입니다." 조류 전시장을 나오니 내 뒤에 서 있는 어린 묘목의 꼭대기에서 황금방울새가 노래하는 소리가 들린다. 남자친구가 자동차 쪽으로 걸어가는 동안 나는 가만히 멈추어 서서 잠시, 온전한 자기 삶을 향해 소유권을 당당하게 소리치는 어느 새에게 귀를 기울인다. 그 새는 엉겅퀴 종자와 엉겅퀴 관모를 노래하고, 이끼와 거미집으로 만든 둥지 안에서 일어나는 짝짓기를 노래하고, 하늘 높이 나르는 그들만의 비행과 새끼 알의 연약함을 노래하고, 영역 싸움과 기생충과 새매와 결핍과 압박감을 노래한다. 그 모든 보이지 않는 그들의 삶을 지저귄다.

35

은신처

야생동물(에게 들키지 않고 관찰할 수 있는) 은신처는 사람이 순간 사라진 것처럼 보이게 만드는 목적으로 지은 건물이다. 이 건물은 일종의 나무 상자인데 다소 촌스럽고 소박하지만 바깥을 관찰할 수 있게 내부 한쪽에는 벤치 의자와 기다랗게 좁은 틈을 만들어 놓는다. 가까이 다가가 보면 영락없이 온갖 풍상을 다 겪은 마당의 작은 헛간과 다를 바가 없다.

내가 기억할 수 있는 한, 나는 은신처에 들어가면 내 모습을 최대한 숨기곤 했다. 그와 같은 구조물은 전 세계 자연보호구역에 가면 얼마든지 찾아볼 수 있다. 그래서 이런 장소가 어쩌면 나무들과 습지 강물 수역처럼 자연의 한 부분으로 보일 정도다. 그럼에도 그곳 문 앞에 다다르면 초조한 불안감이 확 올라와서 어쩐지 문을 열기 전에 아주 잠시 주저하듯 멈추게 된다. 그 안의 공기는 덥고 어두우며, 설핏 먼지와 목재 보존재 냄새가 난다.

여기에 다른 사람은 없다. 나는 벤치 의자에 앉아 두 다리를 그네처럼 휙휙 흔들기도 하다가, 어둠 속에서 밝은 직사각형 틀을 만들기 위해 창문의 우드 블라인드를 내린다. 눈이 적응하기 시작하면 내 앞의 공간은 뭉게구름이 둥실 떠 가는 거리 아래 얕은 늪으로 서서히 바뀐다. 그러면 거의 자동반사적으로 쌍안경으로 그 장면을 훑으면서 눈에 들어오는 새를 살펴본다. 넓적부리 세 마리, 작은 백로 두 마리, 제비갈매기 한 마리구나. 하지만 내 정신은 다른 데 가 있다. 왠지 이상한 불안감이 뭔지 알아내려고, 그런 불안감을 유발하는 요인이 무엇인지 어서 해결하고 싶어 애를 쓴다.

야생동물 은신처는 역사와 무관하지 않다. 오히려 역사의 맥락에서 자유롭지 못하다. 그것은 처음에 촬영용 가림 구조물이었다가 그다음에는 동물에게 더욱 가까이 접근해 사냥할 목적으로 설계된 구조물로 차츰 바뀌었다. 오리 사냥용 블라인드, 사슴 사냥용 스탠드, 거대 고양잇과 동물에게 총을 쏠 수 있는 나무 플랫폼 등이 거기에 해당한다. 사냥은 승인되지 않은 수많은 방식으로 현대적 자연 감상 형태를 만들어 냈다. 그중에는 동물을 사람 눈앞에 데려오기 위해 활용하는 전략 등이 포함돼 있다. 가령, 보호구역 관리자들은 은신처 인근에 백로 등의 섭금류를 모으려고 얕은 먹이 웅덩이를 파거나 야행성 포유류용 사료 거치대를 세운다. 이는 사냥꾼이 미끼를 던져 사슴과 오리를 유인하는 것과 같은 원리다. 스코틀랜드 하이랜드의 어느 소문난 은신처에서는 방문객들에게 희귀한 솔담비를 볼 수 있는 기회를 95퍼센트까지 제공한다. 솔담비는 뼈가 유연하고 나무 위 생활에 적합한 포식자다. 그런 솔담비가 수북이 쌓인 땅콩을 우적우적 씹어 먹는 모습을 백 번 오면 다섯 번 정도를 제외하고 다 보고 갈 수 있다는 뜻이다.

보통 사람들은 은신처에서 보게 되는 장면이 진짜 현실 그대로의 모습이라고 생각한다. 그 야생동물들은 사람들에게 관찰되고 있다는 사실을 알지 못하기 때문에 완벽하게 원래 자연스러운 모습 그대로 행동하고 있다는 뜻이라고 받아들인다. 하지만 사람이 은신처 안에 들어가 두 눈을 어두워진 상자 안에 밀어 넣고 몰두하는 행동에는 반드시 부작용이 따른다. 바로 그 순간 은신처 주변을 망라한 풍경으로부터 거리가 생기고 물리적으로 멀찍이 떨어진다는 데에 있다. 그렇게 함으로써 인간과 자연 세상 간의 간격은 더욱 커지고, 은연중에 동물과 식물은 절대 만지면 안 되고 눈으로만 관찰할 수 있는 대상이라는 생각이 한층 강화된다. 때때로 은신처의 창은 다름 아닌 텔레비전 스크린을 꼭 닮았다.

그렇다고 완전히 자연스럽게 행동하는 야생동물이 있을 때, 안 보이는 척할 필요는 없다. 미어캣, 침팬지, 아라비아 꼬리치에 등 야생동물을 연구하는 과학자들이 오래 전에 밝혀냈듯이, 그런 동물은 점차 시간이 흐르면서 당신의 존재에 익숙해 질 수도 있다. 하지만 몰래 숨어서 지켜보는 은신처 문화는 당장에 중단하거나 고치기 참 어려운 습관이다. 사람들은 내 존재를 볼 수 없는 대상을 지켜보는 속임수를 쓰면서 뭔가 수상쩍은 만족감을 느끼고, 그것은 우리 문화 속에 깊이 내재되어 있기 때문이다. 야생동물이 뜻밖에 가까이 나타나서 우리가 옆에 있는데도 신경 쓰지 않는 모습을 보일 때, 어쩐지 우리는 댄스파티에 나간 10대처럼 어떻게 행동해야 할지 감을 잡지 못한 채 허둥지둥하면서 당황스러워하게 된다.

몇 년 전, 친구 크리스티나와 함께 잉글랜드의 어느 작은 마을 공원을 따라 산책할 때였다. 갑자기 내 눈 앞에 은신처에서 자주 보았던 인간 군상들이 나타나기 시작했다. 바로 위장복을 차려입은 사진가들이었다. 그들은 카메라에 300밀리미터 렌즈를 장착하고, 얼굴에는 몹시 다급한 듯 잔뜩 집중하는 표정을 짓고 있었다. 우리는 그 카메라들이 어디에 초점을 맞추었는지 쳐다보았다. 3야드 정도 떨어진 곳에 영국에서 가장 포착하기 힘든 포유류 두 마리가 그 공원을 따라 흐르는 얕은 강물에서 헤엄치고 있었다. 바로 수달이었다! 수달은 우리를 못 본 것 같았다. 물론 장담하건대 그들은 우리 따위 신경 쓰지도 않았다. 수달이 물속에서 두르르 구를 때에 물에 젖은 옆구리는 콜타르처럼 어슴푸레 빛이 났다. 그들은 수면을 가르면서 날카로운 흰 이빨로 물고기를 아작아작 씹어 먹었다. 그러다 빳빳한 수염에서 떨어지는 빗방울로 저도 모르게 물세례를 받기도 했다. 그러곤 강물 아래로 헤엄치려고 수면 아래로 살짝 미끄러져 들어갔다. 사진가들은 파파라치처럼 수달을 쫓아가다가 간간이 후진해서 달려오곤 했다. 그런 가까운 장면을 찍기에는 들고 있던 렌즈가 적합하지 않았기 때문이었다. 정말 짜릿한 순간이었다. 우리는 강 하류로 내려가는 수달을 따라가는 길에 유모차에 이제 아장아장 걷기 시작하는 아이와 갓난아기를 태우고 역시 수달을 지켜보고 있던 한 여성과 마주쳤다. 그녀는 수달을 몹시 좋아한다고 말했다. 그 수달은 자기 마을의 한 부분이라고 했다. 자기가 살고 있는 지역 공동체의 일원이라고 말하고 있었다. 그리고 한껏 즐거운 표정으로, 그 수달이 어느 대저택 양어지에 살던 비단 잉어를 다 잡아먹어 버렸다는 소식을 들려주었다. "거기에 살던 사람들은 그것 때문에 완전히 열 받았죠. 비단 잉어가 진짜 비싸잖아요!" 그러곤 사진가들을 보고 고개를 갸우뚱했다. "저 사람들 되게 이상하지 않아요?" 그녀가 물었다. 늘 출몰하던 은신처를 나와 세상 안에서 움직이는 그들은 정말 우스꽝스러워 보였다. 그들은 자기들이 들고 있는 쌍안경과 위장복, 그리고 줌 기능 카메라 렌즈에 너무 익숙한 나머지, 그런 장비가 전혀 필요하지 않을 때조차도 강박적으로 그런 것을 사용하곤 했다.

본래 은신처는 야생동물을 관찰하는 용도로 설계된 곳이다. 하지만 어떻게 보면 거기에 야생동물을 보러 온 사람들을 관찰하고, 그 사람들의 이상한 사회적 행동을 목격하기에도 더할 나위 없는 곳이다. 내가 은신처의 작은 문으로 들어가기 전에 주저했던 이유 중의 하나는, 그 안에 다른 사람이 있을까 봐 걱정한 탓이었다. 사람이 꽉 들어찬 은신처에 걸어 들어가는 것은 마치 라이브 연극 공연에 늦게 도착해 내 자리를 찾으려고 애쓰는 모습과 똑같다. 은신처에는 무언의 규칙이 존재한다. 극장이나 도서관처럼 소리를 내면 안 되고, 낮게 중얼거리는 정도로 말을 해야 한다. 어떤 규칙은 동물들이 사람의 존재를 탐지하지 못하도록 명시적으로 운용된다. 가령, 전화 통화와 출입문을 아주 세게 여닫는 행위, 창 바깥으로 손을 뻗는 행동은 전면 금지된다. 하지만 어떤 사람들은 호기심이 남들보다 더 많은 탓에 문제를 일으키기도 한다. 강조하지만, 은신처 안에서 사람들이 할 일은 거기에 내가 있지 않은 척해야 하는 것뿐이다. 그러므로 은신처 안에 나 말고 다른 사람이 한 사람이라도 더 있을 때에는, 그렇게 내가 없는 척해야 하는 전략의 핵심인 육체이탈 감각이 위협받을 수밖에 없다. 자주 은신처에 오는 사람들은 보통 이 난제를 공간 구조적으로 해결한다. 호주 멜버른 출신인 크리스티나는 난생 처음 영국의 은신처를 찾기 시작했을 때, 왜 사람들이 잘 보이는 자리를 비워 두고 멀찍이 떨어진 끝자리에 앉는지 의아했다. "처음엔 그게 좋은 자리를 양보하는 영국식 매너인 줄 알았지. 나중에야 사람들이 최대한 딴 사람들과 멀찍이 있고 싶어서 은신처의 맨 끝자리에 앉는다는 사실을 깨달았어."

때로 은신처 안에 함께 있는 사람들은 바깥에서 볼 수 있는 대상에 대하여 서로서로 소리를 낮춘 채 대화를 나눈다. 이럴 때 나는 남들이 말하는 전문지식에 대해 끊임없이 점검을 하게 된다. 그래서 사람들이 상황을 잘못 이해하고 말할 때는 정말 고통스럽기도 하다. 어느 봄날, 서픽에서 겪은 냉랭한 분위기가 아직도 기억난다. 어떤 남자가 자기 일행에게 그때 보고 있던 동물이 물쥐라고 확신에 차서 말하고 있었다. 은신처에 있던 다른 사람들은 모두 느릿느릿 움직이면서 긴 꼬리를 가진 이 동물이 큰 집쥐라는 사실을 알고 있었다. 물론 아무도 어떤 말도 입 밖에 내지 않았다. 한 사람이 헛기침을 했다. 또 한 사람은 콧방귀를 뀌었다. 이곳 자연보호구역은 흠잡을 데가 없는데, 그 긴장감은 참기 힘들었다. 그 사람의 실수를 바로잡아 주고, 그의 친구들이 그 말에 휘둘리지 않도록 도와줄 수 있다고 여기는 사람은 아무도 없었다. 몇몇 사람들은 그 분위기를 참을 수 없어서 그만 은신처를 나가 버렸다.

은신처 사용 방식은 거기에 들어간 사람들만큼이나 다양하다. 개구리매나 부엉이가 지나가는 완벽한 사진을 찍으려는 바람으로 카메라를 들고 앉아 있을 수도 있다. 자연주의자 달인과 함께 앉아서 바깥 동물의 정체에 대해 속삭이듯 말하는 작은 힌트를 슬쩍 들을 수도 있다. 아니면 긴 산책을 하던 도중에 잠시 들어와 앉아 쉬는 장소로 이용할 수도 있다. 대부분의 사람들은 앉아서 몇 분 동안 쌍안경을 들고 바깥 장면을 훑어보다가, 계속 거기에 있을 만큼 충분히 흥미롭거나 희귀한 대상이 없다고 판단을 내리곤 한다.

하지만 이와 달리 은신처를 즐기는 또 하나의 유형이 있다. 나는 그 방식을 무척 좋아해서 따라하려고 조금씩 배우는 중이다. 그 방법은 은신처에 들어왔어도 관심이 가는 대상을 거의 못 보거나 아예 못 볼 수도 있다는 점을 그대로 받아들일 때 비로소 가능해진다. 사실 한 두 시간쯤 어둠 속에 앉아서 벽에 난 틈으로 세상을 바라보려면 명상에 버금가는 인내심이 필요할 것이다. 자, 이제 하늘 한 쪽에 떠가는 구름을 지켜보고, 한 90분 동안 습지 강물을 가로질러 움직이는 그림자에 시선을 던지자. 이윽고 잠자고 있는 도요새가 보인다. 끝으로 갈수록 색깔이 옅어지는 어깨깃 속으로 긴 부리를 쏙 넣고서, 빛과 그림자 문양으로 줄무늬가 생긴 골풀에 몸통을 기댄 채 자고 있다. 그러다 잠시 깨어나선 날개를 들어 올려 쭉 뻗친다. 몇 분 동안 계속 대리석 조각처럼 움직임이 없는 왜가리도 있다. 그러다 왜가리는 물고기를 잡으려고 코브라처럼 갑자기 날개를 내려친다. 거기에 오래 앉아 있으면 있을수록, 이 장소에서 더 많이 분리되지만 그만큼 그곳에 마음을 집중한 채 안정적으로 머무르게 된다. 호숫가에 사슴이 갑자기 나타나더라도, 오리 떼가 햇살이 비치는 물 위에서 첨벙거리며 몸을 옆으로 기울였다가 이리저리 방향을 돌리더라도 그 모습 하나 하나가 모두 귀한 보물이 된다. 거기에 앉아 그저 시간이 지나가는 단순한 사실 하나를 그들과 함께 나누고 있을 뿐인데도, 그 순간은 소소하게 달라진다.

36

어떤 찬사

9시쯤 되자 태양은 킹스 포레스트 뒤로 넘어갔다. 하늘은 부드러운 티파니 블루 빛깔이다. 머리 위로 하늘은 점점 더 어두워지지만, 바람의 숨소리는 한 점도 들리지 않는다. 이곳을 잘 아는 주디스는 깊은 숲을 헤치고 우리를 인도한다. 이내 몇 에이커에 달하는 탁 트인 노지가 나타난다. 그곳 한 구역에는 키가 우리 머리 높이만 한 어린 소나무들이 풀과 검은딸기나무 속에서 자라고 있고, 다 큰 소나무들은 벽처럼 어린 소나무를 에워싸고 있다.

우리는 무언가를 기대하며 기다리는 중이다. 실은 빛이 다 사그라질 때까지 그 일은 일어나지 않을 것이다. 그래서 잠시 모래로 뒤덮인 얇은 갈색의 숲속 길을 따라 느릿느릿 걷는다. 이제 밤이 내려

앉는다. 우리의 감각은 눈앞에 찾아온 어두운 밤에 맞추느라 한껏 뻗어 간다. 멀리서 수노루가 컹컹 짖는다. 작은 포유류들이 풀 속에서 바스락 댄다. 아주 희미하게 벌레들이 째깍거리는 소리가 들린다. 히스가 무성한 황야에서 풍기는 따끔한 수지(樹脂) 향이 점점 더 강렬하고 끈질기게 따라온다. 에치움 덤불숲을 지날 때 보니 이내 찾아온 밤이 에치움 잎을 더 까맣게, 자줏빛 꽃잎을 더 푸르고 더 강렬하게 변모시켜 덤불은 언뜻 불타오르는 것 같다. 그렇게 숲길은 어둠 속에서도 빛을 발하게 된다. 흰나방은 땅에서부터 나선형을 그리며 빙글빙글 날아 올라오고, 왕풍뎅이는 겉날개를 들어 올린 채 뒷날개를 윙윙거리면서 쌩 하는 소리와 함께 우리 옆을 지나간다.

조금만 지나면 눈에 보이는 모든 빛깔은 사라질 것이다. 그 생각만으로도 마음이 고되다. 지난 몇 주 동안 나는 호스피스 병동에 입원한 스튜어트의 병문안을 가는 데 많은 시간을 보냈다. 스튜어트와 파트너 맨디는 나와 가장 가깝고, 내가 가장 사랑하는 친구들이다. 나는 스튜어트를 1990년대 몹시도 추운 12월 어느 아침, 잉글랜드 동부 자연습지대 '이스트 앵글리안 펜스'의 어느 매부리기 현장 모임에서 처음 만났다. 그는 곱슬머리에 키도 몸집도 거인 같은 사람이었다. 무엇보다 나이 많은 거대한 참매를 기르고 있었다. 그 참매는 정말 어마어마했고 조금 무서울 정도였다. 하지만 그가 자신의 참매와 개를 조련하는 모습을 유심히 지켜보면서, 뭔가 특별한 다정함과 애정이 담겨 있음을 확인했다. 그랬다. 내가 스튜어트에 대해 갖고 있는 수많은 기억은 모두 이 다정함과 관련된 것이었다. 그가 가족을 바라보는 눈길과 태도, 자신의 참매가 날아가는 모습을 따라갈 때의 상기된 얼굴표정, 집게손가락과 엄지손가락 사이로 참매의 구부러진 부리를 깨끗이 닦아 주던 상냥한 태도가 생각난다. 그는 몸도 마음도 튼튼한 사람이었고, 강한 의지를 품은 사람이었고, 평생 어느 누구도 흉내 낼 수 없는 자신만의 길을 개척한 사람이었으며, 무엇보다 남들에게 용기와 격려를 해 주고, 뭔가를 가르쳐 주고, 영감을 불어넣는 놀라운 능력을 갖고 있었다.

스튜어트는 언제든 이 세상에서 마법의 순간을 볼 수 있는 마음의 자세를 갖춘 사람이기도 했다. 언젠가 한 번은 설레고 놀라운 마음을 숨기지 못하면서 고개를 절레절레 흔들더니, 실은 마치 중세 전설에 나오는 것처럼 한밤중에 하얀 수사슴이 도로를 가로질러 가는 모습을 지켜보았다고 슬쩍 말해 주었다. 그 무렵, 그는 전속력으로 바이크를 타고 가다가 가죽 바이크 점퍼로 박쥐 한 마리를 잡았다. 얼마나 놀라면서도 즐거웠는지 나중에 다시 놓아 줄 요량으로 모든 사람들한테 보여 주고 싶어서 박쥐를 주머니 안에 넣어 집에까지 데리고 오기도 했다. 그런데 세상에, 어쩌면 자신의 목숨을 앗아갈지도 모를 질병을 선고받은 후에 반려견 코디와 함께 들판을 가로질러 산책을 하고 있었는데, 그 길에서 코디가 풀 속에 몸을 굽히고 숨어 있던 산토끼 새끼, 그것도 갓 태어난 새끼 두 마리를 발견했다. 스튜어트는 누구보다 강인한 사람이었는데, 그 이야기를 나한테 들려주면서 두 눈에 눈물이 그렁그렁 고였다. 그 새끼 토끼가 너무 어리고 너무 작았다면서. 세상에 태어난 지 얼마 되지도 않은 여린 새끼였다면서!

지금, 내 주변에 대한 감각이 서서히 희미해지고 흐릿해지자 스튜어트 생각이 난다. 그 친구한테 지금 어떤 일이 벌어지고 있는지, 그런 스튜어트를 지켜보는 그의 가족을 생각하게 된다. 세상이 우리에게서 떨어져 나갈 때, 과연 우리는 삶의 긴 여름의 끝에서 무엇을 마주하게 될까? 어쨌든 우리는 언젠가 돌아올 수 없는 미지의 어둠 속으로 걸어 들어가게 될 텐데, 과연 어떻게 가게 될까? 그때, 그 소리가 시작된다. 어린 소나무 묘목 뒤의 나무숲에서 그 소리가 붉은 실처럼 풀려나온다. 그 순간, 어둠 속에서도 주디스의 얼굴에 스치는 미소가 눈에 들어온다. 그 소리는 재봉틀이 가장 빠른 속도로 움직이거나 낚싯대를 한껏 풀어 감는 소리와 비슷하지만, 그런 진부하고 기계적인 비유로는 그 소리의 풍부한 음악성을 다 잡아내지 못한다. '치르치르, 찌르르르' 깊고도 아름다운 그 소리는 4초에서 5초씩 지속된다. 중간 중간 끊기는 쉼은 바로 그 소리를 지어내는 야생동물이 숨 쉬는 순간이다. 잠시 음색이 낮아지다가 다시 올라가기 시작한다. 주디스는 손을 컵처럼 동그랗게 오므려 귓가에 대고서, 그 소리가 나는 정확한 위치를 찾아내려고 고개를 돌린다. 우리 바로 앞에, 아니 조금 왼편이라고 손짓을 한다. 그 방향의 어디쯤에, 그 소리의 주인공이 밤의 여왕에게 이 낯선 노래를 크게 울리려고 잔뜩 목을 부풀린 채 나뭇가지 위에 세로로 길게 앉아 있다. 바로 쏙독새였다.

전체 길이가 겨우 사람 손목에서 손가락 끝까지 한 손 길이 정도로 여리여리하고, 마치 일본 애니메이션 캐릭터처럼 크고 까만 눈동자를 가진 새 한 마리를 상상해 보자. 그 보송보송 솜털에 숲속의 온갖 것들이 한데 둥글둥글 실처럼 감겨 있다고 상상해 보자. 그 작은 깃털 속에 나무껍질, 썩어 가는 나무, 다 말라 버리고 남은 고사리 잎 끝부분, 거미집이 있다. 그리고 부러진 잔가지 끝에 뿌옇게 드러난 속살과 얼룩덜룩한 그림자와 낙엽들이 오선지 음표처럼 감겨 있다. 쏙독새는 비밀스럽고 은밀한 동물이다. 그런 새에게 미묘한 섬세함은 바로 안전함과 통한다. 그래서 그들은 낮에는 깃털과 보호색마냥 완벽히 어울려 거의 찾아내기 힘든 둥지에서 휴식한다. 그 둥지는 땅에서 불과 몇 피트 떨어져 있는데도 알아채는 사람이 거의 없다. 쏙독새의 단정한 부리는 무척 평범해 보이지만 그건 어디까지나 가만히 입을 다물고 있을 때의 이야기다. 일단 하품하듯 입을 열면 마치 개구리처럼 분홍빛이 선명하게 이만큼 벌어진다. 그렇게 크게 벌린 입 주변은 온통 억센 깃털이 감싸고 있는데, 그 깃털 때문에 나방이나 딱정벌레, 혹은 다른 벌레 등 날아다니는 먹잇감을 쉽게 잡을 수 있다. 지금 우리에게 아름다운 노래를 들려주고 있는 그 새는 원래 아프리카에서 겨울을 보낸다. 이곳, 침엽수림과 히스로 가득 찬 바둑판 형태의 풍경 속에서 짝짓기를 하고 새끼를 키우기 위해서 찾아온 것이다. 그런 후에 8월 말이나 9월에는 남쪽으로 다시 날아간다. 여기에서 또 한 마리의 쏙독새가 **치르치르 찌르르르** 노래하기 시작하자, 저기에서 또 다른 한 마리가 따라서 노래한다. 5마리인가? 아니 6마리인가? 정확하게 분간하기 어렵지만 모두들 우리 주변에서 지저귀고 있다. 그것도 매우 아름답고 절묘한 음악이긴 한데, 나는 이보다 더 다른 뭔가를 얻고 싶은 희망을 계속 품고 있다.

그랬다. 결국 우리에게 그 희망은 현실이 된다. 쏙독새들이 날아가면서도 계속 지저귀고 있는데 그중에 뭔가 다른 소리, 부드럽고 나직한 소리가 들려온다. 나는 어둠 속으로 휘파람 비슷한 소리를 내면서 화답한다. 그러자 부드럽게 지저귀는 그 소리가 다시 들린다. 이번에는 조금 더 가까이 들린다. 소리가 나는 어둠 속으로 최대한 두 눈의 시력을 맞춰보는데, 아주 희미하게 어떤 새가 나를 향해 날아오는 기척이 느껴진다. 나비처럼 얇은 날개로, 저 멀리 그 소리와 위로 치켜든 내 얼굴 사이에서 팔랑거리며 움직이는 선이 나타났다 사라졌다 한다. 그런 다음 바로 우리 머리 위에서, 칠흙 같은 밤하늘을 배경으로 쏙독새 한 마리가 어둠 속을 가르며 유유히 날아오고 있다.

그 새는 마치 앙상하게 마른 송골매를 닮아 눈에 띄게 기묘한 형상이지만, 어쨌든 날아가는 모습만큼은 가뿐한 종이비행기처럼 보인다. 얼마나 공중에서 가볍게 보이냐면 무게가 전혀 느껴지지 않을 정도이고, 어찌 보면 나방이랑 비슷한 느낌도 든다. 겨우 그 날개 아래쪽 줄무늬와 그 날개 끝 근처에 흰색이 빠져나간, 그래서 암컷이라는 정도만 알 수 있다. 우리는 그 새가 허공에서 등을 구부려 왼쪽으로 몸을 웅크리다가 잠시 맴도는 모습을 지켜본다. 곧 수컷 쏙독새가 한데 합쳐 같은 움직임을 보인다. 하얀색의 날개 반점이 흐릿해지면서 흔들린다. 암수 한 쌍은 몇 초간 선회하더니 이내 각자 갈 길로 나누어졌다가 어둠 속으로 사라졌다. 그 순간, 우리는 재빠르지만 맥이 빠진 듯 생기 없는 박수 소리를 놓치지 않는다. 수컷이 날아가면서 두 날개의 맨 위쪽을 철썩 내리치면서 나는 소리다. 마치 조용히 박수를 보내는 듯한 몸짓이다. 그러다 둘은 곧 사라지고, 우리 주변은 또다시 아무것도 없는 고요의 밤으로 돌아온다.

나는 지난 수년 동안 자나 깨나 죽음에 대한 공포에 시달려, 한밤중에 어둠 속에서 큰 소리를 지르며 잠을 깨곤 했다. 그것은 나한테 가장 끈질기게 머물면서 꼼짝 못하게 마비시켜 버리는 공포였다. 한데 나한테서 그 공포를 앗아가 버린 사람이 바로 스튜어트였다. 그는 호스피스 병동에서 두 눈에 나를 가득 담고는 너무나 진지하고, 너무나 고요하게 쳐다보다가 마침내 자신에게 닥친 일이 무엇인지 말해 주었다. 그리고 덧붙였다. **괜찮아, 괜찮다니까.** 하지만 난 이미 알았다. 괜찮지 않다는 걸. 지금 그 표정은 다 나를 안심시키려고 하는 것이었다. 그리고 그 마음이, 그 눈길이 너무 다정하고 따사로워 한동안 내 안에서는 기운이 다 빠져나간 느낌이었다. 내가 무슨 대답을 해 줄 수 있을까. 그 친구는 계속 말했다. **괜찮아. 힘들지 않아.**

지금 여기, 우리가 앞으로 계속 걸어가고 있는데 문득 그때 그 말이 문득문득 살아 있는 말처럼 기억난다. 시간은 분의 단위로 흘러가, 마침내 밤이 완전히 짙어질 때까지 내내 생생하게 그 말들이 떠오른다. 이제 까만 하늘에는 별빛이 고개를 내민다. 밤공기 먼지 알갱이가 흩날리는 이 밤, 발밑으로 모래 기운이 은근히 느껴진다. 이제 숲은 차고 넘치도록 어두워져 내 모습조차 볼 수가 없다. 하지만 쏙독새 지저귐은 끊이지 않고, 우리를 둘러싼 허공에는 눈에 보이지 않는 날개의 향연이 밤하늘을 가득 채운다.

37
구조

친구 주디스는 손톱 가위로 죽은 귀뚜라미의 머리를 끊어 내더니, 가느다랗고 가시투성이 흉부는 내버린다. 그러고는 남은 복부를 주방 탁자 위, 작은 도자기 그릇에 톡 떨어뜨린다. 흔히 올리브나 프레즐을 담아 놓을 때 사용하는 그런 그릇이다. 귀뚜라미의 내장은 부드러운 치즈처럼 하얗고 매끄럽다. 바깥을 보니 제비들이 정원에 모여 사소하게 티격태격하는 중이다. 짹짹거리는 제비 울음은 조금 전 분해한 귀뚜라미 껍데기의 키틴질을 오독오독 통과하는 칼날 소리를 되부르고, 아직 수분기를 머금은 연한 내부기관이 후두둑 소리를 내며 이미 그릇 안에 있던 더미 속으로 하나씩 차례로 떨어졌다. 그릇 옆에는 플라스틱 설거지통이 있다. 내가 설거지통 안을 보려고 몸을 이렇게 기울이니 엷게 솜털이 올라온 여러 개의 얼굴이 나를 빤히 올려다본다.

그 통에는 어린 새끼 칼새로 꽉 차 있다. 성숙한 칼새는 천상의 우아한 자태로 꽤 유명하겠지만, 내 눈앞의 새끼들은 지하철 쥐도 아니고 뜻밖에 살아 움직이는 불쏘시개 더미도 아닌 어중간한 모습일 뿐이다. 발톱 달린 발은 너무 작아 제대로 걸을 수 없어 겨우 발을 끌면서 어색하게 걸을 뿐이고, 이게 가능할까 싶을 만큼 기다란 날개는 생각지도 못할 다양한 각도로 쑥 내밀고 있다. 주디스는 온화하고 신중한 사람으로 은발의 단발머리가 잘 어울린다. 그녀는 새끼들 중에 한 마리를 들어 올리고는 티슈로 덮은 수건 위에 올려놓는다. 그리고 그릇에서 덩어리 하나를 뽑아서 그 새끼의 자그마한 부리 끝에 살짝 대준다. 그러자 그 부리는 거대한 분홍빛 모이주머니가 보일 만큼 벌어지는데 주디스의 손끝을 삼켜버릴 만큼 크다. 이제 그 귀뚜라미는 새끼 칼새의 뱃속으로 사라진다. 연이어 또 한 마리의 귀뚜라미가 손끝에서 뱃속으로 들어간다.

으레 집중하면 나오는 찡그린 표정으로 주디스는 새끼들에게 먹이를 먹인다. 오랜 경험에서 우러나온 차분한 자신감이 엿보인다. 17년 전, 그녀는 당시 키우던 강아지를 산책시키던 중에 도로 한쪽에서 언뜻 보기에 깃털 뭉치 같은 것을 발견했다. 그건 칼새 새끼였다. 그녀는 그 새를 집어 들고 집으로 왔다. 수많은 전문가들은 하나같이 칼새는 키우기 너무 힘들 테고 죽을 수도 있다며 손사래 치며 말렸다. "물론 키우기 어렵지도 않았고 죽지도 않았어. 살아남았지. 그때 그 일이 말하자면 가파른 학습곡선이 되었어. 그 어린 새를 키워 본 학습의 결과로 장차 내 행동에 변화가 일어났으니까."

그리하여 오늘날 주디스는 칼새를 기르는 사람으로 아주 유명해졌다. 잉글랜드 동부에서 어미를 잃은 칼새는 대부분 그녀에게 온다. 어떤 경우엔 수의사가 데리고 오기도 하고, 또 어떤 경우엔 둥지에서 떨어진 새를 발견한 일반 시민들이 인터넷에서 주디스의 이름을 발견하고 찾아오기도 한다. 올해만 해도 약 30마리의 어린 칼새를 보살폈다. 대부분 귀뚜라미와 벌집나방에 비타민 가루를 뿌린 먹이를 주면서 키웠다. 물론 성공하지 못하는 경우도 있다. 보통은 맨 먼저 발견한 구조자가 잘못된 먹이를 주었기 때문이다. 하지만 대부분은 죽음을 이겨내고 야생으로 되돌아가는 데 성공한다.

지금 내가 서퍽의 미국 공군 기지 근처 어느 마을의 작은 방갈로에 앉아 있는 이유가 바로 그 특별한 승리를 직접 관찰할 수 있는 기회를 얻었기 때문이다. 주디스는 과거 이곳에서 대외협력 담당자로 근무했었다. 여기는 바로 그녀의 방갈로다. 만약 오늘 아침 느지막이 바람이 잦아든다면 그 어린 새들 중에 몇 마리를 자유롭게 풀어줄 것이다. "사실 되게 피곤한 일이 될 수도 있어. 이른 아침에 해야 하니까! 하지만 일단 어린 새를 풀어 주잖아? 그거 진짜 마법 같아. 가끔 저녁에 정원에 있으면 공중에 20마리, 30마리, 40마리 칼새가 보이곤 해. 그때마다 이렇게 생각하지. "**그래, 알아. 그 녀석들은**

이제 여기 없어. 하지만 그래도 모두 다 내 새끼인 걸."

흔히 우리가 야생동물을 직접 만지는 경우라고 하면 사냥감으로 잡거나, 연구 대상으로 접하거나, 그 동물이 심각한 상황에 빠진 순간일 텐데 마지막 경우는 대개 인간의 잘못으로 벌어진 상황이다. 이를 테면 인간은 새 둥지를 원래 장소에서 치워 버리고, 기름 유출로 바닷새를 온통 기름 범벅이 되게 만들고, 차량으로 산토끼와 여우를 치고, 유리창과 도관 밑에서 어쩌다 잘못 되어 버린 벌레나 작은 동물을 집어내곤 한다. 나는 12살 때, 한 배에서 난 멧쟁이새 새끼들을 집으로 데려와서 키웠다. 우리 이웃 중의 누군가가 그 새들이 살던 둥지의 나무를 베어 냈기 때문이다. 그러다 그 새끼들을 자유롭게 날려 보내던 날, 이상하게 인간이 세상에 저질렀던 잘못을 바로잡은 듯한 그런 느낌이 강하게 찾아왔다.

환경 파괴와 야생 종의 급격한 감소가 이루어지는 지금, 우리가 자연 세계에 끼친 영향에 대해서 우리 사회는 상당한 불안을 느낀다. 대개 그 불안감은 개별 동물이 겪는 비극과 관련된다. 그래서 부상을 입거나 다치거나 어미를 잃은 동물이 다시 건강해져서 야생으로 돌아갈 때까지 돌봐 주는 일이 마치 저항이나 보상, 심지어 구원의 행위처럼 느껴질 수가 있다. 내가 1980년대에 되새류 둥지 하나를 살려 키웠던 일이 영국 전체 명금류 개체 수의 하락을 막지는 못했다. 하지만 그 새를 구해 주었다는 나의 소박한 정의감은, 그런 기회가 아니었다면 절대로 알지 못했을 그들에 관한 정보를 환하게 알게 되었다는 점에서 보다 큰 맥락으로 확대되었다. 되새류는 어떻게 잠을 자고, 어떻게 서로 소통하는지, 사람의 넋을 완전히 빼놓는 그 수많은 특이성은 어디에서 비롯되는지 등을 그 시절에 그 새를 키우면서 직접 확인할 수 있었다.

"우리는 책임을 느낍니다." 노르마 비숍이 말한다. 그녀는 1970년대에 설립되어 현재 미국에서 가장 오래된 야생동물 재활 센터를 운영하는 캘리포니아 월넛 크리크의 '린지 야생동물 체험 센터' 상임이사다. "그건 성경 속 노아의 방주에서 노아가 동물들을 구조하는 이야기와 조금 비슷합니다." 동물 재활 관련 당사자들은 해당 동물이 절대로 반려동물이 아니며, 자신들의 역할은 최대한 빨리 그들을 야생으로 돌려보내는 일이라는 점을 강조한다. 하지만 그 일을 하다 보면 불가항력적으로 동물들과 정서적 결속을 맺게 된다. 영국 법률에서는 기존에 법률로 정해진 동물복지 지침만 지킨다면, 개개인이 피해 입은 동물을 직접 돌보는 경우를 허락한다. 반면 미국에서 야생동물 재활은 면허가 있는 전문가에게만 한정되는데, 대부분 그들은 자선단체에서 일하는 사람들이다. 하지만 동물 재활 당사자들의 위치가 어떠하든 그 일에 쏟는 헌신의 정도는 어마어마하다. 가령, 케냐에서 부모를 잃은 코끼리를 돌보는 사람들은 매일 밤 코끼리 바로 옆에서 함께 잠을 잔다. 하지만 그 일도 다른 사람들과 교대로 하는데, 그건 코끼리가 특정 재활훈련사에게 너무 큰 애착을 느끼지 못하도록 하기 위함이다. 그리되면 해당 훈련사가 밤중에 함께 없을 경우 어린 코끼리가 그 슬픔을 극복해야 하는 위험에 처할 수 있기 때문이다.

사람들은 왜 야생동물을 구조할까? 저명한 수의사인 존 쿠퍼는 이렇게 답한다. "인간은 힘없고 무기력한 동물을 만났을 때 각자의 내면에 뭔가가 꿈틀거립니다. 우리에겐 어떤 의무감이 있어요. 본능적으로 반드시 해야 할 일이라고 생각하는 것이죠." 노르마 비숍도 이 말에 동의한다. "저는 믿습니다. 대부분의 사람들이, 특히 아이들은 동물이 고통 받는 모습을 그냥 볼 수 없습니다." 린지 재활센터에는 살쾡이부터 뱀까지, 새끼오리부터 명금까지 온갖 종류의 동물이 들어온다. 시민들 중에 관심을 갖고 걱정을 하는 사람들이 어쩌면 먼 거리를 운전해 데리러 갔을지도 모를 그런 동물들이다. 로스앤젤리스에 본부를 둔 벌새 재활훈련사 테리 메시어는 동물을 구조하는 일을 이렇게 풀이한다. "자연 속으로 들어가면 우리의 인간됨, 도덕, 위치 같은 것에 대하여 아주 깊은 불안감이 끝도 없이 풀려 나옵니다. 동물 구조는 바로 그 생경한 감정을 끌어냅니다." 한데 이런 불안감은 종종 구조 당시에 오해를 하여 잘못된 시도로 이어지기도 한다. 사실 나무 위에서 "길 잃은" 아기 새나 긴 풀숲의 잠자는 새끼 사슴은 언뜻 미아처럼 보이지만, 그들은 여전히 부모 새와 사슴에게 보살핌을 받는 상태임을 알아야 한다.

동물 재활훈련사들은 종종 너무 감정적이라고 비난을 받기도 한다. 심할 경우, 그들이 하는 활동은 자연보호에 거의, 혹은 아무런 기여를 하지 못하면서 그저 개별 동물에 대한 동정심으로 하는 행위라고 무시된다. 그 말이 일견 합리적인 견해이기도 하지만, 동시에 주요한 핵심을 놓친 시각이기도 하다. 차분히 생각해 보면 야생에 사는 동물의 삶은 우리 인간의 삶과 좀처럼 일치하지 않으며, 실제로 그런 동물과 유의미한 유대감을 느끼기는 참 어렵다. 이를테면 박쥐는 우리 대부분에게 불편한 마음이 들 정도로 불가사의한 존재다. 한밤중에 허공에 예기치 않게 나타나는 박쥐를 보고는 어떤 연결감도 솟아나지 않는다. 하지만 갈색박쥐 새끼를 잡아 겨우 몇 인치 떨어진 곳에서 그 새끼의 흐릿한 눈을 들여다보고, 위로 기울인 코와 생쥐를 닮은 연약한 귀를 보고 있으면 금세라도 사랑에 빠질 수밖에 없는 존재로 변모한다. 동물 재활훈련사들이 현재 본인이 무슨 일을 하는지 말할 때, 그 모습을 보노라면 나 역시 동물을 구조하며 느꼈던 바로 그 감정이 떠오른다. '나와 전혀 같지 않은 어떤 대상을 알게 되는 설레고 들뜬 마음이지. 살려야 한다는 사실도 너무 잘 알고, 다시 돌려보내야 한다는 것도 너무 잘 알고 있어. 마치 퍼즐 조각처럼 완성된 그림을 위해선 세상 속 빈틈, 그들이 있어야 할 자리로 살려 보내야 하는 걸 알아. 우리 세상은 그들을 위해 자리를 남겨 두었거든.'

주디스는 그런 감정에 빠져 동물을 구하고 재활 활동을 한다는 비난과 전혀 관계가 없다. 칼새에 대해서는 감히 그런 언급을 할 처지가 아니기 때문이다. 지난 20년간 영국에서 칼새의 개체 수는 35퍼센트 이상 감소했다. 그러므로 주디스도 말하지만, 그녀가 구조하는 칼새 한 마리, 한 마리가 전체 종의 운명에 참으로 중요하다. 점차 사람들은 오래된 건물의 처마에 난 틈을 막아버리고 있다. 칼새는 보통 거기에 둥지를 틀곤 한다. 사실 현대식 건물에는 칼새가 둥지를 틀 만한 공간이 전혀 없는 편이다. 북미의 굴뚝칼새도 이와 유사한 문제에 직면했다. 그곳에서도 이제 더 이상 쓰지 않아서 허물어지고 있는 굴뚝을 다 없애버리기 때문이다. 대개 주택개조나 보수업자들은 칼새가 인간의 건물에 얼마나 의존하는지 알지 못하며, 그런 작업을 하는 도중에 정작 살아 있는 칼새의 보금자리를 얼마나 많이 파괴하고 있는지도 모른다. 간단히 말해서 그 사람들은 칼새가 거기에 살고 있다는 사실 자체를 꿈에도 생각하지 못한다.

하지만 일단 사람 손에 구조된 칼새를 보게 되면 상황 자체가 완전히 바뀔 수 있다. 주디스의 말은 이에 대한 증언처럼 들린다. "일단 사람들이 손 안에 꿈틀거리는 칼새를 보게 되면 온통 경외심에 사로잡히게 되지." 그녀의 주방에는 칼새 구조를 지지하고 행복을 비는 사람들과 새들을 이곳으로 데려온 사람들이 보낸 안부 카드로 가득 차 있다. 그리고 자기들이 데리고 온 새끼 칼새가 잘 자라고 있는지 보고 싶어 하는 구조자들이 자주 찾아온다. 그들 중에는 자기들 집의 지붕 아래 칼새를 위한 둥지 상자를 만들어 달아 놓겠다고 강한 의욕을 보이는 사람들도 있다. 직접 칼새를 구조해 보니 내가 사는 집에 이 새들이 들어와도 좋다고, 기꺼이 맞이하겠다는 마음이 생겨난 것이다.

다음날 다행히 바람은 잦아들었고, 집 지붕 위로 하늘은 마치 파란색 수영장이 이만큼 넓어진 모습 같다. 주디스는 종이수건으로 가장자리 테를 두른 반려견 캐리어 안에 일곱 마리 칼새를 놓아 두었다. 마치 보송보송 솜뭉치들이 하나의 깃털 덩어리가 되어 촘촘히 모여 있다. 한 녀석은 옆에 있는 친구의 덜미깃털에 슬며시 부리를 갖다 대고 털을 다듬어 주려고 가까이 다가갔다. 그 장면을 보고 있자니, 어린 새들이 그렇게 서로 간절히 가까이 달라붙어 기분 좋게 쉬는 모습을 본 적이 없었음을 깨달았다. 그건 마치 자석처럼 끌려 서로가 서로에게, 날개와 날개끼리 지그시 몸을 붙이고 껴안는 것 같다.

주디스가 새끼 칼새를 하늘로 풀어 줄 때 즐겨 찾는 곳은 바로 그 동네 크리켓 경기장이다. 차로 가면 얼마 되지 않는 거리다. 마침 지역 팀 경기가 막 시작될 즈음에 우리가 도착하게 된다. 다행히 좋은 분들과 잠시 이야기를 나누었고, 크리켓 선수들은 경기를 잠시 멈추고 우리를 지켜봐 준다. 주디스는 상자에서 칼새를 데리고 나와, 솜털 같은 정수리 볏에 재빨리 행운의 입맞춤을 보내고 나서 나한테 전해 준다. 흔히 칼새를 풀어 줄 때 공중으로 높이 던지는 방식이라고 짐작하지만, 그런 행동은 만약에 그 새가 아직 떠나갈 준비가 되지 않은 상태라면 심각한 부상으로 이어질 수도 있다. 따라서 올바른 방법은 먼저 손바닥을 위로 들어 쭉 뻗어서 그 위에 새를 잘 받치고 있다가 바람이 부는 방향에 맞추어 가만히 기다리는 것이다.

밝은 대기 속의 칼새는 기이하기도 하고, 아무리 봐도 이 세상 생명체가 아닌 것 같다. 정말이지 부채꼴 모양의 깃털과 볼품없는 날개로 이루어진 작고 연약한 모습이다. 둥글게 몸을 구부린 새끼는 자그마한 발톱으로 내 손가락을 꼭 쥐고 있다. 그 깊은 눈은 마치 우주를 투영하는 우주비행사의 금빛 찬란한 헬멧의 바이저 같다. 이 어린 새는 무엇을 볼 수 있을까? 어쩌면 자기력선, 상승하는 공기, 날아다니는 벌레, 그리고 여름 폭풍이 올 것 같은 막연한 느낌이겠지. 그 아래 편평한 녹색 경기장은 새끼 칼새와 아무런 관계가 없다. 나는 손을 조금 더 높이 들어 올린다. 지금 내가 할 수 있는 일은 기다리는 것뿐이다.

새끼 칼새는 잠시 바람을 응시하더니 몸을 부르르 떨기 시작한다. 기대와 희망이겠지. 내 생각은 그랬다. 기능적으로 설명하자면, 지금 이 어린 새는 날아갈 채비를 하면서 흉부 근육을 예열하며 준비운동을 하고 있다. 정서적으로 설명하자면, 기대와 희망, 경이로움과 기쁨, 그리고 공포와 두려움이 함께 한다. 날개 깃털과 윤기 나는 옆구리 깃털 사이에서 자라는 예민한 모상우(毛狀羽)가 미풍에 스치면서, 어린 새는 난생처음으로 자기가 살아갈 자연의 요소를 느낀다.

눈에 띄게 변한 건은 아무것도 없었지만, 항공기 항공전자시스템에 전원을 켜면 온라인으로 연결되어 작동되듯 지금 어린 칼새에게도 어떤 일이 일어나고 있는 중이다. 라이트 깜빡입니다. 엔진 체크 하십시오. **체크 완료!** 하지만 새끼 칼새의 비행 준비는 이런 비유처럼 그렇게 곧바로 잘 이루어지는 건 아니다. 지금 내가 지켜보고 있는 생명체는 전혀 다른 차원에서 스스로를 새로운 존재로 만들어내고 있기 때문이다. 이 모습은 잠자리 유충이 물에서 기어 나와 스스로를 찢고 날개 달린 새로운 존재로 거듭나는 변모와 똑같은 장면이라고 생각한다. 의심할 여지없이, 이는 완전히 새로운 변화의 과정이다. 지금껏 종이수건과 플라스틱 상자를 자기 집으로 알고 지냈던 한 생명체가 이제는 수천 마일까지 쭉 뻗은 하늘과 공기를 보금자리 삼아 살아갈 엄청난 변화를 치르고 있다.

그런 다음, 칼새는 마음을 정한다. 여우처럼 날카롭고 작디작은 부리 끝을 위로 갸우뚱하더니 등을 둥글게 말고는 평평한 내 손바닥에서 훌쩍 뛰어내린다. 그리곤 고통스러운 듯 뻣뻣하고 삐걱거리는 모습으로 계속 몇 번이고 날개를 파닥거린다. 처음에 5초나 6초 동안에는 모든 게 잘못되었다는 느낌이 든다. 그 어린 새는 이제 겨우 풀밭 위, 1피트 높이에 있을 뿐인데 내 심장은 마구 빠르게 뛰고 있다. "위로 가! 위로! 하늘로 가!" 주디스는 소리를 지른다. 걱정 마. 아무것도 부서지지 않아. 우리는 그저 새 한 마리가 나는 법을 배우고 있는 장면을 지켜보고 있을 뿐이다.

동력전동장치를 당기듯이 살짝 어설프게 발걸음을 내딛더니 드디어 칼새는 날아오르기 시작한다. 저녁 하늘 새털구름과 나란히 줄무늬를 그리며 하늘 위로 높이 높이 빠르고 가볍게 날개를 친다. 하늘 위에서 나뭇잎처럼 흔들리며, 빛처럼 깜빡이며, 아지랑이처럼 어른거린다. 우리 머리 위에서 조심스럽게 둥근 원을 그린 다음, 이제 훨씬 더 높이 올라가 남쪽으로 직선을 그리며 날아간다. 크리켓 선수들이 박수갈채를 보낸다. 나는 물끄러미 내 손바닥을 내려다본다. 나를 떠나기 전에 발톱으로 꽉 쥐고 있던 엄지손가락 살집에 살짝 긁힌 자국이 남아 있다. 그렇게 내 손을 꼭 붙잡고 있었지. 내 손이 가장 마지막이 아닐까. 칼새는 앞으로 살아가는 세월 동안 많은 것을 접하겠지. 하지만 직접 만지고 닿을 수 있는, 그러면서 속 깊이 단단하고 순수하고 충실한 것으로는 어쩌면 이 손이 마지막일 것 같다.

38

염소

어릴 때, 염소들과 함께 놀기에 좋은 단순한 놀이 하나를 찾아냈다. 먼저 손바닥을 펴서 숫염소의 이마에 놓고 살짝 밀어 본다. 이렇게 밀면 염소도 따라서 밀어 준다. 조금 세게 밀어 보면 염소도 따라서 조금 더 세게 밀어붙인다. 마치 팔씨름이랑 비슷하지만 그것보다 훨씬 더 재미난데, 항상 이기는 쪽은 염소였다.

언젠가 아빠랑 다른 이야기를 나누던 중에 염소와 함께 손바닥 미는 놀이가 너무 즐겁다고 말했다. 그런데 아빠는 분명 이 얘기를 제대로 듣지 않고 한 귀로 듣고 흘려보냈던 것 같다. 그로부터 한 1년 뒤에 어느 날 아빠는 아주 시무룩하게 집에 와서는 **나한테** 화를 냈다. 그런 모습은 굉장히 드문 일이었다. 사진기자였던 아빠는 그날 런던 동물원에서 《연례 동물개체조사》에 쓸 사진을 찍었다. 그러다 어느 지점에서 우연히 동물원에 와 있던 다른 기자단과 함께 서 있게 되었다.

그리고 거기서 염소를 보게 된다.

그리고 아빠는 모든 사람들에게 이렇게 말한다. **여길 보세요.**

사실 나는 그때 그 놀이 방법을 아주 잘 설명하지는 못했었다. 그랬던 것 같다. 아빠는 주변 사람들이 모두 쳐다보는 가운데 염소의 이마에 손을 갖다 댄다. 그러자 염소가 슬쩍 민다.

이제 아빠가 정말 세게 밀어 본다.

그러자 염소가 넘어지고 만다.

긴 침묵이 흐른다. 그러다 동료 사진기자들과 저널리스트들의 한 마디에 그 침묵이 와장창 깨진다.

"**세상에**, 맥! 대체 무슨 짓이야?"

그 염소는 일어나서 아빠를 뚫어져라 쳐다보더니 냅다 도망친다. 그리고 당시 기자단은 아빠가 염소를 밀어 넘어뜨린 순간을 결코 잊지 않도록 해 주었다. 그건 전부 내 잘못이었다.

39

어느 골짜기에서

한 10여 년 전에 「빅토리안 팜」이라는 TV 리얼리티 프로그램이 있었다. 그때 나는 향수에 젖어 그 프로그램을 보면서 1997년 겨울의 생활 모습이 어땠었나 기억을 떠올리곤 했다. 그 시절은 그런 나날들이었다. 점심때가 되면 집에서 언덕 위로 걸어 올라가 양들을 살펴보고, 건초를 가져다주고, 닭 모이를 주고, 여물통과 물통에 얼어 버린 물 얼음을 깨고, 별채에 석탄을 채우고, 터덜터덜 안으로 들어가 레이번 렌지에 석탄을 채워 넣은 다음, 녹았다가 다시 얼어 버린 눈 때문에 바퀴자국이 선명하게 난 시골길을 따라 사무실로 다시 걸어 내려오곤 했다.

그때 TV에서는 「X파일」과 「프렌즈」, 팝 음악에서는 벡과 프로디지, 시사에서는 복제양 돌리와 다이애나비 죽음이 있던 시대였다. 나는 그때 막 대학을 졸업하고 온갖 도서관과 대학 휴게실의 희미한 불빛과 예비 시인들로 가득 찬 대학가 술집을 섭렵하고 다녔다. 젊었고 잘난 체하면서 자기도취에 빠져 지냈다. 나는 현실을 살아가고 싶었고, 진짜 일을 찾아 실제 세상에서 참되고 분별 있는 사람들과 일하고 싶었다. 그래서 웨일스 시골의 어느 송골매 보존 사육 농장에 채용되었을 때, 나한테 딱 맞는 완벽한 직업을 찾았다고 확신했다.

물론 그 시절을 자주 생각하는 건 아니다. 하지만 성격 문제로 서로 어울리지 않는 동료들이 달리 가야 할 곳도 없는 우주 한복판 비행선에서 참고 견디고 있는 어느 SF영화를 보고 있으면 항상 그때가 떠오른다. 그 시절 내 생활이 그 영화와 판박이였다. 물론 이따금 다함께 차를 타고 스완지로 쇼핑을 나가기도 했다. 당시 우리는 일주일 내내 꼬박 쉬지 않고 일했다. 그건 정신 건강에 좋지 않았지만, 적어도 우리가 좋아하는 일을 하고 있다며 스스로를 달랬다. 또 가끔은 인근 건설업자가 우리 부엌문 밖에서 투덜거리던 말을 그대로 따라 큰소리로 주문을 외치곤 했다. "이놈의 집을 어서 허물어야지, 원. 완전히 엉망이야."

그 집은 농장주 부부의 것이었다. 집 전체는 자갈을 섞은 시멘트로 마무리한 상자 형태였고, 외벽에는 녹조류 자국이 길게 나 있었다. 소나무 목재판을 붙인 부엌과 천정이 낮은 거실에는 레이번

레인지, 갈색 비닐 소파, 눈이 팽팽 돌아가는 1970년대 카펫이 깔려 있었다. 술에 취한 날이면 꼭 그 카펫에 몹쓸 짓을 하곤 했었다. 그 땐 그곳이 나의 보금자리였기 때문에 그 집을 좋아했다. 내가 거기에 머무르던 마지막 시절엔 비가 내리면 천정에서 카펫까지 빗방울이 구슬 달린 커튼의 주렴처럼 후드득 떨어지곤 했지만, 그래도 좋았다. 그뿐인가. 누군가가 문을 열면 오븐에서 쥐가 뛰쳐나오는 바람에 너무 놀라 아연실색한 채 서 있기도 했지만, 그래도 좋았다. 여름이면 목가적인 분위기가 만들어지기도 했다. 침실 창밖, 전화선 위에서는 참새들이 지저귀며 부리로 깃털을 단장하고 있었다. 하지만 대개 겨울에는 너무 추워서 누비이불을 동굴처럼 두르고 그 안으로 헤어드라이어의 따뜻한 기운을 넣어야 겨우 잠들 수 있었다. 그렇다고 건조한 집도 아니었다. 농장주는 송골매를 집으로 데려오지 말라고 했다. 송골매의 호흡 구조가 예민한 탓에 직원들이 살았던 공기에는 잘 적응할 수 없었기 때문이었다.

그 집은 깎아지른 이암(泥巖) 골짜기 맨 꼭대기의 거친 초원에 덩그러니 서 있었다. 우리 뒤로는 짙은 수풀산림과 풀숲 덤불 벌판이 펼쳐져 있었다. 거기에서 농장주는 잡종 황소 몇 마리를 키웠는데 한 달이 지나고 또 한 달, 황소들은 시간이 갈수록 점점 성질이 사나워졌다. 가끔 황소를 잃어버리기도 했다. 황소 입장에서 보자면 말 그대로 산울타리 사이를 왔다 갔다 하는 것이지만, 우리 눈에 보이지 않았으니 잃어버린 셈이었다. 우리 중에 농사를 짓거나 가축을 키워 본 사람은 없었다. 그래도 최선을 다했다. 저녁이면 먼 길을 걸어 펍에 가서 맥주를 마시고 포켓볼을 치고는 몇 시간 되지 않아 다시 걸어서 돌아오곤 했다. 그러다 집주인이 우리가 그렇게 하는 걸 싫어해서 막아 버렸다. 심지어 우리 말고 다른 사람들조차 그곳에 가는 걸 마땅치 않게 여기는 바람에 그 펍은 문을 닫고 말았다. 여기까지가 그 시절 이야기를 최소한으로 해 본 정도다. 그때 일어났던 수많은 일들은 누가 들으면 동화책에 나오는 이야기라고 할 것 같아서 이쯤 해야 할 것 같다.

나는 그곳에서 4년을 일했다. 그 기간 중에 매년 여름이 되면 매에 푹 빠진 자원봉사자들이 몰려들었다. 그들 중에는 멕시코 명문가 출신의 수의대 학생도 있었고, 키르기즈 공화국 출신의 킥복싱 챔피언도 있었고, 허구한 날 욕실에서 수음에 빠져 있는 바람에 밖에서 욕실 문을 쾅쾅 두드리면서 나오라고 고래고래 소리를 질러야 했던 청년도 있었다. 그들 모두 남자였다. 그리고 내가 그곳에 도착하고 몇 달 뒤에 퇴사한 생물학자를 제외하면 붙박이 직원들도 죄다 남자였다. 사무실에는 나 말고 빼빼 마르고 짙은 머리칼의 북부 출신 직원이 함께 있었다. 그는 틈틈이 박사과정 공부를 하고 있었고, 결국 나와 연인 관계가 되었다. 다른 사람들은 모두 새들과 함께 밖에서 일했다. 잉글랜드 북동부 타인사이드 출신의 열정 넘치는 친구도 있었는데, 럭비 경기장에서 가장 올바른 마음가짐이란 **"자,**

팔을 부러뜨리러 가자!"라고 설명해 주곤 했다. 해병대 출신의 강단 있는 친구도 있었는데, 송골매의 인공수정과 배양 같은 복잡한 일을 능숙하게 잘하고 번식 프로그램도 그럭저럭 해내곤 했다. 한데 밥을 지을라치면 언제든 쌀이 들러붙게 하는 이상한 능력이 있어서 본인도 난처해하고 사람들도 거듭 실망을 했다. 어릴 적 이동주택 캠프장에서 성장한 깡마른 청년도 있었는데, 힘든 상황을 순순히 받아들이는 좋은 기질과 유머 감각을 발휘하곤 했다. 그는 하루 종일 조류사육장 여기저기에 튀긴 오물을 고압수로 씻어 내는 일을 하며 보냈다. 언젠가 복권에 당첨되면 자기한테 포드의 신형 피에스타를 선물로 사 줄 거라고 말했다. 짐바브웨의 백인 담배 농장 집의 씩씩한 아들도 있었다. 그는 반바지를 입고 장화를 신은 채 발을 구르며 춤을 추곤 했다. 그리고 동성애를 받아들인다는 건 타락하고 저주받은 사회의 징표라는 의견을 피력하기도 했다. 조용한 성격의 남아공 사람도 있었는데, 우리한테 남아공 특유의 작게 썬 고기를 카레와 양념으로 조미한 요리인 **보보티**를 해 주기도 했고, 특별히 헝가리 민속 음악을 좋아했다. 그는 도착한 첫날 너무 추워서 말 그대로 온기를 유지하려고 레이본 레인지를 거의 껴안다시피 했어도 결국 돌담을 새로 짓고 비둘기 새끼들을 돌보면서 우리의 스파르타식 생활에 적응했다. 이곳이 내가 그토록 소망했던 진짜 현실 세상이었다. 그리고 이들이 내가 대학을 졸업하고 학계를 떠나 만난 바로 그 참되고 분별 있는 사람들이었다.

언젠가 몹시 추운 날이었다. 눈은 산울타리 위로 높이 쌓였고 벌판에는 북극에서 날아 온 연약하고 메마른 개똥지빠귀들이 여기저기 흩어져 있었다. 사람이 얼어붙을 정도로 너무 추워서 스스로 감당하기가 힘들어지면 갑자기 설명할 수 없는 분노가 치밀어 오르게 된다. 나는 그때 어떻게든 그걸 가라앉힐 만한 엇비슷한 뭔가를 찾느라 이리저리 바쁘게 움직이면서 한순간에 감정이 폭발하고 말았다. 그래서 결국 내 손으로 석탄 덩어리를 밀어 넣어서 최대한 화덕을 채웠다. 그리고 모든 공기 배출구를 최대한 넓게 활짝 열어 놓고 다시 일하러 돌아갔다. 내 안의 한쪽에서는 이런 짓은 현명하지 않다고 말하고 있었다. 사실 그건 그다지 슬기로운 처사가 아님을 잘 알았다. 일을 마치고 집에 돌아오자 집 안은 연통 주변 벽지에서 피어오른 연기로 꽉 차 있었다. 하지만 레이번 레인지는 우리의 친구였다. 그것은 우리가 쓰는 물을 거의 금성 표면 온도 급으로 가열시켜 주었고, 때때로 그 자체로 전기가 나갈 때도 있었지만 정전이 되었을 때는 우리의 구세주였다. 심지어 그 안에서 닭요리도 했다. 아직 모상우(毛狀羽)가 뻣뻣하게 서 있는 연골질의 어린 수탉, 우리가 키우던 그 어린 닭을 어설프게 털을 뽑아 요리하고는 촛불 옆에서 스토아학파처럼 금욕적인 태도로 의연하게 우걱우걱 씹어 먹었다.

사무실 안에는 거대한 회색빛 퍼스널 컴퓨터 두 대가 있었고 인터넷 연결이 되었지만, 얼마나 성능이 약하고 속도가 느린지 음성파

일 하나 내려 받는 데 사흘씩 걸렸다. 거기서 우리가 했던 일은 매력적이고 진지하게 해 볼 가치가 있는 것이었다. 그 무렵 구소련이 붕괴되면서 송골매의 일종인 바다매의 사육 영역이 확대되었다. 그리하여 조직화된 밀수은닉 거래 집단이 바다매에게 손을 뻗을 수 있는 상황이 전개되었다. 그 결과 송골매의 개체 수는 급락했다. 우리는 그 급락 상황을 조사하기 위해 송골매 분포 범위를 오가는 현장대응 팀을 관리했고, 지속가능성 교육 프로그램을 운영했으며, 매년 가을마다 영국 내에서 사육한 수백 마리의 송골매를 걸프만으로 보냈다. 그래서 걸프만 국가에서 야생으로 사냥한 매류를 거래하는 전통 시장의 역할을 약화시키려고 무진 노력을 다했다.

나도 송골매들과 함께 그 지역으로 이동했다. 야간 조명을 밝힌 보잉 747 조종실에 앉아 있던 기억이 선하다. 그때 그 조종사는 항공기는 밤중에 어둠 속에서 불빛을 점멸하는 방식으로 서로에게 인사를 나눈다고 설명하면서 핑크색 장미를 건네주었다. 그러더니 불빛을 점멸할 수 있도록 나한테 스위치를 움직이게 해 주었다. 그 때, 내 심장은 저 멀리 수천 피트 상공까지 높이 올라가 어떤 대답도 할 수 없었다. 아부다비는 어스레하고 칙칙한 곳이었다. 그 무렵 한창 해안가 사막 마을에서 공상과학소설에나 나올 법한 고층건물이 빽빽한 대도시로 완전히 탈바꿈하는 중이었다. 나는 절벽 낭떠러지에 접한 도로 위 전망 좋은 객실에 묵었는데, 거기에서 바라보면 아부다비에서 가장 오래된 건물 중의 하나가 보였다. 바로 1972년에 낮은 콘크리트로 지은 영국 대사관이었다.

나는 그때 아랍 에미리트에서 현지 매부리들과 함께 매와 자연 유산에 대하여 대화를 나누며 보냈던 시간을 소중히 간직하고 있다. 하지만 걸프만에서 특별한 시간을 보낼 수 있다는 이유로 그 농장에서 일했던 것은 아니다. 거기에 4년이나 나를 머물게 한 것은 바로 매였다. 매는 나뿐 아니라 우리 모두를 그곳에 묶어 두는 단 하나의 이유였다. 경마 조련사들이 말하듯, 젊은이들은 자기 열정의 대상과 함께 일할 수 있다면 거의 모든 상황을 참고 견딜 것이다. 해마다 우리는 매 몇 마리를 직접 기르고 사무실 안에서도 키우곤 했다. 간혹 내 컴퓨터 키보드 위에서 보송보송 어린 새가 푹 잠들어 있는 모습을 발견하면 그 녀석의 잠을 깨우려고 부드럽게 살짝 찌르기도 했다. 그러다 키보드로 문서 작성 작업을 할 수 있게 조금만 움직여 달라고 부탁할라치면 짜증내듯 찍찍거리면서 허공에 날개 먼지를 파다닥 날려 보내던 모습도 기억난다. 이따금 종이를 공처럼 돌돌 말아서 얇은 바닥에 굴려주면, 날개를 반쯤 펴고 뒤뚱뒤뚱 몽땅하게 달려와서 아직 완전히 갖추어지지 않은 두 발로 굴러가는 그 종이 공을 꽉 붙잡고서 엄청 즐거워하며 지저귀던 모습도 잊히지 않는다. 그 새들이 있었기에 그곳 사무실은 일하며 지내기에 훨씬 더 좋았다. 하지만 번식 시기는 매를 관리하는 직원들에게 잔인한 계절이었다. 밤중에는 이제 갓 부화한 새끼들에게 모이를 주기 위해 교대로 잠을 자야 했다. 그렇게 몇 주가 지나면 담당 직원들은 너무 지쳐서 새끼들에게 먹이를 주면서도 졸게 되었다. 두 팔을 접은 채 그냥 머리만 올려놔도 졸음이 쏟아졌고, 소파 위에서 단숨에 기절하듯 잠이 들어서는 쿠션에 조용히 침을 흘리기도 했다. 그들은 봄철 내내 한 아름의 인스턴트커피와 정크 푸드로 연명했다. 그리고 냉동 메추라기를 갈면서, 종이수건을 교체하면서, 부화기 온도를 확인하면서, 먹이를 찾는 송골매의 작은 입안을 채우고, 또 채우면서 찬란한 봄을 보내야만 했다.

나는 그 농장에서 많이 배웠다. 그중에서 맹금 생물학과 송골매 사육은 정말 확실했다. 그뿐 아니라 몇 안 되는 동료들과 일하는 법, 그리고 그 일을 사랑하는 법도 배웠다. 펍에서 틀어 주는 TV로 프리미어리그 축구 경기를 보면서 즐기는 법을 새롭게 알았고, 덤으로 축구에서 오프사이드 규칙의 정확한 속성을 이해하게 되었다. 또한 양을 세는 일은 보기보다 더 어렵다는 사실을 알았고, 어떤 양은 다른 친구들보다 더 잘 생겨 보인다는 점도 새삼 알게 되었다. 농장의 반대편 벌판 맨 아래쪽에는 젖은 잔디가 있었는데 거기엔 도요새가 살았고, 더 깊은 물속에는 멧도요새가 골짜기 수풀 속에서 체질하듯 땅속의 지렁이를 찾아 콕콕 대고 있었다. 멧도요새의 등은 엄지손가락 지문과 고사리류의 길게 갈라진 잎 모양을 닮은 무늬가 나 있었다. 나는 알고 있었다. 언젠가 이곳을 떠나겠지. 하지만 오랫동안 그 일은 마치 언젠가 결혼해야지, 혹은 언젠가 아이를 가져야지, 이런 개념처럼 별다른 문제가 없는지 아직 조사나 검토를 완전히 거치지 않은 어렴풋한 생각에 불과했다. 그 암시가 명확해지게 된 데에는 이곳 삶에 대한 불만이 점점 커져 간 때문이 아니라, 뜻밖에 타조와 연관되어 발생한 무서운 사건 때문이었다.

그렇다. 거기에는 타조들이 있었다. 웨스트 웨일스의 습한 골짜기에서 타조를 발견하기란 불가능한 것 같았지만, 농장주 부부는 목초지의 일부를 타조 농장으로 용도 변경했다. 그때가 갑작스럽게 영국에서 타조가 유행하던 시기였다. 당시 타조 스테이크가 차세대 건강 음식으로 보도되면서 그 유정란은 무려 개당 100파운드에 팔렸다. 한데 누구나 예상할 수 있었다. 머지않아 타조 사육 시장은 포화상태에 이르고 결국 가격은 급락하고 타조 농장의 대부분이 힘들어질 것이다. 재앙이 일어날 기미는 이미 감돌고 있었다. 나는 어느 날 밤에 함께 갔던 웨일스 타조 농장주 사교 모임의 기억만 떠올리면 몸이 떨려온다. 거기에서 매끈한 신사복을 입은 남자가 카시오의 오르간으로 곡조를 연주하는 동안, 옛날에 양을 키우던 농장주들이 서글프게도 타조 스테이크를 씹으면서 심장약을 삼키고 있었다.

타조는 진짜로 위험하다는 점에서 송골매와 차원이 다르다. 그래서 사육장 주변을 둘러싸고 올린 철망 울타리 맨 밑바닥에는 사람들이 들어갈 만한 틈이 있었다. 혹시라도 타조가 사람을 뒤쫓을 경우에 그 구멍 안으로 굴러 들어갈 수 있도록 하기 위함이었다. 나는 타조를 관리하는 일과 관련이 없었지만, 때때로 사육장 경계선을 따라 철망 울타리를 확인해 달라는 요청을 받았다. 부끄럽지만 이제는 인정한다. 그때 나는 마치 영화 「쥬라기 공원」처럼 최첨단 컴퓨터 통제 장치가 작동하는 전기 철장을 따라 걸어가고 있는 척했었다. 그냥 그 작업을 좀 더 재미있는 일로 만들려고 스스로 가장했던 것이다.

어느 날 아침, 농장 안주인 일행과 함께 바로 이 작업을 하던 중에 예의 그 사건이 발생했다. 우리는 저 멀리 언덕 위, 땅에 어떤 덩어리가 놓여 있는 모습을 보았다. 그쪽으로 점점 가까워지자 그 덩어리의 정체가 밝혀졌다. 밟아 뭉개지고 피가 흥건한 진흙 한가운데에 암컷 타조 한 마리가 누워 있었다. 불쌍한 타조는 아마 전날 밤에 철망에 발이 걸려 두렵고 무서운 가운데 빠져나오려고 애를 쓰다가 그만 다리를 부러뜨리고 말았던 것이다. 타조는 아직 살아 있었다. 어쨌든 땅 위로 머리를 들어 올린 상태를 유지하고 있었으나, 목의 대부분은 이미 흙먼지 속에 납작한 상태로 놓여 있었다. 복잡한 경골 골절은 너무 적나라하게 드러났다. 붉은 근육은 갈가리 찢기고 흰 뼈는 산산이 부서진, 그야말로 혼돈 상태였다. 나는 곧장 최대 응급 상황으로 다가갔다. 주머니를 뒤져 인근 사진관 로고가 찍힌 작은 펜나이프를 꺼냈다. 그것을 열고, 주변에서 큰 바위를 집어 들고는 타조의 의식을 없애기 위해 머리 위를 내리쳤다. 그다음, 무릎을 꿇고 타조의 고통을 없애 주기 위해 목구멍을 끊었다. 열쇠고리 타입의 신상 펜나이프는 그리 날카롭지 않았다. 그래서 시간이 한참 걸렸다. 이것 말고 할 수 있는 게 아무것도 없을 때 이 마지막 방법을 쓰게 된다. 나는 자리에서 일어나서 가만히 지켜보았다. 타조의 다치지 않은 한쪽 다리가 계속 발길질을 하다가 어느새 조용히 멈추었다. 그렇게 서서히 약해지면서 이 세상에서 멀어져 가는 모습을 보고 있으려니 터무니없는 운명의 공허함이 밀려왔다.

그렇게 타조가 떠나간 자국 속에 거짓 하나 없이 너무도 견디기 어려운 슬픔이 썰물처럼 밀려와 나를 놔주지 않았다. 이렇게 다리를 부러뜨릴 수는 없는 거야. 이렇게 밤새 고통스럽게 지낼 수는 없는 거라고. 아니, 원래부터 여기에 이렇게 있으면 안 되는 거였어. 그래선 안 되는 거였다고! 피 묻은 진흙이 청바지 앞으로 계속 흘러내렸고, 내가 그걸 손으로 문질러 닦는 모습을 영혼이 분리된 듯 쳐다보았다. 그런 다음, 고개를 들었더니 내 눈 앞에 몹시 괴로워하는 안주인의 얼굴이 보였다. 나는 거기에 안주인이 있었다는 사실 자체를 완전히 잊어버리고 있었다.

아! 어쩌지. 그제야 정신이 들었다. 그리고 생각이 났다.

한마디로 지휘계통이 무너져 버린 것이었다. 나는 그저 일개 고용된 직원일 뿐이라는 생각, 그 환하고 맹렬한 감각이 불길처럼 타올랐다. 그 순간 세상에서 가장 가혹한 숙명과 불가피한 필연성이 탄생했다. 나는 꿈에서 깼다. 아무리 회피하려 해도 소용없었다. 현실은 현실이었다. 우리는 아무 말 없이 다시 걸어 내려왔다. 그날 아침 이후로 지금까지 내가 생활하며 일했던 농장에 대해 절대 예전 같은 마음을 갖지 못했다. 이곳을 벗어나야 한다는 욕망으로 심장의 한쪽은 늘 술렁거리고, 두근거리고, 퉁퉁퉁 소리를 냈다. 마치 헛간에 갇힌 새가 된 것 같았다. 그로부터 몇 달 후에 사직서를 제출했다. 그 전에 농장주는 내가 인근 지역 대학의 비서직 관련 학과에 등록을 했으면 좋겠다고 은근히 회유했다. 물론 말도 안 되는 소리였다. 그는 그 말 때문에 오히려 내가 떠나는 날짜를 서둘러 앞당겼을 것이라 짐작하겠지만, 결국 나를 떠나게 만든 건 언덕 위에서 고통 받고 있던 그 타조였다.

어느 텅 빈 여름날 저녁이었다. 나 말고 다른 사람들은 전부 시내에 술을 마시러 나가고 없었다. 나는 함께 가고 싶지도 않았고, 그냥 혼자 집에 있기도 싫어서 농가 뒤쪽의 숲으로 산책을 나갔다. 내 삶이 지겨웠다. 너무 지쳐서 내가 지쳐 있다는 사실조차 알지 못했다. 나는 **뭔가를** 해야만 했다. 그때 저 멀리 산기슭 언덕 쪽에서 수송아지 무리가 보였다. 너무 오랫동안 자기들끼리 지내왔기 때문에 이제는 거의 완전히 야생 송아지와 같았다. 바로 그 순간, 그 계획이 나를 단단히 사로잡았다. 나는 머리로 계산을 해 보았다. 골짜기는 어두웠다. 언덕의 산마루는 옅은 햇빛 때문에 아직 밝았다. 바람은 내 얼굴을 향해 불었다. 내가 위장할 거리나 가릴 수 있는 보호물은 주변에 그리 많지 않았다. 그걸 하게 되는 거야? 그래, 할 거라고.

나는 자작나무 덤불 속으로 더 깊이 미끄러져 들어가 수송아지 무리를 향해 몰래 다가가기 시작했다. 잠시 후에 고사리 잎을 한 움큼 쥐고는 뻣뻣함이 가실 때까지 두 손으로 뜯고 비틀었다. 그리곤 그걸 내 티셔츠 안에 말아 넣었다. 그렇게 하니 내 머리는 반쯤 가려졌고, 내 손은 고사리 즙에다가 모래 먼지까지 뒤엉켰다. 그러고 나서 진흙 한 움큼을 집어서 얼굴에 분처럼 발랐다. 나는 거의 「지옥의 묵시록」에 나오는 윌러드 대위로 변신했다.

그건 정말이지 어마어마한 잠행 추적이었다. 은폐, 잠복, 위장의 단계를 거치는 장대한 서사시였다. 갑작스러운 움직임은 없었다. 더디긴 해도 모든 상황이 서서히 확실한 일로 변해갔다. 목표물이 300야드 정도 안에 들어왔을 때, 나는 손과 무릎을 꿇고 기어갔다. 훨씬 더 가까이 접근했을 때는 배를 땅에 깔았다. 그러고 한참 동안 전혀 움직이지 않은 상태로 보냈다. 오랜 시간 동안 조용히 움직이지 않은 상태를 유지하는 것이 그 책략의 가장 중요한 부분이었기 때문이다. 나는 이 잠행 추적이 정말 재미있을 거라고 기대했었다. 하지만 그게 진짜로 마음을 바꾸어 버리는 경험이 되리라고는 전혀 예상하지 못했다. 내가 매번 움직임을 멈출 때마다 세상도 나를 둘러싸고 잠시 가라앉았다가 조금씩 진동했다가 가만히 정지했다. 그때 나는 막연히 느슨하게 흩어지는 느낌을 받았다. 나는 특별한 존재가 아니라 그저 나뭇잎과 먼지와 돌로 이루어진 사물에 지나지 않았다. 물론 그 순간은 그런 느낌을 전혀 받지 못했지만, 지금 생각해 보면 그때 그 상태는 믿기 힘들 정도로 불편했을 것이다. 아닌 게 아니라, 나중에 보니 한쪽 팔에, 어디서 그랬는지 알 수 없는 찢긴 상처에서 피가 흘러내렸다. 게다가 무릎은 그 후로 몇 주 동안 내내 욱신욱신 아팠다. 하지만 나는 계속 버텼다. 이제 수송아지 바로 코 앞에 도착했다. 이제 거의 그 무리 속에 **들어와 있다고** 해도 과언이 아니었다. 그들은 엉겅퀴 풀밭 속에 앉아서 마른 진흙이 묻은 옆구리 쪽으로 꼬리를 홱홱 던지듯 치기도 하고, 되새김질을 하기도 하고, 귀를 쓱 움직여 보기도 했다. 암소 냄새가 은근히 강하게 밀려왔다. 나는 정말이지 내내 기어 왔다. 오는 길에 소똥이 얼마나 많았는지는 굳이 말하지 않겠다. 하느님만 아시겠지. 그리고 이제 수송아지 얼굴에 앉은 파리와 송아지의 긴 속눈썹이 보일 만큼 엄청 가까이 왔다.

그리고 바로 그때, 마음속에 준비한 그것을 실행했다. 땅에서 풀쩍 뛰어올라 두 팔을 흔들며 마구 **소리를 쳤다.** 웨일스의 낮은 저녁 하늘 아래, 깜짝 놀란 수송아지 무리 앞에서 나는 뜬금없이 손으로 직접 찢어 만든 위장복을 입고서 마구 몸을 흔들고, 얼굴에 진흙을 잔뜩 바른 무시무시한 유령과 같았다. 수송아지 무리는 허둥지둥 일어나, 그 상황에서는 너무도 당연한 공포를 느끼며 음매 하고 울면서 우르르 몰려갔다. 한꺼번에 무리의 발굽이 움직이자 땅이 쿵쿵 울리고 흔들렸다. 정말이지 **완벽했다.** 수송아지 무리는 허둥지둥 날뛰며 미친 듯이 죽어라 하고 언덕 위로 맹렬하게 뛰쳐나갔다.

그 무리가 그렇게 전속력으로 날뛰다가 시야에서 완전히 사라질 때까지 그들을 향해 고래고래 소리를 지르고 또 질러 댔다.

하느님께 맹세하건대, 그건 정말이지 내 평생 했던 일 중에서 가장 흡족한 일이었다. 그리고 나는 기운이 다 빠져 흐느적거리며 농장으로 돌아왔다. 너무 히죽거리며 웃느라 입가가 찢어졌고 엉겅퀴 가시와 아드레날린이 한데 엉켜 윙윙거렸다. 그대로 욕조에 들어가 그 안에 누워서 진흙을 말끔히 씻어 없앴다. 그리고 아드레날린이 가라앉을 즈음에 비로소 깨달았다. 왜 그런 짓을 했을까? 도저히 알 수 없었다.

지난 세월, 몇 사람에게 이날의 어처구니없는 이야기를 들려주었다. 옛날에 내가 얼굴이랑 몸에 진흙과 나뭇잎을 잔뜩 묻히고 언덕 위의 수송아지 무리를 뒤쫓아 간 적이 있었어. 그 이야기만 들으면 조금 불안정하고 마음의 균형을 잃은 듯 정신에 조금 문제가 있어 보이긴 하지만 그 당시에는 균형이나 균형감각은 결코 내가 내세울 만한 장점이 될 수가 없었다. 그때 나는 확실히 특정 유형의 장기적 우울감과 고립된 공허함을 계속 느끼던 중이었다. 그러므로 그 문제의 타조 이야기는 거의 절대로 꺼내지 않는 편이다. 언젠가 어떤 친구는 그 이야기를 들으면 내가 사이코패스처럼 들린다고 했다. 나는 그 말에 정곡을 찔린 듯 반발했다. "아니지. 그 이야기의 핵심은 당연히 그 반대지. 뭐, 이렇게 저렇게 해야 한다는 당위성은 일단 제쳐두고 그건 우리 중에 어느 누구도 죽음에 익숙해지지 않았음을 보여 준 거잖아. 그래, 그건 진짜로 핵심이 아니라고. 핵심은 우리가 누구이든, 우리가 반드시 해야 하는 상황이라면 우리가 할 수 있다고 감히 생각지도 못한 진짜 어렵고 힘든 일을 다 해낼 수 있다는 거야."

친구들은 눈썹을 치켜올리며 발끈했다. "바위와 신상 주머니칼로 타조를 죽이는 일 같은 것 말이지?"

나는 설명하려고 무진 애를 썼다. 모든 선택지가 어쩔 수 없이 하지 않으면 안 된다는 쪽으로 좁혀질 때, 어느 사이 다른 대안에 대해선 생각조차 할 수 없는 지점이 찾아온다. 하지만 친구들은 느릿느릿 이렇게 답하면서 공감하지 못했다. "그래. 근데 그렇게 말하니까 훨씬 더 심각하게 들리는데."

요즈음 우리 대부분은 파리보다 훨씬 더 큰 동물을 감히 죽이지 못하는 건 명백한 사실이지만, 따져보면 오늘날 인류는 과거 어느 때보다 더 많은 동물을 살상하고 있다. 이를테면 해마다 전 세계에서 650억 마리의 닭이 희생된다. 그리고 우리가 상상할 수조차 없다고 생각한 일들이 어느 순간 정말로 그런 것만은 아니라는 걸 알게 되고, 결국 우리는 다들 어느 순간엔 그런 일을 할 수 있다는 점도 명백한 사실이다. 하지만 그 또한 그 이야기의 핵심이 아닌 것은 매한가지다.

핵심은 단 하나, 타조와 송아지 무리가 아니었다면 나는 그 농장에서 절대 벗어나지 못했을 것이다.

나는 이런저런 여행을 다니면서 만나는 낯선 사람들과 슬픔과 새, 사랑과 죽음에 대한 이야기를 나누곤 했다. 많은 이들이 마음을 활짝 열고 자신이 동물과 나누었던 의미 있는 만남을 들려주었다. 그중엔 까마귀나 부엉이, 매나 곰도 있었고 해오라기나 고양이, 여우도 있었으며 심지어 나비와의 교감도 있었다. 그 하나하나의 마주침은 그 사람이 세상과 맺는 방식에 있어서 미묘하지만 완전히 판을 바꾸는 변화를 예고했다. 더구나 대부분의 경우 그 사람이 굉장히 힘든 시련을 겪는 시기에, 그리고 평소 같았으면 아예 가지 않았을 그런 곳에서 동물들이 나타나곤 했다.

한 여성은 병원에서 사랑하는 부모의 죽음을 겪은 후에 외로운 기러기 한 마리가 바깥의 작은 마당에서 나머지 무리를 미친 듯이 찾으려 울부짖는 소리를 들었다고 했다. 기러기는 그곳을 벗어나 도시의 지붕선 너머로 사라질 때까지 내내 쓰라리게 울어 댔다. 한 남성은 어떤 장례식에서 관 아래로 날아든 까치 이야기를 들려주었다. 까치는 애도하며 슬퍼하는 사람들을 정면으로 응시하면서 한참 동안 거기에 앉아 있었다. 비행 면허증을 받지 못한 베테랑 헬리콥터 파일럿은 어느 날부터 매일 검은야생매가 찾아오기 시작했다는 이야기를 해 주었다.

나는 아주 오랫동안 이런 의미 있는 만남이 그저 확증 편향의 사례일 뿐이라고 짐작했다. 깊은 영향을 주는 어떤 일이 실제로 일어났을 때, 당신은 주변의 사물과 상황 속에서 의미를 찾으려고 할 것이다. 그리고 바로 그때 거기에 항상 있었지만 예전에는 미처 알아채지 못했던 동물들을 보게 될 것이다. 한데 그런 이야기를 더 많이 들으면 들을수록, 확증 편향이라는 설명만으로는 어쩐지 불편한 기분이 들기 시작했다. 그러다 깨닫게 되었다. 동물들이 뜻하는 의미에 대하여 보다 조심스럽고 신중하게 생각을 해야겠구나! 물론 언젠가 원숭이올빼미가 슬픔에 빠진 자기 아들을 쳐다보려고 고개를 돌렸다는 이야기를 들으면서, 아마 그 새는 계속 날갯짓을 하며 날아가려다 그저 잠시 놀랐던 것뿐이라고 생각하긴 했다. 하지만 내 생각이 맞다 하더라도 그 순간, 동물과 사람 사이에는 서로를 쳐다보고 있는 것 이상의 더 많은 교감과 나눔이 분명 있었을 것이다.

요즈음 우리는 동물의 의미를 너무 팍팍하게 엄격한 울타리 안에 몰아넣었다. 그러고는 그런 동물의 의미는 서로 절대 닿으면 안 되는 별개의 인식론으로 바꾸어 버렸다. 가령, 유라시아늑대를 두고 한편으론 무리를 이루며 사는 군거성 갯과[犬科]의 동물로 간주할 수도 있고, 또 한편으론 심오한 영적 의미를 품은 원형으로 볼 수도 있다. 하지만 과학자들은 대개 마법이나 마술을 거론하지 않는 편이고, 뉴에이지 추종자들은 동물생리학이나 행동에 대한 지속적 연구에 별로 신경 쓰지 않는 경향을 보인다. 물론 그렇더라도 과학은 필요하다. 과학은 계속 달라지고 있는 세상의 복잡한 양상을 이해하고, 그 세상에 아직 남아 있는 동식물을 보존하려면 무엇이 최선인지 결정하는 데 도움을 주기 때문이다. 그런데 이것만으로는 부족하다. 세상에는 항상 그보다 더 많은 의미와 맥락이 존재한다.

어쩌면 역사상 16세기의 한 양상이 깊이 생각해 볼만한 가치가 있을 것 같다. 16세기는 상징적 자연사라는 형식이 가장 크게 꽃피웠던 최후의 시기였다. 그 당시에 사람들은 동물을 그저 단순한 창조물이 아니라 그 이상의 의미로 생각했다. 말하자면 살아 숨 쉬는 각각의 종은 거대한 세상 속에서 풍요로운 의미와 관계의 구조, 그 중심에 있었고, 이 세상에 이러저러한 뜻으로 알려진 온갖 만물과 그 만물이 인간에게 의미하는 바를 연결해 주었다. 여러 문헌 속 알레고리와 성경에 입각한 내용이 그랬고, 속담과 격언이 그렇게 나왔으며, 개개인의 사사로운 문제에도 어김없이 등장했다.

그 문제의 타조와 송아지 무리는 원래 그들만의 세상을 살아가고 있었으며, 분명 그들만의 이야기를 가질 만한 가치가 있는 존재였다. 하지만 그들은 또한 나에게 상징이자 신호였다. 나의 잠재의식은 그 신호를 암울한 환경 때문에 만들어진 매일 매일의 몰이해 상황에서 한시라도 서둘러 어서 빨리 나가라는 뜻으로 읽어냈다. 그 시작은 동물들과의 만남이었으며, 그 만남은 지극히 개인적인 진리로 변했다. 그리고 그 진리의 본질은 특별했다. 하지만 그것은 정신과 의사와 나누는 대화를 통해서 힘겹게 얻어질 수 있는 그런 성질의 것이 아니었다. 그렇다고 어떤 신성한 의도를 드러내는 것도 아니었다. 아마 타로 카드 정도가 그것과 가장 비슷하지 않을까 생각된다.

타로는 주역과 비슷하게 매우 특이한 사회문화적 위치를 점하고 있다. 과학자, 작가, 변호사 등 내가 만난 저명하고 탁월한 사람들 중에서 정기적으로 타로를 찾는 경우가 많았다. 하지만 그들은 이 사실을 입 밖에 내지 않으려는 경향을 보인다. 왜냐하면 타로 카드를 읽는다는 것은 고상하고 세련된 사교 집단에서 논의하기에는 너무 **간청하거나 애쓰는** 느낌이 들기 때문이다.

나 역시 타로를 활용하곤 한다. 그렇게 자주는 아니었지만, 타로 카드가 미래를 점치는 데 거의 아무런 소용이 없다는 사실쯤 충분히 알 만큼은 해봤다. 그리고 흥미롭게도 당시엔 스스로 느끼지 못했던 감정, 그러니까 나의 가장 깊은 존재의 상태를 타로 카드가 어떤 식으로 정확하게 반영하는지 확인할 수 있었다. 이런 일이 어떻게 가능한지 그 기제를 알 수 없지만, 그럼에도 불구하고 타로가 여러 측면에서 우리한테 아주 신중하고 조심스럽게 주의를 기울여야 한다는 메시지 정도는 줄 수 있다고 믿고 싶은 쪽으로 마음이 크게 기울게 되었다.

동물과의 만남은 언제나 살아 있는 진짜 생명체와 마주치는 경험이다. 하지만 동물과의 만남이 우리가 살아가면서 알게 되는 이야기와 연상 작용을 통해 구축되기도 한다. 동물과의 만남은 언제나 이미 상징적인 것이다. 그래서 동물들이 자기 세계에서 살아가는 실체를 존중하고 그 과학을 신뢰하면서도, 여전히 동물의 상징적 자아가 우리에게 전해 주고 싶어 하는 그 의미를 그냥 편안하게, 기꺼이 받아들이면 어떨까, 라는 생각이 든다.

때때로 그 신호가 주는 대답은 간단하다. 나는 당시 그 타조가 알려 주었던 의미를 거의 단박에 알아차렸다. 하지만 송아지 무리가 무슨 의미였는지 깨닫기까지는 한참의 세월이 걸렸다. 어느 날 오후, 어느 고속도로에서 동물 수송 차량을 추월하던 중에 가로대 사이로 잔뜩 밀린 채 실려 가는 송아지 한 마리의 분홍빛 코를 언뜻 보았다. 불쌍하고, 죄책감이 들고, 책임감이 밀려오고, 끝내 슬퍼졌다. 이 생명체가 여기까지 포획되어 온 그 시스템의 무자비함에 대하여 계속 생각해 보았다. 그러자 순간, 그날 그 언덕 위로 송아지 무리를 뒤쫓아 갔던 장면이 떠올랐다. 그제야 그날의 의미가 환하게 밝혀졌다.

당시에 나는 스스로를 그 수소 무리의 하나로 생각했었다. 장차 무슨 일이 일어날지 깊이 생각하지도 않고, 그런 걱정 하나 없이, 외떨어진 곳에서 위험하게 보살핌도 받지 못하고 돌아다니지만 결국엔 언젠가 도살장으로 향하게 된다는 사실만은 뼛속 깊이 알고 있었기 때문이었다. 깊은 바다에서 해안으로 도망칠 수 있는 방법은 없을 것이다. 그런 의미에서 그때 송아지 무리를 뒤쫓아 가고 소리를 질렀던 나의 행동은 완전히 정신없고 생각 없는 것만은 아니었다. 어떻게 해서든 스스로 만족하는 것처럼 보이던 평안한 상태에서 어서 벗어나라고, 눈에 보이지 않던 창을 두드리는 아주 미약한 시도였던 것이다. 당장 거기서 빠져나와 도망가라는 경고였었다. 그 때 우리 모두가 살았던 그 골짜기는 너무 어둡고 깊었기 때문에, 결국 좋은 결말로 이어질 수 없었을 것이기 때문이다.

40
신비한 일상

어릴 때 우리 집에 있던 1960년대 라디오는 마호가니 나무 상자와 금속 가공 다이얼, 그리고 유리 표면에 주파수대와 주파수가 인쇄되어 있었다. 내가 들으려는 방송국 주파수를 찾으려면 다이얼을 돌려 계기 바늘을 움직였다. 스킬소음과 전파방해 잡음 음계를 뚫고 몇 차례 이리저리 움직여야만 했다. 그럴 때면 어쩐지 내가 금고털이 강도가 된 듯한 느낌이 슬쩍 들곤 했다. **찰칵, 찰칵,** 털끝만큼 미세한 손끝 조절, 내 손가락 끝에 새겨진 나선형 지문 사이에 은근히 전해지는 반응이 기억난다. 그리고 내 귓속 깊이 소리를 감지하는 융모들이 그 짧은 순간에 둥근 아치를 만들면서 전해 오던 느릿한 울림도 기억난다. 그런 반응들 덕분에 라디오 안의 목소리들이 내가 그들을 찾아 주길 기다리고 있었던 것이라고 느끼곤 했다. 라디오 계기 화면에는 두껍고 짙은 대문자로 룩셈부르크, 브레멘, 스트라스부르크, 부다페스트, BBC 라이트 등이 나왔다. 폴카와 왈츠, 그리고 미지의 언어로 전해지는 목소리가 있었다. 라디오는 나에게 유럽을 하나의 개념으로 만들어 주었고, 난 무엇보다 그 점이 좋았다. 하지만 점점 나이가 들면서 1960년대 라디오에 매료되었던 흥미는 썰물처럼 빠져나가 사라져 버렸고, 라디오와 함께 여유를 누리는 시간도 엄청나게 줄어들었다. 그러다 어느새 그 라디오는 거의 영원히 'BBC 라디오4'에 주파수를 맞춘 상태로 침실 책장에 고이 모셔 놓은 처지가 되고 말았다.

하지만 그때, 1980년대 초반 이따금 저녁마다 나는 아주 이상한 점을 눈치 채기 시작했다. 라디오에서 뉴스든, 토론 프로그램이든, 미스터리 드라마든 어떤 것을 틀어 주더라도 어떤 멜로디가 목소리 뒤편에서 떠 다니다가 다 타 버린 재처럼 금세 훅 날아가 버리는 것 같았다. 대개 그 멜로디는 좀처럼 뚜렷하게 들리지 않았다. 그러다 다시 라디오 프로그램 밑바탕에 파묻혀 희미하게 나타나곤 했다. 하지만 때때로 그 음악은 선명하게 들릴 때도 있었다. 종소리를 닮은 10개의 음, 신비로움이 가득 찬 그 음은 너무 구슬프고 으스스하게 들려 혹시라도 그 소리가 나타날 경우에 대비하면서 라디오를 켜는 습관이 들었다.

수십 년이 흐른 후, 열정적인 라디오 팬의 인터넷 게시판에서 이런저런 게시물을 읽으며 시간을 보내다가 마침내 그 소리의 정체를 알게 되었다. 알고 보니 어릴 적 잉글랜드의 내 작은 침실에서 소비에트 연방 라디오 방송국 마약(Mayak)의 송신계속 라디오 조정 신호를 듣고 있었던 것이다. 마약은 러시아어로 등대나 신호불빛 등을 뜻하는 말이다. 그리고 그 멜로디는 유명한 러시아 노래 「모스크바의 밤」의 일부였다. "속삭임조차 들리지 않는다."고 시작하는 이 노래 속에서 **"강물은 흐르고, 때로는 흐르지 않는다."**는 가사가 흘렀다. 그런 나날들 이후로 어떤 예측할 수 없는 일들은 어김없이 10개 음표로 이루어진 그 멜로디를 상기시키곤 했다. 공개된 박물관 함에 놓여 있던 수천 마리의 조류 가죽 사진을 볼 때도, 솜털 같은 먼지 투성이 은하수의 얼룩을 볼 때도, 전자현미경 사진을 스캔할 때 미세한 알갱이가 입혀진 표본의 세세한 모습을 볼 때도, 혹은 여름날 유성우의 가느다란 꼬리를 볼 때도 그랬다. 당장 어제만 해도 소파에서 빈둥대며 영화 「레이더스」를 보면서 악덕한 고고학자 르네 벨로크가 인디아나 존스에게 언약의 궤의 본질을 설명하는 이야기를 들으면서 다시 그 멜로디를 떠올렸다. "그건 송신기야. 신에게 말을 거는 라디오인 셈이지." 어쨌든 나의 10대 시절 매일 저녁마다 살짝 찾아왔던 그 송신계속 신호는 나에게 신의 음악이 되어 버렸다.

나는 어떤 신앙 아래서 성장하지는 않았다. 친구들 집에서 식사 전 감사기도를 하는 모습에 항상 놀라워하는 아이였다. 비록 성경에 대해서는 무지했지만 어린 시절 가장 위대한 권위자는 《내셔널 지오그래픽》과 《뉴 사이언티스트》 잡지였다. 우리 할머니는 키가 크고 칠흙 같은 곱슬머리에 사람들 이목을 끄는 여성이었다. 구김이 안 가는 크림플린 블라우스를 즐겨 입었던 할머니는 내가 글을 읽을 줄도 모를 때 크리스마스 선물로 『아동용 성경』을 전해 주었다. 그 성경은 1950년대 테크니컬러로 찍은 할리우드 대서사시에 어울릴 듯한 장면들이 삽화로 등장했다. 그 배경이 되는 풍경은 거의 남부 캘리포니아 산비탈을 닮아 있었다. 죽어가는 소떼 위로 우박이 내리고, 사람들이 개구리를 들어 올리고, 한 천사가 웃옷을 입지 않은 기드온에게 눈을 밝혀 주는 장면이 나왔다. 그리고 내가 가장 좋아하는 장면도 나왔는데, 왜 그 장면을 좋아했냐하면 그때까지 본 적 없던 새가 등장했기 때문이었다. 바로 까마귀가 날라주는 고깃덩어리를 먹는 광야의 엘리야가 나오는 장면이었다. 내가 생각하기에 『요한묵시록』은 예술가들에게 필요한 어떤 이슈를 제기하는 것 같았다. 대개 예술가들은 대단히 충격적인 종말론 사안에 직면했을 때에 우울한 어조의 추상적 성질이나 표현을 선택했다.

어릴 적 신지학 협회가 소유한 주택에서 성장한 경험은 나를 신앙으로 이끌지 못했지만, 신앙이 어떤 모습일까에 대한 이해를 넓혀 주었다. 우리 이웃사람들은 부활과 신비주의, 전 세계 종교 문헌의 중심에 있는 불가사의한 내용을 믿었다. 그리고 내가 숲에서 새를 지켜보러 가는 길에 자유주의 가톨릭교회의 열린 문을 지나갈 때면, 실제로 감히 안으로 들어가 본 기억은 없지만 이따금 멈춰서 기분 좋은 향을 맡으며 깊은 숨을 들이쉬곤 했었다.

10대 시절에는 종교에 대하여 많이 생각하지 않았다. 그저 나는 종교가 없다, 나는 종교가 필요 없다, 그리고 종교가 필요한 이들은 슬픈 사람들이라는 생각만 했었다. 하지만 그것은 검증되지 않은 일종의 모욕이었다. 아마도 어떤 이들은 그저 신앙만 있으면 너무 쉽고 편안하게 신의 무조건적 사랑을 느낄 수 있다고 생각했던 것 같다. 그렇게 하여 내 안에서 방향을 그르친 질투와 시기심이 생겨났고, 그 바탕에서 신앙을 가진 사람들을 업신여기는 마음이 있었던 듯하다. 하지만 그 무렵 신에 대한 꿈을 꾸었다. 그 일은 정확히 한 번 일어났는데, 내가 꿈을 꾸고 있었다는 사실은 의문의 여지가 없었다. 여기서는 그 신을 대문자로 시작하는 영어의 남성형 인칭대명사가 아니라, **대문자로 시작하는 3인칭 일반대명사**로 지칭하려고 한다. **그것**은 키가 크고 대략 인간의 형상을 하고 있었지만 두 눈과 여타 얼굴의 특성은 없었다. 하지만 그것의 표면은 주변의 모든 것을 완벽하게 비추었다. 그래서 분명한 목적을 품고 천천히 움직이는 거울 같았다. 그것은 언어로 된 말이 아니라 뼛속에서 깊은 아음속(亞音速)으로 느낄 수 있는 것들을 말했다. 그것은 동시에 참을 수 없을 만큼 뜨겁고 차갑게 불타올랐다. 나는 그것이 나에 대해서 특별히 호의를 드러냈는지, 왜 그것이 내 꿈에 나타났었어야 했는지 기억나지 않지만, 그 당시에는 그런 생각을 해서는 안 되는 것이라고 여겼다. 그리고 아마도 그 점이 핵심인 것 같았다. 그 꿈도 나를 신앙의 길로 이끌지는 못했다. 그 이후로 그 어떤 것도 그러지 못했다. 하지만 최근 들어 다시 종교에 대하여 생각하고 있는 중이다.

나를 다시 종교에 대한 생각으로 이끈 것은 대부분 정교하고 훌륭한 기교와 기술이다. 내가 아버지의 죽음, 그리고 매를 훈련시키면서 슬픔의 문제를 다루었던 『메이블 이야기』를 쓸 당시에 어떤 특정한 경험과 실패를 묘사하기 위한 가장 적합한 단어를 찾으려고 계속 노력했다. 나의 세속적인 어휘는 그런 경험과 실패가 어떤 모습이었는지 포착하지 못했다. 아마 많은 이들이 그런 경험을 직접 해 보았을 것이다. 세상이 더듬거리듯 말하고, 변해 가고, 그리하여 뜻밖에 예상치 못한 의미로 채워지는 그런 때를 겪은 적이 있을 것이다. 기쁨에 넘치는 황홀함이 순간을 붙잡고서 그 순간을 거룩하게 변모시키는 그런 때를 만나 보았을 것이다. 곧 다가올 폭풍 전야의 깊은 정적! 비둘기 떼가 날개를 퍼덕이며 낮은 태양을 향해 날아올라 선회하는 모습! 흰서리가 내린 칼날 같은 이파리에서 햇빛을 받아 반짝이는 가시나무 줄기! 사랑과 아름다움과 불가사의! 아마도 그건 신의 현현이다. 은총과 축복의 순간이다.

한동안 나는 그와 같은 경험에 대하여 글을 쓰려고 노력했다. 그때 내가 취한 방법은 숭고한 것들의 철학적 개념을 이야기하는 광범위한 문헌에서 이런저런 언어를 차용하는 방식이었다. 그 작업은 신으로 가는 길의 일정 부분을 보여 주었지만, 그렇게 멀리까지는 결코 데려가지 못했다. 그러다 최근에 와서야 비로소 내가 필요로

하는 언어를 발견했다. 바로 여러 형태의 종교적 경험에 관한 작품에서였다. 윌리엄 제임스(1842-1910)와 루돌프 오토(1869-1937) 같은 사람들이 쓴 책을 통해서였는데, 거기에서는 신성한 존재에 대한 인간의 직관이 어떤 본질을 갖고 있는지 상세히 연구하고 있다. 오토의 설명으로 하자면, 신비한 존재의 경험은 자아 밖에서 일어난 불가사의한 사건이다. 그것은 두렵기도 하면서 매료되는 상황이기도 하다. 어느 정도냐면, 신의 현존 안에서는 "인간은 말 한마디 하지 못한 채, 마음 속 깊이 자기 존재에서 가장 멀리 위치한 신경섬유까지 전율한다." 이런 말은 어쩌면 신학을 공부하는 첫날에 전달되는 교과서적인 말일지도 모르지만, 그 모두가 나에게는 참으로 새로운 것이다. 그런 글을 읽고 나서 생각하고 글을 쓰려고 노력하다 보니 마치 나 혼자서 유리세공 작업 중에 입으로 부는 법을 배우려고 애쓰고 있는 것 같은 느낌이 들기도 했다. 그만큼 그 책이 전해 주는 개념은 뜨겁고, 유연하고, 눈부시게 밝고, 강렬하며, 약간 위험하다는 느낌도 들었다. 게다가 나는 그것을 어떻게 받아들여야 하는지, 혹은 그걸 어떻게 해야 하는지 배우지 못했다. 그런 내가 만들어 낼 문장과 장면은 분명 이 분야의 전문가들로부터 동정심과 즐거움을 동시에 불러일으키고 말 것이다. 나는 신학자나 형이상학자가 아니라 작가이자 역사가다. 하지만 그럼에도 불구하고 그 종교적 어휘와 맥락의 불타는 열기와 눈부신 빛과 강렬한 질감과 함께 이런 문제에 대하여 깊이 생각하는 것, 그것을 글로 만들어 보려고 노력하는 일에 단단히 끌렸다.

적어도 나에게 자연 세상은 창조주 단 한 사람의 계시로 번득이는 그런 구조가 아니다. 내 안에서 신성한 느낌을 일으키는 자연 속 그런 순간들은 내가 설명할 수 없을 정도로 작고 덧없는 뭔가에 붙잡혀 온통 주의를 기울이는 순간들이다. 어두운 흙 위에서 내 발에 닿는 싸라기눈의 문양, 구름 속 작은 틈 사이 산비탈을 가로질러 드리워진 빛, 산사나무 덤불에서 나를 응시하고 있는 칡부엉이! 그 덧없이 지나가는 순간들을 마주칠 때면 이런 느낌이 나를 압도한다. 아, 내 짧은 생애의 나날들 속에서 하필이면 바로 그 시간에 바로 그곳에서 그들 모두를 볼 수 있게 충분히 주의와 관심을 기울인다는 건, 어쩌면 세상에서 가장 불가능한 일인지도 모른다. 그런 일이 일어날 때 — 물론 그런 일은 자주 일어나지 않는다 — 그럴 때 이런 순간들은 비(非)인간계 구조 속으로 힐끗 들어갈 수 있는 찰나를 열어 준다. 대개 그 구조는 우리가 이해할 수 없을 정도로 너무 작고 너무 크고 너무 복잡한 규모와 단위로 작동한다.

내가 느끼는 것은, 바로 루돌프 오토의 종교적 신비감에 담긴 불가사의한 두려움과 공포다. 그 공포는 내 숨을 죽이고 나를 마구 흔들어대는 전혀 다른 존재에 대한 감각이었으며, 윌리엄 블레이크가 쓴 「밀턴」의 4행 시 구절 안에서 포착되는 것이기도 했다.

우리가 살아가는 매일 안에는 사탄조차 찾아낼 수 없고,

사탄을 지키는 친구들조차 찾을 수 없는 순간이 있지, 하지만 부지런한 사람은

이 순간을 찾아내고, 그러면 그 순간은 여러 배로 늘어나지.

그리고 일단 그 순간이 발견되면 매일 매순간을 새롭게 만들어 주지, 그것을 올바르게 놓기만 한다면.

나는 사물과 현상에 친밀하고 촘촘한 주의를 기울이는 능력을 발휘할 때를 빼면, 결코 부지런한 사람이 아니다. 하지만 블레이크의 시에 나오는 말들은 그런 순간들이 나에게 어떠한 모습인지 정확히 말해 준다. 정말로 그런 순간들은 매일 매 순간을 새롭게 만들어 주고, 거기에 있고, 앞으로 존재할 모든 것을 무성하게 늘려 준다. 무엇보다 그런 순간들은 그 자체로 시간을 압도한다.

자연과의 이런 경험에 깃든 거룩하고 신비한 느낌은 한편으론 그런 경험이 참으로 예측할 수 없다는 데서 비롯된다. 그런 경험을 애써 찾아나서 보아도 아무런 소용이 없다. 내 경험에서 말하자면 계시를 바라고 밖으로 나간다면 그저 비를 맞게 될 뿐이다. 하지만 라디오 마약의 음악이 보여 주었듯이, 나는 지난 수십 년에 걸쳐 좀 더 쉽게 그것을 발견했다. 사뭇 다르고 다양한 방식으로 바로 그 거룩하고 신비한 순간을 마주쳤다. 그것은 바로 인간의 예술, 그리고 예

측할 수 없는 자연 현상이 서로 만나 발생하는 신비의 순간이었다.

라디오 마약의 송신계속신호 멜로디가 나에게 안겨 준 선물은 다름 아닌 그 멜로디가 나에게 닿게 된 맥락과 방식에 있었다. 그 멜로디는 상공파 전파(上空波 傳播)로 불리는 과정을 통해 이온층에서 반사된 전파(電波)라는 방식으로 내 귀에까지 도달했다. 그것은 모스크바 대기 높은 곳으로 상승했고, 그 권역에서 하전입자 층에 부딪혀 다시 아래로 산란되어 내가 있는 곳으로 왔다. 나는 그 멜로디가 선명하고도 진짜처럼 들리는 때가 어느 시점인지 결코 예측할 수 없었다. 이온층은 항상 유동적이며 시간대, 계절, 심지어 11년 주기의 태양흑점 단계에 따라서도 그 상태가 변화하는 등 갖가지 변화 요소들이 신호 반사의 강도에 영향을 끼치고 있기 때문이다. 이렇듯 송신계속신호 멜로디가 나에게 안겨준 종교적 신비감은 무수한 사건의 상호작용에서 발생했다. 어떤 사건은 우연한 기회에, 또 어떤 사건은 과학법칙의 테두리 안에서 일어났다. 지금 그 멜로디를 떠올리면 그 안에는 우주기상의 본질, 지구 형상의 질서와 변칙, 전자기학의 법칙, 그리고 머나먼 구소련 라디오 방송국에서 미지의 방송진행자가 품었던 청취자들에 대한 희망, 그러니까 그들이 공중으로 올려 보냈던 방송에 혹시 귀를 기울일지도 모를 인간의 마음을 향한 희망이 모두 담겨 있다.

내가 갖고 있는 물건 중에 가장 종교적 신비감이 깃든 일상의 사물은 소니에서 나온 산화제2철 붉은색을 띤 'BHF90 카세트테이프'다. 세월에 묻혀 까만색 플라스틱 케이스는 표면이 움푹 패여 찌그러지고, 녹색 라벨은 어딘가에 긁혀 여기저기 흠집이 났다. 그 테이프를 틀면 삐걱삐걱, 덜커덩거리는 소리가 난다. 그것이 이상한 인연으로 내 손에 처음 들어온 것은 약 30년 전의 일이다. 내가 케임브리지에서 문학 공부를 하며 한창 친구들과 많은 시간을 보내던 시절이었다. 그 친구들 중에는, 뭐랄까 음울한 느낌의 부드러움이 느껴지던 키 큰 남학생이 하나 있었다. 마치 낮은 톤의 목소리 같은 인물이었다. 그런 거 있지 않나. 어쩐지 듣기만 해도 가까이 다가가서 어느 순간 나도 모르게 의지하고 싶은 그런 목소리를 닮은 사람이었다. 당시 칼리지 하우스에서 그 남학생과 가장 친한 친구는 그 무렵에 스스로 남성성을 포기했다. 남성이 자신의 젠더 정체성에 어울리지 않는다고 느꼈다기보다 오히려 남성의 활동이 대부분 두려운 일이라는 나름의 결론을 내렸기 때문이었다. 그는 버지니아 울프를 선망했고, 손으로 직접 말아 피우는 담배를 폈으며, 숱 많은 머리를 뒤에서 하나로 묶어 망아지 꼬리처럼 늘어뜨리고 다녔다. 그들은 함께 보리스 파스테르나크를 읽었고, 칼리지 하우스에 반대하며 아무런 이유 없이 엽기적인 폭력을 저지르면서 즐거워했다. 이를테면 바르토크 현악 사중주 연주단에 의자 여러 개를 던져 박살냈고, 부엌의 석고 천정에다가 포크와 숟가락 등 날붙이류를 찔러 붙여 놓고는 저들끼리 기분 좋은 오싹함을 즐기려고 그대로 방치해 두기도 했다. 그럼에도 불구하고 그들 무리는 나한테 안전한 항구 같이 느껴졌다. 사실 그리 많은 사고를 친 것도 아니었다. 나는 중간에 유부남 교수와 사랑에 빠지는 바람에 잠시 학교를 그만두었다. 그 유부남 교수는 시간이 많이 흘러 나중에 가서 당시 우리 불장난의 책임이 전적으로 나에게 있었다고 떠벌리는 그런 인물이었다. 그날은 안개가 자욱한 여름이었다. 보이는 건 모두 다 철지난 흔적들과 비행운뿐이었다. 마을광장을 통과하는 오솔길을 따라 늘어선 무성한 풀숲에서 메뚜기가 노래를 하고 있었다. 나는 그곳에서 딱히 이렇다 할 목적지도 없이 계속 몇 시간이고 산책을 했다. 그러다 갑자기 길을 잃었는데, 그때 소니 테이프가 눈앞에 나타났다.

그 테이프에는 곡 하나만 담겨 있었다. 레너드 번스타인이 지휘하는 시벨리우스 7번 교향곡이었다. 테이프에서 나오는 해설자의 소개로 짐작하자면, 그 곡은 일본의 라디오 프로그램에서 녹음되었다. 그 테이프가 처음 내 손에 들어온 이후, 귀를 기울여 주의 깊게 들었다. 그리고 테이프를 다시 돌려 반복해서 듣기도 했다. 아마 수백 번은 들었던 것 같다. 그렇다고 그 연주가 마음을 달래 주거나 위로해 주지는 않았다. 오히려 그 음악은 내 심장에 패인 상처의 각도에 정확히 파고 들어와 사슬을 매달 듯 비틀어 주었고, 곳곳에서 항상 너무 빠르다는 느낌을 받았고, 또 다른 곳곳에서는 너무 느리다는 느낌도 받았으며, 어쨌든 이곳에서 저곳으로 흘러가는 분위기가 마치 이승에서 저승으로 흘러가는 듯했다. 인간의 마음이 죽음을 예견하고, 그 예지를 대하는 방식처럼 느껴졌다. 그 음악은 내가 계속 멀리 밀쳐내면서 전혀 그런 걸 느끼지 않은 척했던 온갖 감정을 악착같이 추적하는 듯 따라 흘러갔다. 하지만 그런 건 그 녹음이 지닌 마력의 일부에 지나지 않았다. 실제로 그것은 고품질의 테이프가 아니었다. 신호 대 잡음비율이 형편없었다. 심지어 그때 당시에 이미 여러 가지로 낡고 완전히 부식된 상태였다. 마치 물의 묘지에 스스로 묻어 버린 우주선 같았다. 손가락 끝에 남는 녹슨 얼룩과도 같았다.

하지만 이런 요소들만이 그 녹음테이프를 신비하고 거룩한 느낌으로 만들어주지는 않았다. 기실 그것은 우연으로 탄생했다. 그 곡이 라디오 프로그램에서 녹음되는 동안 내내 심한 뇌우가 내리쳤다. 녹음된 곡에 뇌우 소리가 그대로 남아 있을 정도로 악천후였다. 그 라디오 주파수에 닿으려고 신호가 이동해왔던 하늘은 언제 어떻게 뇌우가 발생할지 모르는 잠재상태로 숨은 열기가 가득했고, 간헐적인 주파수 과부하로 탁탁거리며 지글거리는 소리가 났다. 게다가 백색소음이 분출되면서 거의 방송사고 수준으로 엉망이 되는 상황이었다. 교향곡 도입부에서는 번개 치는 소리가 간간이 들렸지만, 끝날 때 즈음에는 너무 자주 번개가 치는 바람에 음악을 알아듣기가 어려울 지경이었다. 그냥 타는 듯이 이글거리는 탁탁 소리만 미친 듯이 계속되었고, 그 소리 뒤편으로 해상의 역류처럼 희미한 현의 연주 소리가 들렸다. 그렇게 번개가 음악의 흔적을 지워 버릴 때,

그 소음이 너무 커서 마치 침묵처럼 느껴질 정도였다. 그래서인가. 그것은 마치 신이 그 테이프에 엄지 지문을 찍어 놓은 듯한 느낌이 들었다.

나는 그런 상황이 다시 반복될 수 없는 사건임을, 영원히 테이프에만 박제된 사건임을 잘 알았다. 우연인지 운명인지 테이프에 박제되었기 때문에 다시 반복해서 연주될 수 있었다. 더구나 이 음악에는 뭔가 초월적인 면모가 있어서 그것을 듣는 것만으로 내가 이단이 된 듯한 생각이 들었다. 실은 아직 잘 모르겠다. 이 테이프를 그렇게 필요로 했던 나의 욕구가 도피처나 위안을 받기 위함이었는지, 그리고 다 끝내버리고 싶은 욕망 때문이었는지 여전히 알 수가 없다. 어머니 친구의 아들 중에 어릴 때 C. S. 루이스의 『나니아 연대기』에 병적으로 집착하게 된 경우를 들은 적이 있다. 아이가 왜 그런지 가족들 중에 아무도 이유를 알지 못했다. 그러다 마침내 그 아이가 누구한테도 큰 소리로 말할 수 없을 만큼 엄청난 가족의 큰 비밀을 알아냈다는 사실이 드러났다. 그런 연유로 그 아이는 세상의 종말을 이야기하고 죄악을 저질러 암흑의 용으로 변한 소년이 등장하는 그 책에 그렇게 집착했었던 것이다. 아마 테이프도 그 비슷한 것 같았다. 나를 속박하고 있던 지독하게 무거운 어떤 것, 내 영혼에 어울리지 않는 신성의 한 조각일 수도 있었다. 그리고 우연히 흘려듣기 위해서라면 어느 한 곳에 고정되어 있으면 안 되는 그런 것이었다. 나 자신과 비밀을 밝히는 행위 사이에 놓여 있던 그런 것이었다. 그 음악 듣기는 몇 달 동안 계속되었다. 그러다 어느 아침에 갑자기 더 이상 이 노래를 듣고 싶지 않다고 결심했다. 요즈음 그 테이프는 여전히 그 당시 의미 그대로 뜨거운 열기를 품은 채 우리 집 어딘가 어느 상자 안에 담겨 있다. 그리고 나는 가끔 가다 테이프를 몇 번 집어 들고 손에 쥐어 보면서, 그 가벼움에 흠칫 놀라기도 하고, 지금도 그것을 간직하고 있다는 사실이 얼마나 힘겨운지 다시금 놀라게 된다.

그것은 특정한 시간의 유물, 그것도 오래전에 지나 버린 시간의 유물이며, 특히나 과거 내 모습의 유물이다. 그리고 이제 그 테이프의 마력은, 내가 다시는 그 테이프를 절대로 틀지 않을 거라는 사실을 정확히 아는 데에 있다.

41

동물이 주는 교훈

오래전, 내가 9살인가 10살 때였다. 학교에서 나중에 크면 무엇이 되고 싶은지 미래의 꿈에 대한 에세이를 썼다. 나는 아티스트가 되겠다고, 그리고 수달을 반려동물로 키우고 싶다고 했다. 물론 두 번째 꿈을 말할 때는 전제조건 하나를 붙였다. **단, 그 수달이 행복하다면!** 그 에세이를 써냈던 연습장을 돌려받아 보니 우리 선생님은 이렇게 의견을 달아 놓았었다. "하지만 수달이 행복한지 아닌지 어떻게 구분할 수 있을까?"

나는 이 말에 몹시 화를 내며 흥분했다. 수달은 놀 수 있고, 잠 잘 수 있는 말랑하고 부드러운 장소가 있고, 이리저리 탐험하러 나갈 수 있고, 친구가 있고(물론 그 친구는 내가 될 확률이 높다), 물고기를 잡을 수 있는 강물에서 헤엄칠 수 있다면 확실히 행복할 거라고 생각했다. 사실 물고기는 내가 유일하게 양보한 것이었다. 그 녀석은 물고기를 좋아하고 꼭 필요로 하지만, 나는 그렇지 않기도 하고 내 취향이랑 맞지 않다는 생각을 했기 때문에 큰마음 먹고 양보하는 쪽을 택했다. 당시에는 수달이 원하는 것을 정작 내가 이해하지 못할 수 있고, 혹은 본래 수달의 여러 가지 모습을 내가 이해하지 못할 수도 있다는 생각 자체를 결코 하지 않았다. 그러니까 동물들도 그냥 나와 똑같다고 생각했다.

나는 별나고 혼자 있기를 좋아하는 아이였다. 일찍부터 야생동물을 찾아 나서겠다는, 말하자면 시간과 기운을 몹시 빼앗는 충동에 사로잡혀 있었다. 어쩌면 태어나면서 쌍둥이 동생을 잃어버린 나에게는 그게 미처 못다 한 과업의 일부였을지도 모른다. 자신이 무엇을 찾고 있는지조차 알지 못한 채 잃어버린 반쪽 형제를 찾아 나선 어린 소녀라고나 할까. 나는 지네와 개미를 찾아 바위를 거꾸로 뒤집어 보기도 하고, 이런저런 꽃들 사이로 나비를 따라다녔으며, 허구한 날 무엇이든 쫓아다니고 잡으러 다니면서 시간을 보냈다. 사실 그런 나의 행동이 동물들에게 어떻게 느껴졌을지는 아예 생각조차 하지 않았다. 닫힌 새장 안에 앞다리가 낀 메뚜기를 무사히 구해 주기 위해서 무릎을 꿇는 아이, 그게 나였다. 다정함에 진지함까지 더하여, 그물망 모양 메뚜기 날개의 세세한 모습을 들여다볼 때는 사뭇 얼굴도 찡그리면서, 위대한 가문의 문장처럼 메뚜기 복부에 표시를 했다. 메뚜기의 배는 보석처럼 윤이 나고 정교하게 만들어져 있었다. 나는 이런 행동을 하면서 동물들이 어떤 모습인지 알아내려고 한 게 아니라, 손을 대는 순간 해로움과 보살핌 사이의 그 위험한 공간을 잘 다룰 줄 아는 내 능력을 시험하고 있었다. 어떤 면에서 그것은 내가 가지고 있는 대상을 향한 힘이 얼마나 대단한지 이해하는 일이었고, 또 어떤 면에서는 내가 스스로에게 발휘하는 힘이 얼마나 대단한지 알아가는 일이기도 했다.

나는 집에서 곤충과 양서류를 키웠다. 유리 수족관과 동물 사육 상자를 침실 선반과 창틀에 가지런히 놓아 두었는데, 거기에 들어가는 채집 표본이 점점 늘어갔다. 나중에는 그 무리에 부모 잃은 까마귀, 상처 입은 갈까마귀, 오소리 새끼, 그리고 이웃집 정원 가지치기에 그만 둥지를 잃은 아기 멋쟁이새 둥지까지 들어왔다. 이 작은 야수들을 돌보면서 동물학을 많이 배우게 되었지만, 돌이켜 생각해 보면 애당초 나의 동기는 이기적이었다. 동물을 구조하면 나 자신에게 흐뭇하고 기분이 좋아졌다. 그 동물들에게 둘러싸여 있으면 내가 느끼는 외로움이 조금 줄어들었다.

다행히 부모님은 이 별난 습관을 기꺼운 마음으로 받아 주었다. 주방용 조리대 위에 온갖 씨앗을 뿌려 놓아도, 복도 여기저기에 새똥이 떨어져도 정말이지 흔쾌히 참아 주었다. 하지만 학교에서는 일이 그렇게 수월하지 않았다. 발달심리학 용어를 차용한다면, 나의 장점 안에는 소위 '사회적 인지' 요소가 들어가지 못했다. 어느 날

아침, 나는 네트볼 경기가 한창 진행 중인데도 근처에서 들리는 새 소리를 확인하러 코트 안을 서성거리고 다녔다. 이런 행동에 우리 팀은 불쑥 분노를 일으켰다. 하지만 나는 오히려 그렇게 화를 내는 우리 팀을 보고 몹시 당황했다. 이와 비슷한 일이 학교에서는 계속 일어났다. 나는 그다지 좋은 팀원이 아니었다. 아니 정해진 규칙을 잘 지키는 사람이 아니었다. 실은 또래 집단에서 통용되는 농담과 복잡한 충성맹세 같은 건 아예 이해하지도 못했다.

이런 상황이니만큼 그리 놀랍지도 않겠지만 당연히 학교에서 괴롭힘을 당했다. 시간이 갈수록 또래와의 차이가 벌어졌다. 그런데 그게 뜻밖에 참 매섭다는 생각이 들기 시작했다. 그런 마음을 달래고 은연중에 죄책감을 덜고자 동물들을 이용해 나 자신을 스스로 사라지게 만들었다. 내가 열심히 곤충을 관찰하거나 쌍안경을 두 눈 높이 들고서 야생조류를 가까이 보게 되면, 그 동물에게 온전히 집중하게 되니 나 자신을 저 멀리 보내 버릴 수 있었다. 힘겨운 상황에서 도망쳐 은신처를 찾아내는 이 방법은 어린 시절 내내 계속된 하나의 특성이었다.

나는 그 과정에서 벗어났다고 생각했다. 하지만 수십 년이 흐른 후, 아버지의 죽음을 겪고 나서 그 습관이 다시 돌아왔다. 그것도 도저히 대항할 수 없는 위력을 가지고 내 앞에 다시 나타났다.

하지만 그때는 내가 30대였고 이미 그전부터 매를 부리는 사람으로 살았었다. 사실 매사냥이나 훈련법은 감성 지능에 탁월한 교육이었다. 그 훈련을 통해 내가 취하는 행동의 결과에 대해 분명하게 생각하는 법을 배웠으며, 또한 상호 신뢰를 기반으로 협상할 때에 긍정적 강화와 다정한 태도가 얼마나 중요한지 새롭게 알게 되었다. 매가 언제 충분히 잘 먹는지, 언제 혼자 있고 싶어 하는지 정확히 파악하는 법도 배웠다. 그리고 무엇보다 어떤 관계에서 상대방이 나와 상황을 다르게 보거나 그들만의 합당한 이유로 내 말에 동의하지 않을 수도 있다는 사실을 이해하게 되었다. 이 모든 것은 존중, 협상, 그리고 다른 생각에 관한 교훈이었다. 사실 고백하기 부끄럽지만, 나는 이런 태도를 아주 때늦게 사람들에게 적용하게 되었다. 게다가 그런 사회적 태도를 사람과의 관계가 아니라 새들로부터 맨 처음 배웠다. 하지만 그 모든 가르침은 아버지가 돌아가신 후에 깡그리 잊히고 말았다.

나는 참매처럼 사납고 비(非)인간적인 어떤 존재가 되고 싶었다. 그래서 참매와 함께 살았다. 참매가 우리 집 근처 산비탈 위로 솟아올라 사냥하는 모습을 지켜보면서, 내가 참매에게서 면밀하게 보았던 자질에 동일시하고 일체감을 느끼면서 어떻게든 내 슬픔을 잊으려고 했다. 하지만 그와 동시에 나는 온기를 품은 사람이 되는 방법을 잊어버리고 깊은 우울감에 빠졌다. 매는 인간의 삶을 살아가는 데 있어서는 끔찍한 모델이었음이 밝혀졌다.

어렸을 때는 동물들이 나와 똑같은 줄 알았다. 그렇게 짐작했다. 그런데 훗날 세월이 흘러서도 나는 스스로 동물인 척하면서 도망칠 수 있다고 생각했다. 둘 다 똑같은 오류 위에 만들어진 행동이었다. 동물이 나한테 가르쳐 준 가장 심오한 교훈은, 인간은 너무 쉽게, 그리고 무의식적으로 다른 생명체의 삶을 우리 자신의 삶을 비추는 거울로 보고 있다는 점이다.

동물은 우리 인간에게 어떤 일이나 실체에 대한 가르침을 주기 위해서 존재하는 것이 아니다. 하지만 지금까지 동물은 항상 그런 역할을 해 왔고, 그 대부분의 가르침과 교훈은 바로 이와 같다. '당신이 생각하기에, 당신은 자신에 대하여 대체 무엇을 알고 있는가?' 가령, 중세 동물우화집에 나오는 동물의 목적은 명백히 인간이 살아가는 법에 대한 교훈을 주는 것이었다. 하지만 중세의 이야기가 오늘날까지 유사한 역할을 하리라 예상하는 사람은 없다. 이를 테면 요즘에는 그 시대처럼 펠리컨을 그리스도 자기희생의 모범으로 생각하지 않는다. 살무사와 칠성장어로 이루어진 상상의 커플을 예로 들면서, 이 알레고리가 세상의 모든 아내에게 불쾌하고 못마땅한 남편이라도 꾹 참고 살아야 한다는 설교라고 생각하는 사람은 없다. 하지만 머리는 여전히 중세 시대 동물우화에서 벗어나지 못하고 현실에 그대로 작용한다. 예를 들면, 매나 족제비 같은 동물을 보고는 나도 저렇게 거칠고 사나운 존재가 될 수 있다고 생각하면서 혼자 섬뜩한 전율에 휩싸인다. 그러면서 무의식적으로 내가 원하는 것을 끝까지 쫓아가 손에 쥐려는 내면의 잔인성을 스스로 용인하게 된다. 또는 그 반대로 초원에서 한가롭게 뛰어노는 아기 양을 보면서는 자연스럽게 나도 저렇게 목가적 풍경 안에서 살아보고 싶다는 마음이 생기기도 한다. 그러면 그런 동물이 나오는 영상 앞에서는 나도 모르게 미소가 번진다. 더 나아가, 마지막으로 떠나간 나그네비둘기의 사진을 보면서는 언젠가 우리도 이 세상에서 사라질 것이라는, 그 가늠할 수 없는 소멸의 슬픔과 두려움이 손에 쥔 듯 뚜렷해진다. 이와 같이 우리는 동물을 차용하여 우리라는 인간의 여러 면모를 설명하고, 또 그것에 덧붙이는 생각과 개념을 제시한다. 마치 동물이 우리의 다양한 속성을 단순히 받아줄 수 있는 안전한 항구라도 되는 듯, 무시로 동물을 끌어들인다. 이러저러한 생각이 들지만, 아무래도 그 생각을 표현할 수 없을 때마다 무의식중에 그 항구를 찾아가는 것이다.

우리 중에 어느 누구도 동물을 있는 그대로 분명하게 보지 않는다. 동물은 그동안 우리가 부여해왔던 이러저러한 사연과 이야기로 차다 못해 넘칠 지경이다. 따라서 동물과 마주친다는 것은, 결국 당신이 예전부터 지금까지 보아왔던 풍경, 책, 사진, 대화 등에서 알게 된 모든 것과의 만남이다. 심지어 엄격한 과학 연구조차도 인간의 관심사를 반영하는 방식으로 동물에게 질문을 던져 왔다. 가령, 1930년대 후반에 네덜란드와 오스트리아의 동물행동학자 니코 틴베르헌(1907-1988)과 콘라트 로렌츠(1903-1989)는 칠면조 새끼 머리 위로 매가 날아가는 모습과 닮은 모형을 끌고 와서, 칠면조 새끼들이 공포에 얼어붙는 모습을 지켜보았다. 그때 그들이 사용한 모형은 왼쪽으로 움직이면 기러기와 비슷하고, 오른쪽으로 움직이면 매와 비슷한 연이었다. 갓 태어난 병아리들이 처음에는 좌우를 가리지 않고 웅크리고 두려워했다. 그러다가 어느 순간 기러기는 해롭지 않다는 경험이 생기면서, 기러기가 보이는 왼쪽으로 연이 움직일 때는 웅크리지 않게 되었다. 사실 애초에 두 사람은 이 실험을 통해서 이런 결과를 예상한 것은 아니었다. 그들의 의도는 칠면조가 태어날 때부터 자기들 머릿속에 이처럼 날아다니는 매와 유사한 이미지를 새기고 있었음을 입증하려고 했었다. 다시 말해, 학습의 효과는 아예 예상하지 못하고 선천적으로 갖고 태어난 행동양식이라는 가설을 세워 두었던 것이다. 하지만 이후의 연구에서 어린 칠면조들은 다른 칠면조들이 두려워하는 대상을 보고 그대로 학습할 가능성이 높다고 제시되었다. 그런데 내가 보기에 이 1930년대 일련의 실험은 단순히 칠면조 새끼의 두려움을 실험하는 데 의미가 있는 게 아니다. 아마도 사상 처음 대규모 공습으로 위협을 당한 유럽의 불안감에서 시작된 것 같다. 당시 막대한 화력을 쏟아 부은 공중전은 유럽 국가의 방어체계가 아무리 엄중하다 한들 "폭탄은 항상 그 방어막을 뚫고 유럽 한복판까지 도달할 것이다."라는 선포와 같았다.

이렇게 나는 2차 대전을 배경으로 유럽 역사의 한 조각을 알게 되고, 한 번도 매를 본 적 없는 집에서 키운 칠면조 새끼가 매를 닮은 모형이 머리 위로 날아가니 공포에 그만 얼어붙는다는 사실도 알게 되었다. 이렇게 단순하지만 분명한 동물에 관한 지식을 획득한 셈이다. 그랬더니 내 머릿속에서 그동안 농장에서 키우는 식용 가금류나 이미 죽어 오븐으로 요리되는 대상으로만 남아 있던 칠면조가 한층 더 복잡한 생명체로 느껴진다. 이렇게 동물에 대해 공부하고, 연구하고, 지켜보고, 함께 상호작용하는 시간이 더 많아진다면 동물은 그 자체로 변화를 품은 더 많은 이야기를 전해줄 것이다. 그리고 더 풍부한 이야기의 힘을 가진 존재로 변모하게 될 것이다. 결국 이런 변화를 통해 우리가 동물에 대하여 생각하는 양상을 바꿀 것이며, 더 나아가 나는 누구인가에 대한 생각마저 변화시킬 것이다. 다시 말해, 당신이 누구인가에 대한 생각조차 바꾸어 버리는 힘을 발휘할 것이다. 나는 동물들을 통해 집이란, 고향이란 무엇인가에 대한 생각의 폭이 넓어졌다. 수염상어나 철새 제비들에게 과연 집이란, 고향이란 무엇일까를 떠올려보면 어쩌면 당연한 변화인지도 모르겠다.

더불어 가족에 대한 생각도 바뀌었다. 도토리 딱따구리가 번식하는 구조를 알게 되면서부터였다. 그들은 여러 마리의 암수가 함께 하나의 새끼 둥지를 기른다. 그렇다고 동물이 인간 삶에 필요한 모범사례 역할만 하는 것은 아니다. 아니, 인간이 보름달 아래 무리를 지어 다니다가 수백만 개 알을 낳고 그 알이 파도에 떠다니다가 수정이 되는 물고기들처럼 번식해야 한다거나, 아니면 파리처럼 근근이 버티며 살아가야 한다고 생각하는 사람이 누가 있겠는가. 하지만 나는 동물에 대하여 더 많이 알게 될수록, 돌봄과 사랑을 표현하고 성실과 충성을 느끼는 데에 이 세상에 단 하나의 합당한 방식만 있는 게 아닐 수도 있다는 생각을 하게 되었다. 내가 존재하는 공간에 대한 사랑, 그리고 이 세상을 따라 이동하며 살아가는 방식에 대해서도 마찬가지다.

동물에게 삶이란 무엇일까, 동물의 삶은 어떠할까, 동물은 어떻게 살까, 상상하려고 애쓴다면 그건 곧 실패로 가는 지름길이다. 당신이 아무리 두 눈을 팽팽하게 조여 봐도, 막질의 날개를 상상하며, 세상이라는 환영과 더불어 혼자 묻고 혼자 대답하는 투로 어둠에 말을 걸면서 어둠 속에서 길을 찾아가는 상상을 해봐도, 진짜 박쥐가 사는 모습이 어떠한지 절대 알 수가 없다. 철학자 토마스 네이글(1937-)이 설명했듯이, 박쥐가 사는 모습을 알 수 있는 유일한 방법은 그냥 박쥐가 되는 것뿐이다. 그렇다면 상상하기는 어떨까? 그렇게 시도해 보는 건 어떨까? 그건 유익하고 중요한 일이다. 그렇게라도 하면 그 동물에 대하여 알지 못했던 것을 깊이 생각하게 되기 때문이다. 무엇을 먹고 살지? 어디에서 사는 거야? 무리에서 다른 개체와 어떻게 의사소통을 할까? 이 사소한 노력은 이러저러한 질문을 낳게 되고, 그런 질문은 결국 박쥐는 사람하고 참 다른 존재구나, 라는 생각이 아니라 이 세상은 박쥐에게 참 다르겠구나, 라는 생각을 품게 만든다.

그런 생각이 드는 건 어쩌면 당연하다. 동물이 어떤 곳에서 필요로 하거나 소중하게 생각하는 것이 반드시 우리 인간이 필요로 하고 소중하게 여기는 것이 아니며, 심지어 동물이 볼 수 있는 것은 정작 사람의 눈에는 들어오지 않기도 하기 때문이다. 옛날 우리 집 근처 덤불숲에 한때 나이팅게일들이 둥지를 틀고 살았다. 그런데 하필 그곳에 살던 문착 사슴은 꼭 그 덤불을 먹이로 찾아 먹었다. 당연한 결과겠지만, 지금은 그곳에서 나이팅게일을 찾아 볼 수 없다. 인간의 눈에는 덤불숲 사슴과 나이팅게일이 한데 모여 살아가는 자연의 아름다움이 넘치는 곳이었지만, 나이팅게일에게는 그저 사막과 다를 바가 없었을 것이다. 어쩌면 이런 까닭에 인간의 심신 치료에 도움이 되므로 자연 공간을 높이 평가한다는 논쟁을 못 견뎌 하는 것 같다. 물론 숲속에서 산책하는 시간이 우리의 정신 건강에 이로울 수 있다는 건 사실이다. 하지만 그런 의도로 숲을 중시한다는 것은 곧 숲이라는 본래의 존재성을 훼손하는 일이다. 숲은 인간만을 위해 그곳에 존재하는 것이 아니다.

몇 주 동안 가족과 친구들의 건강을 걱정했다. 오늘은 몇 시간 동안 컴퓨터 화면을 뚫어지게 쳐다보았다. 눈이 시리고 아프다. 심장도 뻐근하고 아프다. 신선한 공기를 쐬고 싶은 마음이 들어 후문 현관에 앉아 떼까마귀를 쳐다본다. 떼까마귀는 유럽 까마귀 중에 사교성이 좋은 종이다. 그들은 회색빛으로 내려앉은 저녁 하늘을 뚫고 우리 집을 향해 낮게 날아오고 있다.

이윽고 나는 어릴 적 배웠던 기술을 쓴다. 자, 새의 날개에 차가운 공기의 압력은 어떻게 느껴질까 상상한다. 그러자 내 모든 힘겨운 감정이 조금씩 줄어든다. 하지만 이렇게 떼까마귀가 느끼는 기분을 나도 느낄 수 있다거나, 떼까마귀가 아는 것을 나도 조금은 알고 있다고 상상하는 것으로 내가 아주 깊은 위안과 편안함을 얻는 것일까? 아니다. 오히려 그 반대다. 나와 떼까마귀와는 서로 다른 존재이고, 내가 떼까마귀처럼 느끼지 못한다는 사실을 진정하게 이해하게 되면서 비로소 느릿한 기쁨이 찾아온다. 동물과 나를 동일시하던 시절의 나는 이제 없다.

요즈음 나는 동물들이 나와 같지 않다는, 그리고 그들의 삶이 인간의 삶을 설명하거나 거울 역할을 하기 위한 것이 아니라는 사실을 인식하게 되면서 진정으로 마음에 위안을 받곤 한다. 우리 집 하늘 위에서 떼까마귀는 날아다니고 있고, 나는 우리 집 뒷마당에서 그 새들을 바라보고 있다. 그렇다면 집이란 건 저 새와 나에게 모두 나름의 의미가 있는 셈이다. 나에게 그 집은 보금자리이다. 과연 떼까마귀에게 이 집은 무엇일까? 이동하는 여정에 잠시 들르는 중간역일까, 아니면 그냥 기와와 경사가 모여 있는 곳일까, 그도 아니면 잠시 내려와 앉는 횃대로 쓸모 있는 곳일까, 아니면 가을이면 마구 부수어 알을 쏙 빼서 먹을 수 있는 호두알이 툭 떨어지는 그런 곳일까! 어쩌면 그 모두이기도 하고, 아니기도 하겠지.

하지만 또 다른 중요한 사실이 하나 있다. 떼까마귀가 머리 위를 지날 때면 어쩐지 다음 비행을 계속하기 전에 아주 짧게라도 나한테 인사를 하듯이 고개를 살짝 갸우뚱하곤 한다. 언뜻 그 모습을 보노라면 콧날이 시큰해지고 온몸에 소름이 돋으면서 짜릿한 전율이 척추를 타고 흘러내려 간다. 그 순간, 그 새를 따라 공간 이동을 한 듯 이 세상은 저만큼 더 넓어진다.

떼까마귀와 나는 아무런 목적 없이 함께 그 시간과 공간을 나누었다. 우리는 서로를 알아보았다. 그냥 그게 다다. 그것뿐이다. 내가 떼까마귀를 쳐다보고, 떼까마귀가 나를 바라보는 순간에 나는 떼까마귀 세상에 난데없이 특별출연한 사람이 되었고, 동시에 그 떼까마귀는 내가 사는 세상에 반갑게 특별출연한 동물이 되었다. 우리 각자의 삶이 우연의 일치로 만났고, 그리하여 내가 그동안 내 안에 빠져서 끊어내지 못한 온갖 불안감이, 저녁연기처럼 흩날릴 그 한 번의 덧없는 순간 속에 묻혀 이내 사라져 버렸다.

다시 오지 않을 그 순간, 어디론가 자기 길을 떠나던 공중의 새는 그동안 갈라져 있던 틈새에 눈길을 주고는 그 상처를 한 겹 한 겹 꿰매어 나를 다시 세상 속으로 돌려보내 주었다. 누가 누구를 설명하거나 대신하지 않고, 우리 둘이 똑같은 자리를 차지하는 세상 속으로 이제 나는 돌아왔다.

감사의 말

나의 에이전트 빌 클레그에게 크나큰 감사를 전합니다. 그는 놀라운 비평적 통찰과 따스함과 지지와 영감과 지혜를 보여 주었습니다. 맨 처음 만났을 때부터 오랫동안 알고 지냈던 사람처럼 생각되었답니다. '클레그 에이전시'에 내 보금자리를 찾게 되어 무척이나 행복합니다. 그곳 에이전시에 함께 있었고, 지금도 함께 있는 모든 직원들에게 감사합니다. 그중에서도 지독하게 늦어지는 나의 이메일 회신도 참고 견뎌 준 마리온 두버트, 데이비드 캄부, 그리고 사이먼 툽에게 더욱 특별한 감사 인사를 전합니다.

'조너선 케이프'의 댄 프랭클린은 출판계의 전설이면서 이 세상이 배출해 낸 가장 멋진 사람으로 손꼽히는 인물입니다. 게다가 이제 그를 나의 편집자로서는 물론이고 친구라고 부를 수 있게 되어 영광입니다. 댄, 고마워요. 모든 게 다요. 비 헤밍, 레이철 커그노니, 에이던 오닐, 엘리슨 툴렛, 사라-제인 포더, 수재너 딘, 크리스 워밀, 그리고 이 책을 진짜 살아 있는 존재로 만들기 위해 애써주신 다른 모든 분들에게도 큰 감사를 드립니다. 여러분 한 사람, 한 사람과 함께 일하는 과정은 큰 기쁨이자 영광입니다.

'그로브 애틀랜틱'의 엘리자베스 슈미츠는 여러 가지 면에서 참으로 놀라운 사람이라 그 멋진 점을 다 열거하기에는 책 한 권으로도 부족할 것입니다. 그녀와 함께 일하게 되어 가슴이 두근거릴 만큼 기쁘고, 무엇보다 참으로 많은 신세를 졌습니다. 엘리자베스, 결코 사라지지 않을 매우 특별한 고마움을 전합니다. 그리고 '그로브'의 다른 모든 분들에게도 감사 인사를 드립니다. 여러분과 함께 일할 수 있었다니 정말 나는 행운아입니다. 모건 엔트러킨은 당연하고요. 뎁 시거, 존 마크 볼링, 주디 호턴슨, 그리고 그 외의 더 많은 이들에게도 감사를 전합니다. 뉴욕의 '그로브' 사무실 곳곳은 언제나 내 집처럼 편안했답니다.

지난 몇 년간 함께 만났던 서점관계자들, 도서 축제와 행사 기획자들, 자원봉사자들, 그리고 독자들, 사회자들, 그리고 관객들 모두에게 감사드립니다. 그런 시간 동안 여러분과 함께 나누었던 여러 대화는 제 삶과 사고를 어찌 다 헤아릴 수 없을 만큼 풍요롭게 만들어 주었습니다. 2017년 자선단체 '게이트윅 공항 억류자 복지 단체'

의 봉사활동 프로젝트인 '망명자 이야기(Refuge Tales)'의 일원으로 만나서 이야기를 들려주었던 그분과 우리 만남을 위해 동행한 그 자원봉사자님께도 특별히 고마움을 전합니다. 여기서 일일이 열거할 수 없지만, 그 만남에서 나왔던 말을 통해서 마땅히 행복을 누릴 자격이 있는 사람들에게 다른 세상을 방문하기 위한 체계와 제한이 얼마나 불공평하고 고통스러운지 알려질 수 있기를 바랍니다.

이 책에 수록된 몇 편은 어떤 주제를 탐구하기 위한 즐거움으로 쓰였고, 또 다른 몇 편은 이야기를 꿰뚫고 나가기 위해 쓰였고, 또 다른 몇 편은 나를 괴롭혔거나 매료시켰던 무언가를 상세히 살피기 위해 쓰였습니다. 이 중에 많은 이야기는《뉴욕타임스 매거진》에 기고함으로써 탄생했습니다.《뉴욕타임스 매거진》에서는 정말로 뛰어난 편집자 사샤 와이스와 함께 일할 수 있는 즐거움을 누렸습니다. 앞으로도 사샤와 그녀의 동료들에게 감사하는 마음을 멈추지 못할 것입니다. 사샤, 고마워요! 그리고 다른 여러 편은《뉴스테이츠맨》에 기고한 계절 변화에 대한 사색에서 시작되었습니다. 톰 게티, 나한테 그런 주제의 글을 의뢰해 주고 매번 막판에 원고를 넘기는 나쁜 습관도 무한한 인내와 멋진 유머 감각으로 견뎌주어서 고맙습니다. 그 외에 글은 여러 선집에 넣기 위해(팀 디, 앤디 홀든, 애너 핀커스, 그리고 데이비드 허드에게 감사드립니다.), 온라인 잡지《에온》에 신기 위해(마리나 벤자민, 고맙습니다.), 혹은 「찌르레기 혹은 중얼거림」의 경우에는 멋진 예술가 사라 우드의 작업에 동행하는 뜻으로 썼습니다.

우리 가족에게 깊은 사랑과 고마움을 전합니다. 어머니, 모, 제임스, 셰릴, 에이미, 베아트리체, 알렉산드리아, 아서, 그리고 너무너무 그리운 우리 아빠 알리스데어를 불러 봅니다. 지금 아버지가 어디에 계시든, 내가 염소를 밀어내는 놀이 방법을 그렇게 어설프게 말해 준 걸로 아직 화가 나 계실 거예요. 아마도요. 나의 영원한 절친 크리스티나 매클리시에게도 깊은 사랑과 감사를 보냅니다. 그녀는 목성 크기만 한 뇌와 거의 그만 한 크기의 심장을 가진 사람입니다. 다른 어느 누구보다 세상 모든 일에 대한 내 생각을 형성하고 점검하는 데 많은 도움을 주었습니다. 손바닥 위에 갓 태어난 밝은 초록빛의 매미가 조금씩 움직이는 모습을 보여 주려고 영상통화까지 했던 유일한 사람입니다.

이 책은 참으로 많은 사람들이 보내 준 영감과 우정과 지원, 그리고 지지로 세상에 나올 수 있었습니다. 토머스 아데스, 크리스틴 앤더스, 신 블라세, 네이던 버드, 나탈리 캐브롤, 케이시 셉, 제이슨 채프먼, 게리 채프먼, 존 채프먼, 마커스 코츠, 앨런 커밍, 샘 데이비스, 빌 다이아몬드, 사라 돌러드, 이언 드라이버그, 애비게일 엘렉쇼, 아만다 폴, 스튜어트 폴, 앤드류 팬스워스, 멜리사 페보스, 토니 피츠패트릭, 마리아나 프라스카-스파다, 스티븐 그로스, 멕 캐스던, 레리 캐스던, 닉 자딘, 올리비아 랭, 마이클 랭리, 허모인 리스터-케이, 존 리스터 케이 경, 토비 메이휴, 앤드류 멧칼프, 퍼래익 오도널, 필 오케이, 스테이시 리드먼, 에먼 라이언, 얀 셰퍼, 그랜드 새퍼, 캐

서린 슐츠, 파블로 소브론, 이사벨라 스트레린, 크리스티안 탬벌리, 벨라 토코디, 무크운드 우나바네, 주디스 웨이클램, 힐러리 와이트, 리디아 윌슨, 재닛 윈터슨, 제시아 울러드에게 감사를 전합니다. 매우 유감스럽게도 제가 원래 정리를 잘 하지 못하는 사람이라 여기 목록에서 몇 사람 이름을 무심코 빠뜨렸을 가능성이 매우 높습니다. 앞으로 몇 달 동안 그런 이름이 하나씩 기억난다면 완전히 당황스러움에 빠져서 몇 시간이고 잠에서 깨어있을 게 눈에 선합니다. 그러니 미리 양해를 구하고 그분들께 죄송하다는 말씀을 드립니다.

그리고 이 글을 읽을 수도 없고, 장차 이 페이지를 부리로 물기만 한다면 잘게 찢어 놓을 것 같긴 해도 나의 반려 앵무새 버둘에게도 감사를 전하고 싶습니다. 글을 쓰며 보내는 그 오랜 시간 동안 내게 보내 준 이 깃털 친구의 우정과 아름다운 능력으로 외로움을 덜 수 있었답니다. 고마워. 저는 그 친구를 정말 사랑해요. 하물며 급하게 마감 시간 맞추느라 일하고 있는데 키보드에 앉아서 내 손가락을 물어도, 그런 순간조차도요. 버둘, 정말 사랑해.

옮긴이 | 주민아

번역가, 에세이스트. 경희대학교에서 영문학으로 석사학위를 받고 박사학위과정을 수료했다. 푸른 나날 대부분을 경희대학교와 창원대학교 교정에서 영문학을 공부하고 연구하고 강의하며 살아왔다. 앞으로도 지금처럼 인문(人文)의 흔적을 캐면서 번역하고 글을 쓰며, 무엇보다 사랑하며 살아갈 것이다.

옮긴 책으로 『닥터 도티의 삶을 바꾸는 마술가게』, 『다섯 개의 초대장: 죽음이 가르쳐주는 온전한 삶의 의미』, 『현대인의 의식 지도』, 『파이브: 왜 스탠포드는 그들에게 5년 후 미래를 그리게 했는가』, 『나는 무엇을 원하는가: 천재심리학자가 발견한 11가지 삶의 비밀』, 『나눔의 행복』, 『이제 사랑을 선택하라』, 『살아있는 목적 Be』, 『지금 행동하라 Do』, 『신념의 힘 Faith』, 『100년 라이프스타일』, 『기호와 상징』, 『전쟁에 대한 끔찍한 사랑』, 『암살단: 이슬람의 암살 전통』, 『1000명의 CEO』등이 있으며, 지은 책으로 『그대 영혼을 보려거든 예술을 만나라』, 『주민아의 시네마 블루』등이 있다.

저녁의 비행

1판 1쇄 찍음 2021년 11월 9일
1판 1쇄 펴냄 2021년 11월 19일

지은이 | 헬렌 맥도널드
옮긴이 | 주민아
발행인 | 박근섭
책임편집 | 정지영
펴낸곳 | 판미동

출판등록 | 2009. 10. 8 (제2009-000273호)
주소 | 06027 서울 강남구 도산대로 1길 62 강남출판문화센터 5층
전화 | **영업부** 515-2000 **편집부** 3446-8774 **팩시밀리** 515-2007
홈페이지 | panmidong.minumsa.com

도서 파본 등의 이유로 반송이 필요할 경우에는 구매처에서 교환하시고
출판사 교환이 필요할 경우에는 아래 주소로 반송 사유를 적어 도서와 함께 보내주세요.
06027 서울 강남구 도산대로 1길 62 강남출판문화센터 6층 민음인 마케팅부

ISBN 979-11-7052-055-9 03840

판미동은 민음사 출판 그룹의 브랜드입니다.

Vesper Flights

이 책에 쏟아진 찬사

맥도널드는 자신의 경험과 사유의 길로 독자들을 능숙하게 이끈다. 그녀는 자연의 마법과 경이로움과 위로를 알고 있다. 이것들은 우리가 더 나은 인간이 되고, 지구를 지키는 더 나은 존재가 되는 여정에 꼭 필요한 요소들이다. 독자들은 맥도널드의 아름답고도 정교한, 섬세하면서도 예민한 글에 빠져들게 될 것이다.

아마존

한 편 한 편의 에세이 안에는 세상을 바라보는 맑고 선명한 감성이 존재한다. 이 책에는 잘 드러나지 않고 숨겨진 모습에 초점을 맞추면서 전율과 감동으로 은근히 마음을 오래 끄는 순간들이 가득하다. 동시에 강렬함과 즐거움도 잃지 않는다.

가디언

맥도널드는 이 책에서 박자와 속도, 문체와 언어표현을 가지고 새로운 실험에 나선다. 마치 어떤 속도나 방향에서도 목표를 찾기 위해 스스로 하늘을 날 수 있는 다양한 방법을 연구하는 것 같다. 결과적으로 맥도널드의 글은 유연하고 부드러우며, 무엇보다 탄력이 있다.

뉴욕타임스

맥도널드는 자연 세계에서 벌어지고 있는 상황을 면밀하게 살피고, 모든 살아 있는 것들의 가치를 온전히 전달하려 한다. 그것이 작가로서 자신의 책무라는 생각을 여실히 펼쳐 보인다.

워싱턴 포스트

맥도널드의 글은 모든 존재에 내재된 형용 불가한 리듬을 포착한다. 그게 뭐냐고 묻는다면, 여기에 실린 에세이는 불길한 우리 시대를 예지하는 중얼거림이다. 어둡지만 순간적으로 강렬한 빛을 번쩍거리며 심연의 핵심부터 마구 흔들어 각성시킨다.

USA 투데이

만약 다른 누군가의 눈을 통해 자연 세계를 살펴보고 싶다면, 헬렌 맥도널드의 시선보다 더 탁월한 시선을 발견하기란 어려운 것 같다. 맥도널드의 글은 가벼움과 묵직함이 기적처럼 동시에 존재한다. 맥도널드가 그렇게 위대한 관찰자가 될 수 있는 것은 자연에 대한 사랑과 함께 두려움과 경이로움으로 기꺼이 자신을 산산조각 낼 수 있는 의지와 겸손함이다.

샌프란시스코 크로니컬

『저녁의 비행』은 인간이 자연과 일체감을 느끼기 힘든 오늘날 꼭 읽어야 할 책이다. 또한 이 책은 언제든 즐길 수 있는 책이기도 하다. 그 빛나는 지성과 우아한 품격이 그러하고, 예리한 교훈과 마법 같은 매혹을 동일한 크기로 안겨 주는 문학적 역량이 그러하다.

미니어폴리스 스타 트리뷴

기억에 오래 남을 중요한 글이 한데 모였다. 동물 세계와 인간 세계가 교차하는 존재의 시간을 서술한 훌륭한 책이다.

커커스 리뷰

더할 나위 없이 아름답고 멋지게 구성되었으며, 복잡다양하게 감동적이고, 무엇보다 숨이 멎을 만큼 현시적이다.

북리스트

자연과 인간성, 상실을 주제로 하는 참으로 중요한 작가 헬렌 맥도널드는 우리를 둘러싼 야생에 대한 생생한 묘사로 한 편 한 편의 서사를 가득 채운다.

타임

삶과 자유에 대한 심오한 명상이다.

엔터테인먼트 위클리